BASTEI
LÜBBE

Von Katie Fforde erschien bei Bastei Lübbe:

14258 Im Garten meiner Liebe
14359 Wilde Rosen
14576 Wellentänze

Katie Fforde

Wellentänze

Roman

Aus dem Englischen von
Michaela Link

BASTEI
LÜBBE

BASTEI LÜBBE TASCHENBUCH
Band 14576

1. Auflage: Juli 2001

Vollständige Taschenbuchausgabe

Bastei Lübbe Taschenbücher ist
ein Imprint der Verlagsgruppe Lübbe

Deutsche Erstveröffentlichung
Titel der englischen Originalausgabe: Life Skills

Titelillustration: Nordfriesland Galerie, E. Heilmann
Umschlaggestaltung: Tanja Diekmann
Satz: hanseatenSatz-bremen, Bremen
Druck und Verarbeitung: AIT Trondheim
Printed in Norway
ISBN 3-404-14576-3

Sie finden uns im Internet unter
http://www.luebbe.de

Der Preis dieses Bandes versteht sich einschließlich
der gesetzlichen Mehrwertsteuer.

Für Susan Watt,
in großer Liebe und Dankbarkeit

DANKSAGUNG Ich danke Mike, Sam und Rhiannon Adams für aktuelle Informationen über wichtige Dinge, den Besitzern und der Crew der *Hart* und *Hind*, Guy, Helen und Nigel, dafür, dass sie mir zu einer guten Erinnerung an Hotelboote verholfen haben – sie haben uns einen wunderbaren Urlaub möglich gemacht –, Steve Marshfield, dem allerfreundlichsten Inspektor der Gesundheitsbehörde überhaupt, Alexander Watt und Desmond Fforde für verschiedene technische Ratschläge und meiner verstorbenen Schwiegermutter Audrey Fforde einfach dafür, dass sie sie selbst war.

KAPITEL 1

»Ich verstehe dich nicht, Julia!«

Julia wischte sich verstohlen die Speicheltröpfchen aus dem Auge und versuchte, sich außer Sprühweite zu bringen. Wenn sie geahnt hätte, dass Oscar sich sosehr darüber aufregen würde, dass sie sich von ihm trennen wollte, hätte sie nicht in seinem Auto davon angefangen. Sie hätte ihn zum Kaffee eingeladen, und es wäre ihm erspart geblieben, mit dem Ellbogen, dem noch empfindlichen Gelenk, aufs Steuerrad zu schlagen, was ihm jetzt bereits zweimal passiert war, und sie selbst hätte den feuchten Bekundungen seiner Bekümmerung aus dem Weg gehen können.

»Dieser ganze Unfug, dass du etwas ›Spaß‹ willst!«, fuhr er fort. »Dafür bist du doch wohl ein bisschen zu alt, oder?« Ein weiteres Tröpfchen empörter Nässe landete auf ihrem Ärmel.

»Ich bin erst vierunddreißig, ich stehe also nicht direkt mit einem Fuß im Grab«, erwiderte sie leise und durchwühlte ihre Tasche nach einem Papiertaschentuch.

»Vierunddreißig ist ziemlich alt, wenn man noch Kinder haben will! Und das, wo Mutter uns so ihre Hilfe angeboten hat, wenn wir noch welche bekämen!«

Julias Mitleid mit ihm schwand zusehends dahin. »Du meinst, dass sie uns angeboten hat, deine alte Kinderfrau aus dem Altersheim zu zerren, damit deine Sprösslinge aufs Töpfchen dressiert werden, kaum dass sie aus dem Mutterleib heraus sind! Hat sie eigentlich noch nie etwas von Wegwerfwindeln gehört?«

»Und sie hat auch angeboten, uns bei den Schulgebühren unter die Arme zu greifen!«

»Nur wenn wir einen Jungen bekommen, der intelligent genug ist, um das gute alte Sandings zu besuchen!« Dieser Seitenhieb galt Oscars Alma Mater, der letzten Schule auf Erden, in die Julia ihre Kinder schicken würde, falls sie jemals welche bekommen sollte.

»Nun, natürlich. Privatschulen sind teuer. Du kannst kaum von ihr erwarten, dass sie Tausende von Pfund ausspuckt für ein Mäd ..., für jemanden, der nicht so helle ist.«

Er brach ab, vielleicht weil er zum ersten Mal in seinem Leben bemerkt hatte, wie unmöglich er sich benommen hatte.

Julia brauchte einen Augenblick, um ihren Zorn herunterzuschlucken. Es hatte keinen Sinn, auf Oscar loszugehen. Er war mit jeder Faser seines Wesens sexistisch und elitär, und daran konnte er ebenso wenig etwas ändern wie an seiner Blutgruppe. Warum hatte sie bloß so lange gebraucht, um das zu erkennen?

»Ich weiß es durchaus zu schätzen, dass deine Mutter uns ihre Unterstützung bei den Schulgebühren angeboten hat.« Sie heftete den Blick auf sein Armaturenbrett aus Walnussholz, damit er ihr nicht ansah, dass sie log. »Aber ich möchte unsere Verlobung trotzdem lösen. Kinder sind im Moment nicht meine erste Priorität, und wir würden einander ohnehin nur unglücklich machen.«

»Warum hast du dich dann überhaupt bereit erklärt, mich zu heiraten?«

Die Frage war nur fair, aber obwohl Julia die Antwort kannte, würde sie Oscar etwas anderes erzählen. »Du bist sehr attraktiv. Deine Aufmerksamkeit hat mir geschmeichelt. Und ich liebe Sooty.«

Diese letzte Bemerkung war ein Fehler. Der Hinweis auf seinen halbwüchsigen schwarzen Labrador, der bei ihrer ersten Begegnung noch ein Welpe gewesen war, machte all ihre Versuche zunichte, Oscars Ego wieder aufzubauen.

»Sooty!« Oscar blinzelte verwirrt. »Was hat Sooty denn damit zu tun?«

»Nun, eigentlich gar nichts. Ich dachte bloß, ein Mann mit Hund wäre ein guter Kandidat zum Heiraten.« Julia hatte ihr Ziel ein wenig aus den Augen verloren. Sie wollte Oscar beschwichtigen, statt ihm das Gefühl zu geben, ein Refugium für unverheiratete, potenzielle Mütter zu sein, obwohl er traurigerweise genau das war. »Ich habe mich geschmeichelt gefühlt, Oscar«, wiederholte sie. »Aber dann ist mir klar geworden, dass ich niemals die Art Ehefrau sein könnte, die du brauchst.«

»Was soll das heißen?«

»Du hast gesagt«, erläuterte sie ihm geduldig, »es spiele keine Rolle, wenn ich bei der Beförderung übergangen würde, weil ich nach unserer Hochzeit ohnehin nicht mehr arbeiten würde.«

Er war mittlerweile von selbst darauf gekommen, dass das falsch gewesen war. »Aber warum hast du dann gekündigt? Wenn dein Job dir so viel bedeutet?«

Diesmal fiel es Julia schwerer, ihren Ärger zu unterdrücken. »Ich habe es dir doch erklärt. Sie haben Darren *meine* Abteilung gegeben, die Abteilung, die *ich* aufgebaut habe. Fast *fünf Jahre* habe ich dazu gebraucht, und er bekommt den Job, bloß weil er ein Mann ist und Golf spielt! Er ist nicht einmal besonders tüchtig!«

»Aber viele Leute haben es lieber mit einem Mann zu tun, und beim Golf geht es nicht nur um das Spiel selbst, verstehst du? Viele Geschäfte ...«

»Ich habe die Abteilung ›Mietvermittlung‹ aufgebaut, ohne ein Mann zu sein oder meine Freizeit an der Theke des Golfclubs zu verbringen!«

»Nun, sie hätten dich ohne Begleitung auch gar nicht reingelassen ...«

»Ich habe diese finnische Gesellschaft überredet, ihre Umsiedlung über uns abzuwickeln, statt über eine der großen Oxforder Firmen ...«

»Ich weiß, Peter war sehr froh über den Auftrag. Er hat es mir erzählt ...«

»Und hat dir dein Golfkumpel vielleicht auch erzählt, warum er mir die Abteilung nicht übertragen hat?«

»Ich weiß nur das, was er dir auch gesagt hat, Darling.« Oscar, den Julias Ärger aus dem Gleichgewicht brachte, versuchte, die Wogen zu glätten. »Dass er glaube, Darren sei zwar noch sehr jung, habe aber ein großes Potenzial ...«

Julia konzentrierte sich ganz darauf, ruhig zu bleiben. Wenn sie sich gestattete, über Oscars Worte nachzudenken, würde sie explodieren. »Das haben wir doch alles schon so oft durchgekaut, Oscar, und es bringt uns nicht weiter. Aber ich denke, du musst jetzt wirklich einsehen, dass wir nicht zusammenpassen.« Da sie sah, dass er zu einem Protest ansetzte, sprach sie hastig weiter. »Es gibt jede Menge großartige Mädchen, die mit Freuden ...« Sie geriet ins Stocken. War am Anfang des neuen Jahrtausends wirklich noch ein weibliches Wesen bereit, eine Ehefrau zu sein, wie man sie in den Fünfzigerjahren gekannt hatte? »Die ... deine vielen guten Eigenschaften zu schätzen wüssten ... und begreifen würden, was für eine gute Partie du bist. Du bist sehr attraktiv und ein absolut wünschenswerter Partner, Oscar, du bist nur einfach für mich nicht der Richtige.«

Sie griff nach ihrer Handtasche und tastete nach dem Türgriff.

Er streckte die Hand aus, um sie am Aussteigen zu hindern. »Und diese Kanalgeschichte? Was soll das, bitte schön? Du hast eine absolut annehmbare Karriere aufgegeben, einen Job bei einem sehr soliden Burschen, und obendrein hast du dich bei deiner Kündigung sehr schlecht benommen, wenn ich dich daran erinnern darf ...«

Julia hätte am liebsten laut losgelacht. Seinerzeit war sie zu wütend gewesen, um das zu erkennen, aber rückblickend hatte ihr Abgang aus dem Büro durchaus seine komischen Seiten gehabt. Nachdem Peter sich die extrem gemäßigte Version von Julias Kündigungsgründen angehört hatte, hatte er sich über den Schreibtisch gebeugt, um ihre Hand zu tätscheln, und gesagt: »Na, na, na.« Mit dieser herablassenden Geste hatte er gleichzeitig seinen Kaffeebecher umgeworfen, der randvoll gewesen war. Der Kaffee hatte sich über seinen ganzen Schreibtisch ergossen (den er stets aufgeräumt hielt, um zu beweisen, wie tüchtig er war) und über seine Hose. Er war zutiefst bestürzt gewesen. »Dieser Anzug ist brandneu! Meine Frau wird die Wände hochgehen! Tu doch etwas, bevor es Flecken gibt, Julia, bitte!«

»Warum fragst du nicht Darren?«, hatte sie kühl erwidert. »Er hat ein großes Potenzial.«

»Aber er weiß bestimmt nichts über Kaffeeflecken!«, hatte Peter erklärt. »Er ist ein Mann!«

»Das ist er. So ein Pech.« Julia hatte mit geheucheltem Mitleid gelächelt und war aus dem Büro spaziert.

Jetzt sagte sie sanft: »Ich finde nicht, dass ich mich so schlecht benommen habe. Du kannst mir kaum einen Vorwurf daraus machen, dass ich keine Lust hatte, Peters Hosenstall mit Tempotüchern zu bearbeiten, oder?«

»Weich bitte nicht vom Thema ab! Du weißt rein gar nichts über diese Frau – und über Kanäle auch nichts.«

»Ich werde sehr viel mehr über beides wissen, wenn

ich das Vorstellungsgespräch hinter mir habe. Aber ich wäre sowieso von Strage's weggegangen. Ich war schon viel zu lange da.« Sechs Jahre zu lang, wie ihr jetzt aufging.

»Du weißt nicht einmal, wie viel diese Frau dir bezahlen wird! Wie willst du mit dem Geld zurechtkommen? Hast du darüber vielleicht mal nachgedacht?«

»Natürlich! Ich bin kein Idiot.« Julia schluckte ihre Wut herunter. »Ich werde mein Haus vermieten; damit sind schon mal die Hypotheken und die Rechnungen abgedeckt. Was immer sie mir bezahlt, betrachte ich einfach als Taschengeld.«

»Taschengeld! Ha!«

»Ich bin jung und ledig, Oscar – nun ja, ziemlich jung. Ich habe die ersten Schritte zu einem eigenen Haus gemacht, und solange ich die Hypotheken bezahlen kann, brauche ich keine Unsummen zu verdienen. Außerdem ist die Bezahlung ja vielleicht vollkommen in Ordnung.« Was sie im Grunde für genauso unwahrscheinlich hielt wie er, aber da keiner von ihnen Genaueres wusste, fand sie, dass sie sich diese Bemerkung leisten konnte.

»Wenn jemand dich nicht bezahlt, weiß er dich auch nicht zu schätzen!«

»Ich wurde bei Strange's gut bezahlt, und was hat das bewiesen? Außerdem – ich selbst messe meinen Wert nicht an meinem Gehalt, und ich erwarte auch von sonst niemandem, dass er das tut. Aber jetzt muss ich wirklich los.« Diesmal schaffte sie es, die Tür zu öffnen und einen Fuß aufs Pflaster zu setzen, bevor Oscar seinen nächsten Versuch machte.

»Meine Mutter wird sehr enttäuscht sein, sehr enttäuscht.«

»Ich glaube, sie wird von Herzen erleichtert sein«, entgegnete Julia, die bei der einen Gelegenheit, bei der sie Oscars Mutter begegnet war, ein wenig schmeichelhaftes

Gespräch über ihr Alter und ihre potenzielle Gebärfähigkeit mit angehört hatte. »Auf diese Weise steht es dir frei, dir eine jüngere und fügsamere Frau zu suchen.« Oscar errötete, als er diese Worte hörte – genauso hatte sich seine Mutter damals ausgedrückt. Julia küsste ihn auf die Wange. »Tut mir Leid, dass es mit uns nicht funktioniert hat, Oscar. Aber ich weiß, dass ich dich niemals hätte glücklich machen können, nicht auf lange Sicht.«

Julia stieg aus dem Wagen und ging traurig und schuldbewusst auf ihr Haus zu. Obwohl es ihr seinerzeit nicht bewusst gewesen war, überlegte sie, waren es Oscars angeborener Stumpfsinn und sein paradiesisches Queen-Anne-Haus gewesen (sie errötete vor Scham), die sie veranlasst hatten, seinen Antrag anzunehmen.

Ich war einfach ständig so müde – dachte sie, während sie den Kessel aufsetzte; ich habe mich halb tot gearbeitet, um die neue Abteilung aufzubauen. Sie hatte stundenlang mit Finnland telefoniert, um eine hypermoderne High-Tech-Firma davon zu überzeugen, dass es hier, im verschlafenen Oxfordshire, jede Menge hochkarätigen Wohnraum für die finnischen Führungskräfte gab, und noch mehr Stunden waren dafür draufgegangen, um die Besitzer besagten Wohnraums davon zu überzeugen, dass sie ihre Cotswolder Juwelen unbesorgt in ihre Hände geben konnten. Julia hatte ein Gärtnerteam zusammengestellt, damit keine Rose unbeschnitten und keine Winde ungestutzt blieb, und sie hatte sogar eine Firma zur Restaurierung von Möbeln engagiert, damit auch der kleinste Kratzer von den Chippendale-Möbeln entfernt wurde. Sie erinnerte sich lebhaft an Darrens vernichtende Bemerkungen, als er diese Einzelheiten herausgefunden hatte, die seiner Meinung nach reine Zeitverschwendung waren. Es hatte ihr echte Befriedigung bereitet, ihm zu erklären, dass die Sorge um ihre Stühle viele Leute davon abhielt, ihre Häuser zu vermieten. Darren hatte etwas von Versicherungen und wasserdichten Verträgen vor sich hin gemurmelt, als hätte Julia noch nie davon gehört.

Die vielen Überstunden hatten sich auf ihr gesellschaftliches Leben ausgewirkt, und Oscar, der ihr von ihrem Chef vorgestellt worden war, schien freundlich und anspruchslos zu sein. Seine Vorstellung von Spaß (abgesehen von einer verlockenden Partie Golf) bestand darin, Julia in erstklassige, ländliche Restaurants auszuführen und vor dem Sommelier mit seinem Wissen zu prahlen. Da er selbst so gut wie nichts trank (sein klassischer Jaguar war ihm ebenso teuer wie sein Labradorwelpe), kam Julia in den Genuss einiger hervorragender Jahrgänge. Da er in puncto Konversation nicht viel verlangte, war Oscar vollkommen zufrieden damit, wenn Julia nur gelegentlich nickte und zustimmende Laute von sich gab, und er war auch nicht gekränkt, wenn sie auf dem Rückweg in seinem Wagen etwas dringend benötigten Schlaf nachholte. Er hatte ihr seinen Antrag gemacht, als sie in Gedanken ganz woanders gewesen war, und so war sie am Ende zu einer Verlobung mit einem Mann gekommen, von dem sie im Grunde wenig wusste und der von ihr noch weniger wusste.

Irgendwie hatten sie nie Zeit gefunden, einander besser kennen zu lernen, und Julia, die immer noch von einem Termin zum anderen hetzte, begann sich mit dem Gedanken anzufreunden, in einer wunderschönen Umgebung (Oscar hatte in seinem Haus einige sehr hübsche Antiquitäten) ausgezeichnet zu essen und zu trinken. Aber als dann der junge, arrogante und inkompetente Darren, nur weil er ein Mann war, auf die Stelle befördert wurde, die von Rechts wegen ihr zugestanden hätte, ging Julia endlich auf, dass sie einiges dringend überdenken und ihre Ansprüche ein wenig herunterschrauben musste (das Queen-Anne-Haus hatte sieben Schlafzimmer). Aufgrund der harten Arbeit war ihr ein böses Fehlurteil unterlaufen, und das Ganze war es einfach nicht wert. Vielleicht sollte sie Peter Strange dankbar sein, dass er ihr unwissentlich die Augen geöffnet hatte.

Nachdem sie aus dem Büro gestürmt war, hatte sie sich zur Vorbereitung auf ihr neues Leben eine Ausgabe von *The Lady* gekauft. Denn wenn sie auch große Lust gehabt hatte, auf der Stelle einen Rucksack zu packen und durch Indien zu trampen, gab es noch eine andere, etwas erwachsenere Stimme in ihr, die ihr riet, sich irgendwie ihren Lebensunterhalt zu verdienen.

Sie hatte nicht einmal gewartet, bis sie nach Hause gekommen war, sondern die Zeitung gleich auf den hinteren Seiten aufgeschlagen und noch im Gehen zu lesen begonnen. Im Hinterkopf hatte sie die Frage beschäftigt, warum sie einen so großen Teil ihres Lebens einer Firma wie Strange's gewidmet hatte, die in einer Frau niemals viel mehr sehen würde als eine bessere Sekretärin, ganz gleich, was sie erreichte.

Während sie mit knapper Not einer Pfütze ausgewichen war und sich die Hüfte am Gartentor gestoßen hatte, war ihre Erregung gewachsen. War nicht jede Stellenanzeige ein leuchtendes Fenster lockender Möglichkeiten, die ihr eine neue Welt auftaten, spannend, glitzernd, das absolute Gegenteil von dem Stress der vergangenen sechs Jahre? Und dabei wäre es um ein Haar zu spät gewesen! Zum Glück hatte Oscars Mutter darauf bestanden, dass sie in einer äußerst beliebten Kirche heiraten sollten, einer Kirche mit einer neun Monate langen Warteliste.

Das Bewusstsein, wie knapp sie ihrem Schicksal entkommen war, hatte Julia veranlasst, ein klein wenig voreilig zu sein, als sie verschiedene Annoncen angekreuzt hatte. Mit knapper Not hatte sie so weit bei Verstand bleiben können, sich nicht um Jobs als Kindermädchen zu bewerben *(es besteht die Möglichkeit, mit der Familie zu reisen)* oder als Stallbursche *(muss große Hunde lieben),* da sie über wenig Erfahrung mit Kindern und über gar keine Erfahrung mit Pferden verfügte.

Aber ein Job war dabei gewesen, der ihr nicht nur interessant erschien, sondern für den sie sich auch qualifiziert fühlte. Und eben dieser Job führte sie an einem kalten Februartag, etwa eine Woche nach ihrem Bruch mit Oscar, zu Mittag in ein altes Postgasthaus in der Vorstadt.

KAPITEL 2

Als Julia die Tür öffnete und den Pub betrat, überkam sie eine plötzliche Nervosität. Oscar hat Recht, dachte sie. Ich bin verrückt, ich sollte bei meinen Leisten bleiben, statt mich in Pubs, die so dunkel sind, dass ich nicht mal die Theke finde, mit wildfremden Frauen zu treffen. Sie stolperte zwischen Stühlen und Tischen umher, ihr Blick glitt suchend an landwirtschaftlichen Maschinen vorbei, bis sie schließlich von gedämpften Stimmen unter den originalen Eichenbalken des Schankraums zu ihrem Ziel gelockt wurde.

Drei silberhaarige Männer, die sehr vornehm mit ihren jeweiligen Rasentreckern geprahlt hatten, hielten in ihrem Gespräch inne, als Julia näher kam. Sie wussten, dass es heutzutage vollkommen akzeptabel war, wenn eine Frau allein einen Pub betrat, aber ihre Ehefrauen hätten so etwas nicht getan. Julia, die diese Spezies kannte, entspannte sich und lächelte mitfühlend. Einer der Männer erhob sich und rief in die Küche: »Madge! Kundschaft!«

Julia fuhr sich mit der Zunge über die Zähne, um sich zu versichern, dass dort kein Lippenstift haften geblieben war. Sie wünschte sich so sehr, diesen Job zu bekommen. Es würde eine furchtbare Enttäuschung für sie sein, zugeben zu müssen, dass Oscar Recht gehabt hatte und es unnötig gewesen war, sich durch die Stellenanzeigen im *Daily Telegraph* zu arbeiten.

Sie lenkte sich ab, indem sie sich die beruhigende Liste bekömmlicher Speisen zu Gemüte führte, die auf der Tafel angepriesen wurden. Endlich trat dann auch »Madge« in Erscheinung, die über ihrer gestreiften Schürze eine dünne Mehlschicht trug. Julia bestellte ein Glas Rotwein, ging damit zu einem Tisch am Fenster und blickte hinaus auf den Parkplatz. Die ersten Regentropfen fielen in die Pfützen auf dem Boden; das Geräusch, das dabei entstand, klang in Julias Ohren wie leise Überraschungsrufe angesichts der jüngsten, gewaltigen Veränderungen in ihrer Lebensweise.

Sie hätte wirklich einen aktualisierten Lebenslauf mitbringen sollen, aber mit ihrem dramatischen Abgang aus ihrem Büro hatte sie die Brücken zu jeder ordnungsgemäßen Sekretariatsdienstleistung hinter sich abgerissen, und abgesehen von einem Job als Kellnerin vor fünfzehn Jahren (in ihrer Studentenzeit) hätte sie ihrem Lebenslauf ohnehin nichts hinzufügen können, das bei der gegenwärtigen Bewerbung hilfreich gewesen wäre.

Athletischer, wetterfester Typ für die Arbeit auf den Kanälen gesucht, sollte gut kochen und mit Menschen umgehen können. Keine Kanalerfahrung notwendig ...

Julia kam sich nicht besonders athletisch vor, aber nach Oscars jüngsten Bemerkungen über ihr Alter fand sie, es sei an der Zeit, es zu werden. Sie war eine gute Köchin und konnte unzweifelhaft gut mit Menschen umgehen, was einer der Gründe für ihren maßlosen Zorn gewesen war, als Darren den Job bekommen hatte; er war einfach *hoffnungslos* unfähig in dieser Beziehung.

Julia hatte ihr Glas Fitou ausgetrunken und rang gerade mit sich, ob ein zweites klug wäre oder nicht, als eine sehr junge Frau hereinkam.

Sie war schlank genug für eine Lederhose, ein weißes T-Shirt und eine kurze Jacke, und sie trug teuer aussehende Stiefel und einen Schal, der allein so viel gekostet hatte wie Julias gesamte Aufmachung. An ihrem Handgelenk und ihren Ohren glitzerte Goldschmuck, und sie war atemberaubend schön. Ihr Haar war kurz und dick und wies blonde Strähnchen in mindestens drei verschiedenen Tönen auf. Es war die Art Frisur, die alle drei Wochen nachgeschnitten und alle vier Wochen »geliftet« werden musste, und zwar von modischen Londoner Frisören der Art, die für eine erste Beratung wahrscheinlich eine Warteliste hatten, die so lang war wie die von Oscars Mutter bevorzugter Kirche.

Julia fragte sich, ob sie wirklich für jemanden arbeiten konnte, der vom Scheitel bis zur Sohle nach einer Debütantin der vornehmen Gesellschaft aussah, oder ob sie sich lieber durch die Hintertür davonstehlen sollte, bevor sie bemerkt wurde. Aber genau in dem Augenblick drehte die junge Frau sich um und bemerkte sie.

»Julia Fairfax? Suzy Boyd. Entschuldigen Sie die Verspätung, ich habe mich hoffnungslos verfahren. Was trinken Sie? Rotwein? Ist er gut? Dann nehme ich auch einen.«

Julia stellte fest, dass sie unwillkürlich auf das breite, von Kieferorthopäden vervollkommnete Lächeln reagierte, das ihr Gegenüber seiner Begrüßung folgen ließ, aber gleichzeitig kam sie sich in ihrer zweckmäßigen Kleidung recht schäbig vor. Suzy Boyd war so strahlend und gut gepflegt wie ein hochgezüchtetes junges Rennpferd, das nur so strotzte vor Gesundheit und edlem Blut. Neben ihr fühlte Julia sich wie ein zotteliges altes Reitschulpony.

Suzy kehrte mit zwei Gläsern zurück, gab eins davon

Julia und nahm von dem anderen selbst einen Schluck. »Ich habe noch nie im Leben ein Vorstellungsgespräch geführt. Ich habe mir eine Liste von Fragen gemacht.« Sie durchwühlte einen Ledersack, auf dem in Goldlettern der Name eines Designers stand und der offensichtlich ziemlich überfüllt zu sein schien. »Hier.« Sie warf rasch einen Blick darauf. »Ich bin mir nicht sicher, ob wir uns erst ein bisschen unterhalten oder gleich in die Fragen einsteigen sollten?«

Julia, die sich langsam für Suzy erwärmte – trotz der Lederhose und des nur minimalen Oberschenkel-Umfangs –, sagte: »Die Fragen würden uns den Einstieg sicher erleichtern.«

Suzy war offensichtlich froh, dass ihr diese Entscheidung abgenommen wurde. »Also schön, mal sehen. Sie sind vierunddreißig ...« Sie blickte kurz auf, als hielte sie Ausschau nach Zeichen von Reife. »Und Sie haben Erfahrung als Köchin?«

»Ich habe einmal in den Sommerferien in einem Pub gekocht, als ich noch Studentin war, aber seither habe ich leider nur für Dinnerpartys gekocht.« Wenn man einige vornehme kleine Abendmahlzeiten abzog, die sie für Oscar zubereitet hatte, und das eine grässliche Essen, als sie seine Mutter sonntagmittags bekocht hatte. Julia war sich wie in einem Werbespot für Soße vorgekommen und hatte lauter Klumpen fabriziert.

»Aber Sie haben für ziemlich große Gesellschaften gekocht?«

»Kommt darauf an, was Sie unter groß verstehen.«

Suzy legte den Kopf zur Seite und gestattete dabei einer erdbeerfarbenen Haarsträhne, ihr lose über die Wange zu fallen. »Nun, wir nehmen zehn Passagiere auf, und die Mannschaft besteht aus drei Leuten, das heißt, wenn wir voll besetzt sind, wären dreizehn Personen zu bekochen. Würden Sie das schaffen?«

»Ich denke schon.«

»Gut«, meinte Suzy. »Ich bin mir nicht sicher, ob ich es könnte. Ich habe nie für mehr als sechs Personen gekocht, und selbst dann war es immer ein Albtraum. Obwohl ich nach der Schule einen Kochkurs besucht habe. Meine Eltern dachten, es könnte nützlich sein.«

Julia fühlte sich gezwungen zu fragen. »Und, war es das?«

Suzy schien zu zweifeln. »Nun, vielleicht nützt es mir ja jetzt etwas.« Sie warf abermals einen Blick auf ihre Liste. »Wie steht es mit Ihren Erfahrungen auf Kanalbooten?«

»Ich habe keine.« Julia wollte diesen Job wirklich bekommen, aber nicht unter Vorspiegelung falscher Tatsachen.

»Vergessen Sie es. Onkel Ralph meinte, wenn ich auf dieser Art von Erfahrungen bestehen würde, würde ich niemals jemanden finden.« Suzy nahm einen Schluck von ihrem Wein. »Außerdem haben wir ja Jason.« Sie sah Julia an, und diese bemerkte eine gewisse Unsicherheit im Gesicht ihrer potenziellen Arbeitgeberin. »Es war nämlich – es ist – Onkel Ralphs Geschäft. Er will es mir verkaufen – zu günstigen Bedingungen über mehrere Jahre hinweg –, wenn ich die erste Saison gut hinter mich bringe. Wenn nicht, sucht er sich einen anderen.«

»Wie ... nett.« Julia fand, dass sie persönlich in der Vergangenheit genug Verantwortung getragen hatte.

»Das ist es vielleicht wirklich. Onkel Ralph war immer auf meiner Seite. Jedenfalls, wenn es gegen Mummy und Dad ging.« Suzy zog die Nase kraus. »Ich habe das nicht ganz so gemeint, wie es klang. Ich meine, die beiden lieben mich sosehr, aber man hat einfach den Eindruck, dass sie mich nicht glücklich sehen wollen. Ralph hat immer verstanden, wie sehr mich das alles erstickt hat.«

»Hm.« Julia versuchte, möglichst neutral zu klingen, und machte ein Gesicht, von dem sie hoffte, dass es offen und interessiert wirkte. Sie hatte seit Jahren kein Vorstellungsgespräch mehr mitgemacht, da sie so lange für Strange's gearbeitet hatte, aber sie hielt es auf jeden Fall für eine schlechte Idee, sich zu den Eltern ihrer zukünftigen Arbeitgeberin zu äußern. Es war ihrer Sache nicht besonders förderlich gewesen, als sie sich einmal auch nur einen Anflug von Kritik bezüglich Oscars Mutter gestattet hatte, auch wenn in diesem Anflug das Wort »Kuh« vorgekommen war.

»Und wie gesagt, wir haben ja auch noch Jason.« Suzy verzog das Gesicht ein wenig. »Was wahrscheinlich eine gute Sache ist.«

»Nur wahrscheinlich?«

»Er ist eine Spur zu herablassend. Ich habe ihn letzten Sommer kennen gelernt, als ich mit Ralph auf den Hotelbooten gearbeitet habe. Jason hat mir sehr viel beigebracht, und er meinte, ich sei ›recht gut‹. Aber in Wirklichkeit meinte er: ›recht gut, wenn man bedenkt, dass ich Daddys kleine Prinzessin bin.‹«

Julia spürte, dass sie errötete. Sie hatte genau denselben Gedanken gehabt, was Suzy betraf.

»Womit er damals durchaus Recht hatte«, gestand Suzy lachend. »Aber heute ist das anders. Von jetzt an werde ich ohne das Geld und die überholten Vorstellungen meiner Eltern zurechtkommen.«

»Das ist sicher ein guter Entschluss.« Julia hatte in letzter Zeit selbst unter überholten Vorstellungen zu leiden gehabt.

Suzy nahm wieder ihre Liste zu Hilfe. »Onkel Ralph riet mir, Sie zu fragen, warum Sie sich für den Job beworben hätten. Er meinte, das wäre sicher sehr aufschlussreich. Obwohl ich mir da jetzt nicht mehr so sicher bin.«

Julia beschloss, ihr eine ehrliche Antwort zu geben. »Ich habe gerade eine sehr unpassende Verlobung gelöst und gleichzeitig meine Stellung gekündigt. Mein Chef und mein Verlobter sind gute Freunde. Ich fand, dass sich in meinem Leben etwas von Grund auf ändern müsse und ich zur Abwechslung mal etwas tun sollte, was mir Spaß macht.«

»Ich finde, das klingt sehr überzeugend. In gewisser Weise ist das auch der Grund, warum ich hier bin. Meine Eltern wollten auch von mir, dass ich heirate und mich häuslich niederlasse.«

»Sind Sie dafür nicht noch ein bisschen jung?«

»Natürlich. Aber sie sind der Meinung, ich hätte in puncto Männer einen unmöglichen Geschmack. Bloß weil ich eine Affäre mit dem Pool-Boy hatte!« Sie schnitt eine Grimasse. »Aber das war von Anfang an nichts Ernstes. Ich weiß gar nicht, warum sie deswegen so ein Theater gemacht haben.« Suzy grinste, und in ihren sorgsam geschminkten Wangen erschienen zwei Grübchen. »Nach dieser Geschichte haben sie dann den Kronprinzen von Daddys Imperium ins Spiel gebracht. Ein Langweiler! Erzählen Sie mir von Ihrem Exverlobten.«

»Er war auch furchtbar langweilig, nur dass ich es irgendwie geschafft habe, es nicht zu bemerken. Er – nun, eigentlich mehr seine Mutter – wollte, dass wir sofort Kinder bekommen, damit seine alte Kinderfrau das noch erlebte und sich um sie kümmern konnte.« Sie sah, wie sich auf Suzys Lippen die Frage bildete: Warum haben Sie sich überhaupt mit so einem Mann eingelassen?, und Julia wich einer Antwort aus. »Er hatte ein paradiesisches Haus und einen hinreißenden schwarzen Labradorwelpen. Sooty war im Grunde das Beste an Oscar.«

»Aber was für ein langweiliger Name für einen schwarzen Hund. Sooty.«

Julia dachte nach. »Sie haben Recht. Oscar ist wirklich absolut fantasielos.« Julia rief sich ins Gedächtnis, dass sie ein Vorstellungsgespräch führte, und kehrte zum

Thema zurück. »Davon abgesehen hatte ich einfach das Gefühl, mal eine Abwechslung von dem ewigen – Büroleben zu brauchen.« Julia drückte sich absichtlich vage aus. Sie wollte Suzy nicht verschrecken. »Der Job hat mich gereizt.«

»Wirklich? Ralph hat mir den Wortlaut der Anzeige gegeben, die er zu schalten pflegte. Ich fand sie ein bisschen altmodisch.«

»Wollten Sie jemand Jüngeres?« Oscar hatte ihr einen gehörigen Komplex beschert. Die Jahre fürs Kinderkriegen mochten langsam dahingehen, aber sie war doch sicher noch nicht zu alt, um für eine Anstellung infrage zu kommen?

»O nein. Das heißt, ich glaube es jedenfalls nicht. Ich meine, Sie sind doch gesundheitlich fit und so weiter, nicht wahr?«

»Ich denke schon.«

Suzy zuckte zusammen. »Wenn ich von zu Hause weggehe, werde ich meine Mitgliedschaft im Country Club aufgeben müssen. Wer weiß, was dann aus mir werden wird. Wahrscheinlich bekomme ich einen Schwabbelbauch.« Suzy schob mit langen, manikürten Fingern die Bierdeckel hin und her. »Sie haben da einen schnuckligen Trainer, der sogar in Lycra gut aussieht. Da lohnte sich wenigstens die Anstrengung hinzugehen.«

Julia schluckte. »Hmhm.«

»Möchten Sie noch einen Drink?«

»Ich weiß nicht ...«

»Sind Sie mit dem Wagen hier?«

»Nein. Es ist nicht weit zu laufen. Ich bin zu Fuß hergekommen.«

»Ich werde wohl auch bald wieder Fußgängerin sein. Daddy zwingt mich sicher, ihm den Wagen zurückzugeben. Er glaubt, wenn er mir all meine Spielsachen wegnimmt, werde ich ›zur Vernunft kommen‹.«

»Würden Ihre Eltern Sie *zwingen,* einen Mann zu heiraten, den Sie nicht lieben?« Julias Mutter hatte ein paar Mal ziemlich kräftig mit dem Holzpfahl gewunken, aber zu Gewalt, egal, in welcher Form, hatte sie bisher noch nicht gegriffen.

»Um fair zu sein, ich glaube nicht, dass sie das tun würden, aber sie wollen, dass ich etwas Vernünftiges mit meinem Leben anfange: Das heißt, etwas, das sie vernünftig finden. In ihren Augen ist die ganze Sache mit den Hotelbooten schlichtweg lächerlich, und sie werden mir keinen Penny geben.«

»Nun, warum sollten sie auch? Was haben Ihre Eltern denn damit zu tun?« Suzy schien ein wenig erschrocken zu sein, aber Julia ließ nicht locker. »Ich meine, Sie sind erwachsen. Warum sollten Ihre Eltern Ihnen Geld geben?«

Suzy sah sie verblüfft an. »Na ja, eigentlich haben Sie Recht. Nur dass sie mir bisher eben immer Geld gegeben haben.«

»Sie Glückspilz.«

»Das hat auch seine Schattenseiten. Als ›Daddys kleine Prinzessin‹ weiß man nicht, wozu man selbst imstande ist, weil man sich nie anstrengen musste. Ich kann nicht einmal sagen, ob ich in der Lage wäre, mir meinen Lebensunterhalt selbst zu verdienen, und dabei bin ich vierundzwanzig.«

»Sie meinen, Sie hatten noch nie einen Job?«

»Oh, doch, ich habe etliche Jobs gehabt – ich war Empfangsdame, Propagandistin, habe mich ein wenig als Model versucht und solche Dinge – aber ich musste nie von selbst verdientem Geld leben. Onkel Ralph meint ...« – Suzy holte tief Luft – »... dass von seinem Lohn zu leben noch nicht das Gleiche ist, wie sich seinen Lebensunterhalt selbst zu verdienen. Das sei ein himmelweiter Unterschied. Er findet, es zählt erst, wenn man sich selbst etwas aufbaut, Kunden findet und so weiter. Nur ein Gehalt zu empfangen reiche da nicht aus.«

Julia vergrub die Finger in ihrem Haar. »So habe ich das noch nie betrachtet.«

»Nein, aber er hat Recht. Und wenn ich meiner Familie beweisen kann, dass ich dieses Geschäft so weit in Schwung halte, dass es Geld abwirft, stellen sie vielleicht ihre Versuche ein, mich zu einer repräsentativen Ehefrau zurechtzustutzen. Und wenn ich will, kann ich das Geschäft dann später von Onkel Ralph kaufen. Wenn es nicht klappt, muss ich am Ende der Saison mit eingezogenem Schwanz nach Hause zurückkehren.«

Julia schauderte. »Dann erzählen Sie mir doch etwas über das Geschäft. Worum genau geht es eigentlich?«

Suzy straffte sich. »Es geht um ein Hotelboot. Nur dass wir zwei haben. Zwei Hotelboote, meine ich.«

»Hotelboote? So etwas wie Lastkähne?«

»Sprechen Sie dieses Wort niemals aus!« Julias unbeabsichtigte Blasphemie entsetzte Suzy. »Onkel Ralph hasst es, wenn man Hotelboote als Lastkähne bezeichnet! Lastkähne sind viel breiter! Unsere Boote sind gerade mal zwei Meter breit! Allerdings sind sie zwanzig Meter lang«, fuhr sie etwas gelassener fort. »Früher hat man mit den Booten Fracht auf den Kanälen transportiert. Heute geht fast das gesamte Frachtaufkommen über die Straßen, daher werden die Kanäle praktisch ausschließlich zu Freizeitzwecken genutzt.« Julia hatte den Eindruck, dass dies nicht Suzys eigene Worte waren, sondern die eines anderen. »Hotelboote sind für Leute gedacht, die nicht selbst ein Boot chartern und die ganze Arbeit an den Schleusen, mit dem Kochen und dem übrigen Kram am Hals haben wollen.«

»Aber warum haben Sie dann zwei Boote? Wäre es nicht einfacher mit nur einem Boot?«

»Nun, es gibt einige Betriebe mit nur einem einzigen

Hotelboot, aber die können nicht mehr als etwa fünf Passagiere aufnehmen. Die meisten anderen Betriebe lassen zwei Boote fahren und können zehn bis zwölf Personen beherbergen. Einige haben auch Kabinen mit Bad und WC, aber Onkel Ralphs gehören nicht dazu. Seine beiden Boote haben Platz für zehn Personen. Kosteneffektiver wäre es natürlich, wenn sie zwölf Personen aufnehmen könnten.« Suzy holte tief Luft und sprach weiter. »Die Passagiere schlafen in dem Boot ohne Motor, das von dem anderen geschleppt wird. In dem Boot mit Motor befinden sich die Quartiere für das Personal, die Kombüse, der Salon, in dem die Leute essen und auch zu anderen Gelegenheiten zusammenkommen, und ein Deck, auf dem man sitzen und die Landschaft betrachten kann. Moment mal.« Suzy durchstöberte abermals ihre Handtasche. »Ich muss irgendwo noch die Broschüre vom letzten Jahr haben. Da ist ein Foto drin.«

Julia betrachtete den Grundriss von etwas, das aussah wie zwei in die Länge gezogene Eisenbahnwaggons mit spitzen Enden. Die Kabinen waren, wie man auf den Fotos sehen konnte, mit Waschbecken und Kleiderschränken ausgestattet, und auf dem Motorboot gab es eine ziemlich geräumig wirkende Kombüse, einen Salon und einen Wohnbereich. Alles war mit bemerkenswertem Einfallsreichtum auf die schmalen Boote zugeschnitten. »Die wirken ja ziemlich geräumig.«

»Aber nur auf dem Papier. In Wirklichkeit ist alles recht eng. Aber übersichtlich, Sie verstehen? Es gibt Platz für alles und jedes, und alles hat seinen Platz und so weiter.« Suzy runzelte die Stirn. »Lassen Sie uns noch etwas trinken.«

»Ich habe noch nie viel mit Booten zu tun gehabt«, gestand Julia, als sie sich auf ihren Vorschlag hin mit einem Stück Hackfleischauflauf eine bessere Grundlage für den Alkohol verschafft hatten.

»Im Grunde muss man nur eine Leine auffangen können, stark sein und keine Höhenangst haben«, erwiderte Suzy.

»Oh.« Julia hatte nicht viel übrig für Höhen, wusste nicht, ob sie eine Leine auffangen konnte und fühlte sich gerade im Augenblick nicht besonders stark.

»Aber machen Sie sich deswegen keine Gedanken. Sie werden reichlich Zeit haben, alles Notwendige zu lernen, bevor die Saison beginnt. Zurzeit liegen die Boote in der Werft und werden überholt. Es wäre schön, wenn Sie mir helfen könnten, alles in Schuss zu bringen. Dann nimmt Ralph Sie mit uns runter nach Stratford, wo wir unsere ersten Passagiere erwarten. Von Stratford an sind wir dann auf uns gestellt. Abgesehen von Jason natürlich.« Als sie seinen Namen aussprach, rümpfte Suzy abermals die Nase, und Julia gewann den untrüglichen Eindruck, dass es sich bei Jason um keine ganz zweifelsfreie Errungenschaft handelte.

Julia beschloss, mit ihren Bedenken nicht länger hinterm Berg zu halten. »Ich bin mir nicht sicher, ob ich auf einem Boot so furchtbar viel tauge. Wollen Sie mir den Job wirklich anbieten? Vielleicht haben sich ja noch ein paar ... sportlichere Leute beworben.«

»Sie sind die Einzige, bei der ich ein gutes Gefühl hatte. Von den anderen war einer gerade als Koch von einer Weltumseglung zurück – furchteinflößend, kann ich Ihnen sagen. Und dann war da noch ein Bewerber, der völlig daneben zu sein schien, ohne Erfahrung auf irgendeinem Gebiet, geschweige denn als Koch.« Suzy musterte Julia mit einem ruhigen Blick. »Onkel Ralph meinte, ich solle mir jemanden suchen, der einen gesunden Menschenverstand hat, ganz egal, was er sonst noch hat oder kann. Außerdem waren alle anderen Bewerber Männer, und ich brauche eine Frau, weil wir uns ein Quartier teilen müssen. Onkel Ralph würde es gar nicht gern sehen, wenn ich von Anfang an mit der Mannschaft rummache.«

»Das kann ich mir vorstellen«, antwortete Julia, die aus dieser Bemerkung entnahm, dass sie unter lauter ungeeigneten Bewerbern immerhin die Beste war. »Und wie heißen die beiden? Ich meine die Boote?«

»*Pyramus* und *Thisbe*. Die Namen kommen aus dem *Sommernachtstraum*. Äußerst passend, da wir so oft nach Stratford-upon-Avon fahren. Also ...« Suzy sah Julia mit einem flehenden Blick an, der sicher schon härtere Herzen als ihres hatte dahinschmelzen lassen. »Sind Sie dabei? Die Arbeit ist schrecklich hart, aber wir würden viel Spaß haben. Und die Kanäle sind so wunderschön. Sie werden sich bestimmt sofort in sie verlieben, genau wie ich.«

Julia dachte, dass es bei ihrem Gegenüber wohl wirklich Liebe sein musste, wenn dieser bunte Vogel aus der gehobenen Gesellschaft all die Bequemlichkeiten aufgab, die sein Vater ihm zur Verfügung stellen konnte. »Ich würde Ihr Angebot wirklich gern annehmen. Es klingt, als wäre es genau das, was ich im Augenblick brauche. Aber sollten Sie nicht vorher besser meine Referenzen und all diese Dinge überprüfen?«

Suzy schüttelte den Kopf. »Onkel Ralph wird Sie kennen lernen, und wenn Sie ihm nicht gefallen, wird er das sagen.« Sie runzelte die Stirn. »Ich fürchte, die Löhne sind unter aller Kritik. Ich hätte wohl von Anfang an damit rausrücken sollen, aber ich wollte Sie nicht von vornherein abschrecken.« Sie nannte eine äußerst magere Summe. »Werden Sie damit auskommen?«

Julia schluckte, dankbar dafür, dass Oscar niemals würde erfahren müssen, wie wenig ihr dieser Job einbrachte. »Ich werde mein Haus vermieten, was meine laufenden Unkosten decken sollte, die Kommunalsteuern und solche Dinge.«

»Dann wäre das also geregelt. Werden Sie denn noch etwas Geld übrig haben?« Suzy stellte ihre Frage mit einer Naivität, die verriet, dass sie selbst sich nie mit so weltlichen Problemen hatte herumschlagen müssen.

»Nein.«

Wenn gesunder Menschenverstand der Grund für ihre Anstellung war, so überlegte Julia, sollte sie jetzt ein wenig davon zeigen. Suzy hatte drei große Gläser Wein getrunken. »Wissen Sie was? Warum kommen sie nicht mit zu mir nach Hause und trinken einen Tee? Sie könnten sogar über Nacht bleiben. Ich glaube nicht, dass Sie jetzt noch fahren sollten.«

Suzy zuckte mit den Schultern. »Daddy wird mir den Wagen sowieso wegnehmen, da spielt es keine Rolle, ob sie mich wegen Trunkenheit am Steuer drankriegen oder nicht.«

»Und ob das eine Rolle spielen wird. Lassen Sie Ihren Wagen hier stehen und kommen Sie mit mir. Ich habe heute Abend nichts Besonderes vor – ich wollte nur ein bisschen packen, weil ich morgen meine Schwester besuchen werde. Sie können Ihren Wagen morgen früh wieder abholen.«

»Ein gemütlicher Frauenabend, wie? Das wird bestimmt lustig.«

Als Suzy, gestützt von Julia, auf ihren Plateausohlen die Straße entlangtrippelte, dachte Julia, dass ein »gemütlicher Frauenabend« für Suzy etwas so Exotisches wie die Kommunalsteuer sein musste. Aber sie verbrachten einige sehr angenehme Stunden vor dem Feuer, aßen Nudeln und tranken den Wein, den zu kaufen Suzy sich nicht hatte nehmen lassen. Am Ende des Abends waren sie sehr gute Freundinnen.

Suzy hatte sich erboten, Julia zu ihrer Schwester zu fahren, und als sie am nächsten Morgen zu Fuß zum Pub zurückgingen, wo Suzys Wagen stand, griff die junge

Frau zutraulich nach Julias Arm. »Mir fällt ja so ein Stein vom Herzen, jetzt, wo ich weiß, dass du mit von der Partie bist. Es ist ein tolles Gefühl, eine Erwachsene an der Seite zu haben.«

Julia wusste nicht, was sie darauf erwidern sollte. Sie hatte soeben Oscar und einen sehr gut bezahlten Job aufgegeben, damit sie mal etwas anderes als die vorbildliche Erwachsene sein konnte, aber trotzdem fühlte sie sich von Suzys Vertrauen geschmeichelt. »Vielen Dank. Ich werde mein Bestes tun, um dich nicht zu enttäuschen.«

Suzy lachte. »Ach, du enttäuscht mich bestimmt nicht.« Sie ließ die Türen ihres scharlachroten Flitzers aufspringen. »Steig ein. Mal sehen, ob ich dich zu deiner Schwester fahren kann, ohne mich irgendwo zu verirren.«

Angela wohnte in einem hübschen Dorf bei Oxford, weniger als zehn Meilen von Julia entfernt, und sie erreichten ihr Ziel tatsächlich, wenn auch nicht, ohne das eine oder andere Mal falsch abgebogen zu sein. Sobald Julia nach einem riskanten Wendemanöver aus dem Wagen gestiegen war, gab Suzy Gas und brauste davon, ohne sich Angela vorstellen zu lassen. Sie rief Julia noch das Versprechen nach, ihr zu schreiben, wann und wo sie sich das nächste Mal treffen wollten. Julia hatte das Gefühl, dass ihre Arbeit alles Mögliche würde sein können – nur nicht langweilig.

Ihre drei Jahre jüngere Schwester öffnete die Haustür. Auf ihrer Schulter lag, kunstvoll drapiert, die drei Monate alte und absolut bezaubernde kleine Petal.

»Hallo, Ju. Wie war das Vorstellungsgespräch?«

Julia umarmte ihre Schwester. »Warte, ich erzähle es dir sofort. Du siehst schrecklich aus! Lässt diese Bande dich denn überhaupt nicht mehr schlafen?«

»Nicht genug jedenfalls.« In diesem Augenblick stieß

Ben, ein energiegeladener Zweijähriger, ein Spielzeug in Julias Richtung, was wohl eine Art Begrüßung sein sollte, dann lief er in einem jähen Anfall von Schüchternheit zurück in die Küche.

»Hast du den Job bekommen?«, fragte Angela, während sie Ben folgten.

Julia nickte. »Ich hab ihn, aber frag mich nicht, wie viel ich verdienen werde. Bens Taschengeld ist wahrscheinlich großzügiger bemessen. Aber ich glaube, es wird Spaß machen.«

»Wie ist sie denn so, deine neue Arbeitgeberin?«

»Sehr schillernd, aber im Grunde ein lieber Kerl und eine ulkige Nudel. Hallo, Grace.« Julia wandte sich an das älteste von Angelas Kindern. »Coole Schuhe. Wenn du rausgewachsen bist, kann ich sie dann haben?«

»Wenn Petal sie nicht will«, erwiderte Grace. »Ich habe ein Tamagotchi.«

»Zeig mal her.«

Da die Kinder lärmend um Aufmerksamkeit rangen, musste Angela sich eine Weile gedulden, bevor sie ihre Schwester weiter über deren neuen Job ausquetschen konnte. Aber zu guter Letzt schafften sie es bis in die Küche, und Angela lud Petal auf Julias Schoß ab. »Hier, halt mal kurz deine Nichte, dann mache ich uns einen Kaffee. Ich musste sie schon den ganzen Morgen rumtragen.«

»Oh, warum denn?«

»Blähungen. Die letzte Nacht war die reinste Katastrophe – verabreicht in hübschen kleinen Zwanzig-Minuten-Portionen. Und als Petal endlich schlief, hatte Ben einen Albtraum.«

Julia warf einen Seitenblick auf ihre Schwester. Angela, die nie zu Übergewicht geneigt hatte, war nach den drei Schwangerschaften zu einem Gespenst geworden. »Ich weiß nicht, wie du das machst, Ange.«

»Mir bleibt ja gar nichts anderes übrig. Wenn man Kinder hat, muss man sich um sie kümmern. Es sei denn, man hat einen Superjob und kann sich eine Kinderfrau leisten.« Angela nahm einen Schluck Kaffee. »Also, dann erzähl mal von deiner neuen Stelle.«

»Von meinem hoch dotierten Superjob?« Julia kicherte in sich hinein. »Es wird zwar nicht so anspruchsvoll werden, so viel dürfte feststehen, aber es ist genau das, was ich brauche – eine Abwechslung. Und Spaß machen wird es obendrein.«

»Ich fand schon immer, dass die bei Strange's dich gar nicht richtig zu schätzen wussten.«

»Weiß denn irgendjemand *dich* zu schätzen?« Petal fing an zu sabbern, daher gab Julia sie ihrer Mutter zurück und beobachtete voller Ehrfurcht, wie ihre Schwester Ben mit einer Hand hochzog und beide nebeneinander auf ihren Schoss setzte. »Ich kann mir nicht vorstellen, dass ich jemals den Mut aufbringe, ein Kind zu bekommen. All diese Schmerzen und dann monatelang kein Schlaf.«

Angela lachte. »Wenn die Zeit gekommen ist, wirst du schon Kinder haben wollen. Du hast nur noch nicht den richtigen Mann gefunden. Da wir gerade beim Thema sind – wie hat Oscar es aufgenommen?«

Julia zuckte mit den Schultern. »Wie erwartet. Die Geschichte mit den Hotelbooten hat ihn fuchsteufelswild gemacht.«

Angela sah plötzlich ein wenig verlegen drein. »Deinen hoch geschätzten Bruder übrigens auch. Es ist mir so rausgerutscht ...« Sie hob die Hand, als wollte sie sich entschuldigen. »Und da ich nun schon mal so viel verpetzt hatte, habe ich auch noch einfließen lassen, dass du dich von Oscar getrennt hast.« Angela seufzte. »Es tut mir Leid! Aber ich war müde. Kinder können einen schon ziemlich konfus machen.«

»Nun, dann hat er wenigstens noch einen Grund, mein Verhalten zu missbilligen. Das tut er doch mit solcher Leidenschaft.«

»Du und Rupert, ihr geratet euch zwar immer in die Haare, aber er hat dich sehr gern. Er meinte sogar, du könntest Strange's vielleicht wegen unzulässiger Kündigung verklagen. Du sollst es ihn wissen lassen, falls du das tun willst.«

Julia lächelte; es rührte sie, dass ihr spießiger Bruder, Rechtsanwalt von Beruf, so aufmerksam war. »Ich glaube, die Sache wäre völlig hoffnungslos, da ich von mir aus gegangen bin, aber es ist sehr nett von Rupert, mir seine Hilfe anzubieten. Und habt ihr in letzter Zeit mal was von unserer Mutter gehört?«

Angela nickte. Sie war es gewöhnt, diejenige in der Familie zu sein, bei der alle Informationen zusammenliefen. »Sie hat irgendeinen Hippie bei sich aufgenommen, der Holz hackt und in ihrem Garten Windspiele aufhängt. Du musst ihr unbedingt erzählen, wie die Sache weitergeht. Sie ist vollkommen verrückt auf diese Geschichte mit den Booten.«

»Das habe ich auch nicht anders erwartet. In gewisser Weise ist sie einfach cool, wie Grace sagen würde.«

Angela brach ein Stück von einem Schokoladenkeks ab. »Hm. Das sehen wohl alle so – bis auf ihre Töchter. Stell dir nur all die jungen Männer vor, die auf sie fliegen!«

»Und die sie an mich weiterzureichen versucht«, ergänzte Julia grimmig. »Ich garantiere dir, sie mochte Oscar nur deshalb nicht, weil sie ihn nicht für mich entdeckt hatte, und weil sie sich nicht länger als Kupplerin betätigen konnte.«

»Na, dann hat sie ja jetzt wieder freie Bahn«, meinte Angela. »Ach ja, hast du schon von ihrer jüngsten alternativen Therapie gehört?«

»Was meinst du? Radionik?«

Angela nickte. »Sie hat mich gebeten, ihr eine Locke von Petals Haar zu schicken, damit sie ›sie in die Schachtel legen‹ und herausfinden könne, warum sie nachts immer noch nicht durchschläft.«

»Allmächtiger! Was hast du gemacht?«

»Ich habe ihr gesagt, Petal schlafe deshalb nicht durch, weil sie erst drei Monate alt ist. Außerdem könne sie kein einziges Haar erübrigen.« Sie streichelte den flaumbedeckten Schädel ihrer kleinen Tochter.

Julia schüttelte den Kopf. »Es ist schon komisch, Dad war alles andere als ein Spießbürger. Ich weiß nicht, warum Mom sich nach seinem Tod in einen New Age-Hippie verwandeln musste. Weiß Rupert das mit der Radionik?«

»O ja, aber du kennst doch Rupe. In seinen Augen kann Mom einfach nichts falsch machen. Vielleicht würde er das anders sehen, wenn er derjenige wäre, dem sie bei jedem Gähnen eine Dickdarmspülung empfohlen hätte. Ich mag Kaffee, aber nicht als Einlauf. Komm, trinken wir noch eine Tasse.«

Angela schenkte Kaffee nach, und sie verfielen in Schweigen. Ihre Mutter war einer der Menschen, den alle anderen für eine Art Gottesgeschenk hielten. Und obwohl sie sie beide innig liebten, hätten sie es einfacher gefunden, wenn sie nicht ausgerechnet *ihre* Mutter gewesen wäre. Für den Rest der Welt war sie »entzückend exzentrisch« und mit einer ungeheuren Ausstrahlung gesegnet. Bei ihren Töchtern war sie äußerst kritisch und setzte Maßstäbe, die diese nie erreichen konnten. Aber es wäre schon ein Kunststück gewesen, sich über eine Mutter zu beklagen, die äußerlich so wunderbar war.

Als Julia später ihre Mutter anrief, war diese tatsächlich ganz aus dem Häuschen, so sehr begeisterte sie Julias neuer Job auf den Kanalbooten. »Ich hatte gerade einen jungen Mann bei mir zu Gast, der hat auf einem Kanalboot gelebt, während er zur Uni ging. Er sagte, das sei ein total irres Erlebnis gewesen.«

KAPITEL 3

Zwei Wochen später saß Julia im düsteren Bahnhofscafé von Reading und fragte sich, ob sie nicht vielleicht einen schrecklichen Fehler gemacht hatte. Sie hatte drei Tassen Kaffee getrunken und zweimal die Frau hinter der Theke gebeten, auf ihr Gepäck Acht zu geben, während sie zur Damentoilette ging. Suzy war immer noch nicht aufgetaucht.

Nun gut, eigentlich waren es noch fünf Minuten bis zum verabredeten Zeitpunkt, aber ein Bahnhofscafé war ein ziemlich vager Treffpunkt. Angenommen, es gab noch eins, ein größeres und bekannteres Café, das Julia irgendwie übersehen hatte?

Vielleicht war Suzy als Arbeitgeberin einfach zu jung und zu schnodderig. Welche Eigenschaften waren es eigentlich, die sie zu der jungen Frau hinzogen? Ihre unkonventionelle Einstellung zu Männern, ihre Naivität, was die harte Realität des Lebens betraf, ihr fröhliches Wesen – vielleicht würden gerade diese Dinge Julia die Wände hochgehen lassen, wenn sie Anweisungen von ihr entgegennehmen musste.

Aber es war zu spät. Inzwischen füllten getrocknete Blumen, Weihrauchstäbchen und die Fotografien fremder Leute Julias Cottage. Die Freundin einer Freundin ihrer Schwester war dort eingezogen, machte sich bei Julias Katze lieb Kind, pflanzte Biogemüse im Garten, hielt ein wachsames Auge auf Julias ältliche und sehr liebenswerte Nachbarn und legte für dieses Privileg ein hübsches Sümmchen hin. Vor Ende September gab es kein Zurück für Julia.

Sie hatte gerade beschlossen, die jüngste Ausgabe von *The Lady* zu kaufen, falls sie in aller Eile einen anderen Job benötigte, als Suzy das Café betrat. Sie hatte etliche teure lederne Sporttaschen und einen gut aussehenden jungen Kerl bei sich, dem ein Schild mit der Aufschrift *Wünschenswerter Verehrer für die Tochter eines Industriekapitäns* um den Hals hätte hängen können. Ihm fehlten nur noch das Tweedjackett und derbe Straßenschuhe, um das Bild perfekt zu machen.

»Hey, Julia!«, sagte Suzy. »Die Strähnchen sind einfach klasse! Du siehst damit viel ... Sie sind genau das i-Tüpfelchen, das du brauchst.« Nachdem sie damit aller Welt verraten hatte, dass Julia ihre Blondheit nicht Mutter Natur zu verdanken hatte, umarmte Suzy sie in einer Wolke von etwas, das sehr durchdringend und teuer roch. »Das ist George, der mich freundlicherweise im Wagen mitgenommen hat. Obwohl ...« Sie wandte sich ihrem Begleiter zu: »Genau genommen hat er mich nicht mitgenommen, sondern ist extra meinetwegen hierher gefahren. Nun, wie auch immer, George, das ist Julia.«

»Guten Tag.« George bedachte Julia mit einem höflichen Lächeln. Perfekte Manieren, gute Zähne und noch bessere Zukunftsaussichten. Julia, die wusste, dass George der junge Mann war, den Daddy für seine kleine Prinzessin ausgesucht hatte, konnte ohne weiteres verstehen, warum Suzy ihn nicht heiraten wollte. Er war eine jüngere, galantere Ausgabe von Oscar.

»Also, Suzypussi«, meinte er, »wir hören voneinander. Ich muss jetzt los und mich meiner alten Dame widmen – meiner Mutter«, erklärte er Julia, die, da sie doch selbst so viel älter war, seine Bemerkung sonst womöglich nicht verstanden hätte. Julia zwang sich zu einem Lächeln.

»Es war wirklich lieb von dir, den ganzen weiten Weg zu fahren, um mich herzubringen, George!« Suzy hängte sich an seinen Hals und gab ihm dann die Art von Kuss, die sicherstellte, dass seine Zuneigung zu ihr genauso lange hielt, wie es ihr in den Kram passte.

Nachdem sie ihren Verehrer losgeworden war, kam Suzy sofort zur Sache. »Um wie viel Uhr geht unser Zug?«

Julia musste unwillkürlich lächeln. Suzy benutzte Menschen, wie andere Menschen Papiertaschentücher benutzen, und doch tat es ihrem Charme irgendwie keinen Abbruch.

»Um zehn nach drei von Gleis drei. Wir müssen über die Brücke gehen.«

»Ach ja? Oh, Mist. Ich hätte George hier behalten sollen. Da werde ich mein ganzes Zeug nie rüberkriegen.«

»Ich helfe dir. Ich habe nicht allzu viel dabei«, fuhr Julia mit einem leichten Tadel in der Stimme fort. »Du hast ja gesagt, ich solle nicht viel mitbringen.«

»Oh, ich weiß, aber ich will nicht nach Hause zurückgekrochen kommen, weil ich irgendetwas Wesentliches vergessen habe. Ich werde das ganze Zeug sortieren, wenn wir da sind, und verschenken, was ich nicht brauche.«

»Wir gehen jetzt besser. Der Zug wird in vier Minuten hier sein.«

»Okay.« Suzy hängte sich so viele Taschen wie möglich über die Arme und beäugte die letzte Tasche, als wäre sie unaufgefordert hinter ihr hergeschlurft.

Besagte Tasche hatte die Größe eines kleinen Koffers, und als Julia sie anhob, fühlte sie sich an, als wären Wackersteine darin. »Du stehst nicht zufällig auf Hanteltraining, oder?«

»Das klingt zu sehr nach harter Arbeit. Warum fragst du?«

»Ich habe nur gerade überlegt, ob du vielleicht die Gewichte mitgebracht hast, das ist alles.«

»Ist die Tasche schwer? Tut mir Leid. Es sind nur ein paar Schuhe drin, meine Stereoanlage, ein Radio und solches Zeug.«

Zeug, auf das Julia seufzend verzichtet hatte. »Also schön, dann setzen wir uns jetzt mal besser in Bewegung.«

Sie stolperten über die Brücke und kamen gerade in dem Augenblick auf dem Bahnsteig an, als der Zug einfuhr. Irgendwie schafften sie es, sich hineinzuzwängen, bevor er wieder abfuhr, und während Julia die Taschen im Gepäckabteil verstaute, suchte Suzy Sitzplätze. Ihre Suche förderte außerdem einen jungen Studenten zutage, mit dem sie flirtete und der sich, wie es Julia durch den Kopf ging, als nützlich erweisen würde, wenn sie aussteigen mussten.

Onkel Ralph war auf dem Bahnsteig, um sie abzuholen. Er öffnete die Tür und nahm die Taschen in Empfang, die Julia und der Student ihm anreichten.

»Ich bin Ihnen ja so dankbar für Ihre Hilfe«, sagte Suzy zu dem jungen Mann, als sie sich an ihm vorbeiquetschte. »Ohne Sie hätten wir das einfach nicht geschafft. Wie heißen Sie noch gleich?« Sie küsste ihn auf die Wange und wandte dann ihre Aufmerksamkeit ihrem Onkel Ralph zu.

Dieser war ein gut aussehender Mann von Anfang siebzig, mittelgroß und ziemlich kräftig gebaut, mit einer Unmenge dichten grauen Haars und einem breiten Lächeln. Er trug Cordhosen und ein verblichenes Polohemd. Als Suzy im Kielwasser ihres Gepäcks aus dem Zug stieg, nahm er sie herzlich in die Arme.

»Hallo, Mädchen! Was willst du mit all diesem Trödel? Auf dem Boot kannst du nicht mal halb so viel unterbringen. Was ist das bloß alles?«

Julia stieg hinter Suzy aus dem Zug und wartete darauf, dass Ralph sich aus Suzys Umklammerung befreite. Als er schließlich so weit war, schüttelte er ihr die Hand und grinste. »Sie sind also das Mädchen, das verrückt genug ist, um für meine wirrköpfige Nichte zu arbeiten? Nun, freut mich, dass Sie mitmachen. Suzy kann ihren Hintern nicht von ihrem Ellbogen unterscheiden.«

»Onkel Ralph!«

Julia konnte nicht sagen, ob Suzys Empörung der Bemerkung ihres Onkel galt oder seiner Wortwahl.

»Aber sie ist gutwillig, und sie hat Mumm, also müsste sie eigentlich klarkommen. Kommen Sie, ich stelle Ihnen Jason vor. Suzy und er sind alte Freunde.«

Jason kam vom hinteren Teil des Bahnhofs auf sie zu. Er trug einen ölverschmierten Overall und stellte eine mürrische Miene zur Schau.

»Hallo, Jason«, grüßte Suzy. »Schön, dich wiederzusehen.« In Suzys Lächeln brannten volle tausend Watt Charme, und als Zugabe ließ sie ihre niedlichen Grübchen sehen.

Jason nickte Suzy nur flüchtig zu, und Julia fragte sich, ob er wohl schüchtern war.

»Und das ist Julia«, erklärte Onkel Ralph, die Hand auf ihre Schulter gelegt. »Wie ich höre, ist sie eine erstklassige Köchin.«

Jasons Gesichtsausdruck legte die Vermutung nahe, dass er sich ausschließlich von Motoröl ernährte. Erstklassige Köchinnen waren ihm schnuppe.

»Hallo!« Julia legte in ihr Lächeln so viel Aufrichtigkeit und Kameradschaftlichkeit, wie sie nur zustande bringen konnte, rief damit aber keinerlei Reaktion hervor. Jason war nicht schüchtern, beschloss sie, sondern schlicht und einfach unhöflich. Er betrachtete ihr Gepäck mit abgrundtiefer Verachtung und schulterte die Riesentasche.

»Na, dann mal los«, bemerkte Ralph. »Schaffen wir das ganze Zeug in Ralphs Auto.«

Keine der beiden Frauen sagte etwas, während sie sich

zusammen auf den Rücksitz des uralten Volvo quetschten, umringt von ihrer jeweiligen Habe. Suzy ist wahrscheinlich nervös, weil sie Jason Befehle wird geben müssen, dachte Julia. Und sie hat mehr zu verlieren als ich. Ich habe nur Angst, dass Jason mir vielleicht die Hand abbeißt, wenn ich versuche, ihm etwas zu essen zu geben.

Jason sprang aus dem Wagen, kaum dass Ralph in den Bootshafen eingebogen war, und öffnete gleich den Kofferraum. Er hob Suzys Reisetasche heraus und verschwand.

»Er ist im Grunde ein herzensguter Kerl«, versicherte Ralph, als müsste er sich selbst davon überzeugen. »Aber er ist es nicht gewöhnt, Frauen als Menschen zu betrachten.«

Nun, da bin ich wenigstens auf bekanntem Terrain, dachte Julia.

»Und er weiß einfach alles, was man über Boote wissen kann und wie man sie bedient«, fuhr Ralph fort. »Kommen Sie allein zurecht, Julia?«

Julia nickte und sah sich um, fasziniert von der Vielzahl von Booten, die überall aufgebockt standen. Es waren Schiffe aller Art, angefangen von Kajütkreuzern mit abblätternder Farbe und moosbewachsenem Rumpf, von zerrissenen Planen bedeckt, bis hin zu fein gearbeiteten Flussbooten mit Klinkerbeplankung, die in ihrem erstklassigen Zustand jedem Museum Ehre gemacht hätten. Sie alle wirkten außerhalb des Wassers riesig.

»Unser Butty – das hintere Boot, das ohne eigenen Antrieb, auf dem die Passagiere schlafen – liegt im Trockendock. Es heißt *Thisbe*«, erklärte Ralph. »Die *Thisbe* sollte eigentlich morgen wieder zu Wasser gelassen werden, aber wir müssen sie zuerst noch einmal schwarz überlackieren.«

»Benutzt du den Pluralis majestatis«, erkundigte sich Suzy, »oder schließt das ›wir‹ uns beide mit ein?«

»Letzteres. Genau genommen seid ihr dabei auf euch allein gestellt.« Ralph grinste. »Um eine Vorstellung von der Größe eines über zwanzig Meter langen Bootes zu gewinnen, gibt es nichts Besseres, als den Rumpf zu streichen«, fügte er an Julia gewandt hinzu.

»Davon bin ich überzeugt«, murmelte sie.

»Kommen Sie mit auf das Motorschiff. Das ist die *Pyramus,* sie liegt unten am Treidelpfad. Habt ihr zwei im Zug etwas zu Mittag gegessen? Nein? Nun, dann beeilen wir uns, damit wir im Pub noch etwas bekommen. Sie können sich das motorisierte Boot später ansehen.«

Das »General Custer« war die Art Pub, die von den Angestellten der Firmen vor Ort lebte. Viele von ihnen aßen dort zu Mittag. Ralph suchte ihnen einen Tisch unter lauter anderen Gästen, die ihn bestens zu kennen schienen. Suzy und Julia zogen unverhohlen neugierige, in Suzys Fall sogar offen begehrliche Blicke auf sich. Jason hatte sie nicht begleitet, weil der Wirt, wie Ralph ihnen erklärte, kürzlich Overalls in seinem Lokal verboten hatte.

»Das sind meine Nichte Suzy und ihre Freundin Julia«, stellte Ralph sie der Gruppe von Männern vor, die wahrscheinlich alle irgendetwas mit der Werft zu tun hatten. »Was wollt ihr beiden Mädels denn trinken?«

Julia, der sich die Nackenhaare aufgestellt hatten, wenn Peter Strange sie »Mädchen« genannt hatte, stellte zu ihrer Überraschung fest, dass sie nichts dagegen hatte, mit Suzy in einen Topf geworfen zu werden. Oscar hatte ihr immer das Gefühl gegeben, eine Dame – eine Dame in reiferen Jahren – zu sein.

»Oh, ich hätte gern einen Campari Soda, Ralph.«

Ralph musterte seine Nichte. »Du kannst auf den Kanälen nicht Campari trinken«, versetzte er. »Such dir etwas Anständiges aus.«

Suzy schnitt eine Grimasse. »Dann nehme ich ein Lager-Bier. Ich kann wohl keine Zitrone dazu bestellen?«

»Nein. Julia?«

»Ich wollte eigentlich einen trockenen Martini mit einem Spritzer Zitrone bestellen, aber ich gebe mich auch mit einem Lager zufrieden.«

Ralph grinste, dankbar dafür, dass seine Nichte den Grips gehabt hatte, jemanden mit Humor einzustellen.

»Also, Sie übernehmen Ralphs Hotelboote«, sagte ein kleiner Mann mit gewaltigem Bart zu Suzy. »Sie müssen verrückt sein. Da werden Sie nie Geld rausholen. Ich heiße übrigens Ted.«

»Und ich bin Donald«, meinte ein anderer der Männer, der einen schottischen Akzent hatte und einen Pullover trug, der fünfzehn Zentimeter unter seiner Bomberjacke hervorlugte. »Wie wird Ihnen die Zusammenarbeit mit Jason gefallen?«

»Jason kann sehr gut mit den Booten umgehen.« Suzy warf einen raschen Blick auf ihren Onkel, der immer noch an der Theke stand.

»Oh, stimmt«, pflichtete Donald ihr bei. »Da ist er der Beste. Lassen Sie ihn nur nicht in die Nähe der Fahrgäste.«

»So schlimm habe ich ihn gar nicht in Erinnerung. Außerdem arbeitet er jetzt seit zwei Jahren für Ralph, also muss er wohl irgendwie mit den Gästen klarkommen.« Suzy machte ein ängstliches Gesicht.

»Oh, stimmt, aber bisher hatte er auch seine Freundin bei sich, nicht wahr? Sie hat ihn bei Laune gehalten. Aber gegen Ende der letzten Saison ist sie mit einem Schleusenwärter auf und davon. Vorher hat Jason nur die meisten Menschen gehasst, jetzt hasst er alle.«

»So, da wären wir.« Ralph setzte ein ramponiertes Tablett auf den Tisch, und Donald und Ted nahmen sich ihre Gläser. »Die Sandwiches sind unterwegs. Ich hoffe, ihr habt meinen kleinen Mädchen keine Angst gemacht«, wandte er sich an Donald und Ted.

»O nein«, antwortete Ted. »Wir haben ihr nur gerade von Jasons Enttäuschung in der Liebe erzählt.«

»Nun, er wird schon drüber hinwegkommen. Und wenn Sie etwas über Boote lernen wollen, Julia, können Sie keinen besseren Lehrer finden als Jason«, sagte Ralph überzeugt. Im nächsten Augenblick kam eine Kellnerin mit einem schwankenden Stapel Sandwiches und sauren Gurken an den Tisch. »Langt zu, Mädchen. Und wenn ihr gegessen habt, zeige ich euch, was ihr tun müsst. Ins Trockendock geht man besser nicht mit leerem Magen.« Er zwinkerte und hob sein Glas an die Lippen. »Auf eine erfolgreiche Saison! Lasst uns hoffen, dass ich nicht die Boote verkaufen muss, bevor sie zu Ende ist.«

»Was?« Suzy stellte ihr Lager weg. »Wovon redest du?«

»Ach, es ist nichts, wirklich«, erwiderte Ralph. »Nur ein vorübergehender Schluckauf meines überzogenen Kontos. Die Bank hat einen neuen Direktor, aber ich biege ihn mir schon zurecht. Du brauchst dir deswegen nicht den Kopf zu zerbrechen.«

Julia, die sofort vor Sorge wie gelähmt gewesen wäre, bemerkte, dass Suzys Miene sich auf der Stelle aufhellte.

»Und auf Julia, dass sie uns nicht mit einem reichen amerikanischen Fahrgast davonspaziert«, meinte Donald.

Julia warf ihm einen missbilligenden Blick zu, aber tief in ihrem Innern war sie dankbar für die Entdeckung, dass trotz allem, was Peter Strange und Oscar ihr angetan hatten, immer noch Leben in ihr steckte!

Dennoch krampfte sich ihr der Magen zusammen, als sie aufbrachen, damit Julia ihr neues Zuhause in Augenschein nehmen konnte.

»Das ist der Grand Union Canal«, erklärte Ralph, nachdem sie alle die Toiletten des Pubs genutzt hatten und über die Straßenbrücke in Richtung Werft gingen. Er sprach über den Kanal, als stellte er einen alten Freund vor. »Er führt von London bis nach Birmingham, und er ist ziemlich breit.«

»Breit? Meinen Sie das im Ernst?«, fragte Julia mit Blick auf den Wasserlauf, der unter der Brücke hindurchströmte. Sie gab sich alle Mühe, die Magie zu sehen, die für Suzy und die anderen so offensichtlich war.

»Es geht nicht um die Breite des Kanalbetts, sondern um die der Schleusen«, erläuterte Ralph. »Die Schleusen des Grand Union Canals sind breit genug, um zwei Boote wie die unseren gleichzeitig durchzulassen, also Seite an Seite. Bei schmalen Kanälen sind die Schleusen nur gut zwei Meter breit, und man muss die Boote nacheinander durchfahren lassen.«

»Ich verstehe«, behauptete Julia.

»Es tut mir leid, dass ich keine Zeit habe, um Ihnen ein bisschen mehr darüber zu erzählen, bevor Sie mit der Arbeit anfangen, aber so ist es nun mal. Für den Augenblick sind eure Sachen erst einmal im Motorboot verstaut.« Er blieb auf der Brücke stehen, um seinen stolzesten Besitz zu bewundern. »Die *Pyramus* ist eine Pracht, nicht wahr? John und ich haben sie früher auch im Winter für Fahrten auf den Kanälen benutzt, weil sich in der Zeit normalerweise sonst nichts tut. Es ist ein malerischer Anblick, der Nebel über dem Wasser, der Raureif auf den Bäumen ...«

»Aber bestimmt auch ziemlich ungemütlich«, bemerkte Julia, noch nicht ganz überzeugt.

»Ganz und gar nicht! Wenn der Ofen bullert und die Zentralheizung läuft, hat man es nirgendwo gemütlicher. Und jetzt ...« Ralph gab sich einen Ruck und schüttelte alle romantischen Regungen ab. »Jetzt müsst ihr die *Thisbe* teeren.«

»Ist das das Butty? Das Boot ohne Motor?«

Ralph nickte. »*Butty* ist Walisisch und heißt so viel wie

›Kumpel‹. Suzy kann Ihnen das Boot zeigen, während ich Farbe besorge.«

»Nun«, meinte Suzy, als sie mit Julia zum Trockendock ging. »Was sagen Sie dazu?«

KAPITEL 4

Sie befanden sich in einem grottenartigen Schuppen mit Blechdach. Das Licht kam von etlichen Leuchtstoffröhren, die allem, was nicht ohnehin schon schwarz war, einen kränklich grünen Schein verliehen. In einer langen, sargförmigen Kammer mit Holztoren an einem Ende stand ein Holzboot, das in dieser Umgebung die Größe eines Fußballfeldes zu haben schien. Das Wasser, das über den Boden sickerte, spiegelte sich leicht unheimlich an den Steinmauern des Docks wider. Es war eiskalt und roch nach nassem Hund. Niemand, nicht einmal der eingefleischteste Romantiker, konnte in diesem Boot etwas anderes sehen als die Hölle auf Erden. Julia suchte verzweifelt nach irgendeiner positiven Bemerkung.

»›Trocken‹-Dock scheint mir irgendwie die falsche Bezeichnung zu sein«, sagte sie in dem Bemühen, optimistisch zu klingen. »Was für ein Glück, dass du mir geraten hast, Gummistiefel anzuziehen.«

»Der Rat kam von Onkel Ralph. Ich musste selbst welche kaufen.« Suzy zog sich mehrere Ringe von den Fingern und steckte sie in ihren Ausschnitt. »Schön, dass du mich nicht gleich sitzen gelassen hast! Das Trockendock ist ein richtiges Drecksloch; ich hätte dir keinen Vorwurf gemacht. Aber ich verspreche dir, bei Tageslicht, im Wasser, im Sonnenschein und mit offenen Luken ist die *Thisbe* wirklich schön.«

Julia versuchte, ihre Fantasie zu aktivieren und schauderte stattdessen. »Ich verlass mich auf dich. Vielleicht sieht sie besser aus, wenn wir sie gestrichen haben.«

Sie stiegen die schlüpfrigen Treppen hinab und begutachteten die Aufgabe, die vor ihnen lag. Ralph hatte sie mit Gummihandschuhen, alten Baumwollschals, die sie sich um ihr Haar wickeln konnten, und Overalls ausgestattet, die schon steif von Teerflecken waren. Selbst in dieser unvorteilhaften Aufmachung und in dem künstlichen Licht brachte Suzy es fertig, wie Julia bemerkte, attraktiv auszusehen.

Ralph hatte auch einen riesigen Kübel Farbe und zwei zehn Zentimeter breite Pinsel beschafft. Einen dieser Pinsel drückte Suzy jetzt Julia in die Hand. »Hier. Wir machen uns am besten gleich an die Arbeit.«

»Ich nehme nicht an, dass man stattdessen eine Rolle benutzen könnte?«, fragte Julia mit einem zweifelnden Blick auf den Pinsel.

Suzy schüttelte wissend den Kopf. »Nein, sonst kommt man nicht richtig in die Ritzen. Ist eine Sauarbeit. Typisch für den verdammten Jason zu behaupten, er sei allergisch gegen Teer.« Suzy hebelte den Deckel von dem Kanister. »Deshalb müssen wir alles allein machen. Ich wette, er hat überhaupt keine Allergien.«

Julia beäugte die Flüssigkeit, die in der schummrigen Beleuchtung des Trockendocks finster glitzerte. »Ich weiß nicht. Es riecht furchtbar stark. Mir läuft schon jetzt die Nase.«

»Da ist Bitumen drin, also versuchen Sie, nicht zu atmen«, riet Ralph irgendwo hinter ihnen. »Und wenn euch etwas auf die Haut spritzt, müsst ihr es sofort abwaschen. Und gebt mir Bescheid, wenn ihr Nachschub braucht. Ich mische gerade Challico zusammen.«

»Natürlich, die Männer teilen sich wie immer die besten Jobs zu«, maulte Suzy. »Wir würden auch lieber Challico mixen, statt eine Meile Bootswände zu streichen.«

»Das bezweifle ich, meine Liebe.« Ralph grinste in sich hinein. »Challico besteht aus Pferdescheiße und Teer.«

»Und was um alles in der Welt macht man damit?«, fragte Suzy.

»Die Fugen versiegeln, wenn ihr sie abgedichtet habt. Eine Art nautisches Äquivalent zum Verputzen«, fügte er als Erklärung für Julia hinzu. »Jason übernimmt das vordere Ende, wo wir die neue Planke bekommen haben. So, und nun an die Arbeit. Ihr zwei habt gut zweihundertzwanzig Quadratmeter Boot zu streichen. Und ihr müsst heute noch fertig werden.«

»O Gott!« Suzy blickte entsetzt auf. »Warum denn das?«

»Das Boot soll gleich morgen früh zu Wasser. Es muss über Nacht trocknen.« Und fröhlich pfeifend marschierte er von dannen.

Suzy und Julia sahen einander bestürzt an.

»Na, dann mal los«, seufzte Julia. Sie tauchte ihren Pinsel in den Farbkanister und zog ihn über die oberste Planke. Es glänzte überaus zufrieden stellend. »Sieht doch hübsch aus, das muss man zugeben.«

»Bäh!«, schimpfte Suzy.

Die Frauen waren mit einer Seite des Bootes fertig und sahen der Arbeit an der anderen Seite nur mit mäßiger Begeisterung entgegen, als Ralph, Donald und Ted unter lautem Getöse ins Trockendock kamen. Nachdem sie alle übereingekommen waren, dass Ralphs Pfeifen alles andere als inspirierend war, schloss Ted Suzys CD-Spieler an, legte Oasis auf und drehte die Lautstärke hoch. Daraufhin ging ihnen die Arbeit viel leichter von der Hand, und sie waren noch vor acht Uhr mit dem Anstreichen fertig.

Julia war selten so müde gewesen wie an diesem Abend und sicher noch nie so schmutzig. Das Gesicht glühte ihr von den Ausdünstungen der Farbe, und trotz der Handschuhe waren ihre Hände und Arme mit schwarzen Sprenkeln übersät. Ihr frisch gesträhntes Haar war überall dort, wo es dem Schutz ihres Schals entronnen war, schwarz geworden. Die Tage, da sie sich mit ausländischen Kunden, Business-Class-Tickets und Laptop beschäftigt hatte, schienen einem anderen Leben anzugehören. Und Suzy war genauso schmutzig. Als sie aus dem Trockendock getaumelt kamen, fühlten sie sich wie Grubenarbeiter am Ende einer langen Schicht und mühten sich mit steifen Gliedern den Treidelpfad entlang zu dem Schleppboot, von dem Suzy gesagt hatte, es sei »so richtig warm und kuschelig«.

»Ich habe noch nie in meinem Leben so hart gearbeitet!«, erklärte Suzy, die sich an den Bug der *Pyramus* gelehnt hatte.

Jason, der vergleichsweise sauber war – trotz der Ölschicht, die einfach zu ihm zu gehören schien –, strotzte nur so vor Zufriedenheit. »Nein, das hast du wahrscheinlich wirklich nicht. Aber trotzdem kannst du nicht mit Stiefeln in den Salon.«

Suzy fluchte gutmütig vor sich hin und schleuderte ihr Schuhwerk von sich, wobei sie einen Stiefel benutzte, um aus dem anderen zu schlüpfen. Dann ließ sie beide Stiefel auf Deck stehen, bevor sie den Salon betrat.

Julia hatte gewisse Schwierigkeiten, an Bord zu kommen. Ihre sonst so beweglichen Glieder zitterten vor Müdigkeit. »Hilf mir mal rauf, Jason«, fuhr sie ihren zukünftigen Kollegen an, da ihr im Augenblick nicht nach Höflichkeit zumute war.

Jason ließ sich widerwillig dazu herab, Julia zu stützen, während sie über den Rand des Bootes kletterte und mit einem Aufprall auf dem Deck landete. Zu müde, um sich noch zu bewegen, sah sie sich um.

Der vordere, offene Teil des Bootes bot etwa für sechs Personen Platz. Er konnte bei Bedarf mit einer Plane überdacht werden, die über ein Metallgestänge gezogen und bei Regen wahrscheinlich auch an den Seiten heruntergelassen werden konnte. Die Fächer unter den aufklappbaren Sitzen dienten als Stauraum. Eins davon stand offen. Es war voller Farbdosen.

»Farbe!«, ächzte sie Ted zu, der ihr in der Hoffnung auf eine Portion Fisch und Pommes frites und ein Bier an Bord gefolgt war. »Ich könnte nicht einmal eine Gabel an die Lippen heben, geschweige denn einen Pinsel schwingen.«

»Dann stellen wir Ihnen Ihr Essen eben auf den Boden. Oder Sie könnten Jason bitten, Ihnen zu helfen.«

Julia sah ihn erschöpft an. »Jason lässt mich mit Stiefeln bestimmt gar nicht erst rein, und die Dinger sind furchtbar eng.«

Ted grinste. Dann hob er einen von Julias Füßen hoch und zog. Nach einigem Gezerre hielt er den Stiefel schließlich in der Hand und wandte sich dem zweiten zu. »So, das wär's. Jetzt dürfen Sie eintreten.«

Julia lächelte und tätschelte ihm dankbar den Arm. Wenn doch Jason und Ted nur für den Sommer ihren Charakter tauschen könnten, würde sie der ganzen Angelegenheit viel lockerer entgegensehen.

Sie öffnete die Doppeltüren und trat in einen Raum voller Wärme und Licht, der ein Lächeln auf ihre Lippen zauberte. »Meine Güte!«, sagte sie zu Ted, der hinter ihr stand. »Wie wunderschön!«

»Und die Zentralheizung funktioniert sogar«, erwiderte Ted, der sie am Arm festhielt, als sie sich hinsetzen wollte. »Aber wenn Sie es sich nicht mit Jason verderben wollen, ziehen Sie Ihren Overall aus, bevor Sie sich in die Nähe des Polsters wagen. Er ist der Einzige, der hier irgendetwas schmutzig machen darf.«

Julia zog an den Druckknöpfen ihres Overalls, kletterte hinaus und ließ sich dann auf die gepolsterte Bank an der Tür sinken. Müde, aber neugierig sah sie sich um. Der Raum war extrem schmal, wirkte jedoch trotzdem sehr gemütlich. Wie allerdings zehn Passagiere hier das Dinner einnehmen sollten, war Julia im Augenblick noch schleierhaft. Suzy war nirgends zu sehen.

Ralph, der dringende Geschäfte vorgeschützt hatte, hatte früher als die anderen mit der Arbeit aufgehört. Jetzt trat er durch die Klapptüren, hinter denen die Küche lag – oder musste es Kombüse heißen? Julia nahm sich vor, Suzy zu fragen.

»Eine Tasse Tee oder lieber etwas Alkoholisches?«, fragte Ralph.

»Etwas Alkoholisches«, antworteten Ted und Julia wie aus einem Mund. »Ich brauche jetzt einen ordentlichen Schluck«, fügte Julia hinzu; sollte Ralph doch glauben, seine Nichte habe eine Alkoholikerin engagiert. »Ich hätte gern ein ganzes Wasserglas voll.«

Ralph lachte leise. Er nahm zwei Gläser aus einem versteckten Schrank und füllte sie zwar nicht bis zum Rand, schenkte aber ansehnliche drei Finger breit ein. »Heute haben Sie die Feuertaufe bestanden. Alles andere wird jetzt wie von selbst gehen. Suzy ist übrigens auf Donalds Boot, um sich die Haare zu waschen.«

Julia nippte an ihrem Whisky und dachte über Suzys verdrehte Prioritäten nach. Selbst wenn ihr noch ein Fünkchen Energie verblieben wäre, hätte Julia sie nicht auf ihr Aussehen verschwendet. Es war so eine Erleichterung, nicht mehr von Kopf bis Fuß wie eine erfolgreiche Geschäftsfrau aussehen zu müssen.

»Tut mir Leid, dass ich Ihnen auf diesem Boot keine Dusche anbieten kann«, meinte Ralph und reichte Julia ein Päckchen Chips. »Das Wasser ist knapp, und es gibt da ein Problem mit der Pumpe. Wir mussten am Ende eine neue bestellen.«

Julia blickte unglücklich zu ihm auf. Es hatte ihr nichts

ausgemacht, dass Suzy mit frisch gewaschenem Kopf zurückkommen würde, während ihr die Haare vor lauter Farbklecksen buchstäblich zu Berge standen, aber der Gedanke, so schmutzig ins Bett gehen zu müssen, war zu grässlich, um ihn zu erwägen. Es würde ihr wie dem Pinsel ergehen, den sie benutzt hatte: Wenn er nach der Arbeit nicht gründlich gesäubert wurde, würde er am Morgen hart und nutzlos sein.

»Jason hat den ganzen Tag über versucht, die Dusche zu reparieren.« Ralph war offensichtlich bemüht, Jason in einem günstigen Licht erscheinen zu lassen.

Sein Versuch scheiterte jedoch kläglich. Es war vielleicht unvernünftig, aber wenn Jason auch nur halb so erbärmlich gefroren und halb so schmutzig geworden wäre wie sie und Suzy, hätte er die Pumpe irgendwie in Gang gebracht, dachte Julia. Sie nahm einen Schluck Whisky und schloss die Augen.

Julia öffnete sie erst wieder, als Suzy und Jason in der Kombüse erschienen; wahrscheinlich waren sie vom Heck des Bootes hergekommen. Ob ihre Beziehung sich dabei auch nur ein wenig verbessert hatte, konnte Julia nicht sagen, aber immerhin sahen beide erheblich sauberer aus als sie selbst.

»Ich glaube, das Teeren eines Bootes ist der schlimmste Job auf der Welt.« Suzy ließ sich neben Julia auf die Bank sinken.

»Warte, bis du ein paarmal die Toiletten ausgeleert hast«, entgegnete Jason und ließ sich auf einen Stuhl ihr gegenüber fallen.

Suzy bedachte ihn mit einem finsteren Blick, nahm das Glas in Empfang, das Ralph ihr reichte, und schluckte. »Igitt, Whisky. Ich hasse Whisky.«

Ralph machte Anstalten, ihr das Glas wieder abzunehmen, aber Suzy hielt es fest. »Nein, ich brauche jetzt einen ordentlichen Schluck. Ich bin fix und fertig.«

»Jason geht gleich noch mal los und holt uns Fisch und Pommes frites«, meinte Ralph versöhnlich. »Ich habe Julia gerade erklärt, dass ihr Mädels die Dusche nicht benutzen könnt. Andererseits …« Seine Miene erhellte sich. »Wahrscheinlich wärt ihr ohnehin viel zu müde gewesen, um euch noch zu waschen.«

Suzy, die sauberes Haar hatte und mit den Launen der sanitären Anlage auf dem Boot vertrauter war als Julia, nahm die Sache philosphisch. »Da hast du wahrscheinlich Recht. Wo hast du uns übrigens untergebracht? In der Mannschaftskabine hier auf diesem Boot?«

»Nein, nein. Jason und ich schlafen hier. Wir dachten, ihr Mädchen wärt in der Achterdeckkajüte des Buttys besser aufgehoben.«

Es folgte eine verständnislose Pause. »Aber das Butty liegt im Trockendock«, murmelte Suzy.

»Blitzmerker.« Jason schenkte sich Whisky nach.

»Aber da ist ein Schild angebracht; darauf steht, dass es verboten sei, auf einem Schiff im Trockendock zu wohnen«, fuhr Suzy fort, ohne auf Jasons Bemerkung einzugehen.

»Deshalb ist es wichtig, dass ihr euch nicht von Terry Merchant erwischen lasst, wenn ihr wieder rübergeht. Das bedeutet leider auch, dass ihr den Ofen nicht anmachen könnt.«

»Onkel Ralph! Genauso gut könntest du uns dazu verdammen, in einem Kühlschrank zu schlafen! Es wird eiskalt sein.«

»Und dunkel«, ergänzte Jason. »Die Batterien sind nicht angeschlossen.«

Julia und Suzy sahen Ralph mit ungläubigem Entsetzen an. »Ich bin an Schmutz auf dem Boden gewöhnt, Onkel Ralph, aber nicht an Dunkelheit und Kälte.«

»Tut mir leid, Mädchen. Wir haben versucht, das Boot früher fertig zu bekommen, aber dann ist uns das eine oder andere dazwischengekommen, und jetzt gibt es leider keine andere Möglichkeit.«

Ted lachte. »Wenn mir je ein Boot unterkommt, das nicht erst im allerletzten Augenblick fertig wird, rasiere ich mir den Bart ab.«

»Könnten wir nicht irgendwo anders schlafen?«, bat Julia. »Nur solange das Boot im Trockendock liegt?«

Ralph schüttelte den Kopf. »Die Gästequartiere befinden sich ebenfalls alle im Butty, und auf diesem Boot schlafen schon Jason und ich. Es ist ja nur für eine Nacht, und ihr werdet den Ofen doch sicher nicht mehr brauchen, wenn ihr gleich ins Bett geht, oder?«

»Es ist mitten im Winter, Onkel Ralph! Da drin ist es eiskalt!«

»Es ist Mitte März, wenn auch ein bisschen kühl für die Jahreszeit. Aber ich suche euch ein paar zusätzliche Decken zusammen, dann kommt ihr schon klar. Stellt euch einfach vor, ihr würdet campen. In permanenter Dunkelheit.«

Suzy stöhnte und hielt Jason, der der Flasche am nächsten saß, ihr Glas hin. »Whisky ist gar nicht so schlecht, wenn man sich erst mal dran gewöhnt hat.«

Die beiden jungen Frauen standen in dem düsteren Trockendock und beäugten die Planke, die zum Boot hinüberführte. Ihre einzige Lichtquelle war die Taschenlampe, die Onkel Ralph Suzy gegeben hatte, und obwohl sie beide todmüde waren, brannten sie nicht eben darauf, den kurzen Weg ins Bett zurückzulegen.

»Ich habe noch nie gecampt«, gestand Suzy, die mit der Taschenlampe das Wasser auf dem Grund des Trockendocks beleuchtete. »Einmal hatten wir es allerdings vor. Auf einem dieser Plätze, auf denen die Zelte bereits fix und fertig aufgebaut sind. Meine Eltern dachten, ich hätte dort andere Kinder zum Spielen, aber als Daddy herausfand, wie nah die anderen Zelte standen und dass wir meilenweit vom Klo entfernt waren, ist er mit uns in ein Hotel gefahren.«

»Hat es dir nichts ausgemacht, in den Ferien keine Spielkameraden zu haben?«

»Ich bin damit zurechtgekommen. Allerdings ist das wahrscheinlich der Grund, warum ich so früh eine Leidenschaft für Pool-Boys entwickelt habe. Möchtest du als Erste gehen?«

»Nicht unbedingt. Ich hab was gegen Höhe und schmale Planken. Dafür bin ich allerdings früher zelten gegangen«, fügte sie hinzu, um nicht als eine völlige Niete dazustehen.

»Mir geht es da nicht viel besser«, gab Suzy zu. »Aber ich habe nicht die Absicht, die ganze Nacht hier stehen zu bleiben. Und ich werde auch den verdammten Jason nicht um Hilfe bitten. Also, dann mal los.«

Sie schwang ein Bein über das Geländer, das um das Dock herumlief, und kletterte zum Boot hinüber. Dann hielt sie Julia die Hand hin. »Es sind nur ungefähr drei Schritte. Komm schon.«

Wenn sie ins Dock fiel, ging es Julia durch den Kopf, würde sie sich lediglich ein Bein brechen, was zwar sehr schmerzhaft sein würde, gleichzeitig aber bedeutete, dass sie nach Hause fahren, ein Bad nehmen und sich einen ordentlichen Job suchen konnte. Binnen Sekunden hielt sie Suzys ausgestreckte Hand und stolperte auf das winzige Deck hinunter, das kaum groß genug für sie beide war.

»Pass auf, dass du dir nicht den Kopf an der Ruderpinne stößt. Gehen wir hinein.«

Im Licht der Taschenlampe, die nur eine mäßige Hilfe war, erkundeten die beiden Frauen ihre Umgebung. Suzy hatte die hintere Kabine schon oft gesehen, aber trotz der durchdringenden Kälte war Julia fasziniert. Es gab einen Herd – winzig, aber groß genug, um darauf zu kochen – und jede Menge Messing, das im Licht der Taschenlampe schimmerte. Jede ebene Fläche schien bemalt zu sein.

»Es gibt Rosenbilder und Bilder von Schlössern. Auf einem Schrank ist immer ein Schloss.« Suzy leuchtete mit der Taschenlampe auf das Bild einer romantisierten Burg, mit Bergen im Hintergrund und einem Fluss im Vordergrund. »Aber es ist schon zu spät, um einen Vortrag über die Innenausstattung von Kanalbooten zu halten. Außerdem wirst du von Ralph noch genug darüber zu hören bekommen. Und jetzt zu etwas Wichtigerem: Wir können entweder getrennt schlafen, einer auf dem Seitenbett ...« Sie zeigte auf die schmale Bank, die an der Wand der Kabine verlief und deren Kante sich in Julias Waden grub. »Und eine auf dem Querbett, einem Doppelbett. Aber da wir Schlafsäcke haben und arktische Temperaturen herrschen, können wir auch beide in dem Doppelbett schlafen. Dann können wir uns zusätzlich das Daunenbett teilen, das Ralph uns gegeben hat. Du musst die Beine in dieses Loch schieben. Das Bett ist halbwegs lang genug, wenn man nicht zu groß ist.«

Julia, die bis zu diesem Augenblick geglaubt hatte, sie könnte in ihrem Zustand sogar ganz zufrieden auf der Reling schlafen, kam zu dem Schluss, dass das Seitenbett doch zu schmal war. »Ich bin nicht sehr groß. Wenn du nichts dagegen hast – es ist eiskalt –, teilen wir uns am besten das Doppelbett.«

»Wenn nicht, sterben wir am Ende noch an Unterkühlung«, stimmte Suzy ihr zu. »Glücklicherweise besteht Onkel Ralph auf wirklich guten Schlafsäcken.«

Nach vielen kleinen Zusammenstößen von Ellbogen und Schienbeinen und höflichen Entschuldigungen von beiden Seiten gelang es ihnen, sich die Zähne zu putzen.

Den Mund voller Schaum, kamen sie im selben Augenblick auf die Idee, dass sie die Zahnpasta am besten loswurden, indem sie sie ins Dock spuckten, wobei sie sich große Mühe gaben, keine Flecken auf den frisch gestrichenen Rumpf zu machen.

»Widerlich«, schimpfte Suzy, während sie sich den Mund abwischte. »Aber was hätten wir sonst tun sollen?«

»Bis morgen früh hat die Strömung die Zahnpasta längst weggespült«, meinte Julia, »außerdem kommt das Boot schon um acht aus dem Dock. Da wird ein bisschen Zahnpasta nicht weiter auffallen.«

»Ich stehe normalerweise selten vor zehn auf.«

Es war sieben Uhr, als Onkel Ralph mit zwei halbvollen Teebechern in ihre Kabine trat. »Hoch mit euch, Mädchen, Morgenstund hat Gold im Mund, und die Sonne brennt auf die Felsen.«

»Du hast gut reden«, brummte Suzy und nahm einen Becher entgegen, »wir beide enthalten uns besser jeder Bemerkung. Onkel Ralph war Seemann, bevor er auf die Kanäle kam«, erklärte sie Julia. »Er hat für jede Gelegenheit das passende Bonmot.« Aus Suzys Mund klang das nicht nach einem Kompliment.

»Danke für den Tee«, sagte Julia mit Blick auf ihren Becher. »Das wäre wirklich nicht nötig gewesen.«

»Tut mir leid, dass ich das meiste verschüttet habe. Aber ich wollte dafür sorgen, dass ihr zwei aus den Federn seid, bevor Terry Merchant auftaucht. Er ist normalerweise um halb acht hier.«

»O Gott, o Gott! Warum denn das?« Suzy zog ihre Beine mitsamt dem Schlafsack aus dem Loch und hievte sich nach einem kurzen Ringkampf mit der Daunendecke so weit hoch, dass sie sich aufrecht hinsetzen konnte.

»Damit er sich davon überzeugen kann, dass kein Müll

im Trockendock rumschwimmt, bevor er es flutet. Also, trödelt nicht.« Ralph schob sich durch die Doppeltür und ließ sie hinter sich offen, sodass das bisschen Wärme, das sich während der Nacht angesammelt hatte, verloren ging.

Julia quetschte sich an Suzy vorbei, um die Tür wieder zu schließen. »Dieser Terry wird die Zahnpasta sehen. Am Ende schreit er uns noch an.« Aber Julias Gejammer stieß auf taube Ohren; Suzy putzte sich bereits mit Hingabe die Zähne.

Es war ein aufregendes Erlebnis zu beobachten, wie das Wasser das Trockendock füllte und allmählich am Boot hochstieg, bis es schwamm. Noch beeindruckender war es zu sehen, wie das Boot langsam ans Tageslicht hinauskam, gestakt von Jason, der sich dazu aufs Deck begeben hatte, und gezogen von Ralph. Auch wenn die Sonne nicht wirklich warm war, so schien sie wenigstens, und zum ersten Mal konnte Julia die *Thisbe* in ihrer ganzen Pracht sehen.

Jason hatte das Achterschiff mit den traditionellen Rauten und Romben frisch gestrichen. Der Name war in einem passenden Farbton aufgemalt worden, und das ganze Schiff sah aus wie aus dem Ei gepellt.

»Sie sieht wunderbar aus«, sagte Julia zu Jason, der das Boot den Treidelpfad entlanggestakt hatte und nun heruntersprang. »Sie sind sehr geschickt mit dem Pinsel. Diese Blumen sind Ihnen wirklich gut gelungen.«

»Rosen. Aber man braucht nur eine ruhige Hand und ein gutes Auge dafür. Und natürlich die richtige Farbe. Nicht diesen neumodischen Kram, diese Fertigfarben.«

Julia, die sich einen freundschaftlicheren Umgang mit Jason wünschte, machte sich auf einen längeren Vortrag gefasst.

»Heutzutage glaubt jeder, er könne traditionelle Kanalbilder malen. Oder die Leute benutzen Abziehfolien.« Er spie das Wort förmlich aus. »Ich nehme die traditionelle Bleifarbe, wie man es früher gemacht hat.«

Jetzt erschien Ralph hinter ihnen, nachdem er das Boot festgemacht hatte. »Als ich vor gut zwanzig Jahren das erste Mal auf den Kanal kam, benutzte man überall diese Modellbaufarbe. Traditionell! Dass ich nicht lache! Kein Bootsmann, der auch nur einen Pfifferling wert war, benutzte Bleifarbe, wenn er irgendetwas bekommen konnte, das die Sache einfacher machte.«

Julia, die sich mir nichts, dir nichts mitten in einer Diskussion über Farbe wiederfand, die nur geringfügig interessant war, döste vor sich hin, während die beiden Männer das Butty neben das Schleppboot stakten. Sie wollte endlich die *Pyramus* mit der Kombüse inspizieren, und zwar bei Tageslicht und nicht halb tot vor Müdigkeit.

Breite Holzstufen, auf denen man auch sitzen konnte, führten von einer Doppeltür an Deck in den Salon hinunter. Unter der Treppe befand sich Stauraum.

Die Kombüse war vor Blicken nur notdürftig geschützt, mit zwei zweiteiligen Klapptüren, deren obere Hälften offensichtlich nie geschlossen wurden. Dieses Arrangement unterstützte die Illusion von Geräumigkeit, was eine echte Leistung war für ein Boot von nur zwei Metern Breite; trotzdem versetzte Julia der Gedanke, unter vielleicht ständiger Beobachtung kochen zu müssen, nicht gerade in Begeisterung. Sie hoffte, dass die Gäste auf der Sitzbank oben an der Tür bleiben würden.

Es gab einen Tisch, der im Augenblick an die Wand geklappt war und den man zur Benutzung wahrscheinlich irgendwie abstützen musste. Zwischen den Stufen des Niedergangs und einer kleinen Theke, die unter anderem als Bar benutzt wurde, standen Klappstühle. An hölzernen Haken über der Theke hingen Weingläser, und darüber standen Flaschen. Bei näherem Nachsehen stellte Julia fest, dass die Kognakschwenker in dem Schrank auf der obersten Treppenstufe aufbewahrt wurden. Ein Karteikasten legte die Vermutung nahe, dass die Gäste sich selbst bedienten und aufschrieben, was sie getrunken hatten. Julia war erleichtert; es würde schon schlimm genug sein, vor den Augen des zahlenden Publikums zu kochen, ohne gleichzeitig auch noch Rechnungen addieren zu müssen.

Mit einem Gefühl ängstlicher Erwartung drückte sie die Schwingtür zur Kombüse auf. Bei Ralphs lässiger Einstellung zu ihrer Unterbringung gestern Nacht wäre es nicht weiter überraschend gewesen, hätte er von Julia erwartet, dass sie auf einem Campingherd für dreizehn Personen kochte. Aber nein. In der Kombüse stand ein normal großer Herd, der wahrscheinlich mit Flüssiggas betrieben wurde, ferner gab es einen Kühlschrank und einen Mixer wie in einer Großküche sowie eine Spüle mit einer zwar nicht üppig bemessenen, aber bei guter Organisation durchaus ausreichenden Arbeitsfläche. Julia wurde mit einem Blick klar, dass sie ihre unglückliche Neigung, sich in der Küche auszubreiten, bezähmen musste. Aber alles in allem war die Kombüse hell und einladend, und trotz der beengten Verhältnisse würde es Spaß machen, dort zu arbeiten.

Hinter der Kombüse folgte ein Badezimmer mit Dusche und Waschbecken, das die Größe einer Besenkammer hatte. Über der Toilette hing eine lange Liste mit Anweisungen. Warum?, überlegte Julia. Waren Toiletten auf Booten wirklich so kompliziert? Da gerade niemand in der Nähe war, der sie bei einem Fehler ertappen konnte, betätigte Julia probehalber die Spülung und nutzte die Gunst der Stunde außerdem, um die dringend nötige Morgenwäsche nachzuholen. Das Einzige, was noch fehlte, war ein gutes Raumspray, dann hatte sie hier ein beinahe annehmbares Badezimmer.

»Hey!« Suzy erschien gerade in dem Augenblick, als Julia rückwärts aus dem Badezimmer heraustrat. »Könntest du wohl Wasser aufsetzen? Wir werden in einer Minute nach Stratford aufbrechen. Ted und Donald begleiten uns – jedenfalls das erste Stück, und sie hätten gern eine Tasse Kaffee, während Ralph und Jason versuchen, die Gebühren für das Trockendock herunterzuhandeln. Es ist alles so aufregend!«

Suzys Begeisterung war ansteckend. Julia machte Kaffee und brachte ihn den anderen nach oben. Anschließend versetzten Ted und Donald die beiden Frauen mit ihren Geschichten von Booten, denen bei einer Tunneldurchfahrt die Nieten abgeplatzt waren, und anderen Horrorstorys in Todesangst. Als Jason und Ralph zurückkehrten und alles zum Aufbruch bereit war, hatte sich Julias Eifer zumindest teilweise in Panik verwandelt.

Eine ganze Schar kritischer Zuschauer verfolgte ihr Ablegemanöver. Die Leinen beider Boote wurden losgemacht, und Jason, der mit Suzy das motorisierte Boot führte, legte langsam ab und nahm dann das hintere Boot in Schlepp, indem er die beiden kurzen Leinen von dessen Bug übernahm und auf dem Schlepper belegte.

Ralph stand mit Julia auf dem Butty und nutzte die Gelegenheit, um einige unhöfliche Bemerkungen mit dem Publikum auszutauschen, bis Jason sein Manöver beendet hatte und sie außer Hörweite kamen.

Die große hölzerne Ruderpinne, die Ralph als »Helm« bezeichnete, war heruntergeklappt worden, sodass man jetzt damit das gewaltige Ruderblatt bewegen konnte.

»Man bewegt die Pinne immer entgegen der gewünschten Fahrtrichtung«, erklärte Ralph. »Aber eigentlich braucht man gar nicht viel zu tun, wenn man so wie jetzt mit den Schleppleinen über Kreuz ganz dicht hinter dem Schlepper fährt, es bei denn, es geht durch eine wirklich enge Kurve.«

Julia konzentrierte sich darauf, das Ruder immer in die richtige Richtung zu legen.

»Stellen Sie es sich folgendermaßen vor: Wenn Ihre Nase in die eine Richtung geht, geht Ihr Hinterteil in die andere Richtung.« Ralph hatte sich inzwischen auf das Dach der hinteren Kabine gesetzt. »Können Sie von hier aus genug sehen, um zu steuern? Wenn der Ofen brennt, ist es sehr gemütlich hier.«

Julia, die kleiner und weniger beweglich war als ihr siebzigjähriger Begleiter, hievte sich auf das Dach. »Ich kann so gerade eben etwas sehen, aber ich glaube nicht, dass ich die Ruderpinne sehr weit rüberziehen kann.«

»Das brauchen Sie zunächst einmal auch gar nicht.« Ralph zeigte auf einen Kanalführer, der aufgeschlagen auf dem Lukendeckel lag. »Ich zeige Ihnen, wohin wir fahren. Sehen Sie mal her.«

Julia folgte der Linie seines Fingers, während er die Seiten umblätterte. »Ich verstehe. Und was bedeuten all diese kleinen Pfeile?«

»Das sind Schleusen. Heute werden wir, was das betrifft, keine Probleme haben. Wir fahren nur durch den Grand Union Canal, der, wie Sie sich sicher erinnern, so breit ist, dass wir beide Boote gleichzeitig durch die Schleusen bekommen. Aber wenn wir hier abbiegen« – sein Finger zeigte auf die betreffende Stelle – »haben wir nur noch Einzelschleusen vor uns und müssen nacheinander durchfahren.«

Julia wollte gerade fragen, wie sie das nicht motorisierte Boot durch die Schleuse manövrieren wollten, da bemerkte sie, dass vor ihnen irgendetwas nicht stimmte.

»O mein Gott«, rief Ralph. »Was ist denn jetzt schon wieder los? Er hat den Motor abgestellt.«

Das Motorengeräusch erstarb, sodass jetzt Jasons Stimme zu hören war, der mit sehr blumigen Ausdrücken über Suzy herfiel.

»Schrei mich nicht an!«, blaffte sie zurück. »Es ist, verdammt noch mal, nicht meine Schuld, wenn eine Matratze im Kanal schwimmt! Ich kann nicht zwanzig Meter voraus durchs Wasser sehen! Genauso wenig wie du übrigens!«

Selbst in zwanzig Metern Entfernung hätte Julia am liebsten noch den Kopf eingezogen. Ralph kletterte auf das Dach und lief über das hintere Boot zum Motorboot hinüber, dann sprang er auf dessen Achtersteven und verschwand im Motorraum. Julia wusste nicht, ob sie ihm folgen und Suzy moralische Unterstützung leisten oder sich besser aus der Schusslinie halten sollte.

Sie entschied sich für letztere Alternative und überlegte gerade, ob sie versuchen sollte, den Ofen in Gang zu bekommen, als sie lautes Rufen hinter sich hörte.

»Würde es Ihnen etwas ausmachen, Ihr Boot aus dem Weg zu bringen?« Es war eine kleine, grimmige Frau in einem marineblauen Trainingsanzug, die offenbar an zu vielen Selbstbehauptungskursen teilgenommen hatte. Sie stand vorn auf einem winzigen Plastikboot, das trotz seiner geringen Größe genauso pompös wirkte wie seine Besitzerin. »Nur weil Sie viermal so groß sind wie alles andere auf dem Kanal, haben Sie noch lange nicht das Recht, ihn zu blockieren!«

Bevor Julia sich entschuldigen, etwas erklären oder irgendeine Geste der Unterwerfung machen konnte, holte die Frau abermals tief Luft und lief jetzt erst zur Hochform auf. »Diese Boote sind viel zu groß für solch kleine Kanäle. Man sollte sie ganz verbieten. Mein Mann ruft gerade über Handy die Kanalaufsicht an. Er wird schon dafür sorgen, dass Sie aus dem Weg kommen! So stehen Sie doch nicht einfach mit offenem Mund da. Tun Sie etwas!«

KAPITEL 5 Ohne den Zug des Motorbootes war das Heck des Butty tatsächlich quer über den Kanal getrieben und versperrte die Durchfahrt. Julia fühlte sich nur ganz kurz versucht, um Hilfe zu rufen. Dies war ihre Chance zu beweisen, dass sie genauso gut mit Booten umgehen konnte wie jeder andere auch.

Das fortgesetzte Geschrei der Frau im blauen Trainingsanzug machte die Sache indes nicht besser. Julia kletterte nervös auf das Dach des Bootes und entdeckte dort den langen Staken, der an der Reling lag. Sie umfasste ihn mit beiden Händen und stieß sich vom gegenüberliegenden Ufer ab. Dabei setzte sie ihre ganze Kraft ein, und zu ihrer Überraschung ließ sich die *Thisbe* ziemlich mühelos bewegen. Mit einem weiteren Stoß bekam sie das Boot wieder in die Mitte des Kanals, direkt hinter die Pyramus.

Instinktiv schaltete sie ihr Programm zur Beschwichtigung entrüsteter Kunden ein und wandte sich mit würdevoller Haltung an die rotgesichtige Frau. »Ich denke, Sie werden entdecken, dass die Kanäle für Boote von diesen Ausmaßen entworfen wurden. Sie werden überdies feststellen, dass Sie jetzt reichlich Platz haben vorbeizufahren. Ich entschuldige mich für jede Unannehmlichkeit, die wir verursacht haben.«

In diesem Augenblick kam der Ehemann der geharnischten Frau mit einem Handy aus der Kabine. »Die Kanalaufsicht sagt, es könnte frühestens heute Nachmittag jemand hier sein.«

»Wir können weiterfahren, du Dummkopf!«, blaffte die Frau, die, nachdem Julia sie in die Schranken verwiesen hatte, jetzt über ihren Mann herfiel. »Warum musst du immer so ein Getue machen?«

Julia sah zufrieden zu, wie die beiden an ihr vorbeituckerten. Es hatte ein Problem mit dem Boot gegeben, und sie hatte es ganz allein gelöst.

»Alles in Ordnung mit Ihnen?«, fragte Ralph eine gute Viertelstunde später. »Wir sind über so eine verdammte Matratze gefahren. Es hat elend lange gedauert, den Propeller frei zu bekommen.«

»Hier ist alles in Ordnung. Ich habe die Landschaft bewundert. Es ist wirklich hübsch hier, finden Sie nicht auch?«

Ralph ließ seinen Blick flüchtig über die Felder gleiten. »Ist schon okay, ja. Aber weiter oben wird es noch schöner. Soll ich den Ofen anzünden? Sie sehen ziemlich durchgefroren aus.«

Donald und Ted hatten die erste Schleuse für sie vorbereitet. Zwei große Tore führten in eine Kammer aus Ziegelstein, die zwar allgemein als breit beschrieben wurde, für zwei Boote nebeneinander jedoch ziemlich eng wirkte.

»Jetzt werden wir mit dem Schleppboot auf gleiche Höhe gehen«, erklärte Ralph. »Sehen Sie genau zu. Jason kann nicht bremsen, um das Boot zu verlangsamen, also muss er den Rückwärtsgang einlegen, um die Geschwindigkeit zu drosseln. Aber das hintere Boot wird natürlich weiterfahren, und auf diese Weise kommen dann in der Schleuse beide nebeneinander zu liegen.«

Jason hatte inzwischen eine der Schleppleinen losgeworfen, sodass das Butty mit der Nase herumschwang. Dann machte er auch die andere Leine los, während Ralph die Ruderpinne ruhig hielt, damit das hintere Boot nicht gegen die Uferböschung stieß. Lautes Motorengeräusch ertönte und das Gurgeln des Wassers, als Jason den Rückwärtsgang einlegte und das hintere Boot dicht neben das Motorboot glitt.

Ralph stieg auf das Dach des hinteren Bootes und lief zum Bug nach vorn. Dort nahm er eine Leine und warf sie über eine Klampe auf dem Vorschiff des Schleppers, während Jason eine Leine vom Heck des Schleppers aus auf einer Klampe des Buttys belegte.

»Was soll ich tun?«, erkundigte sich Julia höflich bei Jason.

»Aus dem Weg bleiben«, knurrte er sie an, während er wieder einen Vorwärtsgang einlegte. Die Boote setzten sich erneut in Bewegung und schienen mit beängstigender Geschwindigkeit in das Maul der Schleuse zu fahren. Es hätte kaum noch ein Streichholz dazwischengepasst, aber die Boote berührten die Wände der Schleusenkammer nicht. Julia verstand jetzt, warum Ralph sich mit Jason abfand: Er war ein Genie.

»Sie brauchen nicht mit anzufassen«, meinte Ralph, »wir haben genug Leute, die helfen. Aber stellen Sie sich vor, wie es früher gewesen sein muss, als nur ein Ehepaar die beiden Boote manövrierte.« Ziemlich stressig, dachte Julia, vor allem, wenn man mit Jason verheiratet gewesen wäre. »Ich erkläre Ihnen, was vor sich geht«, fuhr Ralph fort, »lassen wir die jungen Leute schuften. Wenn Donald und Suzy die Tore hinter uns geschlossen haben – oder noch früher, wie ich Jason kenne –, werden Jason und Ted anfangen, die Schütze hochzukurbeln. Damit lassen sie Wasser in die Schleuse, bis wir hier drin den gleichen Wasserstand haben wie der Kanal hinter der Schleuse. Es ist so, als drehte man im Badezimmer die Hähne auf. Verstehen Sie? Es wird mit Winden bedient.«

Das Wasser strömte in die Schleuse, sodass die Boote erst nach hinten, dann wieder nach vorn trieben. Ralph quittierte Julias konzentrierten Gesichtsausdruck mit einem Lachen. »Sie werden den Bogen auch bald raushaben.«

Nach fünf Schleusen hatte Julia tatsächlich das Gefühl, eine ganze Menge über den Umgang mit Booten gelernt zu haben. Sie hatte Tore geöffnet und geschlossen, eine Winde benutzt und, wenn auch quälend langsam, ein Schütz gehoben.

Julia war gern mit Ralph auf dem hinteren Boot. Auf ruhige, entspannte Art und Weise erklärte er ihr alles. Aber wie mochte Suzy wohl mit Jason auskommen, vor allem nach ihrer Zankerei wegen der Matratze? Obwohl sie gemeinsam mit Suzy einige Schleusentore geöffnet hatte, war zum Plaudern nicht viel Zeit gewesen. Jetzt überließ Jason gerade Suzy die Ruderpinne und verschwand selbst unten im Motorraum.

»Er muss wahrscheinlich mal«, kommentierte Ralph das Geschehen. »Sonst würde er sie niemals ans Ruder lassen. Dass er nicht einfach über die Reling pinkelt, zeigt seine Achtung vor euch Damen.«

Aber als Jason wieder auftauchte, hielt er ein Tablett mit Kaffeetassen in Händen. »Ich habe ihm Unrecht getan«, bemerkte Ralph. »Er muss Suzys Fähigkeiten höher einschätzen, als ich dachte. Halten Sie mal, ich hole unsere Becher.«

Julia übernahm mit großer Zuversicht den »Helm«, während Ralph mit zwei Kaffeebechern zurückkam und das Ruder übernahm, damit sie beide ihren Kaffee trinken konnten. Als sie fertig waren, brachte Ralph die Becher zurück und überließ Julia wieder ihrer Arbeit. Sie fühlte sich sehr wohl auf ihrem Posten; von unten wärmte sie der Ofen, und ihr Blick glitt über die Landschaft, an der sie vorbeifuhren. Langsam und beinahe gegen ihren Willen erfasste sie der Zauber der Kanäle: ein schmaler Streifen Wasser, der sich durch Felder, bewaldete Täler und Wohngebiete zog oder sich mit derselben hartnäckigen Entschlossenheit um Fabriken schlängelte. Jetzt wurde die ländliche Idylle deutlich städtischer, und Julia konnte in der Ferne Kinder auf einem Schulhof ausmachen, als Ralph wieder neben sie trat.

»Nun beginnt Ihre eigentliche Lehrzeit. Wir haben zwei ausgesprochen scharfe Kurven vor uns.«

Julias gesammeltes Selbstbewusstsein schmolz dahin wie Schnee in der Sonne. »Dann übernehmen Sie wohl besser das Ruder.«

»Unfug. Sie müssen es lernen, und wenn Sie das Boot auf die Böschung setzen, tun Sie das besser, solange ich noch hier bin, um Sie vor Jason zu beschützen.«

Julia zog den Kopf ein, sodass Nase und Mund in ihrem Mantelkragen verschwanden, und quiekte.

Ralph ignorierte diesen Hinweis auf fehlenden Mut. »Also, warten Sie, bis Sie glauben, auf dem Ufer aufzulaufen, und dann schwingen Sie den Helm ganz herum, und zwar in die entgegengesetzte Richtung, die Sie normalerweise wählen würden. Auf diese Weise schiebt Ihre Nase das Achterschiff des Schleppers durch die Kurve. Stellen Sie sich vor, Sie hätten einen vierzig Meter langen Sattelschlepper vor sich.«

»Ich habe mich gerade daran gewöhnt, das Ruder in die entgegengesetzte Richtung zu bewegen, wenn ich irgendwohin fahren will, und jetzt muss ich wieder das Gegenteil tun. Ich glaube, ich kriege einen Nervenzusammenbruch«, brummte Julia

»Wir wollen so um die Kurve herumfahren, dass es genau passt.« Und wider Erwarten manövrierten sie die beiden Boote ohne Zwischenfälle um die Biegung. Ralph kletterte auf das Dach des hinteren Bootes. »So, nun überlasse ich Ihnen das Kommando. Vor uns liegt die zweite scharfe Kurve.« Er zeigte mit einem schmuddeligen Finger auf die betreffende Seite in dem Führer. »Jetzt sind wir hier. Was meinen Sie, schaffen Sie das?«

»Nein«, rief sie seinem entschwindenden Rücken nach. Aber dann schaffte sie es doch.

»Hatton kann man in weniger als zwei Stunden schaffen«, sagte Jason mit vollem Mund. Er meinte die Folge von Schleusen, die vor ihnen lag und wie eine Treppe bergan führte. »Ihr könnt die ganze Schleusenflucht Seite an Seite durchfahren. Wir müssten zu viert eigentlich damit fertig werden, selbst wenn zwei von uns nur kleine Mädchen sind.«

Allein ihr Bärenhunger und eine gewisse Rücksicht auf Ralphs Gefühle hinderten Julia daran, Jason ihr Sandwich an den Kopf zu werfen. Und Suzys Miene nach zu urteilen, war sie ungefähr genauso wütend. Sie hatten nur Zeit für einen kurzen Imbiss, weil sie noch ihre Wasservorräte auffüllen mussten. Donald und Ted hatten sich vor einiger Zeit verabschiedet und sich von einem kleinen Kajütkreuzer mit zur Werft zurücknehmen lassen.

»Die Bemerkung war eine Spur sexistisch, meinst du nicht auch, Jason?«, fragte Suzy.

Er leerte seine Bierdose und rülpste. »Wenn ihr Mädels die Bedienung der Schleusen übernehmt, fülle ich gern für euch die Wassertanks auf.«

Suzy und Julia tauschten einen Blick und schworen heiße Rache. »Jason mag ja ein erstklassiger Bootsmann sein, aber was das Zwischenmenschliche angeht, lässt er einen Neandertaler wie Sir Lancelot aussehen.« Suzy schwang drohend die Kurbel ihrer Winde. »Es überrascht mich gar nicht, dass seine Freundin ihm weggelaufen ist.«

»Weißt du, was da los war?«

»Anscheinend gehörte sie zur Mannschaft und war irre gut in ihrem Job, aber Jason hat sich ihr gegenüber eines Tages absolut grässlich benommen. Sie ist mit dem Fahrrad zum Hochkurbeln der Schütze gefahren – was wir im Augenblick auch tun –, und ein Schleusenwärter hat sie in Tränen aufgelöst gefunden. Sie weigerte sich, auf das Boot zurückzukehren, und Ralph verlor die beste Köchin, die er je gehabt hatte.«

»Er hätte Jason kündigen sollen.«

»Das habe ich auch gesagt, aber Ralph meinte, jemand, der sich so gut auf Boote versteht wie Jason, ist so selten wie Goldstaub. Es ist viel schwerer, einen guten Bootsmann zu bekommen als eine gute Köchin ... Oh, nichts für ungut«, fügte sie ein wenig zu spät hinzu.

Der Rest des Tages flog in einem Durcheinander von Leinen, Schleusen, lautem Geschrei, Gezerre und Geschiebe an ihnen vorbei. Jason mäßigte das Tempo nicht, obwohl Ralph ihn darum bat. Jason hatte das Kommando über das motorisierte Boot, und da er die Peitsche in der Hand hielt, benutzte er sie auch.

»Man sollte meinen«, wandte Suzy sich an Julia, während sie mit einem besonders schwierigen Schleusentor kämpften, »dass wir unseren Stützpunkt noch heute Nacht erreichen müssen. Ralph meint, es sei eine Fahrt von mindestens zwei Tagen. Nach der Kreuzung sind die Schleusen eng. Sodass wir getrennt durchfahren müssen«, fügte sie hinzu, für den Fall, dass Julia sie nicht verstanden hatte.

»Ich wünschte, Ralph würde das Jason sagen.«

»Oh, das hat er. Aber Jason schert sich um gar nichts.«

Julia enthielt sich jeglichen Kommentars, aber eine Frage beschäftigte sie dann doch: Wenn Jason Ralphs Anordnungen mit Missachtung strafte, würde er dann jemals einen Befehl von Suzy entgegennehmen?

Sie hatten die Kreuzung hinter sich, an der sie in den Stratford-Kanal einbogen. Sehr zu Julias Erleichterung hatte Ralph während der Fahrt durch die fast rechtwinklige Kurve das Ruder des hinteren Bootes übernommen. Und dann erfuhr Julia auch, was die anderen gemeint hatten, als sie von engen Schleusen gesprochen hatten. So wie sie aussahen, konnten diese Schleusen kaum breit genug für ein Kanu sein, geschweige denn für ein gut zwanzig Meter langes Kanalboot.

Sie vertäuten das hintere Boot an einer geschützten Stelle und kümmerten sich erst einmal darum, die *Pyramus* an einen Platz zu manövrieren, wo sie die Nacht verbringen wollten. Auf diese Weise, so erklärte Suzy, konnten sie eine anständige Anlegestelle bekommen und hatten – ohne das Butty im Schlepptau – alle Kräfte für das Motorboot verfügbar. »Und dann«, fuhr Suzy munter fort, »wenn wir das Motorboot geparkt haben – erzähl Jason bloß nicht, dass ich ›geparkt‹ gesagt habe –, können wir alle vier zusammen das hintere Boot holen. So geht es am schnellsten«, beendete sie ihre Erklärung.

Nachdem sie beobachtet hatte, wie gut die anderen ohne sie zurechtkamen, suchte Julia Zuflucht in der Kombüse. Zum einen brauchte sie etwas Ruhe, zum anderen wollte sie für alle etwas zu essen machen und dafür sorgen, dass der Nachschub an Kaffee und Lager-Bier nicht abriss. Außerdem war es eine günstige Gelegenheit, um sich allein dort umzusehen und festzustellen, ob sie etwas verändern wollte. Leider gelang es ihr nicht, sich eine größere Arbeitsfläche zu verschaffen, wie sehr sie auch im Geiste und in der Praxis die Dinge umstellte.

Als sie hörte, dass die Maschine rückwärts lief, streckte sie den Kopf durch die Tür. Es herrschte pechschwarze Dunkelheit.

»Wir werden hier für die Nacht anlegen«, erklärte Suzy, die aus der Finsternis aufragte. »Das Butty haben wir ein paar Schleusen weiter unten liegen gelassen. Wir werden es jetzt holen.«

»Braucht ihr meine Hilfe?«

»Eigentlich nicht. Aber wir sind alle total ausgehungert, und da es hier in Gehweite keinen Pub gibt, lässt Ralph fragen, ob du uns schnell irgendetwas kochen könntest?«

Julia konnte, aber es war keine leichte Aufgabe. Die gesamten Brotvorräte waren beim Frühstück verzehrt worden, und sie hatten keine Milch mehr, was bedeutete, dass ihnen der große Karton Cornflakes nichts nützen würde. Es gab fast nichts im Kühlschrank, was auch nur annähernd essbar gewesen wäre, abgesehen von drei Scheiben Schinken, einem Stück steinhartem Käse und einer Hand voll leicht angefaulter Tomaten.

Glücklicherweise hatten die Kisten unter den Kojen der Mannschaftskabinen etwas mehr zu bieten, und hier fand Julia Trockenmilch, getrocknete Zwiebeln, Nudeln und Tomaten in Dosen. Mit diesen Vorräten und dem Kanten eines Brotlaibes, der zum Toasten zu altbacken war, füllte Julia eine große Gratinform, die sie mit geriebenem Käse und Brotkrümeln bestreute und dann in einen sehr heißen Ofen schob. Ein Tag in Gesellschaft von Ralph, Jason und Co. genügte, um ihr klar zu machen, dass das Essen auf dem Tisch stehen musste, sobald die Männer durch die Tür traten, auch wenn Julia nur eine knappe halbe Stunde zur Vorbereitung gehabt hatte.

Sie öffnete gerade eine Dose gebackene Bohnen – das Einzige, was einer Gemüsebeilage annähernd ähnelte –, als Ralph in der Kombüse auftauchte. »Mein Gott, dieser Jason ist der reinste Sklaventreiber! Hm, irgendetwas riecht hier ganz köstlich. Ich staune, dass Sie überhaupt etwas Essbares gefunden haben. Ich wusste, dass wir nicht mehr viel da hatten. Eigentlich wollte ich vor dem Ablegen noch einkaufen gehen, aber dann reichte die Zeit nicht mehr.« Er holte die Whiskyflasche. »Was zu trinken?«, fragte er grinsend. »Um die wirklich notwendigen Dinge zu kaufen, scheine ich immer noch etwas Zeit abknapsen zu können.«

»Das ist mir auch schon aufgefallen«, erwiderte Julia. »Und was den Whisky betrifft, ja, gern.«

Julia warf einen Blick in den Ofen. Ihr Auflauf war gerade richtig und noch nicht angebrannt. Er gurgelte wie eine heiße Quelle. Mit einiger Mühe räumte sie einen Platz auf dem Abtropfbrett leer, sodass sie die Auflaufform aus dem Ofen nehmen konnte. Sie griff nach der Form und bemerkte zu spät, dass der Ofenhandschuh ein Loch hatte. Julia wollte das Ganze gerade fallen lassen und ihren Händen Brandwunden dritten Grades ersparen, als Jason in der Kombüse erschien und sich vor ihrer kostbaren freien Stelle auf dem Abtropfbrett aufbaute.

»Was ist das?«, fragte er scharf und beäugte das Gericht mit größtem Argwohn.

»Sehr, sehr heiß! Wenn Sie bitte ...« Sie schob ihn mit dem Ellbogen aus dem Weg und setzte die Form erleichtert ab.

»Was sagten Sie, was das ist?« Jason ignorierte Julias Nöte vollkommen. Während sie mit ihren verbrannten Fingern wedelte, musterte er misstrauisch den Auflauf.

Julia hoffte, dass er sich die Nase verbrennen würde. »Makkaroni mit Käse«, antwortete sie aus einem Impuls heraus.

»Oh. Ich dachte, es wären Nudeln. Nudeln vertrage ich nämlich nicht.«

Julia fragte sich, ob sie ihm erzählen sollte, was Makkaroni waren, entschied sich dann aber dafür, ihren Vorteil zu nutzen.

Jason trocknete sich die Hände an ihrem sauberen Geschirrtuch ab, während sie einige Kräcker mit Margarine bestrich. Sie waren alle vollkommen ausgehungert, aber obwohl Julia ihr Bestes getan hatte, gab es nicht viel zu essen. Wenn Jason hungrig vom Tisch aufstand, würde es nicht ihre Schuld sein – aber ihr Pech.

Ralph hatte den Klapptisch teilweise ausgezogen und Messer und Gabeln herausgeholt. Suzy, die noch die Zeit gefunden hatte, sich die Haare zu kämmen und einen frischen Pullover anzuziehen, trat nun ebenfalls in die Küche.

»Das riecht ja toll. Ich bin schon halb verhungert. Soll ich das nehmen?« Sie stellte die Platte mit den Kräckern auf den Tisch. »Du hast nicht zufällig irgendwo eine Flasche Wein versteckt, Ralph? Zu Nudeln kann ich unmöglich Whisky trinken.«

Glücklicherweise achtete Jason nie darauf, was Suzy sagte. Er saß, die Beine von sich gestreckt, am Ofen, sodass Suzy über ihn hinwegklettern musste, während sie das Besteck auf dem Tisch verteilte.

»Mistkerl. Wenn ich noch ein Fünkchen Energie im Leib hätte, würde ich ihn umbringen.« Suzy griff sich den Stapel mit Tellern und die Bohnenschüssel und stolzierte zurück in den Salon. Julia folgte ihr mit dem Nudelauflauf.

»Ich hoffe, der Auflauf ist in Ordnung«, murmelte sie kaum hörbar, bevor sie mit einem Löffel die erste Portion heraushebelte. Als jeder etwas auf dem Teller hatte, hob Ralph sein Glas.

»Auf eine gute Saison und auf ein erstklassiges Team. Jason, Julia und Suzy.«

Julia und Suzy griffen nach ihren Gläsern und tranken. Jason sparte sich jede Mühe. Das wird nie und nimmer funktionieren, dachte Julia, wir werden nie zu einem Team werden, jedenfalls nicht, wenn nicht einer von uns eine Persönlichkeitstransplantation vornehmen lässt.

Aber am nächsten Tag wurden sie dann doch so etwas wie ein Team – es war ein langer Tag für sie alle, denn sie brachten die Boote zu ihren Anlegestellen in der Nähe des Hafens von Stratford. Die von Bäumen überschatteten Schleusen, die Schleusenwärterhäuschen daneben mit ihren Tonnendächern und die schmiedeeisernen Brücken, die jeden bezauberten, der die Muße hatte, sie zu bemerken – all diese Dinge hatten sich in eine geheime Welt hinter einer von Leben strotzenden Stadt verwandelt.

Es war nicht nur die Landschaft, die sich verändert hatte. Vielmehr kam Julia sich nicht länger wie ein absoluter Neuling vor. Es war ihr zur zweiten Natur geworden, das motorlose hintere Boot zu ziehen, und Suzy bediente das Steuer jetzt wie ein alter Hase. Aber während der Umgang mit dem Boot ihnen immer leichter fiel, widerstrebte ihnen Jasons Haltung mehr und mehr.

»Er muss kapieren, dass ich hier der Boss bin«, sagte Suzy. »Vielleicht weiß er hundertmal mehr über Boote als ich, aber trotzdem hätte er mich nicht anschreien dürfen, als ich an dem Aquädukt vorbeigeschrammt bin.«

»Jedenfalls hat er Ralph bei der Sache mit der Winde an der Brücke nicht angeschrien. Vielleicht wird er dich ja besser behandeln, wenn Ralph erst weg ist. Möglicherweise wird er ja nicht damit fertig, nicht nur einen Boss zu haben, sondern zwei.«

Suzy zog ungläubig die Nase kraus.

»Ich weiß nicht, wie wir ohne dich zurechtkommen sollen, Onkel Ralph.« Suzy hing an seinem Hals, während ihre Tante Joan Plastiktüten mit schmutziger Wäsche aus der Kabine holte und Jason die Boote schrubbte. »Das schaffen wir nie!«

»Na, komm schon, Mädchen. Keine Schwarzseherei. Du wirst mit Jason und Julia prima zurechtkommen.« Er grinste Julia zu. »Du hast ein gutes Team beisammen.«

»Ich habe zwei Leute, die gut sind. Aber ein Team sind wir nicht, Ralph, nicht wirklich.«

»Das ist der Punkt, an dem das Können entscheidet. Aus einer Gruppe von Individuen ein Team zu machen. Also, noch einmal zum Thema Post; da ist alles klar, ja?«

»Tante Joan wird die Post herbringen oder jemanden schicken. Und auch die Bettwäsche.«

Ralph nickte. »Und du weißt, dass ich am Freitag ins

Krankenhaus gehe, aber sobald ich wieder draußen bin, kannst du dich an mich wenden, wenn irgendetwas schief geht.«

»Nein, das kommt nicht infrage«, widersprach Tante Joan, die in diesem Augenblick mit Plastiktüten beladen aus der Kabine kam. »Du sollst dich erholen. Und Suzy wird niemals das Kommando übernehmen können, wenn sie das Gefühl hat, dich ständig um Rat angehen zu müssen.«

»Na schön, na schön. Wahrscheinlich hast du Recht.«

Aber während Ralph vor Ungeduld mit den Fingern auf das Lenkrad seines Wagens trommelte, redete Joan beschwichtigend auf Suzy ein. »Ich kann dir wahrscheinlich in den meisten Fällen helfen, aber es wäre mir lieb, wenn wir Ralph davon überzeugen könnten, dass alles wie am Schnürchen läuft, auch wenn es das nicht tut. Und das tut es bestimmt nicht.« Nach dieser hilfreichen Feststellung küsste Joan Suzy und Julia auf die Wange und brauste mit Ralph in einem mörderischen Tempo davon.

»So, jetzt sind wir auf uns gestellt«, sagte Suzy, die ihre Nervosität hinter einem sonnigen Lächeln zu verbergen suchte. »Wollen wir zum Essen in den Pub gehen? Jason? Hättest du Lust dazu?«

Beide Frauen versuchten, Jason aus seinem Schneckenhaus zu locken. Julia erkundigte sich eingehend nach Kanälen und Booten, Suzy stellte ihm persönliche Fragen. Aber Jason blieb unzugänglich. Schließlich gingen die beiden Frauen in die Damentoilette, um Kriegsrat zu halten.

»Er ist ein Arschloch«, meinte Suzy, während sie sich mit den Fingern die Wimpern krümmte. »Ich habe die Nase voll. Von jetzt an wird er tun, was man ihm sagt, oder es setzt was. Dem werd ich zeigen, wer hier der Boss ist.«

»Vielleicht reagiert er ja auf eine feste Hand.«

»Ja, und ich weiß auch, wo«, brummte Suzy und öffnete den Mund, um Lippenstift aufzulegen. »Zunächst einmal werden wir von jetzt an in der Mannschaftskabine wohnen. Er kann seine geliebte traditionelle Achterkabine ohne Bad haben. Einverstanden?«

Und ob Julia einverstanden war. Die beiden Nächte, die sie in der Achterkabine verbracht hatte, waren relativ gemütlich gewesen, aber auf Dauer hätte sie doch gern Zugang zu einem Badezimmer.

»Und das Auspumpen der Klos ist ebenfalls sein Job, das steht schon mal fest. Sogar Ralph meinte, das müsse Jason machen. Und er wird verdammt noch mal aufhören, um jede Kleinigkeit so ein Getue zu machen.«

»Aber Suzy, wenn es sein Job ist, die Toiletten auszuleeren ...«

»Du weißt schon, was ich meine. Wir brauchen nicht sämtliche abscheuliche Einzelheiten zu erörtern. Fällt dir sonst noch etwas ein, was er tun sollte?«

Julia dachte, dass es schön wäre, wenn ihr gelegentlich einmal jemand beim Abwasch zur Hand ginge, ließ diese Überlegung jedoch unerwähnt. Sie wollte nicht, dass Suzy ein schlechtes Gewissen bekam, weil sie ebenfalls nicht mit anfasste, und Suzy hatte im Augenblick wahrhaftig genug um die Ohren.

Jason akzeptierte Suzys Anordnung, in die Achterkabine umzuziehen, ohne Widerspruch. »Da hast du auch mehr Platz«, erklärte Suzy, der es sichtlich schwer fiel, dauerhaft den tyrannischen Arbeitgeber rauszukehren.

»In Ordnung«, sagte er. »Wollt ihr beiden Mädels noch was zu trinken?«

»Der richtige Ausdruck«, bemerkte Julia, »ist ›junge Frauen‹.«

»Was?«

»Ja, wir hätten gern noch etwas zu trinken«, meinte Suzy, obwohl sie beide wussten, dass das eine ganz schlechte Idee war, solange sie noch in der klolosen Achterkabine wohnten. Aber keine der beiden Frauen wollte etwas zurückweisen, das möglicherweise der sprichwörtliche Olivenzweig war.

Sie waren genau eine Woche, bevor die ersten Passagiere erwartet wurden, in der Werft von Stratford angekommen. Die Werft wollte in einem der Bäder eine neue Duschpumpe einbauen, etwas an der Kraftstoffeinspritzung regeln, die Tanks mit einem Dampfstrahler reinigen und etliche namenlose Dinge tun, bei denen Männer Spuren von Sägespänen oder Motorenöl hinter sich herzogen, während sie fröhlich pfeifend ihrer Arbeit nachgingen.

Jason tat seltsam zeitaufwändige Dinge, zu denen das Aufmalen eines roten Streifens zwischen die Messingstreifen auf dem Kamin des Buttys gehörte, was ihnen, wenn sie ihn recht verstanden, einen zusätzlichen Hauch von Tradition verleihen würde.

Nach eingehender Beratung erklärte Julia sich bereit, eine Liste von Jasons Aufgaben zu erstellen, wie sie es schon für sich selbst getan hatte. Sie benutzte zu diesem Zweck einen Klemmblock, auf dem säuberlich aufgelistet stand, was jeder von ihnen zu tun hatte, wobei einige Arbeiten mit Textmarkern unterstrichen waren.

»Wenn wir nicht aufpassen, brauchen wir unsere ganze Zeit für das Aufstellen von Listen und bekommen am Ende nichts fertig«, orakelte Suzy. Sie fand, dass Julia es ein wenig übertrieb mit ihren Listen, die mit den Überschriften »Dringend«, »Nicht so dringend« und »Hätte gestern erledigt werden müssen« betitelt waren.

»Tut mir leid, da kommt die Grundstücksmaklerin in mir durch. Aber ich glaube, ich bin jetzt fertig. Ich habe die verschiedenen Aufgaben mehr oder weniger unter uns zweien aufgeteilt.« Sie gab Suzy eine Abschrift der Originalliste. »Und wenn wir gleich anfangen, statt erst eine Kaffeepause einzulegen, müssten wir eigentlich durchkommen.«

Suzy beäugte das Blatt Papier mit zweifelndem Blick. »Nun ja, ich werde mein Bestes geben, aber eigentlich müsste ich noch eine Menge Bürokram erledigen. Da wäre zum Beispiel die Passagierliste, die auf den neusten Stand gebracht werden muss, und ich müsste überprüfen, ob wir wirklich alle Anlegestellen gebucht haben, für die wir uns anmelden müssen.« Sie legte ihre Liste zu erledigender Dinge auf Julias Liste. »Das Problem ist, ich gerate in Panik, wenn ich das alles schwarz auf weiß aufgeschrieben sehe.«

Julia unterdrückte einen Seufzer und nahm sich beide Listen. Wenn sie um sechs Uhr aufstand und ohne Pause bis Mitternacht durcharbeitete, würde sie vielleicht noch vor Ende der Woche fertig sein.

Unterstützt von einem Radio, strich und pinselte Julia, reparierte und putzte, angetrieben von dem Wissen, dass sechs Fahrgäste (glücklicherweise waren für die erste Woche nicht zehn, sondern nur sechs Betten gebucht worden) erwartet wurden, und sie würden sicher nicht gern über Farbtöpfe oder nackte Bodendielen stolpern. Suzy und sie begegneten sich nicht häufig, aber wenn sie es doch einmal taten, sah Julia, dass Suzy mit der Verwaltung genauso viel zu tun hatte wie sie mit dem Rest.

Als Julia alles in ihren Kräften Stehende getan hatte, machte sie sich auf die Suche nach Suzy und wartete darauf, dass sie den Hörer auflegte.

»Diese verdammten Werbeleute! Können die nicht mal eine einzige Anzeige richtig verstehen? Wie kommst du voran, Ju?«

»Ich glaube, es wird Zeit, dass wir die Betten machen.«

»O nein. Das ist noch viel zu früh. Wir haben doch erst ...«

»Freitag. Die Gäste kommen morgen.«

Suzy erbleichte unter ihrem Wangenrouge, als hätte ihr die Erwähnung der Gäste erst deutlich klar gemacht, worauf sie sich da eingelassen hatte. »O Gott, ist das wahr? Ich dachte, es wäre gerade erst Dienstag oder Mittwoch. Dann helfe ich dir wohl besser bei den Betten. Und die Klos müssten sicher auch gründlich geputzt werden?«

»Ganz bestimmt.«

Julia konnte förmlich sehen, wie Suzy allerlei Gründe durch den Kopf schwirrten, warum nicht ausgerechnet sie diese Arbeit übernehmen sollte. Zu Julias Glück trug am Ende Suzys Gewissen den Sieg davon. »Also schön. Krempeln wir die Ärmel hoch. Die Klos müssen geputzt werden.« Suzy zögerte. »Äh, wie macht man so was eigentlich?«

Zum Glück hatte Julia in ihrer Zeit als Kellnerin auch die Zimmer für die Gäste richten müssen, und die Wirtin hatte allerlei Tipps und Tricks auf Lager gehabt. Eingedenk dieser Ratschläge brachten die beiden Frauen die Kabinen auf Hochglanz, schafften Behaglichkeit, wo es nur ging, und sorgten dafür, dass die Bäder vor Hygiene blitzten.

»Aber wir müssen etwas wegen der Bäder unternehmen«, meinte Suzy zum Schluss. »Sie riechen sauber, aber wohlriechend kann man sie nicht gerade nennen. Wir brauchen ein gutes Spray. Das setze ich am besten gleich auf die Liste zu den kleinen Seifenstückchen und den Kleenextüchern.«

»Jason wollte doch in die Stadt fahren, um ein paar Schrauben zu kaufen. Bitte ihn doch, den Rest auch gleich mitzubringen.«

Suzy stieß einen Laut aus, der wie das Wiehern eines empörten Ponys klang. »Wenn du ihn bittest, in eine Drogerie zu gehen, erklärt er dir wahrscheinlich, er sei allergisch gegen Toilettenartikel!«

Julia hatte die Speisepläne für die erste Woche ausgearbeitet und sich verpflichtet, am Anfang das Kochen ganz allein zu übernehmen, damit Suzy freie Hand hatte, um Jason Mores zu lehren.

»Aber eigentlich sollte mir noch genug Zeit bleiben, um ziemlich oft die Kombüsensklavin zu machen«, beteuerte Suzy. »Ralph sagt, die Fahrt den Avon runter sei nicht schwierig, und natürlich kennt Jason den Fluss wie seine Westentasche. Die meiste Zeit fahren wir nebeneinander oder dicht hintereinander, sodass das hintere Boot kaum gesteuert werden muss. Bei nur sechs Passagieren sollte eigentlich alles reibungslos verlaufen.«

»Fordere bloß das Schicksal nicht heraus!« Julia war älter als Suzy, und manchmal kam ihr diese Tatsache deutlich zu Bewusstsein.

Das Schicksal widerstand der Versuchung genau bis zum ersten Tag der Saison. Die Passagiere wurden an diesem Samstagmittag zur Teezeit erwartet. Julia musste die Vorbereitungen für das Dinner treffen, allerlei Müll von der Renovierung der Boote beseitigen, einen Kuchen und Scones zum Tee backen und hatte außerdem noch Schinkensandwiches für alle gemacht. Suzy hatte das Bier für die Fahrgäste bereit gestellt, das aus dem Supermarkt kam, den sie mit einem Taxi aufgesucht hatten. Sie warteten nur noch auf Jason.

Als er auftauchte, hatte er seinen Rucksack bei sich. »Also, ich gehe jetzt«, erklärte er.

»Wohin? Wir haben alle Einkäufe erledigt.« Suzy öffnete eine Dose Lager-Bier und reichte sie ihm.

Jason zögerte, kam in den Salon, setzte sich und nahm die Dose entgegen.

Julia wusste, dass irgendetwas nicht stimmte. Sie reichte ihm den Teller mit Sandwiches. »Hier, nehmen Sie eins.«

Jason nahm sich ein Sandwich, aß es mit drei großen Bissen auf und leerte dann seine Bierdose. »Wie ich schon sagte, ich gehe jetzt.« Julia spürte, wie ihre Glieder schwer wurden, als es ihr langsam dämmerte. »Ich kann nicht für eine Frau arbeiten – beziehungsweise für zwei Frauen. Also haue ich ab.«

»Jason, das kannst du nicht machen.« Suzys Stimme zitterte vor Entsetzen und Empörung. »In zwei Stunden kommen die Fahrgäste. Wir schaffen das nicht ohne dich.«

»Ich fürchte, ihr werdet es schaffen müssen. Könnte ich jetzt mein Geld bekommen?«

»Du kannst nicht gehen. Du hast für die Saison angeheuert. Onkel Ralph verlässt sich auf dich – *wir* verlassen uns auf dich!«

»Ich werde wöchentlich ausgezahlt, nicht wahr? Und ich will mein Geld.«

Suzy sah, dass er es ernst meinte, und versuchte, einen versöhnlichen Ton anzuschlagen. »Ich habe nicht genug Bargeld«, erwiderte sie. »Bleib wenigstens noch bis Ende der Woche, bitte. Gib uns Zeit, einen Ersatz zu suchen.«

Jason schüttelte den Kopf. »Ist nicht drin. Auf dem Fluss braucht ihr mich sowieso nicht. Das ist ein Kinderspiel. Erst wenn es durch den Canyon geht, muss jemand das hintere Boot steuern. Also, gibst du mir jetzt mein Geld, oder muss ich erst unangenehm werden?«

Suzy versuchte nicht länger, an sein besseres Ich zu

appellieren. »Du warst schon unangenehm, als du geboren wurdest, Jason.« Sie angelte nach ihrer Handtasche, die sie hinter den Flaschen in der Treppe versteckt hielt, und nahm ihr Portemonnaie heraus. »Hier sind siebzig Pfund.«

»Du schuldest mir hundert.«

»Du bekommst nicht einen Penny mehr, es sei denn, du hältst deine Kündigungsfrist ein.« Julia bemerkte, dass Suzys Hand zitterte, und hoffte nur, dass Jason es nicht ebenfalls sah.

»Ach nein? Da wäre ich mir nicht allzu sicher!«

Dann nahm er das Geld, nahm sich noch ein Sandwich, schulterte seinen Rucksack und verschwand.

KAPITEL 6

»Bastard!«, zischte Suzy und vergrub das Gesicht in den Händen. »Wenn ich genug Zeit hätte, würde ich in Tränen ausbrechen. Was machen wir jetzt?«

Auch Julia beherrschte sich nur mühsam. »Wir müssen es Ralph sagen. Er kennt doch sicher noch andere, die Jasons Job machen können. Wie seid ihr denn zurechtgekommen, wenn Jason Urlaub hatte?«

»Jason hatte nie Urlaub. Die alten Schiffer hatten keinen Urlaub, also wollte er auch keinen.«

»Mistkerl.«

»Und ich kann Onkel Ralph gerade jetzt nicht damit behelligen. Wie ich ihn kenne, meldet er sich schnurstracks im Krankenhaus ab und kommt her, um uns zu helfen. Das würde Joan mir nie verzeihen. Er hat die Sache schon zweimal verschoben.«

»Du könntest Tante Joan fragen, wenn Ralph operiert ist und er nichts machen kann.«

»Ich glaube, er hat seinen Termin erst am Montag. Das heißt, dass wir die erste Woche allein durchstehen müssen.«

Julia ging im Geiste gerade ihre Weihnachtskartenliste nach Leuten durch, die zum einen auch nur entfernt tauglich waren und zum anderen halbwegs abkömmlich, als jemand auf das Bootsdach klopfte.

»Hallo! Ist jemand an Bord?«

Es war eine männliche Stimme. Julia und Suzy wechselten einen gequälten Blick, aber bevor sie etwas erwidern konnten, erschien in der Doppeltür des Salons eine große Gestalt.

»Herein«, rief Suzy schwach. »Es ist wahrscheinlich einer der Fahrgäste, der zu früh dran ist«, flüsterte sie. »Was machen wir jetzt?«

Die Tür wurde geöffnet. »Hallo!« Ein Mann wurde sichtbar; er musste den Kopf einziehen, um eintreten zu können. »Ich suche Julia Fairfax.«

»Ist das Oscar?«, fragte Suzy leise.

»Ich kenne den Mann nicht.« Julia stand auf. »Ich bin Julia Fairfax. Was kann ich für Sie tun?«

Der Mann legte seine Hand um ihre Rechte und schien ihr sachte sämtliche Fingerknochen zu zerdrücken. »Ich bin Fergus Grindley«, stellte er sich vor. »Deine Mutter schickt mich.«

Der Name sagte Julia ebenso wenig wie der Mann selbst. Zwar kam ihr irgendetwas an ihm leise vertraut vor, aber ihre Mutter hätte ihr so ziemlich jeden geschickt, angefangen von dem freundlichen Axtmörder aus ihrem Dorf bis hin zu einem Millionär, dem sie bei einem Spaziergang in den Hügeln über den Weg gelaufen war. Julia ließ ihrer Erinnerung einige Sekunden lang vergeblich die Zügel schießen und gab den Versuch dann auf. Sie konnte nur daran denken, dass das Timing ihrer Mutter wie gewöhnlich atemberaubend schlecht war. »Es tut mir leid ...«

»Erinnerst du dich nicht an mich? Ich schätze, du warst ungefähr zehn, als wir uns das letzte Mal gesehen haben. Ich war sechzehn.«

Plötzlich öffneten sich die Schleusen ihres Gedächtnisses, und mit der Erinnerung überflutete sie Entsetzen.

»Ich bin Lally Crossthwaites Sohn«, fuhr er fort. »Sie hat nach dem Tod meines Vaters wieder geheiratet. Sie nennt mich übrigens immer noch Freddie.«

Jetzt erinnerte sich Julia wieder an sämtliche Einzelheiten. Er war der Sohn der ältesten Freundin ihrer Mutter, den man ihr und ihren Geschwistern von Geburt an aufgehalst hatte. An einem besonders grässlichen Wochenende hatte ihre Mutter Angela und sie zu Freddie und seiner Mutter gebracht, wo sie für ein paar Tage bleiben sollten. Julia und ihre Schwester waren später zu dem Schluss gekommen, dass sie in ihrem ganzen Leben nie so erbärmlich behandelt worden waren. Fergus (oder Freddie, wie er sich damals genannt hatte) hatte einen Freund übers Wochenende da gehabt, und die beiden Jungen waren einfach ekelhaft zu ihnen gewesen.

Im »Herrenhaus« hatte eine Weihnachtsfeier stattgefunden, und die beiden Frauen waren ganz aus dem Häuschen gewesen bei dem Gedanken an den bevorstehenden Besuch beim örtlichen Landadel. Julias Mutter hörte nicht auf das flehentliche Bitten ihrer Töchter, zu Hause bleiben zu dürfen. Die Party hatte ihnen die schlimmsten vier Stunden ihres Lebens beschert. Freddie und sein Freund waren unaussprechlich gemein gewesen, während die Erwachsenen es sich in irgendeinem Salon gemütlich gemacht, sich mordsmäßig amüsiert, Champagner getrunken und ihren gesellschaftlichen Aufstieg gefeiert hatten. Sie hatten sich kaum losreißen können. Der Tag danach war dann noch schlimmer gewesen. Freddie hatte sogar eine Spinne auf Julias Bein fallen lassen – unter dem Vorwand, das Tier für die Mädchen beiseite schaffen zu wollen. Julia hatte Jahre gebraucht, um ihre Phobie zu überwinden.

Später war ihre Mutter immer wieder darauf zurückgekommen, wie freundlich Freddie doch gewesen sei, und sie hatte sich taub gestellt, wenn ihre Töchter beteuert hatten, dass der Junge ein Tyrann und Sadist sei.

Seit jenen Tagen hatte Julias Mutter standhaft an ihrer idealisierten Version seines Charakters festgehalten. Und die Blindheit *seiner* Mutter ihrem einzigen Sohn gegenüber hatte diesen falschen Eindruck nur noch bestärkt. Lally zufolge arbeitete er sich in der Schule das Hemd aus der Hose, beteiligte sich an jeder außerschulischen Aktivität, spielte Kricket für sein Land und war überhaupt der Inbegriff kindlicher Perfektion. Später rieb man Angela und ihr ständig seine akademischen Leistungen unter die Nase. Atemberaubende Examensergebnisse in Dutzenden von Fächern fanden ihren Gipfel schließlich in drei Einsern im Abitur und in Oxbridge, wo er einen spektakulären Abschluss machte (Julia und ihre Schwester waren davon überzeugt, dass ihre Mutter glaubte, es gebe wirklich eine Universität mit Namen Oxbridge). Der liebe kleine Freddie: Sie hassten ihn aus der Ferne. Und jetzt hatte der kleine Freddie sich in den nicht mehr gar so kleinen Fergus verwandelt.

»O ja«, murmelte Julia leicht benommen. »Jetzt erinnere ich mich wieder. Es ist nett, dich zu sehen, aber im Augenblick nicht so wahnsinnig günstig. Ich hoffe, du hattest keinen weiten Weg?«

Suzy sah, dass Julia im Begriff war, Fergus hinauszukomplimentieren, bevor er überhaupt richtig hereingekommen war, und nahm die Sache selbst in die Hand. Sie lächelte strahlend. »Selbst wenn Sie es nicht weit hatten, sollten Sie wenigstens ein Bier mit uns trinken. Und wie wäre es mit einem Schinkensandwich?«

Fergus, der sich nicht ganz aufrichten konnte, ohne

mit dem Kopf an die Decke zu stoßen, blickte auf die beiden restlichen Sandwiches hinab. »Also, wenn Sie es ernst meinen ... Ich komme vom Lake District, bin seit heute Morgen unterwegs.«

»Nehmen Sie beide Sandwiches.« Suzy hielt ihm den Teller hin. »Und hier ist ein Lager.« Sie öffnete die Dose. »Wollen Sie ein Glas?«

»Nein, danke. Das reicht mir vollkommen.« Er setzte sich auf die Bank.

»Sie sehen ein bisschen müde aus«, meinte Suzy, nachdem sie ihn einer gründlichen Musterung unterzogen hatte. »Sie müssen früh aufgestanden sein.«

»Ja. Ich wollte Manchester vor dem Berufsverkehr hinter mich bringen.«

»Und Sie sind den ganzen weiten Weg gefahren, nur um Julia zu sehen?« Suzys Überraschung war wenig schmeichelhaft.

»Also ...«

Julia kam ihm zu Hilfe. »Wahrscheinlich hat meine Mutter darauf bestanden, dass du mich besuchst, wenn du hier vorbeikommst. Was bei ihr einen Umkreis von fünfzig Meilen bedeutet.«

Er nahm einen großen Schluck Bier und sah Julia an. »Sie ist eine sehr charismatische Frau.«

»Du meinst, eine tyrannische.«

Fergus lächelte. Die Jahre waren, wie Julia bemerkte, freundlich mit ihm umgegangen. Sie hatten die Pickel und die vorstehenden Zähne verschwinden lassen, obwohl ihn nach wie vor eine gewisse Arroganz umgab. Sein schlammfarbenes Haar war dunkler geworden und seine Nase und sein Kinn ausdrucksvoller. »Sie schafft es, einem den Eindruck zu vermitteln, dass man nicht ihr einen Gefallen tut, sondern sich selbst, und dass sie einen nur darauf hingewiesen hat.«

Julia musste zugeben, dass dies eine zutreffende Beschreibung ihrer Mutter war. »So ist sie außerhalb der Familie. In der Familie ist sie schlicht und einfach tyrannisch. Und sie hat dich zu mir geschickt?«

Er nickte mit vollem Mund. »Sie hat mir ein Kochbuch mitgegeben, das dir ihrer Meinung nach nützlich sein wird.« Fergus verschwand halb in seinem Rucksack. »Hier.«

Sie blätterte die Hochglanzseiten des Buches durch, auf denen ungezählte Wälder fotografiert waren. Das Buch hieß *Nahrung aus der Fülle der Natur* und war voller Rezepte für Gerichte mit jungen Brennnesseln und obskuren Pilze. »Oh, mein Gott!« Julia klappte das Buch zu. »Da sind ja Würmer drin!«

»Wirklich?« Fergus schien genauso entsetzt zu sein. »Zum Glück ist deine Mutter Vegetarierin.«

»Und du hast den ganzen weiten Weg gemacht, um mir dieses Ding zu bringen?«, fragte Julia.

Fergus zögerte eine Sekunde lang. »Es hat sich so ergeben. Deine Mutter wollte, dass ich es dir gebe. Das Buch, meine ich.« Irgendwie lenkte diese hastige Ergänzung die Aufmerksamkeit auf seine typische Anzüglichkeit. Julia wusste genau, warum sie den Mann nicht leiden konnte.

Suzy musterte Fergus nachdenklich von Kopf bis Fuß. »Was heißt das, es hat sich so ergeben? Was will uns das sagen?«

»Wie bitte?«, hakte er höflich nach.

Julia erinnerte sich noch allzu gut an seine schleimigen Manieren vor fünfzehn Jahren. Heute wie damals verursachten sie ihr Übelkeit.

»Ich meine«, erklärte Suzy, »haben Sie Urlaub oder so etwas?«

»Könnte man sagen, ja. Ich bin auf dem Weg nach Italien, zu einem Freund, der eine Villa in der Toskana hat.«

Julia beschloss, diesen Leckerbissen irgendwann Angela zu servieren. Fergus Grindley war genau der Typ Mann, der Freunde mit Villen in der Toskana haben musste.

»Und wahrscheinlich freuen Sie sich schon wahnsinnig darauf?«, fuhr Suzy fort.

»Hm, ja.«

»Es ist nur ...«

»Suzy!«, unterbrach Julia ihre Freundin. »Mir ist gerade etwas eingefallen, das ich dir unbedingt sagen muss. Unter vier Augen. Es ist dringend und kann wirklich nicht warten.«

Julia stand auf und zerrte Suzy praktisch in die Kombüse. »Tu es nicht«, flehte sie ihre Arbeitgeberin an. »Bitte Fergus nicht, uns zu helfen. Er ist ein Trottel und unausstehlich. Glaub mir.« Suzy sah sie skeptisch an. »Ehrlich!« Julia sprach hastig weiter. »Ich habe keine Zeit, dir alle Einzelheiten zu erzählen, aber vertrau mir, wenn ich sage, dass wir schon genug Probleme haben, ohne ihn unserer Liste hinzuzufügen.«

»Tut mir Leid. Ich werde dir nicht glauben, bevor du mir sämtliche Einzelheiten erzählt hast.« Suzys Augen glitzerten bei der Aussicht auf Klatsch, und sei er noch so verjährt.

Julia schnitt eine Grimasse. »Vor einer Ewigkeit, als ich ungefähr zehn Jahre alt war, mussten meine Schwester und ich mit ihm und seinem Freund zu einer Party gehen ...«

»Du Glückspilz. Ich durfte mit zehn keine Partys besuchen.«

»Unterbrich mich nicht! Es war grässlich. Angela und ich mussten Kleider tragen, während alle anderen in Jeans kamen! Freddie – Fergus, meine ich – und sein Freund lockten uns in seinen grässlichen Keller, angeblich, um uns das Klo zu zeigen. Wir mussten beide dringend. Mom und Lally hatten uns versprochen, dass die Jungen sich um uns kümmern würden. Aber sie haben uns in diesem Keller sitzen lassen, und wir haben Stunden gebraucht, um die Party wiederzufinden.«

»Es war den beiden wahrscheinlich peinlich, mit euch gesehen zu werden, wenn ihr, hm ... *total* falsch angezogen wart.«

Julia legte die Stirn in Falten. »Und am nächsten Tag haben sie uns zu einer Fahrradtour mitgenommen, auf Fahrrädern, die einen Meter zu groß für uns waren. Fergus hat uns gezwungen, meilenweit zu strampeln. Und als ich eine Panne hatte, ist er von seinem Fahrrad gestiegen und neben mir hergelaufen und hat sich pausenlos über mich lustig gemacht.«

»War doch unheimlich nett von ihm, mit dir zu Fuß zu gehen.«

Da Suzy nicht so leicht zu überzeugen war, zog Julia das Ass aus dem Ärmel, von dem sie dachte, dass es Suzy auf alle Fälle zur Vernunft bringen würde. »Irgendwie zogen meine Mutter und Lally ihre Schlüsse aus der Tatsache, dass er mit mir zu Fuß gegangen war. Sie dachten, es sei eine kindliche Liebelei – und frag mich bitte nicht, wer von uns in wen verliebt gewesen sein soll –, und seit jenen Tagen versuchen beide Mütter, uns miteinander zu verheiraten. Nachdem ich mit Oscar Schluss gemacht habe und Fergus' Ehe in die Brüche gegangen ist, fängt das Ganze wieder von vorn an. Das ist der Grund, warum meine Mutter ihn hergeschickt hat.«

»Ich wollte ihn gar nicht bitten, uns zu helfen«, flunkerte Suzy. »Ich wollte ihn bloß einladen, ein paar Tage mit uns den Fluss hinunterzuschippern. Wir haben schließlich noch Platz in den Gästekabinen.«

»Wenn wir irgendetwas nicht gebrauchen können, dann noch mehr Gäste, jetzt, wo wir keine Mannschaft haben!«

»Und wir könnten ihn doch bitten, uns ein bisschen beim Steuern zu helfen. Damit ich etwas Luft habe und dir in der Küche helfen kann.«

Julia wollte kein Spielverderber sein, konnte aber ihren Argwohn nicht abschütteln. Sie wollte Suzy gerade

Näheres über Fergus Grindley erzählen, als dieser in der Schwingtür auftauchte. »Bin ich zu einem ungünstigen Zeitpunkt gekommen?«

»Ja«, antwortete Julia.

»Ganz und gar nicht«, sagte Suzy gleichzeitig, aber lauter. »Es ist nur so, dass wir gerade einen ziemlichen Schock erlitten haben.«

»Wie wahr«, murmelte Julia.

»Unsere Mannschaft hat gerade gekündigt. Zwei Stunden bevor wir unsere Gäste erwarten. Ich weiß wirklich nicht, was wir machen sollen. Mein Onkel, dem die Boote gehören, hat am Montag eine Operation am offenen Herzen. Wir sitzen furchtbar in der Klemme ...« Diese Worte wurden mit einem flehentlichen Schlafzimmerblick und einem Ausdruck demütiger Unterwerfung vorgebracht, der Bambi alle Ehre gemacht hätte. »Vielleicht hätten Sie Lust, uns aus der Klemme zu helfen?«

Julia war sich nicht sicher, ob Suzy wusste, was sie tat, als sie sich die Lippen befeuchtete und eine winzige Träne im Winkel ihrer kräftig wimperngetuschten Augen auftauchen ließ, oder ob sie einfach auf Autopilot schaltete, wenn sie etwas haben wollte. Aber die Frage war rein akademisch. Fergus schmolz dahin. Der Gedanke, dass Suzy diese Art von Charme vielleicht auch bei Jason hätte spielen lassen können, kam Julia zwar, aber sie unterdrückte ihn. Nicht einmal Bambi in Person hätte Jason betören können.

Fergus räusperte sich, blinzelte und blickte auf Suzy hinab. »Ich habe zufällig noch ein paar Tage Zeit, bevor ich zurück in meine Wohnung muss, um zu packen.«

»Sie würden uns wirklich das Leben retten, wenn Sie bis dahin bleiben und uns helfen könnten. Das stimmt doch, nicht wahr, Julia?«

Julia konnte sich nicht zu einer Antwort überwinden.

Julia sperrte sich in der Kombüse ein und machte eine Schokoladenmousse. Wenn Suzy ihnen Fergus aufhalsen wollte, sollte sie sich auch um ihn kümmern. Julia stellte hübsche Porzellanbecher, Teller und kleine Töpfe mit Butter und Marmelade heraus, damit sich die Gäste gleich zu Tee und frischen Scones an den Tisch setzen konnten. Suzy und Fergus waren verschwunden, und Julia fand, dass es nicht ihr, dem Mädchen für alles, zugemutet werden konnte, die Gäste allein zu begrüßen, nicht bei ihrer ersten Tour. Ihre Laune besserte sich nicht gerade, als Suzy in die Kombüse kam und erklärte: »Er sieht eigentlich ganz gut aus, wenn auch ein bisschen alt und irgendwie rau. Genau richtig für dich.«

»Ich habe von meiner Mutter schon genug Bemerkungen dieser Art zu hören bekommen«, brauste sie auf. »Und wenn du mir erzählt hättest, dass er seit meiner Begegnung mit ihm jeden Augenblick seines Lebens auf Kanalbooten verbracht hätte, würde ich ihn immer noch nicht haben wollen. Nicht einmal in Geschenkpapier verpackt und mit Schleifchen umwickelt!«

»Hm, nein, er hat erzählt, er sei bisher noch nie auf einem Kanalboot gewesen, aber das heißt nicht, dass er völlig nutzlos ist.«

»Ach, nein? Kann er denn wenigstens segeln? Meine Mutter ist einfach versessen auf Typen, die segeln. Das würde vielleicht bedeuten, dass er gelegentlich ein Seil fangen kann.«

»Du redest genau wie Jason. Nein, er sagt, er habe keine Segelerfahrung, aber du musst doch zugeben, dass es uns nicht viel nützen würde, wenn er wüsste, wie man unter vollen Segeln hart am Wind fährt.«

»Es wäre immerhin besser als gar nichts.«

»Was hast du eigentlich gegen ihn?«

»Ich dachte, ich hätte mich da ziemlich klar ausgedrückt.«

»Wahrscheinlich war sein Freund damals schuld daran, dass er sich so schrecklich benommen hat. Jungen sind grässlich, wenn sie sich zusammenrotten.« Dieser Gedanke war Julia irgendwann nach jenem furchtbaren Wochenende auch gekommen, aber sie war nicht in der Stimmung, auch nur ein einziges gutes Haar an Fergus zu lassen. »Wie auch immer«, fuhr Suzy fort. »Er hat seine Sachen in seine Kajüte gebracht.«

»Dann ist es ja nur gut, dass wir alle Betten bezogen haben. Sonst müsste er am Ende noch allein mit seinem Bettbezug kämpfen. Und jetzt zu wichtigeren Dingen. Soll ich die Scones auf den Tisch stellen, damit es ein bisschen freundlicher aussieht, oder soll ich sie in der Küche lassen, damit ich sie im Ofen frisch aufwärmen kann?«

»Frisch gebackene Scones! Julia, du bist ein Wunderkind. Ich weiß nicht, wie du das schaffst.«

Suzy war einfach schamlos und verdiente die passende Antwort. »Wenn du es wirklich wissen willst, erzähl ich es dir. Das Rezept ist so einfach, dass sogar der grässliche Fergus damit fertig würde.«

Fergus erschien gerade rechtzeitig, um in Julia die Frage aufkommen zu lassen, ob er diese Bemerkung mit angehört hatte. »Kann ich mir die Hände waschen?«

»Ja, in diesem Waschbecken da drüben«, fuhr Julia ihn an. Es interessierte sie nicht, ob er gelauscht hatte oder nicht. »Es verstößt gegen das Gesetz, dasselbe Spülbecken zum Kochen und zum Händewaschen zu benutzen.«

»Tatsächlich?«

»Ja.«

Julia wusste, dass sie sich etwas mehr bemühen sollte, freundlich zu sein. Fergus hatte wahrscheinlich keine Ahnung, dass ihre Mutter sie verkuppeln wollte. Und selbst wenn er sich als nutzlos erweisen sollte, opferte er immerhin seine Freizeit, um ihnen zu helfen. Aber eine kleine Bemerkung, die ihre Mutter über das Ende seiner

Ehe hatte fallen lassen, nagte an Julia und stachelte ihre Wut auf ihn an: Fergus hatte, so wusste sie von ihrer Mutter, von seiner Frau verlangt, ihre Karriere aufzugeben und Kinder zu bekommen. Er war schlicht und einfach ein zweiter Oscar, und wenn ihre Mutter glaubte, dass sie auch nur einen Blick in seine Richtung werfen würde, konnte sie ihre Kristallkugel zurate ziehen und sich etwas Neues überlegen. Hin- und hergerissen zwischen ihren persönlichen Gefühlen und der Verpflichtung den Gästen gegenüber (in dieser Hinsicht war Fergus zumindest besser als gar nichts), verabschiedete sie sich unter einem Vorwand.

»Ich muss noch einmal überprüfen, ob in den Kabinen alles in Ordnung ist«, sagte sie und musste sich auf die Zunge beißen, um ihn nicht zurechtzuweisen, weil er sich die Hände an dem sauberen Trockentuch abwischte, das sie gerade erst aufgehängt hatte.

Ein paar Minuten später kam er gerade rechtzeitig, um zu sehen, wie sie die kleine Vase mit frischen Blumen aus seiner Kabine holte. »Ah, da bist du ja. Suzy lässt fragen, ob du eben mit anfassen könntest, falls du einen Augenblick erübrigen kannst? Es wird Zeit, dass wir in den Hafen kommen.«

»Ach?«

»Suzy hält es für besser, zuerst mit dem Motorboot hinzufahren und das hintere Boot getrennt zu verholen, damit du nicht allein längs seit gehen musst.« Er schien verwirrt zu sein. »Zumindest glaube ich, dass es das war, was sie sagte.«

»Es ist ein Fachausdruck«, erklärte Julia. »Es bedeutet, dass die Boote Seite an Seite miteinander vertäut werden.« Sie wurde plötzlich nervös. Die Proben waren jetzt vorbei. Nun kam die eigentliche Vorstellung. Vielleicht war es doch gar nicht schlecht, Fergus dabei zu haben.

Suzy manövrierte das Motorboot langsam und mit äußerster Vorsicht die kurze Strecke den Kanal hinunter, der sich an dem Geschiebe und Gedränge von Englands berühmtestem Touristenort vorbeischlängelte. Niemand bemerkte etwas. Julia stand am Bug, eine Leine in der Hand und einen Bootshaken in Bereitschaft, aber sie brauchte nicht einzugreifen. Suzy kam blendend zurecht. Zum Teufel mit Jason, dachte Julia.

Aber sobald sie unter der Brücke durchfuhren, zuckten plötzlich, wie es schien, hundert Blitzlichter gleichzeitig auf. Plötzlich standen sie mitten auf der Bühne.

Julia, die am Bug nach wie vor den Staken in Bereitschaft hielt, hätte sich am liebsten eine Papiertüte über den Kopf gestülpt. Es erschien ihr unhöflich, die Leute, die nur ein paar Dutzend Meter entfernt standen, einfach zu ignorieren, andererseits musste sie arbeiten und konnte sich nicht gleichzeitig mit so vielen Personen beschäftigen. Allerdings musste sie einen guten Eindruck machen, für den Fall, dass sich unter den unverdrossen knipsenden Touristen ihre zukünftigen Fahrgäste befanden, daher setzte sie eine nichtssagende Miene auf und blickte geradeaus, ohne irgendetwas wahrzunehmen. Wenn sie geahnt hätte, dass sie im Hafenbecken von Stratford im Mittelpunkt des Interesses stehen würde, hätte sie sich vorher das Haar gekämmt.

Obwohl Suzy viel mehr an die Aufmerksamkeit von Fremden gewöhnt war, musste sie sich zu sehr auf ihre Arbeit konzentrieren, um ihr Publikum zu beachten. Onkel Ralph hatte schon vor langer Zeit dafür gesorgt, dass ein Anlegeplatz für sie reserviert worden war. Aber würden sie es schaffen anzulegen, ohne die kleinen, zerbrechlichen Plastikboote zu beiden Seiten zu streifen? Ralph hatte ihnen beiden mit seinen Geschichten von Schadensersatzprozessen eine Heidenangst eingejagt.

Julia beobachtete das Manöver vom Bug aus und sprang, sobald sie das gefahrlos tun konnte, an Land, entschuldigte sich flüsternd bei den Leuten, die sie zur Seite drängte, und hielt sich bereit, das Boot mit der Leine abzustoppen – oder sogar mit ihrem Körper, falls es so aussah, als würde Suzy irgendwo auffahren. Aber Suzy handhabte das Boot, als hätte sie jahrelang nichts anderes getan. Julia grinste.

»Gut gemacht«, lobte sie, als Suzy die Achterleine auf einem Poller belegte. Jetzt, da die Touristen einer nach dem anderen das Interesse verloren und davonschlenderten, sah Julia sich um. Es war wirklich ein sehr hübsches Kanalbecken. Ringsherum waren Rasenflächen und gut gepflegte Blumenbeete angelegt, und überall standen Statuen. Auf der anderen Seite waren Bäume gepflanzt. Sie zwang sich, an weniger reizvolle Dinge zu denken. »Wo ist eigentlich Fergus?«

»Oh, er bringt das hintere Boot her. Ich brauche eine Tasse Tee, bevor die Gäste kommen. Mein Mund ist völlig ausgetrocknet, so nervös war ich.«

Julia kochte den Tee, erlaubte Suzy aber nicht, den Kuchen anzuschneiden oder noch mehr Scones zu vertilgen. Stattdessen stellte sie ihr ein Päckchen Kekse hin. »Fergus braucht aber lange«, bemerkte Julia nach einer Weile. Obwohl es ihr gegen den Strich ging, hatte sie ein schlechtes Gewissen. »Sollten wir nicht zurückgehen und ihm helfen?«

»Er meinte, er würde schon zurechtkommen, aber wenn du willst, gehen wir rüber und sehen mal nach.«

Doch als Julia den Kopf über die Seitenluke hob, bemerkte sie, dass alle Zuschauer, die noch am Rand des Hafenbeckens standen, zu der Brücke hinüberblickten. Sie drehte sich um und begriff sofort, was die Aufmerksamkeit der Leute fesselte.

»Suzy, komm mal her und sieh dir das an!«

Suzy trat neben sie, und zusammen mit ein paar hundert Touristen beobachteten sie, wie ein zwanzig Meter langes Kanalboot lautlos unter der Brücke hindurchglitt und in das Hafenbecken einlief.

»Das Ding hat anscheinend keinen Motor«, bemerkte ein Mann, der munter drauflos knipste.

»Aber wie bewegt es sich dann?«, fragte seine Frau.

»Der Mann auf dem Dach hat einen Staken«, erklärte ein anderer Zuschauer. »Sehen Sie? Er stößt sich mit dem Staken vom Grund ab und schiebt das Boot auf diese Weise vorwärts.«

Julia musste kichern. »Du hast doch gesagt, er hätte nicht die geringste Erfahrung mit Booten, aber er hat offensichtlich gelogen. Er kann staken. Ich nehme an, das hat er in Oxbridge gelernt«, lächelte sie, während Fergus das hintere Boot neben das Motorboot manövrierte.

»Wo war er denn eigentlich, in Oxford oder in Cambridge?«, wollte Suzy wissen, ohne den Blick von Fergus abzuwenden.

»Keine Ahnung. Meiner Mutter zufolge handelt es sich um ein und dieselbe Universität.« Julia sah zu, wie Fergus genau die richtige Stelle auswählte, um den Staken ins Wasser zu stoßen, damit das Boot in einem passenden Winkel anlegen konnte. »Aber wie ich ihn kenne, hat er wahrscheinlich beide Universitäten besucht.«

»Nun, sein Studium hat sich ausgezahlt. Er stakt erstklassig.« Suzy bewunderte Fergus noch ein paar Sekunden länger. »Wenn ich nicht auf Männer stehen würde, die noch grün hinter den Ohren sind, würde ich meine Netze nach Fergus auswerfen.« Sie warf Julia einen nachdenklichen Blick zu. »Er ist geschieden und wieder frei. Einfach perfekt für dich.«

Julia verbarg ihre Überraschung, dass Suzy bereits von seiner Scheidung erfahren hatte. »Suzy, der Grund, warum Frauen sich scheiden lassen, ist der, dass ihre Männer *nicht* perfekt sind. Die guten Typen lassen sie nicht so einfach laufen.«

»Wie gut muss er denn sein, um Himmels willen? Menschenskinder, du hast dich mit Oscar verlobt, weil du seinen Hund mochtest!«

»Und sein Haus!«, konterte sie. »Aber ich habe aus meinem Fehler gelernt und lasse mich auf keinen Fall in die Ehe mit einem Mann drängen, den ich mein Leben lang gehasst habe!« Zu spät fiel ihr ein, wie weit eine Stimme auf dem Wasser trug.

Suzy stieg auf das Dach des Motorbootes und nahm auf dem Achterschiff Aufstellung, um den Festmacher zu fangen. Fergus warf ihn ihr zu, legte seinen Staken bedachtsam auf dem Dach ab und schlenderte dann gemächlich zum Bug der *Thisbe*. Dort nahm er die zusammengerollte Leine, hielt ein Ende fest und warf sie lässig über die Klampe auf dem Vorschiff des Schleppbootes. Entweder war er in Oxbridge ein Meisterwerfer gewesen, oder das Glück war ihm hold: Jedenfalls hielt das Seil, und er zog das hintere Boot mit einigen wenigen eleganten Bewegungen neben das Motorboot.

Die Leute am Ufer klatschten und pfiffen. Julia, die ehrlich beeindruckt war, konnte ein Lächeln nicht unterdrücken und überlegte hektisch, wie sie Fergus daran hindern konnte zu glauben, Suzy und sie hätten über ihn geredet. Suzy, die von Natur aus überschwänglicher veranlagt war, umarmte ihn stürmisch. »Sie sind wunderbar! Ein echter Held.« Der schmatzende Kuss, mit dem sie ihm dankte, verfehlte nur um Haaresbreite seinen Mund. »Kommen Sie, lassen Sie uns eine Tasse Tee trinken, bevor die Fahrgäste auftauchen.«

Suzy und Fergus waren unter dem Vorwand, irgendetwas Nützliches erledigen zu müssen, auf dem anderen Boot verschwunden, während Julia die Teetassen ausspülte. Und genau in dem Augenblick kamen die ersten Passagiere an.

»Hallo! Sind das die beiden Boote *Pyramus* und *Thisbe*?«

Julia zögerte einen Augenblick lang, in der vergeblichen Hoffnung, dass Suzy erscheinen und ihre zahlenden Kunden begrüßen würde, aber als das nicht geschah, ging sie selbst zur Tür.

»Hallo. Das sind die beiden Boote, ja. Ich bin Julia Fairfax. Kommen Sie, ich helfe Ihnen an Bord.«

Julia streckte die Hand aus und stützte die Frau, die mit weißen Hosen und einem marineblauen Twinset für einen Segeltörn gekleidet war. »Hallo, Schätzchen, ich bin Eileen Bernstein, und das ist Harvey, mein Mann. Wir sind aus Arkansas.«

Harvey folgte seiner Frau auf das Boot und stieß sich sofort an einem Balken den Kopf. Julia zuckte zusammen, teils aus Mitleid, teils aus Verlegenheit. Wie konnte Suzy ihr zumuten, Fahrgäste auf Booten willkommen zu heißen, auf denen die Leute nicht einmal genug Platz für ihre Köpfe hatten?

»Oh, das tut mir aber Leid«, versicherte sie. »Ist es schlimm? Kann ich Ihnen etwas zu trinken bringen?«

»Oh, machen Sie sich seinetwegen keine Sorgen. Er hat sich, seit wir nach Europa gekommen sind, pausenlos irgendwo den Kopf gestoßen, stimmt's nicht, Harv?«

Harv rieb sich gutmütig seinen kahlen Schädel. »Und ob. Man gewöhnt sich dran.«

»Ja, sicher«, meinte Julia und wünschte sich, Suzy und sie hätten sich vorher einige Worte zur Begrüßung der Gäste zurechtgelegt. »Soll ich Ihnen helfen, Ihr Gepäck an Bord zu bringen, und Ihnen dann Ihre Kabine zeigen? Oder hätten Sie zuerst gern eine Tasse Tee?«

»Harv kann unsere Taschen holen, aber wenn Sie uns eine anständige Tasse Kaffee machen würden, wären wir Ihnen ehrlich dankbar.«

»Es wird mir ein Vergnügen sein«, erklärte Julia, obwohl sie gleichzeitig das Gefühl hatte, dass nichts Gutes dabei herauskommen würde. Normalerweise bereitete es ihr keine Schwierigkeiten, Kaffee zu kochen, aber jetzt würde ihr sicher alles schief gehen, weil es wichtig war, dass sie es richtig machte. Wo zum Teufel steckte Suzy?

Wie auf ein geheimes Stichwort hin tauchte Suzy auf, frisch geschminkt und lächelnd. In einer Wolke aus Charme und Arpège eilte sie auf Eileen und Harvey zu. Fergus folgte ihr etwas gelassener, aber mit nicht geringerer Wirkung. Der Gedanke, dass Suzy Fergus für seine Heldentat in Naturalien belohnt haben könnte, blitzte kurz in Julias Kopf auf und hinterließ einen kleinen, scheußlichen, nagenden Verdacht.

Während Suzy Harvey begrüßte, mit großer Besorgnis dessen Beule musterte und dem Ehepaar ganz allgemein das Gefühl gab, die einzigen Menschen auf der Welt zu sein, mit denen sie im Augenblick zusammen sein wollte, zog Julia sich in die Kombüse zurück, um sich dem Zweikampf mit dem Kaffee zu stellen. Ihre Begrüßung der Gäste war gegen das, was Suzy zu bieten hatte, vergleichsweise gedämpft ausgefallen.

»Sie wollen Kaffee«, flüsterte sie Fergus zu, der ihr folgte. In der Not vergaß sie ganz, dass sie beschlossen hatte, nur das Allernötigste mit ihm zu reden. »Und ich bin mir nicht sicher, ob die beiden in puncto Kaffee die gleichen Vorstellungen haben wie ich.«

»Sieh zu, dass er stark genug wird, dann geht sicher alles in Ordnung. Soll ich das Tablett rübertragen?«

Julia nickte. »Ich komme gleich mit den Scones nach. Was meinst du, hätten wir auch Schlagsahne machen sollen?«

Fergus schüttelte den Kopf. »Nicht, wenn sie eine Autofahrt hinter sich haben. Sahne könnte ihnen auf den Magen schlagen.«

Julia beobachtete ihn aus den Augenwinkeln, um festzustellen, ob er sie auf den Arm nahm, aber sein Gesichtsausdruck war vollkommen neutral. Während sie immer noch versuchte, es herauszufinden, öffnete sie ein Glas mit Tante Joans selbst gemachter Marmelade. Hatte er sie nun auf den Arm genommen, oder nicht? Mit sechzehn war das eine seiner schrecklichen Unsitten gewesen.

Die Bernsteins tranken den Kaffee ohne Kommentar, brachen aber über die Scones in Begeisterung aus. »Dieser Biskuit ist unglaublich leicht!«, rief Eileen ihr über die Schwingtür zu.

»Vielen Dank.« Sie hielt einen Augenblick lang inne, bevor sie fragte: »Haben Sie schon gesehen, wo Sie schlafen?«

»O ja. Dieser freundliche junge Mann hat uns unsere Kajüten gezeigt. Hier ist alles so zauberhaft. Wir werden uns blendend amüsieren.«

In diesem Augenblick kamen die übrigen vier Passagiere an. Nachdem sie sich selbst und ihr Gepäck in die Kabinen gezwängt und den Vortrag über »die Benutzung der sanitären Anlagen« über sich hatten ergehen lassen, kamen sie im Gänsemarsch zurück in den Salon. Sie ließen sich vorstellen und beschlossen, ermutigt von der Herzlichkeit und Wärme der Bernsteins, einander gleich beim Vornamen zu nennen.

Alles schien gut zu laufen, daher kehrte Julia in die Kombüse zurück, um zu überprüfen, ob ihre Mousse auch wirklich fest wurde. Leider beschlossen die Bernsteins, noch einmal kurz einkaufen zu gehen, und nahmen ihren ansteckenden Enthusiasmus mit. Suzy war verschwunden, um irgendwo vielleicht noch Gasflaschen aufzutreiben, und hatte Julia die Verantwortung übertragen.

Die restlichen Gäste verfielen in ein peinliches Schweigen. Julia konnte förmlich sehen, wie die beiden Parteien jeweils zu dem Schluss kamen, dass die anderen Mitreisenden nicht ihr Typ seien und sie nicht miteinander warm werden würden. Da war zum einen das Ehepaar aus Norfolk; er hieß Norman, aber den Namen seiner Frau hatte Julia gleich wieder vergessen. Dann waren da noch zwei Frauen, Shakespeare-Begeisterte, die an einer Londoner Gesamtschule Englisch unterrichteten. Sie hießen Mabel und Miriam, aber Julia hatte nicht mitbekommen, wer von beiden wer war.

Niemand sprach ein Wort. Julia, die dringend ihre Vorbereitungen für das Dinner fortsetzen musste, fühlte sich verpflichtet, die Gäste bei Laune zu halten.

Nachdem all ihre Konversationsbemühungen wie Steine im Wasser versunken waren, fragte sie sich, ob irgendjemand wohl auch nur ein Lächeln zustande bringen oder eine Augenbraue hochziehen würde, wenn sie sich die Kleider vom Leib riss und auf dem Tisch tanzte. Das war der Stand der Dinge, als Fergus zurückkam.

Suzy hatte ihn ausgeschickt, um herauszufinden, wo die nächste Wasserstelle war und ob sie irgendwo am Fluss über Nacht anlegen konnten. Bei seinem Eintritt flehte ihn Julia im Stillen, leidenschaftlich um Hilfe an.

»Ein kleines Stück flussabwärts gibt es eine ganz entzückende Anlegestelle«, berichtete er. »Direkt gegenüber vom Theater. Aber ich habe überlegt, ob nicht vielleicht jemand Interesse an einer kurzen Stadtführung hätte? Vor dem Dinner? Ich hatte als Student mal einen Ferienjob in Stratford, daher kenne ich mich hier ziemlich gut aus; die offiziellen Führungen zeigen einem ja nur die Touristensehenswürdigkeiten.«

Keiner der vier Gäste konnte dem Gedanken widerstehen, das »geheime Stratford« zu sehen. Die Mienen hellten sich auf, Regenmäntel und Schirme wurden hervorgekramt, und man schickte sich allgemein an, sich zu amüsieren. Die Bernsteins, die gerade zurückkamen, als die anderen aufbrachen, zögerten ein wenig, noch einmal in die Stadt zu gehen, weil ihnen die Füße mörderisch wehtaten, aber Fergus pries seine Führung so verlockend an, dass auch die Amerikaner ihm lammfromm folgten. Sie hatten es gern, wenn man ihnen sagte, was sie tun sollten, erkannte Julia.

»Was für ein Held«, bemerkte Suzy. »Du meinst, er hat sie einfach allesamt fortgeschafft?«

Julia nickte. »Wie der Rattenfänger von Hameln. Hast du die Gasflaschen bekommen?«

Suzy zuckte leicht zusammen. »Ich fürchte, da gibt es ein kleines Problem.«

Julia hatte gerade noch Zeit, ihrem Entsetzen Ausdruck zu verleihen, bevor ein schmatzendes Geräusch aus der Kombüse kam. Die letzte Gasflasche hatte eben den Rest ihres Inhalts von sich gegeben.

»Das Dinner ist doch fast fertig, oder?«

KAPITEL 7

Suzy hatte einen langen Tag gehabt: Jason war von der Bildfläche verschwunden, Fergus auf selbiger aufgetaucht, und die Saison hatte begonnen. In vollem Bewusstsein all dieser Dinge versuchte Julia Mitleid mit ihrer jungen Arbeitgeberin zu empfinden, konnte aber nur Zorn aufbringen. Das Dinner war keineswegs fast fertig. »Wo lag denn das Problem?«, fragte sie, während sie sich bemühte, sich mit tiefen Atemzügen zu beruhigen.

»Daddy hat meine Kreditkarte sperren lassen, deshalb konnte ich nicht zahlen.«

»Hättest du denn nicht mit Bargeld zahlen können?«

Suzy schüttelte den Kopf. »Das hat doch alles Jason genommen.«

»Und wie sieht es mit Geldautomaten aus?«

Suzy schüttelte den Kopf. »Ich habe keine Karte für

einen Automaten. Daddy sagt, wir leben in einer bargeldlosen Gesellschaft.«

Wenn »Daddy« ohne Gas oder Elektrizität ein Drei-Gänge-Menü für neun Personen kochen müsste, dachte Julia zähneknirschend, würde er nicht solchen Blödsinn von sich geben. »Das ist doch lächerlich!«

»Und?«, meinte Suzy herausfordernd. »Hast du vielleicht eine Karte?«

»Natürlich habe ich eine!«

Suzy schaltete sofort auf Zerknirschung um. »Julia, ich weiß, es ist bestimmt die Hölle, ohne Gas kochen zu müssen ...«

»Weniger die Hölle als schlicht und einfach unmöglich.«

»... aber könntest du mir vielleicht etwas Geld leihen? Nur so lange, bis ich meine Finanzen geregelt habe?«

»Ich habe nicht viel bei mir.«

»Aber du hast doch bestimmt etwas auf der Bank? Du könntest sicher ein wenig abheben?«

»Hm, ja, natürlich.«

»Dann sei so lieb und hol etwas Geld – und schnell, bevor die Leute im Campingladen Feierabend machen!«

Julia warf einen Blick auf ihren Abwasch, der sich in der Spüle türmte und den jeder sehen konnte, der zufällig einen Blick über die Schwingtür warf. »Ich kann nicht. Ich habe hier zu viel zu tun. Ich gebe dir meine Karte und sage dir meine Geheimnummer.«

Suzy war entsetzt. »Julia! Du darfst deine Geheimnummer niemandem verraten! Ich könnte dir dein ganzes Geld stehlen.«

»Dann stehle ich dir deine Kanalboote.« Julia holte ihre Handtasche hinter einem Stapel Tomaten in Dosen hervor und zog ihre Kontokarte heraus. »Wir werden einander wohl vertrauen müssen.«

Überraschenderweise küsste Suzy sie auf die Wange.

»Ich danke dir. In Gelddingen hat mir noch nie jemand vertraut. Alle haben immer angenommen, dass ich nicht mit Geld umgehen könnte. Daddy hat einfach meine Rechnungen bezahlt und mir seinen Standardvortrag über Verschwendungssucht gehalten. Aber noch nie hat jemand von mir erwartet, dass ich mich anders verhalte.«

»Nun, du wirst schon nicht durchdrehen und zehn Gasflaschen statt zweien kaufen, aber wie willst du die Dinger eigentlich herschaffen?«

»Kein Problem. Die haben da einen Praktikanten, der einfach zum Anbeißen ist. Er kann die Flaschen Huckepack zum Boot tragen, falls der Laden keinen Lieferwagen hat«, meinte sie und zischte ab.

Suzy und der Wunderknabe aus dem Laden kamen ziemlich schnell zurück, was wohl bedeutete, dass er in letzter Zeit keine Erfahrungen gesammelt hatte, die nicht mit seiner Arbeit zusammenhingen, und zu zweit wechselten sie im Handumdrehen die Gasflaschen aus. Suzy gab dem jungen Mann ein paar Dosen Bier und verkündete dann, die Boote verlegen zu wollen.

»Wir wollen flussabwärts fahren, wo wir die Nacht verbringen können, zu dieser Stelle, die Fergus ausfindig gemacht hat. Meinst du, wir sollten warten, bis er wieder da ist und uns helfen kann?«

»Wir werden Fergus nicht lange bei uns haben. Am besten, wir gewöhnen uns daran, ohne ihn zurechtzukommen.«

»Wirklich schade, dass er nicht bleiben kann. Nächste Woche, wenn wir nach Tardebigge fahren, werden wir wirklich jemanden brauchen. Weißt du noch? Zweiundvierzig Einzelschleusen, die wir alle zweimal durchfahren müssen, und zwar an einem einzigen Tag?«

Julia erinnerte sich nur allzu gut. Ralph und Jason hatten dafür gesorgt, dass sich das Wort »Tardebigge« nicht nur in ihr Herz, sondern auch in ihr Gedächtnis eingemeißelt hatte. »Ich werde meine Mutter anrufen. Vielleicht kennt sie jemanden. Ich meine, jemanden, der nicht unterwegs zu einem prachtvollen Urlaub in der Toskana ist.«

Sie sahen einander sehnsüchtig an, und keine der beiden Frauen wollte der anderen eingestehen, dass der Gedanke an einen Urlaub im sonnenüberfluteten Italien so viel reizvoller erschien als ein Sommer, den man damit zubrachte, im ungewissen englischen Klima für andere Leute ideale Urlaubsbedingungen zu schaffen.

Julia seufzte. »Also, setzen wir jetzt die Boote in Bewegung?«

Fergus brachte die Gäste, zu einer friedlichen Gruppe vereint, zu ihrer neuen Anlegestelle am Fluss hinunter; er hatte es geschafft, dass alle Passagiere sich auf ihren Urlaub freuten und fest entschlossen waren, sich zu amüsieren.

»Das war wirklich nett von Ihnen, Fergus«, sagte entweder Mabel oder Miriam. »Hätten Sie gern ein Glas Sherry?«

»Das wäre schön«, antwortete Fergus. »Soll ich eben bei Julia nachfragen, ob wir vor dem Dinner noch Zeit haben?«

»Oh, für einen Drink ist immer Zeit!«, fiel Suzy ihm hastig ins Wort. »Ich verdiene mit dem Ausschank zusätzliches Geld. Nicht viel, aber jedes Pfund zählt«, fügte sie hinzu, und Julia wünschte, sie hätte etwas leiser gesprochen.

Die Gäste spendierten einander gegenseitig Drinks, und Fergus spendierte Julia ein Glas Sherry. »Oh, danke! Den kann ich jetzt gebrauchen!« Er blieb bei ihr stehen, daher nutzte sie die Gelegenheit, um sich für ihre frühere Bärbeißigkeit zu entschuldigen. »Du hast mir unendlich geholfen, als du mir heute Nachmittag die ganze

Meute vom Hals geschafft hast. Irgendwie schienen sie nicht miteinander zurechtzukommen, und ich hatte überhaupt keine Zeit, mich um sie zu kümmern.«

»Du brauchst dich nicht bei mir zu bedanken, Julia. Ich habe es für Suzy getan, nicht für dich.«

Sie hatte diesen spöttischen Blick schon früher bei ihm gesehen, und zwar beim Schieben eines Fahrrades, und es tat immer noch weh. Da ihr eine akustische Form der Selbstäußerung verwehrt war – oder wenigstens ein deftiges Wort mit den Anfangsbuchstaben Sch ... –, weil sie in der Kombüse von allen zu sehen war, gönnte sie sich einen heimlichen, lautlosen Wutanfall. Als sie die Augen wieder öffnete, war Fergus verschwunden. Erst später dämmerte ihr, dass er wahrscheinlich einige ihrer unfreundlicheren Bemerkungen über ihn mit angehört hatte. Aber das hätte ihn doch höchstens erleichtern können? Ihrer Mutter zufolge war Lally genauso erpicht auf eine Verbindung wie sie selbst. Warum war er nicht einfach dankbar, dass die von Margot feilgebotene Tochter ihn ansah, ohne dass Hochzeitsglocken in ihren Augen schimmerten?

Trotz Suzys Beteuerungen, dass sie mit den anderen essen solle, blieb Julia standhaft in der Kombüse und konzentrierte sich darauf, alles gleichzeitig warm zu bekommen. Sie hatte ihr Menü sorgfältig geplant und sich etwas ausgedacht, von dem sie hoffte, dass es weder zu ehrgeizig noch zu langweilig war. Aber obwohl alles in Ordnung zu sein schien, wollte sie den Gästen beim Essen lieber nicht zu nahe kommen, für den Fall, dass sie irgendeinen grässlichen Fehler begangen hatte.

Sie schlug Sahne, streute Petersilie auf die Suppe, legte auf jeden Teller eine ausgehöhlte und mit Erbsen gefüllte Tomate neben die beiden Lammkoteletts und verzierte die Schokoladenmousse in den Dessertschälchenmit gerösteten Mandeln. Alle bestaunten ihre Kreationen mit höchst befriedigenden Lauten des Entzückens. Alle bis auf Fergus.

Er kam mit einem Stapel schmutziger Teller herein. »Also, wie war es?«, fragte Julia, während sie heißes Wasser in die Spüle einließ und sich fest vornahm, höflich zu sein.

»Okay.«

Sie warf einen Blick über ihre Schulter. »Nur okay?«

»Nun, ich habe nicht viel übrig für Hotelessen. Mir ist eine selbst gemachte Mahlzeit lieber.« Fergus biss sich auf die Lippe. Möglich, dass er ein Lächeln verbarg, aber Julias Sinn für Humor war etwas angeschlagen.

Sie nahm die Hände aus dem heißen Wasser. »Wie meinst du das, Hotelessen? Wer, glaubst du, hat dieses Essen gekocht? Die Küchenchefs aus dem ›Hilton‹?«

»Oh, ich weiß, dass du gekocht hast. Mir ist bloß dieser ganze Schnickschnack zuwider, Sahnehäubchen, Obstsplitter und Pfefferminzblättchen. Es ist einfach nicht das Gleiche wie gute Hausmannskost, wie zum Beispiel bei deiner Mutter.«

Was Julias Mutter kochte, war für gewöhnlich braun und reich an Ballaststoffen und kam auf riesigen Servierschüsseln daher. Man wurde schon vom Hinsehen müde. Fergus zog sie zweifellos auf. Aber obwohl sie das wusste, war sie zu erschöpft, um auch nur den Hauch eines Lächelns zustande zu bringen. Sie hatte unter äußerst schwierigen Umständen ein großes Essen gekocht, sie hatte alle Kniffe aus sämtlichen Fernsehkochstunden angewandt, die sie sich je angesehen hatte, angefangen von *Meisterkoch* bis hin zu *In dreißig Lektionen zur perfekten Köchin,* aber er wollte lieber eine Mahlzeit, die beim ersten Blick dazu verleitete, sie als Baustoff zu verwenden. Na schön, sollte er doch!

»Dir mag ja der Unterschied entgangen sein, Fergus, aber ich bin nicht meine Mutter. Und ich werde wahrscheinlich auch nie so sein wie sie. Entgegen all *ihren* Hoffnungen und Träumen ist es nicht der Gipfel *meines* Ehrgeizes, Ehefrau und Mutter zu sein und meinem die Brötchen verdienenden Gemahl und meinen wohlgenährten Kindern Hausmannskost aufzutischen! Hier geht es um *professionelles* Kochen!« Trotz ihrer Erregung kreuzte Julia hinterm Rücken die Finger, weil sie wusste, dass sie log.

Fergus sah sie mit einem halb verständnislosen, halb spöttischen Blick an, der in ihr den Wunsch weckte, ihm ihr Tranchiermesser in seine lebenswichtigen (zumindest für einen Mann lebenswichtigen) Organe zu rammen, aber er enthielt sich jeder weiteren Bemerkung. Stattdessen fragte er nur: »Soll ich den Kaffee kochen?«

»Wenn du meinst, du kannst das besser als ich«, zischte sie und verschwand in ihrer Kabine.

Hinter der Tür ragte ihre Sporttasche hervor. Ich will nach Hause, dachte sie. Ich will diese Tasche packen und irgendwo hingehen, wo ich erwünscht bin.

Nur dass sie in Wirklichkeit nirgendwo anders sein wollte als auf diesem Boot. Ihr Haus war vermietet, ihren Job hatte man ihr wie einen Stuhl unter dem Allerwertesten weggezogen, und nicht einmal ihre gegenwärtige Niedergeschlagenheit ließ ihr Oscar in einem wünschenswerteren Licht erscheinen. Also kämmte sie sich das Haar, schminkte sich die Lippen, spritzte sich eine kräftige Dosis von Suzys Parfüm auf und stürzte sich wieder ins Getümmel.

Norman, die männliche Hälfte des Ehepaars aus Norfolk, begrüßte sie herzlich. »Da kommt die Köchin. Setzen Sie sich zu uns und trinken Sie einen Brandy. Das war ein wunderbares Essen.«

Bevor sie wusste, wie ihr geschah, wurde Julia zu einem Sessel geführt, und jemand drückte ihr ein Glas in die Hand. Als sie das nächste Mal in die Kombüse sah, stand Fergus an der Spüle und besorgte den Abwasch. Das Leben war doch nicht so schlecht.

»Also, wann gibt es Frühstück?«, erkundigte sich Norman. »Ich bin ein Frühaufsteher, aber ich brauche zuerst mal nur eine Tasse Tee. Kann ich mich selbst bedienen?«

Suzy und Julia tauschten einen erschrockenen Blick. »Ja«, antwortete Suzy, ohne auf Julias entsetzte Miene zu achten. »Wir stehen um sieben auf.« Lügnerin, dachte Julia. »Aber wenn Sie vorher einen Tee haben wollen, bedienen Sie sich. Ich denke, Sie werden mühelos alles finden, was Sie brauchen.«

»Also, wann gibt es Frühstück?«, wiederholte Norman.

»Um halb neun«, erklärte Julia hastig und schwor sich gleichzeitig, spätestens um sieben fix und fertig in der Kombüse zu stehen. Suzy mochte zwar nichts dagegen haben, wenn die Fahrgäste die Kombüse hinter ihrem Rücken nach Teebeuteln durchsuchten, aber Julia sträubten sich bei dem Gedanken die Haare.

Tatsächlich hatten sie nie darüber geredet, um wie viel Uhr das Frühstück fertig sein sollte oder woher sie die Zeit nehmen würden, um die Kabinen und die Badezimmer zu putzen, bevor sie ablegten. Während sie einen Kessel Wasser für die Wärmflasche von Normans Frau aufsetzten, führten sie in der Kombüse ein ebenso verspätetes wie gedämpftes Gespräch.

»Wenn wir um halb neun frühstücken, wann legen wir dann ab? Harvey Bernstein hat mich auch schon danach gefragt. Er kennt immer gern den Zeitplan.« Julia verrenkte sich das Handgelenk, um den Verschluss der Wärmflasche aufzubekommen.

»O Gott, ich weiß es nicht«, flüsterte Suzy. »Wenn wir fertig sind, denke ich.«

»Das reicht nicht. Sie wollen eine Uhrzeit wissen. Das gibt ihnen wahrscheinlich ein Gefühl der Sicherheit.«

»Okay. Wir frühstücken um halb neun und brechen um halb zehn auf.«

»Und wann putzen wir die Kabinen und den Rest?«

»Nach dem Frühstück?«

Julia schüttelte den Kopf. »Nach dem Frühstück sind sie alle in ihren Kabinen und putzen sich die Zähne. Du musst es machen, während die Leute essen. Ihr Pech, wenn sie dann den ganzen Tag Zahnpasta im Waschbecken kleben haben.«

Suzy war nur mäßig begeistert. »Was? Und die Toiletten und Duschen soll ich auch putzen?« Julia nickte. »Aber ich muss den Motor im Auge behalten, den Tau von den Booten wischen und alle möglichen anderen Dinge erledigen.«

»Das kannst du später machen. Während ich den Abwasch erledige.«

Suzy runzelte die Stirn. »Es muss doch eine bessere Lösung geben.«

Also eine Lösung, die Suzy nicht in Verbindung mit einer Klobürste brachte. »Wenn es dir lieber ist«, schlug Julia mit ausdrucksloser Miene vor, »kannst du das Frühstück machen, und ich putze die Kabinen und kümmere mich um das Boot.«

Das war auch nicht die richtige Antwort. »Weißt du denn, wie man den Motor anlässt?«, fragte Suzy kühl.

»Weißt *du* denn, wie man Spiegeleier macht?« Julia sah ihre Arbeitgeberin wütend an.

Suzy kicherte. »Irgendwie schon, aber ich habe noch nie ein Ei in die Pfanne gekriegt, ohne das Eigelb verlaufen zu lassen.«

»Ich auch nicht, um die Wahrheit zu sagen«, gestand Julia. »Und du hast Recht. Ich kann den Motor nicht anlassen. Wenn wir keinen Ersatz für Jason finden, muss ich alles Mögliche lernen. Oh, hier ist Ihre Wärmflasche, Mrs. ... ähm.«

»Also, wie sollen wir denn nun ohne einen Ersatz für Jason zurechtkommen?«, fragte Suzy viele Minuten später, während sie sich mit leichten, kreisenden Bewegungen Nachtcreme ins Gesicht rieb. »Es ist schon schlimm genug, solange Fergus noch da ist. Ohne ihn wird es die reinste Hölle sein. Abgesehen von der Kocherei und der Arbeit mit dem Boot, brauchen die Passagiere so viel Aufmerksamkeit. Onkel Ralph hätte mich warnen müssen.«

»Ich nehme an, es wird im Laufe der Woche einfacher. Außerdem wissen die Gäste dann, was sie erwartet«, erwiderte Julia, die keine Energie mehr aufbrachte, um sich über Fältchen in den Augenwinkeln den Kopf zu zerbrechen. »Es ist unsere erste Fahrt, und nur deshalb ist alles so schwierig.« Sie kuschelte sich in ihren Schlafsack. »Die nächsten siebenundzwanzig Touren fallen uns bestimmt leichter.«

Unter Aufbietung all ihrer Willenskraft schaffte Julia es, fünf Minuten vor Norman in der Kombüse zu sein und den Kessel aufzusetzen. Es war zehn nach sieben. Sie konnte nur mit roher Gewalt die Augen öffnen. Warum musste jemand, der Urlaub hatte, so früh aufstehen?

»Guten Morgen! Und ich glaube, es wird wirklich ein schöner Morgen werden«, sagte er strahlend. »Ich habe gerade einen Spaziergang gemacht. Es ist wunderschön hier, nicht wahr? Ich meine, die Weiden, die am Fluss wachsen, und die Wiesen dahinter?«

Julia nickte. Sie wollte ihm nicht gern erzählen, dass sie von Stratford bisher nichts kannte als den Supermarkt und was man eben vom Boot aus sehen konnte, wenn man kochte oder putzte. Auch das Theater hatte sie nur deshalb gesehen, weil sie direkt gegenüber vor Anker lagen.

»Hmm, ja, das stimmt. Möchten Sie einen Zwieback zum Tee, Norman?«

»Nein, aber trotzdem vielen Dank. Ich bringe diese Tasse zu Florence rüber und lasse Sie dann weiterarbeiten. Sie haben wahrscheinlich eine Menge zu tun.«

Die restlichen Passagiere trudelten nach und nach ein, und sie wollten alle Tee, Kaffee oder nur ein paar freundliche Worte. Julia deckte den Tisch und bereitete das Frühstück so weit wie möglich vor; sie schnitt die Schwarte vom Speck ab und bereitete – eine etwas übereilte Aufmerksamkeit, die ihren amerikanischen Gästen galt – Scones zu, die wie amerikanische Pfannkuchen aussahen.

Suzy schlich auf dem Dach herum, begrüßte die Passagiere, die nach und nach oben auftauchten, und verschwand dann in deren Kabinen, während sie sich mit Julia unterhielten. Julia bezweifelte indes stark, dass Suzy Zeit hatte, mehr zu tun, als rasch die Waschbecken auszuwischen, die Papierkörbe zu leeren und die Federbetten aufzuschütteln.

Nachdem alle Gäste gefrühstückt hatten – jeder war bei der Bestellung eine Spur von der ausliegenden Speisekarte abgewichen –, traf Julia den Entschluss, in Zukunft für jeden Passagier erst dann zu kochen, wenn er in der Kombüse auftauchte. Auf diese Weise brauchte sie sich keine Sorgen um angetrocknete Spiegeleier oder Häutchen auf der Milch zu machen. Aber endlich hatten alle genug Tee, Kaffee und Aussprache gehabt, und Julia konnte den Tisch abräumen.

Während die Fahrgäste den Schwänen, die mit dem Schnabel ans Boot klopften, um gefüttert zu werden, Brotreste zuwarfen, erledigte Julia den Abwasch. Suzy hatte zwar irgendetwas vor sich hin gemurmelt, dass sie in einer Minute zurück sein werde, um diese Arbeit zu übernehmen, aber Julia war klar, dass ihre junge Freundin wahrscheinlich ein Dutzend anderer Dinge zu tun hatte, und machte sich daher selbst ans Werk. Sie hatte jede einzelne Tasse und jeden Unterteller abgetrocknet, eine Pastete zubereitet und schon die Zwiebeln für die Quiche Lorraine zum Mittagessen gehackt, als Suzy endlich auftauchte. Fergus war nirgends zu sehen.

Suzy kam in die Kombüse und musterte den Flussführer mit so finsterem Blick, als wollte sie ihn zwingen, mehr Geheimnisse preiszugeben, als auf der gedruckten Seite zu erkennen waren. »Wenn ich nur wüsste, welche Teile dieser Route wir im Päckchen fahren können, wäre alles so viel leichter. Wenn wir das Bulty hinter uns herschleppen«, fügte sie ungeduldig hinzu, »haben die Leute ein Problem, wenn sie irgendetwas aus ihren Kabinen holen wollen. Und selbst wenn wir an kurzer Leine schleppen, müssen wir alles holen, was die Gäste haben wollen, weil wir sie unmöglich während der Fahrt von einem Boot zum anderen klettern lassen können.«

»Natürlich nicht.« Julia war selbst nicht allzu versessen auf eine solche Kletterpartie, hätte dies aber nie im Leben zugegeben.

»Ich habe gerade mit Bidford telefoniert und uns eine Anlegestelle reservieren lassen, da gibt's also keine Probleme. Aber ich weiß, dass die Brücke von Bidford ziemlich heikel ist, denn ich erinnere mich, dass Ralph und Jason einmal davon gesprochen haben. Aber die Kerle haben natürlich nicht erwähnt, um was genau es dabei geht!« Suzy riss sich von dem Flussführer los und erfasste mit einem Blick, dass der Salon makellos sauber und Julia schon halb mit den Vorbereitungen fürs Mittagessen fertig war, während die Passagiere zufrieden die Schwäne fütterten. Sie sah zerknirscht auf. »Und ich wollte das Frühstücksgeschirr abwaschen.«

Julia hob abwehrend die Hand. Es wäre für jeden eine große Verantwortung gewesen, erst recht für eine so junge und unerfahrene Frau wie Suzy. »Kümmere du dich um die Organisation und überlass mir die einfachen Dinge.«

»Wenn ich nur einen Schimmer hätte, was ich tun muss.«

»Könntest du nicht Joan anrufen? Vielleicht kann Ralph ein paar Notizen schicken. Du könntest behaupten, Jason hätte sie angefordert.«

»Wie wahrscheinlich ist es, dass Jason auch nur ein einziges Wasserrattenloch auf irgendeiner Tour vergisst, die er mehr als einmal gemacht hat?«

»Was kannst du denn sonst tun? Schließlich ist der Flussführer nicht für zwanzig Meter lange Kanalboote geschrieben. Und früher oder später wirst du Ralph und Joan ohnehin von Jasons Kündigung erzählen müssen.«

Suzy biss sich auf die Unterlippe. »Das Schlimme ist, ich werde das Gefühl nicht los, dass ich an Jasons Kündigung schuld bin. Wenn ich als Teamchef eine glücklichere Hand gehabt hätte, wäre er nicht gegangen.«

»Unsinn! Er ist ein Blödmann. Deshalb ist er einfach auf und davon spaziert. Einen anderen Grund gab es nicht. Und jetzt geh und ruf an. Du wirst dich hinterher besser fühlen.«

Suzy verschwand mit dem Handy in der hinteren Kabine. Als sie wieder zurückkam, wirkte sie noch bedrückter als zuvor. »Also, ich habe Joan das mit Jason erzählt, und sie will versuchen, Ralph ein paar Notizen abzuschwatzen, ohne ihm zu verraten, warum sie sie haben will. Außerdem will sie in Ralphs Adressbuch nachsehen, ob sie einen Ersatz für Jason finden kann. Aber sie hat mit Dad telefoniert. Er ist immer noch stinksauer auf mich, weil ich diesen Job hier mache, und er hat gedroht, uns die Gesundheitsbehörde auf den Hals zu hetzen. Dabei hatte ich gehofft, er hätte mittlerweile Vernunft angenommen.«

Julia übersetzte diese Bemerkung als ein: Lass mich in Zukunft die Dinge auf meine Weise regeln. »Hm?«

»Und Joan ist halb krank vor Sorge, weil Ralph die Gesundheitsbehörde nie ernst genommen hat. Irgendwie ist es ihm immer gelungen, sich vor einer Untersuchung zu drücken, sodass sie jetzt bestimmt tausend Dinge zu bemängeln haben.«

»Nun«, erwiderte Julia in dem Bemühen, optimistisch zu klingen. »Du hast ein separates Becken, in dem man sich die Hände waschen kann, das ist immerhin etwas. Ich weiß aus meiner Arbeit in dem Pub damals, dass man ein separates Waschbecken haben muss. Vielleicht wird es ja nicht so schlimm.«

»Aber sie können einem den Laden trotzdem schließen, hat Joan gesagt. Wenn sie wollen, können sie unsere Passagiere einfach mit ihrem Gepäck ans Ufer setzen, und die Leute haben dann nicht einmal ein Dach überm Kopf.«

»Könnten wir nicht versuchen herauszufinden, wie die Vorschriften aussehen, und sie dann einfach erfüllen?«

Suzy schüttelte den Kopf über diese simple Lösung ihrer Probleme. »Dafür haben wir keine Zeit. Wir müssen ihnen einfach bis zum Ende der Saison aus dem Weg gehen. Das dürfte nicht weiter schwierig sein. Einen Vorteil hat es nämlich, mit Booten unterwegs zu sein: Wir sind ständig in Bewegung.«

Ja, im Schneckentempo, dachte Julia. »Aber die Behörde wird nicht wissen, wo sie mit der Suche anfangen soll«, meinte sie laut, »nicht ohne einen Zeitplan.«

Suzy blickte gequält drein. »Aber leider haben sie vielleicht einen. Joan hat Dad einen Prospekt geschickt, um ihn zu beruhigen. Die Leute von der Gesundheitsbehörde wissen vielleicht genauso gut wie unsere Passagiere, wo wir an jedem Samstag der Saison zu finden sein werden.«

»Behörden arbeiten doch sicher nicht samstags.« Julias Optimismus wirkte langsam ein wenig gezwungen.

»Ich wette, sie tun es. Aber wie auch immer, Joan wird versuchen, einen Ersatzmann für Jason aufzutreiben.« Plötzlich gewann Suzys angeborene gute Laune wieder die Oberhand. »Und wir haben Fergus!«

Julia schüttelte den Kopf. »Nein, im Augenblick haben wir ihn nicht. Ich habe ihn seit dem Frühstück nicht mehr gesehen. Und selbst wenn er jetzt zurückkommt, haben wir ihn nur so lange, bis er in die Toskana fährt.«

»Ich habe überlegt, ob ich ihn nicht bitten soll, auf die Toskana zu verzichten. Meinst du, er würde das tun? Wenn ich ihn *ganz lieb* darum bäte?«

Obwohl Julia den Mann zutiefst verabscheute, musste sie einsehen, dass Fergus immerhin besser war als gar nichts, aber sie bezweifelte, dass Suzys Verführungskünste in diesem Fall ausreichen würden. »Warum nicht? Was hat die Toskana, das wir nicht haben? Abgesehen von Sonne, Wein, Olivenhainen und blauem Himmel?«

»Praktisch gar nichts!« Suzy lachte. »Ich kremple mir dann jetzt die Ärmel hoch und fette die Heckmuffe ein. Wenn unser sonnenverliebter Archäologe zurückkommt, lässt du es mich wissen, dann können wir ja weiterfahren.«

»Woher wusstest du, dass er Archäologe ist?« Julia selbst hatte diesen Umstand vollkommen vergessen.

»Fergus und ich«, erwiderte Suzy steif, »haben uns inzwischen recht gut kennen gelernt.«

Julia unterdrückte ein Knurren.

Als Fergus endlich wiederkam, ließ Suzy, die nach ihm Ausschau gehalten hatte, sofort den Motor an und fuhr los. Julia ging ihm aus dem Weg, um nicht der Versuchung zu erliegen, ihm zu sagen, wie sie es fand, dass er den halben Vormittag blaugemacht hatte, während ihnen die Arbeit förmlich über den Kopf gewachsen war.

Aber als er in der Kombüse auftauchte, gingen dennoch die Pferde mit ihr durch. Sie stürzte sich zwar nicht wie ein Fischweib auf ihn, aber an der Art, wie sie den Kessel auf den Herd knallte, konnte er ohne weiteres ihre Gefühle erkennen.

»Also, wo bist du gewesen? Ich weiß, dass du nicht hier zu bleiben brauchst, aber da du dich nun mal bereit erklärt hast, ein paar Tage bei uns zu bleiben, fand ich es ein bisschen unfair, dass du einfach abgehauen bist und uns mit der Arbeit allein gelassen hast.«

»Du bist mir immer noch böse wegen dieses Wochenendes damals, stimmt's? Nur um es mal ausgesprochen zu haben: Es war mein Freund Clive, der euch im Keller allein gelassen hat. Ich habe erst hinterher erfahren, was er vorhatte. Als ich umkehren wollte, um euch zu holen, hat er mich daran gehindert.«

»Du hättest ja nicht auf ihn zu hören brauchen. Diese Ausrede ist doch lächerlich.«

»Fast so lächerlich, wie mir diese Sache nach all den Jahren noch übel zu nehmen.« Er lehnte sich an die Spüle, sodass sie sich nicht dort zu schaffen machen und ihm den Rücken zuwenden konnte.

Sie seufzte. »Ich gebe dir Recht, dass es furchtbar schäbig klingt. Wahrscheinlich sind unsere Mütter schuld. Deine hat meiner dauernd in den Ohren gelegen, wie gut du in der Schule bist, und meine hat es uns weitererzählt. Sie hat uns sogar Auszüge aus deinen Zeugnissen vorgelesen.« Eines allerdings ließ Julia unerwähnt: Dass ihre Mutter ihr, als Julia fünfundzwanzig wurde und noch unverheiratet war, ziemlich deutlich gesagt hatte, dass Fergus' Mutter dessen Freundin (die in der Folge seine Frau wurde) für unpassend hielt und es wünschenswert fände, wenn Julia und Fergus zusammenkämen. Wenn sie zugestimmt hätten, wäre es eine arrangierte Ehe gewesen. »Kein Wunder, dass ich dich gehasst habe. Du warst so ein Streber.«

Fergus besaß immerhin den Anstand, verlegen zu wirken. »Oh. Das tut mir leid. Das muss wirklich grässlich gewesen sein. Ich habe in der Schule so hart gearbeitet, weil ich keine Freunde hatte.«

Einen Augenblick lang wollte sich in Julias weichem Herzen so etwas wie Mitleid einstellen, aber der Ausdruck in Fergus' Augen erstickte diese Regung im Keim.

»Du hattest keine Freunde? Wie traurig. Wenn du nicht so abscheulich gewesen wärst, hätten deine Mitschüler dich wahrscheinlich netter gefunden.«

»Wahrscheinlich, aber als ich das begriffen hatte, hatte ich auch schon eine Vorliebe für Latein und Griechisch entwickelt.«

Julia zog ein Tablett zwischen dem Herd und der Spüle hervor. »Dann bist du ein hoffnungsloser Fall.«

»Offensichtlich.« Er blieb eben so lange in der Kombüse, dass Julia leichte Gewissensbisse über ihre schneidende Bemerkung verspürte. Dann meinte er. »Ich glaube, ich versuche mich mal an der Ruderpinne«, und verschwand.

»Ich bin davon überzeugt, du machst das perfekt«, murmelte Julia, während sie die Waage hervorkramte. Und danach zu urteilen, dass Suzy nur Minuten später auftauchte, um die Keksdose zu plündern, musste er tatsächlich gut zurechtkommen.

»Fergus hat sich mal wieder als der Held der Stunde erwiesen«, verkündete Suzy, den Mund voller Krümel.

»Ach? Indem er dir die Ruderpinne abgenommen hat?«

Suzy sah sie seltsam an. »Nein. Weil es ihm gelungen ist, ganz genaue Angaben darüber zu bekommen, wie man zwei Kanalboote am besten den Fluss hinuntermanövriert. Hat er dir das nicht erzählt?«

»Nein.«

»Oh, hm, jedenfalls hat er die Angaben bekommen. Er hat ein paar Leute im Ruderclub zum Reden gebracht. Einer von denen kannte einen Mann, der vor Jahren mit

Hotelbooten den Fluss befahren hat. Der Mann im Club hat Fergus sein Fahrrad geliehen, und Fergus ist zu ihm rübergefahren. Er hat alles genau aufgeschrieben.« Suzy nahm einen großen, braunen Umschlag aus ihrer Hosentasche. »Sieh mal.«

Julia sah. Lange, detaillierte Anweisungen, wie man sich jeder Brücke und jeder Schleuse auf dem Fluss zu nähern hatte, den ganzen Weg bis nach Worcester hinauf. Also war der Kerl wirklich ein schrecklicher Streber. »Seine Handschrift ist ziemlich blöd, findest du nicht auch?«

»Julia! Ich hätte nie gedacht, dass du so zickig sein kannst! Was hast du bloß gegen Fergus?«

Sie zuckte mit den Schultern. »Ich hab's dir erzählt. Ich habe ihn einfach von Kindesbeinen an gehasst.«

»Aber, er ist kein Kind mehr, und du bist auch keins. Komm zur Vernunft!«

»Okay«, räumte Julia ein. »Es war sehr clever und sehr nett von ihm, uns diese Angaben zu beschaffen, aber er hat trotzdem eine blöde Handschrift. Sie hat sich seit seiner Kindheit kaum weiterentwickelt.«

»Woher weißt du das?«

»Weil er meiner Mutter immer wunderbare Dankesbriefe für ihre Weihnachtsgeschenke geschrieben hat. Sie pflegte sie uns zu zeigen. Als Vorbild. Es ist kein Wunder, dass wir ihn schon hassten, bevor wir ihm das erste Mal begegneten.«

Suzy dachte nach. »So sehr es mir widerstrebt, dir Recht zu geben, das klingt tatsächlich eine Spur zu gut, um wahr zu sein.«

»Oh, glaub mir, als Kind war er perfekt.«

»Und wie ich schon einmal bemerkte: Er ist auch heute nicht weit davon entfernt, perfekt zu sein.« Ein feuchtes Geschirrtuch über die Schulter geworfen, stapfte Suzy davon.

Obwohl Suzys Aufforderung, Julia möge ihre Abneigung gegen Fergus endlich überwinden, mehr oder weniger im Scherz vorgebracht worden war, beschloss Julia tatsächlich, dem Mann in Zukunft etwas freundlicher zu begegnen. Er tat ihnen schließlich einen großen Gefallen, und es war nicht seine Schuld, dass er so war, wie er war, dafür trug seine Mutter die Verantwortung. Und *ihre* Mutter mit ihren so entsetzlich plumpen Versuchen, sie beide zu verkuppeln – wie sie es auch jetzt wieder getan hatte, indem sie ihr Fergus auf den Hals gehetzt hatte. Sie durfte ihre Wut nicht an ihm auslassen. Als Julia daher ein paar wonnevolle Augenblicke Freizeit hatte, bevor sie über einen Salat nachdenken musste, der zu der Quiche Lorraine passte, ging sie durch den Motorraum zu Suzy und Fergus. Suzy steuerte, und Fergus saß ihr gegenüber, die Arme um die Knie geschlungen, und sah sie an.

»Hallo!« Julia lächelte so breit, wie sie das bei dem scharfen Wind nur fertig brachte. Es war schwer, sich in der kameradschaftlichen Atmosphäre, die zwischen den beiden herrschte, nicht ausgeschlossen zu fühlen, obwohl es ihre eigene Schuld war, dass die beiden zu einem Team geworden waren, zu dem sie nicht gehörte. »Ich wollte nur mal kurz frische Luft schnappen. Es ist ziemlich warm unten in der Küche.«

»Übernimm mal das Ruder. Das hast du noch nicht versucht, wenn die Boote nebeneinander fahren«, meinte Suzy.

Julia ließ sich vom Dach hinunter. Der Fluss wirkte beängstigender als der Kanal, obwohl er an manchen Stellen kaum breiter war. Sie griff mit spitzen Fingern nach der Ruderpinne.

»Es ist wirklich ganz einfach«, beteuerte Suzy ihr. »Du wirst es schnell lernen. Es ist wie Autofahren.«

»Ich habe noch kein Auto gefahren.«

»Was, nie?« Fergus schien maßlos erstaunt zu sein. »Warum nicht?«

»Als ich jünger war, konnte ich es mir nicht leisten, den Führerschein zu machen, und als ich älter war, war es nicht notwendig. Und jetzt bin ich wahrscheinlich zu alt, um es zu lernen.«

»Unfug«, widersprachen Suzy und Fergus wie aus einem Mund. »Du solltest ein Auto fahren können«, fuhr Suzy fort. »Es ist eine elementare Fähigkeit im Leben. Wie man Champagnerflaschen öffnen können muss.«

»Was?«, fragte Fergus.

»Wo ist der Zusammenhang zwischen einem Führerschein und der Fähigkeit, eine Flasche Champagner aufzumachen?«, wollte Julia wissen.

»Beides sind lebenswichtige Fähigkeiten. Ralph hat immer davon geredet, als ich noch ein Kind war. Er sagte, jeder Mensch solle in der Lage sein, eine Sicherung auszuwechseln, ein Auto zu fahren, Klavier zu spielen, ein Pferd zu reiten ...«

»Und eine anständige Béchamel-Sauce zuzubereiten?«, fügte Julia hinzu, damit sie zumindest eine dieser Künste für sich beanspruchen konnte.

»Hm, ja, solche Dinge eben.«

»Und kannst du all diese Dinge?«, fragte Fergus Suzy.

Sie nickte. »Die wichtigen wie Autofahren und Flaschenöffnen, ja.«

»Ich nehme an, du kannst alles«, wandte sich Julia an Fergus. Sie hatte plötzlich starke Minderwertigkeitsgefühle.

»Nein. Aber ich kann bügeln, Knöpfe annähen, Auto fahren und Sicherungen eindrehen.«

»Und ein Boot staken«, ergänzte Suzy.

Er nickte. »Und Julia kann zwar nicht Auto fahren, aber sie kann kochen.«

Ob nun zu Recht oder zu Unrecht – Julia fand diese

Bemerkung furchtbar herablassend. »Und ich kann Sicherungen eindrehen, Regale aufbauen, Glühbirnen auswechseln, verstopfte Abflüsse frei bekommen und Wasserhähne auswechseln. Und wenn man mich lässt, bin ich eine verdammt gute Abteilungsleiterin!«

»Ich sehe schon, du bist eindeutig eine Renaissancefrau«, bemerkte Fergus.

»Auch wenn sie an der Pinne immer noch nicht erste Sahne ist«, meinte Suzy, die sich umgedreht hatte, um zu sehen, wohin sie fuhren. »Wenn du unter diese Bäume da gerätst, wird hier alles runtergefegt ... zu spät.«

KAPITEL 8

Nachdem sie eine peinliche halbe Stunde damit verbracht hatten, alles aus dem Wasser zu fischen, was nicht irgendwie auf dem Dach festangeschraubt gewesen war, eilte Julia zurück in die Küche; für das Mittagessen war sie schon reichlich spät dran. Nach den launigen Worten der Passagiere zu urteilen, hatten diese sich über den kleinen Zwischenfall königlich amüsiert und freuten sich auf die denkbar netteste Art schon auf den nächsten.

Julia, die ihr missglückter Auftritt als Rudergängerin in tiefste Verlegenheit gestürzt hatte, beschloss, sich nicht so leicht entmutigen zu lassen und es noch einmal zu versuchen. Nachdem sie das Geschirr vom Mittagessen gespült und die Vorbereitungen für das Abendessen getroffen hatte, steckte sie den Kopf zur Luke hinaus, um zu sehen, ob sie sich an einer geeigneten Stelle befanden.

Sie kam gerade rechtzeitig, um zuzusehen, wie Suzy mit Fergus am Ruder des kurz angebundenen, hinteren Bootes den Verband profimäßig unter der Brücke von Bidford hindurchgleiten ließ. Wie kam es bloß, dass Fergus so schnell den richtigen Dreh mit diesen Booten gefunden hatte? Vielleicht war er, wie seine Mutter behauptete, wirklich in allen Dingen perfekt. Julia hatte noch an diesem ärgerlichen Gedanken zu kauen, als ihr bewusst wurde, dass jemand von der Brücke aus fotografierte. Der Mann schien seine Kamera direkt auf sie gerichtet zu haben. Wütender denn je, dass jemand ihre schlechte Laune auf Zelluloid gebannt hatte, zog Julia sich wieder in die Kombüse zurück. Wenn Fergus sich so geschickt anstellte, konnte er Suzy allein helfen, die Boote festzumachen.

Als sie später die Blattläuse aus dem Salat wusch, kam Suzy mit schlechten Neuigkeiten hereingestürzt. »Ich habe gerade gehört, dass der Fluss im Winter über die Ufer getreten und jetzt an einer Stelle, die wir morgen passieren müssen, furchtbar schmal ist. Wir müssen einzeln durchfahren.«

»Lass es mich wissen, wenn du Hilfe brauchst.«

»Ähm, nein, danke«, erwiderte Suzy, als stünde es vollkommen außer Frage, Julia um irgendetwas zu bitten, was mit dem Manövrieren der Boote zu tun hatte. Leise vor sich hin brummend, beschloss Julia, dass sie eines Tages genauso gut mit den Booten würde umgehen können wie Fergus. Sie berichtete Suzy von diesem Ehrgeiz, und Suzy, die sich pflichtschuldig beeindruckt zeigte, versprach, ihr nach Möglichkeit in Zukunft mehr beim Kochen zu helfen. Aber Suzy hatte in ihrem teuren Kochkurs zwar gelernt, wie man glasierte Weintrauben zubereitete und Rosenblätter aus Schokolade fertigte, aber kaum, wie man Kartoffeln schälte oder hungrige Mägen füllte. An dem einen Tag, an dem Suzy das Frühstück machte, damit Julia sich die Kabinen einmal gründlich vornehmen konnte, musste Suzy Julia jedes Mal in die Küche zurückrufen, wenn jemand ein gebratenes Ei bestellte.

Im Laufe der Woche verbesserte sich das Wetter ein wenig, und es zog die Passagiere, die sich bisher unter Deck aufgehalten hatten, hinaus ins Freie. Es war keine Schwerstarbeit mehr, sich um sie zu kümmern; sie beschäftigten sich selbst. Und obwohl es nicht viele Schleusen zu bewältigen gab, fassten sie alle mit an, zogen die Boote durchs Wasser und öffneten die Schleusentore, beziehungsweise schlossen sie wieder. Obwohl die beiden Frauen Zeit fanden, einander zu versichern, wie nett die Gäste seien, wenn man sie erst einmal kennen gelernt hatte, gingen sie doch beide weidlich der Frage aus dem Weg, was sie anfangen würden, wenn Fergus sich verabschiedete. Er war jetzt drei Tage bei ihnen, und Julia rechnete jeden Augenblick damit, dass er gehen würde, aber sie wollte ihn nicht direkt darauf ansprechen, um nicht zu riskieren, dass er die Gründe für ihre Frage missverstand.

Nachdem sie gemächlich den Avon hinuntergeschippert waren, ein Unterfangen, das eine Übernachtung in Pershore einschloss – mit Shakespeares England zu beiden Seiten des Flusses –, kamen sie nach Tewkesbury, wo der Avon in den Severn mündete. Alle an Bord, Gäste wie Mannschaft, verliebten sich auf Anhieb in die vielen Fachwerkhäuser, die sich so weit vorneigten, dass sie auf die Straße zu kippen drohten; nicht minder reizvoll waren die kleinen Gässchen, die sich vom Flussufer aus in die Stadt hineinschlängelten, und die goldene Abtei, die mit gelassenem Wohlwollen auf die Stadt hinabblickte.

Suzy, Julia und Fergus wollten sich, während ihre Gäste die Stadt erkundeten, die Abtei ansehen. Aber kurz bevor sie dort ankamen, wurde Suzys Aufmerksamkeit von einer Boutique gefesselt, und sie verschwand, sodass Julia allein mit Fergus zurückblieb.

»Ich bleibe nicht lange weg«, rief sie.

»Das glaube ich erst, wenn ich es sehe«, brummte Fergus und griff nach Julias Arm.

Kaum dass sie durch die Tore der Abtei getreten waren, fühlte Julia sich wie verzaubert. Die Frühlingssonne schien durch die Fenster und überhauchte den goldfarbenen Steinfußboden mit einem sanften Licht. Der ganze Trubel der beiden letzten Monate fiel von Julia ab, und sie fand für einen Augenblick eine tiefe Zufriedenheit. Sie schlenderte zwischen den gewaltigen, goldenen Säulen einher und staunte über deren Pracht und Größe.

Genau in dem Augenblick stimmte jemand eins von Händels Orgelkonzerten an. Die Musik trug sie mit sich, hinauf bis in die schwindelerregenden Höhen der Abtei. Beide, Julia und Fergus, blieben für die Dauer des Stückes still stehen, und erst als der unsichtbare Organist seine Darbietung beendet hatte, führte Fergus sie weiter.

»Komm. Ich muss ein Wort mit dir reden. Mit Suzy auch, falls sie je wieder auftaucht.«

Die Sonne wirkte sehr warm nach der Kühle der Abtei. »Sie macht bestimmt nur einen Schaufensterbummel. Sie hat nämlich kein Geld.« Julia legte sich ins Gras und schloss die Augen. Sie wollte nicht hören, was Fergus ihr als Nächstes eröffnen würde.

Er setzte sich neben sie und zupfte einige Grashalme aus. »Ich muss dringend mein Leben in Ordnung bringen, bevor ich auf den Kontinent fahre. Ich habe schon viel mehr Zeit mit dir verbracht, als ich sollte.«

Julia setzte sich aufrecht hin. Das war ihre Chance, sich für ihre bisherige Übellaunigkeit zu entschuldigen. »Es war sehr nett von dir, dass du überhaupt mit uns gefahren bist. Es tut mir leid, dass ich so war, wie ich war ...«

»Wie denn?«

Ein Gentleman, dachte Julia mit Verspätung, hätte diese Frage nicht gestellt, aber es war ihre eigene Schuld, dass sie ihm die Gelegenheit dazu gegeben hatte. »So verschnupft«, antwortete sie schließlich, obwohl sie in Wirklichkeit meinte: »So stocksauer auf dich.«

Er schien ihre Gedanken lesen zu können. »Nach deiner Karriere als Immobilienmaklerin muss die Arbeit auf den Booten hier eine ganz schöne Umstellung für dich sein.«

Da sie aus seinen Worten förmlich die Stimme ihrer Mutter hören konnte, musste sie lachen. »Der Senkrechtstart war wahrscheinlich nicht halb so senkrecht, wie meine Mutter es dich glauben machen wollte. Sie übertreibt im Allgemeinen furchtbar. Aber es stimmt, es ist etwas ganz anderes als mein bisheriger Job. Es gefällt mir.«

»Dann war ich also der einzige Grund für deine Gereiztheit?«

Julia machte den Mund auf und klappte ihn wieder zu, statt gegen diese Beobachtung zu protestieren. Sie beschloss, lieber auf die Wahrheit zu setzen. »Um ganz ehrlich zu sein, Fergus, sehe ich in dir immer noch den Freddie von damals. Den ich gehasst habe.«

»Aber warum eigentlich?«

»Ich glaube, es war die Spinne. Nachdem du sie mir aufs Bein gesetzt hattest, habe ich Jahre gebraucht, bevor ich wieder selbst mit Spinnen fertig werden konnte.« Sie blickte auf und lächelte, in der Hoffnung, ihn von ihren Gefühlen abzulenken. »Mit Spinnen fertig zu werden, sollte unter Suzys Überlebensfähigkeiten eingereiht werden, findest du nicht auch?«

Er sah ihr in die Augen und erwiderte ihr Lächeln. »Ganz bestimmt. Aber ich habe sie nicht absichtlich auf dein Bein gesetzt, musst du wissen. Sie fing plötzlich an zu zappeln, und ich habe sie fallen gelassen. Ich habe nämlich selbst nicht allzu viel für Spinnen übrig.«

»Oh. Ich dachte, kleine Jungen wären allesamt Spinnenfans. Rupert, mein Bruder, kann sie mit der bloßen Hand von der Wand nehmen.«

»Dazu wäre ich nie imstande. Natürlich bringe ich sie auch nicht um.«

»Natürlich nicht. Ich benutze einen großen Plastikeimer und bringe sie nach draußen. Wie machst du es?«

»Julia, ich weiß nicht, ob du das eigentliche Thema mit Absicht umschiffst, aber ich meine, wir hätten jetzt genug von Spinnen geredet.«

Solchermaßen ertappt, lief Julia dunkelrot an. »Du hast damit angefangen.«

Fergus warf ihr einen kurzen, tadelnden Blick zu, bei dem sie den kleinen Freddie ganz und gar vergaß. »Was ich gern sagen würde, wenn du mir die Chance gäbst, ist, dass ich mich jetzt bald von euch verabschieden muss.«

»Oh.« Diese Ankündigung kam keineswegs unerwartet, war aber dennoch ein Schock.

»Unseren Informationen nach ist die Fahrt flussaufwärts von hier aus unproblematisch.« Er holte aus seiner Gesäßtasche den abgegriffenen, eng beschriebenen Briefumschlag hervor, der inzwischen Suzys Bibel geworden war. »Es sind nur etwa zwei Stunden von hier bis nach Upton-upon-Severn; dann geht es weiter nach Worcester, ins Diglis Basin.«

Ungerechterweise fühlte Julia sich im Stich gelassen. Sie knibbelte sich ein Bröckchen unter einem Fingernagel hervor, das sich bei näherer Betrachtung als Brotteig erwies. »Natürlich musst du dein eigenes Leben leben. Wie ich schon sagte, es war sehr nett von dir, dass du überhaupt mit uns gefahren bist.«

»Aber du zumindest wirst froh sein, mich von hinten zu sehen? Wegen der Spinne?«

Julia schluckte, um Zeit zu gewinnen. Wie konnte sie ihm ehrlich antworten, ohne indes den Eindruck zu erwecken, ihre Gefühle für ihn hätten sich verändert? Da es ihr Schicksal zu sein schien, auf immer Schweigen zu bewahren, war sie sehr erleichtert, dass Suzy ausgerechnet in diesem Augenblick wieder zu ihnen stieß.

»Fergus sagt, er müsse gehen«, erklärte Julia sofort, und ihre Stimme klang abscheulich nach Klatschtante.

Suzy begann auf der Stelle zu jammern. »Aber wir haben noch Worcester vor uns und den Birmingham Canal! Das bedeutet Hunderte winzig kleiner Einzelschleusen. Die können wir zu zweit unmöglich schaffen. Nicht mit Gästen an Bord. Könntest du Italien nicht verschieben und den Sommer mit uns verbringen?«

Julia war entsetzt. »Du hast kein Recht, Fergus um so etwas zu bitten. Er kann nicht sein ganzes Leben auf Eis legen, bloß weil wir keinen dritten Mann haben! Es war sehr nett von ihm, dass er uns überhaupt so lange geholfen hat. Und er hat von Anfang an klar gemacht, dass er nur ein paar Tage bleiben könne!«

»Ich weiß.« Suzy warf sich neben ihm ins Gras und klammerte sich an seinen Arm. »Und wir waren dir ja auch so dankbar. Stimmt's nicht, Julia?«

»Natürlich.« Julia konzentrierte sich mit aller Macht auf eine Grabplatte.

Fergus stand auf und stellte sich so hin, dass er unweigerlich in Julias Blickfeld auftauchte. »Aber Julia wäre noch viel dankbarer gewesen, wenn nicht ausgerechnet ich euch geholfen hätte. Habe ich Recht, Julia?«

Sie zwang sich, ihm in die Augen zu sehen. »Fergus, ich – ich meine ...«

»Mach dir nicht die Mühe, dir eine taktvolle Lüge auszudenken, es ist mir egal, was du von mir hältst. Ich habe nur keine Lust, mir irgendwelche Scheiße anzuhören.«

»Ich finde, du solltest an einem geweihten Ort nicht solche Ausdrücke benutzen, Fergus«, bemerkte Suzy geziert. Dankbar dafür, dass die Spannung sich ein wenig löste, begann Julia zu kichern.

Als sie wieder auf den Booten waren, verschwand Fergus in seiner Kabine, wahrscheinlich um zu packen, und Julia hätte sich liebend gern ebenfalls zurückgezogen, doch Suzy brauchte ihre Hilfe, um ihre äußerst beschränkten Möglichkeiten abzuwägen.

»Wie sollen wir zurechtkommen?«, fragte Suzy, obwohl es nur eine rhetorische Frage war. Sie saßen nebeneinander auf dem Dach des Bootes in der Sonne. »Wir können uns nicht darauf verlassen, immer hilfsbereite Passagiere zu haben. Diese Woche hatten wir großes Glück, dass alle so nett waren. Nächste Woche sind wir nicht voll ausgebucht, aber wenn die neuen Gäste von hinten bis vorn bedient werden wollen, wie sollen wir dann zurechtkommen?«

Julia nagte an ihrer Unterlippe. »Ich glaube nicht, dass man eine ganze Bootsladung von Leuten auf einmal hat, die nicht bereit sind, mal ein Schleusentor zu schließen oder ein Schütz hochzukurbeln, aber denkbar wäre es natürlich.«

»Es würde mir ja nicht so viel ausmachen, wenn wir wirklich ausgebucht wären, doch wir haben nur fünf Reservierungen. Mit fünf Leuten decken wir gerade eben die Unkosten, aber ich muss unbedingt bald schwarze Zahlen schreiben.«

Julia zwirbelte das Ende eines Taus, das säuberlich zusammengerollt auf dem Dach lag. »Hast du für später mehr Reservierungen?«

Suzy nickte. »Hmm. Die Tour Leamington-Oxford ist voll ausgebucht. Falls wir je bis nach Leamington kommen, mit all diesen Schleusen und ohne einen dritten Mann, der uns dabei hilft.«

»Wir müssen einfach langsamer machen und uns nicht so viel für jeden Tag vornehmen. Oder können wir dann den Zeitplan nicht einhalten?«

»Bestimmt nicht. Und wir haben schon genug Sorgen, ohne uns auch noch ständig zu verspäten.«

Julia seufzte. Selbst wenn sie genauso geschickt mit Booten umzugehen verstünde wie Suzy, würden die nächsten Wochen ohne einen dritten Mann sehr lang werden. »Ich rufe meine Mutter an und frage mal, ob sie jemanden kennt.«

»Ich dachte, das hättest du längst getan!«

Julia zuckte entschuldigend die Schultern. »Ich hab's irgendwie vergessen. Tut mir leid.« Unter Suzys tadelndem Blick konnte sie nicht anders, als weiterzusprechen. »Ich wollte nicht alle möglichen Fragen beantworten müssen – was ich von Fergus halte, ob ich ihn nicht *nett* fände und so weiter. Ich habe dir doch erzählt, dass sie seit Jahren versucht, uns miteinander zu verheiraten. Es wäre viel besser, sie in dem Glauben zu lassen, dass er uns lediglich das Kochbuch gebracht hat und weitergefahren ist. Was ist mit Joan? Hast du deine Tante schon mal gefragt?«

Suzy nickte. »Sie und Onkel Ralph finden vielleicht jemanden.« Ihre Stimme verlor sich, und Julia gewann den Eindruck, dass Suzy in Gedanken vom Thema abgeschweift war. »Sieh mal!«, murmelte sie. »In dem Kanu da drüben, bei zwölf Uhr.«

Julia warf einen panischen Blick auf ihre Armbanduhr.

»Nicht die Art von zwölf Uhr, du Gans! Ich meine – ach, vergiss es. Er fährt direkt an uns vorbei.«

»Wer fährt an uns vorbei?«

»Der süßeste kleine Leckerbissen, den ich seit einer Woche zu Gesicht bekommen habe.«

Während der nächsten zwanzig Minuten hatte Julia reichlich Gelegenheit zu beobachten, mit welchem Geschick Suzy einen Köder auswarf und ihre erwählte Beute einholte. Sie schrubbten mit Flusswasser das Deck, und Suzy lächelte dem »Leckerbissen« aus den Augenwinkeln zu. Als er zurücklächelte, warf sie den Kopf in den Nacken.

»Komm, Julia, lass uns einkaufen gehen«, drängte Suzy.

»Was? Du meinst, du hast irgendwo noch eine Designerboutique entdeckt? Ich dachte, du hättest deine Dosis für einen Vormittag gehabt.«

»Diese Art Einkäufe meine ich nicht! Ich rede von Lebensmitteln!«

»Lebensmitteln?« Julia hatte bisher nicht gewusst, dass dieser Ausdruck in Suzys Wortschatz vorkam.

»Ja! Es muss doch irgendetwas geben, das du brauchst!«

»Hm, natürlich gibt es das. Aber können wir denn beide gleichzeitig von Bord gehen?«

»Oh, einstweilen ist Fergus ja noch da. Er kann ungebetene Eindringlinge abwehren. Und jetzt komm.«

Wohlwissend, dass sich hinter Suzys plötzlichem Interesse an Essbarem irgendein Geheimnis verbergen musste, schloss Julia sich ihr an, und sie tat es mit Freuden. Ihr ausgeprägter Sinn fürs Praktische sagte ihr, dass es besser sei, in Tewkesbury einzukaufen, wo die Fahrgäste alle mit sich selbst beschäftigt waren, als alles am Samstag zu erledigen; am Samstag hatten sie ihren ersten Gästewechsel, und sie würden wahrscheinlich nicht mehr wissen, wo ihnen der Kopf stand.

Zusammen fielen sie im Supermarkt ein, und als sie zu den Booten zurückgetaumelt kamen, hatten sie Arme wie Orang Utans, und die Plastiktüten bohrten ihnen tiefe Kerben in die Finger. Julia ging als Erste an Bord und fluchte, während sie ihre Taschen hinter sich herschleifte, dass Fergus nicht in der Nähe war, um ihnen zu helfen. Als Suzy ihr ein Weilchen später folgte, war sie nicht allein.

»Wo soll ich das hinstellen?«, fragte der junge Mann aus dem Kanu. Er war, wie Julia zugeben musste, aus der Nähe noch atemberaubender.

»Oh, stellen Sie einfach alles auf die Theke.« Suzys Stimme war heiser vor Bewunderung für seine Stärke und seine Ritterlichkeit. »Wir räumen alles weg, sobald wir fertig sind. Sie sind wunderbar. Mir sind praktisch die Arme abgefallen.«

»Keine Ursache. Die Taschen waren nicht schwer.«

Seine Stimme hatte den schläfrigen, leicht singenden Tonfall der Bewohner von Gloucestershire, und Julia war sich ziemlich sicher, dass diese Stimme schon so manch ein unachtsames Mädchen ins Bett gelockt hatte.

»Für mich waren sie sehr schwer«, erwiderte Suzy mit verhangenem Blick.

Erheitert und gleichzeitig entsetzt über Suzys Schamlosigkeit, versuchte Julia hektisch, zu viele Lebensmittel in einen zu kleinen Schrank zu zwängen.

»Ich muss meinen Biervorrat aufstocken«, erklärte Suzy jetzt. »Hätten Sie Lust, mir mit anzufassen?«

Das war eine faustdicke Lüge. Die Vorratskisten auf dem Vorderdeck quollen über von Bierdosen. Die Gäste ihrer ersten Tour waren keine Biertrinker gewesen.

»Wir könnten auch noch ein paar Dosen Tomaten gebrauchen«, warf Julia ein, die fand, dass sie von Suzys Skrupellosigkeit nur lernen konnte. Schließlich hatte sie den größten Teil ihres Lebens damit zugebracht, politisch korrekt und vernünftig zu sein, und was hatte ihr das eingetragen? Oscar.

Suzy und ihr Leckerbissen zogen zusammen los, nicht direkt Hand in Hand, aber definitiv Hüfte an Hüfte in ihren verblassten Jeans und ihren Cowboystiefeln. Sie sahen beide ungeheuer jung aus, obwohl Suzy ihrem neuen Freund mindestens fünf Jahre voraus hatte.

»Wo ist Suzy?«, fragte Fergus, als er wieder auftauchte, zu spät, um sich noch nützlich zu machen, und mit einem voll gepackten Rucksack zu seinen Füßen.

»Sie ist einkaufen gegangen. Mit einem sehr jungen Mann, der sich, wenn er nicht aufpasst, auf einem Boot Richtung Tardebigge wiederfindet.«

»Dann brauche ich euch also nicht mehr dorthin zu begleiten?«

Julia hätte ihm von Herzen gern zugestimmt, aber der Gedanke, für Suzy und ihren jungen Freund den Anstandswauwau zu spielen, war nicht sehr reizvoll. »Das kannst du ja ohnehin nicht«, versuchte sie, Zeit zu schinden.

»Ich könnte es vielleicht, wenn ich meine Pläne bis zum Sommer aufschiebe.«

»Aber das willst du doch sicher nicht. Ich nehme an, Italien ist im Frühling am schönsten. Da ist es noch nicht zu heiß.«

»Stimmt genau.«

»Na dann, los mit dir.« Julia versuchte, zu lächeln und ihre kleinlichen Gedanken beiseite zu schieben, aber nur die eine Hälfte ihres Mundes funktionierte. Sie spürte Fergus' Blick auf sich ruhen, betrachtete eingehend ihre Segelschuhe und stellte bei dieser Gelegenheit fest, dass sie bereits die ersten Zeichen von Abnutzung aufwiesen.

»Dann möchtest du also nicht, dass ich wiederkomme?«

»Nicht, wenn du lieber in Italien wärst, nein.« Diese Antwort war doch hinreichend zweideutig, oder?

»Okay. Also, dann mache ich mich jetzt wohl besser auf den Weg. Ich muss den Bus nach Stratford bekommen.«

»Warum ausgerechnet den nach Stratford?«

»Mein Wagen steht da.«

Julia kam sich plötzlich entsetzlich dumm vor. Natürlich stand sein Wagen dort. Wie sonst sollte er die ganze Strecke von ihrer Mutter im Lake District bis hierher zurückgelegt haben? Andererseits hatte er nichts davon erzählt, obwohl es in Stratford verschiedentlich außerordentlich nützlich gewesen wäre, einen Wagen zu haben. »Wenn du da ein Auto hattest«, sagte sie bedächtig und ohne eigens auf Gasflaschen und schwere Einkaufstaschen zu sprechen zu kommen, »warum bist du dann den ganzen Vormittag mit einem Fahrrad unterwegs gewesen, um den Mann zu finden, der früher auch Hotelboote betrieben hat?«

»Weil mein Wagen in einer Werkstatt stand und repariert wurde.«

»Das heißt, du hast in Stratford eine Panne gehabt? Du hast überhaupt keinen Umweg gemacht, um mich zu sehen?«

Da Julia die Sonne in die Augen schien, konnte sie Fergus' Gesichtsausdruck nicht sehen. »Nicht direkt. Ich hatte das Buch von deiner Mutter, aber ich wollte es eigentlich mit der Post schicken, als der Wagen plötzlich heiß lief und ich dachte, dass ich es vielleicht nicht bis nach Oxford zurück schaffe. Da fiel mir das Buch wieder ein, das nach Stratford wollte. In Stratford kenne ich mich ziemlich gut aus und bin in eine Werkstatt gefahren. Da hat man mir gesagt, dass die Reparatur einige Tage in Anspruch nehmen würde.«

»Das heißt, du bist gar nicht mit uns gefahren, um uns einen Gefallen zu tun? Du brauchtest lediglich für eine Weile ein Bett!«

»So war es eigentlich nicht. Ich hätte in einem Hotel absteigen können.«

»Was eine Unmenge Geld verschlungen hätte!«

Er zuckte mit den Schultern. »Das hätte keine Rolle gespielt. Ich hätte ein paar Recherchen machen können, während ich schon mal da war.«

»Also war es ...« Das Wort schien auf ihrer Zungenspitze zu zaudern, als widerstrebe es ihm, ihr über die Lippen zu kommen. »... schiere Uneigennützigkeit, die dich veranlasst hat, bei uns zu bleiben und uns zu helfen?«

Er seufzte und schüttelte ganz leicht den Kopf. »Denk

dir, was du willst. Ich komme nicht dahinter, ob du mich als netten Kerl sehen möchtest, der dir beigestanden hat, als du in der Klemme stecktest, oder als verdorbenen Abenteurer, der zwei hilflose Frauen ausgenutzt hat.«

Julia sah ihn an, und ihre Gedanken überschlugen sich. Aber sie kam ebenfalls nicht dahinter.

»Wie dem auch sei«, fuhr er fort. »Ich kann nicht auf Suzy warten. Würdest du ihr bitte in meinem Namen danken und auf Wiedersehen sagen?«

»Sie sollte sich bei dir bedanken.«

Er lachte. »Das würde sie auch sicher tun, und zwar sehr herzlich, wenn sie hier wäre. Aber sie ist nicht hier, also muss ich wohl auf Dankbarkeit verzichten.«

Julia holte tief Luft. »Ich kann dir als ihre Stellvertreterin in ihrem Namen danken.«

Er zog die Augenbrauen hoch. »Bist du dir sicher, dass du dir nicht zu viel zumutest?«

Bis zu diesem Augenblick war sie sich sicher gewesen. »Ganz sicher.«

»Gut, dann komm her.« Als Nächstes zog Fergus, Mr. Hochangesehen, der Einser-Student mit dem doppelten Examen, Julia auf die Füße und in seine Arme und küsste sie lange, energisch und gründlich. Sie taumelte noch immer leicht, als er vom Dach auf den Steg sprang. Das Holz vibrierte unter jedem seiner Schritte, während er sich entfernte.

»Nur gut, dass er so schnell abgezogen ist«, sagte Julia etliche Sekunden später zu einem vorbeischwimmenden Schwan. »Sonst hätte ich ihm eine Ohrfeige verpasst.«

Als Suzy und ihr Verehrer, der übrigens Wayne hieß, vom Supermarkt zurückkehrten, war Wayne bereits wie vorhergesehen als Jasons Ersatzmann angeheuert. Obwohl er nicht dessen Qualifikationen besaß.

»Ist das nicht wunderbar?«, fragte Suzy. »Wayne ist im Augenblick arbeitslos.«

»Wunderbar«, wiederholte Julia und fragte sich, ob Wayne das wohl auch so wunderbar fand.

»Also wird er unser dritter Mann sein.«

Julia lächelte. »Großartig. Haben Sie viel Erfahrung mit Kanalbooten?«

»Er fährt Kanu«, antwortete Suzy. »Und außerdem wird auch sonst niemand, den wir anheuern können, über Erfahrung mit Kanalbooten verfügen.«

»Das ist wahr«, räumte Julia ein, die fand, dass sie dieses Gespräch nicht vor Wayne führen sollten. »Und Kanus sind ja auch sehr schmal. Können Sie gut kochen?« Noch während sie diese Frage stellte, spürte sie Suzys Entrüstung, die sich förmlich in sie hineinbohrte, aber sie ignorierte sie. »Die Sache ist nämlich die«, erklärte sie den beiden anderen, »solange er keine Erfahrung hat, muss ich ziemlich viel beim Manövrieren der Boote helfen. Was bedeutet, dass ich wiederum Hilfe in der Küche brauchen werde.«

Wayne grinste. Er hatte weiße, ebenmäßige Zähne und ein attraktives, leicht schiefes Lächeln. Sein Haar war sehr kurz und sehr blond, und seine Brustmuskulatur gab sich alle Mühe, dem T-Shirt zu entfliehen, das er unter seiner Wildlederjacke trug. Niemand hätte sagen können, dass er kein gut aussehender Bursche war. »Mein Onkel betreibt einen Hamburger-Stand, der mit den Jahrmärkten von Ort zu Ort zieht. Ich habe ihm ziemlich oft geholfen.«

Julias Miene hellte sich beträchtlich auf. Dann müsste er zumindest in der Lage sein, eine Zwiebel zu hacken. »Das ist ja sehr praktisch.«

»Wie viel wirst du ihm bezahlen?«, fragte Julia, sobald Wayne nach Hause gegangen war, um seiner Mutter Bescheid zu sagen und seine Sachen zu holen. »Er sieht aus, als hätte er ein gewisses Potenzial.«

Suzy kicherte. »Als was hättest du ihn denn im Auge?«

»Als Ersatz für Jason, denn genau das brauchen wir.«

»Oh. Hm, ich werde ihm das Gleiche zahlen.« Suzy legte die Stirn in Falten und verfiel in Schweigen.

»Das scheint mir nur fair zu sein«, meine Julia. »Für weniger hätte er sich wahrscheinlich nicht anheuern lassen.«

»Nein. Aber ich müsste dir eigentlich mehr zahlen als ihm. Ich meine, du bist für mich mehr eine Partnerin als eine Angestellte.«

»Das ist schon in Ordnung. Wir haben uns auf hundert Pfund die Woche geeinigt.«

»Ich finde, ich sollte dir einen richtigen Lohn zahlen. Monatlich. Und mehr als Wayne.«

»Suzy, das ist wirklich nett, aber kannst du dir das leisten?«

Suzy errötete. »Auf diese Weise ist es vielleicht einfacher für mich. Ich bin nämlich im Augenblick mit Barem ziemlich knapp. Um genau zu sein ...« Suzy machte ganz den Eindruck einer Frau, die im Begriff stand, sich eine beträchtliche Last von ihrer wohlgeformten Brust zu reden. »Also, es wäre alles viel einfacher, wenn ich dir dein Gehalt am Ende der Saison im Ganzen auszahlen könnte. Ich würde dir auch mehr zahlen. Mehr als vereinbart.«

Julia dachte kurz nach. »Nun, ich glaube, für mich macht das im Grunde keinen großen Unterschied. Aber was mache ich, wenn ich ein bisschen Geld brauche? Für all die Dinge, die man eben so zwischendurch braucht?«

»Mach es wie ich, nimm dir was vom Kleingeld. O Julia, du bist so ein Schatz. Wie kann ich dir jemals danken? Und keine Sorge, ich habe nicht vergessen, dass ich dir für die Gasflaschen noch etwas schuldig bin.«

Die Fahrgäste bedauerten es, sich nicht von Fergus verabschieden zu können.

»Er war so ein netter junger Mann«, sagte eine der Englischlehrerinnen. »Er hat an einem Buch gearbeitet, aber das wissen Sie ja sicher.«

Julia wusste es nicht, nickte aber trotzdem.

»Ja. Er hatte ein Freisemester, um das Buch fertig zu stellen. Diese Universitäten sind wirklich rücksichtsvoll. Meinst du, die Schule würde mir freigeben, damit ich endlich *Krieg und Frieden* auslesen kann?«

»Worum geht es denn bei seinem Buch?«, wollte die zweite Lehrerin wissen.

»Es hatte irgendwie mit Mosaiken aus dem vierten Jahrhundert zu tun«, antwortete ihre Freundin. »Ich erinnere mich nicht mehr genau.«

»O ja. Ich wusste doch, es war etwas Römisches. Klingt interessant. Archäologie ist für mich fast so etwas wie ein Hobby. Ich sehe mir immer *Timeteam* an. Wie haben Sie denn diesen Fergus eigentlich kennen gelernt?«

Julia errötete, als hätte sie Fergus irgendwo am Flussufer aufgelesen wie Suzy Wayne. »Er ist ein alter Freund der Familie.«

»Dann wissen Sie sicher, was aus seiner Frau geworden ist?«

»Ähm – eigentlich nicht.« Sie mochte zwar keine besondere Vorliebe für Fergus haben, aber sie wollte auch nicht über ihn tratschen.

»Also, womit verdient sich dieser junge Mann, Wayne, denn nun eigentlich seinen Lebensunterhalt?«, fragte die enttäuschte Archäologie-Interessierte.

»Er ist arbeitslos. Was für uns übrigens ein großer Glücksfall ist«, fuhr Julia fort; jetzt befand sie sich wieder auf sichererem Boden. »Unser eigentlicher Bootsmann hat uns sitzen lassen, gerade mal zwei Stunden, bevor wir Sie alle erwartet haben.«

»Oh. Dann war Fergus also gar kein Angestellter?«

»Nein. Er hat uns nur ausgeholfen. Auf freundschaftlicher Basis.« Jetzt, da er fort war, wünschte Julia sich, sie hätte sich selbst etwas freundschaftlicher gezeigt.

»*So* ein netter Mann«, sagte die Lehrerin noch einmal.

»Wayne ist auch sehr nett«, erwiderte Julia.

»Bestimmt. Kennen Sie ihn schon lange?«

Julia manövrierte sich durch ein Labyrinth von Halbwahrheiten. »Ähm ... ich persönlich kenne ihn nicht, aber ich glaube, Suzy kennt ihn ziemlich gut.« Nun, das dürfte mittlerweile tatsächlich der Fall sein, auch wenn ihre Bekanntschaft zum Zeitpunkt, da sie ihn eingestellt hatte, ein wenig frisch gewesen war.

Die beiden Damen musterten sie, als wüssten sie ganz genau, was Julia meinte, aber glücklicherweise kamen in diesem Augenblick die Bernsteins mit ihren Souvenirs zurück, für die sie Bewunderung heischten. Zu Julias Erleichterung war das Thema »Wayne« damit vom Tisch.

Auf dem kurzen Weg von Tewkesbury nach Upton-upon-Severn stellte Wayne sich beim Durchfahren der Schleuse sehr geschickt an, und später steuerte er die beiden Boote im Päckchen wie ein alter Hase flussaufwärts.

Als Julia einen Eisvogel sah – ein Aufblitzen von leuchtendem Blau, das wie künstliche Seide schimmerte –, war sie fest entschlossen, dies als gutes Omen zu werten.

Aber obwohl Wayne nach dem Mittagessen in die Kombüse kam, ihr seine Hilfe beim Abwasch anbot und kumpelhaft mit den Passagieren plauderte, während er den Tisch abräumte, fand Julia den jungen Mann im Gegensatz zu Suzy keineswegs atemberaubend attraktiv.

»Er hat einfach spitzenmäßige Gene«, schwärmte Suzy, als Julia mit einer Tasse Kaffee nach oben ging und Wayne die Leinen am Vorschiff aufschoss.

»Oh.« Julia war verblüfft und keineswegs so sicher wie Suzy, dass man ihr Gespräch nicht mit anhören konnte. Nur weil Suzy kaum etwas verstand, wenn sie am Ruder saß und man ihr vom Bug aus etwas zurief, bedeutete das nicht, dass Geräusche sich in die andere Richtung nicht besser ausbreiteten. »Woher willst du das wissen?«, fügte sie hinzu.

»Man muss ihn sich doch nur ansehen! Er ist einfach sexy. Genau das, was man für das perfekte Baby braucht.«

»Suzy, du trägst dich doch nicht etwa mit der Absicht, ein Baby zu bekommen, oder?« Suzy hatte eine Menge Eigenschaften, die Julia aufrichtig bewunderte, aber sie ließ sich bisweilen von wilden Augenblickseingebungen hinreißen.

»Nein, nein, natürlich nicht. Aber wenn ich so alt wäre wie du ...«

Warum brachte nur jeder ihr Alter mit dem Zeugen von Babys in Zusammenhang? Erst Oscar und jetzt Suzy. »Suzy, ich nähere mich noch keineswegs dem Ende meiner fruchtbaren Jahre, und selbst wenn es so wäre, wäre Wayne ungefähr zwanzig Jahre zu jung für mich. Und wie schön er auch sein mag – ein Kind von ihm wollte ich nicht!«

Als Julia in den Maschinenraum abtauchte, sah sie aus den Augenwinkeln, dass Wayne ziemlich verblüfft zum Heck des Bootes schaute. Die Tatsache, dass ihr Verdacht, was die Fortpflanzung des Schalls auf dem Boot betraf, sich als korrekt erwiesen hatte, trug nicht unbedingt zur Verbesserung ihrer Laune bei.

Sie verbrachten eine friedliche Nacht in Upton und brachen am nächsten Morgen schon früh nach Worcester auf, damit die Fahrgäste sich die Kathedrale und die Porzellanfabrik dort ansehen konnten. Sie suchten sich eine Anlegestelle am Fluss, die Passagiere zogen von dannen, und Julia und Suzy konnten auf diese Weise die notwendigen Arbeiten verrichten. Diglis Basin würde so überfüllt sein, dass sie nur mit Mühe einen Platz dort finden konnten, und sie beschlossen, dorthin zu fahren, wenn die Passagiere dieser Woche bereits abgereist und die nächsten noch nicht angekommen waren.

Ihr letztes gemeinsames Abendessen war ebenso festlich wie traurig. Julia und Suzy hatten das Gefühl, sich von ihren liebsten Freunden verabschieden zu müssen, und es missfiel ihnen sehr, dass vollkommen fremde Leute ihre Plätze einnehmen sollten. »Ich kann es einfach nicht fassen, dass das Ihre erste Woche auf den Booten war«, meinte Florence. »Sie haben sich so gut geschlagen! Und Fergus natürlich auch.«

»Ja.« Die Augen der beiden Englischlehrerinnen verklärten sich ein wenig bei dem Gedanken an Fergus.

Julia und Suzy waren im Stillen ebenfalls stolz darauf, dass sie alles so gut über die Bühne gebracht hatten. Aber sie wussten, dass der Fluss ein Kinderspiel gewesen war im Vergleich zu dem, womit sie in der nächsten Woche fertig werden mussten. Allein schon vom Fluss in das Kanalbecken zu gelangen, stellte eine beträchtliche Herausforderung dar.

Am nächsten Morgen verabschiedeten sich die Passagiere mit Küsschen auf die Wangen von Julia und Suzy und versprachen, sie bei ihren Freunden zu empfehlen und auch selbst wiederzukommen. Etwas weniger überschwänglich verabschiedeten sie sich dann von Wayne, stiegen in die wartenden Taxen und fuhren davon.

Julia kämpfte mit den Tränen. »Sie waren so nett. Glaubst du, dass wir jemals wieder so eine Truppe zusammenbekommen?«

Auch Suzys Stimme klang ein wenig erstickt. »Weißt du noch, was Ralph gesagt hat? Am Ende mag man immer alle gut leiden.«

»Sie haben mir ein Trinkgeld gegeben«, meldete Wayne sich zu Wort. »Sollen wir es teilen?«

»O nein, behalte das Geld«, antwortete Suzy. »Es sei denn, Julia ...«

»O nein«, erklärte Julia, als hätte sie derartige Almosen nicht nötig. »Du hast es dir redlich verdient.«

Nachdem diese Kleinigkeit geregelt war, schlug Suzy einen geschäftsmäßigeren Ton an. »Na schön, nehmen wir uns die Kabinen vor. Komm, Wayne, ich zeige dir, wie man einen Bettbezug wechselt.«

Eine neue Variation eines alten Themas, dachte Julia, und folgte den beiden langsam.

KAPITEL 9

»Mein Gott! Bin ich froh, dass wir Wayne haben!«, sagte Suzy, kurz nachdem ihre Passagiere gegangen waren.

»Hat das einen besonderen Grund? Wegen all der Schleusen, die wir vor uns haben?«, fragte Julia.

»Ach, die Schleusen! Nein, ich denke an das Auspumpen. Ich weiß, dass das meine Aufgabe sein wird, und der Boss sollte alle Arbeiten selbst verrichten können, die er von seinen Angestellten verlangt, aber bei dem Gedanken ans Auspumpen kommt mir einfach alles hoch. Und Wayne hat das erledigt, ohne dass sich ihm die Haare gesträubt hätten.«

»Er hat ja auch nicht viele Haare, die sich sträuben könnten«, meinte Julia, obwohl ihr Suzys Erleichterung durchaus einleuchtete.

Nachdem die Kabinen auf Vordermann gebracht und die weniger appetitlichen Arbeiten getan waren, fanden sie, es sei an der Zeit, in den Yachthafen einzulaufen, wo auch ihre nächsten Passagiere an Bord gehen würden. Glücklicherweise standen etliche Leute herum, die nur allzu gern mit anfassten, aber für Wayne war es trotzdem eine Feuertaufe und für die beiden Frauen eine echte Gelegenheit zu zeigen, was sie gelernt hatten. Aber es lief alles glatt. Sie schafften es ohne großes Geschrei, ohne Zwischenfälle und vor allem, ohne irgendetwas zu rammen, das Dellen bekommen konnte.

Endlich hatten sie sich in ihre Lücke im Hafenbecken gezwängt, die Leinen festgemacht und sich im Salon auf ein Sofa sinken lassen, um sich von ihrem letzten Beinahezusammenstoß mit einem Plastikboot zu erholen, als der Mann eintraf, den Tante Joan ihnen geschickt hatte.

Er war Anfang sechzig, gut gelaunt und hörte auf den Namen Fred. Er hatte vor einigen Jahren mit Ralph zusammengearbeitet, und obwohl er schon lange nicht mehr dabei war, galt den Hotelbooten immer noch seine heimliche Leidenschaft. Suzy hatte, wie sie Julia später erzählte, Joan gefragt, ob Fred nicht als Bootsmann zu ihnen zurückkommen wolle. Aber inzwischen war er der Zucht von Chrysanthemen verfallen, die er nicht im Stich lassen wollte. Er brachte ihnen frische Wäsche und Post – unter anderem einen edlen weißen Umschlag, der einen maschinegeschriebenen Brief für Suzy enthielt.

Sie riss den Umschlag sofort auf. »Mein verdammter Vater«, murmelte sie und begann zu lesen. Während der Lektüre knirschte sie hörbar mit den Zähnen und brummte leise vor sich hin, wie unfair manche Menschen doch seien.

Julia bekam einen ähnlichen Umschlag, dem Oscars selbstbewusste Handschrift zierte, und dann noch einen, der sehr formell aussah und ihr von ihrer Heimatadresse aus nachgeschickt worden war. Sie beschloss, ihre Post lieber später allein zu öffnen, für den Fall, dass Oscars Brief bei ihr eine ähnlich ärgerliche Reaktion provozierte. Fred sollte nicht denken, dass sie beide, Suzy und sie, vollkommen den Verstand verloren hatten.

»Darf ich Ihnen etwas zu trinken bringen?«, fragte sie ihn, um die Aufmerksamkeit ein wenig von Suzy abzulenken.

»Eine Tasse Tee wäre schön, junge Dame. Ich werde auch nicht lange bleiben; ich weiß doch, wie Samstage so sind. In alten Zeiten mussten wir samstags immer den Kühlschrank auf den Kopf stellen.«

Diese Bemerkung weckte sofort Suzys Interesse. »Ach ja? Warum denn das?«

»Es war ein Gaskühlschrank, und er kam damals langsam in die Jahre. Die Zündflamme ging dauernd aus, und man bekam die Luft nur aus dem Ding, wenn man den ganzen Schrank auf den Kopf stellte. Verdammt lästig. Man musste vorher natürlich alles rausnehmen, und irgendjemand kam immer ausgerechnet dann vorbei, wenn wir gerade mitten in der Arbeit steckten. Aber in vieler Hinsicht war das Leben damals einfacher. Es gab nicht so viele Regeln und Vorschriften. Joan hat mir erzählt, ihr müsstet euch jetzt wegen der Gesundheitsbehörde den Kopf zerbrechen.« Er schüttelte pessimistisch den Kopf. »Schrecklich. Ich weiß nicht, wie man auf so alten Booten Hygienevorschriften erfüllen soll.«

Julia und Suzy tauschten nervöse Blicke.

»Oh, es wird schon alles gut gehen.« Fred leerte seinen Becher. »Dann lasse ich euch jetzt mal weitermachen. Viel Glück euch beiden, und wir sehen uns dann nächste Woche in Leamington.« In diesem Augenblick kam Wayne in den Salon. »Ich hoffe, Sie sind gut in Form, junger Mann«, meinte Fred. »Sie haben zweiundvierzig Schleusen vor sich. Und das allein auf der Strecke zwischen Tardebigge und Stoke.« Wayne strahlte ihn an. »Das mit Jason ist wirklich jammerschade«, fuhr Fred fort. »Auf diesem Kanal braucht man nämlich Erfahrung.«

Alle gaben sich Mühe, Jasons Verlust nicht allzu schwer zu nehmen und den neuen Passagieren ohne übergroße Nervosität entgegenzusehen – und es war nicht nur die Persönlichkeit ihrer künftigen Fahrgäste, die ihnen Sorgen machte. »Wir brauchen gesunde, hilfsbereite Leute«, erklärte Julia Wayne.

»Vor allem, da wir diese Woche nur fünf Passagiere haben«, fügte Suzy hinzu.

»Und was ist, wenn die Leute nicht mitspielen?«, fragte Wayne. »Sollen wir sie dann auf dem Treidelpfad ihrem Schicksal überlassen? Soll ich in den Pub laufen und die Tauziehmannschaft aus dem Ort holen?«

Glücklicherweise erschien genau in diesem Augenblick ihr erster Gast und enthob sie der Notwendigkeit zu antworten.

»Hallo! Bin ich hier auf den richtigen Booten?«

Die Besitzerin der aristokratischen, rauchigen Frauenstimme war, wie sich erwies, Delphine, eine angenehme, attraktive Werbefachfrau, die gleich erklärte, dass sie nichts tun wolle, als Gin und Tonic zu trinken und die Landschaft zu betrachten.

Wenn Delphine bei irgendeiner ihrer anderen Touren aufgetaucht wäre, hätte diese Information Suzy enormen Auftrieb gegeben. Aber jetzt reichte sie Delphine mit leicht verkniffener Miene eine Tasse Tee. »Wenn Sie erst einmal eine Nacht ordentlich geschlafen haben, fühlen Sie sich bestimmt viel unternehmungslustiger.«

»Ich glaube nicht, Darling. Ich bin so gestresst, dass es kaum mehr zum Aushalten ist. Macht es Ihnen etwas aus, wenn ich rauche?«

»Auf Deck, bitte«, sagte Julia. »Soll ich Ihnen etwas Kuchen nach oben bringen?«

Delphine, die extrem dünn war, beäugte den Kuchen. »Hmm, Schokoladenkuchen. Ich dürfte eigentlich wirklich nicht, aber ...«

»... schließlich sind Sie ja im Urlaub«, beendete Julia den Satz für sie und legte gleichzeitig ein großes Stück Kuchen auf einen Teller.

Delphine biss hinein. »Lecker. Wann macht die Bar auf?«

In der folgenden Stunde wurde jeder Neuankömmling taxiert und taktvoll auf Herzkrankheiten, Rückenprobleme und etwaige Operationen in jüngerer Zeit befragt. Am Ende standen sie mit Delphine da, die amüsant, aber faul war, einem Ehepaar, dessen männliche Hälfte sich als Dampflok-Liebhaber entpuppte und ziemlich viel versprechend aussah, und zwei Frauen aus Neuseeland, von denen man noch nicht sagen konnte, ob sie im Zweifelsfalle zu etwas nutze sein würden oder nicht.

»Eine der beiden hat ihr Strickzeug dabei«, bemerkte Suzy, während Julia Kartoffeln schälte. »Ich habe die Wolle aus ihrer Tasche hervorlugen sehen. Ich finde, das ist kein gutes Zeichen.«

»Ich weiß nicht. Sie kommt aus Neuseeland. Wahrscheinlich müssen die Leute dort die heimische Wirtschaft unterstützen.«

Sobald alle an Bord waren, schipperten sie langsam den Kanal hinauf, um ein stilles Plätzchen für die Nacht zu finden. Julia blickte aus dem Fenster, während das verborgene Gesicht von Worcester an ihnen vorüberglitt: die Porzellanfabrik, die Schrebergärten und die Reihenhäuser. Der schnelle Wechsel von städtischen und ländlichen Bereichen gehörte zu den Dingen, die Julia an den Kanälen so besonders liebte.

Sie mussten durch sechs Schleusen fahren, bevor der Kanal auch nur halbwegs breit genug wurde, um die Boote nebeneinander festmachen zu können.

»Jetzt dürfte sich die Spreu vom Weizen trennen«, flüsterte Suzy Julia an der ersten Schleuse zu, während sie mit vereinten Kräften das untere Tor hinter dem Motorboot schlossen.

Aber zum Glück für sie alle schlenderten gerade ziemlich viele Leute den Treidelpfad entlang, die ihnen mit Rat und Tat zur Seite standen. Sie mussten die üblichen Bemerkungen über sich ergehen lassen, dass Boote von zwanzig Metern heutzutage einfach zu lang für die Kanäle seien, und man schien allenthalben anzunehmen, Dampflokfan John führe das Kommando für die Boote, nicht Suzy. Aber Julia hatte das Gefühl, in die Kombüse gehen und sich um ihre brutzelnden Lammkoteletts kümmern zu können, ohne Gewissensbisse haben zu müssen, dass Suzy vielleicht nicht zurechtkommen würde.

Schließlich erstarb das Motorengeräusch, und kurz darauf hörte man, wie die Verbindungszapfen eingeschlagen wurden. Die Boote lagen also im Päckchen, und Julia wusste, dass es Zeit fürs Abendessen war. Sie stellte einen Stapel Teller in den Ofen und spülte die Saucieren aus.

»Tut mir leid, dass wir so lange gebraucht haben.« Suzy hielt ihre schmutzigen Hände unter den Wasserhahn und verpasste nur um Haaresbreite die Kartoffeln, die Julia zum Abtropfen dorthin gestellt hatte. »Es war schwer, einen Platz zu finden, wo wir uns nebeneinander legen konnten. Nach dem Fluss kommt einem der Kanal so furchtbar schmal vor.«

Julia fand, dass Suzy müde und ein wenig niedergeschlagen wirkte. Der Brief von ihrem Vater hatte sie wahrscheinlich mehr mitgenommen, als sie zugeben wollte. Aber als sie in den Salon ging, stellte Julia fest, dass sie etwas von ihrem natürlichen Schwung wiedergefunden hatte. Der Salon sah hübsch und einladend aus, der Tisch war gedeckt, und alle Fahrgäste hielten einen Drink in der Hand. Eine der Frauen aus Neuseeland brütete über dem Kanalführer.

»All diese Schleusen! Auf dem Papier sehen sie aus wie kleine Beine, die den Kanal hinaufkrabbeln, nicht wahr?«

»Und wir müssen jede dieser Schleusen zweimal

durchfahren«, meinte ihre Freundin. »Vielleicht versuche ich morgen mal, mit anzufassen. Heute Abend wollte ich erst mal sehen, wie so ein Ding funktioniert.«

»Sie sind alle die reinsten Energiebündel«, jammerte Delphine. »Ich mache Urlaub, um mich auszuruhen.«

»Wichtig ist nur eins«, erklärte Suzy, während sie sich einen großen Wodka einschenkte, »nämlich dass Sie sich gut amüsieren. Wie Sie das machen, ist allein Ihre Sache.«

»Oh, gut«, bemerkte Johns Frau, die ihre Stickerei bisher in ihrem Gepäck versteckt gehalten hatte. »John langweilt sich nämlich im Urlaub, wenn er nicht irgendetwas tun darf, wobei er schmutzig wird.«

»Oh?«, murmelte Delphine. »Warum denn das?«

»Am liebsten schaufelt er Kohle. Aber Hauptsache ist, dass er seinen Overall tragen kann, dann schwimmt er in Seligkeit. Was mich betrifft«, fügte sie gleichmütig hinzu, »ich mache Bargello.«

Suzy sah sie aus den Augenwinkeln an. »Na, ich hoffe, das ermutigt unsere neuseeländische Freundin nicht, sich ebenfalls ihr Strickzeug vorzunehmen, statt uns an den Schleusen zu helfen«, flüsterte sie Julia zu. »Das Letzte, was wir hier brauchen, ist ein Nähkränzchen.«

Erst als Julia und Suzy die letzten Fahrgäste ins Bett verfrachtet hatten, erinnerte Julia sich wieder an ihre Briefe, die sie ungelesen in ihre Jeanstasche gestopft hatte. Sie riss zuerst den Umschlag von Oscar auf, obwohl sie am liebsten ebenfalls gleich zu Bett gegangen wäre.

»O nein!« Sie legte sich hin und verdrehte die Augen. »Ich fasse es nicht!«

»Was?«, fragte Suzy.

»Es geht um Oscar. Er hat eine Tour bei uns gebucht.«

»Ogottogott. Wie schrecklich für dich.«

»Das ist noch nicht das Schlimmste.« Julia war zum Heulen zumute. »Er bringt seine Mutter mit!«

Während Suzy sich das Gesicht eincremte, sah sie zu, wie Julia einen mittleren hysterischen Anfall niederkämpfte. »Mach erst mal deinen anderen Brief auf. Vielleicht steht da ja was Aufmunterndes drin.«

Julia brauchte jedoch eine Weile, um den Inhalt des zweiten Briefes zu verstehen. Er kam von einem Rechtsanwalt. Wie es aussah, verklagte Strange's sie wegen Diebstahls. Dem Brief zufolge warf man ihr vor, wertvolle Papiere mitgenommen zu haben, als sie die Firma verlassen hatte, Papiere, die sie angeblich benutzt hatte, um eine Konkurrenzfirma zu gründen. In der Stadt hatte inzwischen eine auf Vermietung spezialisierte Immobilienagentur aufgemacht, und es war alles Julias Schuld. Angeblich.

»Keine guten Neuigkeiten?«, hakte Suzy nach, als Julia minutenlang schwieg.

»Verwirrende Neuigkeiten. Man bezichtigt mich, in meiner früheren Firma einige Unterlagen gestohlen und sie einem Konkurrenten gegeben zu haben. Ich weiß überhaupt nicht, wovon da die Rede ist. Ich schwöre, ich habe nichts mitgenommen, außer den Fotos von den Kindern meiner Schwester und meinem Gummibaum.«

»Warum behaupten die Leute dann, du hättest etwas gestohlen?«

»Wahrscheinlich, weil Darren die Unterlagen verloren hat und mir die Sache in die Schuhe schiebt. Außerdem leiden meine geschätzten ehemaligen Kollegen unter Verfolgungswahn, was Konkurrenzfirmen betrifft. Wie habe ich es bloß fertig gebracht, es da so lange auszuhalten?«

Es war eine rhetorische Frage, aber Suzy wollte eine Antwort darauf haben. »Und? Wie hast du es ausgehalten?«

»Nun, im Grunde konnte ich die meisten der anderen Frauen, die dort arbeiteten, gut leiden, und als ich anfing, die Abteilung für Mietvermittlungen aufzubauen, hat Peter Strange mir ziemlich freie Hand gelassen. Dann war ich viel außer Landes, um einen Abschluss mit einer großen finnischen Firma abzuwickeln.« Julia bemerkte, dass ihre Chefin sie nervös ansah. Bei ihrer Bewerbung hatte sie sich als eine Art bessere Sekretärin beschrieben.

»Ich wusste gar nicht, dass du so eine hochkarätige Stelle hattest. Bei deinem Vorstellungsgespräch hast du mir jedenfalls nichts davon erzählt.«

»Wenn ich es getan hätte, hättest du mich dann genommen?«

Suzy blies langsam den Atem aus. »Auf keinen Fall! Ich hätte eine Todesangst vor dir gehabt.«

»Ich wollte dich nicht hintergehen. Und der ganze Kram, den ich bei Strange's gemacht habe, spielt für die Arbeit auf einem Hotelboot überhaupt keine Rolle. Ich wäre furchtbar enttäuscht gewesen, wenn ich nicht mal ein Vorstellungsgespräch bekommen hätte.«

»Und ich wäre in Teufels Küche gekommen, wenn ich dich nicht eingestellt hätte.« Suzy kicherte. »Aber was willst du denn nun wegen dieser Diebstahlklage unternehmen?«

Julia zuckte die Schultern. »Meinem Bruder davon erzählen, denke ich. Er ist Rechtsanwalt. Normalerweise beschäftigt er sich zwar mit so langweiligen Dingen wie Übertragungsurkunden und Grenzstreitigkeiten, aber irgendetwas wird ihm da schon einfallen. Er hat zu meiner Schwester gesagt, er würde mir helfen, falls ich wegen meiner Kündigung vor ein Arbeitsgericht gehen will.«

»Und stattdessen verklagen die jetzt dich.«

»Ich weiß. Eine Ironie des Schicksals, nicht wahr?«

Suzy, die soeben noch trübselig vor sich hin gestarrt hatte, strahlte plötzlich. »Ich habe eine Idee! Lass uns einen Brandy trinken! Wir feiern, dass du hier bist und dass du die richtige Art von Bruder hast – und außerdem wird uns der Brandy helfen, später einzuschlafen. Ich hole die Flasche.«

Am nächsten Morgen – zu früh für ihre Schwester, die wieder eine schlimme Nacht mit Petal hinter sich hatte – griff Julia zum Telefonhörer. »Ange, tut mir Leid, wenn ich dich nerve, aber könntest du für mich Rupert anrufen? Ich habe keine Zeit, mir seine Standardpredigt anzuhören.«

»Worum geht's denn?« Angela ihrerseits hatte keine Zeit für höfliche Floskeln.

»Der verdammte Peter Strange verklagt mich. Ich hätte Papiere aus dem Büro mitgenommen.«

»Was? Das ist aber komisch. Du hast es doch nicht getan, oder?«

»Natürlich nicht! Ich nehme an, Darren hat die Unterlagen verlegt, das ist alles. Aber ich könnte etwas juristische Rückendeckung von Rupe gebrauchen.«

Angela gähnte laut. »Ich rufe ihn an, sobald ich eine Minute Zeit zum Telefonieren finde. Oh, was gäbe ich nicht darum, eine Nacht durchschlafen zu können!«

Julia war voller Mitgefühl. »Babys können einen wirklich fertig machen. Bloß gut, dass ich Oscar nicht geheiratet habe, ich hätte das nie geschafft.«

Bei dieser Bemerkung wurde Angela plötzlich hellwach. »Ich bin auch froh, dass du Oscar nicht geheiratet hast, aber nicht wegen der Kinder. Meine Kinder sind mein Leben.« Sie gähnte abermals. »Du wirst deine Kinder genauso lieben, wenn du jemals welche haben solltest.«

»Ja, ja, das werde ich bestimmt, falls ich je so eine Dummheit begehen sollte – aber genug davon. Du sprichst mit Rupert?«

»Sobald ich die Chance dazu habe.«

»Du wirst sehen, alles wird bestens laufen!«, sagte Suzy zuversichtlich, während Julia ein Tablett mit Kaffee vorbereitete. »Wayne bedient das Ruder, als hätte er nie etwas anderes getan. Die Passagiere haben alle kapiert, was sie tun müssen – bis auf Delphine –, und alles läuft wie am Schnürchen! Ich verstehe gar nicht, warum alle so viel Wind um diesen Kanal machen!«

Plötzlich gab es einen Knall, der die Kaffeebecher vom Tablett in die Spüle krachen und Suzy sofort an Deck stürzen ließ. Julia, die den Kuchen gerade noch auffangen konnte, bevor er auf dem Boden landete, folgte ihr nach draußen.

»Verdammte Scheiße! Was denkst du dir eigentlich?« Es war ein grimmig dreinblickendes junges Mädchen in Arbeitshosen, das auf dem Dach eines zwanzig Meter langen Kanalbootes stand. Die junge Frau beschimpfte Wayne mit einer Hingabe, wie Julia sie nicht oft erlebt hatte. »Jetzt hast du das verdammte Motorboot blockiert. Wirklich, herzlichen Glückwunsch!«

Suzy funkelte die junge Frau wütend an und holte tief Atem, um ihren Goldjungen zu verteidigen. Aber nachdem sie die Situation erfasst hatte, änderte sie ihre Meinung, schob Wayne beiseite und setzte die *Pyramus* ein Stück zurück, damit sie sich nicht weiter in den Bug des ersten Hotelbootes stach, das ihnen bisher begegnet war.

»Tut mir Leid, dass das passiert ist«, meinte Suzy. »Das ist unsere erste Saison – und das erste Mal, dass wir diesen Teil des Kanals befahren.«

Suzy hatte der jungen Frau auf dem Nachbarschiff mit ihrer Entschuldigung den Wind aus den Segeln genommen. »Oh. Wo ist Jason?«

Inzwischen hatte Suzy Wayne eine Leine zugeworfen. Er war ans Ufer gesprungen und zog die *Pyramus* jetzt behutsam zur Seite. »Er hat uns sitzen lassen, kurz bevor die ersten Passagiere kamen.«

»Ach du Scheiße! Dieser Bastard! Warum hat er das getan?«

Suzy zuckte mit den Schultern. »Weil er angeblich nicht für eine Frau arbeiten konnte.«

Diese Bemerkung brachte auch den letzten Rest von Ärger auf der Gegenseite zum Schmelzen. »Das ist mal wieder typisch für diese verdammten Männer. Aber wo ist denn Ralph?«

Bevor Suzy jedoch diese Frage beantworten konnte, erschien ein sehr großer, hagerer junger Mann auf der Bildfläche. »Hätten Sie was dagegen, Ihr verfluchtes Motorschiff aus dem Weg zu schaffen, bevor wir unser verdammtes Bulty aus der Schleuse ziehen können?«, fragte er, obwohl sein Tonfall weniger aggressiv war als seine Ausdrucksweise.

Julia, die bei der ersten Gelegenheit vom Boot gesprungen war, fragte sich, ob er wohl in Gegenwart der Passagiere auch so redete, und hoffte, dass keiner ihrer Gäste in Hörweite war. Nicht dass sie nicht selbst über einen hoch spezialisierten Wortschatz für Stresssituationen verfügt hätte, aber sie neigte dazu, diese Ausdrücke nur dann zu verwenden, wenn sie allein war.

Irgendwie gelang es ihnen, die Boote zu entwirren, und trotz des wenig vielversprechenden Anfangs waren beide Mannschaften erpicht auf ein Gespräch unter Schicksalsgenossen und kamen überein, dass eine Kaffeepause angebracht sei. Als Julia die Porzellansplitter aus der Spüle gefischt, neue Becher hervorgekramt, den Passagieren Kaffee und Kekse serviert und den anderen ein Tablett nach oben gebracht hatte, unterhielten sich Suzy, Wayne und die vier Leute von der *Otter* und der *Beaver* miteinander, als wären sie alte Freunde.

»Komm zu uns rüber«, rief Suzy ihr zu. »Die Leute von der *Otter* und der *Beaver* erzählen uns gerade, wie man die kleinen Haken an den Kanalwänden benutzt, um das

Bulty aus einer Schleuse zu ziehen. Das ist Jed ...«, Sie wies auf den Mann, der das Mädchen beschimpft hatte. »... und das ist Jade.« Das war das Mädchen, das Wayne beschimpft hatte. »Und Nellie und Annie.« Sie zeigte auf zwei langbeinige Schönheiten, die Julia das Gefühl gaben, mit ihren über dreißig Jahren und in ihrer Jeans Größe vierzig uralt und fett zu sein.

»Hi!« Sie streckte den Gästen ein Päckchen mit Keksen hin, die für Notfälle reserviert waren. »Kekse?«

»Ich kann es einfach nicht fassen, dass ihr mit nur drei Leuten als Besatzung zurechtkommt«, meinte Nellie, während die Kekspackung in Julias Hand dahinschrumpfte. »Wir haben schon zu viert unsere liebe Not. Wer außer dir ist denn noch für die Küche zuständig, Julia?«

»Niemand«, antwortete Suzy an ihrer Stelle. »Julia ist eine Heilige.«

»Wohl eher doof«, murmelte Nellie.

»Also«, sagte Jade, »was ist mit Ralph los?«

»Ich habe euch doch erzählt, dass er mein Onkel ist? Nun, er musste das Geschäft mit den Hotelbooten aufgeben. Ich sollte die Boote dieses Jahr mit Jason zusammen betreiben, nur dass der Mistkerl sich verpisst hat. Er ist wirklich ein Schwein.«

»Er hat doch nicht etwa auf diesem neuen Paar angeheuert?«, erkundigte sich Jed.

»Was für ein neues Paar?«, fragte Julia.

»Wir wissen nicht, ob es ein neues Paar ist«, antwortete Annie. »Wir haben nur angenommen, dass ein neues Paar gebaut wurde, weil vor einiger Zeit jemand bei der Werft rumhing, der nach einer Mannschaft suchte. Vielleicht brauchte er aber auch nur Leute für ein bereits existierendes Paar.«

»Und dieser Schleusenwärter oben bei Birmingham war ziemlich knurrig, als wir durchfuhren«, pflichtete Jade ihr bei. »Hat er nicht gesagt, seine Freundin sei zu dem Bastard zurückgekehrt, vor dem er sie gerettet habe? Er klang ziemlich verbittert.«

»Du meinst also, sie hat ihn verlassen, um zu Jason zurückzugehen?«, fragte Annie.

Jed zuckte mit den Schultern. »Hört sich so an. Und ich kann mir nicht vorstellen, dass Jason lange von den Kanälen weg bleibt.«

»Wieso wisst ihr eigentlich über Jason und Ralph Bescheid?«, erkundigte sich Julia, die sich für Jasons Liebesleben nicht besonders interessierte.

»Oh, wir arbeiten jetzt seit zwei Jahren als Team auf diesem Paar«, antwortete Jed. »Man lernt die Leute von den anderen Hotelbooten ziemlich gut kennen, wenn man nebeneinander liegt und miteinander im Pub sitzt. Deshalb hat es mich ja auch so überrascht«, fuhr Jed fort, »dass dieser Typ nach einer Mannschaft suchte. Wir hätten davon gehört, wenn auf irgendeiner Werft ein neues Paar Boote gebaut worden wäre.«

»Also, ich muss mich jetzt langsam ums Mittagessen kümmern«, erklärte Julia.

»Wenn du allein dafür zuständig bist, wird es Zeit«, pflichtete Nellie ihr bei.

Suzy erhob sich ebenfalls. »Ich bin euch sehr dankbar, dass ihr uns das mit dem Haken erklärt habt. Ich habe so oft über diesen Block auf dem Dach des hinteren Bootes geflucht, und jetzt weiß ich wenigstens, wozu er gut ist.«

»Oh, keine Ursache, das geht schon in Ordnung«, meinte Jed und ahmte dabei Suzys modisch-affektierte Ausdrucksweise nach. »Es hat Spaß gemacht, euch zu rammen. Wir sehen uns dann in Chelsea.«

Suzy antwortete ihm mit einem Fauchen, das bei Jed den Funken leise schwelenden Interesses an ihr weiter anfachte. »Wenn wir uns das nächste Mal begegnen, Süße, dann in einem Pub, und wir werden ja sehen, wer als Erster unterm Tisch liegt.«

Der weibliche Teil von Jeds Besatzung brach in Gelächter aus.

Aber Suzy vergeudete keine Zeit damit, sich mit dieser neuen Eroberung zu brüsten. »Mir ist gerade ein entsetzlicher Gedanke gekommen! Was ist, wenn dieser Mann, der eine Mannschaft sucht, auch ein Paar Hotelboote kaufen will? Wenn Jason und seine Freundin wieder zusammen sind, wären sie perfekt. Sie war Köchin, wie du dich vielleicht erinnerst.« Julia nickte. »Und welches Paar steht wohl am ehesten zum Verkauf? Wenn wir uns nicht mächtig ins Zeug legen? Ralph braucht das Geld für die Boote ziemlich dringend. Joan fand, er solle sie sofort verkaufen, statt sie mir zu günstigen Konditionen zu verpachten. Nach seiner Operation ist er bestimmt ziemlich schwach und könnte leicht in Versuchung kommen zu verkaufen, falls jemand ihm mit Barem vor der Nase herumwedelt. Jason könnte das gewusst haben. Vielleicht ist er deshalb gegangen.«

Suzys Vermutungen ergaben durchaus einen Sinn. »Du meinst, der neue Käufer würde Jason und seine Freundin als Mannschaft anheuern?«

»Sie wären wie geschaffen für den Job. Sie kennen die Boote beide, Jason weiß alles über die Kanäle, und sie ist ein Ass als Köchin.«

»Aber sie müsste schon ein sehr gutes Händchen mit Menschen haben, um Jasons Benehmen wettzumachen. Und ob die beiden zusammenbleiben, darauf kann man sich nicht verlassen. Sie haben sich schon einmal getrennt, sie könnten es ohne weiteres wieder tun.«

»Aber das werden sie dem Käufer nicht auf die Nase binden, oder?«

Julia suchte verzweifelt nach irgendeiner positiven Bemerkung. »Nun, es ist nicht sehr wahrscheinlich, dass jemand die Boote mitten in der Saison kauft, oder? Ich meine, wer würde so etwas tun?«

Suzy zuckte die Schultern. »Die Saison hat erst vor zwei Wochen begonnen. Selbst wenn es eine Weile dauern würde, alles zu arrangieren, hätte der Käufer immer noch den halben Sommer und den Herbst. Oder ...« Suzy hatte sich inzwischen tief in ihren Pessimismus hineingesteigert. »Es könnte auch jemand sein, der uns aus dem Geschäft haben will.«

»Nun, dann würde der Betreffende sich kaum die Mühe machen, eine Mannschaft zu finden, oder? Und Ralph würde niemandem außer dir die Boote verkaufen, schon gar nicht mitten in der Saison.« Julia bemühte sich um einen möglichst zuversichtlichen Tonfall, obwohl ihr plötzlich der Mann in Bidford wieder in den Sinn kam, der sie und das Boot fotografiert hatte. Angenommen, er hatte nicht einfach nur fröhlich drauflosgeknipst, sondern hatte im Auftrag eines anderen Betreibers von Hotelbooten gehandelt. Sie tat diesen Gedanken als paranoid ab, als Reaktion auf die verlegten Unterlagen aus ihrer alten Firma.

»Ralph würde das nicht tun, nein.« Suzy prockelte mit düsterer Miene einen Splitter eines der zerbrochenen Kaffeebecher aus dem Ausgussloch. »Aber Joan könnte es tun, solange er noch nicht wieder fit ist.«

»So etwas würde sie bestimmt nicht machen, das glaube ich nicht. Und jetzt lass uns lieber überlegen, ob wir zum Mittagessen hier bleiben oder nicht.«

Sie blieben, und dasselbe taten anscheinend die *Otter* und die *Beaver*, denn während Julia hektisch versuchte, alles abzuwaschen und wieder sicher zu verstauen, bevor sie weiterfuhren, kam Suzy unter großem Getöse in die Kombüse gestürzt.

»Ich habe gute Nachrichten! John hat mit den Leuten auf der *Otter* gesprochen und sich die Sache mit dem Block und dem Haken erklären lassen. Und jetzt übernimmt er mit den anderen Passagieren das Bulty.«

»Oh.« Julias Bewegungen wurden ein wenig langsamer. John, ihr Dampflokfan hatte sich vorübergehend in einen Kanaloholic verwandelt.

»Das heißt, wir beide können mit dem Motorboot vorausfahren.«

»Oh.« Sechs Teller wanderten in schneller Folge in einen Karton.

»Ich bediene die Schleusen, sodass ich ein Auge auf die Passagiere haben kann. Du gehst ans Ruder.«

Julia hielt mitten in der Bewegung inne. »Was ist denn mit Wayne?«

»Den muss ich bei dem hinteren Boot lassen, damit er mitzieht. Wir können die Passagiere nicht die ganze Arbeit machen lassen, bevor ich selbst helfen kann.«

»Hm, wahrscheinlich hast du Recht. Aber du weißt, dass ich am Ruder nicht gerade erste Wahl bin.«

»Wenn wir die obere Schleuse von Tardebigge erreicht haben, wirst du es sein, Schätzchen. Abfahrt in zehn Minuten?« Suzy verschwand mit dem gleichen Getöse, mit dem sie gekommen war, ohne auf eine Antwort zu warten.

KAPITEL 10

»Ich hab dir doch gesagt, es ist alles eine Frage der Übung, stimmt's?«, bemerkte Suzy, als sie, sehr viel später, in die Kombüse kam, um zwei Gläser Wasser hinunterzustürzen. »Wir machen noch eine richtige Kanalfahrerin aus dir.«

Sie hatten Wayne und den Passagieren die Aufgabe überlassen, das hintere Boot mithilfe einer Leine und eines Stakens zu verholen, während sie allein mit dem Motorboot weitergefahren waren. Nachdem die *Pyramus* ordentlich vertäut war, lief Suzy jetzt zurück, um den anderen zu helfen, und Julia kümmerte sich um die nächste Mahlzeit.

Sie hatten eine gewisse Routine entwickelt. Julia stellte die Maschine des Schleppbootes auf kleine Fahrt voraus, sodass es sich langsam in den Schleuseneingang schob. Während sie darauf wartete, dass der Wasserstand in der Schleusenkammer sich dem des Kanals davor anglich, flitzte Julia zurück nach unten in die Kombüse, hackte Zwiebeln, machte Scones oder bereitete marinierte Hühnerbrust vor. Wenn es so weit war, dass das Boot in die Schleusenkammer glitt, eilte sie gerade rechtzeitig wieder nach oben, um es vor dem anderen Ende der Kammer sicher zum Stillstand zu bringen. Während das Schleusenbecken sich mit Wasser füllte, hieß es für Julia zurück in die Kombüse, und wenn sie wieder nach oben kam, hatte das Boot häufig von allein aus der Schleuse gefunden und war bereits auf halbem Wege zur nächsten. Es hatte auch sein Gutes, dachte Julia, dass die Schleusen so dicht beieinander lagen.

Als das Motorboot die oberste Schleuse der gesamten Flucht erreichte, steuerte Julia das Boot, wie Suzy prophezeit hatte, wie ein alter Hase. Sie brachte es in eine Schleuse und nahm dort die Geschwindigkeit zurück, ohne auch nur darüber nachdenken zu müssen.

»Ich muss sagen«, meinte Julia, »dass ich mich jetzt viel sicherer fühle.«

Suzy wischte sich mit dem Handrücken über den Mund, da Julia ihr das saubere Geschirrtuch gerade noch rechtzeitig hatte entreißen können. »Das freut mich. Denn das heißt, es wird dir nichts ausmachen, morgen am Ruder zu stehen, wenn es durch die Tunnel geht. Wayne hat mir nämlich erzählt, dass er im Tunnel Platzangst kriegt.«

Julia hatte einen langen Tag hinter sich, der durch einen äußerst ärgerlichen Telefonanruf von ihrem Bruder nicht besser geworden war.

»Das sieht dir mal wieder ähnlich, Julia«, hatte er sich beklagt, »einfach irgendwelche wichtigen Unterlagen zu verschlampen.« Dieser Bemerkung folgte eine flammende Rede über die Idiotie ihrer jüngsten Unternehmung und der Trennung von »einem so anständigen Kerl wie Oscar«.

Da die Schleuse zu diesem Zeitpunkt gerade besetzt und das Boot bereits auf halbem Weg zur nächsten war, klemmte Julia sich das Handy unters Kinn und lief hinauf, um das Ruder zu nehmen, damit sie nirgendwo anstießen. Auf diese Weise verpasste sie den letzten Teil einer flammenden Strafpredigt. »Tut mir leid, Rupert, das meiste davon habe ich nicht mitbekommen. Ich steuere das Boot und versuche gleichzeitig, Kartoffeln zu stampfen.«

»Um Gottes willen, Julia! Was verstehst du schon von Booten?«

»Jedenfalls erheblich mehr als früher. Wenn es dir nichts ausmacht – ich muss jetzt wieder an die Arbeit. Ich habe wirklich keine Zeit zu plaudern.«

Rupert plauderte niemals und nahm diese Andeutung übel. »Ich versuche, dir zu helfen, Julia. Bist du dir ganz sicher, dass du die Papiere nicht versehentlich mitgenommen hast?«

»Rupert! Ich schwöre, ich habe nichts mitgenommen als die Babyfotos der Kinder und eine Topfpflanze!«

»Bist du dir absolut sicher?«

Julia schluckte ihren Ärger hinunter. »Ich denke, es wäre mir aufgefallen, wenn ich einen Aktenordner unterm Arm getragen hätte. Und jetzt entschuldige mich bitte. Wir sind in einer Flucht von zweiundvierzig Schleusen, und ich bin allein für das Schleppboot zuständig.«

»Kannst du wirklich einer Person trauen, die dir die Verantwortung über ein Boot überlässt?«

Julia konnte ihren Bruder noch ungläubig und missbilligend schnauben hören, lange nachdem sie beide aufgelegt hatten.

Jetzt, mehrere Stunden und etliche tausend Schleusen später, war sie nicht in der Laune, Mitleid mit kerngesunden jungen Männern zu haben, die an Klaustrophobie litten. »Und wenn ich dir jetzt erzähle, dass ich *auch* Platzangst habe?«

»Das kannst du nicht machen!«, jammerte Suzy, die nichts von dem Telefongespräch wusste. »Wayne ist in allen anderen Dingen so verlässlich. Ich möchte ihn nicht aufregen.«

»Aber es macht dir nichts aus, mich aufzuregen?« Dann sah sie den besorgten Ausdruck auf Suzys Gesicht und fügte hinzu: »Das war nur ein Witz.« Sie lächelte beruhigend. »Ich werde das Bulty durch diese verdammten Tunnel steuern. Doch was will Wayne denn machen? Will er zu Fuß über den Berg gehen?«

Suzy nickte. »Aber er hat versprochen, dafür den Rest der Woche den Abwasch nach dem Abendessen zu übernehmen. Als Buße, weil er so ein Waschlappen ist.«

Die Fahrt durch lange, dunkle, tropfende Tunnel, über vierzig Meter entfernt vom Topplicht und den gutgelaunten Passagieren im Vorschiff des Schleppboots, war alles andere als ein Spaß, aber Julia entdeckte, dass Singen half. Erst hinterher, als das Boot wieder im Sonnenlicht auftauchte und alle ihr applaudierten, begriff sie, dass die Fahrgäste jeden einzelnen falschen Ton gehört hatten.

Sie hatte flüchtig über die verschwundenen Unterlagen nachgedacht, aber der Brief des Rechtsanwalts war einfach zu vage gewesen. Ohne zu wissen, um welche Papiere es sich handelte, konnte sie auch keine Vermutungen darüber anstellen, wo sie sich vielleicht befanden.

Etwas Ähnliches sagte sie einige Tage später am Telefon zu Rupert, als sie einmal gerade nicht am Ruder stand. »Du musst sie dazu bewegen, mir zu verraten, um welche Papiere es sich handelt.«

»Es muss um eine Art Kundenliste gehen«, erwiderte ihr Bruder. »Sonst würde man nicht andeuten, du hättest die Papiere an eine Konkurrenzfirma weitergegeben.«

»Ich habe nie eine richtige Kundenliste besessen. Ich hatte lediglich Akten, die meines Wissens nach immer noch an Ort und Stelle sind.«

Bevor ihr Bruder antworten konnte, geriet sie in ein Funkloch und die Verbindung brach ab. Handys, so ging es Julia durch den Kopf, hatten unbedingt ihre Vorteile.

Die Woche schien im Flug zu vergehen, und während einer fröhlichen Feier am Freitagabend war man sich allenthalben einig, dass die zweite Tour genauso erfolgreich verlaufen war wie die erste. Alle Passagiere bekundeten die Entschlossenheit wiederzukommen. Selbst Delphine hatte festgestellt, dass sie im Urlaub doch nicht nur trinken und rauchen wollte, und obwohl sie nie ganz dahinter gekommen war, wie Schleusen funktionierten oder in welche Richtung sie den Ausgleichsbalken einer Zugbrücke schieben musste, hatte sie das Geschehen doch mit aufmunternden Kommentaren versehen und einmal, als Wayne hinter ihr gestanden und die Hände auf der Winde gehabt hatte, hatte sie es sogar geschafft, ein Schütz hochzukurbeln. *Ich habe mich noch nie im Leben so viel bewegt*, schrieb sie ins Gästebuch.

John und seine Frau Betty versicherten, dass sie auf alle Fälle noch einmal wiederkommen wollten, wahrscheinlich noch in derselben Saison. »Mir sind Kanalboote viel lieber als diese schmutzigen Dampfloks, auf die er so versessen ist«, erzählte Betty. »Da muss ich zu Hause wenigstens nicht wochenlang schrubben, um die Kohle aus seinem Overall zu bekommen.«

Julia, Suzy und Wayne waren allesamt erschöpft, aber zufrieden. Wayne gehörte inzwischen wirklich dazu und füllte mit der gleichen Begeisterung Wasser in die Tanks, mit der er das Auspumpen erledigte. »Es sind nur die Tunnel, die ich nicht mag«, erklärte er den Passagieren.

»Nun, ich finde, diesen Punkt bewältigt Julia ganz hervorragend«, sagte John. »Und *ich* höre sie gern singen.«

Nach dem Martyrium von Worcester, Birmingham und den Kanälen des nördlichen Stratford hatten sie eine leichte dritte Woche, während sie sich den Grand Union Canal nach Oxford hinunterschlängelten. Das Wetter verbesserte sich ungemein, und sie hatten nette, sportliche Passagiere, die förmlich darauf brannten, mit Hand anzulegen. Es gab jede Menge Pubs zu besuchen, und die Sorgen, die das Treffen mit der Belegschaft der *Otter* und der *Beaver* entfacht hatte, schienen verblasst zu sein.

Eines Abends legten sie früher als gewohnt an, und die Passagiere verschwanden allesamt, entweder um spazieren zu gehen und die Vögel zu beobachten oder um zu duschen und ein Stündchen zu schlafen, sodass Julia und Suzy Zeit hatten, die Reservierungen durchzugehen.

Joan schickte ihnen regelmäßig eine Liste, auf der verzeichnet war, wer wann kommen würde, und, wichtiger noch, welche Wochen beängstigend schwach besetzt waren. Zwar gab es keine einzige Woche ganz ohne Reservierungen, aber manchmal würden sie nur vier Passagiere haben. Und obwohl dieser Umstand Julia ein wenig entlastete, wurden Suzys Sorgen dadurch umso größer. Die einzige Woche, in der sie voll besetzt waren, war die, in der Oscar und seine Mutter auf der Liste standen. Julia vermochte nicht zu entscheiden, ob sich die Sache dadurch verbessern oder verschlechtern würde. Würden die Unarten der beiden dadurch weniger auffällig werden, oder würden sie das ganze Boot in den Wahnsinn treiben?

»Und in der Woche danach haben wir die Schulklasse«, erklärte Suzy, »das sind acht Personen. Sechs Kinder und zwei Lehrer. Mit denen haben wir wahrscheinlich eine Menge Spaß. Ach, wo wir gerade beim Thema Spaß sind: Wie stehst du zu der Idee, dass ich zu Wayne ziehen könnte?«

Julias Gedanken überschlugen sich. »Wie meinst du das?«, kreischte sie, während sie plötzlich die Vision hatte, wie sie ganz allein mit einer Horde von Schulkindern, deren Lehrern und den Booten fertig werden musste, weil Suzy und Wayne sich ein kleines Häuschen in einer Siedlung für junge Familien einrichteten.

»Ich meine, hättest du etwas dagegen, wenn ich zu ihm in das hintere Boot übersiedle? Wäre dir das peinlich?«

»Auf mich brauchst du keine Rücksicht zu nehmen, aber was ist mit den Passagieren? Oscars Mutter ist furchtbar etepetete, sie bekommt möglicherweise einen Anfall, wenn sie das mitkriegt! Und auch einige der anderen Passagiere sind nicht mehr ganz jung. Möglich, dass ihnen das missfällt.«

»Der Gedanke ist mir auch schon gekommen, aber ich glaube nicht, dass die Gäste es erfahren müssen. Wenn wir vor ihnen aufstehen, kriegen sie doch gar nicht mit, wo wir geschlafen haben.«

»Ich möchte dir ja nicht dazwischenfunken, aber glaubst du wirklich, ihr beide würdet es schaffen, vor den Passagieren auf den Beinen zu sein? Ihr wisst doch, dass nur Frühaufsteher solche Urlaubstouren buchen. Die sind alle vor Morgengrauen aus den Federn.«

»Delphine nicht!«

»Delphine war bisher so ziemlich der einzige Passagier, den so etwas nicht schockiert hätte.«

Suzy zog einen Schmollmund. Es war eine Reflexreaktion, etwas, das automatisch passierte, wann immer es so aussah, als könnte sie ihren Willen nicht durchsetzen.

»Aber das ist nicht meine Entscheidung«, fuhr Julia fort. »Wenn du glaubst, ihr könnt es vor den Passagieren geheim halten ...«

Suzy umarmte sie herzlich. »Ich wusste ja, dass du nicht plötzlich spießig werden würdest. Wayne sieht das einfach zu eng.«

Die Tatsache, dass Suzy und Wayne sich jetzt ein Bett teilten, schien ihre Arbeitsbeziehung nicht zu beeinflussen, und während sie langsam an Erfahrung gewannen, steigerte sich ihre Effizienz geradezu atemberaubend. Wayne überwand sogar seine Angst vor Tunneln als ihm nichts anderes übrig blieb, da Julia sich mitten in einem Telefongespräch mit ihrem Bruder befand und darauf bestand, das Boot zu verlassen und zu Fuß zu gehen, damit die Verbindung nicht unterbrochen wurde.

Aus dem Frühling wurde langsam Sommer; Bärenklau und blühender Weißdorn säumten den Kanal, und in den umliegenden Wäldern sprossen die Glockenblumen. Julia hatte das Gefühl, dass die Schönheit der Landschaft sie beinahe für ihre zunehmende Müdigkeit entschädigte. Was sie brauchten, um ihr Glück vollkommen zu machen, war ein viertes Paar Hände, jemanden, der überall mit anpackte, nicht nur bei den Booten.

Sie waren wieder in Leamington Spa, als, kurz nachdem der letzte Gast sich verabschiedet hatte, Ralph und Joan mit der sauberen Wäsche auftauchten. Suzy warf sich ihrem Onkel so stürmisch an den Hals, dass dieser ins Taumeln geriet und sich setzen musste.

»Ralph! Joan! Wie schön, dass ihr hier seid! Ihr seht großartig aus!«

Das war nicht direkt die Wahrheit. Ralph sah entschieden gebrechlicher aus als vor seiner Operation, behauptete aber, »absolut einsatzbereit« zu sein.

»Also, wie kommt ihr beiden Mädels denn klar? Und wer ist das?«, fragte er, als Wayne, mit Plastiktüten aus dem Supermarkt beladen, an Bord kam.

»Das ist Wayne. Wir haben ihn bei Tewkesbury am Fluss aufgelesen. Er ist ein richtiger Held, und er hat da weitergemacht, wo Jason aufgehört hat. Einfach so.« Sie schnippte mit den Fingern.

Ralph runzelte die Stirn. »Wenn ich diesen krummen Hund jemals wiedersehe ...«

»Dann schaust du in die andere Richtung«, brummte Joan. »Es war sehr unschön von ihm, die Mädchen einfach so hängen zu lassen, aber es hat keinen Sinn, deine Gesundheit aufs Spiel zu setzen, um ihm die Meinung zu geigen. Es tut mir Leid, dass ich keinen Ersatzmann auftreiben konnte, Suzy, mein Schatz, aber ich hatte so viel um die Ohren.« Sie zeigte erklärend auf Ralph.

»Oh, mach dir keine Sorgen, Tante Joan. Außerdem haben wir jetzt ja Wayne. Also, wie sieht es mit den Buchungen aus? Haben sich noch mal zwanzig Leute angemeldet, damit unsere Kabinen nicht leer bleiben?«

Joan und Ralph sahen einander nervös an. »Leider nicht«, meinte Joan. »Genau genommen sind die Zahlen gegenüber letztem Jahr ein klein wenig rückläufig.«

Suzy ließ sich auf einen Stuhl sinken. »Die Leute haben gehört, dass du nicht mehr dabei bist. Das musste ja passieren.«

»Das könnte sein«, stimmte Joan ihr nach einem kurzen Schweigen zu. »Und jetzt, wo Ralph ...«

»Es ist nicht nötig, das zu erwähnen«, fiel Ralph ihr ins Wort.

»Was zu erwähnen?«, hakte Suzy nach, die sich auf ihrem Stuhl so weit wieder aufrichtete, dass sie sich konzentrieren konnte.

Ralph wollte etwas erwidern, aber Joan redete ihn nieder. »Es nützt nichts, ihnen etwas vorzumachen, Ralph. Ich finde, sie sollten Bescheid wissen.«

»Was sollten wir wissen?«, murmelte Suzy. »Die Spannung bringt mich um!«

»Dass wir ein Angebot für die Boote bekommen haben«, antwortete Joan. »Ein sehr gutes Angebot.«

»Von wem?«, fragte Julia in die plötzliche Stille hinein.

»Das wissen wir eigentlich gar nicht«, erklärte Joan. »Ein Agent hat sich bei uns gemeldet. Aber es ist eine Menge Geld im Spiel. Mehr, als die Boote in Wirklichkeit wert sind.«

»Und die Bedingung ist, dass wir sofort verkaufen«, fügte Ralph hinzu. »Mit allen Buchungen, die wir haben.«

Julia konnte förmlich sehen, wie Suzy an sich hielt, um nicht laut zu rufen, dass Ralph so etwas Schreckliches auf keinen Fall tun dürfe – und sie bewunderte ihre Selbstbeherrschung. Suzy schien in letzter Zeit erheblich erwachsener geworden zu sein.

»Was hast du vor?«, fragte Suzy leise.

»Wir wollen nicht verkaufen«, antwortete Ralph prompt.

»Wir brauchen das Geld, Liebling, das musst du zugeben«, sagte Joan. »Ralph hat nie wirklich Vorsorge für eine Pension getroffen ...«

»Weil ich nie gedacht habe, dass ich mich jemals aus dem Geschäft zurückziehen würde, deshalb«, brummte er.

»Also würdest du die Boote gern verkaufen?«, hakte Suzy nach.

»›Gern‹ ist nicht der richtige Ausdruck«, versicherte Joan. »Im Grunde ist es das Letzte, was Ralph will, die *Pyramus* und die *Thisbe* zu verkaufen, aber wir brauchen nun mal das Geld.«

»Ich wünschte, du würdest nicht über mich reden, als wäre ich gar nicht hier.« Ralph setzte sich aufrecht hin. »Wir brauchen das Geld, ja, aber ich bin noch nicht davon überzeugt, dass Suzy, Julia und, äh, Wayne es nicht schaffen können.«

»Ich möchte es so schrecklich gern versuchen«, meinte Suzy. »Und bestimmt könnte ich irgendwie das Geld auftreiben, um dich komplett auszuzahlen, wenn du mir am Ende der Saison ein bisschen Zeit gibst.«

»Die Zinsen würden dich umbringen«, entgegnete Joan. »Es sei denn, du fragst deinen Vater.«

Suzy unterzog ihre Fingernägel einer eingehenden Musterung, während sie offensichtlich mit den Tränen kämpfte. Wenn sie ihren Vater um Geld bat, gestand sie ihre Niederlage ein; eher würde sie zu irgendeinem zwielichtigen Geldverleiher gehen, mit einer Zinsrate, an Wucher grenzte.

»Aber erinnerst du dich noch an Sy Cline, unseren amerikanischen Agenten?«, fuhr Ralph, ein wenig optimistischer, fort. »Er sagte, wenn wir ihm ein Werbevideo schicken, könnte er dafür sorgen, dass wir die ganze Saison ausgebucht sind. Ich bin nur nie dazu gekommen, so ein Video zu machen.«

»Es würde ein Vermögen kosten«, warf Joan abschätzig ein. »Und was verstehen wir schon von Videos? Wir können ja nicht mal einen Rekorder programmieren.«

»Vielleicht kennt Suzy jemanden aus der Filmbranche?«, meldete Julia sich zu Wort, um einen positiven Beitrag zu leisten.

Suzy schüttelte den Kopf. »Tut mir Leid.«

»Wie viel würde es denn kosten?«, fragte Julia. »Ich habe ein paar Ersparnisse. Wenn dieser Agent uns die Buchungen garantiert, wäre es eine Investition. Suzy könnte mir das Geld nach und nach zurückzahlen.«

Ralph schüttelte den Kopf. »Wir bräuchten ein paar

tausend Pfund, um die Sache professionell anzugehen, und auch dann wäre es eine sehr langfristige Investition. Sie würden Ihr Geld nie wiedersehen.« Er sah Suzy ernsthaft an. »Würde es dir wirklich das Herz brechen, wenn wir verkaufen?«

Suzy holte tief Luft. »Ich wäre dir wirklich dankbar, wenn du bis zum Ende der Saison warten könntest, damit ich wenigstens die Chance hätte, das Geld aufzutreiben, auch wenn es nur eine winzig kleine Chance wäre. Aber unterm Strich ist deine Gesundheit wichtiger als mein augenblickliches Glück. Ich könnte zu Daddy zurückgehen, und wahrscheinlich würde mir irgendetwas einfallen, das ich genauso gern mache wie das hier. Vielleicht kriege ich sogar einen Job auf einem der anderen Hotelboote.« Sie legte ihre Hände auf seine. »Tu, was du tun musst, Onkel Ralph. Mach dir um mich keine Sorgen.«

Ralph öffnete den Mund, während er offensichtlich darüber nachdachte, was er erwidern sollte. Joan griff ein. »Na, na«, sagte sie zu niemand Bestimmtem. Julia war den Tränen nahe, zum einen, weil sie so müde und besorgt war, aber vor allem, weil sie es ohne eine ausgebildete Mannschaft geschafft hatten, all diese Passagiere zufrieden zu stellen, nur um jetzt mit ansehen zu müssen, wie irgendjemand in irgendeinem Büro ihnen alles wegnahm. Dieser Gedanke war mehr als niederschmetternd.

»Äh – wenn ich auch etwas sagen dürfte«, begann Wayne schüchtern. »Es müsste nicht Tausende von Pfund kosten, ein Video zu drehen. Wenn das alles ist, was Sie brauchen, um nicht verkaufen zu müssen, könnte ich Ihnen das für ein paar hundert Pfund machen.«

Alle Augen richteten sich auf Wayne, der auf der Treppe saß und ein wenig verlegen dreinblickte, als hätte er soeben eine Charakterschwäche eingestanden und nicht mit einem Plan zur Rettung des Geschäfts aufgewartet.

»Was?«, fragte Suzy.

»Wie?«, fragte Ralph.

»Ich brauche bloß einen ordentlichen Camcorder«, meinte der »Leckerbissen«, der zwar wunderschön und liebenswürdig war, sich bis zu diesem Augenblick aber nicht als Filmregisseur zu erkennen gegeben hatte. »Ich werde ab Oktober eine Filmakademie besuchen, und ich habe Videos gedreht, seit ich ein kleiner Junge war. Ein Freund von mir hat Zugang zu einem Studio, in dem wir die Aufnahmen bearbeiten können – wenn Sie wollen, dass ich das übernehme.«

Sie brauchten alle ein paar Sekunden, um die Bedeutung dieser Worte zu erfassen. Dann kletterte Suzy über verschiedene Beine, um Wayne um den Hals zu fallen. »Natürlich wollen wir das! Nicht wahr, Onkel Ralph? Du könntest doch warten, bis wir es versucht haben?«

»Ich fände es furchtbar, die Boote an einen Fremden zu verkaufen, und es wäre eine große Schande, solange du doch offensichtlich so gut zurecht kommst. Aber woher nehmen wir das Geld für den Camcorder ...?«

Julia hob die Hand. »Ich habe schon einmal meine Ersparnisse angeboten. Und wenn ich auch keine fünftausend aufbringen kann, fünfhundert hätte ich.«

»Dann wäre das also geregelt«, rief Suzy. »Wayne macht uns ein Video, und die Amerikaner werden in Scharen herbeigeströmt kommen.«

»Ich glaube, ganz so einfach wird es nicht sein«, entgegnete Ralph, »aber zumindest hätten wir auf die Weise die Chance zu kämpfen. Das sind wir ihr schuldig, Liebling«, wandte er sich an Joan.

Sie seufzte. »Nun, in dem Falle habe ich wohl zumindest eine gute Neuigkeit. Ihr wisst sicher, dass wir in der Woche mit dem Schulausflug noch zwei freie Plätze hatten? Also, es ist mir gelungen, diese beiden Plätze zu füllen.«

»Oh, das ist ja wunderbar«, entgegnete Suzy zurückhaltend.

»Allerdings. Die meisten Leute fänden den Gedanken abschreckend, mit Schulkindern zu reisen, aber diese beiden schienen damit keine Probleme zu haben. Was sehr praktisch ist, denn Ralph gibt Schulklassen immer einen viel zu großen Preisnachlass, sodass wir bei zwei zusätzlichen zahlenden Passagieren wenigstens keine Verluste machen werden.«

»Das ist gut«, erklärte Julia, die fand, dass Joan nicht genug Anerkennung für diese Leistung bekam. »Wer sind die beiden denn?«

»Leute, die schon die Woche davor gebucht hatten – die nächste Woche also – und die beschlossen haben, zwei Wochen zu bleiben. Das beweist großes Vertrauen, meint ihr nicht auch? Bevor sie die Boote überhaupt gesehen haben?«

»Das ist sicher richtig«, pflichtete Julia ihr bei.

»Aber andererseits«, fuhr Joan fort, »sind die beiden Freunde von Ihnen, deshalb ist es doch keine so große Überraschung.«

»Freunde von mir?« Julia war vollkommen verwirrt.

»Sie wissen doch, Mrs. Anstruther und ihr Sohn. Er heißt Oscar, nicht wahr?«

Julia gab einen erstickten Laut von sich, der das ganze Ausmaß ihres Entsetzens verriet. Suzy sah sie stirnrunzelnd an.

»Das könnte für Julia ein klein wenig peinlich werden«, warf sie ein. »Sie und Oscar waren einmal verlobt, und sie haben sich nicht übermäßig freundlich getrennt. Er war furchtbar sauer, dass sie ihm den Laufpass gegeben hat, und will sie offensichtlich zurückhaben.«

»Ach je«, murmelte Joan. »Das würde erklären, warum er sich nach den Namen der Besatzungsmitglieder erkundigt hat, bevor er für die zweite Woche buchen wollte.«

Julias ersticktes Ächzen klang noch gequälter.

»Wir brauchen wirklich mehr Personal, Onkel Ralph«, versicherte Suzy. »Im Augenblick erledigt Julia die ganze Kocherei. Wenn wir noch jemanden hätten, könnte er ihr mit anfassen.«

Ralph schüttelte den Kopf. »Und was ist mit der Bezahlung? Wir können uns nicht mehr Personal leisten, jedenfalls nicht im Augenblick.«

»Was ist denn mit diesem netten jungen Mann, der euch in der ersten Woche geholfen hat?«, fragte Joan.

Julia ergriff die Flucht.

KAPITEL 11

Julia drehte sich um und lächelte ein wenig steif, während sie Oscars Mutter Tee einschenkte. Mrs. Anstruther dehnte die Lippen bis zum Rand ihres Gesichtes, aber die Grimasse, die wohl ein Lächeln sein sollte, ging noch schlimmer daneben als Julias Bemühungen in dieser Richtung. Suzy griff nach einem Teller mit Scones und hielt ihn Oscar hin, der eines davon nahm und dazu herzlich lachte, als hätte das Scone einen Witz gemacht. Suzy, die ihren ganzen Charme aufbot, reichte den Teller den anderen Fahrgästen hinüber, die alle ein Scone nahmen und es auf ihren Teller legten. Niemand sprach viel. Julia schlängelte sich mit der Teekanne durch das Boot und füllte die noch leeren Tassen. Sie seufzte gerade vor Erleichterung, dass sie niemandem brühheißen Tee auf seinen spärlichen Haarschopf gegossen hatte, als ein tropfnasser, schwarzer Labrador mitten durchs Boot gesprungen kam, sich kräftig schüttelte und Scones, Tee und Passagiere gleichermaßen mit Wasser besprühte.

»Klappe!«, rief Wayne.

»Oh, Oscar! Kannst du den Hund nicht unter Kontrolle

halten?«, schalt Oscars Mutter. Julia stellte zu ihrem Entsetzen fest, dass sie ausnahmsweise einmal mit Mrs. Anstruther übereinstimmte.

»Wenn Hunde an Bord verboten sind«, bemerkte Wayne, der gerade irgendetwas Technisches mit seinem Camcorder anstellte, »dürfen wir ihn auf keinen Fall auf dem Film haben.«

»Aber Sooty ist doch so lieb«, meinte Suzy.

»Es wird wohl niemand seinen Hund aus Amerika mit rüberbringen«, warf eine Frau ein, die ihren Hund bei ihrer Schwester gelassen hatte und froh war, etwas Flauschiges zum Streicheln zu haben.

»Ja, aber wenn Leute, die keine Hunde mögen, glauben, wir nähmen welche an Bord, könnte sie das abschrecken«, erklärte Julia. »Und der Himmel weiß, was passieren würde, wenn die Kontrolleure von der Gesundheitsbehörde ausgerechnet jetzt herkämen.« Sie wischte mit ihrer Schürze einen leeren Teller ab. »Ich bin davon überzeugt, dass Tiere da, wo Gäste bewirtet werden, verboten sind.«

»Es sei denn, es handelt sich um Blindenhunde«, bemerkte die Frau, die ohne ihren Schoßhund auf Reisen gegangen war. Im Augenblick tupfte sie Sooty mit ihrem Seidenschal trocken.

»Die Kontrolleure von der Gesundheitsbehörde?«, wiederholte Mrs. Anstruther, Oscars Mutter. »Sind Sie denn noch nicht überprüft worden? Ich habe mir schon so meine Gedanken gemacht.«

Julia konnte direkt sehen, wie Mrs. Anstruther verschiedene Krankheiten erfand und auf einen Mangel an Hygiene zurückführte. Sie beschloss, für alle Probleme Mrs. Anstruthers Sooty verantwortlich zu machen, angefangen von der Legionärskrankheit bis hin zu Warzen.

Als Oscar Julia bei seiner Ankunft eröffnet hatte, dass er Sooty nicht im Tierheim hatte unterbringen können, hätte sie am liebsten prompt gesagt, tut mir Leid, Sooty darf nicht mitkommen. Nicht, weil sie Sootys braunen Augen besser hätte widerstehen können als irgendjemand sonst, sondern in der Hoffnung, dass Oscar dann vielleicht seine rollbare Reisetasche, seine Mutter und seinen Hund packen und nach Hause zurückkehren würde.

Unglücklicherweise war gerade, als Julia ihre kleine Ansprache zum Thema Rücksichtnahme auf andere Passagiere halten wollte, Suzy auf dem Plan erschienen und hatte erklärt, dass Sooty selbstverständlich bleiben dürfe, solange er sich zu benehmen wisse. Aber obwohl Sooty sich nicht zu benehmen wusste, hatten sämtliche Passagiere ihn ins Herz geschlossen, sodass weder er noch seine Besitzer in die Wüste geschickt wurden.

Nur Julia und Wayne waren weniger begeistert, das Boot mit einem Tier zu teilen, in dessen Augen Nahrung keine schöne Nebensache war, sondern der eigentliche Sinn und Zweck seines Lebens. Für Sooty war es eine heilige Mission, Essen vom Tisch zu stehlen, selbst wenn ihm davon schlecht wurde. Julia, die jeden Frühstücksteller, jede Kuchenplatte und jede Butterschale, über die er sich hermachte, ersetzen musste, fand diese zusätzliche Last mehr als ermüdend. Wayne hatte etwas gegen Sooty, weil dieser regelmäßig in den Kanal sprang und Unmengen Wasser wieder mit an Bord brachte, die er über alles und jeden gleichmäßig verteilte, einschließlich der Objektive des Camcorders. Außerdem machte Sooty sich ständig da breit, wo Wayne gerade filmen wollte, obwohl man ihm gesagt hatte, dass er keine Rolle in dem Film habe; irgendwie gelang es Sooty, in fast jeder Aufnahme einen Teil von sich zu zeigen, und sei es nur ein Schwanz oder hier und da ein Ohr. Sie drehten gerade den letzten Versuch für die Szene: »Willkommen an Bord mit einem typisch englischen Tee«, und es machte sich zunehmend Langeweile breit.

»Miss Boyd«, sagte Mrs. Anstruther. »Dürfte ich Sie wohl noch um etwas Tee bitten, falls es nicht zu viel Mühe macht?«

Julia zuckte zusammen. Es war Montag, alle anderen Passagiere kannten die Lebensgeschichten eines jeden Reisegefährten, und Oscars Mutter nannte Suzy immer noch »Miss Boyd«.

Suzy, gestärkt von Waynes Anwesenheit, antwortete mit einem strahlenden Lächeln. »Oh, nennen Sie mich doch bitte Suzy, sonst weiß ich gar nicht, mit wem Sie sprechen.«

Oscars Mutter machte schmale Augen. »Ich ziehe es vor, nur meine Freunde beim Vornamen zu nennen.«

Suzy war genauso wenig daran gewöhnt wie Sooty, zurückgewiesen zu werden, und obwohl sie versuchte, es zu verbergen, konnte Julia sehen, dass sie gekränkt war. »Mal gewinnt man, mal verliert man«, murmelte sie und ging zwischen den Passagieren hindurch und zur Tür hinaus – nur weg von der Teekanne.

Nicht zum ersten Mal verspürte Julia den Wunsch, das Ungeheuer im Jaeger-Kostüm zu schütteln. Als Einzige von allen Passagiere weigerte Oscars Mutter sich, auch nur das leiseste Zugeständnis an das Leben auf dem Boot zu machen. Sie war herablassend bis schlichtweg unhöflich; sie bestand darauf, gänzlich unpassende Kleidung und Pumps zu tragen, und beschwerte sich dann darüber, dass ihre Sohlen auf den Planken wegrutschten. Sie zog sich zum Dinner um und wählte zu dieser Gelegenheit noch unpassendere Kleider, sodass sich alle anderen Gäste sowie Julia neben ihr schäbig vorkamen. Sie verlangte um sieben Uhr eine Tasse Tee am Bett, erschien aber nie vor neun zum Frühstück und verbrachte die dazwischenliegende Zeit in der Dusche, sodass alle anderen Passagiere sich das zweite Badezimmer teilen mussten und sie gezwungen waren, jeden Tag die Wassertanks nachzufüllen, weil Oscars Mutter so viel verbrauchte. Wayne versuchte, seinen Film so weit wie möglich um sie herum zu drehen, weil sie, wie er Julia erklärte, auf potenzielle Gäste abschreckender wirken würde als der Hund.

Julia machte sich daran, den Tisch abzuräumen. Es würde bald Zeit sein, für das Abendessen zu decken.

»Julia, meine Liebe.« Mrs. Anstruther hielt Julia am Ellbogen fest, sodass ein klebriges, halb gegessenes Scone von dem Stapel mit Tellern rutschte, die sie Sooty direkt vor die wartende Schnauze hielt. »Ich habe Miss Boyd um Tee gebeten, aber sie hat es vorgezogen, mich zu ignorieren. Dürfte ich Sie wohl um eine frische Kanne bitten?«

Julia fühlte sich keineswegs geschmeichelt, weil Mrs. Anstruther sie als Einzige – mit Ausnahme von Oscar natürlich – beim Vornamen nannte. Sie hatte mit angehört, wie Oscars Mutter diesen Bruch der Etikette den anderen Fahrgästen erklärte.

»Sie müssen wissen, sie war nämlich mit meinem Sohn verlobt. Er ist gerade noch mal davongekommen! Sie ist ja praktisch sitzen geblieben, weit über das gebärfähige Alter hinaus, und niemand würde sie eine Schönheit nennen. Offen gesagt, ich begreife nicht, was der arme Junge an ihr fand.«

Jetzt neigte Julia den Kopf in Mrs. Anstruthers Richtung. »Natürlich mache ich Ihnen noch einen Tee, *Violet*. Ich weiß ja, dass Sie ihn gern frisch haben.«

Oscar kam zu ihr in die Kombüse, als sie gerade den Kessel aufsetzte. »Mutter sieht es nicht gern, dass du sie beim Vornamen nennst. Sie hat mich gebeten, dir das zu sagen.«

»Ach, hat sie das? Nun, sie wird wohl damit leben müssen.« Julia knallte den Kessel auf den Herd und zündete das Gas an.

»Julia! Als wir verlobt waren, hast du dich nie so benommen.«

»Als wir verlobt waren, haben wir nicht viel Zeit miteinander verbracht – und nur einen einzigen Tag mit deiner Mutter. Und wenn du zurückdenkst, wirst du dich vielleicht daran erinnern, dass ich mich ganz genauso benommen habe wie jetzt. Du weißt, dass deine Mutter und ich einander hassen. Ich begreife nicht, warum du uns aufeinander hetzen musstest.«

Oscar räusperte sich. »Du weißt, warum ich hier bin, Julia. Ich wollte dich wissen lassen, dass ich nicht der Mann bin, der sich abschrecken lässt, nur weil er beim ersten Hindernis stürzt. Ich möchte dich immer noch heiraten. Trotz allem, was Peter Strange mir über die Unterlagen erzählt hat, die du gestohlen ...«

»Gestohlen, Oscar?« Julia bot in ihrem Zorn einen ehrfurchtgebietenden Anblick. »Ich möchte dich wissen lassen, dass ich nichts gestohlen habe! Bei Strange's sind offensichtlich irgendwelche Unterlagen verloren gegangen, und man gibt mir die Schuld daran. Und da man mir nicht einmal sagt, was verloren gegangen ist, kann ich auch niemandem erklären, wo er suchen soll!«

»Tut mir leid, altes Mädchen. Ich wollte dich nicht aufregen. Ich habe ohnehin nie geglaubt, dass du etwas Unrechtes getan hast. Es ist nur wegen dieser neuen Firma, die vor kurzem aufgemacht hat. Peter macht sich deswegen ein bisschen Sorgen. Aber ich bin nicht der Typ Mann, der etwas auf Gerüchte gibt.«

Julia wusch wütend eine Tasse nach der anderen ab und dachte darüber nach, dass Oscar den Leuten so häufig erklärte, was für ein Typ Mann er war, während die meisten Männer durchaus imstande zu sein schienen, ihr Verhalten für sich sprechen zu lassen. Aus irgendeinem

Grund musste sie plötzlich an Fergus denken. Er war ein Mann, den sie im Prinzip von Kindesbeinen an kannte, aber im Grunde wusste sie nicht mehr über ihn, als sich aus einem vernünftigen Lebenslauf entnehmen ließ.

»Selbst wenn ich meine Meinung ändern sollte«, erwiderte sie und brachte es gekonnt fertig, ihm den Ellbogen in die Rippen zu rammen, während sie ein Geschirrtuch schwang, »würde deine Mutter nichts davon wissen wollen. Sie denkt, meine ›gebärfähigen Jahre‹ seien abgelaufen – ganz abgesehen von all meinen anderen Fehlern.«

Oscar holte Atem, um Julia zu versichern, dass er nicht der Typ Mann sei, der sich von seiner Mutter vorschreiben ließ, wen er zu heiraten hatte, aber dann tat er es doch nicht. Sie wussten beide, dass es nicht stimmte.

»Also«, fuhr sie energisch fort, »wärst du so freundlich, deiner Mutter diesen Tee zu bringen? Da Sooty die Baisertorte fürs Abendessen gefressen hat, muss ich noch eine neue machen.«

Mit geziemend zerknirschter Miene überließ Oscar Julia ihrer Arbeit.

Obwohl sie Julia gegenüber zugab, dass Oscar definitiv kein Mann zum Heiraten sei, war Suzy ihm keineswegs so abgeneigt wie Julia. Er sah nicht schlecht aus, er hatte gute Manieren, und, wichtiger noch, er war geradezu versessen darauf, zu helfen.

Um Sooty nur ja von Wayne und Julia fern zu halten, war Oscar tagsüber praktisch nie an Bord. Er bediente die Schleusen und manövrierte die Boote hindurch. Außerdem konnte er das hintere Boot steuern, und obwohl Sooty durch nichts dazu zu bewegen war, mit ihm zu steuern, sondern lieber neben dem Boot herschwamm oder den Treidelpfad entlanglief, so blieb der Hund doch wenigstens den Booten fern. Oscar selbst hatte eine aufrichtige Neigung zu den Kanälen gefasst.

»Hätte ich doch Wayne nie darum gebeten, dieses Video zu drehen«, beklagte Suzy sich bei Julia, als sie am nächsten Morgen vor einer Schleuse warteten. »Mit diesem Camcorder vor der Nase hat er überhaupt keine Zeit mehr, irgendetwas anderes zu tun.«

Das entsprach den Tatsachen. Julia hatte er stundenlang gefilmt, wie sie das hintere Boot steuerte oder in die Sonne blickte und sich alle Mühe gab, nicht zu blinzeln. Und damit nicht genug. Etliche Mühe hatte er auch darauf verwendet, sie in Szene zu setzen, wie sie sich vorbeugte, um in den Herd zu spähen, oder wie sie mit rotem Gesicht wieder auftauchte. Die Gäste waren mehr als einmal mit offenem Mund gefilmt worden, weil sie die Kamera bemerkt hatten und mitten im Satz abbrachen, und Suzy hatte so oft in Shorts die Boote mit dem Schrubber sauber gemacht, dass die Farbe langsam dünn wurde.

»Er sagt, er sei fast fertig, und du hast ihn wirklich darum gebeten, diesen Film zu machen.« Julia lehnte sich an den Ausgleichsbalken und genoss diesen Augenblick erzwungener Muße.

»Aber doch nicht pausenlos! Ich habe nicht geahnt, dass er keine Zeit mehr haben würde, auf dem Boot auch nur einen Handschlag zu tun. Wenn wir Oscar nicht hätten, säßen wir total in der Patsche.«

Julia verkniff sich eine Antwort. Ihr Gefühl für Fairness zwang sie einzusehen, dass Oscar sich wirklich nützlich machte, aber das konnte sie unmöglich offen zugeben.

Bis Banbury hatten die Passagiere sich zu einer homogenen Gruppe entwickelt – abgesehen von Mrs. Anstruther –, aber Julia, Suzy und Wayne waren extrem nervös, was sich in ihrem Verhalten untereinander und den Passagieren gegenüber niederschlug. Deshalb sorgten sie dafür, dass die Passagiere den Vormittag in der Stadt verbrachten und das Mittagessen in einem hoffentlich geziemend ruhigen Gasthaus einnahmen. Für Mrs. Anstruther würde es wahrscheinlich das erste Mal im Leben sein, dass sie einen Pub betrat.

Hinter diesem Plan steckte die Absicht, Julia Zeit zu verschaffen, ihren Bruder anzurufen und herauszufinden, ob sich die verschwundenen Unterlagen bei Strange's wieder eingefunden hatten. Sie hatten nicht, und Rupert war voller böser Ahnungen bezüglich möglicher weiterer Schritte der Gegenseite. Aber Julia war nicht in der Stimmung für einen Vortrag und fertigte ihren Bruder ziemlich kurz ab, damit sie die Kombüse aufräumen konnte, etwas, das sie schon seit einer Ewigkeit hatte tun wollen. Suzy und Wayne füllten die Wassertanks nach, pumpten die Toiletten aus und taten etwas, das sie in die Tiefen ihrer Kajüte im hinteren Boot entführte; Julia zog es vor, das nicht zur Kenntnis zu nehmen. Nicht etwa, weil sie eifersüchtig war, versuchte sie sich einzureden. Sex, das hatte sie über irgendjemandes Schulter hinweg beim Tischabräumen in einer Sonntagszeitung gelesen, gehörte nicht zu den primären Bedürfnissen. Aber sie fand trotzdem, dass die beiden eine nützlichere Beschäftigung hätten finden können, während sie darauf warteten, dass sich die Tanks füllten.

Julia kniete auf dem Boden, den gesamten Inhalt des Kühlschranks um sich herum verteilt, und sortierte Gemüse aus, das als solches nicht länger zu erkennen war, kleine Schälchen mit Soße, die nie in Suppe verwandelt worden waren, und andere, zu drei Vierteln kompostierte Reste, als sie ein Klopfen hörte. Dieses Klopfen sagte erstens: »Es gibt Ärger« und zweitens: »Diese Arbeit wirst du nie zu Ende bringen.«

Widerstrebend stand Julia auf und ging zum Nebeneingang des Salons. »Ja? Kann ich Ihnen helfen?«

Ein relativ junger, blonder, mittelgroßer Mann, der mit

einem Leinenjackett bekleidet war, stand vor ihr und zeigte ihr einen Ausweis. »Hab ich Sie endlich aufgespürt! Ron Jones, Gesundheitsbehörde.«

Julia stieß ein leises Quieken aus, das ein ausgewachsener Schrei gewesen wäre, hätte sie nicht so viel Selbstbeherrschung besessen.

»Darf ich hereinkommen?«, fragte Ron Jones.

»Darf ich Nein sagen?«, erwiderte Julia.

Und zu ihrer großen Überraschung lachte er. »Ja, aber warum sollten Sie?« Er stieg hinunter in das Boot.

»Weil ich den ganzen Kühlschrank auf dem Boden ausgebreitet habe und Sie uns den Laden dicht machen könnten.« Julia stand mit dem Rücken zur Tür und versuchte, ihrem unerwünschten Gast den Blick auf die Kombüse zu versperren.

Er konnte ohne Mühe an ihr vorbeisehen. Wahrscheinlich hatte das Boot nicht mehr so einen unordentlichen und schlecht organisierten Eindruck gemacht, seit es erbaut worden war. »Hmm. Ich kann nachvollziehen, warum Ihnen dieser Gedanke gekommen ist.«

Wo steckte nur die verflixte Suzy? Dieser Mann war aus Fleisch und Blut! Einer von Suzys Blicken Marke »Ich bin Suzy! Bin ich nicht zum Anbeißen?« hätte Ron Jones auf die Knie gezwungen, genau wie jedes andere männliche Wesen. Sie selbst hätte es mit einem anderen Blick versuchen können, einem Blick Marke »Ich heiße Julia, und ich bin sehr tüchtig und gut organisiert«. Aber unter den gegebenen Umständen hätten diese Worte, auch wenn sie im Allgemeinen der Wahrheit entsprachen, wenig glaubwürdig gewirkt.

»Allerdings«, fuhr der Inspektor von der Gesundheitsbehörde fort, während er seinen Blick wieder auf Julia richtete, »bin ich nicht hier, um Ihnen den Laden dicht zu machen.«

»Nicht?«

»Nein. Mir geht es mehr darum, dafür zu sorgen, dass Ihnen genau das nicht passiert. Vorsorgen ist besser als heilen, das wissen Sie ja sicher.«

Julia war immer noch nicht überzeugt. Der Mann war jünger als sie, ziemlich attraktiv und irgendwie nicht ganz so einschüchternd wie sein Titel, aber es widerstrebte ihr dennoch, sich ohne Suzy oder Wayne dem Martyrium einer Inspektion durch die Gesundheitsbehörde auszusetzen. Trotz des sanften, aber rhythmischen Schaukelns der Boote hätte sie liebend gern Verstärkung geholt, wenn sie dem Inspektor damit nicht die Gelegenheit gegeben hätte, in jeder Schmuddelecke herumzustochern. Gott allein mochte wissen, was er alles finden würde.

»Wahrscheinlich lasse ich Sie am besten Ihre Arbeit machen.«

»Es ist schwierig für mich, Ihnen einen Rat zu geben, ohne mich auf den Booten umzusehen.«

»Und ich nehme an, Sie können die Kombüse nicht einfach auslassen?« Julia trat rückwärts in ihr Reich hinein, als wollte sie es beschützen.

»Die Kombüse ist ziemlich wichtig. Jedenfalls, wenn Sie an Bord Gäste bewirten.«

»Es wäre viel besser, wenn Sie im Salon anfingen.«

Ron Jones ließ einen Blick über die ungezählten kleinen Töpfchen und Gläser gleiten und weiter über eine Zeitung, auf der ein Häufchen von grünem Schleim lag, das einst essbar gewesen war. »Vermutlich bewahren Sie diese Dinge nicht immer auf dem Boden auf?«

»Nein.« Julia begann, alles in die Zeitung zu wickeln, dann warf sie die vergammelten Überreste früherer Mahlzeiten in die Spüle, damit Mr. Jones überhaupt eintreten konnte. »Ich räume gerade den Kühlschrank aus.«

»Und Sie sind die Besitzerin?«

»Nein. Die Besitzerin ist – nicht hier.«

»Nun, ich kann Ihnen entweder jetzt einige Verordnungen dalassen und später zu einer gründlichen Inspektion wiederkommen, oder ich kann mich jetzt schnell umsehen.«

»Wann würden Sie denn eventuell wiederkommen?«

Ron Jones machte einen unentschlossenen Eindruck, ob absichtlich oder nicht, konnte Julia nicht ermitteln. »Irgendwann diese Woche oder nächste.«

»Dann ist es vielleicht besser ...« – Julia hatte eilig nachgedacht – »... wenn Sie sich jetzt umsehen, während alle Passagiere ausgegangen sind und nicht gerade Essenszeit ist.« Und solange Sooty aus dem Weg war.

»Wenn Ihnen das lieber ist. Aber ich möchte wirklich gern mit der Besitzerin reden.«

»Ich fürchte, das ist nicht möglich.« Suzy war eine unberechenbare Größe; vielleicht wickelte sie diese Angelegenheit doch besser allein ab.

»Na schön. Ich sehe mich schnell um, gebe Ihnen ein paar Hinweise und unsere Richtlinien und komme dann wieder, um mich davon zu überzeugen, dass Sie all unsere Vorschriften erfüllen. Und nun, lassen Sie mal sehen ... ein eigenes Becken zum Händewaschen. Das ist gut.« Er übersah geflissentlich, dass Julia das schmutzige Handtuch vom Haken nahm und es in einen Schrank stopfte. »Ist das Wasser trinkbar?«

»O ja.«

»Könnte ich dann bitte etwas zu trinken haben?«

»Natürlich! Möchten Sie Tee, Kaffee oder lieber etwas anderes? Ich habe Ihnen nichts angeboten, weil ich dachte, das könnte vielleicht nach Bestechung aussehen.«

»Ich hätte gern ein Glas Wasser.«

Julia beobachtete ihn eingehend, während er trank. »Können Sie feststellen, ob Keime drin sind, einfach indem Sie es trinken?«

Ron Jones lachte. »Natürlich nicht! Ich hatte schlicht und einfach Durst.«

Im Großen und Ganzen kamen Julia und Ron Jones blendend miteinander zurecht. Jones war alles andere als der pingelige Bürokrat, den Julia erwartet hatte; vielmehr war er sehr hilfsbereit und freundlich und schien sich mächtig ins Zeug zu legen, um Mittel und Wege zu finden, wie sie mit einem Minimum an Aufwand oder Kosten die Vorschriften würden erfüllen können.

»Diese hölzernen Arbeitsflächen sind in Ordnung, wenn sie ein paarmal mit wasserdichtem Lack gestrichen sind«, sagte er. »Sie müssen im Kühlschrank ein Thermometer anbringen, und es wäre eine gute Idee, eine antiseptische Handwaschcreme irgendwo hinzustellen, wo sich jeder damit bedienen kann. Ich schreibe Ihnen nur schnell einige Punkte auf, um die Sie sich noch kümmern müssen ...«

Julia hatte Ron Jones gerade am Tisch im Salon Platz nehmen lassen, damit er bequem schreiben konnte, als Oscar und Sooty auftauchten.

»In den verdammten Pub wollten sie den Hund nicht reinlassen«, berichtete er. »Deshalb habe ich ihn wieder hergebracht. Bei dir wird er sich bestimmt wohlfühlen.«

Julia gestikulierte wild mit den Armen und verdrehte die Augen, um Oscar zu bedeuten, dass Sootys sofortige Entfernung absolut lebenswichtig war. Doch Oscar war nun einmal schwer von Begriff.

»Oh, hallo«, murmelte er, als er sah, dass der Salon nicht leer war.

»Das ist Ron Jones, ein Inspektor von der Gesundheitsbehörde«, erklärte Julia in der Hoffnung, diese Eröffnung würde Oscar dazu bewegen, Sooty auf der Stelle wegzuschaffen.

Aber auch das funktionierte nicht. Oscar, der normalerweise leicht vornübergebeugt dastand, straffte sich streitlustig, was Julia nervös machte.

»Ach, Gesundheitsbehörde, ja?«, sagte Oscar. »Sie stecken Ihre Nase in anderer Leute Angelegenheiten und machen es ihnen unmöglich, ihre Arbeit zu tun, hab ich Recht?«

»Oscar! Es ist nicht so, wie ...«

»Man braucht einem Mann nur einen Titel und einen komischen Hut zu geben«, fuhr er mit Blick auf Ron Jones unbedecktes Haupt fort, »und schon glaubt er, den Rest der Welt herumkommandieren zu können. Diese verdammten, idiotischen Vorschriften! Auf dem Kontinent schert sich kein Mensch um diesen Quatsch! So etwas gibt es nur in diesem elenden Land, wo sonst nie jemand einen Pfifferling um Hygiene gibt. In Frankreich tun die Leute, was ihnen gefällt. Nun, bilden Sie sich ja nicht ein, Sie könnten sich hier wichtig machen!«

»Oscar! Bitte!«

Ron Jones hatte sich inzwischen erhoben. Er und Oscar waren gleich groß. Sooty, der eine Keilerei witterte, knurrte ermutigend.

»Nur weil Sie ein Klemmbrett haben, gibt Ihnen das noch lange nicht das Recht, junge Frauen zu schikanieren.« Oscar hatte die Faust geballt, obwohl er sie einstweilen noch unten hielt.

»Sir.« Ron Jones hatte ähnliche Dinge schon früher erlebt und würde sich von Leuten wie Oscar nicht einschüchtern lassen. »Ich sollte Ihnen vielleicht einen Rat geben ...«

»Was ist hier los?« Suzy und Wayne tauchten, beide ein wenig erhitzt, in der Tür auf. »Wir haben Stimmen gehört.«

»Das ist der Herr von der Gesundheitsbehörde«, stellte Julia hastig vor. »Oscar scheint zu glauben, er habe mich schikaniert.«

»Gesundheitsbehörde!«, rief Suzy. »Oscar ist blind, müssen Sie wissen.« Sie wandte sich an Ron Jones. »Sooty ist sein Blindenhund.«

»Suzy, ich glaube nicht ...«

»Ich bin nicht blind!« Oscar fasste diese Bemerkung als Beleidigung auf.

»Und dies ist kein Blindenhund«, erwiderte Ron Jones, während er Sootys Pfoten von seiner Brust entfernte.

»Ist er doch«, beharrte Suzy, »aber er hat im Augenblick Urlaub.«

Ron Jones' Gesichtszüge gerieten auf seltsame Weise durcheinander, es sah fast so aus, als versuchte er, nicht zu lachen. »Sir!« Er sprach Oscar erst an, als er seine Selbstbeherrschung wiedergefunden hatte. »Wenn Sie der Besitzer sind, möchte ich Ihnen mitteilen, dass es absolut gegen das Gesetz verstößt, Tiere in Bereichen zuzulassen, in denen Essen zubereitet wird! Treffen Sie die entsprechenden Vorkehrungen für diesen Hund, oder ich werde mich gezwungen sehen, Anzeige gegen Sie zu erstatten.«

»Aber er ist nicht der Besitzer! Das bin ich«, behauptete Suzy, deren Stimme immer noch unnatürlich hoch klang. »Oscar ist nur ein Fahrgast. Und Sooty macht hier wirklich Ferien.«

Ron musterte Suzy mit der gleichen nachsichtigen Ungläubigkeit, mit der die meisten Männer sie betrachteten, wenn sie begriffen, dass sie der Boss hier war. »In diesem Falle, Madam, überlasse ich Ihnen jetzt alle Hinweisblätter, die Sie brauchen, um die Anforderungen zu erfüllen, und komme zu einem späteren Zeitpunkt wieder, um Sie zu kontrollieren.«

Suzy legte ihm eine Hand auf den Arm. »Sie sind ein Schatz.«

Oscar stieß einen Laut aus, der Sooty veranlasste, sich hinzusetzen, den Kopf zur Seite zu legen und sein Herrchen voller Interesse zu mustern. »Dieser Mann ist nichts in der Art! Wenn Sie ein wenig besser mit den Gepflogenheiten der Welt vertraut wären, wüssten Sie das!«, brauste er auf.

»Und wenn Sie ein wenig besser mit den Gepflogenheiten von Tieren vertraut wären, würden Sie Ihrem Hund nicht erlauben, andere Leute anzuspringen!«, entgegnete Ron Jones. »Und nun wünsche ich allerseits noch einen schönen Tag!«

Julia lief ihm den Treidelpfad hinunter nach. »Bitte, Mr. Jones! Achten Sie nicht auf Oscar. Er ist bloß ein Gast. Und Sooty hat er nur mitgebracht, weil er ihn nicht in der Hundepension unterbringen konnte. Wir werden nie wieder einem Passagier erlauben, seinen Hund mitzubringen, das verspreche ich.«

Ron Jones drehte sich um und sah Julia an. »Ist schon gut. Ich kenne diesen Typ Mann. Allerdings schien er Ihnen gegenüber starke Beschützerinstinkte an den Tag zu legen.«

»Wir waren einmal verlobt. Aus irgendeinem Grund möchte er an dieser Verlobung festhalten, obwohl wir einander in den Wahnsinn treiben.«

»Sie armes Mädchen! Darf ich Ihnen einen Drink zur Entschädigung spendieren?«

Julia schüttelte widerstrebend den Kopf. Sie fand zwar, dass sie das Recht hätte, eine Stunde blauzumachen und es Oscar und Suzy zu überlassen, die Schweinerei auf dem Fußboden der Kombüse zu beseitigen, aber da sie wusste, dass die beiden diese Arbeit wahrscheinlich eher für sie liegen lassen würden, entschied sie sich dagegen. »Ich gehe besser zurück, bevor Sooty alles auffrisst. Wenn die Passagiere wieder an Bord sind, müssen wir sofort weiterfahren.«

»Nun, wenn die anderen auch so sind wie dieser Esel, den ich kennen gelernt habe, tun Sie mir aufrichtig Leid.«

Julia lächelte. »Oh, Oscar ist der reinste Wonneproppen im Vergleich zu seiner Mutter!«

Mrs. Anstruther hatte in der Tat nichts übrig für Pubs. Ebenso wenig fand sie, dass Banbury genügend historischen Wert besitze, um die Schmerzen zu rechtfertigen, die ihre engen, mittelhohen Lederschuhe ihr beschert hatten. Oscar hatte sich nach dem Fiasko mit dem Inspektor von der Gesundheitsbehörde in den Schmollwinkel zurückgezogen und fand es keineswegs komisch, als Suzy und Wayne die Geschichte den anderen Passagieren erzählten, die sich alle darüber amüsierten.

Endlich waren sie so weit, dass sie weiterfahren konnten. Julia, deren Nerven den Schrecknissen des Tages erstaunlich gut gewachsen gewesen waren, fand Oscars unübersehbare, unverrückbare Anwesenheit im Salon bedrückend. Er saß deshalb dort und las, weil Suzy Wayne befohlen hatte, seine verdammte Kamera wegzulegen und seine Arbeit auf den Booten zu tun. Jetzt hatte Wayne wieder das Steuer des hinteren Bootes übernommen, und die übrigen Passagiere waren von Bord gegangen, um nur ja nicht mit Mrs. Anstruther dasitzen zu müssen. Wayne hatte Oscar zwar gebeten, die Aufsicht über die Arbeit an den Schleusen zu übernehmen, aber Oscar schaltete auf stur. Es hatte ihm Spaß gemacht, das hintere Boot zu steuern und gelegentlich die Chance zu nutzen, anderen Anweisungen zu geben. Dieses Privilegs beraubt, war er für keine andere Arbeit zu gewinnen. Außerdem ging es ihm absolut gegen den Strich, Befehle von jemandem wie Wayne entgegenzunehmen, selbst wenn sie in Form einer zaghaft formulierten Bitte daherkamen. Deshalb hatte er nun beschlossen, im Salon zu bleiben und zu lesen. Sollten Wayne und Suzy doch sehen, wie sie ohne ihn zurechtkamen!

Seine Mutter, die ansonsten niemanden zum Reden vorfand, kam zur Schwingtür, um sich noch einmal Julia vorzunehmen.

»Ich nehme an, der Mann von der Gesundheitsbehörde hat von Ihnen verlangt, sämtliche Arbeitsflächen auswechseln zu lassen. Holz ist so schrecklich unhygienisch!«, bemerkte sie.

»Nein, das hat er nicht verlangt.« Julia lächelte, als erwartete sie, dass Mrs. Anstruther dies als gute Neuigkeit auffassen würde. »Es ist nichts gegen Holz einzuwenden, solange es mit einem wasserdichten Lack überzogen wird.«

»Rostfreier Stahl ist besser.«

»Möglich.«

»Und ich denke, Sie würden besser zurechtkommen, wenn Sie für das Eiweiß einen Schneebesen benutzen würden. Als ich in meinem Schweizer Pensionat kochen lernte, benutzten wir eine Gabel und einen Teller, um Baiser zu machen.«

»Das muss aber ziemlich lange gedauert haben.«

»Man hielt es für wichtig, dass eine Dame alles über die Führung eines Hauses lernte, damit sie die Dienstboten anleiten konnte.«

»Für diese Fähigkeiten gibt es heutzutage kaum mehr Verwendung. Die meisten Leute haben keine Dienstboten.«

Mrs. Anstruther deutete ein Nicken an, zum Zeichen, dass sie Julia in diesem Punkt Recht gab. »Man spricht nicht mehr von Dienstboten, da stimme ich Ihnen zu, aber viele Leute lassen jemanden ins Haus kommen, der putzt oder bügelt. Ich selbst habe auch eine Zugehfrau.«

Darauf möchte ich wetten, dachte Julia.

»Und obwohl ich die liebe Mrs. Ruddles nicht im Traum fühlen lassen würde, dass ich sie nicht zu schätzen weiß, so sind die dienenden Klassen doch heute genau das, was sie immer waren, ganz gleich, wie sie sich nennen.«

»Ach ja? Ich fürchte, ich bin nicht qualifiziert, mir darüber ein Urteil zu erlauben.«

Mrs. Anstruther nickte. »Das ist, wenn ich das sagen darf, einer der Gründe, warum ich fand, dass Sie und der liebe Oscar im Grunde nicht zusammenpassen.« Sie stellte es so dar, als hätte sie die Beziehung beendet, nicht Julia.

Julia holte das Backpapier aus dem Schrank, während sie nach einer passenden Erwiderung suchte.

»Daher bleibt es jenen unter uns, die solchermaßen privilegiert sind, überlassen, die weniger vom Glück Begünstigten zu belehren.«

Julia rang um Worte, die diese Frau und ihren unmöglichen Snobismus endgültig niederwalzen würden, und begriff, dass es mit Worten allein nicht getan wäre. Ein zehn Tonnen schwerer Laster hätte wahrscheinlich seine liebe Not gehabt, dieses Ziel zu erreichen.

»Und ich weiß, Sie werden es mir nicht übel nehmen, wenn ich Sie auf ein paar Kleinigkeiten hinweise, die hier nicht ganz richtig gemacht werden.«

Julia versuchte gar nicht, nichts übel zu nehmen, sie hielt lediglich die Finger bei sich, als sie in die Nähe des Tranchiermessers kam und Oscars Mutter in Wurfweite stand. Sie bekam den Rat, doppelt kohlensaures Natrium zum Gemüse hinzuzugeben, damit es grün blieb, Kopfsalat mindestens dreimal in frischem Wasser zu waschen und Suppe durchs Sieb zu drücken, statt den Pürierstab zu verwenden. Als Julia wusste, dass sie die Anwesenheit dieser Frau keinen Augenblick länger ertragen konnte, ohne handgreiflich zu werden, entschuldigte sie sich und stieg an einer Verengung des Kanals vom Boot, um ein wenig Zeit für sich zu haben.

Unglücklicherweise sah Oscar sie gehen und fasste dies als seine große Chance auf, ihr ein wenig den Hof zu machen. Er sprang in einer Biegung des Kanals vom Boot und stürzte sich, dicht gefolgt von Sooty, auf sie.

»Ich bin ja so froh, dass ich endlich die Chance habe, allein mit dir zu sprechen«, verkündete er mit Donnerstimme, während er neben ihr hermarschierte.

»Ganz meinerseits!«, sagte Julia. »Wenn du nicht etwas

wegen deiner Mutter unternimmst, lehne ich jede Verantwortung für die Konsequenzen ab. Sie hat den ganzen Nachmittag in meiner Kombüse verbracht, um mir vorzuschreiben, wie ich meine Arbeit zu tun habe!«

»Sie möchte doch nur helfen.«

»Möchte sie nicht! Sie möchte, dass ich die Dinge so tue, wie sie es vor hundertfünfzig Jahren in ihrem kostbaren Mädchenpensionat gelernt hat!«

»Die alten Sitten sind immer noch die besten.«

»Die alten Weiber sind es jedenfalls nicht! Schaff sie mir vom Hals, Oscar. Zwing sie, einen Spaziergang zu machen – irgendetwas in der Art.«

»Du weißt doch, dass sie in diesen Schuhen nicht laufen kann.«

»Ich leihe ihr ein Paar Turnschuhe! Aber sieh zu, dass ich ihr nicht über den Weg laufe. Ich kann nicht arbeiten, solange sie hinter mir steht und lamentiert, dass ich alles falsch mache. Ich habe versucht, unhöflich zu sein, aber sie hat so eine dicke Haut, dass sie es nicht einmal bemerkt!«

»Ich finde, du benimmst dich sehr unvernünftig.«

»Ich finde, ich benehme mich wie eine Heilige! Aber ich kann nicht dafür garantieren, dass mein Heiligenschein nicht demnächst ins Rutschen gerät. Warum hast du sie mitgebracht? Warum bist du hergekommen?«

»Das habe ich dir doch erklärt. Ich wollte, dass du mich siehst. Du schienst verdammt entschlossen zu sein, mir aus dem Weg zu gehen. Auf diese Weise kannst du es nicht.«

Er hatte den Nagel auf den Kopf getroffen, und es wäre sinnlos gewesen, Einwände zu erheben. »Aber warum hast du deine Mutter mitgebracht? Sie kann sich doch hier unmöglich wohlfühlen.«

»Ich dachte, wenn ihr zwei einander besser kennen lernt, würdet ihr eure Differenzen überwinden.«

»Oscar, du bist ein Hornochse!«, erwiderte Julia und schubste ihn in den Kanal.

»Mmh«, sagte Fergus, der plötzlich aus dem Nichts aufgetaucht war. »Weißt du genau, dass er schwimmen kann?«

KAPITEL 12

Julia begann zu schreien. Oscar, seine Mutter, die Gesundheitsbehörde und einige Wochen harter Arbeit ohne Freizeit, und sie verfiel endgültig dem Wahnsinn. Als Nächstes würde sie weiße Mäuse sehen.

»Tut mir Leid«, entschuldigte sich Fergus. »Habe ich dich erschreckt? Ich komme vom Bahnhof und habe gerade noch mitbekommen, wie du ihn ins Wasser gestoßen hast. Meinst du, wir sollten ihm raushelfen?«

Julia sah zu Oscar hinunter, der im Wasser umhertappte. Inzwischen leistete Sooty ihm Gesellschaft, und der Labrador schien sich prächtig zu amüsieren: Jedes Mal, wenn Oscar sich hochrappelte, schaffte Sooty es, ihn wieder umzuwerfen.

Julia war innerlich so aufgewühlt, dass ihr übel wurde. Einen Augenblick lang hätte sie Fergus am liebsten zu Oscar in den Kanal gestoßen. Deshalb hielt sie es für geraten, einige Schritte zurückzutreten, um nicht der Versuchung zu erliegen. Einzig der Gedanke, dann zwei nasse Männer auf dem Boot zu haben, hielt sie davon ab.

Stattdessen entfernte sie sich bedächtig vom Kanal und ging zu den Feldern hinüber, weil sie sich plötzlich wie in einer Vision als Ophelia sah, wie sie, blumenumkränzt, im Wasser lag. Diese Vorstellung hatte durchaus ihren Reiz, aber im Gegensatz zu Ophelia wusste sie, dass Menschen nicht von selbst an der Wasseroberfläche blieben, und der Kanal stank.

Nicht dass sie wirklich alles hätte hinwerfen wollen. Keine Sekunde lang. Aber sie musste dringend etwas Abstand zwischen sich und die Ursache all ihrer Anspannung legen. Und sie wollte nie wieder kochen.

Außerdem war ihr klar, dass auf den Booten inzwischen die Hölle los sein musste. Oscar würde toben vor Wut, seine Mutter würde allen erzählen, sie habe ja immer gewusst, dass Julia ein wenig labil sei, und Suzy würde mit leichter Verwirrung zur Kenntnis nehmen, dass die verlässliche alte Julia plötzlich ausgeflippt war, einen Passagier in den Kanal gestoßen hatte und dann einfach auf und davon gegangen war, ohne die Schweinerei in der Kombüse aufzuräumen oder sonst etwas zu tun. Wayne würde fluchen, weil er die Szene nicht hatte filmen können. Und Fergus? Darauf wusste sie keine Antwort. Er war wahrscheinlich einfach eine Vision gewesen, heraufbeschworen von ihrem umnebelten Verstand.

Die Sonne brach durch die Wolken und war überraschend warm. Julia entdeckte ein Fleckchen Gras, das frei von Brennnesseln und Kuhdung war, und ließ sich auf den Boden fallen. Wenn sie noch viel weiter ging, würde sie sich am Ende noch verirren, und was dann? Sie sah vor ihrem inneren Auge einen Suchtrupp, der, angeführt von Oscar, die Gegend durchkämmte und nach ihrem Verbleib forschte. Sie kicherte leise.

Es war die reinste Wonne, einfach daliegen zu können. Niemand wusste, wo sie war, niemand konnte sie um noch mehr heißes Wasser oder noch mehr Toast bitten. Oder um Eis, und zwar genau in dem Augenblick, wenn sie in irgendetwas rührte, das sich in Leim verwandelte, wenn sie es stehen ließ. Der warme Sonnenschein auf ihren Augenlidern beruhigte sie langsam. Ihre Gedanken wanderten bald in diese, bald in jene Richtung, und am Ende schlief sie ein.

Sie konnte nur ein paar Minuten gedöst haben, aber als sie aufwachte, fühlte sie sich, als hätte sie stundenlang geschlafen. Außerdem spürte sie, dass jemand bei ihr war. Träge öffnete sie ein Auge. Fergus schien neben ihr zu sitzen und sie zu beobachten. Sie schloss das Auge wieder. Entweder schlief sie noch und träumte, oder all der Stress hatte sie so weit in den Wahnsinn getrieben, dass sie schon Erscheinungen hatte, eine nicht alkoholische Spielart von Delirium tremens. Wenn sie die Energie aufgebracht hätte, wäre sie zum Arzt gegangen, um sich ein Päckchen Prozac verschreiben zu lassen. Aber genau diese Energie fehlte ihr im Augenblick, und so beschloss sie, stattdessen wieder einzuschlafen, damit Fergus sich in Luft auflöste.

Doch in diesem Zustand zwischen Wachen und Schlafen beschäftigte sich ihr Verstand auf eine Art und Weise mit Fergus, wie es ihr bei vollem Bewusstsein bestimmt nie passiert wäre. Es bestand kein Zweifel, dass er seit seiner Abreise weit häufiger in ihren Gedanken auftauchte, als es ihm zustand. Er war ein alter Feind. Er war kaum eine Woche bei ihnen gewesen. Also, warum entglitten ihr ihre Gedanken immer wieder, sodass sie von Fergus träumte, obwohl es so viele reale, unmittelbare Probleme zu bewältigen gab? Warum wünschte sie sich so sehr, weniger spröde gewesen zu sein, als er tatsächlich da gewesen war? Wenn sie sich besser benommen hätte, hätte er vielleicht die Toskana und sein Buch vergessen und wäre geblieben, zumindest noch ein Weilchen. Wenn sie netter zu ihm gewesen wäre, käme er jetzt vielleicht nicht als Geist zu ihr zurück, um sie zu plagen. Stattdessen käme er möglicherweise in Fleisch und Blut zurück, um Julia noch eine Chance zu geben, sich ihn genau anzusehen und herauszufinden, warum sie ihn in Gedanken glorifiziert hatte.

Julia schlief wieder ein, bis eine Fliege sie weckte, die auf ihrer Nase landete. Sie verscheuchte sie und stellte fest, dass es überhaupt keine Fliege war, sondern eine Strähne ihres eigenen Haars; Fergus, ob er nun real oder eingebildet war, kitzelte sie.

Er lag, auf den Ellbogen gestützt, neben ihr und beobachtete sie. »Tut mir Leid. Ich konnte dich keine Sekunde länger ansehen, ohne dich zu wecken.« Dann beugte er sich vor und küsste sie.

Julia fand, dass sie sich das ruhig gefallen lassen konnte. Immerhin handelte es sich wahrscheinlich nur um einen besonders realistischen erotischen Traum, und es war unwahrscheinlich, dass das Ganze sich zu konkretem Sex auswachsen würde. Außerdem musste sie jetzt sowieso jeden Augenblick aufwachen, und es war keineswegs unangenehm, auf dem Rücken zu liegen und von jemandem geküsst zu werden, der genau wusste, was er tat. Nein, es war sogar höchst angenehm. Dieser Traum-Fergus schien zu wissen, wie er es anstellen musste, um ihren ganzen Körper zu entflammen, obwohl sich nur ihre Lippen berührten. Selbst als das anders wurde und sie das Gewicht seines Körpers auf ihrem spürte, empfand sie es als angenehm. Sie fühlte sich sicher, begehrt und geliebt. Alles eine Illusion, sagte sie sich, hielt die Augen aber weiter geschlossen. An Illusionen war bisweilen absolut nichts auszusetzen.

Sie grub die Finger in sein Haar. Es war seidenweich, elastisch und offensichtlich erst vor kurzem mit einem angenehm riechenden Shampoo gewaschen worden. Wie gut, dass ich ihn nicht in den Kanal geworfen habe, dachte sie träge.

Seine Finger begannen, sehr vorsichtig und zurückhaltend den Ausschnitt ihrer Bluse zu ertasten. Unheimlich rücksichtsvoll von ihm, dachte sie, aber warum machte er nicht einfach die Knöpfe auf und kam zur Sache? Sonst würde der Traum zu Ende sein, bevor Fergus irgendetwas erreichte. Sie drehte sich ganz leicht zur Seite, damit er besser an ihre Bluse herankam. Ihre Brüste verlangte es inzwischen nach erheblich mehr Aufmerksamkeit, als ihnen gegenwärtig zuteil wurde.

Sie widerstand der Versuchung, die Augen zu öffnen. All die herrlichen Gefühle, die im Augenblick über sie hinwegfluteten, würden sich in nichts auflösen, wenn sie aufwachte. Also verließ sie sich ganz auf ihr Gefühl, während sie die Knöpfe seines Hemdes öffnete. Ihre Finger ertasteten die schwache Behaarung auf seiner Brust und seine überraschend gut entwickelten Muskeln. Vielleicht war sein Interesse an Archäologie doch nicht rein akademischer Natur, vielleicht griff er gelegentlich auch selbst zur Schaufel. Seine Brustwarzen wurden unter ihren Fingerspitzen hart, eine überaus befriedigende Entdeckung. Sie vermittelte Julia ein Gefühl der Macht. Es war schön, in einem Traum einmal die Initiative zu ergreifen. Für gewöhnlich waren ihre Versuche in dieser Hinsicht zum Scheitern verurteilt.

Als endlich all ihre Blusenknöpfe geöffnet waren, kam ihr der BH ungewöhnlich eng vor. Sie fragte sich verschwommen, ob sie die Häkchen wohl öffnen konnte, ohne sich hinzusetzen, aufzuwachen und den ganzen Traum wie eine Luftblase zu zerstören. Sie schob sich eine Hand unter Rücken, um an dem Verschluss zu nesteln, und stellte fest, dass ihr jemand half. Der BH ließ sich mühelos aufhaken und wurde eine Sekunde später von ihren Brüsten gezogen. Das fühlte sich schon besser an. Zwar hing ihr der BH immer noch irgendwo um den Hals, aber ihre Brüste konnten atmen. Dann waren es ihre Brustwarzen, die zum Leben erwachten, und ihre Brüste bekamen all die Aufmerksamkeit, die sie sich nur wünschen konnten, und eine Menge Dinge mehr, an die sie nicht einmal gedacht hatten.

»Rutsch mal ein Stück da rüber.«

Fergus' Stimme war rauchig, und er schien ein klein wenig atemlos zu sein, als er Julia halb anhob, halb zur Seite rollte, bis sie auf etwas Weichem und Trockenem lag.

Trotz ihres Widerwillens, den Traum zu zerstören, schlug Julia die Augen auf. Nichts änderte sich, und auch ihre Erregung hielt an. Und es war der echte Fergus, der sie mit solch akademischer Konzentration streichelte. Und der echte, akademische Fergus hatte etwas mitgebracht, um darauf zu liegen. Julia erinnerte sich schwach, dass ihre Mutter ihnen von Fergus' Leistungen bei den Pfadfindern erzählt hatte. Selbst als kleine Kinder waren die Pfadfinder Angela und Julia als ein trauriger Haufen erschienen. Wie hätten sie damals auch ahnen können, wie nützlich so viel Bereitsein eines Tages einmal sein würde? Aber, erinnerte Julia sich, als Fergus ihre Jeans öffnete und sie ihr mit großer Geschicklichkeit auszog, auch die Archäologie hatte ihre praktische Seite.

Sie war nackt, und sie hatte ihm das Hemd abgestreift, bevor einer von ihnen auch nur ein Wort gesagt hatte.

»Julia, bist du dir wirklich sicher?«

Sie nickte. Nichts geschah. Fergus wartete auf eine richtige Antwort, eine Antwort, die man nicht missverstehen konnte. »Ich bin mir absolut sicher.«

Julia rollte Fergus auf den Rücken und schob ihn dabei fast von dem Schlafsack herunter in einen Brennnesselbusch. Dann ließ sie ihre Brüste über seinen Oberkörper wandern, bis er leise stöhnte. Danach unterblieben weitere Konversationsversuche – ziemlich lange, so erschien es Julia.

»Meinst du nicht, wir sollten darüber reden?«, fragte Fergus später. »Ich weiß, dass ich dich begehre, seit wir uns wiedergesehen haben. Aber du hast nicht den Eindruck gemacht, als wärst du besonders scharf auf mich.«

»Kein Wunder.« Julia hatte gerade herausgefunden, was für hübsche Ohren er hatte. »Du redest zu viel.«

Fergus seufzte und ließ sich von Julia an einen Ort führen, an den er ihr nur allzu willig folgte.

Als sie nachher in seinem Arm lag, den Kopf auf seine Brust gebettet, ergriff die Realität wieder Besitz von ihr, langsam zuerst und dann mit erschreckender Geschwindigkeit.

»Wie viel Uhr ist es?«, fragte sie ihn.

»Kurz nach sechs.«

»O Gott! Das Abendessen! Ich muss zurück.«

Er drückte sie fester an sich. »Lass Suzy mal das Essen kochen. Ich kann mir kaum vorstellen, dass sie ohne dich weitergefahren sind.«

»Vielleicht doch. O Gott, wie konnte ich nur so verantwortungslos sein?« Sie richtete sich auf, stützte sich auf einen Ellbogen und blickte auf Fergus hinab. »Ich kann es nicht fassen, dass ich einfach weggelaufen bin und dann ...«, sie zwang ihre Lippen auszusprechen, was ihr Gehirn nur widerstrebend akzeptierte, »... mit dir geschlafen habe. Ich bin keinen Deut besser als Suzy!«

»Da ich nicht mit Suzy geschlafen habe, fehlen mir die Vergleichsmöglichkeiten, aber ich versichere dir, ich war mehr als zufrieden.«

Er strich ihr mit dem Finger über die Schulter, aber sie zog sich von ihm zurück, griff nach ihren verstreuten Kleidern und zog sich hektisch an.

»Ich weiß nicht, was in mich gefahren ist. Es tut mir leid, Fergus. So etwas habe ich noch nie im Leben getan! Es ging ja praktisch nach dem Motto ›Reißverschluss auf und Bums‹!«

Er runzelte die Stirn. »Könntest du das noch mal wiederholen?«

Sie suchte die nähere Umgebung nach ihrer zweiten Socke ab. »Oh, du weißt schon. Wenn man miteinander schläft, ohne vorher zu reden.«

Fergus begann nun ebenfalls, sich anzuziehen, wenn auch deutlich gemächlicher. »Ich möchte ja nicht zu viel Wind davon machen, aber wir sind uns nicht gerade fremd. Du kennst mich seit deiner Kindheit. Zerstritten haben wir uns erst, als ich ein Teenager war. Es gibt Bilder von uns beiden als Kinder, an einem Strand.«

»Ach ja? Das wusste ich gar nicht.« Für einen Augenblick war sie abgelenkt. »Aber das zählt nicht. Als du auf dem Boot aufgetaucht bist, habe ich dich nicht erkannt. Selbst dein Name hat sich geändert. Unsere Mütter mögen ja alte Freundinnen sein, aber wir sind keine Freunde. In moralischer Hinsicht ist es für mich ebenso wenig akzeptabel, mit dir zu schlafen, als hätten wir uns ...«, sie hielt kurz inne, »... in einer Singlebar kennen gelernt.«

»Ich war noch nie in einer Singlebar. Aber immerhin haben wir fast eine Woche lang unter demselben Dach gewohnt.«

»Aber wir haben nicht miteinander gesprochen. Ich hatte sogar vergessen, dass du Archäologe bist, bis einer der Fahrgäste mich daran erinnerte.«

»Nun, wessen Schuld war das denn?«

Fergus' Haar war blonder geworden, zweifellos ein Verdienst der toskanischen Sonne. »Ich weiß, dass es meine Schuld war, deshalb ist das Ganze ja so schrecklich.«

»Ich fand es keineswegs schrecklich. Du etwa?«

Julia war durch und durch ehrlich. Zwar mochte sie jetzt das Gewissen quälen, aber sie konnte nicht leugnen, dass es ihr vorhin ungemein gefallen hatte. »Nein. Es war wunderbar. Aber die Sache an sich, ich meine, dass wir miteinander geschlafen haben, obwohl wir uns gar nicht kennen, obwohl wir uns gar nichts bedeuten –

das war absolut falsch und unmoralisch. Ich bin nicht der Typ, der solche Dinge tut, und ich glaube, du bist es auch nicht.«

»Im Allgemeinen nicht, nein.«

»Hm, dann akzeptieren wir am besten einfach, dass wir uns beide vollkommen untypisch benommen habe, dass es ein One-Night-Stand war ...«

»Genau genommen, haben wir Nachmittag.«

»... ein One-Night-Stand am Nachmittag. Und dass es niemals hätte passieren dürfen.«

»Ich gebe dir Recht. Es war unorthodox.«

»Unorthodox! Nur du bist imstande, ein solches Wort in einem solchen Augenblick zu benutzen!«

»Aber was das Kennenlernen betrifft – das könnten wir doch nachholen. Und wenn wir uns dann kennen, könnten wir mit gutem Gewissen wieder miteinander schlafen.«

Julias Augen weiteten sich vor Entsetzen. »Nein. Niemals wieder. Es tut mir leid, aber das kann ich unmöglich tun! Ich hatte die Absicht, nach Ende der Saison auf Reisen zu gehen, und ich ...« Sie geriet ins Stocken. Sie wollte nicht aussprechen, dass sie nicht mit gebrochenem Herzen auf Reisen gehen wollte und dass für sie Sex und Liebe unmittelbar zusammengehörten. Sie konnte nicht ohne Liebe noch einmal mit ihm schlafen, und wenn sie ihn liebte, wie konnte sie dann ihre Unabhängigkeit bewahren? »Bitte, sprich nie wieder darüber, weder mit mir noch mit irgendjemandem sonst. Es war einfach ein Fehltritt.« Fergus hatte sich so gesetzt, dass die Sonne jetzt hinter ihm stand und sie seinen Gesichtsausdruck nicht sehen konnte. Deshalb vermochte sie auch nicht festzustellen, ob sie ihn tödlich gekränkt hatte oder nicht. Sie biss sich auf die Unterlippe. »Jetzt muss ich wirklich zurück zum Boot und eine Dusche nehmen.« Sie räusperte sich, bis das aufkeimende Schluchzen aus ihrer Kehle verschwand. »Falls dieses Miststück mir noch einen Tropfen Wasser übrig gelassen hat!«

Es kostete Julia eine gewaltige Portion Mut, zurückzukehren und den anderen in die Augen zu sehen, und es wäre auch nicht anders gewesen, wenn sie in der Zwischenzeit nicht mit Fergus geschlafen hätte. Sie hatte sich einfach unmöglich benommen, hatte mit einem Fahrgast die Geduld verloren, ihn in den Kanal gestoßen und war dann stundenlang von der Bildfläche verschwunden.

Als sie zu den Booten zurückkam, herrschte dort ungewöhnliche Stille. Es kamen auch keine hysterischen Schreie aus dem Salon, als sie an Bord ging, ebenso wenig wie aus den Fenstern der Kombüse Rauch aufstieg. Julia fasste ein wenig Mut und fragte sich, ob sie sich vielleicht heimlich in ihre Kabine stehlen und duschen konnte, bevor sie ihre Anwesenheit kundtat. Anderenfalls, davon war sie fest überzeugt, brauchte man nur einen einzigen Blick auf sie zu werfen, um zu wissen, was sie getrieben hatte. Aber es sollte nicht sein. In dem Augenblick, als sie einen Fuß auf das Dollbord setzte, tauchte Suzy auf.

»Julia!«, sagte sie herzlich. »Wir geht es dir?«

Julia war verwirrt. »Suzy, es tut mir so Leid ...«

»Julia, *mir* tut es Leid! Es ist alles meine Schuld. Ich habe dir viel zu viel aufgebürdet. Kein Wunder, dass du ausgeflippt bist.«

»Ist mit Oscar alles in Ordnung?« Der bloße Gedanke an das, was sie mit ihm gemacht hatte, trieb Julia die Schamröte ins Gesicht.

»Alles bestens. Er ist mit seiner Mutter mit einem Taxi nach Oxford gefahren.«

Bei dieser Bemerkung wurden Julias Lebensgeister sofort munter. Die Sache hatte vielleicht doch ihr Gutes, wenn Oscar und seine Mutter deswegen nach Hause gefahren waren. »Was? Sind sie abgereist?«

Suzy schüttelte den Kopf. »Sie sind einkaufen gefahren und wollten anschließend bei ›Randolph‹ zu Abend essen. Seine Mutter wollte eigentlich nicht weg, aber Oscar hat sie überredet.«

»Warum? Er kann doch unmöglich bleiben wollen, nicht nach dem, was ich ihm angetan habe!«

»Nun, ich für mein Teil bin froh, dass er geblieben ist! Wir können es uns nämlich nicht leisten, zahlende Gäste an die Luft zu setzen. Nicht einmal, wenn sie förmlich danach schreien.«

»O Suzy! Es tut mir so Leid.«

»Das muss es nicht. Es ist ja nichts Schlimmes passiert. Die beiden sind nicht abgereist, also brauche ich ihnen auch ihr Geld nicht zurückzugeben. Und auf diese Weise sind wir die beiden für einen ganzen Abend los.«

»Du bist so nett zu mir, Suzy. Jetzt habe ich erst recht ein schlechtes Gewissen. Lass mich nur schnell duschen, dann kümmere ich mich um das Abendessen.« Sie versuchte verzweifelt, sich darauf zu besinnen, was sie fürs Abendessen geplant hatte, aber es fiel ihr einfach nicht mehr ein.

»Lass dir Zeit mit dem Duschen. Wir haben jede Menge Wasser, und Peggy kümmert sich um das Abendessen.«

Peggy war die Frau, die Sooty besonders ins Herz geschlossen hatte. »Suzy! Du kannst unmöglich einen Gast das Abendessen zubereiten lassen, nur weil ich ...« Welche von all ihren Verfehlungen konnte sie zugeben?

Julias Proteste wurden im Keim erstickt, und sie fand sich mit Nachdruck in Richtung Badezimmer geschoben. »Du bist von Kopf bis Fuß voller Gras«, bemerkte Suzy. »Und ist das Kuhmist, was du da an der Schulter hast?«

Sie stahl sich davon. Bestimmt konnte jeder sehen, dass sie mehr als nur ein Schläfchen auf einem Feld gehalten haben musste, um so viel Gras mit sich herumzuschleppen.

Als sie aus der Dusche kam, fühlte sie sich sauberer und schämte sich nicht mehr so sehr wegen des Zwischenfalls mit Oscar, dafür aber umso mehr für das, was hinterher passiert war, vor allem da Fergus nun mit Suzy im Salon saß.

»Heute ist wirklich mein Glückstag«, verkündete Suzy, während sie Julia ein Glas Whisky einschenkte. »Zuerst zischen Oscar und seine Mutter ab, und dann kommt Fergus, um uns für eine Weile auf dem Boot auszuhelfen. Ist das nicht großartig?«

»Oh«, murmelte Julia. »Hallo, Fergus!«

Er stand auf und küsste sie auf die Wange. »Es ist schön, dich wiederzusehen, Julia.«

Sie begriff, dass er ihre Begegnung am Nachmittag nicht erwähnt hatte. »Es ist sehr nett von dir, dass du wiedergekommen bist. War das einfach eine Laune? Oder was?«

»Ich habe ihm geschrieben und ihn gebeten herzukommen«, erklärte Suzy. »Ich wusste, dass wir zu dritt einfach nicht länger zurechtkommen konnten. Du hast viel zu viel Arbeit mit dem Kochen, und da Wayne jetzt den ganzen Tag mit einer Videokamera herumfuchtelt, waren wir langsam wirklich am Ende unserer Kräfte. Fergus hatte mir eine Kontaktadresse dagelassen.« Suzy schien ungemein zufrieden mit sich selbst zu sein. »Er wird bleiben, solange er kann.«

Julia wünschte, sie hätte in den allgemeinen Jubel mit einstimmen können, aber sie fand, dass ein Nervenzusammenbruch immer noch besser sei, als auf so engem Raum mit Fergus zusammenleben zu müssen. Jedenfalls unter den gegebenen Umständen. »Wahrscheinlich ist Überarbeitung eine Erklärung dafür, warum ich Oscar in den Kanal geworfen habe. Es tut mir so leid, Suzy.«

»Weshalb bist du denn nun eigentlich so ausgeflippt?«, fragte Fergus.

»Nun, der Mann von der Gesundheitsbehörde war da, und ...« Julia brach mitten im Satz ab. Fergus musste Oscar aus dem Wasser geholfen haben. Wie hatte er sein anschließendes Verschwinden erklärt? Und wie sollte sie das herausfinden, ohne unbeabsichtigt aller Welt zu verraten, dass sie und Fergus die dazwischenliegenden Stunden auf einem Feld verbracht und sich geliebt hatten?

»Um wie viel Uhr bist du eigentlich angekommen, Fergus?«, fuhr sie fort und sah ihn dabei sehr viel durchdringender an, als eine so beiläufige Frage es normalerweise gerechtfertigt hätte.

»Oh – also, es war alles ziemlich merkwürdig«, erwiderte er. »Ich bin zufällig ein paar Sekunden, nachdem du Oscar ins Wasser geworfen haben musst, hier aufgetaucht. Er kam nicht mehr aus dem Kanal heraus, weil der Hund ihn immer wieder umwarf.«

»Sooty! Wo steckt er?«

»Auch einkaufen gefahren«, antwortete Suzy. »Ich weiß allerdings nicht, wie die im ›Randolph‹ mit ihm fertig werden sollen.«

»Und dann«, beharrte Fergus, »dann fiel mir ein, dass ich meinen Schlafsack vergessen hatte. Ich hatte ihn auf den Boden gelegt, um einen Blick auf die Karte zu werfen, und liegen gelassen. Ich musste noch mal zurück zum Bahnhof, die ganze Strecke. Es hat eine Ewigkeit gedauert.«

Waren es seine Jahre bei den Pfadfindern oder seine Universitätsausbildung, die einen so gewieften Lügner aus ihm gemacht hatten? »Oh«, murmelte Julia wenig einfallsreich. »Es war sehr nett von dir, Oscar zu retten.«

»So wie ihr euch anhört, wäre es euch allen lieber gewesen, ich hätte ihn ertrinken lassen.«

»Er wäre nicht ertrunken«, versicherte Suzy. »Der Kanal ist nur etwa einen Meter zwanzig tief, und auch das nur in der Mitte. Aber Oscar hätte ohne dich vielleicht eine ganze Weile gebraucht, um wieder rauszukommen.«

»Was hat seine Mutter getan, als sie es erfuhr?«, fragte Julia.

»Einen hysterischen Anfall bekommen«, antwortete Suzy prompt. »Und dich furchtbar verunglimpft. Bedauerlicherweise waren alle Passagiere auf deiner Seite und wollten einfach nicht einsehen, dass du dich entsetzlich benommen hast und sofort gekündigt werden solltest.«

Julia vergrub den Kopf in den Händen. »Sie hat Recht, und das weißt du auch. Du solltest mich rauswerfen.«

»Keine Chance, Schätzchen. So leicht kommst du mir nicht davon. Außerdem, wenn du nicht Oscar ins Wasser geworfen hättest, hätte ich vielleicht seine Mutter reingeworfen. Und das wäre viel schlimmer gewesen.«

Julia hob den Kopf. »Ich nehme an, sie haben die zweite Woche storniert?«

»So viel Glück haben wir nicht. Oscar scheint fest entschlossen zu sein, bis zum bitteren Ende auszuharren, und seine Mutter will ihn auf keinen Fall in den Händen dieser Harpyie allein lassen. Womit natürlich du gemeint bist.«

»Wahrscheinlich ist er so geizig, dass er den Gedanken nicht ertragen kann, seine Anzahlung einzubüßen. Das ist die einzige Erklärung. Wie habe ich es bloß fertig gebracht, so lange mit ihm zusammen zu sein, ohne zu bemerken, wie knickrig er ist?« Julia war ehrlich erstaunt.

»Das ist es nicht«, erklärte Suzy. »Ich habe ihm sogar angeboten, ihm die gesamte Summe zurückzuerstatten, obwohl Gott weiß, dass wir uns das nicht leisten können. Aber er will unbedingt bleiben ...« Suzy begann zu kichern. »Weil er dich für eine tolle Frau hält!« Das Kichern wurde lauter. »So viel zum Thema: ›Willst du was gelten, dann mache dich selten!‹ Jetzt hast du ihn genau da, wo du ihn haben willst!« Suzy rollte sich zu einer Kugel zusammen und zitterte vor Lachen.

»Ich hatte ihn genau da, wo ich ihn haben wollte – nämlich im Kanal! Und du musstest ihn unbedingt wieder rausziehen!« Sie funkelte Fergus strafend an und erkannte im selben Augenblick, dass sie bis über beide Ohren in ihn verliebt war.

»Ich wusste ja, dass ich am Ende für alles die Schuld trage«, meinte Fergus sanft. »So war es schon immer.«

Julia bekam plötzlich weiche Knie. Wie sollte sie einen klaren Kopf behalten, wenn Fergus sie mit einem einzigen Blick aus der Fassung brachte, Fergus, der wahrscheinlich glaubte, dass sie die leichteste Beute in der Geschichte der Verführungskunst war? Und um allem die Krone aufzusetzen, war da auch noch Oscar, den sie von Herzen verabscheute, der aber aus irgendeinem verrückten Grund einen Narren an ihr gefressen hatte. Sie ließ den Kopf auf die Hände sinken. »O Gott!«

»Nimm dir noch einen Whisky«, schlug Suzy vor und reichte ihr die Flasche.

KAPITEL 13

Das Abendessen war eine wunderbare, beschwingte Angelegenheit. Und es war die erste Mahlzeit, die Julia seit Beginn der Saison an einem Tisch einnahm.

»Ich weiß gar nicht, ob meine Verdauung im Sitzen noch funktioniert«, sagte sie. »Obwohl es zur Abwechslung wirklich schön ist. Das Essen ist übrigens köstlich«, fügte sie an Peggy gewandt hinzu, die die Mahlzeit zubereitet hatte. »Sie müssen mir unbedingt das Rezept aufschreiben.«

»Mit Vergnügen, meine Liebe. Es ist ja so einfach.«

Weniger einfach würde es werden, Oscar wieder gegenüberzutreten, daher verzog Julia sich rechtzeitig ins Bett, bevor er und seine Mutter zurückkamen. Ein paar Stunden Schlaf würden sicher helfen. Andererseits musste sie ständig darüber nachdenken, wie es wohl Fergus in seinem Zelt auf dem Kanalufer ergehen mochte.

Am nächsten Morgen sah die Welt nicht viel besser aus, aber Julia machte wie gewöhnlich für Oscars Mutter den Tee, und als Oscar in der Kombüse erschien, um ihn zu holen, fackelte Julia nicht lange.

»Oscar, es tut mir wirklich Leid, dass ich dich ins Wasser gestoßen habe. Das war unverzeihlich von mir. Ich weiß nicht, was über mich gekommen ist.«

»Ich nehme an, du hast es in letzter Zeit einfach übertrieben. Du bist übermüdet, das passiert Frauen manchmal.«

»Aber egal, wie müde ich war, ich hätte dich auf keinen Fall in den Kanal werfen dürfen.« Julia musste sich beherrschen, um den entschuldigenden Klang ihrer Stimme aufrechtzuerhalten. Gleich würde er ihre Periode für ihr Benehmen verantwortlich machen. Nicht dass er das Wort tatsächlich verwenden würde.

»Und vielleicht näherst du dich ja auch ›dieser speziellen Zeit des Monats‹?«, sagte er.

Julia musste sich zwingen, ruhig darauf zu antworten. »Mein Benehmen hatte weder mit Hormonen noch mit Müdigkeit zu tun. Es gibt keine Entschuldigung dafür, Oscar. Es war schlicht und einfach Übellaunigkeit. Es tut mir sehr Leid, und ich hoffe, deine Mutter hat sich deswegen nicht allzu sehr aufgeregt.« In diesem Augenblick kam Sooty herbeigewuselt. »Wie ich sehe, hat immerhin Sooty sich gut erholt«, fügte sie hinzu.

»Nun, er war ganz in seinem Element. Sooty war über und über voller Schlamm. Wir *beide* waren voller Schlamm. Bloß gut, dass dieser Mann auftauchte, der mich rausgezogen hat. Übrigens, was ist eigentlich aus ihm geworden? Ich habe ihn erst wiedergesehen, als wir gestern Abend zurückkamen.«

»Ich glaube, er sprach davon, dass er sein Gepäck am Bahnhof vergessen hat und noch mal zurückgehen musste.«

Oscar kratzte sich am Kopf. »Das ist aber komisch. Ich hätte schwören können, dass er mehrere Taschen bei sich hatte. Sie standen auf dem Treidelpfad, als ich an Land kam.«

Julia wurde rot und war fest davon überzeugt, dass Oscar es bemerken würde. »Nun, ich kann dir wirklich keine Auskunft darüber geben, da ich nicht dabei war.«

»Wo bist du eigentlich abgeblieben?«

»Ich habe einen sehr langen Spaziergang gemacht. Danach ging es mir viel besser.«

Das entsprach in gewisser Hinsicht sogar der Wahrheit. Sie hatte sich anschließend wirklich viel besser gefühlt. Vielleicht war diese Sonntagszeitung ja im Irrtum. Möglicherweise war Sex doch ein elementares Bedürfnis. Wenn da bloß nicht diese gefühlsmäßigen Nebenwirkungen gewesen wären!

Als Nächstes würde sie sich Fergus stellen müssen, eine Begegnung, vor der sie große Angst hatte. Es würde viel schwieriger sein, mit ihm fertig zu werden als mit Oscar, weil ihre Gefühle dabei ins Spiel kamen. Und zwar in einem solchen Maße, dass Julia beileibe nicht hätte sagen können, was sie eigentlich empfand. Sie wusste nur, dass ihr so etwas auf keinen Fall noch einmal passieren durfte. Es war wunderschön gewesen, mit ihm zu schlafen, aber Sex bedeutete für sie Gefühle und eine Art von Bindung, und genau das wollte sie im Augenblick nicht. Sie war zu müde und zu beschäftigt. Und am Ende der Saison wollte sie auf Reisen gehen und nicht mehr Ballast mitnehmen, als sie in einen Rucksack packen konnte.

Einen Augenblick lang dachte sie wehmütig an Suzy und deren lässige Einstellung zum Thema Sex. Suzy vermittelte Julia den Eindruck, dass sie kein Problem darin gesehen hätte, sich ein paar Nachmittage mit Fergus ins Heu zurückzuziehen und sich dann ohne Bedauern und um etliche lustvolle Erinnerungen bereichert von ihm zu verabschieden. In Julias Fall lagen die Dinge sehr viel komplizierter. Und selbst wenn es anders gewesen wäre – schließlich konnte nicht die gesamte Bootsbesatzung am Nachmittag auf eine *siesta amorosa* untertauchen.

Nein, es durfte nie wieder passieren, das würde sie Fergus erklären. Wie viel einfacher alles gewesen wäre, hätte es sich bei dieser ländlichen Idylle tatsächlich um einen erotischen Traum gehandelt. Als sie am Morgen aufgewacht war, hatte sie sich einen Augenblick lang gefragt, ob das Ganze nicht eine Ausgeburt ihrer sexhungrigen Fantasie gewesen sein könnte. Aber dann war die Wirklichkeit mit Macht über sie hereingebrochen, und sie musste die Tatsache akzeptieren, dass sie wirklich mit Fergus geschlafen hatte, mit Fergus, den sie von Kindesbeinen an gehasst hatte und den ihre Mutter als Schwiegersohn auserkoren hatte. Es war noch dazu auf einem Feld passiert, nur eine Meile entfernt von Oscar und allen Verpflichtungen.

Fergus' Kuss war schon eine Überraschung gewesen. Allein dieser Kuss hätte sie mit reichlich Stoff zum Nachdenken versorgt. Aber dass sie sich ihm hingegeben hatte – nein, dass sie ihn vielmehr *ermutigt* hatte, sie zu streicheln, sie auszuziehen und schließlich mit ihr zu schlafen, das war verwirrend genug, um einen Therapeuten jahrelang zu beschäftigen. Wie hatte sie nur so verrückt sein können? Fergus hätte jederzeit aufgehört. Tatsächlich erinnerte sie sich schwach, dass er mehr hatte reden als küssen wollen, dass sie ihn jedoch zum Schweigen gebracht hatte. Je länger sie darüber nachdachte, desto schlimmer wurde es. Wenn sie Fergus jetzt wiedersah, würde es ein Gefühl sein, als träumte sie, nackt die Hauptstraße hinunterzulaufen, nur um dann aufzuwachen und festzustellen, dass sie es tatsächlich tat.

Möglicherweise, dachte sie, während sie grimmig Aprikosen fürs Müsli hackte, war ihr in gewisser Weise genau das passiert. Wahrhaftig, den Frauen, die ihren One-Night-Stands nie wieder gegenübertreten mussten, blieb einiges erspart.

Es war ein unglückliches Zusammentreffen, dass Fergus – zweifellos in dem Bemühen, taktvoll zu sein – genau in dem Augenblick hereinkam, als Julia auf der Suche nach einer frischen Packung Cornflakes halb in der Kiste unter der Koje in ihrer Kabine steckte. Als er sie ansprach, schrie sie auf und stieß sich den Kopf.

»Oh – au! Warum schleichst du dich so an?«

»Entschuldige. Ich wusste nicht, dass du den Kopf unter dem Bett hattest, als ich hereinkam. Reib die Beule mit Arnikasalbe ein.«

»Ich habe keine Arnikasalbe. Und du klingst genauso wie meine Mutter.«

»Julia, mir ist klar, dass ich mich nicht gerade wie der perfekte Gentleman benommen habe, aber könntest du vielleicht, nur vielleicht, aufhören, mich zu Entschuldigungen für Dinge zu zwingen, für die ich nichts kann?«

Julia drückte die Cornflakes schützend an sich. »Tut mir Leid. Ich fühle mich ein bisschen ...« Sie suchte nach einer Möglichkeit, den Wirbelsturm der Verwirrung zu beschreiben, der in ihr tobte, und stieß nur hervor: »Mies.«

Auf dem Weg zur Kombüse überhäuften sie einander mit Entschuldigungen. »Hast du Oscar schon gesehen?«, fragte Fergus.

Sie nickte. »Und du? Hast du ihn gesehen?«

»Vor ein paar Sekunden. Er wollte mit Sooty Gassi gehen.«

»Als ich ihn gesprochen habe, schien er nicht recht zu glauben, dass du etwas am Bahnhof vergessen hattest. Er meinte, du hättest eine Menge Zeug am Ufer stehen gehabt.«

»Ich weiß. Ich glaube, ich konnte verhindern, dass er sich diesbezüglich irgendwelche Ideen in den Kopf setzt.«

Julia stieß einen Laut der Verachtung aus. »Oscar hat nicht genug Fantasie, um auf Ideen zu kommen.«

»Glaub das nur nicht. Er würde jedes männliche Wesen unter siebzig verdächtigen, das sich seiner Auserwählten auch nur auf einige Meter nähert. Und diese Auserwählte bist du.«

Plötzlich überschwemmte sie eine furchtbare Müdigkeit. Die wenigen freien Stunden gestern Nachmittag waren nicht genug gewesen. Sie brauchte drei Wochen weit weg von allen Booten. »Ich kann nicht glauben, dass Oscar wirklich etwas für mich empfindet.«

»Stimmt.« Ärgerlicherweise gab Fergus ihr Recht. »Bei ihm ist das eher eine Sache des Territoriums. Er hat dich als Erster gesehen, deshalb gehörst du ihm.«

»Soll das heißen, er hat den Verdacht, dass zwischen uns etwas läuft?«

»Ich fürchte, so ist es.«

Julia dämmerte etwas Schreckliches. »Du hast ihn doch nicht etwa in dieser Annahme bestärkt, oder? Ich meine, du hast ihm klar und deutlich gesagt, dass er sich da im Irrtum befindet?«

»Aber es ist doch etwas gelaufen. Das kannst du unmöglich vergessen haben.«

Julia spürte, dass sie zu zittern begann. »Fergus, du hast ihm doch nicht erzählt, was gestern zwischen uns vorgefallen ist?«

Er zögerte gerade lange genug, um ihren schwachen

Zweifel in schreiende Gewissheit zu verwandeln. »Natürlich nicht.«

Sie wischte sich mit der Hand über die Augen. »Aber *was* hast du zu ihm gesagt?«

»Nicht allzu viel. Ich habe nur erklärt, ich sei ein alter Freund der Familie. Das hat ihm nicht geschmeckt. Und ich habe das Gefühl, er glaubte mir nicht, als ich andeutete, dass sonst nichts zwischen uns sei.« Jetzt war ihr wirklich übel. »O Gott. Ist es denn noch nicht schlimm genug, dass ich mich wie das letzte Flittchen benommen und mit jemandem geschlafen habe, der praktisch ein Fremder ist? Jetzt weiß es Oscar auch noch.«

»Er weiß gar nichts. Übertreib nicht. Er hat lediglich den Verdacht, dass wir etwas füreinander ... empfinden.«

»Das ist fast genauso schlimm. Und wir haben ihn und seine Mutter noch eine ganze Woche am Hals!« Sie beendete ihren Satz mit einem Aufschrei, als sich das Messer, mit dem sie Tomaten teilte, in ihren Finger schnitt.

Fergus griff nach ihrem blutenden Finger und hielt ihn unter den Wasserhahn. »Warum sagen wir's ihm nicht einfach? Warum geben wir nicht zu, dass wir eine Affäre haben?«

»Aber das stimmt doch nicht! Und hör auf, Wasser zu verschwenden!« Sie versuchte, ihre Hand wegzuziehen, konnte es aber nicht.

»Ich verschwende kein Wasser, ich benutze es. Und warum haben wir keine Affäre? Wir haben miteinander geschlafen, nicht wahr?«

»Wir haben uns auf einem Feld geliebt! Das heißt nicht, dass wir eine Affäre haben!« Sie streckte die andere Hand aus und drehte den Wasserhahn zu.

»Einmal Sex macht noch keine Affäre?« Fergus nahm das Handtuch, das sie gerade aus dem Schrank geholt hatte, und wickelte es um ihre Hand.

»Du brauchst es nicht so grob auszudrücken. Und das ist ein sauberes Handtuch.« Wieder versuchte sie, ihre Hand zurückzuziehen.

»Deshalb habe ich es ja benutzt, und ich dachte, ich hätte mich poetisch ausgedrückt.«

»Nun, du hast dich geirrt. Und ich kann meine Hand selbst tragen, bitte schön.« Er ignorierte diese Bemerkung und hielt sie weiter fest. »Wie lange wirst du bleiben?«, fragte sie.

»Wie lange möchtest du, dass ich bleibe?«

Julia entwand ihm ihre Hand und ließ das Handtuch auf den Fußboden fallen. »Das ist eine unzulässige Frage. Ich habe keine Ahnung, wie lange du zu bleiben beabsichtigst oder worum genau Suzy dich gebeten hat, also lass meine Gefühle aus dem Spiel.«

»Gut, da hast du Recht. Hast du ein Pflaster?«

»In der Schublade neben dem Herd. Wie lange also?«

Er eroberte sich ihre Hand zurück und wickelte behutsam einen blauen Pflasterstreifen um ihren Finger. Sie bewunderte seine technische Sorgfalt, obwohl sie bezweifelte, dass der Schnitt so viel Wirbel rechtfertigte. Trotzdem fand sie seine Besorgnis unwiderstehlich.

»Also, ich habe Suzy versichert, vierzehn Tage einschieben zu können und mich anschließend bei meinen Studenten umzuhören, ob jemand hier aushelfen kann.«

»Ich weiß, dass sie es sich nicht leisten kann, jemanden zu bezahlen.«

»Es wäre billiger, jemanden zu bezahlen, als zu riskieren, dass man dich mit einem Nervenzusammenbruch ins Krankenhaus bringt.«

»Wenn mich etwas umwirft, dann sicher kein Nervenzusammenbruch. Eher der totale Wahnsinn.«

Fergus runzelte die Stirn, aber genau in diesem Augenblick kam Sooty hereingesprungen und überzog den Fußboden der Kombüse mit Schmutz.

»Oscar wird jede Sekunde hier sein«, zischte sie. »Würdest du bitte meine Hand loslassen?«

Fergus blickte auf ihre Finger hinab, als hätte er vergessen, dass er sie immer noch festhielt. Er ließ sie erst los, nachdem er sich davon überzeugt hatte, dass das Pflaster auch wirklich gut klebte. »Wir müssen einmal vernünftig über das Ganze reden, Julia. Ich möchte dir das Leben nicht noch schwerer machen, aber du kannst vor dieser Situation nicht einfach davonlaufen.«

»Es reicht mir schon, wenn du Oscar davon überzeugst, dass zwischen uns nichts läuft, weder jetzt noch später!«, flüsterte sie und hoffte gleichzeitig, dass es ihr irgendwie gelingen würde, nie wieder mit Fergus allein sein zu müssen.

»Aber das wäre nicht wahr.«

»Bitte!«, flehte sie ihn an, obwohl ein kleiner, verrückter Teil von ihr sich wünschte, Fergus würde die Sache mit Oscar auf dem Treidelpfad austragen, Mann gegen Mann.

»Guten Morgen!«, kam Oscars dröhnende Stimme vom anderen Ende des Salons.

»Na schön«, antwortete Fergus. »Wenn du darauf bestehst.«

Julia bekam weiche Knie vor Erleichterung und Enttäuschung. »Hallo, Oscar«, rief sie, »ja, der Schinken ist schon in der Pfanne.« Sie nahm das ungeöffnete Paket vom Tisch.

Oscar kam in die Kombüse und sorgte auf diese Weise dafür, dass seine schmutzigen Fußabdrücke nun neben denen seines Hundes den Teppich in seiner ganzen Länge zierten. Als er nahe genug war, um Fergus neben Julia stehen zu sehen, löste sich seine frühmorgendliche gute Laune genauso schnell und lautlos in Wohlgefallen auf wie Morgennebel. »Ich hoffe, es dauert nicht lange«, fuhr er Julia an. »Meine Mutter hätte gern eine Scheibe

Schinken zu ihrem Toast. Und sie möchte noch eine Tasse Tee.«

Julia schüttete den größten Teil des Wassers aus dem Kessel und setzte ihn wieder auf, das zweite Mal innerhalb zehn Minuten, dass sich jemand der Wasserverschwendung schuldig machte. Dann schlitzte sie das Schinkenpäckchen mit einem Messer auf und wünschte sich, es wäre Oscar, den sie mit der Klinge bearbeitete. »Es dauert nur ein oder zwei Minuten. Möchte deine Mutter auch eine Tomate dazu?«

»Soll ich den Tisch fürs Frühstück decken?«, fragte Fergus.

»Ja«, antwortete Oscar. »Diese Kombüse ist ein wenig zu eng für zwei Personen.«

»Wie Recht du hast, Oscar«, erwiderte Julia, dann warf sie die Schinkenscheiben, wie sie gerade kamen, in die Grillpfanne und machte sich unverzüglich auf den Weg in ihre Kabine. Dort gestattete sie sich einen kleinen Wutanfall. Konnte sie das noch zwölf Tage aushalten? Wäre es nicht besser, sie bat Fergus abzureisen? Aber dann, dachte sie voller Entsetzen, musste sie Suzy erklären, warum sie Fergus wegschickte, und das würde ein Geständnis bedeuten. Nein, besser, sie ertrug Oscars Eifersucht noch weitere zehn Tage, als Suzy zu gestehen, womit sie den gestrigen Nachmittag verbracht hatte. Suzy würde zwar nichts dagegen haben, es aber Julia bis ans Ende ihrer Tage unter die Nase reiben.

Während die Situation für Julia die Hölle auf Erden war, nahm Suzy die Rivalitäten zwischen Fergus und Oscar mit großer Begeisterung zur Kenntnis.

»Die beiden reißen sich ein Bein aus, um uns zu helfen«, sagte sie zu Julia. »Fergus hat sich erboten, sämtliche Flugblätter der Gesundheitsbehörde durchzuackern und alles in seinen Kräften Stehende zu tun, damit wir die Vorschriften erfüllen können. Und als Oscar das mitbekam, suchte er so verzweifelt nach einer gleichwertigen Heldentat, dass er versprach, das Regal zu reparieren, das neulich von der Wand gefallen war.«

»Aber nur weil das Regal in der Kabine seiner Mutter hing«, brummte Julia.

»Mag sein, trotzdem brauchen wir es jetzt nicht mehr zu tun.« Suzy bemerkte Julias Skepsis. »Sieh mich nicht so an. Wenn es sein müsste, wäre ich bestimmt in der Lage, ein Regal zu reparieren.«

»Bestimmt.«

»Und Oscar hat sich freiwillig erboten, dich mit einem Taxi zum Supermarkt zu begleiten, wenn wir nach Oxford kommen, um für die Schulklasse nächste Woche die Vorräte aufzufüllen.«

»O Suzy!«

»Ich habe ehrlich versucht, ihn zu überreden, mich am Freitagnachmittag mitzunehmen, aber er hatte hundert Gründe, warum das nicht infrage käme. Offensichtlich bevorzugt er reifere Frauen.«

Nicht zum ersten Mal warf Julia ihrer Chefin ein nasses Geschirrtuch an den Kopf.

Die Fahrt zum Supermarkt war ein Albtraum. Julia hatte zwar eine Einkaufsliste, aber weil sie sich nicht auskannte, musste sie ständig hin und her laufen, um Dinge zu holen, die sie übersehen hatte. Und da dieser Supermarkt – ein »Cash and Carry« – weitaus größer war als gewöhnliche Läden, kostete sie ein einziger Fehler mehrere Meilen zwischen Frühstücksmüsli, Lachs in Dosen und Bratensoße.

Oscar, der hinter ihr hertrabte, war nicht sehr hilfreich, denn während Julia versuchte, sich zu konzentrieren, bemühte er sich, ihr Informationen über Fergus zu entlocken.

»Also, was verdient denn ein Archäologe heutzutage so?«, fragte er, als hätte er gewusst, was ein Archäologe in den sechziger Jahren verdient hätte.

»Ich habe keinen Schimmer.«

»Bekommen diese Dozenten ein Haus gestellt?«

»Oscar, ich weiß es nicht. Ich habe nie eine Universität besucht, und ich kenne keine Dozenten.«

»Fergus hält Vorlesungen.«

»Das tust du auch, Oscar. Und es bedeutet gar nichts.« Sie schob sich um einen Stapel Paletten, die sich ungefähr zehn Meter hoch vor ihr auftürmten. Bei ihrer anschließenden Suche nach Scheuerschwämmchen wäre sie um ein Haar von einem Gabelstapler überfahren worden.

»Wenn er ein alter Freund der Familie ist, ist es aber merkwürdig, dass du so wenig über ihn weißt.« Oscar trat ihr beinahe in die Fersen, als er ihr folgte.

»Könntest du mir vielleicht eine Dose Thunfisch von da oben runterholen?«, bat sie und dachte an all die Dinge, die sie über Fergus wusste und von denen sie Oscar unmöglich erzählen konnte. »Oh, und wir nehmen besser gleich noch eine Dose gebackene Bohnen für die Kinder mit.«

»Meine Mutter mag keine gebackenen Bohnen.«

»Ach, nein? Du überraschst mich.«

»Wie ich gerade bemerkte: Du scheinst nicht viel über den Mann zu wissen.«

»Zum tausendsten Mal, Oscar: Fergus ist kein alter Freund der Familie! Unsere Mütter sind Freundinnen, aber er hat als Kind mich und meine Schwester schikaniert. Wir haben ihn gehasst, und ich glaube nicht, dass er besonders viel für uns übrig hatte.«

»Warum ist er dann hier aufgetaucht?«

»Weil meine Mutter ihn gebeten hat, mir ein Kochbuch zu bringen, und weil sein Auto eine Panne hatte!«

Oscar stieß einen undefinierbaren Laut aus. Julia sinnierte über die Tatsache, dass die Wahrheit so oft nach einer Lüge klang und dass Lügen sich häufig wahr anhörten. »Ich weiß, du glaubst mir nicht, aber es stimmt.«

Und darin war eine kleine Spur Unehrlichkeit enthalten.

Bei den vorangegangenen Fahrten hatten sich die neuen Passagiere immer spätestens bis Sonntagabend so weit eingelebt, dass man sich wie eine Art Familie fühlte. Aber bei den Schulkindern lag der Fall anders. Zunächst einmal war die Fahrt einfach nicht ihr Ding. Sie waren zwischen dreizehn und sechzehn Jahre alt und wollten alle Fast Food, laute Musik und alkoholische Getränke. Orangensaft, liebevoll zubereitetes Gemüse und landschaftliche Reize konnten sie nicht für fehlende Discolichter und Alkohol entschädigen. Es waren insgesamt sechs Kinder, und sie wurden von einer Lehrerin und einem Lehrer begleitet. Die Lehrerin, Sylvia, kam zu Julia in die Kombüse, als diese gerade Kartoffeln schälte.

»Unsere Direktorin hält sehr große Stücke auf Klassenfahrten und dergleichen. Sie glaubt, so etwas forme den Charakter. Und sie kann einfach nicht verstehen, warum Kinder keine Lust haben, klatschnass zu werden und sich halb tot zu frieren, und warum Lehrerinnen nicht daran interessiert sind, das von den Kindern zu verlangen. In ihren Augen ist dies hier nicht erste Wahl.«

»Manche«, entgegnete Julia steif, »sehen ein Hotelboot eher als ziemlich gutes Hotel an und nicht als eine Art Campingplatz im schottischen Gebirge mitten im Winter.«

Sylvia kicherte. »Aber bestimmt nicht diese Frau in dem Strickkostüm.«

Das musste Julia mit kläglicher Miene zugeben. »Nein, hm, sie ist die berühmte Ausnahme, die die Regel bestätigt. Also, ich kann keine Pommes frites servieren, weil sonst Mrs. Anstruther, die Dame in dem Kostüm, stöhnen wird. Aber wenn ich sautierte Kartoffeln mache – was sagen dann die Kinder dazu?«

»Sie werden begeistert sein. Aber ich finde nicht, dass Sie sich ihretwegen so viel Mühe machen sollten. Undankbare Bälger, durch die Bank. Ihre Eltern haben so viel Geld ausgegeben, um sie hierher zu schicken, und sie wollen nicht einmal einen Spaziergang über den Treidelpfad machen.«

Julia hatte das gleiche Thema mit Suzy erörtert, als sich die ganze Meute am ersten Abend geschlossen in den Schmollwinkel zurückgezogen hatte, weil ihre Lehrer ihnen verboten hatten, Lager-Bier zu trinken. Suzy hatte geseufzt.

»Ich nehme an, ihre Eltern wollten sie einfach ein paar Tage los sein. Viele Leute wissen gar nicht, was sie ihren Kindern antun.«

Julia bekam sofort ein schlechtes Gewissen, weil sie sich über das ständige Gesumm sechs verschiedener Kopfhörer geärgert hatte und weil keines der Kinder ihr Essen zu würdigen wusste.

Jetzt sagte sie zu Sylvia, die kaum älter zu sein schien als ihre Schutzbefohlenen: »Vielleicht hatten sie keine Lust herzukommen.«

»Wahrscheinlich nicht. Sie sollen an einem Projekt zum Thema ›Industriearchäologie‹ teilnehmen. Bill, mein Kollege, hält praktische Erfahrungen für ungemein wichtig, jedenfalls für wichtiger als die reine Theorie. Aber das heißt nicht ...«

Genau in diesem Augenblick erklang ein Schrei, und

Sylvia stürzte aus der Kombüse, um nach zusehen, was passiert war. Julia blieb allein zurück und machte sich daran, fünf Pfund Möhren zu schälen.

Aber nach den beiden ersten Tagen passten die Kinder sich langsam an. Sie verstanden, dass es den anderen gegenüber unfair war, stundenlang unter der Dusche zu stehen, obwohl Mrs. Anstruther, die sich für die einzige Person an Bord hielt, die eine vernünftige Erziehung genossen hatte, das ebenfalls tat. Die jungen Leute lernten, dass es weniger langweilig war, mit anzufassen, als sich zu drücken, und dass Lehrer bemerkenswert diskret mit Schülern umgehen konnten, die rauchten, solange sich diese zu diesem Zweck weit genug von den Nichtrauchern entfernten. Wenn sie viel Aufhebens darum gemacht hätten, darüber war man sich allgemein einig, würden die Teenager nicht über Nacht Nichtraucher werden; sie würden lediglich heimlich rauchen.

»Ich glaube, Mrs. Anstruther war es lieber, als die Kinder überall im Boot herumgelaufen sind und sich danebenbenommen haben. Da konnte sie sich viel leichter beschweren. Jetzt muss sie sich mehr anstrengen«, meinte Fergus.

Julia verlieh mit einem leisen Brummen einer anderen Meinung Ausdruck. »Sie würde noch in einem Fünf-Sterne-Hotel einen Grund finden, sich zu beklagen. ›Nicht ganz das Publikum, das man in einem solchen Haus erwarten würde‹«, äffte sie Oscars Mutter nach.

Fergus lachte. »Nun, zumindest sind die Kinder jetzt zufriedener.«

Die drei Mädchen verliebten sich promt unsterblich in Wayne, was bedeutete, dass Suzy ihn sich nach dem Mittagessen einmal kurz vornehmen musste, während die jungen Leute und ihre Begleiter einen Steinbruch besuchten. Julia, die sich mit ihrem Berg von Gemüse auf das Dach des hinteren Bootes verzogen hatte, damit sie bei ihrer Arbeit nicht in Mrs. Anstruthers Schusslinie geriet, lauschte mit einiger Belustigung.

»Ich habe ja nichts dagegen, dass sie jedes Mal in Ohnmacht fallen, wenn du sie anlächelst«, sagte Suzy nicht ganz wahrheitsgemäß, »aber könntest du vielleicht dafür sorgen, dass dich das nicht allzu sehr ablenkt? Als wir gestern gegen die Brücke gefahren sind, ist Mrs. A's ihr ganzes Kosmetikarsenal vom Regal aufs Bett gefallen. Sie war sehr verärgert.«

Wayne antwortete mit einem Grinsen, bei dem sich selbst Julias Herzschlag beschleunigte. »Ich kann hier am Ruder nicht genug sehen, wenn die Mädchen überall auf dem Dach des hinteren Bootes rumklettern. Tut mir leid.« Suzy hatte ihm schon verziehen. »Aber ich habe ein paar gute Aufnahmen gemacht, als die drei sich sonnten«, fuhr Wayne fort, nicht ahnend, dass er damit möglicherweise seine Vergebung gefährdete.

»Ich will sie aber nicht auf dem Film haben«, erklärte Suzy.

Wayne legte schützend eine Hand auf den Camcorder. »Ich dachte, sie wären mal eine hübsche Abwechslung nach all diesen ...«

»Frauen in einem gewissen Alter«, kam Julia ihm zu Hilfe.

»Genau das meine ich.«

»Für dich mögen sie ja ein Lichtblick sein«, meinte Suzy entschieden, »aber wir wollen doch nicht, dass unsere amerikanischen Freunde denken, man müsse blaue Fingernägel oder ein Nabelpiercing haben, um hierher zu passen, oder dass Schulklassen ein regelmäßiger Bestandteil unseres Programms sind. Meiner Meinung nach wird es höchste Zeit, dass du mit dem Film fertig wirst und das Video zum Schneiden an deinen Freund schickst.«

»Dieser Film könnte ein Sprungbrett für meine Karriere

sein«, protestierte Wayne. »Ich könnte ihn als Arbeitsprobe mit ins College nehmen.«

»Du wirst sicher mehr Eindruck machen, wenn der Film bereits geschnitten ist.« Freundlich, aber entschieden entwand Suzy ihm den Camcorder. »Gib ihn her, sei ein braver Junge. Sonst wird er nicht pünktlich fertig und nutzt uns am Ende gar nichts. Der amerikanische Agent muss ihn noch vor Ende der Saison zu sehen bekommen. Ich gebe ihn jetzt für Ralph in die Post. Er hat doch die Adresse deines Freundes?«

Wayne nickte; seine gekränkte Miene war fast so hinreißend wie sein Lächeln. »Ich habe keine Ahnung, wie das Endergebnis aussehen wird«, erklärte er verdrossen. »Mein Kumpel steht auf experimentelle Filmtechniken.«

»Sag ihm, er bekommt keinen Penny, wenn wir mit dem Film nichts anfangen können«, entgegnete Julia, um deren Pennys es hier ging.

Die Jungen aus der Schulklasse, die gehofft hatten, sich bei den Mädchen eine Weile ungestört in Szene setzen zu können, konzentrierten ihre Anstrengungen rasch auf Suzy, die genau wusste, wie sie die Burschen in ihren Bann ziehen konnte. Sie erkannte, wann ein Flirt angebracht war und wann ein Tadel, und wusste, wann sie ihnen einen Blick auf ihre Beine unter den Shorts gestatten sollte. Früher einmal wäre Julia angesichts dieser unverhohlenen Manipulation schockiert gewesen. Nach zwei Monaten pausenloser Arbeit auf den Hotelbooten war alles, was das Leben leichter machte, moralisch akzeptabel. Und es machte ihnen das Leben wirklich leichter: Suzys Fanclub überschlug sich förmlich, um die Schleusentore zu öffnen, bevor die Schleuse leer war, sodass Suzy das Boot hineinsteuern konnte, ohne zuvor anhalten zu müssen. Die Teenager legten sich mächtig ins Zeug, um die Schütze zu öffnen, bevor der ältere, stärkere und erfahrenere Wayne sie zu fassen bekam. Sie zogen die Leinen beim Anlegen viel zu straff, sie hämmerten die Festmacherbolzen viel zu tief in den Boden, aber sie hungerten so sehr nach einem Lächeln oder gar einem Kuss, dass sie sich sogar von Mrs. Anstruther fern hielten. Der Moschus-Geruch erreichte toxische Ausmaße.

Mrs. Anstruther hätte eigentlich froh sein müssen, dass »dieser Bengel mit dem Ohrring« nicht länger jeden kleinen Zwischenfall auf Film bannte und dass das Boot bis auf die Mahlzeiten kinderfrei war. Aber es war ihr nicht gegeben, sich über irgendetwas zu freuen, und sie machte sich Fergus' scheinbar mitfühlendes Ohr und seinen gebildeten Akzent zunutze, um ständig über »die jungen Leute von heute« zu jammern, ein Begriff, der diejenigen einschloss, die sie während der Fahrt versorgten. Allerdings hatte Mrs. Anstruther ihre schneidendsten Bemerkungen für Sylvia reserviert, die sie am wenigsten verdiente.

Aber Sylvia bekam, gänzlich ahnungslos, die Möglichkeit, Rache zu nehmen indem sie sich in Oscar verliebte. Nicht einmal Mrs. Anstruther konnte es entgehen, dass Sylvia jede selbstherrliche Bemerkung ihres Sohnes gierig aufsog und dass sie ihn mit großen, bewundernden Augen ansah. Mrs. Anstruther, der nur allzu klar war, dass Oscar seiner so offensichtlich erfolglosen Werbung um Julia leicht müde werden konnte, bekam es mit der Angst zu tun. Es lag durchaus im Bereich des Möglichen, dass ihr Sohn nicht unempfänglich für Sylvias Schmeicheleien war.

Julia, die zufällig gerade den Korridor im hinteren Boot auskehrte und daher unsichtbar war, bekam mit, wie Mrs. Anstruther auf dem Schleppboot Fergus ihr Herz ausschüttete.

»Natürlich ist sie viel jünger als Julia, daher könnte sie Oscar so viele Kinder schenken, wie er nur wollte, obwohl man wirklich hoffen sollte, dass er sich mit einem Jungen und einem Mädchen zufrieden geben würde. Und diese Sylvia ist ein sehr lenkbares Geschöpf. Wir müssten uns nicht mit solchen Wutanfällen herumschlagen, wie Julia sie uns in letzter Zeit beschert hat.«

Fergus unterbrach sie. »Die junge Dame scheint mir ideal zu sein. Warum fördern Sie die Verbindung nicht?«

Julia war auf ihre Fantasie angewiesen, um sich das Entsetzen vorzustellen, das sich jetzt auf Mrs. Anstruthers Gesicht abmalte; aber da sie diesen Ausdruck häufig gesehen hatte, fiel ihr dies nicht weiter schwer. »Mein lieber Fergus, haben Sie den Verstand verloren? Ich kann Oscar unmöglich erlauben, so ein Mädchen zu heiraten!«

»Aber warum denn nicht? Was haben Sie an Sylvia auszusetzen?«

»Ihre Aussprache der Vokale! Ich nehme an, Ihnen ist es nicht aufgefallen, aber unglücklicherweise bin ich mit dem so genannten ›absoluten Gehör‹ geschlagen. Ich kann nicht mit einem Mädchen leben, das auch nur den leisesten Anflug eines Akzents hat.«

»Aber was für einen Akzent hat Sylvia denn?«

»Sie spricht das Englisch der Küstenbewohner. Ich nehme an, Sie haben sich daran gewöhnt, aber ich kann und werde diesen Akzent in meinem Salon nicht dulden.«

Julia musste ihr Kichern hinter einem Niesen verbergen.

KAPITEL 14

Entgegen aller flehentlichen Bitten, dies doch zu unterlassen, bestanden Bill und Sylvia am letzten Abend auf förmlichen Dankesreden – vor dem Abendessen. Julia stand in der Tür zur Kombüse und ließ das Martyrium stumm über sich ergehen. Sie hatte – eine idiotische Idee, wie sich nun herausstellte – als besonderen Leckerbissen für den letzten Abend Käsesoufflé gemacht und wusste nicht, ob ihre Überlebenschancen besser standen, wenn sie den Ofen anließ oder wenn sie ihn ausschaltete. Aber was auch passierte, Mrs. Anstruther würde irgendeine schneidende Bemerkung dazu machen; sie hörte auch demonstrativ weg, als nun das Loblied auf die Leute gesungen wurde, die sie von Herzen verachtete. Ihre Miene erinnerte Julia an einen ausgestopften Iltis, den sie einmal in einem Museum gesehen hatte: bewegungslos, aber bösartig.

Es waren zwei lange und ermüdende Wochen gewesen, und Julia brannte darauf, dieses Abendessen über die Bühne zu bringen, bevor sie den letzten Rest ihres Verstandes verlor und sich der schweren Körperverletzung an einer ältlichen Witwe schuldig machte, nachdem es ihr bereits misslungen war, deren Sohn zu ertränken. Aber sie musste zusehen und Höllenqualen erdulden, was ihr Soufflé betraf, während zuerst Wayne, dann Suzy und schließlich sie selbst grotesk unpassende Geschenke überreicht bekamen.

Oscar räusperte sich, und da er unmöglich einen solchen Anlass ungenutzt verstreichen lassen konnte, förderte er eine Plastiktüte zutage. »Ein kleines Zeichen der Dankbarkeit für die schöne Zeit, die Sie meiner Mutter und mir bereitet haben.«

Er überreichte Julia und Suzy zwei in das Papier einer Drogerie eingewickelte Kästchen, aus denen ein peinlich teures Parfüm zum Vorschein kam. Suzy dankte ihm mit ihrer üblichen überschwänglichen Begeisterung, und Julia blieb nichts anderes übrig, als ihm einen Kuss auf die Wange zu drücken. Beide Frauen mieden sorgfältig Mrs. Anstruthers Blick, auf dass sie nicht in Schweine verwandelt würden.

»Kann ich jetzt das Essen auftragen?«, fragte Julia, als

sie der Meinung war, die Begeisterungsstürme könnten sich langsam ein wenig legen. Es fiel ihr schwer, den gereizten Unterton aus ihrer Stimme zu verbannen, nachdem alle so freundlich zu ihr gewesen waren.

»Nein, noch nicht, jetzt ist Fergus an der Reihe«, meinte Suzy. »Er war so nett zu uns, als wir es am dringendsten brauchten.«

»Und mir hat er aus dem Kanal geholfen, als ich es am dringendsten brauchte«, warf Oscar mit einem schallenden Lachen ein; einen Augenblick lang vergaß er sogar, dass Fergus sein mutmaßlicher Rivale war.

»Und wie Sie alle wissen, verlässt er uns morgen ...«, fuhr Suzy fort.

Julia, die keine Ahnung davon gehabt hatte, dass sein Abschied so unmittelbar bevorstand, versetzte diese Bemerkung einen heftigen Stich, und sie bekam einen Schluckauf.

»Deshalb habe ich auch für ihn ein Geschenk.« Sie reichte Fergus ein Kästchen, das er pflichtschuldigst auspackte. »Deine eigene, ganz persönliche Seilwinde«, erklärte Suzy, »damit du die Kanäle nie vergisst.«

»Das ist wirklich lieb von dir, Suzy.« Fergus gab Suzy einen dicken Kuss. »Für mich war es schon Belohnung genug, einfach mit euch allen auf den Kanälen sein zu dürfen.«

Julia errötete, fest davon überzeugt, dass hinter seinen Worten eine Zweideutigkeit lauerte, die auf sie zielte. »Ich finde, jetzt sollten wir wirklich essen«, erklärte sie. Man musste es dem Soufflé als Verdienst anrechnen, dass er noch immer nicht eingefallen war.

Wahrscheinlich war es dem maßlos übertriebenen Lob vonseiten der anderen Passagiere zuzuschreiben, dass Mrs. Anstruther es am nächsten Morgen ablehnte, etwas ins Gästebuch zu schreiben. Da sie die Kanäle vom ersten Augenblick an gehasst hatte, war das wahrscheinlich ein Segen. Sie hatte Fergus gestanden, dass sie überhaupt nur deshalb hergekommen war, damit ihr »geliebter Sohn« nicht in die Hände »dieser Harpyie« fiel.

»Wenn sie doch nur mit mir gesprochen hätte«, flüsterte Julia Fergus zu, während sie die Müslischalen spülte. »Ich hätte ihr eine eidesstattliche Erklärung gegeben, dass ich ihn nicht anrühren werde.«

»Nur gut, dass du's nicht getan hast. Sie hätte dich nämlich sonst verklagt. Du hast ihn ins Wasser geworfen«, erinnerte Fergus sie.

»Aber das hätte ich nicht getan, wenn sie mich nicht so wahnsinnig wütend gemacht hätte. Dann wäre ich die ganze Zeit freundlich und gelassen gewesen, wie es meiner Natur entspricht.«

»Oh, wirklich? Das hätte ich gern gesehen.«

In Erinnerung daran, wie unfreundlich sie sich Fergus während seiner ersten Reise gezeigt hatte, errötete Julia und machte sich energisch über die verkrustete Bratpfanne her.

Endlich hatten alle den größten Teil ihrer Habe zusammengesammelt, die Schulklasse war in ihrem Minibus davongefahren, und einzig Oscar und seine Mutter hielten sie noch von ihren alltäglichen Verrichtungen ab.

Am Ende fielen jedoch nicht einmal Oscar weitere Ausreden ein, um noch länger auf dem Boot zu verweilen, und er half seiner Mutter auf den Treidelpfad hinunter, wo die gesamte Mannschaft bereit stand, um Auf Wiedersehen zu sagen. (»Vor allem können wir auf diese Weise dafür zu sorgen, dass das alte Weib auch wirklich verschwindet«, murmelte Suzy.)

Mrs. Anstruther gab Julia und Suzy die Hand, ignorierte aber Wayne, obwohl er ihre Koffer zum Wagen trug und ganz allgemein die freundliche Zurückhaltung eines Mannes an den Tag legte, der auf ein Trinkgeld hoffte. Fergus wurde huldvoll für seine zivilisierte Gesellschaft gedankt, »die das Ganze ein klein wenig erträglicher gemacht hat«.

Oscar presste Julia an seine Männerbrust, dass sie glaubte, ihre Knochen knacken hören zu können. »Ich habe die Hoffnung bei dir noch immer nicht aufgegeben, meine liebe Julia. Ich möchte dich nach wie vor heiraten. Ein Mädchen mit Mumm in den Knochen ist genau nach meinem Geschmack.«

Er umarmte Suzy nur um eine Spur weniger herzlich und drückte Wayne einen Zehnpfundschein in die Hand. Dann nahm er Fergus beiseite, sodass Julia nicht hören konnte, was er zu ihm sagte, aber sie hatte das grauenhafte Gefühl, dass es etwas in der Art war wie: »Glauben Sie ja nicht, Sie bräuchten nicht mehr mit mir zu rechnen bloß weil ich von der Bildfläche verschwinde!«

Nachdem alle gegangen waren, ließ sich die gesamte Mannschaft sich im Salon auf irgendwelche Sessel fallen, und jedes Fünkchen an Gutwilligkeit, Energie und Begeisterung war mit einem Mal erloschen.

»Was machen wir denn nun mit dir, Fergus?«, jammerte Suzy. »Ich bin so müde, ich könnte eine Woche lang schlafen. Wenn du nicht mehr hier bist, werde ich die Schleusen bedienen müssen.«

»Ich habe eine Studentin, die vielleicht herkommen würde«, erwiderte er, »aber du müsstest sie bezahlen.«

»Ich bezahle sie. Ich verkaufe die Perlen, die Daddy mir zu meinem einundzwanzigsten Geburtstag geschenkt hat.«

»Suzy!«, rief Julia schockiert. »Du hast die Perlen doch nicht etwa bei dir, oder?«

»Nun, ich habe sie nicht absichtlich mitgebracht. Ich hab sie in meiner Sporttasche gefunden. Wahrscheinlich liegen sie da schon seit einer Ewigkeit. Angeblich sind sie ziemlich wertvoll. Daddy hat jedenfalls einen großen Wirbel um ihre Versicherung gemacht.« Plötzlich hellte

Suzys Miene sich auf. »He! Warum behaupte ich nicht einfach, die Perlen seien gestohlen worden, und lasse mir die Versicherungssumme auszahlen?«

»Weil das unehrlich wäre«, erwiderte Julia.

»Na schön, dann verkaufen wir sie eben«, brummte Suzy. »Schließlich gehören sie mir«, fügte sie hinzu, als sie Julias unausgesprochene Missbilligung spürte.

»Es ist nie einfach, etwas zu verkaufen. Vor allem wenn man nur samstags in einer Stadt ist und hektisch durch die Gegend zu laufen pflegt. Außerdem würdest du nie den wahren Gegenwert für den Schmuck bekommen.« Julia konnte es förmlich vor sich sehen, wie Suzy in Shorts, Arbeitsstiefeln und zu engem T-Shirt bei einem Juwelier hereinschneite. Wahrscheinlich würde ihr dieser Auftritt nur das Erscheinen der Polizei einbringen – was Suzy möglicherweise einen Riesenspaß machen würde –, aber Geld hätte sie dann immer noch nicht.

»Warum gibst du die Perlen nicht einfach mir?«, schlug Fergus vor. »Ich könnte sie in Oxford einem angesehenen Juwelier verkaufen und dir schon mal etwas Geld dalassen. Wenn ich für die Perlen nicht so viel bekomme, wie ich dir leihe, können wir am Ende der Saison miteinander abrechnen.«

»Eine geniale Idee. Ich wusste ja, dass du was auf dem Kasten hast, Fergus, ganz egal, was Julia erzählt hat.«

Fergus sah Julia mit einer Strenge an, die sie bei ihm noch nie zuvor erlebt hatte. »Hmm. Ich würde gern mit dir einen kleinen Spaziergang machen, wenn niemand etwas dagegen hat.«

»Oh, geht nur«, meinte Suzy.

»Entschuldige mal!«, rief Julia laut. »Ich habe etwas dagegen. Ich habe viel zu viel um die Ohren und keine Energie mehr, um nur zum Spaß irgendwohin zu laufen.«

»Ich glaube nicht, dass dies hier unter ›Spaß‹ fällt, und ich werde dich nicht lange aufhalten. Ich muss wirklich einmal unter vier Augen mit dir sprechen.«

Julia stand auf, außer sich vor Wut und Angst. Mit lauter Stimme zu erklären, dass man jemanden unter vier Augen sprechen müsse, war fast genauso schlimm, als in einem Raum voller Menschen mit allem herauszuplatzen, was man zu sagen hatte. Genau genommen, war es wahrscheinlich noch schlimmer – wegen der Spekulationen, die eine solche Bemerkung auslöste.

»Wirklich, Fergus, ich habe keine Zeit für so etwas«, schimpfte sie, während er sie bereits den Treidelpfad hinunterschleifte. »Du weißt doch, wie hektisch die Samstage immer sind.«

»Ich muss wissen, wo ich bei dir stehe.« So, wie er vor ihr stand, die Hände auf ihre Schultern gelegt, etliche Zentimeter größer als sie, fand Julia, dass er ihr gegenüber eindeutig im Vorteil war. »Haben wir nun eine Beziehung oder nicht?«

»Nein«, antwortete Julia.

»Dann war die Tatsache, dass wir miteinander geschlafen haben, nur eine Art – Fehltritt?«

»Ja. Ich war mit den Nerven runter. Ich wusste nicht, was ich tat.«

Er stieß ein ungläubiges Schnauben aus. »Du kannst dir kaum eingebildet haben, etwas anderes zu tun!«

»Ich weiß, es wirkt ein bisschen seltsam ...«

»Ein bisschen, ja.«

»Aber ich wusste wirklich nicht, was ich tat. Ich meine, ich war quasi im Halbschlaf. Es sieht mir so gar nicht ähnlich, mit jemandem zu schlafen, wenn ich keine feste Beziehung zu ihm habe. Normalerweise ...«

Er unterbrach ihre weitschweifige Entschuldigungsrede. »Und du möchtest es nicht noch einmal tun?«

»Nein.« Obwohl es nicht der Sex war, den sie nicht zu

wiederholen wünschte. Es waren eher die Gefühle, die dazugehörten, zumindest auf ihrer Seite, die sie verdrängen wollte. Und das zu erklären, wäre nicht nur zu kompliziert gewesen, es hätte auch zu viel verraten. Es war einfacher, Fergus wegzuschicken.

Er blickte mit leichtem Stirnrunzeln auf sie herab. »Das ist alles? Keine Erklärungen – keine Verteidigung?«

Sie schüttelte den Kopf und wünschte nur, diese Unterredung fände unter gänzlich anderen Umständen statt – und ohne dass sie vor Müdigkeit weiche Knie hatte. »Ich möchte einfach keine Beziehung.« Hatte er denn eine Beziehung im Sinn? »Es war nur eine ...«

»Eine Urlaubsromanze?«

»Weder Urlaub noch Romanze, aber es war ...« Julia hielt inne. Sie wollte nicht, dass etwas, das wirklich schön und zutiefst romantisch gewesen war, zu einem bloßen Geschmuse im Gras herabgewürdigt wurde. »... erfreulich«, beendete sie ihren Satz ziemlich lahm.

Fergus schnalzte verärgert mit der Zunge. »Oh, um Himmels willen! Man kann ja nicht vernünftig mit dir reden. Ich wünschte, ich ... oh, lass uns zurückgehen.«

Ganz wie Julia es vorhergesehen hatte, warf Suzy ihr einen wissenden Blick zu, als sie zu den anderen zurückkamen, aber glücklicherweise bot sich keine Gelegenheit zu einem vertraulichen Plausch.

Als Fergus sich zwei Stunden später von ihr verabschiedete, konnte sie nur mit Mühe die Tränen niederzwingen. Er war so kalt zu ihr.

»Also, Julia, ich danke dir für eine schöne Zeit. Wirklich schade, dass ich nicht länger bleiben kann. Aber die Pflicht ruft, du weißt ja.«

»O ja«, erwiderte Julia, die selbst beeindruckt war, wie gut es ihr gelang, ihren inneren Aufruhr zu verbergen. »Natürlich. Hast du denn viel Arbeit?«

»Nur ein Buch, das fertig werden muss. Es hätte eigentlich letzte Woche schon bei meinem Verleger auf dem Schreibtisch liegen müssen.«

»Oje. Wenn Suzy dich also nicht hergerufen hätte, wäre das Buch jetzt fertig?«

»Wahrscheinlich.«

»Das ist typisch Suzy, sie ist so gedankenlos.«

»Da ist sie nicht die Einzige.« Dann küsste er sie, heftig und rau, aber ohne sie in die Arme zu nehmen.

Der Samstag verflog wie gewöhnlich in einem Rausch von Einkäufen, Kochen, Putzen und Bettenmachen. Da sie für die nächste Woche nicht voll ausgebucht waren, putzte Julia zwar die Doppelkabine am Ende des Korridors, ließ die Betten jedoch ungemacht. Suzy und sie waren irgendwann übereingekommen, grundsätzlich alle Betten zu machen, falls jemand durch die Fenster spähte (was die Leute regelmäßig taten); auf diese Weise würde jeder denken, sie seien voll besetzt. Als Suzy Julia an diese Absprache erinnerte, bekam sie eine ziemlich scharfe Antwort.

»Nun, dann mach du die Betten. Mehr schaffe ich einfach nicht. Entweder putze ich diese Kabine, oder ich backe einen Kuchen zum Tee, und ich glaube nicht, dass wir den neuen Passagieren einen alten Kuchen anbieten können, oder?«

Überrascht von Julias heftiger Erwiderung, schlich Suzy davon.

Während Julia wenig später die Mandeln in ihre Kuchenmischung gab, versuchte sie sich einzureden, dass das Leben jetzt, da Fergus fort war, einfacher werden würde. Aber wie sehr sie sich auch konzentrierte, sie fand nicht einen einzigen Punkt, in dem sich diese Hoffnung konkretisieren ließ. Es war ein Fall von absolut vermasseltem Timing. Wenn sie Fergus vor einem Jahr begegnet wäre, bevor sie Oscar kennen gelernt und in der Folge beschlossen hatte, dass Ehe und Kinder nichts für sie waren, oder zumindest noch nicht, wäre alles anders gekommen. Aber weil sie ihm zu Beginn ihres neuen Lebens über den Weg gelaufen war, als sie nur Boote und ihre Arbeit in der Kombüse im Sinn hatte, wurde sie einfach nicht damit fertig. Vor allem da Fergus erst kürzlich geschieden worden war und wahrscheinlich nur eine kurze Affäre suchte. Theoretisch passte das zwar genau zu ihren eigenen Gefühlen, aber in der Praxis wollte sie Fergus nicht nur für eine flüchtige Liebelei.

Julia leckte gerade die Kuchenschale aus, als sie das Getöse hörte, das im Allgemeinen mit der Ankunft eines Passagiers verbunden war. Hastig wusch sie sich die Hände und tastete ihren Mund nach Schokoladenresten ab.

»Wie kann jemand nur so viel zu früh kommen? Nun, er wird seinen Tee jedenfalls nicht bekommen, bevor der Kuchen fertig ist. Wo zum Teufel steckt Suzy? Als wüsste ich nicht ganz genau, wo sie steckt!« Ungehalten vor sich hin brummend, ging Julia hinaus.

Und dort, auf dem Treidelpfad, umringt von Reisetaschen aus echtem, schwerem Tuch, eingehüllt in Schals, das lange Haar mit indianischen Silberkämmen zu einer Hochfrisur aufgetürmt, stand ihre Mutter.

Diesmal konnte Julia die Tränen nicht mehr zurückhalten. Sie kletterte aus dem Boot, warf sich ihrer Mutter entgegen und wurde inbrünstig umarmt. Ihre Mutter roch nach Sandelholz und Patschuli, und ihre langen Ohrgehänge gruben sich in Julias Wange, aber sie verströmte auch unendlich viel Liebe.

»Mummy! Was für eine Überraschung! Willst du bei uns Ferien machen?«

»Hm, ja. Aber eigentlich bin ich hier, um dir zu helfen. Ich habe im Büro angerufen und erklärt, wer ich bin. Da war eine sehr nette Frau namens Joan am Apparat, und sie hat mir erzählt, dass ihr noch etwas frei hättet und ein wenig Hilfe gut gebrauchen könntet, also habe ich mich einfach ins Auto gesetzt und bin hergekommen. Lass dich mal ansehen. Du siehst gut aus. Hast du zugenommen? Oder liegt das nur daran, dass du so braun geworden bist?«

Suzy und Wayne, die den Lärm gehört hatten, tauchten aus der hinteren Kajüte auf. »Wie schön, dass Sie da sind, Mrs. ...«, sagte Suzy.

»Ich heiße Fairfax, genau wie Julia, aber Sie müssen mich Margot nennen, meine Liebe.« Woraufhin auch Suzy sich umarmt fand. »Sie müssen Suzy sein. Ich würde gern behaupten, dass ich schon viel von Ihnen gehört habe, nur dass meine Tochter mich so gut wie nie anruft.« Julia wollte protestieren. »Oh, ich weiß, wie viel du um die Ohren hattest, Liebes. Also, wie sieht es aus, darf ich an Bord kommen? Es ist mir egal, wo ich schlafe. Für den Notfall habe ich sogar ein Zelt dabei.«

»Die Doppelkabine vorn ist frei«, erklärte Suzy. »Ich laufe nur schnell rüber und beziehe das Bett.«

»Bemühen Sie sich nicht, Suzy«, meinte Margot. »Geben Sie mir nur alles, was ich brauche, dann mache ich es selbst.«

»Soll ich Ihr Gepäck rübertragen?« Wayne musterte Julias Mutter und konnte es offensichtlich nicht fassen, dass jemand, der dem gleichen Geschlecht angehörte wie Mrs. Anstruther und auch ungefähr so alt wie sie war, so ganz und gar anders sein konnte.

Das sagte er auch zu Julia, als sie den Wäscheschrank durchstöberte. »Ein Unterschied wie Tag und Nacht, nicht wahr? Deine Mutter ist wirklich reizend.«

Julia seufzte.

Ihre Mutter bestand darauf, das Kommando über die Kombüse zu übernehmen. Sie wusch alles, was ihr unter die Finger kam, auch wenn es bereits sauber war, und traf Anstalten, Vollkorn-Scones zu backen. Julia zeigte auf den Kuchen; sie hatte schon vor langer Zeit entschieden, dass es zum Tee entweder Kuchen oder Scones geben sollte – wenn es beides gab, wurde das Dinner für die Passagiere zu viel.

»Unfug, Liebes. Braunes Mehl macht nicht so furchtbar satt wie Weißmehl. Außerdem war die Milch sauer, und ich musste sie irgendwie verwenden.«

»Sie ist reizend, deine Mom«, schwärmte Suzy. »Sie schaltet und waltet in der Küche, als wäre sie von Anfang an dabei gewesen.«

Julia, die Zeit zum Haarewaschen gefunden hatte – was für einen Samstag ungewöhnlich war –, musste ihr gezwungenermaßen zustimmen. Sie zog es vor, Suzy zu verschweigen, dass ihre Mutter das ursprünglich vorgesehene Menü als viel zu proteinreich abgetan und ihnen allen ein vegetarisches Essen verordnet hatte. Sie würde zu diesem Zweck den Gemüsevorrat für drei Tage aufbrauchen, und Passagiere, die nicht an eine ballaststoffreiche Kost gewöhnt waren, würden zweifellos eine unangenehme Nacht verleben.

Als die Passagiere dann kamen, lagen sie kurz darauf Julias Mutter bereits zu Füßen. Allerdings hielten sie sie alle für die Besitzerin der Boote und mussten mühsam davon überzeugt werden, dass Suzy die Chefin war.

»Es ist verblüffend, nicht wahr?«, fragte Margot. »Was junge Frauen heutzutage alles auf die Beine stellen! Nehmen Sie zum Beispiel Suzy, die ihr eigenes Geschäft betreibt, und das mit …? Wie alt sind Sie eigentlich? Zwanzig?«

»Vierundzwanzig, um genau zu sein.«

»Aber immer noch praktisch ein Kind. Nehmen Sie sich doch etwas zu trinken, Winifred, bitte.«

Unglücklicherweise hatte noch niemand Winifred die Strichliste an der Bar erklärt, was bedeutete, dass ihr trockener Sherry aufs Haus ging. Suzy mochte zwar noch immer glauben, dass es wunderbar sei, Margot im Team zu haben, aber Julia kamen bereits erste Zweifel.

Wayne dagegen war absolut hingerissen. Julias Mutter hatte eine besondere Gabe im Umgang mit jungen Männern, und Wayne trottete ohne ein Wort der Klage noch einmal in die Stadt, um zusätzliches Gemüse einzukaufen. Und er erzählte ihr haarklein von seinem Video, obwohl sich der Filmjargon in seinem trägen West-Country-Slang ein wenig merkwürdig ausnahm.

Margot war begeistert. »Das klingt faszinierend. Sehr avantgardistisch. Ich bedaure nur, dass ich mir Ihren Film nicht sofort ansehen kann. Sie müssen mir eine Kopie schicken.«

Julia und Suzy hatten zweifelnde Blicke getauscht. Sie wollten ein Video, das potenziellen amerikanischen Gästen die Hotelboote und die Kanäle zeigte, kein Statement über zwischenmenschliche Unmenschlichkeit.

»Aber Mom«, protestierte Julia jetzt. »Du hast nicht einmal einen Fernseher, geschweige denn einen Videorekorder.«

»Aber ich habe jede Menge Freunde, die in dieser Hinsicht bestens ausgestattet sind. Vielleicht animiert der Film sie ja, auch einmal auf dem Kanal Urlaub zu machen. Nein, wirklich, ich könnte euch wahrscheinlich eine Unmenge neuer Kunden verschaffen.«

»Sie kann den Eskimos Eis verkaufen«, versicherte Julia Suzy. »Solange es nicht um sie selbst geht.«

»Ich sorge dafür, dass Sie eine Kopie bekommen, sobald der Film fertig ist, Margot«, versprach Suzy. »Wir brauchen jede Hilfe, die wir kriegen können.«

In dieser Woche kam auch Ron Jones wieder, der Mann von der Gesundheitsbehörde. Es überraschte niemanden, dass er ebenfalls Margots Zauber erlag.

»Es ist wirklich alles ganz anders als bei meinem letzten Besuch«, erzählte er ihr, während er eine Tasse Tee trank und ein Stück Dattelkuchen verzehrte, in dem so viel Faserstoffe enthalten waren, dass man die halbe Welt damit hätte einkleiden können. »Damals war ein sehr reizbarer Bursche hier, der zu glauben schien, dass ich nichts als Ärger machen wolle.«

»Obwohl Sie im Grunde natürlich nur Ihren Job machen. Manche Leute können einfach keine Kritik vertragen. Wenn die Küche unhygienisch ist, muss etwas unternommen werden. Ich habe viel geputzt, seit ich hier bin.«

Das entsprach der Wahrheit, aber viele dieser Putzaktionen waren unnötig gewesen, und Julia fand, dass Suzy nicht damit gedient war, wenn das ausgerechnet der Gesundheitsbehörde unter die Nase getrieben wurde. »Sie werden sicher feststellen, dass wir uns um alle Dinge gekümmert haben, die auf Ihrer Liste standen«, fügte sie hinzu.

»Du meinst, Fergus hat sich darum gekümmert«, warf Suzy ein. »Er war einfach großartig.«

»Fergus? Fergus war hier?«

Julia hätte sich einen Tritt geben können, dass sie Suzy nicht gebeten hatte, Fergus auf keinen Fall zu erwähnen. »Du weißt doch, dass er hier war, Mom, du hast ihn selbst hergeschickt.«

»War Fergus der Mann, von dem ich dachte, er würde mich am liebsten verprügeln?«, fragte Ron Jones. »Der Mann mit dem Hund?«

»Oh, nein, das war Oscar«, erklärte ihm Suzy. »Julia hat ihn in den Kanal geworfen.«

»Julia!« Margot war schockiert. »Sag mir, dass du das nicht getan hast!«

»Er hatte es wirklich verdient, Margot. Bloß weil er einmal mit Julia verlobt war, glaubte er, das Recht zu haben, sich auf den armen Mr. Jones zu stürzen, der so schrecklich hilfsbereit und überhaupt nicht schwierig war«, fuhr Suzy fort, offensichtlich in der Hoffnung, dass Ron sich auch in Zukunft hilfsbereit zeigen und all die Verbesserungen abnehmen würde, die Fergus vorgenommen hatte. »Andererseits wäre der arme Oscar wohl nie aus dem Kanal gekommen, wenn Fergus ihn nicht gerettet hätte.«

»Dann ist Fergus also noch einmal zurückgekommen?«

»Sooty hat ihn immer wieder umgeworfen«, erzählte Julia, in dem vergeblichen Bemühen, ihre Mutter von Fergus abzulenken. »Sooty ist Oscars Hund, ein schwarzer Labrador. Absolut hinreißend, aber ein ganz schöner Brocken. Und Oscar hätte ihn wirklich nicht mitbringen sollen.«

»Erzähl mir eins, Liebes«, bat Margot und griff nach Julias Hand. »Ist Fergus wirklich hergekommen, um dich zu besuchen?«

»O ja«, versicherte Suzy, die keine Ahnung hatte, in welche Schwierigkeiten sie ihre Freundin stürzte. »Zweimal sogar. In der ersten Woche hat er uns ausgeholfen, als wir ohne einen dritten Mann dastanden. Ein absoluter Prachtkerl. Und dann ist er noch mal wiedergekommen. Sie haben ihn übrigens nur knapp verpasst.«

»Warum hast du mir nichts davon erzählt, Julia? Ich habe neulich erst mit seiner Mutter telefoniert, und sie hat kein Wort davon erwähnt.«

»Tut mir Leid, Mummy, das ist mir doch glatt entfallen. Daran siehst du, wie viel wir hier um die Ohren hatten.« Obwohl sie (bei nur sieben Passagieren und ihrer Mutter als zusätzlicher Hilfe) nicht annähernd so viel zu tun hatten wie sonst.

Solchermaßen beschwichtigt, bot Margot Ron Jones noch eine Tasse Tee an.

»Hm, ich sollte mir wohl ansehen, was sie unternahmen haben, um die Vorschriften zu erfüllen«, sagte er. »So nett es auch ist, hier zu sitzen und diesen köstlichen Dattelkuchen zu essen.«

Suzy stand auf. »Ich führe Sie herum. Aber Fergus war sehr gründlich.«

»Wie nett von Fergus, noch einmal zurückzukommen«, bemerkte Margot, als sie und Julia den Treidelpfad entlangspazierten, um bei der Inspektion der Boote nicht im Weg zu sein. »Er ist so ein netter Kerl, findest du nicht auch? Ich meine, zwischen Lally und mir hat es immer diesen kleinen Witz gegeben ...« – Julia war es nie wie ein Witz erschienen –, »... wie schön es wäre, wenn ihr beide zusammenkämt. Ich weiß, du hast dich nie für ihn interessiert, und Fergus hat dann diese grässliche Frau geheiratet ...«

»Bist du ihr irgendwann mal begegnet?«

»Nein, aber ...«

»Woher weißt du dann, dass sie grässlich war? Vielleicht war sie in Wirklichkeit ganz nett.«

»Nun, Lally meinte ...«

»Mummy, Liebes, du musst zugeben, dass keine Frau für Lallys Lieblingssohn gut genug sein könnte. Sie hätte eine Heilige sein können, und Lally hätte sie trotzdem gehasst. Zum Glück bist du ganz anders.«

Julia hatte Margot zum Schweigen gebracht, aber nur für einen Augenblick. Dieses Thema stand ihrem Herzen zu nah, als dass sie es so schnell hätte beenden mögen. »Hm, wahrscheinlich hast du Recht, was Lally betrifft, obwohl ich doch denke, wenn Fergus das richtige Mädchen kennen lernen würde, wäre Lally als Schwiegermutter ganz in Ordnung.«

Julia verbarg ihre Skepsis hinter einem leisen Hüsteln.

»Aber wenn man bedenkt, wie vernarrt Lally immer in ihn war, hat Fergus sich doch ganz gut entwickelt, findest du nicht auch?«

Julia fand das tatsächlich, sehr sogar. Doch wenn sie jetzt das Falsche sagte, würden zwei Mütter sich künftig überschlagen, um sie zu verkuppeln. Die letzten Jahre wären nichts im Vergleich zu dem Druck, den sie auf ihre jeweiligen Kinder ausüben würden, um sie vor den Altar zu bekommen. Sie war es Fergus ebenso schuldig wie sich selbst, dafür zu sorgen, dass ihre Mutter sich jedwede romantische Ideen sofort aus dem Kopf schlug. »Er hat uns wirklich sehr geholfen. Aber er ist nicht der Typ Mann, zu dem man sich hingezogen fühlt, nicht wahr?«

»Also, ich fand ihn sehr attraktiv. Sehr männlich, du weißt schon.«

Julia wusste es nur allzu gut, aber sie ließ nicht locker. »Wahrscheinlich ist er ganz in Ordnung. Die Passagiere waren alle in ihn vernarrt. Aber sie waren natürlich alle viel älter.«

Margot ließ sich für ihre Antwort einige Sekunden Zeit. Es war ihr unerträglich, mit Frauen in einen Topf geworfen zu werden, die viel älter waren als Julia. Sie war Mutter und Großmutter und von Natur aus sehr mütterlich veranlagt, aber ein Teil von ihr wollte immer noch als junge Frau in der Blüte ihrer Jahre gelten. Sie versuchte es mit einer anderen Taktik. »Ich weiß natürlich, dass Lally ein bisschen dominant sein kann, aber Fergus' erste Frau war anscheinend wirklich grässlich. Sie hat sich überhaupt nicht um ihn gekümmert, wollte keine Kinder und interessierte sich nur für ihre Karriere. Lally sagt, sie hätte von Anfang an gewusst, dass es mit Tränen enden würde.«

»Ich habe gehört, Oliven sollen sehr gut gegen Kummer sein – du weißt schon, die Bach-Blütentherapie ...« Mit etwas Glück würde sie ihre Mutter von Fergus ablenken und das Gespräch auf Alternative Therapien bringen können.

»Ich habe eine Tabelle in meiner Kabine, wenn du es wirklich wissen willst, aber noch einmal zurück zu Lally. Sie meint, Fergus wünsche sich nichts sehnlicher, als einen Hausstand zu gründen und Kinder zu bekommen.«

Julia schauderte. Lally würde wahrscheinlich genau wie Oscars Mutter auf Töpfchen und Internat bestehen. Aber sie zwang sich, nicht zu heftig zu reagieren, sonst würde ihre Mutter ihr das mangelnde Interesse nicht abnehmen. Womit sie natürlich richtig liegen würde. Julia gähnte leise. »Ich finde, das alles klingt ziemlich langweilig, meinst du nicht auch?«

Margot fühlte sich hin- und hergerissen. Im Kern ihres Wesens war sie zutiefst konservativ, und jahrelang hatte sie sich auch entsprechend zurechtgemacht. Aber ihre neue Persönlichkeit hatte entschieden etwas Freigeistiges; sie hatte sich nach dem Tod ihres Mannes und einigen prägenden Erfahrungen herausgebildet – Kursen in Radionik, Farbtherapie und über die Vorzüge kleinbäuerlicher Bewässerungsprojekte. Die Vorstellung, sich mit einer Frau und zwei Komma vier Kindern häuslich einzurichten, sollte eigentlich nur Verachtung in Margot wecken. Wo war in all dieser Häuslichkeit Raum für Selbstfindung, Raum, um mit der spirituellen Seite des eigenen Wesens in Kontakt zu treten?

Nach einem kurzen inneren Kampf landete Margot auf der konservativen Seite. Schließlich hatte sie erst seit relativ kurzer Zeit mit der New Age-Bewegung zu tun. Mehr als dreißig Jahre Eheleben hatten eine tiefere Narbe hinterlassen.

»Nicht langweilig, mein Kind. Nur verantwortungsbewusst. Und natürlich erzählte Lally mir neulich erst ...«

»Du scheinst in letzter Zeit ziemlich viel mit Lally zu reden.«

»Unser Leben hat mehr Berührungspunkte denn je, ja, aber was ich dir eigentlich sagen wollte ...« – und was Julia gerade nicht hören wollte –, »ist, dass sie sich wirklich wünscht, Fergus würde ein nettes Mädchen wie dich finden.« Margot hielt inne. »Genau genommen, sprach sie ganz konkret von dir.«

»Ich weiß. Ihr zwei wollt mich schon mit Fergus verkuppeln, seit ich auf der Welt bin.«

»O nein, das stimmt nicht, Liebes! Aber jetzt, nachdem du deine Verlobung gelöst hast ...«

»Du hast Lally doch nicht erzählt, dass ich meine Verlobung gelöst habe, oder?«

»Könnte sein, dass ich es einmal flüchtig erwähnt habe.«

»Oh, das ist schon in Ordnung. Dann wird sie mich wenigstens nicht mehr als Schwiegertochter haben wollen. Schließlich habe ich Oscar, nach allem was du berichtest, aus genau den gleichen Gründen den Laufpass gegeben wie Fergus' Frau ihm. Lally möchte doch bestimmt nicht, dass er sich noch einmal mit so einer Frau einlässt, oder?«

»Aber du bist doch gar nicht so.«

»Und ob ich so bin! Ich will Freiheit, ich will die Chance, zu reisen und mir einen Job auszusuchen, der mir gefällt. Ich möchte Karriere machen oder wenigstens meinen Spaß haben! So, wie du es seit Daddys Tod hältst. Nur dass ich nicht verheiratet bin und deshalb nicht erst warten muss, bis ich Witwe werde.«

Ihre Mutter schwieg ziemlich lange. »Ich möchte dir nur eins sagen: So sehr ich Daddy geliebt habe und ihn noch immer liebe, waren meine Kinder doch der wunderbarste und schönste Teil meines Lebens, und das hätte ich für alle Freiheit der Welt nicht missen wollen.«

Julia musste abermals mit den Tränen kämpfen. »Oh, Mummy, das ist schön, dass du das sagst.«

»Also finde ich, du solltest heiraten und Kinder bekommen, bevor es zu spät ist ...«

KAPITEL 15 Zwei Monate, nachdem Julias Mutter für eine Woche wie ein Wirbelwind über sie hinweggefegt war, saßen Julia und Suzy auf dem Dach des hinteren Bootes und genossen die heiße Augustsonne.

Suzy gähnte, reckte ein nacktes, sonnengebräuntes Bein und bewunderte seine Form und Farbe und die lackierten Zehennägel des dazugehörigen Fußes. »Die Dinge scheinen langsam eine Eigendynamik zu entwickeln«, sagte sie träumerisch. »Denk nur, wie anstrengend früher alles war. Seit Mel bei uns ist, kommt mir das Leben wie ein einziger glücklicher Traum vor. Und braun geworden bin ich obendrein.«

»Bevor sie da war, hatten wir jedenfalls nie Zeit, herumzuliegen und zu reden.« Julia schälte Kartoffeln. Die Passagiere – insgesamt nur vier Personen um die siebzig, aber dennoch ein munterer Verein – waren zusammen hergekommen, um Bridge zu spielen. Jetzt machten sie gerade einen Spaziergang und hatten Wayne und ihren Nachmittagstee mitgenommen. Suzy sollte eigentlich den Papierkram erledigen.

Suzy richtete sich auf und griff nach ihrem Kugelschreiber. »Ich liege nicht herum. Ich denke lediglich mit geschlossenen Augen nach. Aber Mel ist fabelhaft. Sie ist so willig und lernbegierig. Und Kochen kann sie auch. Das war wirklich klug von Fergus, uns ausgerechnet sie zu schicken.«

»Ich kann mir nicht vorstellen, dass er wusste, was für ein Glücksfall sie ist«, meinte Julia. »Er hat wohl kaum ihre Kochkünste ausprobiert.«

»Warum geht es dir eigentlich so gegen den Strich, ein gutes Haar an Fergus zu lassen? Er hat uns mehrfach das Leben gerettet, aber du kannst dich kaum dazu überwinden, Danke zu sagen.«

Julia musterte mit großem Interesse die Kartoffelschale, die sich von ihrem Schäler hinabschlängelte. »Das liegt wahrscheinlich daran, dass Mom uns ewig in den Ohren gelegen hat, wie wunderbar er ist. Aber du hast Recht, ich benehme mich wirklich zickig.« Sie seufzte. »Ohne Mel hätten wir ziemlich in der Klemme gesessen, da es mit meinen Kochkünsten in letzter Zeit nicht mehr so weit her ist.«

»Ach ja? Das war mir gar nicht aufgefallen. Machst du dir Sorgen, weil deine alte Firma dich verklagt, oder ist es etwas anderes?«

Julia schüttelte den Kopf. »Ehrlich gesagt, habe ich kaum einen Gedanken daran verschwendet. Das Ganze ist so lächerlich, dass ich es irgendwie nicht ernst nehmen kann. Vor allem, da wir so viel zu tun hatten. Also, du meinst nicht, dass an meiner Kocherei etwas auszusetzen ist?«

»Mir schmeckt alles genauso gut wie eh und je. Aber Mel kommt auch prima mit den Booten zurecht. Genau genommen, ist sie ein Traum von einem Mannschaftsmitglied. Meinst du, ich kann sie fragen, ob sie nächstes Jahr zurückkommen möchte?«

»Das solltest du unbedingt versuchen. Sie hat bewirkt, dass mir mein Leben wieder lebenswert erscheint.«

»Es war auch einfacher für dich, als deine Mutter diese eine Woche bei uns war, nicht wahr?«, hakte Suzy nach. »Sie war große Klasse. Du hast wirklich Glück, so eine Mutter zu haben. Sie nimmt echten Anteil an deinem Leben, statt nur die ganze Zeit irgendetwas zu missbilligen. Margot ist so ganz anders als die meisten Mütter.«

»Sie kann aber auch ziemlich beherrschend sein.«

»Hm, ja, aber doch auf eine gute Art und Weise.«

»Wahrscheinlich hast du Recht.« Obwohl Julia in besagter Woche durchaus gemischte Gefühle gehabt hatte, wenn sie aus ihrer eigenen Kombüse gescheucht worden war, musste sie Suzy einfach Recht geben. Sie war schon undankbar genug gewesen, was Fergus betraf.

Suzy hatte keine Ahnung von Julias zwiespältigen Gefühlen. »Also wirklich, ich glaube, wir haben die Sache mit den Hotelbooten geschafft. Wenn Waynes Video in Ordnung ist und wir die Leute aus Amerika als Kunden gewinnen, haben wir gut lachen. Und selbst wenn der Film Müll ist, müssten wir mehr Buchungen bekommen als in diesem Jahr. Mit Ausnahme von Oscars Mutter haben alle gesagt, sie wollten wiederkommen und ihre Freunde mitbringen.«

Julia, die trotz Mel noch immer furchtbar müde war, konnte Suzys ungebremsten Optimismus nicht ganz teilen. Sie erinnerte sich an all die Schwierigkeiten zu Anfang der Saison, als Jason sie wenige Stunden vor Ankunft der ersten Passagiere im Stich gelassen hatte. Aber der Tag war zu schön, um ihn zu verderben, daher behielt sie ihre negativen Gedanken für sich.

Mel war in der Tat ein Juwel. Sie war, einen Rucksack als Gepäck, im Taxi aufgekreuzt und hatte erklärt, dass Fergus jede Menge Geld für die Perlen bekommen und ihr bereits ihren Lohn bis zum Ende der Saison bezahlt habe. Mel verfügte über unerschöpfliche Energiereserven, war zu jeder Tageszeit bester Laune und besaß überdies einen endlosen Vorrat an Rezepten für ›Ananaskuchen verkehrt‹, schokoladen- und kokosnussüberzogene Biskuitplätzen und ähnliche Köstlichkeiten direkt aus Mutters Küche. Die Passagiere liebten sie und gaben ihr reichlich Trinkgelder.

»Du bist jeden Penny wert«, versicherten Julia und Suzy mit einer Spur von Neid, als sie das zum ersten Mal mitbekamen. Die Passagiere gaben Suzy deshalb kein Trinkgeld, weil sie die Besitzerin war und vermutlich ein Vermögen verdiente, und Julia bekam nichts, weil sie eher wie eine Geschäftspartnerin als eine Angestellte wirkte. »Das ist *so* unfair!«, beschwerte sich Suzy bei Julia. »Du hättest Trinkgelder *verdient*.«

Julia zuckte mit den Schultern. »Das ist nun mal der Nachteil, wenn man mit dem Boss befreundet ist.«

Suzy umarmte sie und schenkte ihr später ein entzückendes Paar Ohrringe, das sie in einem Laden am Kanal gekauft hatte. »Es muss auch Vorteile geben«, hatte sie dazu erklärt.

Nachdem sie nun die geschälten Kartoffeln abgeliefert und Mel ihr versichert hatte, dass sie keine Einmischung in der Küche brauche oder wolle, entschied Julia sich gegen ein Sonnenbad und für einen Spaziergang. Die Sonne, die für eine Weile recht wohltuend gewesen war, verursachte ihr jetzt eine leichte Übelkeit.

»Ich will mal sehen, ob ich nicht irgendwo ein paar frühe Brombeeren finden kann«, erklärte sie Suzy. »Ich habe ein oder zwei Büsche gesehen, an denen wir heute Morgen vorbeigefahren sind. Hast du Lust mitzukommen?«

Suzy ließ sich nur selten eine Gelegenheit entgehen, ihre Bücher im Stich zu lassen. »O ja. Ich bin hier ziemlich auf dem Laufenden. Fergus hat alles wunderbar in Ordnung gebracht, bevor er abgereist ist. Seither ist es ganz leicht, die Bücher auf dem neusten Stand zu halten.«

»O Gott«, murmelte Julia. »Erzähl mir nicht, dass er neben allem anderen auch noch ein erstklassiger Buchhalter ist.«

»Ich weiß nicht, ob er erstklassig ist, aber ... Oh! Das war ironisch gemeint. Meinst du wirklich, nur weil deine Mutter ihn dir von deiner Geburt an dauernd als Vorbild unter die Nase gerieben hat, hättest du das Recht, ihn zu hassen?«

»Ich *hasse* ihn nicht, ich habe es nur langsam satt, ihn als den Retter der Menschheit präsentiert zu bekommen, das ist alles.«

Suzy kicherte. »Er hat nicht die gesamte Menschheit gerettet, sondern nur uns zwei. Na, komm schon, Julia, mach nicht so ein Gesicht.«

Sie fanden keine Brombeeren, aber sie genossen ihren Spaziergang im Sonnenschein und waren in Sichtweite der Boote, bevor die Passagiere von ihrem Spaziergang zurückerwartet wurden.

»Ich hoffe, Mel hat sich nicht einsam gefühlt«, meinte Suzy, der es an ihrer Stelle ganz sicher so ergangen wäre. »Aber sie hat mir versichert, dass sie keine Probleme mit dem Alleinsein haben würde.«

Aber Mel hatte Probleme gehabt. Und sie war nicht allein. Tatsächlich schien der Salon voll von Menschen zu sein, als sie zurückkamen. Zwei Männer saßen am Tisch, tranken Bier direkt aus der Dose, und ein Mädchen saß auf der Treppe und wusste offensichtlich mit seinen Händen nichts Rechtes anzufangen. Einer der Männer war Jason. Der andere hatte einen glatt rasierten Kopf mit einem Augenbrauenpiercing.

»Aha, Daddys kleine Prinzessin ist also wieder da«, stellte Jason fest und leerte seine Dose. »Damit ich jetzt das Vergnügen haben kann, euch hier rauszuwerfen.«

Mel stand in der Kombüse, kreideweiß und zutiefst erschüttert, aber auch entschlossen. Dem Mädchen auf der Treppe war das Ganze offensichtlich peinlich. »Oh, na, komm schon, Jase ...«, nuschelte es.

»Sie können es ruhig gleich erfahren«, erklärte der andere Mann. »Und sie können die Boote genauso gut jetzt verlassen wie später.«

»Was zur Hölle habt ihr hier zu suchen?«, fragte Suzy scharf. Sie wandte sich mit einem Stirnrunzeln dem Mädchen zu. »Lisa?«

Das Mädchen nickte, antwortete aber nicht.

»Wir sind hier, weil die Boote jetzt uns gehören«, sagte Jason. »Sie sind verkauft worden.«

»Aber doch nicht an dich?«, fragte Julia.

Jason zuckte die Schultern. »Noch nicht. Aber wir betreiben sie für den Rest dieser und in der nächsten Saison.« Er lächelte Suzy höhnisch an. »Dein Onkel Ralph hat verkauft, Sweetheart.«

»Ich glaube dir nicht. Er würde das nicht tun, und er hat mir nichts davon erzählt«, entgegnete Suzy, die sich inzwischen hingesetzt hatte. Auch Julias Beine schienen plötzlich aus Pudding zu bestehen.

»Aber er hat sich für morgen zu Besuch angemeldet?«, erwiderte Jason mit der ganzen Gehässigkeit, deren er fähig war.

»Ja, er kommt gern von Zeit zu Zeit mal zu Besuch.«

»Nun, morgen wird er euch erzählen, dass er die Boote verkauft hat. Wir wollten euch nur eine kleine Warnung im Voraus zukommen lassen.«

»Hast du irgendwelche Belege?«, fragte Julia geschäftsmäßig. »Quittungen über den Verkauf, eine Besitzüberschreibung? Irgendetwas in der Art?«

»Nein«, antwortete Jason mit leicht gehobener Stimme, womit er wohl andeuten wollte, dass dergleichen nicht notwendig sei.

»Nun, du erwartest doch sicher nicht, dass wir uns einfach mit deinem Wort begnügen?«, setzte Julia hinzu.

»Es kümmert mich einen Scheißdreck, was ihr denkt«, fuhr Jason auf. »Wir sind jetzt hier, und wir übernehmen das Kommando. Ihr drei Mädels packt am besten gleich eure Siebensachen und verschwindet.«

»Wir gehen nirgendwohin, solange wir keinen Beweis dafür in Händen halten, dass Ralph die Boote wirklich verkauft hat. Und dann«, fuhr Julia fort, »werden wir Beweise sehen wollen, dass der Käufer, wer er auch sein mag, verrückt genug war, um euch als Mannschaft einzustellen.«

Jason stand, sichtlich gekränkt, auf. »Jetzt hör mir mal

gut zu, du fette Kuh. Es gibt niemanden auf dem Kanal, der mit den Booten besser fertig wird als ich. Und niemand kocht besser als meine Lisa.«

»Ach ja?«, spottete Suzy.

»Ach ja«, wiederholte Jason und machte drohend einen Schritt auf Suzy zu.

Julia, die die Angst ihrer Freundin spürte, versuchte, Jasons Zorn auf ein anderes Ziel zu richten. »Nun, ich hoffe nur, deine Kumpane sind verdammt gut im Umgang mit Kunden, obwohl mir das eher unwahrscheinlich vorkommt«, fügte sie hinzu. »Denn du selbst bist eine absolute Niete, wenn es darum geht, mit Menschen auszukommen. Du würdest jeden einzelnen Fahrgast, den du bekommst, in Windeseile wieder vergraulen!«

Jason wandte sich wie erwartet von Suzy ab und richtete seinen Zorn auf Julia, wobei er bereits die Sessel zur Seite schob, damit er direkt auf sie zusteuern konnte. Julia bewegte sich auf ihrer Sitzbank keinen Millimeter weiter, aber sie fragte sich dennoch, ob er wirklich so weit gehen würde, sie zu schlagen. Sie hatte Angst, doch sie war vorbereitet.

»Nun beruhige dich mal, Jase«, meinte Lisa hastig, der offensichtlich nichts daran lag, dass das Ganze in Gewalttätigkeiten endete. »Wir können sie nicht einfach hinauswerfen. Wir hätten nicht kommen sollen, nicht vor morgen früh. Dann wird der Verkauf nämlich erst perfekt«, fügte sie für Julia und Suzy hinzu.

»Wie gesagt«, erwiderte Julia. »Bevor wir keine Beweise dafür gesehen haben, dass tatsächlich ein Verkauf stattgefunden hat, habt ihr kein Recht, euch hier aufzuhalten, und werdet daher jetzt bitte gehen. Wenn Ralph die Boote wirklich verkauft hat, könnt ihr wiederkommen, sobald wir weg sind.«

»Und wer will uns zwingen zu gehen?« Das Faktotum, das augenscheinlich eher über Kraft als über Grips verfügte, ließ bedrohlich die Knöchel knacken und erinnerte Julia damit an eine Comicfigur.

»Wir«, antwortete Suzy.

»Du und wer noch?« Jason lachte. »Bring uns noch 'ne Dose Bier aus dem Kühlschrank, Mädchen«, rief er Mel zu.

»Wayne wird uns helfen«, erklärte Suzy. »Du hast dich doch sicher schon mit Wayne bekannt gemacht, oder?«

»Ist das der Typ, der vorhin mit deinen Passagieren weggegangen ist?«, wollte Jason wissen. »Schien ein netter Junge zu sein, meinst du nicht auch, Pig?«

»Yeah«, sagte Pig. »Ein sehr netter Junge. Und hübsch.«

Julia fühlte sich einer Ohnmacht nahe. Es war ein grauenhafter Gedanke, dass sie beobachtet worden waren. Und sie hatten keine Chance, die drei Eindringlinge mit Gewalt zu verjagen, nicht einmal mit Wayne und den Passagieren als Verstärkung. Wayne war durchtrainiert und stark, aber ihre Bridgedamen hatten wahrscheinlich spröde Knochen. Eine Sekunde lang blitzte in Julia die Sehnsucht nach Fergus, Oscar und Sooty auf. Selbst Mrs. Anstruther hätte irgendetwas tun können. Wo waren all diese Leute, wenn man sie brauchte?

»Hören Sie«, begann Julia erneut. »Es gibt überhaupt keinen Grund, gewalttätig zu werden. Wenn Sie die Boote übernehmen, wollen Sie doch sicher nicht den Salon renovieren müssen, weil er zertrümmert wurde, oder?« Jason reagierte nicht, aber Julia sprach trotzdem weiter: »Also, warum rufen Sie nicht die Leute an, die Sie angestellt haben, und bitten sie darum, uns Beweise für den Verkauf der Boote zu liefern? In dem Falle werden wir selbstverständlich sofort gehen.«

Suzy ließ ein empörtes Quieken hören, aber Julia ignorierte sie. »Und wenn Sie das getan haben, wird Suzy Ralph anrufen und ihn bitten, herzukommen und uns persönlich zu sagen, dass die Boote verkauft worden sind. Wenn wir sowohl Käufer als auch Verkäufer hier haben, werden wir alle wissen, wo wir stehen.«

»Bloß die Passagiere nicht«, murmelte Mel in der Kombüse.

Julia stand auf und ging zur Kombüsentür. »Gib uns mal das Telefon rüber, Mel«, bat sie. Das Mädchen holte das Handy und gab es Julia, die es an Jason weiterreichte. »Nur zu. Rufen Sie an und bestellen Sie den Verantwortlichen her.«

»Das ist eine Riesenfirma. Solche Leute bestellt man nicht einfach irgendwohin.«

»Ach, nein? Dann bekommen Sie auch Ihre Boote nicht, stimmt's?«, fuhr Julia fort. »Und seit wann sind Hotelboote so ein Riesengeschäft, dass ›Riesenfirmen‹ sie kaufen?«

Jason setzte eine widerwärtig blasierte Miene auf. »Was weißt du denn schon, dämliches Weibsbild? Das ist ein multinationaler Konzern, die wollen die Boote für Betriebsausflüge.«

Er betonte das Wort, als wäre es ihm fremd, und zum ersten Mal gewann Jasons Geschichte eine gewisse Glaubwürdigkeit. Eine große Firma konnte durchaus auf den Gedanken kommen, zwei Hotelboote für Betriebsausflüge zu kaufen, falls diese Leute mehr Geld als Verstand hatten – oder Geld, das sie verstecken wollten.

»Also, machen Sie schon«, drängte Julia, fest entschlossen, sich nicht entmutigen zu lassen. »Rufen Sie Ihre ›Riesenfirma‹ an.«

Jason fand langsam Gefallen an der Macht, die die Situation ihm gab. »Hast du diese Nummer, Lisa?«

Lisa durchwühlte den Lederbeutel, den sie um den Hals trug, und förderte ein Stück Papier zutage, das sie Jason reichte.

»Aber ich werde nicht mit denen reden, solange ihr alle hier rumsteht«, tönte er. »Ich gehe in die Kabine.« Mit diesen Worten drängte er sich an den anderen vorbei und verließ den Salon. Suzy entfernte sich ebenfalls ein paar Schritte und setzte sich auf die Polsterbank. Mel verließ die Kombüse und gesellte sich zu ihnen in den Salon. Niemand sagte ein Wort. Lisa schien sich ausgesprochen unwohl in ihrer Haut zu fühlen. Der andere Mann sah sich rastlos um. Er konnte kein potenzielles Mitglied der Mannschaft sein, überlegte Julia, nicht mit einem Spitznamen wie »Pig«. Wahrscheinlich hatte Jason ihn als zusätzliches Muskelpaket angeheuert.

»Die Passagiere werden jeden Augenblick zurückkommen«, flüsterte Mel Julia zu. »Was unternehmen wir wegen des Abendessens?«

Julia sah Suzy an, aber die hatte sich, die Beine dicht an den Körper gezogen, auf die Bank gehockt. Sie sah todunglücklich aus und wirkte vollkommen teilnahmslos. Offenbar hatte sie jeden Mut verloren.

»Was auch passiert, wir müssen ihnen etwas zu essen anbieten. Du bereitest alles für die Mahlzeit vor, und ich decke den Tisch.« Julia stand auf. »Wenn es Ihnen nichts ausmacht, an Deck zu gehen ... Wir müssen uns jetzt um das Abendessen kümmern«, erklärte sie Pig, der sich mit einem unbestimmbaren Grunzen ihrer Bitte widersetzte, bis ihm klar wurde, dass sie einfach über ihn hinwegtrampeln würde, wenn er nicht zur Seite ging.

Lisa sprang sofort auf. »Natürlich. Kann ich irgendetwas tun, um zu helfen?«

Suzy erwachte aus ihrer Benommenheit und sah Lisa erstaunt an. »Was um alles in der Welt denkst du dir dabei, dich wieder mit Jason zusammenzutun? Du musst den Verstand verloren haben!«

»Er ist nicht immer so«, verteidigte Lisa sich. »Er kann wirklich nett sein.«

Suzy blickte gen Himmel, eine Geste, mit der sie Lisa unmissverständlich sagte, dass es keine Hoffnung für sie gebe.

Julia schaffte es, Suzy und die Eindringlinge hinauszukomplimentieren und den Tisch zu decken. Dann verteilte sie die Vorspeisen. Inzwischen hatte Mel das Abendessen so weit vorbereitet hatte, dass nur noch das Gemüse gekocht werden musste.

Jason blieb ziemlich lange mit dem Telefon in der Kabine. Als er wieder im Salon erschien, war er sichtlich schlecht gestimmt. »Es hat eine Scheißewigkeit gedauert durchzukommen«, sagte er. »Wo sind die anderen?«

»An Deck. Und ich möchte dich bitten, jetzt auch dorthin zu gehen.« Julia ließ Mel in der Kombüse allein, nahm Jason das Telefon aus der Hand und ging mit Jason nach draußen.

»Haben Sie die Käufer erreicht?«, fragte Suzy scharf.

»Ja. Und es hat scheißlange gedauert. Sie kommen her. Also rufen Sie jetzt *Onkel Ralph* an!«

Suzy riss Julia das Handy aus der Hand. »Ich werde ihn anrufen, aber ich werde es allein tun.«

Julia sah, dass Suzy den Tränen nah war, als sie auf ihr Schlafzimmer zusteuerte, und sie wusste, dass ihre Freundin nicht vor aller Augen zusammenbrechen wollte. Als Suzy wiederkam, sah sie gefasst, aber nicht gerade glücklich aus. »Ralph ist unterwegs«, erzählte sie.

»Und die Passagiere auch«, murmelte Julia, die die Gäste auf dem Treidelpfad ausgemacht hatte, zusammen mit Wayne, der sämtliche Plastiktüten trug.

»Also schön, ihr drei«, sagte Suzy. »Ihr haltet euch von den Passagieren fern, verstanden? Wenn ihr auch nur einen einzigen Gast belästigt oder sonst irgendetwas tut, das mir missfällt, schlage ich jedes Fenster ein und fülle den Benzintank mit Wasser, das schwöre ich euch. Und dann möchte ich die Gesichter eurer Käufer sehen, wenn ihnen erst mal eine Generalüberholung des Motors ins Haus steht!«

»Komm schon, Jase. Das ist wirklich nicht nötig«,

drängte Lisa. »Gehen wir rüber und setzen uns auf das Dach des hinteren Bootes.«

»Ich begleite euch«, rief Suzy. »Ich werde euch nicht aus den Augen lassen.«

Mel und Julia erklärten den Gästen, dass es einen kleinen Zwischenfall gegeben habe, der sie aber nicht beunruhigen müsse. Sie trugen das Essen auf, räumten hastig wieder ab und arrangierten dann einen Hocker, ein großes Stück Hartholz und eine Decke so, dass sie einen provisorischen Kartentisch erhielten.

»Ich lasse die Sherry-Karaffe draußen«, meinte Julia, »falls Sie später noch Lust auf ein Schlückchen haben sollten. Der Sherry geht aufs Haus«, fügte sie hinzu.

Es war eine große Erleichterung, dass gerade diese Gäste so selbstgenügsam waren. Solange sie nur bequeme Stühle, gutes Licht und ihre Karten hatten, waren sie absolut zufrieden.

Endlich erschien ein Auto auf der Straße. Suzy und Jason standen beide sofort auf. Sie sahen dem Wagen nach, als er verschwand, und die ganze Gruppe wartete darauf, ob er für immer weitergefahren oder nur irgendwo geparkt hatte. Nach einer Zeit, die ihnen wie eine Ewigkeit erschien, tauchten einige Leute auf dem Treidelpfad auf.

»Oh, seht nur!«, rief Suzy aufgeregt. »Das ist Daddy! Er hat Ralph hergebracht. Jetzt werden wir sehen, wie du auf die Nase fällst, wenn du es mit einem richtigen Mann zu tun bekommst!«

Jason drehte sich verwirrt zu Suzy um. »Das ist nicht dein ›Daddy‹, Prinzessin. Das ist Max Boyd, der Typ, der die Boote kauft.«

Suzy warf Jason einen Blick von absolutem Entsetzen zu, und Julias Herz krampfte sich vor Mitleid zusammen. Der Gedanke, dass Suzys Vater ihr die Boote sozusagen unterm Hintern wegkaufte, um seinen Willen durchzusetzen, war so schrecklich, dass Julia übel wurde.

»Daddy«, rief Suzy, als Ralph, Joan und ihr Vater näher kamen. »Jason sagt, du hättest die Boote gekauft. Ist das wahr?«

»Hör mal, Süßes, reg dich nicht auf. Es ist alles nur zu deinem Besten.« Max Boyd war ein hoch gewachsener Mann mit gewölbter Brust und einer Menge dichten, grauen Haares. Er trug einen Anzug und eine Krawatte, die sich ebenso wie ihr Träger in einem Vorstandszimmer heimischer fühlten als auf einem Kanalboot.

Suzy und die anderen sprangen an Land, und ihr Vater umarmte sie. Suzy zuckte zwar nicht gerade zurück, aber sie erwiderte seine Umarmung auch nicht.

»Himmel, ich hatte keine Ahnung, dass er ihr Dad ist«, meinte Jason leise zu niemand Bestimmtem.

»Setzen wir uns doch an Deck«, schlug Julia vor, da es so aussah, als würden sie allesamt den ganzen Abend auf dem Treidelpfad herumstehen und ihre Geheimnisse mit abendlichen Joggern und Fahrradfahrern teilen.

»Wir könnten auch in die Kajüte auf dem hinteren Boot gehen«, meinte Ralph.

»Nein, das können wir nicht«, fuhr Suzy auf. »Die ist viel zu klein, und außerdem ist es da drinnen so warm wie in einem Backofen.« Obwohl sie zurzeit unter Schock stand, wusste sie, dass die Kajüte auf dem hinteren Boot ihre Affäre mit Wayne verraten würde. Julia bewunderte sie für ihre Geistesgegenwart. Die Dinge waren auch so schon kompliziert genug.

Mel stahl sich davon, nachdem sie irgendetwas von Briefen gemurmelt hatte, die sie noch schreiben müsse; Wayne hockte sich aufs Dach, und alle anderen nahmen im Vorschiff an Deck Platz. Jason, Lisa und ihr Muskelprotz setzten sich auf Festmacherleinen, die zusammengerollt auf dem Vorderdeck lagen. Wahrscheinlich hatten sie das Bedürfnis, sich ein wenig von der kleinen Familienzusammenkunft zu distanzieren.

Julia fragte sich, ob sie sich nicht vielleicht wie Mel davonschleichen sollte, aber Suzy umklammerte ihren Arm. »Nein! Lass mich nicht im Stich!«, flüsterte sie.

»Ich will nur mal nachsehen, ob es unseren Passagieren auch an nichts fehlt.« Julia bedachte Suzys Vater und Jason mit einem säuerlichen Blick, weil die beiden offensichtlich vergessen hatten, dass die Passagiere nicht durch Übernahmeverhandlungen, Firmenverkäufe und ähnliche Dinge gestört werden durften.

»Du verstehst nicht, Häschen«, meinte Suzys Vater gerade, als Julia, nachdem sie die Sherry-Karaffe der Gäste wieder aufgefüllt hatte, zu den anderen zurückkehrte. »Ich habe die Boote gekauft, weil ich wusste, du würdest Ralph nicht im Stich lassen wollen.«

»Und?«

»Mir war klar, dass du es niemals schaffen würdest, sie zu kaufen, egal wie sehr du dich bemühst. Du hast dich wacker geschlagen, und ich bin stolz auf dich, aber es ist Ralph gegenüber nicht fair, ihn auf das Geld warten zu lassen, obwohl du keine echte Chance hast, ihm die Boote abzukaufen.«

»Ralph hat sich von seiner Operation nicht so schnell erholt, wie wir es gern gesehen hätten«, schaltete Joan sich ein. »Und Max hat uns ein sehr großzügiges Angebot gemacht.«

»Und du möchtest doch nicht wirklich den ganzen Sommer schuften, um ein paar alte Frauen über den Kanal zu schippern«, fuhr Max fort. Er hatte einen kurzen Blick auf die Bridge-Spielerinnen erhascht und daraus geschlossen, dass all ihre Passagiere ein gewisses Alter überschritten haben mussten. »Es hat wahrscheinlich eine Menge Spaß gemacht, aber das ist nichts, womit du dich für den Rest deines Lebens beschäftigen möchtest.«

»Ach, nein?« Suzys Augen glitzerten. Julia konnte sehen, dass sie den Kopf ein wenig nach hinten legte, damit die Tränen ihr nicht über die Wangen rollten.

»Nein, Häschen. Du hast Besseres verdient als das hier. Ich habe dich nicht die besten Privatschulen des Landes besuchen lassen, damit du dein Leben lang zwei Kanalkähne kreuz und quer durch England steuerst.«

»Es sind Boote, Daddy, keine Kähne.«

»Nun, nenn sie, wie du willst. Deshalb habe ich sie jedenfalls gekauft. Und damit Ralph und Joan versorgt in den Ruhestand treten können. Wir haben Jason und Lisa, die das Geschäft übernehmen werden, daher kannst du jetzt nach Hause kommen und dich ausruhen. Was deine Freundin betrifft – die braucht ganz bestimmt etwas Ruhe.« Der Blick, den er Julia zuwarf, weckte in ihr den heißen Wunsch, sie hätte ein wenig Makeup aufgelegt.

Sekundenlang herrschte Stille. Dann räusperte Suzy sich. »Ist es wahr, dass Daddy dir eine Unmenge Geld für die Boote angeboten hat?«, fragte sie ihren Onkel.

»Ja«, antwortete Joan an Ralphs Stelle. »Und wir bekommen die ganze Summe sofort. Wenn Ralph die Boote an dich verkauft hätte, hätte er das Geld nur in Raten bekommen. Es hätte viele Jahre dauern können. Das weißt du. Wir können es uns nicht leisten, Bargeld abzulehnen.«

»Also bezahlt er euch mit Schwarzgeld, nicht wahr?«, fragte Suzy scharf. »Nun, es tut mir leid, dass du nicht auf das Geld warten kannst, Ralph. Denn die Arbeit auf diesen Booten war das Wundervollste, was ich je getan habe.« Sie drehte sich zu ihrem Vater um. »Ich habe mehr über mich selbst und die Welt gelernt, als ich je für möglich gehalten hätte. Du hast mir eine wunderbare Ausbildung ermöglicht, Tennisstunden, Klavierstunden und Lektionen, wie man mit hoch erhobenem Kopf über einen Laufsteg geht. Aber bei alldem habe ich nur gelernt, was nötig ist, um einmal die Gattin eines Firmenbosses zu sein, eine Trophäe, die am Arm irgendeines fetten Geschäftsführers hängt.« Max Boyd zog den Bauch ein. Suzy holte Luft. »Ihr erwartet jetzt sicher alle von mir, dass ich in Tränen ausbreche oder einen Wutanfall bekomme, weil man mir mein Spielzeug weggenommen hat. Tut mir leid, wenn ich euch enttäusche, Leute, aber ich werde es nicht tun. Ich sehe, dass ich diesmal umständehalber eine Niederlage erlitten habe, aber das wird nicht immer so sein. Ich werde mir einen Job suchen, so viel Geld verdienen, wie ich kann, und jeden Penny sparen. Damit ich mir zwei andere Hotelboote kaufen und damit Erfolg haben kann.« Sie wandte sich an ihre Tante, der der Mund leicht offen stand. »Ich verstehe vollkommen, dass du dich um Ralphs Gesundheit sorgst, und ich hoffe, dass all das viele Geld deinen Sorgen ein Ende machen wird. Ich hoffe nur, Ralph macht es nichts aus, mit ansehen zu müssen, wie Jason und seine Mannschaft alles zerstören, was er und ich aufgebaut haben, er im Laufe seines Lebens, ich im Laufe der vergangenen Monate. Ich hoffe, es wird Ralph nichts ausmachen, wenn die *Pyramus* und die *Thisbe* als die schlechtesten Kanalboote weit und breit berühmt werden, wo sie die besten hätten sein können!«

KAPITEL 16

Es folgte ein kurzes Schweigen, während alle Anwesenden die Tatsache zur Kenntnis nahmen, dass Daddys kleine Prinzessin sich in eine sehr entschlossene junge Frau verwandelt hatte. Und dann begann Ralph zu applaudieren, langsam und bedächtig, während Suzys Vater, Joan, Jason und seine Kumpane fassungslos zusahen.

»Gut gemacht, Mädchen«, lobte er. »Sehr gut gemacht.

Ich wusste, dass mehr in dir steckt, als Max es für möglich hielt.« Er wandte sich Suzys Vater zu. »Tut mir leid, alter Knabe, aber ich kann dein Angebot nicht annehmen.«

Es gab mehrere kleine Explosionen des Protests von verschiedenen Leuten, doch Ralph verschaffte sich mit seiner kräftigen Stimme bei allen anderen Gehör. »Ich habe immer gesagt, dass ich erst mit Suzy darüber reden müsse und dass ich nichts unternehmen würde, bevor dieses Gespräch nicht stattgefunden hat. Ich hätte ihr nächstes Wochenende davon erzählt, dass du die Boote kaufen willst, wenn ihr da drüben« – er warf einen missbilligenden Blick auf Jason und seine beiden Begleiter – »nicht auf eigene Faust hergekommen wärt.«

»Aber Ralph – all die Pläne, die wir gemacht haben! Du kannst doch nicht einfach dein Wort brechen!« Joan war außer sich.

»Nein, das kann ich nicht«, pflichtete Ralph ihr bei. »Und ich habe Suzy mein Wort gegeben.«

»Ich glaube, du vergisst, dass diese Boote keinen roten Heller abwerfen«, bemerkte Max. »Ihr habt nicht mal genug Passagiere, um die Unkosten zu decken, geschweige denn Profit zu machen. Wie soll sie jemals genug verdienen, um dich auszuzahlen?«

»Die Buchungen mögen dieses Jahr nicht das sein, was sie mal waren, aber sie haben ein Video gemacht.«

Wayne, der bisher schweigend auf dem Dach gesessen hatte, schob sich vorsichtig ein Stück vor. »Ja? Ist es gut? Haben Sie es gesehen?«

»Ich habe einige Kopien mitgebracht«, fuhr Ralph fort. »Aber Sy Cline – das ist mein Agent in den USA – hat mich gleich nach Erhalt der Bänder angerufen.«

»Und?« Wayne fiel fast vom Dach, so begierig war er darauf, Neuigkeiten von seinem »Baby« zu hören.

»Sy Cline war begeistert, und alle, denen er die Aufnahme gezeigt hat, haben Plätze gebucht. Ich habe für nächstes Jahr mehr Buchungen aus Amerika als je zuvor. Wir sind bereits zu einem Drittel ausgebucht, und dabei haben wir erst August. Und die Verkaufskampagne drüben ist gerade erst angelaufen.«

»Ach ja? Cool.« Wayne seufzte glücklich.

»Aber das alles hast du mir doch schon erzähl, Ralph«, meinte Max. »Das ist der Grund, warum ich dir einen so guten Preis gemacht und eine neue Mannschaft gesucht habe, wo wir die Boote doch einfach für Betriebsausflüge hätten nutzen und uns all die Mühe sparen können.«

»Aber Daddy, du hast gerade erst gesagt, dass wir nicht einmal die Unkosten reinholen. Jetzt stellt sich raus, dass du die Boote für gewinnträchtig hältst!« Suzy tobte vor Zorn. »Entscheide dich!«

»Man muss Profit machen, Schätzchen. Geschäft ist Geschäft.«

Ralph schaltete sich ein, bevor Suzy sich des Vatermordes schuldig machen konnte. »Wie dem auch sei, ich verkaufe nicht an Max, nicht zu diesem Zeitpunkt. Ich möchte, dass Suzy die Boote zu den vereinbarten Bedingungen weiter betreibt.«

Joan war verzweifelt. »Aber Ralph! Deine Gesundheit! Wir wollten in Australien Urlaub machen. Du hast davon geträumt, das Great Barrier Reef zu sehen, bevor du stirbst!«

»Nun mach mal halblang, Joan«, meinte Max. »Ralph wird nicht sterben, und ich bin davon überzeugt, dass wir zu einer Einigung kommen können. Suzy, Darling ...« Er griff nach ihrer Hand. Julia sah, wie viel Überwindung es Suzy kostete, ihre Hand nicht zurückzuziehen. »Mir war ja nicht klar, wie viel dir diese Sache mit den Booten bedeutet. Ich würde dir nie im Leben wehtun wollen, das weißt du doch. Und ich möchte diese Boote so gern haben, dass ich sie für dich kaufen werde. Auf diese

Weise bekommt Ralph sein Geld sofort und braucht nicht darauf zu warten.«

»Nein danke.« Suzy zog ihre Hand zurück. »Wenn Ralph das Geld wirklich im Voraus braucht, dann verkauft er besser an dich, aber wenn er die Boote mir verkauft, dann bezahle ich sie, nicht du.«

»Aber das ist doch dasselbe, Schätzchen!«

»Nein, ist es nicht. Ich möchte die Boote kaufen, ich selbst, von dem Geld, dass ich im Schweiße meines Angesichts verdient habe. Ich möchte nicht, dass du sie mir schenkst, als wären sie nur eins von vielen kleinen Hobbys, von denen man erwarten darf, dass ich sie nach fünf Minuten wieder leid bin.«

»So ist es recht, Mädel«, murmelte Ralph. »Mir macht es nichts, auf mein Geld zu warten.«

»O Ralph! Wann wirst du endlich lernen, deine eigenen Interessen zu vertreten?«, rief Joan.

»Aber, Suzy, warum willst du mir nicht erlauben, die Boote zu bezahlen?« Max war verwirrt und gekränkt. Wenn Suzy sein Geld zurückwies, bedeutete es für ihn, dass sie auch seine Liebe zurückwies.

Suzy, die diesen Zusammenhang mit einem Mal erfasste, griff nach seiner Hand. »Verstehst du nicht, dass ich mein Leben lang verwöhnt worden bin? Ich hätte keine besseren Eltern haben können, ihr habt mir alles gegeben, was ich wollte, und viele Dinge, von denen ich nicht einmal wusste, dass ich sie brauche. Aber ich bin deine Tochter, Daddy. Genau wie du möchte ich mein eigenes kleines Imperium aufbauen. Du hattest auch keinen Vater, der dir dein erstes Geschäft kaufen konnte.« Suzy hatte ungezählte Male die Geschichte gehört, wie ihr Vater angefangen hatte: Zuerst hatte er am Wochenende Benzin verkauft und schließlich eine Tankstellenkette besessen, die nur der Ausgangspunkt für alles andere gewesen war. »Ich möchte für mich selbst arbeiten, genau wie du es getan hast. Ich habe großen Respekt vor dir, Daddy. Und ich möchte wie du sein.«

Julia hätte ihr am liebsten eine Medaille für gelungene Manipulation verliehen. Max sah aus, als würde er jeden Moment vor Stolz in Tränen ausbrechen, weil seine Tochter sich als der sprichwörtliche Apfel erwiesen hatte, der nicht weit vom Stamm fiel. Er nahm sie in die Arme. »Schätzchen, ich bin ja so stolz auf dich, so stolz! Aber du musst mir erlauben, dir ein klein wenig zu helfen. Ich möchte dir wenigstens ein neues Auto schenken.«

Suzy tat so, als müsste sie über das Angebot noch nachdenken – ein Manöver, das Julia sofort durchschaute. »Ich finde, du solltest stattdessen lieber Ralph und Joan Tickets nach Australien kaufen«, sagte sie zu ihrem Vater.

»Ja, natürlich, aber dazu auch ein schnuckeliges keines Auto für dich? Bitte, lass mir die Freude.«

»Na schön«, gab Suzy nach. »Wenn es dich glücklich macht.«

»Und was wird jetzt aus uns?«, fragte Jason.

»Ihr geht an Land. Und falls ihr es noch nicht wisst, ihr seid arbeitslos«, antwortete Suzy. »Also verpisst euch!«

Woraufhin Jason in eine laute, obszöne Schmährede ausbrach.

»Wenn du fluchen willst, tu es außer Hörweite meiner Passagiere«, fuhr Suzy fort. »Daddy, könntest du das mit Jason bitte regeln? Auf dem Treidelpfad? Joan, Ralph, kommt doch bitte herein und sagt unseren Damen guten Abend. Ich mache uns derweil einen Tee oder irgendetwas in der Art.«

»Das überlass ruhig mir, Suzy«, griff Julia ihr Stichwort auf.

Sie machte die Passagiere mit Joan und Ralph bekannt. Ralph war ganz der Alte und versprühte ungebremsten Charme, und Joan offenbarte, dass sie jemanden kannte, der im gleichen Dorf lebte wie die Damen.

Julia kochte Tee und förderte einen Kuchen zutage. Alle nahmen ein Stück, bis auf Max, der sichtlich verstimmt zurückkehrte, nachdem er Jason abgefertigt hatte. Offensichtlich hatte ein dicker Batzen Geld den Besitzer gewechselt, und Max schätzte es gar nicht, wenn er keinen Gegenwert für sein Geld bekam.

»Einen Brandy?«, schlug Julia vor.

Max streifte die Flasche, die sie in der Hand hielt, mit einem sehnsüchtigen Blick. »Besser nicht, ich muss noch fahren.«

»Wir haben zwei Kabinen frei, du könntest über Nacht bleiben«, meinte Suzy. »Warum eigentlich nicht? Sieh dir mal an, was bei uns so los ist.«

Max tauschte einen Blick mit Ralph und Joan.

»Wir könnten Emily anrufen«, überlegte Ralph, »unsere Nachbarin«, fügte er zur Information der Damen hinzu, »und sie bitten, die Hunde über Nacht reinzuholen. Was meinst du, Joany?«

Joan sah erheblich zufriedener aus als noch vor einer Stunde, und Julia fragte sich, ob Max sein Angebot wiederholt hatte, ihnen Flugtickets nach Australien zu schenken. »Meinetwegen. Wenn du es so willst.«

»O ja. Wir könnten morgen früh ein Stück weiter den Kanal entlangfahren, wenn Suzy nichts dagegen hat. Und Julia natürlich.«

»Ja«, erklärte Suzy, »wir sind ein Team.«

»Also, wie sieht es nun aus mit einem Brandy?«, fragte das andere Mitglied des Teams.

»Ja, bitte«, antwortete Max. »Einen großen. Aber ich sollte vorher besser noch deine Mutter anrufen.«

Julia schenkte Brandy für alle aus, einschließlich der älteren Damen, die ihr Bridge-Spiel unterbrochen hatten. Stattdessen flirteten sie jetzt mit Ralph und Max, die sich auf diesem Gebiet als wahre Experten erwiesen.

Trotz ihrer ungeheuren Müdigkeit war Julia so stolz

auf Suzy, als wäre sie ihre eigene Tochter. Natürlich war sie immer noch Daddys kleine Prinzessin, die Daddy um den kleinen Finger wickelte. Aber jetzt geschah es zu ihren Bedingungen. Und wenn sie ihren Willen mithilfe von Manipulation durchsetzte, nun, das taten die Frauen schon seit Jahrtausenden. Und Suzy hatte eine mutige Entscheidung getroffen. Nichts wäre einfacher gewesen, als ihrem Vater zu erlauben, die Boote für sie zu kaufen.

Schließlich und endlich gingen die Damen zu Bett, und Joan folgte ihnen, um sich in der vorderen Doppelkabine niederzulassen. Auf diese Weise konnte Max nach Herzenslust sein kleines Verhör beginnen. Julia erhob sich ebenfalls zum Gehen, aber Suzy zog sie zurück auf die Polsterbank. »Lass mich jetzt nicht im Stich!«, flüsterte sie.

Julia fand sich damit ab, dass sie in dieser Nacht nur wenig Schlaf finden würde, und dachte mit einem Gähnen daran, dass sie am nächsten Morgen an der Reihe war, das Frühstück zu machen. Im Geiste sandte sie Mel eine flehentliche Botschaft, mit der Bitte, ihr diese Bürde abzunehmen, da sie schon vor Stunden hatte zu Bett gehen können.

»Und nun zu Ihnen, junger Mann«, bemerkte Max an Wayne gewandt. »Wir haben bisher nicht viel von Ihnen zu hören bekommen. Erzählen Sie mir etwas von sich.«

»Also ...«

Suzy stürzte sich in das Gespräch wie eine Henne, die ihr Küken verteidigte. »Er war einfach wunderbar, Daddy. Als Jason uns sitzen ließ, ist Wayne eingesprungen. Er hat sämtliche Arbeiten an Bord übernommen, einfach so. Wayne ist ein Genie.«

»Und wie haben Sie meine Tochter kennen gelernt?«

»In Tewkesbury«, antwortete Suzy. »Es war so praktisch, dass er gerade da war, als wir ihn brauchten.«

»Er hat ein hervorragendes Video gemacht«, berichtete

Ralph. »Ein bisschen schräg, aber die Amerikaner waren begeistert. Was hatte eigentlich dieser Hund an Bord zu suchen?«

»Oh, Sooty. Er war mit Oscar hier, einem Freund von Julia ...«

»Einem *Exfreund* von Julia«, meldete sich Julia zu Wort.

Suzy kicherte. »Ja, hm, sie hat ihn in den Kanal geworfen.«

»Aber nur, weil er mich bis aufs Äußerste provoziert hatte«, versicherte Julia und versuchte, ihre Worte nicht nach einer Entschuldigung klingen zu lassen. »Er war sehr unhöflich zu dem Inspektor von der Gesundheitsbehörde.«

»Mein Gott! Die waren hier?« Ralph sah die beiden jungen Frauen entsetzt an. »Was ist passiert?«

»Der Inspektor war einfach süß«, erzählte Suzy. »Bei seinem ersten Besuch ließ er uns eine Liste mit Dingen da, die wir erledigen mussten. Fergus – noch ein Freund von Julia – hat alles getan, was notwendig war, das Thermometer im Kühlschrank angebracht und solche Sachen eben, dann ist der Inspektor noch mal hergekommen und hat gemeint, es sei alles in Ordnung. Julia und ich müssen im Winter irgendwelche Hygienekurse besuchen. Aber dann ist wirklich alles okay. Ich wusste gar nicht, dass du dir deswegen solche Sorgen gemacht hast, Ralph.«

Ralph ließ die Schultern hängen. »Ich hab wahrscheinlich einfach angenommen, dass diese Inspektoren von der Gesundheitsbehörde eine Bande von sturen Bürohengsten sind, das ist alles.«

»Genau das hat Oscar auch gedacht, und deshalb musste Julia ihn in den Kanal werfen.«

Max unterzog die Freundin seiner Tochter einer eingehenden Musterung. Sie schien ihm nicht die Art Frau zu sein, die die Welt in Flammen setzte, aber sie hatte offensichtlich eine Menge Freunde. »Und wie hat Ihnen die Arbeit auf einem Hotelboot gefallen?«, fragte er sie. »Werden Sie nächstes Jahr wiederkommen, um meiner Suzy zur Seite zu stehen?«

»Ähm – hm, das würde ich gern. Aber es wird vielleicht nicht möglich sein.«

»Warum nicht? Sie wollen doch nicht etwa heiraten, oder?« Er schien diese Vorstellung ziemlich unwahrscheinlich zu finden. Schließlich war sie über fünfundzwanzig und daher seiner Einschätzung nach jenseits von Gut und Böse.

»Gütiger Himmel, nein«, rief Julia, die glaubte, jeden einzelnen seiner geringschätzigen Gedanken lesen zu können. »Aber Suzy und ich haben noch nicht darüber gesprochen.«

»Du kommst doch wieder, nicht wahr, Julia?«, bat Suzy. »Nächstes Jahr werden wir von Anfang an vier Leute auf den Booten haben.«

»Ach ja, wie macht sich übrigens dieses andere Mädchen?«, wollte Ralph wissen.

»Sie ist ein Engel mit der Kraft eines Ochsen«, antwortete Julia. »Und natürlich möchte ich wiederkommen. Ich weiß nur nicht, wie es weitergeht, das ist alles. Du kennst dieses Gefühl ja, Suzy.«

Max, der nun das Interesse an Julia verlor, richtete seine Aufmerksamkeit wieder auf Wayne. »Also, junger Mann, wo sehen Sie sich in zehn Jahren?«, fragte er und verfiel automatisch in das Gebaren eines Personalchefs, der ein Vorstellungsgespräch führte.

Wayne räusperte sich und brachte Suzy mit einem funkelnden Blick erfolgreich dazu, es ihm diesmal selbst zu überlassen, die Frage zu beantworten. »Ich habe mich schon immer für den Film interessiert. Ich möchte schreiben, Regie führen und meine eigenen Arbeiten produzieren. Ich habe bereits einige Filme und ein Video für eine Band gedreht. Das alles habe ich zusammen mit meinen Bewerbungsunterlagen ans College geschickt. Im Grunde will ich aufs College, um die richtigen Kontakte aufzubauen, um Leute kennen zu lernen, mit denen ich in Zukunft arbeiten kann. Ich werde es schaffen. Es wird vielleicht eine gewisse Zeit dauern, aber ich werde es schaffen.«

Julia hätte am liebsten Beifall geklatscht. Er war ein sehr schöner junger Mann, und seine gedehnte Aussprache und die leicht rauchige Stimme trugen noch zu seinem ohnehin schon beträchtlichen Sex-Appeal bei. Wayne hätte einfach mithilfe seines gutes Aussehens und seines angenehmen Wesens mühelos durchs Leben gleiten können. Die Tatsache, dass er so klar umrissene Ziele hatte, bevor er überhaupt aufs College ging, war bewundernswert.

»Nun, das ist ja alles gut und schön, aber wovon werden Sie leben, während Sie am College sind?«, hakte Max nach.

»Das geht dich nichts an!« Suzy war fuchsteufelswild. »Außerdem wird er auf dem Boot leben. Es gibt einen Kanal ganz in der Nähe seines Colleges, und wir werden das Boot dorthin fahren.«

»So hat er das nicht gemeint«, unterbrach Wayne sie. »Und Suzy hat Recht, es geht Sie nichts an. Aber ich werde es Ihnen trotzdem erzählen. Ich werde mir einen Job suchen, wie ich es immer tue, wie ich es seit meinem dreizehnten Lebensjahr getan habe. Meine Eltern sind nicht wohlhabend, sie haben mir ein gutes Zuhause geboten, konnten sich aber nie irgendwelche Extras leisten. Für diese Dinge bin ich stets selbst aufgekommen. Das College ist ein Extra, also erledige ich das selbst.«

Max war offensichtlich ein wenig verunsichert. Junge Leute, die sich nicht in allem und jedem auf ihre Eltern verließen, waren ihm bisher nicht über den Weg gelaufen, und er wusste nicht, wie er mit ihnen umgehen sollte. Deshalb wechselte er das Thema. »Hm. Gibt es vielleicht noch irgendwo einen Tropfen von diesem Brandy?«

Julia kramte eine andere Flasche hervor, die hinter einer Plastiktüte mit Scheuerschwämmchen versteckt war, und schenkte jedem ein zweites Glas ein.

»Möchtest du denn gar nichts trinken, Julia?«, fragte Suzy.

»Nein, danke. Ich bin zu müde, um zu trinken.«

»Dann wollen wir Sie nicht länger aufhalten«, meinte Max. »Ihr beiden jungen Damen geht jetzt ins Bett.«

»Hm, ich weiß nicht recht«, erwiderte Julia nach einem verzweifelten Blick von Suzy. »Irgendwie täte es mir leid, eine Party zu verpassen. Geben Sie mir die Flasche rüber.«

Schließlich war der Augenblick gekommen. Weder Suzy noch Julia war es gelungen, die Männer dazu zu bewegen, als Erste zu Bett zu gehen, und wenn sie nicht bis ein Uhr morgens aufbleiben wollten, mussten sie das Risiko eingehen, dass Max von Waynes und Suzys Verhältnis erfuhr.

»Ich glaube, ich muss jetzt wirklich ins Bett«, murmelte Julia, der bereits vor Müdigkeit übel war. »Kommst du mit, Suzy?« Sie konnte die Freundin in ihrem Schlafzimmer verstecken, bis diese eine Gelegenheit fand, sich auf das hintere Boot zu schleichen.

»Also, wenn du drei Leute auf dem Boot beschäftigst«, begann Max, gerade als sie sich der Hoffnung hingegeben hatten, er könne Mel vergessen haben. »Wo schläft dann Wayne?«

Suzy hob den Blick gen Himmel. »Oh, Daddy.« Sie legte ihm einen Arm um die Taille. »Du musst auch immer das Schlimmste annehmen, nicht wahr? Wayne hat ein Zelt!«

Max entspannte sich sichtlich. »Nun, ich freue mich,

dass du nicht mit deinem Angestellten schläfst. Man soll nie ein zu freundschaftliches Verhältnis zu den Leuten entwickeln, die man für ihre Arbeit bezahlt, verstehst du? Das bringt nur Schwierigkeiten, wenn man sie wegen irgendetwas zur Ordnung rufen muss.«

»Ganz recht, Daddy.« Als ihr Vater in die andere Richtung sah, zwinkerte Suzy Julia und Wayne zu. »Also, soll ich dich in deine Kabine begleiten? Nicht, dass du versehentlich bei einer meiner Damen hereinplatzt.«

Julia spülte gerade die Gläser, als Suzy wieder auftauchte. »Ein Zelt, das ist ja das Allerneuste«, bemerkte sie.

»Wayne hat wirklich ein Zelt.« Suzy sah sie entrüstet an. »Er schläft bloß nicht drin.«

Julia lachte. »Du warst heute einfach brillant, Suzy. Ich bin stolz auf dich.«

»Wirklich? Das ist schön. Aber es war schon komisch. Daddy hat mir immer ein klein wenig Angst gemacht, weil er die Neigung hat, laut zu werden. Aber ich wusste einfach, was ich wollte und dass ich nicht sein Geld dafür nehmen kann. Ich möchte etwas haben, das ich mir selbst verdiene.«

»Dann wirst du den Wagen also nicht annehmen?«

»Julia! Er ist ein alter Mann! Ich kann ihm nicht jede kleine Freude abschlagen!«

»Natürlich nicht.«

»Aber ich war mir nicht so sicher, was dich betrifft, Julia. Ich dachte, du liebtest die Kanäle genauso sehr wie ich, und doch hatte ich den Eindruck, dass du nicht allzu versessen darauf bist, nächstes Jahr wiederzukommen. Ich könnte dir einen vernünftigen Lohn zahlen. Ich habe noch mal kurz mit Ralph gesprochen, und er meint, nächstes Jahr würden wir keine Probleme haben, genug Buchungen zu bekommen.«

»Es geht nicht darum, ob ich zurückkommen möchte, ich weiß nur nicht, ob ich es kann.«

»Warum? Was könnte dich denn daran hindern, wenn du es willst?«

»Die Sache ist die, Suzy, ich glaube, dass ich vielleicht schwanger bin.«

KAPITEL 17

»Oh, mein Gott!«, rief Suzy und schlug sich dann eine Hand auf den Mund. »Oh, tut mir leid! Das hätte ich nicht sagen dürfen. Ich weiß bloß nicht, ob das eine gute Neuigkeit ist oder eine schlechte!«

»Das weiß ich auch nicht!«

»Es ist Fergus, nicht wahr? Sonst kommt niemand infrage. O Gott! Es war, nachdem du Oscar in den Kanal geworfen hattest. Ich wusste es!«

»Ach ja? Ich dachte, niemand hätte etwas gemerkt.«

»Ich war mir nicht ganz sicher, aber du warst anschließend irgendwie anders. Und ich weiß nicht, ob sonst irgendjemand auch nur den leisesten Verdacht geschöpft hat. O Gott, entschuldige, dass ich so hysterisch reagiere, aber es war ein langer Tag, und ich hätte nie gedacht, dass ich mich einmal in dieser Position wiederfinden würde.«

»In welcher Position?«

»Jemandem einen Rat geben zu müssen, der schwanger ist. Ich dachte immer, es würde einmal umgekehrt sein ... Aber bist du dir eigentlich sicher?«, fuhr Suzy fort, als Julia nichts sagte. »Hast du einen Test gemacht? Wie lange ist deine Periode überfällig?«

»Drei Monate. Ich meine, ich habe dreimal meine Tage nicht bekommen, und ich muss ständig zur Toilette laufen, und ekle mich vor Kaffee. Meine Schwester hat mir mal erzählt, dass es bei ihr so angefangen hat.«

»Ist dir denn überhaupt übel?«

Julia schnitt eine Grimasse. »Nur morgens.« Sie seufzte, lange und ausgiebig. »Das ist das erste Mal, dass ich mir selbst eingestehe, dass ich schwanger sein könnte. Ich habe die ganze Zeit über versucht, Stress und alle möglichen anderen Faktoren für das Ausbleiben meiner Periode verantwortlich zu machen.«

»Und? Was für ein Gefühl hast du jetzt?«

»Ich weiß nicht! Ich hatte keine Zeit zum Nachdenken. Aber eigentlich wollte ich keine Kinder.«

»Niemals?«

»Nein. Nur nicht jetzt schon.«

Suzy hüstelte und blickte auf ihre Hände hinab. »Ich möchte ja nicht unfreundlich sein, aber du bist nicht mehr gerade ein junger Hüpfer. Ich meine, um Kinder zu bekommen.«

»Vielen Dank.«

Es folgte ein Schweigen. Suzy überlegte, was sie als Nächstes sagen sollte. »Du könntest natürlich ...«

Julia hinderte sie daran, den Satz zu beenden. »Nein, könnte ich nicht. Das kommt nicht infrage. Ich behaupte nicht, Abtreibung sei grundsätzlich falsch, es ist nur nichts für mich. Nicht unter diesen Umständen.«

»Hast du immer schon so darüber gedacht?«

»Nein«, gestand Julia langsam. »Das habe ich nicht.«

»Na schön, das macht alles viel einfacher. Du behältst das Baby also. Und wenigstens weißt du, dass deine Mutter begeistert sein wird.«

»Weiß ich das? Ich weiß nur, dass sie sich immer gewünscht hat, Fergus und ich würden einmal heiraten und Kinder bekommen, aber ich glaube, das hier ist nicht ganz das, was sie dabei im Sinn hatte. Was auch der Grund ist«, fuhr sie mit einem drohenden Unterton fort, »warum sie nie herausfinden darf, wer der Vater ist.«

»Aber deine Mutter ist so cool! Sie würde dich niemals

dazu zwingen, gegen deinen Willen zu heiraten oder etwas in der Art!«

»Ach ja? Da wäre ich mir nicht so sicher!«

»Nein, das würde sie bestimmt nicht tun. Sie hat über mich und Wayne Bescheid gewusst und mit keiner Wimper gezuckt.«

»Du bist auch nicht ihre Tochter. Sie ist sehr tolerant, wenn es um den unkonventionellen Lebensstil anderer Leute geht, aber bei ihren Töchtern sieht sie das ein wenig anders.«

»Nein, nein, sie wird ganz bestimmt super reagieren, davon bin ich überzeugt. Meine Mutter würde einfach *sterben,* aber sie ist auch schrecklich konservativ.«

Julia sparte sich die Mühe, Suzy zu erklären, dass die unkonventionelle Fassade ihrer Mutter erst jüngeren Datums war und kein wirklich solides Fundament hatte: Sie konnte sehr leicht angekratzt werden. »Nun, ich werde ihr nichts erzählen, bevor ich nicht sicher weiß, dass ich schwanger bin«, entschied sie, obwohl sie im Grunde ihres Herzens bereits Bescheid wusste.

»Nein, natürlich nicht«, pflichtete Suzy ihr bei. »Du würdest sie möglicherweise vollkommen unnötig aufregen.«

Julia fuhr sich mit den Fingern durchs Haar. »Wem mache ich hier eigentlich etwas vor? Welche anderen Gründe könnte es dafür geben, dass ich dreimal hintereinander meine Periode nicht bekommen habe? Und ich habe tatsächlich ohne Schutz mit einem Mann geschlafen.«

»Nur ein einziges Mal?«

»Natürlich nur ein einziges Mal!«

»Schon gut, schon gut. Es ist einfach ein scheußliches Pech, nach einem einzigen Mal schwanger zu werden, mehr wollte ich damit nicht sagen.«

Julia hatte augenblicklich das Bedürfnis, sich zu verteidigen. »Ist es wirklich Pech? Oder Glück?«

Suzy unterdrückte ein Gähnen, denn sie spürte, dass Julias Gefühle in diesem Punkt mehr als verworren waren. »Möchtest du darüber reden?«

»Nein, wir sind beide vollkommen fertig. Lass uns zu Bett gehen und morgen früh darüber nachdenken.«

»Bist du dir sicher? Wenn du reden möchtest, möchte ich dich nicht ausgerechnet jetzt allein lassen.«

Julia konnte es kaum mehr erwarten, allein gelassen zu werden. Schließlich hatte sie etwas mehr Zeit gehabt als Suzy, sich an den Gedanken zu gewöhnen, und jetzt wollte sie nur noch eins, nämlich schlafen. »Nein, wirklich, es ist schon in Ordnung. Lass uns einfach zu Bett gehen. Ich bin so müde, dass ich kaum noch stehen kann.«

Endlich gelang es Julia, Suzy davon zu überzeugen, dass sie sie nicht schmählich im Stich ließ, wenn sie zu Bett ging. Julia hatte so die Chance, das Gleiche zu tun. Morgen würde sie anfangen, Pläne für ihre Zukunft zu schmieden, aber jetzt brauchte sie erst einmal ein paar Stunden Schlaf.

Mel, die mitbekommen hatte, wie spät Julia ins Bett gekommen war, stand am nächsten Morgen tatsächlich früh auf, um das Frühstück zu richten, aber Julia war kurz darauf ebenfalls auf den Beinen und half ihr.

»Ich kann es dir genauso gut auch erzählen«, meinte Julia, während sie Seite an Seite Pampelmusen aufschnitten, »da ich mit Suzy bereits darüber gesprochen habe. Ich glaube, dass ich schwanger bin. Aber es ist alles in Ordnung ...« Julia legte der anderen Frau besänftigend eine Hand auf den Arm. »Ich brauche keine Ratschläge.« Sie konnte unmöglich eine weitere Frage- und Antwortstunde ertragen, an deren Ende sie Mel womöglich beichtete, dass ihr ehemaliger Dozent dafür verantwortlich war. Stattdessen lächelte sie strahlend. »Im Grunde finde ich es ganz wunderbar.«

Mel schluckte und versuchte, genau wie Suzy, herauszufinden, ob Glückwünsche oder Beileidsbekundungen angebracht waren. »Ich weiß nicht, was ich sagen soll.«

»Schon gut. Mach einfach weiter wie gewöhnlich. Wirklich, mir geht es blendend.« Genau in dem Augenblick rumorte es in ihren Gedärmen und Übelkeit stieg in ihr auf. Sie schlug sich eine Hand auf den Mund und stürzte aus dem Boot, um frische Luft zu schnappen. »Na schön, vielleicht geht es mir doch nicht so blendend«, sagte sie zu dem schönen Sommertag, der sie begrüßte.

Zum Glück hatte Suzy so viel damit zu tun, ihrem Vater und Ralph zu beweisen, wie gut sie sich als Managerin der Hotelboote machte, dass ihr keine Zeit blieb, mit Julia über deren Schwangerschaft zu reden. Was der wiederum Zeit gab, über ihre eigenen Gefühle nachzudenken, die zwischen einer Art erschrockener Erregung auf der einen Seite und tiefer Verzweiflung auf der anderen hin- und herpendelten.

Wären da nicht die Schuldgefühle gewesen, die bisweilen einfach überwältigend waren, hätte die Erregung eine gewisse Chance gehabt. Der Gedanke an ein winziges, wachsendes Leben in ihr war berauschend, wurde aber immer wieder von dem Entsetzen über ihre eigene Verantwortungslosigkeit und dem Gedanken an die Reaktion von Freunden und Familie überflutet. Wie konnte sie auch nur im Traum daran denken, ein Kind zur Welt zu bringen, wohl wissend, dass es niemals einen Vater und damit keine Chance auf ein normales Familienleben haben würde?

Aber manchmal traten ihre Schuldgefühle hinter einer Art rauschhafter Hysterie zurück, während sie über ihre Alternativen nachdachte. Sollte sie Oscar bitten, das Kind eines anderen Mannes anzuerkennen? Bei dem Gedanken an sein Gesicht musste sie kichern wie ein Schulmädchen. Ganz sicher würde dieses Manöver die

Welt von seiner Mutter befreien, die einen Schlaganfall bekommen und das Zeitliche segnen würde, falls sie je von der Sache Wind bekommen sollte. Auch der Gedanke an die Reaktion ihres Bruders hatte seine komische Seite. Er würde so grenzenlos entrüstet sein, dass er seinen Kindern den Umgang mit ihr verbot, damit sie sie nicht mit ihrer zügellosen Unmoral infizieren konnte. Wie seine Frau reagieren würde, vermochte Julia nicht vorherzusagen, dazu hatte sie sie nie gut genug kennen gelernt.

Ihre Schwester würde hingegen sehr hilfsbereit sein, wenn sie sich erst einmal an den Gedanken gewöhnt hatte, dass ihre vernünftige ältere Schwester dumm genug gewesen war, sich ungeschützt mit einem Mann einzulassen. Sie würde ihr Babysachen und Ratschläge zukommen lassen und ihr auf jeden Fall zur Seite stehen, ganz gleich, wie ihre Mutter reagierte.

Die einzige Person, deren Gefühle sie nicht einmal zu erahnen versuchte, war Fergus, denn sie hatte nicht die Absicht, es ihm zu erzählen. Sie konnte zwar nicht direkt behaupten, dass es ihn nichts angehe, aber tatsächlich hatte es nur sehr wenig mit ihm zu tun. Es war reiner Zufall, dass sie bei dieser einen Begegnung schwanger geworden war. Sie führten keine Beziehung. Aber was sie wirklich davon abhielt, es ihm zu erzählen, war die Angst, dass er eine Abtreibung vorschlagen könnte. Allein der Gedanke, dass dies vielleicht die beste Lösung sein könnte, war niederschmetternd.

Andererseits würde Fergus, durfte man ihrer Mutter Glauben schenken, vielleicht begeistert sein. Wenn seine Exfrau umsichtig genug gewesen war, nicht schwanger zu werden, damit sie ihre Karriere vorantreiben konnte, könnte Fergus überglücklich sein, dass er Julia überrumpelt hatte. Ihre Gedanken wanderten zurück zu jenem goldenen Nachmittag. Nein, sie konnte Fergus nicht die

Schuld an dieser Entwicklung geben. Er hatte versucht, vernünftig zu sein. Es war einzig und allein ihre Sache.

Als Ralph, Joan und ihr Vater endlich abgereist waren, richtete Suzy ihre Aufmerksamkeit wieder auf Julia. »Hast du es Mel erzählt?« Julia nickte. »Hättest du etwas dagegen, wenn ich auch Wayne einweihe? Nur damit er weiß, dass du keine schweren Arbeiten mehr verrichten darfst. Es wäre einfacher, wenn er Bescheid wüsste.« Suzy legte einen Arm um sie und zog sie an sich, und Julia überraschte sich selbst, indem sie in Tränen ausbrach.

Wayne lächelte sein träges Lächeln, das ihr zu ihrer Fruchtbarkeit zu gratulieren schien. Trotz seiner Pläne hinsichtlich einer Karriere beim Film wurde Julia das Gefühl nicht los, dass Wayne dazu geboren war, sich mit Bauernmädchen im Heu zu wälzen und, wenn er sie schwängerte, in dem Gedanken zu schwelgen, der Vater einer Schar rundlicher, zufriedener Babys zu sein.

»Wir müssen dir so bald wie möglich einen Test besorgen«, meinte Suzy. »Aber ich muss zugeben, wenn er negativ ausfiele, wäre ich wahrscheinlich inzwischen richtig enttäuscht. Obwohl ich mir dann wegen der Mannschaft für nächstes Jahr keine Sorgen mehr machen müsste.«

Als Julia dann jedoch endlich Zeit fand, einen Test zu machen, war das Ergebnis positiv, und trotz der Schuldgefühle und der Zwiespältigkeit, die sie immer noch empfand, flößte ihr das Wissen, wirklich schwanger zu sein, eine gewisse Ehrfurcht ein. Sie, Suzy und Mel ersannen wilde Pläne, die es Julia und dem Baby ermöglichten, ein Leben in Luxus zu führen.

»Du könntest dir einen Millionär suchen, der noch keinen Erben hat, und ihn heiraten«, schlug Suzy vor. »Dann würde er sterben und dir sein ganzes Vermögen hinterlassen, während die enterbten Kinder aus seinen ersten fünf Ehen dich aus der Ferne hassen und versuchen, dich vor Gericht zu zerren.«

»Nein danke, ich mag keine glatzköpfigen Männer«, wehrte Julia ab.

»Du könntest deine Geschichte an die Regenbogenpresse verkaufen und von den Profiten leben«, überlegte Mel. *»Geschwängert von einem Marsmenschen.«*

»Die würden ihr Geld zurückverlangen, wenn das Baby nicht mit zwei Köpfen auf die Welt käme. Nein, ich glaube, ich werde mir schlicht und einfach einen Job suchen, den ich von zu Hause aus machen kann. Eine Catering-Firma oder so etwas.«

Suzy war plötzlich Feuer und Flamme. »Du könntest für uns kochen. Ich werde mir für nächstes Jahr eine Tiefkühltruhe kaufen, und wenn sie voll von deinen wunderbaren Gerichten wäre, würde es uns das Leben viel leichter machen.«

»Aber wie um alles in der Welt willst du das finanzieren?«, fragte Julia, die direkt eifersüchtig auf die Frau war, die im nächsten Jahr auf den Booten kochen würde.

»Oh, Daddy meinte, er würde die Truhe bezahlen.«

»Mal ehrlich, Suzy«, sagte Julia, die dankbar dafür war, einen Augenblick lang nicht mehr der Gegenstand des Gesprächs zu sein. »Du gibst eine wunderbare Unabhängigkeitserklärung ab, und dann lässt du deinen Vater alles Mögliche bezahlen! Ich bin schockiert.«

»Der Trick besteht darin, ihn nicht für *alles* bezahlen zu lassen. Ich habe nichts dagegen, wenn er hier und da mal eine Kleinigkeit kauft.«

»Kleinigkeiten wie Autos, Gefriertruhen ...«

»Aber ich möchte nicht, dass er das Kommando übernimmt. Das kann er nämlich sehr gut, weißt du?«

»Genau wie meine Mutter«, erwiderte Julia düster. »Denk nur daran, wie sie sich in der Kombüse benommen hat. Und bei ihren Enkelkindern ist sie noch schlimmer. Mein Schwager, der Mann meiner Schwester, musste furchtbar entschieden auftreten, und ich habe nicht mal einen Mann, der mich beschützt.«

»Nein? Dann willst du also nicht, dass Fergus dich heiratet?«, fragte Suzy.

»Fergus!«, kreischte Mel. »Willst du damit sagen, dass Baby ist von Fergus?«

Julia sah Suzy entsetzt an. Sie hatte vergessen, sie zu bitten, Mel auf keinen Fall zu erzählen, wer der Vater ihres Kindes war. »Du wirst es ihm doch nicht weitersagen?«, wandte sie sich flehentlich an Mel. »Weder ihm noch sonst jemandem. Er könnte relegiert werden oder so etwas.«

»Nein, die Gefahr besteht nicht – du bist ja nicht seine Studentin«, meinte Mel. »Aber warum soll er es denn nicht wissen?«

»Das ist ziemlich kompliziert. Aber wenn er es wüsste, würde es noch komplizierter. Wirklich, es hat nichts mit ihm zu tun. Es war meine Schuld.«

»Aber wahrscheinlich war er doch auch beteiligt«, fuhr Mel fort. »Es ist genauso sehr seine Schuld wie deine.«

»Nein, eigentlich nicht«, entgegnete Julia, die bei der Erinnerung daran, wie ihre Lust sie mitgerissen hatte, dunkelrot anlief. »Und ich möchte wirklich nicht, dass er es erfährt.«

»Aber warum widerstrebt es dir so sehr, ihn seinen Teil der Verantwortung tragen zu lassen?«, beharrte Mel.

»Das ist schwer zu erklären. Seine Mutter und meine sind sehr alte Freundinnen. Wahrscheinlich würde er sich verpflichtet fühlen, mir einen Heiratsantrag zu machen, was ich nun wirklich nicht will.«

Mel zuckte die Schultern. »Na ja, das ist deine Sache. Obwohl ich mir ein schlimmeres Schicksal vorstellen kann, als mit Fergus verheiratet zu sein. Viele Studentinnen an der Uni sind in ihn verschossen.«

»Das ist ja widerlich! Ich meine, er ist doch schon ziemlich alt!«, wandte Suzy ein.

»Nicht alle Frauen stehen auf Männer, die gerade erst aus der Schule kommen«, erwiderte Mel. »Ich selbst zum Beispiel ziehe reifere Männer vor. Ich habe nichts gegen eine ältere Frau, die einem Jungen zeigt, wo es langgeht, aber ich möchte nicht, dass irgend so ein Frischling an mir übt.«

Julia war in diesem Punkt ganz Mels Meinung, sagte aber nichts, denn sie hoffte auf einen Themenwechsel.

Ihr Wunsch sollte nicht in Erfüllung gehen. »Aber noch einmal zurück zu Fergus«, hakte Mel nach, »selbst wenn du ihn nicht heiraten willst, würde er bestimmt tun, was der Anstand gebietet und das Kind finanziell unterstützen und so weiter. Ich finde, du solltest es ihm erzählen.«

»Ich will aber nicht, absolut nicht. Ich möchte dieses Baby allein großziehen, ohne Einmischung von irgendeiner Seite. Was angesichts der Persönlichkeit meiner Mutter möglicherweise recht schwierig werden wird.«

»Aber Fergus liebt Kinder!« Mel ließ nicht locker. »Wenn man dem Collegetratsch glauben darf, wollte seine Frau keine Kinder, wegen der negativen Auswirkungen, die das auf ihre Karriere gehabt hätte. Angeblich war das der Grund, warum die beiden sich getrennt haben.«

»Was nur wieder beweist, dass er völlig überholte Vorstellungen von der Rolle der Frau in der heutigen Gesellschaft hat! Also will ich ihn nicht in meiner Nähe haben.«

»Einmal musst du ihn aber in deiner Nähe gehabt haben wollen«, warf Suzy ein.

»Das war etwas anderes. Wenn irgendjemand das verstehen sollte, dann du.« Julia griff beiläufig nach einem Küchenmesser, obwohl sie nicht recht wusste, was sie damit zerlegen wollte.

»Ich finde immer noch, du solltest ihn dazu bringen, dich zu heiraten«, fing Mel von neuem an. »Er würde einen wunderbaren Ehemann abgeben. Ich habe gehört, er kann sogar kochen und alles andere.«

»Er mag ja einen wunderbaren Ehemann abgeben, aber nicht für mich. Wir sind noch nie miteinander ausgekommen, wenn wir also um des Babys willen heiraten würden, würden wir uns am Ende doch wieder scheiden lassen. Besser, das Kind gewöhnt sich gleich von Geburt an an den Gedanken, keinen Vater zu haben.«

»Komm schon, Suze!«, sagte Wayne ungeduldig. »Das Taxi wartet!«

Zu guter Letzt quetschte Suzy sich zusammen mit Mel und Wayne auf die Rückbank. Julia saß, in Anerkennung ihres Zustandes, auf dem Beifahrersitz. Sie waren auf dem Weg zum Haus einer ihrer Bridge-Damen, die ganz in der Nähe wohnte. Wayne hatte besagte Dame mithilfe seines beträchtlichen Charmes dazu überredet, sie einzuladen, damit sie sich das Video ansehen konnten. Sie hatten sich wie die Wahnsinnigen in die Samstagsarbeiten gestürzt, um Zeit herauszuschinden.

Schließlich marschierten sie im Gänsemarsch in das winzige, vollkommene Cottage der Dame und nahmen unbeholfen auf antiken Möbeln Platz. Aber da die Hausherrin selbst gerade eine Woche fort gewesen war, stand ihr der Sinn nicht nach Förmlichkeit.

»Ich hole meine Hunde aus dem Tierheim«, erklärte sie. »Fühlen Sie sich einfach wie zu Hause.«

»Das dürfen wir auf keinen Fall«, sagte Julia nach einem Blick auf die zierlichen Beine des Tisches, auf dem der Fernseher und der Videoapparat standen. »Wenn du dich auf deinem Stuhl zurücklehnst, Wayne, geht er womöglich in die Brüche.«

»Keine Sorge, ich will mir lediglich das Band ansehen«, versicherte er und griff nach der Fernsteuerung, um es an den Anfang zurückzuspulen.

Suzy, Julia und Mel waren genau in der Stimmung,

über alles und jedes zu kichern. Wayne nahm die Aufnahme dagegen sehr ernst und kommentierte einige Stellen, an denen seiner Meinung nach seine Kamera-Einstellungen nicht zu den gewünschten Ergebnissen geführt hatten oder wo sein Freund das Band anders hätte bearbeiten sollen.

Fergus kam, wie Julia schweigend zugeben musste, sehr gut zur Geltung. Groß, sonnenverbrannt und muskulös, war er der Schwarm jeder älteren Frau. Aber es entsetzte sie, wie abgehetzt und rotgesichtig sie auf dem Film wirkte. »Ich sehe schrecklich aus!«

»Tja, wenn ihr nur zu dritt wart und euch mit diesen grässlichen Passagieren herumschlagen musstet, überrascht es mich nicht, dass du ein bisschen mitgenommen aussiehst«, sagte Mel freundlich. »Aber der Hund ist süß. Wem gehörte er?«

»Dem großen Mann mit der lauten Stimme. Er ist der Sohn dieser Frau, die so aussieht, als hätte sie eine Zitrone im Hintern stecken«, erklärte Wayne. »Ich habe meistens versucht, an ihr vorbeizufilmen, aber obwohl sie pausenlos gejammert hat, dass ihr Privatleben gestört würde, hat sie ihre Nase überall hineingesteckt.«

»Die Kanäle sehen himmlisch aus«, schwärmte Suzy, die ihre eigene Gestalt in Shorts und Top mit größter Gelassenheit betrachten konnte. »Und das Essen auch. Kein Wunder, dass es den Amerikanern gefallen hat.«

»Es muss harte Arbeit gewesen sein, wenn nur ihr drei alles erledigen musstet«, wiederholte Mel, noch immer ungläubig. »Wer hat die ganze Kocherei besorgt?«

»Julia«, antwortete Suzy.

Mel stieß einen leisen Pfiff aus. »Und das, obwohl du schwanger warst!«

»Ich nehme an, dass ich zu diesem Zeitpunkt schwanger war, aber ich wusste es noch nicht.«

»Trotzdem, überleg doch nur, wie deine Hormone verrückt gespielt und dich in den Wahnsinn getrieben haben müssen«, fuhr Mel fort.

»Nur zur allgemeinen Information, es macht mir nichts aus, schwanger zu sein«, erklärte Julia entschieden, wenn auch nicht ganz wahrheitsgemäß, »aber ich habe keine große Lust, darüber zu reden.«

»Und ich möchte mir jetzt dieses Video ansehen«, brummte Wayne. »Das könnte der Anfang meiner Karriere sein!«

Ob das Video nun den Anfang von Waynes Karriere darstellte oder nicht, es war gewiss der Grund für eine Lawine von Buchungen aus Amerika für das nächste Jahr. Noch vor Ende der Saison waren sie für das Folgejahr fast zur Hälfte ausgebucht. Ralph hatte außerdem eine Kopie der Aufnahme an die Fernsehsender geschickt, die über Reisemöglichkeiten berichteten. Das bedeutete, so erzählte ihnen Ralph mit kindlicher Begeisterung, dass jemand vom Fernsehen kommen und eine Sendung über die Boote machen würde. Und das, fuhr er fort, war fast eine Erfolgsgarantie.

Sie erfuhren dies zu Beginn der letzten Woche der Saison, und Suzy war ganz aus dem Häuschen vor Freude.

»Wayne, du bist ein Schmuckstück! Jetzt kann ich Daddy beweisen, dass ich nicht nur seine Babypuppe bin, sondern durchaus in der Lage, selbst etwas auf die Beine zu stellen!«

»Ich glaube, das weiß er bereits«, bemerkte Ralph, der ihnen die Neuigkeit über die Buchungen zusammen mit der sauberen Wäsche gebracht hatte. »Er ist unheimlich stolz auf dich.«

»Gut. Aber was wichtiger ist, *ich* bin stolz auf mich. Denn ich habe noch nie versucht, irgendetwas allein zu tun, und ich war mir nicht sicher, ob ich es könnte. Nicht dass ich wirklich allein gewesen wäre«, fügte sie hinzu und legte eine Hand auf Julias Arm. »Ohne dich hätte ich es nicht geschafft.«

»Ebenso wenig wie Superwoman höchstpersönlich«, erwiderte Julia. »Aber du hast mich eingestellt, das war immerhin dein Verdienst.«

»Stimmt. Und ich bin so froh, dass ich dir ein klein wenig bezahlen kann. Das Geschäftskonto ist ziemlich gesund, jetzt, da wir all diese Vorauszahlungen bekommen haben.«

»Du meinst, du hast das arme Ding den ganzen Sommer ohne Bezahlung schuften lassen?« Ralph war entsetzt. »Warum haben Sie sie nicht einfach sitzen gelassen, Mädchen?«

»Ich konnte nirgends hin. Ich hatte mein Haus vermietet ...«

Suzys Lippen formten ein »Oh« des Schreckens, bevor ihr aufging, dass Julia Witze machte. Ralph lachte.

»Also, Suzy, du bist eine noch bessere Geschäftsfrau, als ich es dir zugetraut hätte, wenn du dein Personal halten kannst, ohne es je zu bezahlen. Haben die anderen wenigstens ihr Geld gekriegt?«

»O ja«, versicherte Wayne. »Jede Woche.«

»Ich bin im Voraus bezahlt worden, bevor ich herkam«, erklärte Mel. »Suzy hat ihre Perlen verkauft, um meinen Lohn aufzubringen.« Sie sah Suzy ängstlich an. »Das sollte doch nicht etwa geheim bleiben, oder?«

»Nur vor Daddy«, antwortete Suzy unbekümmert. »Wenn er es herausfände, würde er mir eine neue Kette kaufen, und mir hängen all diese Besitztümer langsam zum Hals raus. Sie belasten einen nur.«

Ralph hob ein wenig skeptisch die Augenbrauen. »Nun, du bist wirklich erwachsen geworden«, bemerkte er in einem Tonfall, als fragte er sich, ob die Verwandlung von Dauer sein würde. »Also, was werden Sie jetzt anfangen, Julia? Haben Sie Geschmack an einem Leben auf Achse gefunden, oder werden Sie wieder das tun, was Sie früher getan haben?«

Julia kannte die Antwort auf diese Frage selbst nicht. »Ich habe die Zeit auf den Kanälen wirklich genossen. Es war unglaublich harte Arbeit, aber es hat sich gelohnt. Was auch immer ich jetzt als Nächstes tue, wird mir ziemlich lasch vorkommen.«

Julia stellte fest, dass sie Suzys Trick übernommen hatte, die Wahrheit zu sagen, obwohl sie in Wirklichkeit faustdicke Lügen erzählte. Sie hatte noch immer keinen Entschluss gefasst, wie sie sich und ihr ungeborenes Baby ernähren wollte, obwohl das Kind jetzt so groß war, dass sie den obersten Knopf ihrer Jeans auflassen und ihr T-Shirt über der Hose tragen musste. Aber was sie im Augenblick beschäftigte, war die Tatsache, dass sie ihrer Mutter noch nichts erzählt hatte. Ein Baby, das im Februar erwartet wurde, musste vor Weihnachten eingestanden werden, selbst wenn sie ihre Mutter vorher nicht mehr sehen würde.

Ihre Schwester wusste bereits Bescheid und war nach einigen »Oh-Gott-oh-Gotts« und einem entsetzten »Wie konnte das passieren?«, genauso hilfsbereit, wie Julia es vermutet hatte.

»Es mag jetzt ja ein schrecklicher Schock für dich sein, Ju. Aber in Wirklichkeit ist es wunderbar, ein Baby zu bekommen.«

»Was? Selbst das eigentliche ›Bekommen‹? All die Schmerzen, die du durchgestanden hast, waren wunderschön, ja?«

»Hm, nein, nicht direkt wunderschön. Aber doch schrecklich aufregend. Es ist nicht wie ein Besuch beim Zahnarzt, wo man nur passiv daliegt. Du tust selbst etwas, du machst mit.«

»Ich hab nie Angst vorm Zahnarzt gehabt.«

»Weil du gute Zähne hattest. Also, soll ich es für dich Mom erzählen?«

»Oh, Angela.« Ihre Schwester bot ihr da an, für sie ein echtes Opfer zu bringen. »Ich wünschte, ich könnte dieses erstaunliche Angebot annehmen, aber ich lasse es wohl besser bleiben. Sie würde mir nie verzeihen, wenn sie die Neuigkeiten aus zweiter Hand erführe. Aber ich überlasse es ihr, es Rupert zu erzählen.«

»Kluge Idee. Sie wird Rupert gegenüber so tun, als wäre sie reinweg begeistert. Wo wir gerade von unserem lieben Bruder reden – hast du in letzter Zeit etwas von dieser Klage gehört, die Strange's gegen dich anstrengt?«

»Jetzt, da du es erwähnst ... Nein, habe ich nicht. Und da ich das eine oder andere um die Ohren hatte, habe ich diese Geschichte glatt vergessen. Vielleicht hat Darren die verschwundenen Unterlagen wiedergefunden. Ich konnte von Anfang an nicht glauben, dass sie wirklich dachten, ich hätte etwas gestohlen.«

»Dann könntest du eine Gegenklage wegen Verleumdung anstrengen.«

»Weißt du, Angela, irgendwie habe ich im Augenblick wichtigere Dinge im Kopf.«

KAPITEL 18

Die letzte Woche der Saison war furchtbar plötzlich gekommen. »Wahrscheinlich«, überlegte Suzy, »liegt das daran, dass wir uns so gut amüsiert haben. Wir wissen, was wir tun, wir haben genug Hilfe, und wir wissen jetzt, dass die Boote wirklich uns gehören.«

Julia, der klar war, dass sie schon bald eine Menge wichtige Entscheidungen würde treffen müssen, war genauso bekümmert über das Ende der Saison wie Suzy.

»Wir müssen dafür sorgen, dass die letzte Woche ein richtiger Knüller wird«, meinte sie. »Wir müssen mit einem Paukenschlag aufhören.«

»Hm, das dürfte nicht weiter schwierig sein. John und Betty kommen noch einmal her. Erinnerst du dich? Unser Dampflokfreak und seine Frau, die mit uns die erste Fahrt rauf nach Tardebigge gemacht haben?«

»Wie schön, Sie wieder bei uns zu haben!«, rief Suzy, nachdem sie Betty und John begeistert umarmt hatte. »Es zeigt Ihr Vertrauen in uns.«

»Nun, wir haben doch gesagt, dass wir wiederkommen würden, nicht wahr?«, antwortete Betty. »Und ich liebe diese Jahreszeit. Es ist nicht zu heiß, die Bäume fangen gerade an, bunt zu werden, und die Landschaft ist so schön wie sonst nie.«

»Ooh«, machte Suzy. »Es ist ein Jammer, dass Sie nicht bei uns waren, als Wayne sein Video gedreht hat. Sie hätten das in die Kamera sagen können.«

»Wie ich sehe, hat Julia jetzt eine Hilfe in der Küche«, fuhr Betty fort. »Das ist gut.«

»Ja, Mel ist große Klasse«, stimmte Julia ihr zu. »Sie hat übrigens die Brownies gemacht, die Sie gerade essen.«

»Mir ist schleierhaft, wie ihr zurechtgekommen seid«, wiederholte Mel, als sie sich die Fotos ansah, die John mitgebracht hatte, »nur zu dritt.«

»Wir haben unsere Passagiere kräftig mit einbezogen«, erzählte Julia. »Und sie haben uns nie im Stich gelassen.«

»Hmm«, murmelte Suzy. »Aber wir hatten nie einen Gast, der so wie Sie den Bogen mit dem Block und dem Haken raushatte und das Bulty so schnell aus der Schleuse manövrieren konnte.«

Die anderen Passagiere waren ein Pfarrer im Ruhestand mit Frau und zwei junge Amerikanerinnen, die mit einem Rucksack durch Europa wanderten und sich zwischendurch eine Woche Luxus gönnen wollten. Mit John und Betty als Vorbild richteten die neuen Gäste sich schnell häuslich ein und saßen bald wieder im Salon, um Tee zu trinken und Brownies zu essen. Die Pfarrersgattin warf einen beklommenen Blick auf Johns Fotos. »Müssen die Passagiere arbeiten? Ich habe ein Problem mit dem Rücken.«

»Nur, wenn sie wollen. Die Passagiere helfen uns freiwillig. Bis auf John natürlich. Den brauchen wir«, erwiderte Suzy. »Also, möchte jemand noch eine Tasse Tee? Oder soll ich die Bar eröffnen?«

Die amerikanischen Rucksackmädchen, die genauso erleichtert waren wie die Frau des Pfarrers, stimmten für kaltes Bier.

Als Julia am Mittwochmorgen den Frühstücksabwasch erledigt hatte, erschien Mel, um sie aus der Kombüse zu scheuchen.

»Sieh zu, dass du etwas frische Luft bekommst. Mach dich an den Schleusen nützlich oder tu sonst etwas.«

Julia erhob keine Einwände dagegen, herumkommandiert zu werden, und holte sich einen Pullover aus ihrer Kabine. Ein heißer August hatte sich in einen September voller Herbstnebel und etwas herber Fruchtbarkeit verwandelt. Aber obwohl die Sonne ein wenig von ihrer Intensität verloren hatte und die Tage kürzer geworden waren, verbrachten die Passagiere den größten Teil ihrer Zeit im Freien, entweder um zu helfen oder um an den Hecken entlangzustreifen und gewaltige Mengen Brombeeren zu pflücken. Der Pfarrer und seine Frau brachten von ihren morgendlichen Spaziergängen sogar Pilze mit.

Sie waren auf dem Weg von Oxford nach Stratford

und hatten den Grand Union Canal erreicht, dessen Schleusen breit waren und die Boote nebeneinander aufnahmen, sodass John wahrscheinlich die Schleusen bedienen statt das Bulty mit dem Seilzug bewegen würde. Aber Julia steckte sich trotzdem eine Kurbel für die Winde in den Gürtel. Sie war dankbar, ein wenig Zeit für sich selbst zu haben, denn obwohl ihre letzte Woche bisher ausgesprochen gut verlief und die Passagiere sich als eine fröhliche, harmonische, trinkfreudige Gruppe erwiesen, war Julia nicht so gut gelaunt wie die anderen. Sie hatte ihrer Mutter noch immer nicht ihre Schwangerschaft gebeichtet.

John fand sich an der nächsten Schleuse wider Erwarten nicht ein, aber als Julia näher kam, wurde sie von zwei sehr verstörten Frauen empfangen, von denen eine eine Hand voll großer Hunde ausführte. Die Tiere zerrten an ihren Leinen und drohten, die Frau in den Kanal zu ziehen.

»Die Boote stecken in der Schleuse fest!«, kreischten die beiden, als sie Julia erblickten. »Sie werden sinken!«

Julia rannte zu der Schleuse und schaute hinab. Zwei kleine Kajütkreuzer hatten sich ineinander verkeilt und neigten sich bedrohlich zur Innenseite der Schleusenkammer hin, während unter ihnen der Wasserstand sank. Die Schleuse war ein echtes Nadelöhr für zwei Boote nebeneinander, deren Fender sich nun an etwas im Mauerwerk der Kammer verfangen hatte, sodass sie jetzt an den Schleusenmauern festhingen.

»Also gut. Runter mit den Schützen«, befahl Julia, aber dann sah sie, dass die Hunde ihren Kampf gewannen und die eine Frau weiterzerrten, während die andere einen hysterischen Anfall bekam.

Also lief Julia selbst zum Ende der Schleuse, zog die Kurbel aus ihrem Gürtel und ließ die Schütze hinab. Dann lief sie zum anderen Ende der Schleuse und öffnete beide Schütze. Schließlich füllte die Schleuse sich, und die Boote schwammen wieder im Wasser, sodass sie nicht länger Gefahr liefen, mehrere Meter in die Tiefe zu stürzen.

»So«, sagte Julia, als die Frauen zurückkamen, »jetzt macht auf jedem Boot eine Leine los und verholt dann eins der beiden nach achtern, damit ihr hintereinander zu liegen kommt, und haltet die Boote in Position, während der Wasserstand sinkt.«

»Diese Mistkerle, einfach in den Pub zu gehen und uns mit dieser verdammten Schleuse allein zu lassen«, schimpfte die Frau, die den hysterischen Anfall gehabt hatte. Dann tat sie endlich, was sie tun sollte.

Julia sah sie sich genau an. Etwas an ihrer Stimme kam ihr vertraut vor. Dann fiel es ihr wieder ein: Das war die Frau, die sie an ihrem ersten Tag auf dem Kanal angeschrien hatte, sie solle den Weg freigeben. Die Frau würde zwar die Boote erkennen, wenn sie vorbeifuhren, aber es war unwahrscheinlich, dass sie Julia erkannte, die sich seit ihrer ersten Begegnung sehr verändert hatte. Julia war inzwischen sonnengebräunt, selbstbewusst und trotz ihrer permanenten Übelkeit fit. Nichts von all dem hätte man zu Beginn des Frühlings von ihr sagen können.

An diesem Punkt des Geschehens kam auch John zurück, der die Landschaft erkundet hatte. Gemeinsam halfen sie den Frauen, ihre Boote festzumachen, nachdem die Schleusentore sich geöffnet hatten, um sie hinauszulassen. Als alles geregelt war, machten sich die Frauen auf die Suche nach ihren Männern.

»Was war denn das für ein Getöse?«, fragte John, als sie zu Fuß zurückgingen, um die Schleuse für die *Pyramus* und die *Thisbe* vorzubereiten.

»Oh, sie haben versucht, Seite an Seite durch die Schleuse zu fahren, statt hintereinander«, erklärte Julia.

»Woraufhin sie an einem vorstehenden Ziegel oder etwas in der Art hängen geblieben sind.«

»Nun, Sie haben die Situation offensichtlich gut gemeistert. Alle Achtung. Als wir das erste Mal bei Ihnen Urlaub gemacht haben, konnten Sie noch nicht so geschickt mit den Booten umgehen, obwohl Sie in der Küche immer schon ein Ass waren.«

Ein Ass, das ein ungemein schlechtes Gewissen hatte, weil es nicht in der Küche war, dachte Julia und errötete.

»Und die beiden haben sich nicht einmal bei ihnen bedankt«, fuhr John entrüstet fort.

»Ich nehme an, sie kamen sich ziemlich dumm vor. Wenn sie sich bedankt hätten, hätten sie sich wahrscheinlich noch mieser gefühlt.«

»Das ist keine Entschuldigung. Man sollte sich seiner Verantwortung stellen.«

»Ja«, stimmte Julia ihm zu und dachte gleichzeitig, dass sie das Gespräch mit ihrer Mutter nicht weiter auf die lange Bank schieben durfte.

»Also, warum willst du deine Mutter unbedingt genau dann anrufen, wenn wir in einen Tunnel fahren?«, fragte Suzy und umklammerte das Handy, um das Julia sie gebeten hatte. »Du hast so lange gewartet, um ihr von deiner Schwangerschaft zu erzählen, dass eine halbe Stunde mehr oder weniger keine Rolle spielen dürfte. Du wirst nur den Funkkontakt verlieren und unterbrochen werden, sobald du mit deiner Neuigkeit rausgerückt bist.«

»Das war mein Plan«, gestand Julia, die sich das Ganze genau zurechtgelegt hatte. »Und wenn ich das Timing richtig hinbekomme, wird sie nicht durchkommen, wenn sie zurückruft. Also wird sie meine Schwester anrufen, um es ihr zu erzählen. Angela wird sagen, dass sie es bereits wisse, aber das ganze Gespräch wird eine

Weile dauern. Wenn meine Mutter es schließlich schafft, wieder zu mir durchzukommen, wird sie sich bereits ein wenig an den Gedanken gewöhnt haben. Aber wenn du mir das Telefon nicht bald gibst, muss ich ohne jede Einleitung damit herausplatzen, sonst werden wir noch beim ›Hallo, wie geht's?‹ unterbrochen.«

»Aber hast du dann nicht die ganze Zeit Angst vor dem Anruf deiner Mutter? Wäre es nicht besser, du bringst es mit einem Rutsch hinter dich?«

»Ich glaube nicht. Wahrscheinlich wird sie sich beruhigen, sobald sie den ersten Schock verdaut hat. Angela hat mir erzählt, was sie sich für diesen Fall zurechtgelegt hat. Sie wird etwas sagen wie: ›Du willst doch nicht, dass Julia kinderlos stirbt, oder?‹ Mom wird dann erwidern: ›Nun, hätte sie nicht wie ein normaler Mensch erst heiraten und dann Kinder kriegen können?‹, aber Angela wird dagegenhalten, dass alle guten Männer bereits vergeben seien und nur die Gimpel und diejenigen, die ihre Frauen prügeln, noch übrig sind. Das müsste eigentlich helfen.«

»Ich kann mir nicht vorstellen, dass deine Mutter dich nicht in jeder Hinsicht unterstützen wird.« Suzy klammerte sich mit derselben Zähigkeit an das Handy, mit der sie sich an ihren Eindruck von Margot klammerte.

»Ich habe versucht, dir zu erklären, wie sie ist. Sie wird mich unterstützen, wenn sie erst einmal über den Gedanken hinweg ist, dass sie jetzt ihren Freundinnen erzählen muss, ihre unverheiratete Tochter sei schwanger. Woraufhin diese natürlich etwas über junge Leute heutzutage vor sich hin murmeln werden, obwohl das auf mich weiß Gott nicht zutrifft.« Vor lauter Nervosität redete Julia einfach drauflos. »Aber als Erstes wird sie vor Wut schäumen. Glaub mir.« Julia streckte abermals die Hand nach dem Telefon aus.

Suzy machte einen Schritt zur Seite, sodass Julia immer

noch nicht an das Handy herankam. »Mir gefällt diese Idee nicht. Das ist Feigheit. Ich finde, das ist Margot gegenüber nicht fair. Du musst auch auf ihre Gefühle Rücksicht nehmen.«

Ein kleiner Tornado der Entrüstung fegte durch Julias Gedanken und flaute dann wieder ab. Suzy war seit Beginn der Saison ziemlich erwachsen geworden, aber die Ironie dieser Bemerkung würde sie dennoch nicht erkennen können. »Ich habe bei dem Besuch deines Vaters neulich bei dir keine besondere Rücksichtnahme auf seine Gefühle feststellen können«, entgegnete sie sanft.

»Ich habe auf ihn Rücksicht genommen!« Suzy machte sich nicht die Mühe, ihre Empörung zu verbergen. »Ich habe das Auto angenommen, oder etwa nicht?« Aber Julia hatte mit ihrer Feststellung ins Schwarze getroffen, und Suzy überließ ihr endlich das Handy. »Ich finde immer noch, du solltest sie anrufen, wenn du wieder zu Hause bist. Dann könntest du deiner Mutter gleich sagen, du hättest alle möglichen Pläne für die Zukunft. Sie möchte doch nur dein Bestes.«

»Das weiß ich!« Julias Verzweiflung wuchs. »Aber wenn ich warten würde, bis ich einen Lebensplan entwickelt habe, wäre das Baby ungefähr zehn, und ich glaube nicht, dass ich es vermeiden kann, sie dieses Jahr zu Weihnachten zu sehen, geschweige denn während der nächsten zehn Jahre! Also, bitte! Ich muss es jetzt tun, oder mein ganzer Zeitplan ist zum Teufel!«

Julias Einschätzung ihrer Mutter erwies sich als ziemlich zutreffend. »Mein Gott!«, war alles, was sie hervorbrachte, bevor sie unterbrochen wurde, aber diese beiden Worte schienen wie ein Echo durch die pechschwarze Finsternis des Tunnels zu hallen, bis sie am anderen Ende wieder ans Licht kamen. Und als Julias Mutter kurze Zeit später zurückrief und Julia mit Phrasen überhäufte wie: »Wie kann man nur so dumm sein?«, und »Ich habe dir immer gepredigt, du sollst Verhütungsmittel benutzen, es gibt für eine Frau in deinem Alter keine Entschuldigung, sich überrumpeln zu lassen«, hatte Julia einige Male tief durchgeatmet. Sonst hätte sie ihr am Ende gesagt, dass sie sich über ihre Schwangerschaft freute, nicht weil das hundertprozentig der Wahrheit entsprochen hätte, sondern schlicht und einfach als Reaktion auf das Entsetzen ihrer Mutter. Margot hatte sogar ein paar Bemerkungen zu dem Thema gemacht, das Julia am meisten zuwider war. Zum Beispiel: »Heutzutage muss doch niemand ein unerwünschtes Baby bekommen«, was eine Umschreibung war für: »Warum lässt du nicht abtreiben?«

Margot, die vor den Tagen der legalen Abtreibung geboren worden war, hatte wie viele Frauen ihrer Generation eine pragmatischere Einstellung zu dem Thema als jüngere Frauen. Anders als diese hatte Margot nämlich in ihrer empfindsamen Jugend keine Bilder von ungeborenen Kindern unter die Nase gehalten bekommen, und betrachtete eine Abtreibung nicht als Mord. Julias Angst, ihre Mutter könne ihr zu einer Abtreibung raten, war einer der Gründe gewesen, warum sie mit ihrer Beichte so lange gezögert hatte.

Aber wie vorhergesehen, hatte Margots Anruf bei Angela ihrem Zorn die Spitze genommen. Angela, deren Achtbarkeit durch einen Ehemann und drei Kinder unverbrüchlich bezeugt waren, war es gelungen, ihre Mutter davon zu überzeugen, dass heutzutage so ziemlich jeder uneheliche Kinder bekäme und dass ihre Freundinnen sie nicht schief ansehen würden, weil Julia schwanger geworden war. Margot schwor zwar Stein und Bein, dass es sie nicht kümmere, was andere dachten, aber in Wirklichkeit war sie doch genauso auf Anerkennung erpicht wie ihre Tochter. Angela, die sich mächtig für ihre

Schwester ins Zeug legte, flocht eine geschickte Bemerkung ein, dass nur eine so souveräne und weltoffene Mutter wie Margot mit einer solchen Angelegenheit so gut fertig werden könne.

Als Margot Julia schließlich wieder erreichte, war sie zwar noch immer nicht übermäßig begeistert von der Vorstellung, aber auch nicht mehr so entsetzt.

»Also, wer ist der Vater? Wird er eine anständige Frau aus dir machen?«

»Es war eine sehr flüchtige Begegnung. Ich werde es ihm nicht einmal erzählen. Es gibt keinen Grund, warum ein junges Leben darunter leiden sollte, dass ich unvorsichtig war.« Wieder so ein Fall, in dem die Wahrheit eine Unwahrheit verbarg. Das Wort »jung« würde ihre Mutter vielleicht von dem Gedanken an Fergus ablenken.

»Also war es nicht ...«

»Nein. Ich weiß, ich war dumm und absolut verantwortungslos – ganz zu schweigen davon, dass ich mich wie ein Flittchen benommen habe –, aber ich möchte nicht, dass das Leben eines anderen Menschen dadurch beeinträchtigt wird.«

Margot schwieg einen Augenblick. »Nun, wahrscheinlich ist es besser, eine ledige Mutter zu sein, als mit einem absolut unpassenden Mann verheiratet ...« Sie schien sich nicht ganz sicher zu sein.

»Mummy, du möchtest mich doch nicht in eine Hochhauswohnung eingesperrt sehen, mit einem Baby und einem nicht funktionierenden Lift, oder? Besser, ich bleibe in meinem eigenen kleinen Haus.«

»Aber das hast du doch vermietet!«

»Es wird nächste Woche wieder frei sein. Ich wollte nach Ende der Saison ohnehin dorthin zurückkehren.«

»Was ist, wenn du den Mieter nicht rausbekommst?«

»Liebste Mummy, erinnerst du dich noch, womit ich mir meinen Lebensunterhalt verdient habe, bevor ich auf die Boote ging? Der Vertrag war wasserdicht, und außerdem hat die junge Frau, an die ich vermietet habe, ihre eigenen Pläne. Ich habe sie letzte Woche angerufen, um ganz sicher zu gehen, und sie meinte, der Garten sei voller Stangenbohnen.«

Nachdem sie ihre Mutter ein wenig beschwichtigt hatte, ging Julia, leicht zitternd, zu Suzy, die am Heck stand.

»Ich habe doch gewusst, sie würde die Sache gut aufnehmen«, rief Suzy, bevor Julia Zeit zum Sprechen hatte.

»Ja.« Julia wollte ihr ihre Illusionen nicht rauben. »In gewisser Weise. Also, was werden wir unseren Passagieren beim allerletzten Abendessen der Saison vorsetzen?«

»Champagner und Räucherlachs«, antwortete Suzy.

Julia schüttelte den Kopf. »Das können wir uns nicht leisten. Aber wir könnten Lachsschnitzel kaufen und eine Mousse machen.«

Ob sie es sich nun leisten konnten oder nicht, zu dem letzten Dinner an Bord gab es dann doch Champagner, und als alle leicht beschwipst und sehr sentimental waren, wurden die Lobesreden auf ihre Fähigkeiten als Hotelbootbesitzerinnen immer überschwänglicher.

»Sie sind ein sehr liebes Mädchen«, sagte der pensionierte Pfarrer zu Julia. »Obwohl Sie schwanger sind. Jeder kann mal einen Fehler machen, nicht wahr, mein liebes Kind?«

Das angesprochene »liebe Kind« errötete und erklärte: »Sie war ein Flitterwochen-Baby, ein klein wenig vor der Zeit.« Seine Frau sagte dieses Sprüchlein auf, als hätte sie es schon viele Male getan. »Sie ist später nach Oxford gegangen.«

Julia, die die Geschichte schon einmal gehört hatte, nickte. »Sie sind sicher sehr stolz auf sie.«

Sobald sie die Boote in einer Werft gut untergebracht hatten, wo sie gründlich überholt werden sollten, wollte Suzy Julia mit ihrem neuen Auto nach Hause fahren.

Wayne fuhr zurück nach Tewkesbury, um seine Eltern zu besuchen, und bestand darauf, dass er sehr gut mit dem Bus hinkommen würde.

»Dann musst du mir wenigstens erlauben, dich bis zur Bushaltestelle zu bringen«, erwiderte Suzy unter Tränen und stürzte hinaus, wobei sie vor sich hin murmelte, dass sie den Motor anwärmen wolle.

Auch Julia hatte der Abschied von Wayne traurig gestimmt. Er war so viel mehr gewesen als nur der hübsche Junge, den Suzy am Flussufer aufgelesen hatte. Er hatte ein ganz neues Handwerk gelernt und ein Video gedreht, das Suzys Geschäft retten würde. Als Julia ihm das sagte, errötete er und küsste sie auf die Wange.

»Viel Glück mit dem Baby, Julia. Schreib mir mal, was es ist«, hatte er gebeten.

Nachdem Suzy ihn zum Bus gefahren hatte, kehrte sie relativ gut gelaunt zu den Booten zurück. »Ich werde ihn ohnehin bald wiedersehen. Sobald die Boote überholt worden sind, bringen wir sie den Kanal hinunter, sodass er darauf leben kann. Das spart ihm die Miete.«

Zusammen packten sie Julias Habe, die sich seltsamerweise vermehrt hatte, in Suzys Wagen und fuhren in Richtung Lechlade davon. Sie unterhielten sich über Julias Pläne, die Aussichten für die nächste Saison und darüber, wie Suzy an eine Mannschaft kommen sollte, bevor Wayne und Mel sich ihr anschließen konnten. »Ich werde wieder eine Annonce in *The Lady* aufgeben«, meinte Suzy. »Letztes Mal hat das ja auch funktioniert.«

Julia kicherte. »Es ist wirklich nett von dir, mich nach Hause zu fahren, Suzy. Es wäre kein Spaziergang gewesen, wenn ich diesen ganzen Kram mit öffentlichen

Transportmitteln hätte heimschaffen müssen.« Sie fuhren vor ihrem Cottage vor. »Oh.« Daisy und Dan, ihre ältlichen Nachbarn, waren in ihrem Garten damit beschäftigt, die Chrysanthemen aufzubinden. »Es wird auch kein Spaß werden, den beiden von meiner Schwangerschaft zu erzählen. Kommst du noch kurz mit rein?«

Zu Julias Erleichterung schlug Suzy die Einladung aus und blieb nur, um Julia zu helfen, ihre Taschen ins Haus zu schleppen. Dann drückte sie Julia fest an sich. »Hast du deinen Scheck?« Julia hatte ihn, und er war erheblich höher ausgefallen, als sie erwartet hatte. »Du warst ganz große Klasse. Ohne dich hätte ich das alles nicht geschafft. Ich werde dir ewig dankbar sein.«

»Du brauchst dich bei mir nicht zu bedanken.«

»O doch. Und ich werde dich bald besuchen kommen, um mich davon zu überzeugen, dass es dir gut geht.« Es folgte noch eine Umarmung, dann war sie verschwunden.

Julia winkte ihr nach, als sie davonbrauste, und wandte sie sich zu ihren Nachbarn um. »Sind Sie gut mit Alice, meiner Mieterin, zurechtgekommen?«, fragte sie sie nach der Begrüßung.

»O ja. Sie war ein nettes Mädchen. Sie meinte, sie wolle Ihnen einen Brief mit ihrer Nachsendeadresse dalassen. Aber wir sind gut miteinander ausgekommen. Sie hat Ihnen einen hübschen Gemüsegarten am oberen Ende angelegt, wo früher nur Brennnesseln wuchsen. Ich habe ihr etliche Pflanzen gegeben, die ich übrig hatte. Nur schade, dass Sie nie lange genug hier sind, um das alles zu erhalten.«

Julia ergriff diese Chance beim Schopf und räusperte sich. »Also, das wird sich vielleicht ändern. Aber ich komme zu Ihnen rüber und erzähle Ihnen alles, wenn ich einen Augenblick Zeit habe«, fügte sie hinzu. »Jetzt muss ich erst mal auspacken und so weiter.«

»Der Kessel steht immer auf dem Herd, das wissen Sie ja, meine Liebe«, sagte Dan, den seine Kurzsichtigkeit und eine Trockensteinmauer daran hinderten, Julias Zustand zu erkennen.

Als Erstes öffnete Julia die Fenster, um den Geruch von Räucherstäbchen hinauszulassen, der ihr Übelkeit verursachte, dann begrüßte sie ihre Katze überschwänglich und suchte auf dem mit Plastiktüten voll gestopften Dachboden unter den vielen Dingen, die sie nicht brauchte, die wenigen hervor, die sie tatsächlich benötigte. Und währenddessen wurde ihr bewusst, dass sie Dans und Daisys Missbilligung mehr fürchtete als die ihrer Mutter. Schließlich wusste sie, dass ihre Mutter sich niemals von ihr lossagen würde, ganz gleich, wie viele außereheliche Kinder sie bekam. Aber Dan und Daisy konnten durchaus den Entschluss fassen, ihr die Freundschaft aufzukündigen.

Die beiden waren über achtzig und hatten seit ihrer Hochzeit in dem Cottage gelebt. Sie gaben Julia das Gemüse aus ihrem Garten, das sie selbst nicht verbrauchen konnten, und Julia machte ihnen dafür Marmelade aus ihren Pflaumen und Hackfleischpastete zu Weihnachten. Die beiden fütterten ihre Katze, wenn Julia geschäftlich unterwegs war, dafür goss Julia, wenn die beiden Alten zu ihrem Sohn fuhren, die Pflanzen in ihrem Garten, zog die Vorhänge vor und kümmerte sich ganz allgemein um ihr Haus. Sie waren seit fünf Jahren Nachbarn, und nie hatte es ein böses Wort zwischen ihnen gegeben. Wie sie dazu stehen würden, dass demnächst ein außereheliches Kind den Lärmpegel um mehrere Dezibel anheben würde, vermochte Julia nicht vorherzusagen, aber sie hatte das Gefühl, dass die beiden nicht begeistert sein würden.

Während sie, was die Reaktion ihrer Mutter betraf, vollkommen richtig gelegen hatte, hatte sie ihre Nachbarn absolut falsch eingeschätzt. »Ich habe eine Neuigkeit«, begann Julia, nachdem sie eine Tasse Tee getrunken und ein hartes Plätzchen verzehrt hatte. »Ich bin sehr – ziemlich – glücklich darüber, aber Ihnen wird es nicht gefallen.«

»Was ist denn los, meine Liebe?«, fragte Daisy, und ein besorgter Ausdruck fügte ihrer ohnehin reichlich gefurchten Stirn neue Runzeln hinzu. »Sie ziehen doch nicht etwa weg, oder?«

»O nein.« Julia lächelte beruhigend. »Nichts in der Art. Ich bekomme ein Baby.« Niemand ließ vor Schreck seine Tasse fallen oder stieß ein entsetztes Keuchen aus, daher fuhr sie fort: »Und ich bin nicht verheiratet und werde auch nicht heiraten.«

Noch immer wurde die Stille einzig von der großen Standuhr unterbrochen, die stetig vor sich hin tickte, erheblich langsamer, als Julias Herz im Augenblick klopfte. Das alte Ehepaar tauschte einen ängstlichen Blick, aber dann erklärte Daisy: »Nun, mein Kind, es ist nie gut, die Dinge zu lange vor sich herzuschieben.«

Ihr Mann sagte: »Und ich nehme an, der junge Mann wird sich daran gewöhnen, Vater zu sein, und tun, was sich gehört. Machen Sie sich mal keine Gedanken, meine Liebe. Wir würden uns freuen, ein Baby nebenan zu haben, nicht wahr?«

Seine Frau nickte. »In diesem Haus ist kein Kind mehr geboren worden seit dem kleinen Christopher Jones.« Sie lächelte plötzlich. »Er wird mittlerweile an die sechzig sein, schätze ich.« Dann beugte sie sich vor, um Julia eine Hand aufs Knie zu legen. »Machen Sie sich keine Sorgen, mein Kind. Die Dinge sind heute nicht mehr so wie in meiner Jugend. Heutzutage wird eine Frau in der Nachbarschaft nicht mehr geschnitten, weil sie einen Fehltritt begangen hat.«

Julia schossen die Tränen in die Augen, etwas, das ihr

in letzter Zeit immer häufiger passierte. »Sie sind sehr freundlich.«

Dem Anlass zu Ehren wurde noch mehr Tee ausgeschenkt, und als Julia sich nach einer ganzen Weile verabschiedet hatte – nicht ohne den beiden einen bemalten Krug für ihre Sammlung geschenkt zu haben –, rief sie ihre Schwester an.

»Es ist die reinste Ironie«, erzählte sie. »Auf der einen Seite ist Mom, die sich für wunders wie liberal hält und auf New Age und solche Dinge abfährt, und trotzdem hat sie wie die Frau eines viktorianischen Pastors reagiert, als sie von dem Baby gehört hat. Und auf der anderen Seite sind Daisy und Dan, die kaum bemerkt haben, dass Victoria nicht mehr auf dem Thron sitzt, und die beiden haben überhaupt kein Problem damit. Also ehrlich!«

»Ich nehme an, zu ihrer Zeit war es ganz normal, ein uneheliches Kind zu bekommen. Du brachtest den Jungen einfach dazu, eine anständige Frau aus dir zu machen. Die berufstätige Superfrau von heute zieht das allein durch.«

»Hmm«, meinte Julia nachdenklich und ohne auf diesen Hinweis auf ihr früheres Leben zu reagieren, von dem sie mittlerweile das Gefühl hatte, eine andere Frau hätte es gelebt. »Mir hat der Gedanke noch nie gefallen, dass jemand anderes mich ›anständig macht‹. Entweder ist Sex etwas Unrechtes, oder er ist es nicht. Eine Heiratsurkunde ändert im Grunde nichts daran.«

»Wo wir gerade von Veränderungen sprechen«, entgegnete Angela, die schließlich bereits Mutter war und keine Zeit für all dieses philosophische Gerede hatte, »deine Nichte würde es zu schätzen wissen, wenn ich ihren gegenwärtigen Zustand verändere; sie hat nämlich die Windeln voll. Eine Situation, die dir bald ebenfalls vertraut sein wird. Ich melde mich wieder. Bis dann.«

In den nächsten Tagen war Julia ganz damit beschäftigt, auszupacken, ihre Sachen zu waschen und ihrem Bruder von ihrer Schwangerschaft zu erzählen, der es fertig brachte, Julias Zustand praktisch mit keinem Wort zu erwähnen. Dafür musste sie ihm aber mehrfach versichern, dass sie sich wirklich, wirklich sicher sei, dass sie die Papiere von Strange's nicht hatte (Darren hatte sie anscheinend immer noch nicht wiedergefunden). Als all diese Dinge erledigt waren, beschloss sie, das Gästezimmer in Angriff zu nehmen. Das sei kein Nestbau, erklärte sie der Katze, die nicht zuhörte, sie wolle lediglich etwas Platz schaffen, für den Fall, dass sie einen Untermieter aufnehmen müsse.

Und dort, ganz hinten in ihrem Kleiderschrank, wo sie sie im Zorn hingeworfen hatte, fand sie ihre Aktentasche. Sie war nicht leer, wie Julia bis dahin vermutet hatte, sondern enthielt einige Papiere, bei denen sie das unbestimmte Gefühl hatte, dass verschiedene Leute nach ihnen gesucht hatten.

Der kalte Schweiß brach ihr aus. Ihr wurde plötzlich übel. Sie war sich ihrer Unschuld so sicher gewesen, dass sie kaum einen Gedanken an die ganze Angelegenheit verschwendet hatte. Aber jetzt hielt sie Papiere in Händen, die sie vermutlich ins Gefängnis bringen konnten. Sie ließ sich mit zitternden Knien auf einen Kleidersack sinken. »O mein Gott!«, sagte sie zu der Katze, die sich zu putzen begonnen hatte. »Was zum Teufel mache ich jetzt?«

Die Katze hatte kaum Zeit, über eine Antwort nachzudenken, denn von der Tür her ertönte ein Klopfen, bei dem Julia schrill aufschrie. Für den Bruchteil einer Sekunde fühlte sie sich wie ein in flagranti ertappter Einbrecher. Dann fiel ihr wieder ein, dass sie die Papiere ja nicht wirklich *gestohlen* hatte. Peter Strange würde gewiss Vernunft annehmen, wenn sie ihm erklärte, wieso die Unterlagen sich in ihrem Besitz befanden, obwohl sie das bisher kategorisch bestritten hatte. Und wer immer da vor ihrem Haus stand, würde, selbst wenn es ein Polizist war, wohl kaum die Tür eintreten, um sie zu verhaften. Dies, so rief sie sich energisch, wenn auch immer noch zitternd, ins Gedächtnis, war schließlich keine Episode aus *NYPD Blue.* Aber trotzdem fühlte sie sich entschieden unwohl in ihrer Haut, als sie nun die Treppe hinunterging.

KAPITEL 19

Es war Fergus. Der Regen glitzerte auf seinen Schultern und in seinem Haar, und im Licht der Straßenlaterne hinter ihm wirkte er besonders groß und bedrohlich.

Die schreckliche Entdeckung der vermissten Papiere hatte Julia ohnehin bereits halb um den Verstand gebracht, und ihr schlechtes Gewissen schrie förmlich ein vielfaches »Mea culpa«, sodass sie jetzt kostbare Augenblicke verlor, bis ihr wieder einfiel, dass sie Fergus bisher noch nichts Schreckliches angetan hatte. Sie rief sich im Geiste streng zur Ordnung. Es waren nur die anderen schuld, die ihr ständig in den Ohren gelegen hatten, dass sie ihm von ihrer Schwangerschaft erzählen müsse. Nun, diese Mühe konnte sie sich jetzt sparen; mittlerweile hatte er das sicher selbst herausgefunden.

»Oh. Du bist es«, murmelte sie. »Was machst du hier?«

»Ich wollte dich sehen.«

»Oh. Möchtest du reinkommen?«

»Das ist der Grund, warum ich an die Tür geklopft habe, statt einfach draußen stehen zu bleiben.« Er schob sich an ihr vorbei ins Wohnzimmer und schüttelte sich. Die Art, wie er die Regentropfen von sich schleuderte, erinnerte Julia unwiderstehlich an Sooty, nur dass Sooty immer so nett und freundlich ausgesehen hatte ...

Fergus wirkte in ihrem kleinen Wohnzimmer, in dem noch immer etliche Pappkartons darauf warteten, ausgepackt zu werden, übergroß und absolut fehl am Platz. Julia räumte einige Plastiktüten von einem Stuhl und riss sich zusammen. Fergus wusste nichts von Peter Stranges Klage gegen sie, und er wusste auch nicht, was sie soeben in ihrer Aktentasche gefunden hatte. Und vielleicht würde er nicht einmal herausfinden, dass er der Vater ihres Kindes war. Sie zwang sich zu einem nichtssagenden Lächeln.

»Nun, das ist aber eine Überraschung. Soll ich dir den Mantel abnehmen?«

Er knöpfte ihn auf, zog ihn aus und reichte ihn ihr. »Du brauchst hier nicht die vollendete Gastgeberin für mich zu spielen. Wir sind nämlich nicht mehr auf den Booten, wie dir vielleicht aufgefallen ist.«

Julia, die unter dem Gewicht des Mantels leicht zusammensackte, lächelte noch strahlender. »Das Ding ist tropfnass. Ich hänge es in der Küche auf. Möchtest du etwas zu essen oder zu trinken?«, fügte sie hinzu, in der Hoffnung, sich ein paar kostbare Minuten allein zu verschaffen, um allein zu sein und sich zurechtzulegen, warum er hergekommen war.

Er wollte nichts. Und er folgte ihr in die Küche. »Du bist schwanger«, donnerte er hinter ihr.

Es erschien ihr sinnlos, es abzustreiten. So fühlte sie sich auch immer, wenn jemand ihr erzählte, dass sie beim Friseur gewesen sei, als sei ihr das selbst vielleicht gar nicht aufgefallen. »Ich weiß. Wer hat es dir denn erzählt?«

»Meine Mutter! Deine Mutter hat es ihr erzählt.«

Julia fühlte sich plötzlich schwach, zog sich mit dem Fuß einen Stuhl heran und setzte sich. Sie hatte angenommen, dass ihre Mutter eine derart vernichtende Neuigkeit für sich behalten würde, zumindest noch ein Weilchen. Es musste hart für sie gewesen sein, der Mutter des perfekten Kindes mitzuteilen, dass ihr eigenes Kind buchstäblich ein gefallenes Mädchen war.

»War Lally sehr wütend?«

»Warum sollte sie? Sie weiß ja nicht, dass ich der Vater bin.«

Julia spielte den Bruchteil einer Sekunde mit dem Gedanken, seine Vaterschaft abzustreiten, entschied sich dann aber dagegen. Sie hatte auch so schon genug Probleme. »Also hast du es ihr nicht erzählt?«

Die Dummheit dieser Frage ließ Fergus sichtlich zusammenzucken. »Nein, wenn du es genau wissen willst, ich habe es ihr nicht erzählt. Als sie meinte: ›Du wirst es nicht glauben, aber die Tochter der armen Margot, Julia – das ist die unverheiratete –, erwartet ein Baby‹, da habe ich nicht erwidert: ›Dann muss ich wohl der glückliche Vater sein!‹«

»Du brauchst gar nicht so sarkastisch zu sein, ein simples ›Nein‹ hätte völlig genügt.«

Fergus zog sich an der gegenüberliegenden Seite des Tisches ebenfalls einen Stuhl heran und nahm Platz. »Ich würde niemandem irgendetwas erzählen, ohne vorher mit dir gesprochen zu haben. Aber warum zum Teufel hast *du* es mir nicht erzählt? Es ist nicht leicht, von der eigenen Mutter zu hören, dass man demnächst Vater wird.«

»Ich dachte, du würdest mich vielleicht anbrüllen«, sagte Julia, nicht weil sie es wirklich gedacht hatte, sondern weil es ihn vielleicht davon abhalten würde, sie jetzt anzubrüllen. Doch es hielt ihn nicht davon ab.

»Ich hätte dich nicht angeschrien«, antwortete er mit Donnerstimme, »wenn ich es nicht aus dritter Hand erfahren hätte!«

»Hat ... wird ... hat deine Mutter mit meiner darüber gesprochen, wer der Vater ist?«

»Um Himmels willen, warum sollte sie? Ich habe ihr keine Postkarte geschrieben: *Amüsiere mich blendend, habe mit der Tochter deiner besten Freundin geschlafen.* Aber hast du es denn Margot nicht selbst erzählt?«

»Lieber Gott, nein!«

»Warum nicht? Schämst du dich für mich?«

»Nein, aber ich wollte nicht, dass man uns mit vorgehaltenem Gewehr zum Altar jagt.«

»Hätte deine Mutter das denn getan?«

»Sie hätte sich jedenfalls mächtig ins Zeug gelegt, um es zu versuchen.«

Fergus hob die Hände. »Und dabei dachte ich, sie sei Pazifistin.«

»Nur der Theorie nach. Wenn es um ihre Kinder geht, ist sie eine altmodische Löwin.«

Fergus schob sich das Haar aus den Augen. »Du könntest mir nicht vielleicht ein Handtuch für mein Haar geben, oder? Es tropft mir in den Nacken. Ich musste meilenweit von hier entfernt parken.«

Julia stand auf, dankbar dafür, wieder das tun zu können, worauf sie sich verstand: sich um jemanden kümmern. »Ja, natürlich.« Sie öffnete einen Schrank und holte ein Handtuch daraus hervor, das zu ihrer nicht unerheblichen Überraschung gebügelt worden war, wahrscheinlich von ihrer Mieterin. »Kann ich dir etwas zu essen oder zu trinken anbieten?«

»Was hast du denn da?«

»Nun, Kaffee, Tee, Kakao, jede Menge zwielichtiger Kräuter- und Früchtetees, die meine Mieterin dagelassen hat, oder Alkohol.«

»Welche Art von Alkohol?«

»Ähm ...« Sie beäugte ein staubige Flasche. »Holunderschnaps. Meine Mutter hat ihn mir letztes Jahr zu Weihnachten geschenkt. Ich fürchte, sonst habe ich nichts im Haus. Ich selbst trinke im Augenblick nicht, und ich bin noch nicht dazu gekommen, etwas für Gäste einzukaufen.«

»Erst recht nicht für ungebetene Gäste?«

»Gäste sind Gäste«, meinte Julia errötend. »Also, was möchtest du jetzt trinken?«

»Dann nehme ich wohl am besten einen Kaffee. Ich muss schließlich noch fahren.«

»Kaffee«, wiederholte Julia. »Den kann ich noch weniger ausstehen als Alkohol. Würde es dir etwas ausmachen, ihn dir selbst zu kochen, wenn ich dir die Sachen hinstelle?«

»Nicht das Geringste. Aber ich könnte auch Tee trinken. Ich möchte nicht dafür sorgen, dass dir übel wird.«

Julia wandte sich ab, damit ihr nicht herausrutschte: »Das hast du bereits getan ...« Stattdessen fragte sie: »Wie wär's mit einem Keks?«

»Ich weiß nicht, ob ich damit umgehen kann, wenn du so höflich bist«, bemerkte Fergus. »Das scheint irgendwie nicht richtig zu dir zu passen.«

»Aber ganz im Gegenteil. Ich habe den größten Teil des Sommers damit verbracht, höflich zu sein.«

»Wenn du nicht gerade versucht hast, jemanden zu ertränken.«

»Das war ein Ausrutscher. Meistens habe ich so viel Geduld gehabt, dass selbst Hiob vor Neid erblasst wäre.«

Fergus grinste, was bei Julia wie ein Schlag in den Solarplexus wirkte, ein Gefühl, das sie ganz und gar unannehmbar fand. »Mir hast du deine geduldige Seite allerdings nicht oft gezeigt.«

»Dafür tue ich es jetzt. Ich weiß immer noch nicht, was du trinken möchtest.«

»Oh. Was trinkst du denn?«

»Ingwertee. Sehr gut gegen Verdauungsstörungen.«

»Ach ja? Dann versuche ich den auch mal.«

Julia ließ sich Zeit mit den Vorbereitungen, suchte den

Ingwer heraus, schälte ihn und schnitt ihn in dünne Scheibchen, bevor sie diese in Porzellanbecher legte. Eine solche Sorgfalt war nicht wirklich notwendig, aber sie wusste, wenn sie und Fergus endlich mit Tee, Keksen und allem anderen versorgt waren, das sie ihm vielleicht noch aufdrängen konnte, würde es zu einer Auseinandersetzung kommen, der sie mit keiner allzu großen Begeisterung entgegensah. Sie reichte ihm seinen Becher. »Sollen wir hier bleiben, wo es wärmer ist? Oder möchtest du lieber ins Wohnzimmer gehen?«

»Bleiben wir hier. Ich bin noch immer ziemlich durchnässt.«

»Bist du dir sicher, dass ich dir nicht doch ein Rührei oder irgendetwas anderes machen soll?«

»Nein, wirklich nicht. Ich habe gegessen, bevor ich hergekommen bin.«

»Du hättest anrufen sollen, wirklich.«

»Das hätte ich auch getan, aber ich dachte, du würdest dann dafür sorgen, dass du nicht zu Hause bist.«

Julia öffnete den Mund und schloss ihn wieder, als sie über diese Anschuldigung nachdachte, und kam dann zu dem Schluss, dass Fergus mit seiner Vermutung durchaus Recht haben konnte. »Woher hast du meine Adresse?«

Ein schrecklicher Gedanke schoss ihr durch den Kopf. »Du hast doch nicht etwa meine Mutter danach gefragt, oder?«

»Nein, ich habe sie nachgeschlagen. Findest du wirklich, dass eine ledige Frau gut beraten ist, sich ins Telefonbuch eintragen zu lassen?«

»Ich hatte bisher nie irgendwelche Schwierigkeiten.« Sie grinste schief, damit er ihren Seitenhieb auch wirklich mitbekam. »Aber wenn du meine Mutter um meine Adresse gebeten hättest, wäre hier die Hölle los gewesen.«

Er nickte, nippte an seinem Tee, schnitt eine Grimasse

und stellte den Becher wieder weg. »Du leugnest also nicht, dass es mein Kind ist?«

»Hätte das einen Sinn gehabt?« Das war keine rhetorische Frage, Julia wollte wissen, ob sie vielleicht damit durchgekommen wäre.

»Nein. Ich glaube nicht, dass du alle paar Tage mit einem anderen schläfst.«

»Gut.«

»Also, heiraten wir?« Er stellte seine Frage auf eine so beiläufige Weise, als hätte er ihr vorgeschlagen, zum Inder essen zu gehen.

»Nein.«

»Du hast darüber nachgedacht?«

»Nicht wirklich, nur gerade lange genug, um zu wissen, dass ich es nicht will.«

»Aber warum nicht? Du willst das Kind doch sicher nicht allein großziehen? Du müsstest deine Karriere aufgeben.«

»Ich habe meine Karriere, wie du es nennst, bereits im letzten Frühjahr aufgegeben. Ich wollte eine durchgreifende Veränderung, und ich habe sie bekommen. Und ich würde niemals heiraten, nur weil ich schwanger bin, selbst wenn ich grundsätzlich gern heiraten würde.«

»Und ich habe zu alldem nichts zu sagen?«

»Nein, ich finde nicht, wirklich nicht.«

»Aber du hast mich als den Vater des Kindes anerkannt. Ich habe also ein paar Rechte!«

»Das weiß ich. Ich werde dir keine Steine in den Weg legen, was das Besuchsrecht oder ähnliche Dinge betrifft. Du kannst mit dem Kind, wann immer du willst, in den Zoo oder zu McDonald's gehen, es sei denn natürlich, es stellt sich heraus, dass du gewalttätig bist.«

Fergus schien alle Mühe zu haben, es nicht genau in diesem Augenblick zu werden. »Zum Vatersein gehört erheblich mehr als ein paar Ausflüge in Fast Food-Restaurants!« Er stieß die Worte so heftig hervor, als redete er von finsteren Opiumhöhlen.

»Nun, ich gebe dir Recht, dass zu viele Hamburger ungesund sind. Du könntest mit dem Kind stattdessen ins Museum gehen. Im Corinium Museum in Cirencester stehen viele römische Kunstwerke.«

»Das ist mir bekannt! Mir geht es um etwas anderes. Gemeinsame Ausflüge mögen ja schön und gut sein, aber das macht noch lange keinen Vater aus!«

»Nein, das weiß ich. Aber ich fürchte, genau das passiert, wenn die Eltern sich getrennt haben.«

»Aber wir haben uns nicht getrennt. Wir waren ja nicht einmal zusammen! Und ich will nicht, dass mein Kind nur von einem Elternteil großgezogen wird.«

Julia konnte sich eines gewissen Mitgefühls nicht erwehren. Nach allem, was sie gehört hatte, hatte er sich Kinder gewünscht, als er verheiratet war. Es musste ungemein ärgerlich sein, jetzt ein Kind zu bekommen, da er nicht verheiratet war. Aber sie sah keine Möglichkeit, wie sie ihm helfen konnte. »Es ist eine Sache, wegen eines Kindes zusammenzubleiben. Um eines Kindes willen zu heiraten, ist etwas ganz anderes.« Sie hob die Hand, als er protestieren wollte. »Uns fehlt ja das ganze Vorher. Und Muss-Ehen funktionieren nur in den seltensten Fällen.«

»Ich sehe nicht ein, warum sie nicht funktionieren sollten.«

»Und ich sehe nicht ein, warum sie funktionieren sollten! Weiß Gott, die Ehe ist schon für Menschen, die einander lieben, kein Zuckerschlecken!«

»Aber viele Ehen funktionieren sehr wohl. Die Ehe ist eine gute Einrichtung.«

»Das Gleiche kann man von Irrenanstalten sagen, aber ich möchte trotzdem nicht in einer leben.« Julia legte eine Hand auf seinen Arm. Seine Haut fühlte sich warm und angenehm an und lenkte sie vorübergehend von ihrer Absicht ab, ihn zu beruhigen. »Ich weiß, dass Familien mit nur einem Elternteil nicht ideal sind, aber ich habe vor, eine sehr gute Mutter zu sein, die bestmögliche.«

»Ach, hast du das? Du wirst aufhören zu arbeiten und dich ganz um das Baby kümmern, ja?«

Er erwartete offensichtlich, dass sie diese Frage verneinen und irgendetwas über Kinderkrippen, Horte und Babysitter murmeln würde. Seine Überraschung, als sie stattdessen nickte, war fast so groß wie ihre eigene. Sie hatte kein Baby gewollt, aber jetzt, da sie eins bekam, wollte sie nicht, dass ein Fremder es großzog. Außerdem erinnerte sie sich noch gut an ihre Kolleginnen bei Strange's, die darüber gesprochen hatten, wie schwer es sei, Halbtagsjobs zu finden, und welche Probleme es gab, wenn die Kinder krank wurden. »Ja, das werde ich tun«, bekräftigte sie. »Wenigstens bis das Kind zur Schule geht.«

»Aber wovon wirst du leben? Ich bin absolut bereit, für das Kind zu zahlen, aber du würdest kein Geld von mir annehmen, oder?«

Sie schüttelte den Kopf. »Ganz bestimmt nicht. Und ich möchte auch nicht, dass du für das Baby bezahlst. Das ist meine Aufgabe. Ich werde uns beide schon durchbringen.«

»Wie?«

»Ich werde eine Cateringfirma gründen, ich werde für Dinnerpartys kochen und Tiefkühlgerichte zum Verkauf anbieten, solche Dinge eben. Ich habe bereits damit angefangen.« Das entsprach nicht direkt der Wahrheit, aber sie hatte tatsächlich einige Zettel in den Läden in der Nachbarschaft ausgehängt. Sie schätzte, dass sie für ungefähr vier Monate genug Geld hatte, bevor sie pleite war.

»Du würdest nie im Leben genug verdienen, um euch zu zweit durchzubringen.«

»Wie willst du das wissen?« Julia war sich selbst nicht ganz sicher, aber das Letzte, was sie brauchte, waren irgendwelche pessimistischen Prophezeiungen von Fergus.

»Ich weiß es nicht mit Sicherheit, ich halte es lediglich für unwahrscheinlich. Und du kannst mir nicht verbieten, dir Geld für das Kind zu geben. Außerdem verstößt es gegen das Gesetz.«

»Nicht, wenn ich keinen Unterhalt fordere. Wenn ich genug für das Baby und mich verdiene, brauchst du gar nichts zu tun.« Und bitte, lieber Gott, lass mich genug verdienen, dachte sie.

Fergus stand auf, setzte sich hin und stand dann wieder auf, um sich an den Herd zu lehnen. Er wusste nicht, wie schlecht es um ihre Finanzen bestellt war oder dass sie oben Beweise für ein Verbrechen liegen hatte, das sie vielleicht ins Gefängnis bringen würde, aber trotzdem fühlte sie sich bedroht. »Verstehst du nicht, dass ich dir bei dem Baby helfen will? Es ist genauso sehr mein Kind wie deins.«

»Nein, das ist es nicht! Du wirst es nicht zur Welt bringen!«

»Das ist eine rein biologische Zufälligkeit! Ein Baby braucht zwei Eltern, sowohl um überhaupt zu entstehen als auch um zu leben. Ich bin der Vater des Kindes! Das bedeutet, dass es zur Hälfte meins ist.«

»Babys kommen aber nicht in zwei Hälften auf die Welt! Wir können das Kind nicht teilen und jeder eine Hälfte nehmen!«

»Wir könnten uns die Verantwortung teilen!« Fergus, der bemerkte, dass er wieder laut geworden war, holte tief Luft. »Ich werde vielleicht nie ein anderes Kind haben.«

»Wieso denn das nicht?«

»Aus denselben Gründen, warum du vielleicht kein zweites Kind bekommen wirst.«

»Willst du damit sagen, dass ich zu alt bin?«

Überraschenderweise lachte Fergus leise auf. »Nein, ich will sagen, dass ich zu alt bin. Wir sind beide ziemlich alt für ein erstes Kind. Deshalb möchte ich die Chance nicht versäumen, ein richtiger Vater zu sein.«

Julia stützte den Kopf in die Hände, und dort blieb er ziemlich lange. »Ich nehme an, du hast Recht. Und ich glaube, es ist nur fair. Also werde ich dir gestatten, mir finanziell zu helfen, wenn du das wirklich willst.«

»Sehr großzügig!«

Nicht großzügig, sondern nur nicht vollkommen närrisch. »Aber sonst nichts. Besuchskontakte müssen mit mir abgesprochen werden. Wenn wir nicht heiraten, glaube ich nicht, dass du irgendwelche Rechte hast, die ich dir nicht einräume.«

Wieder flackerte der Zorn in seinen Augen auf, aber er unterdrückte ihn. »Aber warum können wir nicht heiraten? Dann müsstest du nicht arbeiten. Ich könnte für euch beide sorgen, und du könntest dich einfach um unser Kind kümmern. Das wird für das Baby viel besser sein.«

»Glaubst du wirklich, dem Baby wird es auffallen, dass es sechs Monate lang zwei Eltern hatte? Oder was schätzt du, wie lange wir es aushalten, miteinander verheiratet zu sein? Nein. Bis das Kind irgendetwas mitbekommt, wird unsere Ehe zu Ende sein, und dann ist es wieder das Kind einer alleinerziehenden Mutter. Nur dass die Besuchskontakte dann wahrscheinlich voller Bitterkeit und Groll sein werden. Nein, für das Kind ist es das Beste, von Anfang an einfach nur zu mir zu gehören.«

»Ich finde, wir sollten der Ehe eine Chance geben. Warum nimmst du so selbstverständlich an, dass wir uns trennen würden?«

»Weil zwei von drei Ehen in die Brüche gehen«, antwortete sie und war froh, dass sie sich noch daran erinnert hatte. Sie hatte es irgendwann einmal in der Zeitung gelesen. »Unsere Ehe hätte einen schlechteren Start als die meisten anderen Ehen, da sie einzig wegen des Kindes geschlossen würde.«

»Ich finde nicht, dass du das so einfach behaupten kannst. Wir sind bisher nicht mal auf normale Weise miteinander ausgegangen. Wer weiß, vielleicht würden wir blendend zurecht kommen.«

»Fergus! Genau darum geht es mir doch! Wir kennen einander im Grunde gar nicht, und es ist zu spät, um irgendetwas ›auf normale Weise‹ zu tun.«

Fergus runzelte die Stirn. »Nun, wir könnten ja erst mal so zusammenleben, um zu sehen, wie wir zurechtkommen.«

Julia schüttelte den Kopf. »Das hat keinen Sinn. Ich weiß, dass ich weder dich noch sonst einen Mann heiraten möchte. Es wäre ein Riesenaufwand für nichts und wieder nichts.«

»Für nichts und wieder nichts! Wäre es nicht wenigstens einen Versuch wert, um des Babys willen?«

»Ich glaube nicht, dass eine Ehe unter solchen Umständen auch nur die geringste Chance hätte.«

»Aber ich möchte meinem Kind ein Vater sein! Als meine Mutter mir davon erzählte, war meine erste Reaktion eine unglaubliche Freude! Erst als sie so darauf rumritt, wie überrascht sie sei, dass eine Tochter von Margot sich in eine solche Lage hatte bringen können, erst da wurde ich langsam wütend.«

Julia stockte, da sie unerwartet Mitleid mit ihm empfand. Ihre eigene Reaktion war ähnlich verworren gewesen: Entsetzen gemischt mit Jubel. »Es tut mir Leid, Fergus«, erwiderte sie deutlich sanfter. »Ich könnte niemals einen Mann heiraten, der mich nicht um meinetwillen heiratet, sondern wegen eines Kindes.«

Fergus schwieg sehr lange. »Ich könnte dich um deinetwillen heiraten.«

Einen Augenblick lang gestattete sie sich, darüber nachzudenken, ob das unter anderen Umständen jemals möglich gewesen wäre. Sie würde es nie erfahren. Julia schüttelte den Kopf. »Selbst wenn du es könntest, würde ich dir keine Sekunde lang glauben, ich würde niemals wissen, ob es wirklich so war, sondern immer denken, du hast es um des Kindes willen getan.«

»Na schön«, meinte er nach einer kleinen Ewigkeit. »Ich sehe, dass ich mich mit dem Wenigen begnügen muss, das du mir gestatten wirst, aber ich kann dich nur bitten, fair zu sein.«

»Oh, ich möchte so fair sein wie nur möglich«, versicherte Julia mit heißer Erleichterung. »Und wenn du auch nicht viele Rechte haben magst, hast du doch auch Gefühle.«

Fergus entspannte sich. Erst als ein Teil der Anspannung aus seinem Körper wich, wurde Julia bewusst, wie verkrampft er gewesen war. »Nun, ich danke dir, dass du das immerhin einsiehst.«

Sie schenkte ihm ein warmes Lächeln. Es musste ein schrecklicher Schock für ihn gewesen sein, als seine Mutter ihm von dem Baby erzählt hatte. Vor allem da sie ihm die Neuigkeit offensichtlich mit jener Art von Wonne mitgeteilt hatte, mit der manche Menschen das Missgeschick anderer zu betrachten pflegen. »Das ist doch selbstverständlich. Und wenn es irgendetwas gibt, womit ich dir die Situation leichter machen kann, brauchst du es nur zu sagen.«

Die Worte waren ihr kaum über die Lippen gekommen, als sie auch schon begriff, was für einen Fehler sie gemacht hatte. »Gut«, entgegnete er. »Dann hast du sicher nichts dagegen, wenn ich ein paar Vorschläge mache, was deine Vorbereitungen für die Ankunft des Babys betrifft?«

Julia versteifte sich sichtlich. »Wovon redest du? Willst du mich bitten, das Kinderzimmer nicht mit rosafarbenen Lammfellen auszustaffieren?«

Ihre Frage verwirrte ihn. »Nein! Ehrlich, wie kommst du bloß auf so eine Idee? Wenn du möchtest, dass das Baby umringt von Bildern von vermenschlichten Tieren aufwacht« – die Vorstellung ließ ihn schaudern – »dann ist das allein deine Sache.«

»Dass mir das mal jemand zugesteht ...«

Er ignorierte ihren Einwurf. »Nein, ich rede von deinen Vorbereitungen auf die Mutterschaft.«

Julia war plötzlich sehr müde. »Hör mal. Ich bin bereits bei meiner Ärztin gewesen. Sie sagt, es sei alles in Ordnung. Ich habe eine Ultraschallaufnahme machen lassen.« Eine Sekunde lang gestattete sie es sich, an die Erregung zu denken, die sie beim Anblick ihres Kindes auf einem Bildschirm empfunden hatte. »Ich nehme meine Vitamine, und ich werde demnächst anfangen, Kurse über Babypflege zu besuchen.« Sie funkelte ihn wütend an. »Ich mache meine Beckenbodenübungen.« Er zuckte nicht einmal mit der Wimper. »Aber wenn du es unbedingt wissen willst – ich habe mich gelegentlich um die Kinder meiner Schwester gekümmert, und zwar seit sie winzig klein waren.« Sie erzählte ihm nicht, welche tödlichen Schrecken sie ausgestanden hatte, wenn die Kinder ohne offenkundigen Grund geweint hatten.

»Du hast mich immer noch nicht verstanden. Ich meine, wie weit bist du als Mutter tauglich? Ich rede hier von lebenswichtigen Fertigkeiten.«

»Wie tauglich ich bin? Lebenswichtige Fertigkeiten? Worauf willst du ...?« Dann dämmerte es Julia, und die erste Woche der Saison kam ihr wieder in Erinnerung. »Oh, du meinst Suzys Bemerkung, man müsse Champagnerflaschen öffnen können?«

»Ja, aber noch wichtiger – ich erinnere mich, dass du gesagt hast, du hättest keinen Führerschein.«

Kein Wunder, dass er bei seinem Examen so gut abgeschnitten hatte, er hatte ein Zwanzig-Gigabyte-Gedächtnis. Sie konzentrierte ihren unterlegenen Geist auf das Gespräch an jenem Tag. Wenn sie sich recht erinnerte, hatte sie damals gerade gelernt, das Boot zu steuern. Jetzt waren ihre Probleme anderer Natur. Wie sollte sie Fergus erklären, dass sie sich weder Fahrstunden noch die Unterhaltskosten für ein Auto leisten konnte, ohne damit anzudeuten, dass sie nur wenig Geld hatte? Eine schwierige Aufgabe, selbst für ein Gehirn, das nicht von Angst, Hormonen und Müdigkeit durcheinander gebracht wurde. »Ich glaube nicht ...«

»Schon gut, ich weiß, dass du es dir nicht leisten kannst.«

Julia verkrampfte sich und wartete darauf, dass er ihr anbieten würde, die Fahrstunden zu bezahlen. Gleichzeitig dachte sie hektisch darüber nach, wie sie dieses Angebot am besten ablehnen konnte.«

»Ich biete dir an, es dir beizubringen, mit meinem Wagen.«

Julias enorme Anspannung machte sich in lautem Gelächter Luft. »Fergus! Das ist die lächerlichste Idee, die ich in meinem ganzen Leben gehört habe!«

»Warum?«

»Warum? Weil wir schon jetzt nicht besonders gut miteinander auskommen. Wie um alles in der Welt sollen wir es schaffen, überhaupt noch miteinander zu reden, nachdem du versucht hast, mir das Autofahren beizubringen? Es sind schon gut funktionierende Beziehungen darüber in die Brüche gegangen, dass einer der Partner versucht hat, dem anderen Fahrstunden zu geben!«

»Und es haben auch schon gut funktionierende Beziehungen weiterhin gut funktioniert, weil einer dem anderen Fahrstunden gegeben hat. Die Vorstellung, dass Männer – Menschen – ihren Partnern keine Fahrstunden geben sollten, ist nicht mehr als ein klischeehafter Mythos.«

»Es mag stimmen, dass es ein Klischee ist, aber du sprichst von Paaren, die gut miteinander auskommen, nicht von solchen, die das nicht tun.«

»Im Augenblick kommen wir doch sehr gut zurecht, oder?«

»Tun wir das?« Die Vorstellung, dass sie und Fergus ein Gespräch führen konnten, ohne sich zu streiten, war ihr neu, aber vielleicht hatte er Recht. Sie diskutierten hier über ziemlich kontroverse Dinge, aber sie lagen einander noch immer nicht in den Haaren.

»Das tun wir«, fuhr er fort. »Und ich wüsste nicht, warum nicht zwei erwachsene Menschen mit einem weit verbreiteten Problem ...«

Sie stellte sofort die Stacheln auf. »Ich weigere mich, mein Baby als *Problem* zu betrachten!«

»Ich meinte nicht das Baby, du Dummkopf!«

Insgeheim freute sie sich über diese Reaktion, was sie ihm jedoch nicht auf die Nase binden würde. »Ah! Siehst du? Du hast mich Dummkopf genannt: Wir streiten uns schon wieder! Ich habe dir doch gesagt, dass wir nicht miteinander zurechtkämen.«

Fergus holte geduldig Atem. »Du brauchst deswegen gar nicht so triumphierend zu klingen, es ist nichts, worauf man stolz sein könnte. Das Problem, das wir hier haben, ist, dass du lernen musst, ein Auto zu fahren, und wenn ich dir Geld für die Fahrstunden anbieten würde, würdest du es wahrscheinlich nicht annehmen.«

»Nein, natürlich nicht.«

»Also muss ich es dir beibringen.«

»Nein, musst du nicht. Ich komme auch ohne Führerschein gut zurecht. Wenn ich es mir leisten kann, kann ich meine Fahrstunden selbst bezahlen.«

»Du wirst feststellen, dass es äußerst schwierig ist, ein Kind ohne Auto großzuziehen.«

»Dann bist du also plötzlich ein Experte auf diesem Gebiet?«

»Ich habe Freunde mit Kindern. Zufällig weiß ich, dass es ihnen sehr schwer fällt, ohne Transportmittel auszukommen. Sie bitten mich manchmal, sie zu fahren.«

»Ich habe ein Transportmittel. Meine Schwester gibt mir ihren Kinderwagen. Ich kann das Baby in die Stadt transportieren, mehr brauche ich nicht.«

»Was ist, wenn du es zum Schwimmen bringen willst?«

»Es gibt Busse. Oxford ist nicht weit entfernt. Und wenn mehr Leute die öffentlichen Verkehrsmittel nutzen würden, statt aufs Auto zurückzugreifen, hätten wir erheblich weniger Umweltprobleme. Das ist alles schrecklich einseitig«, fuhr sie fort. »Wie steht's denn mit deinen ›lebenswichtigen Fertigkeiten‹ für die Vaterschaft? Du bist doch sicher auch nicht vollkommen! Was wirst du lernen?«

»Ich verlasse mich vollkommen auf dich, dass du mir beibringst, wie man eine Windel wechselt, wie man ein Bäuerchen provoziert, wie man ein Baby zum Einschlafen bewegt und all die anderen Dinge.«

Julia sah plötzlich Fergus mit einem winzigen Baby auf der Schulter vor sich, dem er auf den Rücken klopfte. Dieses Bild trieb ihr die Tränen in die Augen. Eine Sekunde lang fragte sie sich, ob sie ihrem Kind etwas vorenthielt mit ihrer Weigerung, Fergus zu heiraten. Aber wie gesund war es für ein Kind, wenn seine Eltern sich ständig stritten? Sicher war es besser, Daddy als freundlichen Besucher zu betrachten, statt als einen zum Haushalt gehörigen Feind.

»Nun, das würde ich natürlich tun, wenn du das möchtest, aber solange das Baby klein ist, werde ich immer da sein, um das alles selbst zu tun.«

»Was soll das heißen? Ich dachte, meine Rolle als abwesender Vater schlösse Besuche im Zoo und in Hamburger-Lokalen ein?« Er brachte es fertig, sich seine Missbilligung ansehen zu lassen, ohne seinen Gesichtsausdruck zu verändern.

»Ja, aber solange das Kind noch klein ist, werde ich dabei sein müssen.«

»Warum? Ich bin durchaus imstande, mich um ein Baby zu kümmern. Zumindest wäre ich das, wenn man mir zeigen würde, was ich tun muss.«

»Aber selbst wenn wir verheiratet wären, könntest du das Kind nicht stillen«, bemerkte Julia.

Fergus' Feindseligkeit schmolz dahin. »Du willst das Kind stillen, ja? Das freut mich zu hören. Offensichtlich ist es für das Baby viel besser.«

»Das scheint jedenfalls die allgemeine Meinung zu sein.« Tatsächlich hatte Julia sich noch keine großen Gedanken über die verschiedenen Füttermethoden gemacht, da es so viele andere Dinge gab, die sie zuerst regeln musste, aber jetzt begriff sie, dass das Stillen des Babys ihr eine Macht gab, die Fergus nicht infrage stellen konnte. Sie sah ihn nachdenklich an. Es gab keinen Zweifel daran, dass seine Bereitschaft, ihr bei dem Baby zu helfen, tröstlich war. Da ihre Mutter im Lake District wohnte und ihre Schwester mit ihren eigenen kleinen Kindern alle Hände voll zu tun hatte, würde sie sich manchmal vielleicht ziemlich einsam fühlen.

Als hätte er gespürt, dass sie ein wenig nachgiebiger gestimmt war, fuhr Fergus fort: »Und sag mir Bescheid, wenn im Haus irgendetwas anfällt, das noch erledigt werden muss.« Sein Blick streifte einen Stapel Plastikboxen, die in einer Ecke der Küche standen.

»Es gibt nicht viel zu tun«, versicherte Julia ihm. »In diesen Schachteln sind lauter Dinge, die ich weggepackt hatte, damit meine Mieterin mehr Platz hatte.«

»Wo willst du das Baby unterbringen?«

»Es ist kein Pferd und auch kein Hamster, es kann bei mir im Haus wohnen!«

»In deinem Schlafzimmer?«

»Für den Anfang, ja. Natürlich.«

»Und hast du Platz für ein Kinderzimmer?«

»Ich habe oben einen kleinen Raum, der sich dafür eignen würde, ja.« Julia mahnte sich im Stillen zur Vorsicht, falls Fergus darum bat, den Raum sehen zu dürfen. Nicht nur, dass sich dort überflüssige Möbel und Plastiktüten voller alter Kleider stapelten, die sie eigentlich schon lange zur Kleidersammlung hatte geben wollen, dort lag auch ihre Aktentasche mit wichtigen Papieren, die sie eigentlich nicht hätte besitzen dürfen. »Das Zimmer muss nur frisch gestrichen werden. Und ich brauche keine Hilfe bei der Einrichtung«, setzte sie hastig hinzu. »Das kann ich nämlich sehr gut.«

»Was ist mit dem Zuspachteln und Beischleifen, wie gut kannst du das?«

Sexistischer Kerl, dachte sie, behielt ihre Meinung aber für sich. »Hervorragend. Meine Moltofillarbeiten sind preisverdächtig.«

»Oh? Vielleicht könntest du dann auch gleich mein Haus auf Vordermann bringen. Handwerkliches ist im Grunde nicht mein Ding.«

»Was hättest du denn getan, wenn ich dich gebeten hätte, das Kinderzimmer zu tapezieren?«

»Ich hätte jemanden dafür engagiert oder ein Buch zurate gezogen.«

»Du bist der typische Intellektuelle!«

Seine Augen wurden schmal, und Julia musste zugeben, dass er eine Menge Sexappeal besaß. »Vielen Dank.«

»Es war nicht als Kompliment gemeint.«

»Ich weiß.«

Julia entdeckte, dass ihr Atem plötzlich schneller ging.

Es brachte sie ziemlich aus der Fassung, wenn Fergus sie so ansah. Sie stand auf. »Fühlst du dich auch wirklich wohl hier in der Küche? Oder sollen wir nebenan Feuer machen? Ich weiß, es ist erst Oktober, aber es ist ein scheußlicher Abend.«

Ein überraschter Ausdruck huschte über Fergus' Züge. »Darf ich das Feuer für dich anzünden?«

Julia wurde bewusst, dass sie Fergus praktisch eingeladen hatte, den ganzen Abend bei ihr zu verbringen, obwohl er wahrscheinlich vorgehabt hatte, nach Hause zu fahren und sich einen Dokumentarfilm über Kernphysik oder die Auswirkungen von Mikroorganismen auf den Kosmos anzusehen. Jetzt war sie es, die schmale Augen machte, fest entschlossen, verlorenen Boden zurückzuerobern. »Nur dass du's weißt, Fergus Grindley, das Anzünden von Feuer gehört zu den Dingen, die ich am besten kann.«

»Das bezweifle ich nicht«, erwiderte er. »Aber ich bin ein hoffnungsloser Fall, wenn es darum geht, Kakao zu kochen.«

»Kakao? Das ist ein bisschen bieder, findest du nicht?«

»Ich nehme nicht an, dass du etwas Stärkeres zu trinken haben möchtest? Dachte ich's mir doch. Also wirst du den Kakao machen müssen, während ich das Feuer in Gang bringe. Es sei denn natürlich«, fügte er trocken hinzu, »du hast ein Buch mit einem Rezept für Kakao da. Dann würde ich blendend zurechtkommen.«

Julia gestand mit einem himmelwärts gewandten Blick ihre Niederlage ein. »O Gott! Haben sie dir denn in dieser schnieken Schule überhaupt nichts Nützliches beigebracht?«

»Nein«, antwortete Fergus kläglich.

KAPITEL 20 Julia kochte den Kakao in dem Bewusstsein, dass sie sich durch irgendeine Manipulation zu größerer Intimität hatte hinreißen lassen, als es ihr lieb war. Das Gefühl, dass sie es durchaus genießen würde, mit Fergus vorm Feuer zu sitzen, nagte dabei mehr an ihr als der Gedanke, dass Fergus Anstalten machte, in ihr Leben einzugreifen. Diese Veränderung war ziemlich beunruhigend. Schließlich hatte sie nicht einmal vorgehabt, Fergus überhaupt von ihrer Schwangerschaft zu erzählen. Sie würde sich in Acht nehmen müssen, oder sie würde am Ende doch noch denken, die Ehe sei eine gute Sache.

Fergus hatte das Feuer ziemlich gut in Gang gebracht, aber Julia legte trotzdem noch letzte Hand an, nur um ihre Ansprüche als Königin des Feuers zu unterstreichen. Fergus enthielt sich jeden Kommentars, aber irgendwo ganz weit hinten in seinen Augen blitzte ein Lachen auf. Julia reichte ihm einen Becher Kakao und ärgerte sich über sich selbst. Was sie auch tat, irgendwie schien es sich am Ende zu Fergus' Gunsten zu wenden.

Neben dem Kamin stand ein Schaukelstuhl und gegenüber ein Sofa. Fergus saß auf dem Sofa, sodass Julia die Wahl hatte, sich neben ihn zu setzen oder mit dem Schaukelstuhl vorlieb zu nehmen. Der Schaukelstuhl war ein Geschenk ihrer Mutter gewesen, und Julia hatte ihn voller Stolz selbst zusammengebaut. Er war nicht sehr bequem, aber sie ließ ihn am Kamin stehen, weil er so hübsch aussah. Also, sollte sie sich auf den Schaukelstuhl setzen und leiden? Sollte sie Fergus bitten, woanders Platz zu nehmen? Oder setzte sie sich einfach neben ihn aufs Sofa, wo genau die richtige Anzahl von Kissen darauf wartete, dass sie sie sich in den Rücken stopfte? Sie setzte sich neben Fergus und nippte mit gesenktem Blick an ihrem Kakao.

»Also, hast du schon vielen Leuten von dem Baby erzählt?«, erkundigte er sich.

»Nun, Suzy weiß es natürlich. Ich musste es ihr sagen, weil sie mich gebeten hat, nächstes Jahr wieder auf den Booten zu arbeiten. Dann weiß es noch meine Mutter, die es meinem Bruder erzählt hat, der absolut entsetzt war, es mir gegenüber jedoch praktisch nicht erwähnt hat. Und natürlich habe ich es meiner Schwester erzählt und meinen Nachbarn. Was ist mit dir?«

»Ich hatte die schwache Hoffnung, dass ich zuerst unsere Verlobung bekannt geben könnte.«

»Oh, Fergus ...«

»Keine Angst, ich akzeptiere deine Entscheidung. Aber ich verstehe nicht, warum du so gegen die Ehe bist. Du warst doch schließlich mit Oscar verlobt.«

Julia schauderte. »Ich muss von Sinnen gewesen sein. Ich habe damals viel gearbeitet, und er war ziemlich anspruchslos, was Gespräche betraf. Er ist ein absoluter Weinfan, und weil er nie mehr als ein Glas trinken konnte, da er noch fahren musste, habe ich für gewöhnlich die Flasche leer gemacht. Ich muss wohl betrunken oder im Halbschlaf gewesen sein und habe nicht richtig zugehört, als ich Ja sagte. Eine andere Entschuldigung fällt mir irgendwie nicht ein.«

»Du meinst nicht, dass du unbewusst das Gefühl hattest, es sei an der Zeit, eine Familie zu gründen?«

Julia stieß einen leisen Entsetzensschrei aus. »Das müsste aber ziemlich tief in meinem Unterbewussten passiert sein! Wahrscheinlich war es eher ein unbewusster Versuch, meiner Mutter den Mund zu stopfen. Sie hat ständig davon geredet, ich solle heiraten ...«

»Wen hatte sie denn im Sinn?« Er sprach sehr, sehr leise, als wüsste er die Antwort bereits.

»Dich, um genau zu sein. Lass mich erklären!«, fügte sie hastig hinzu. »Meine Mutter glaubt im Grunde trotz ihres ganzen New Age-Getues, dass eine Frau nur in der Ehe und in Kindern Erfüllung finden kann. Und anscheinend haben unsere Mütter sich immer ausgemalt, was für ein Spaß es wäre, wenn wir beide zusammenkämen.« Sie schob sich ein Kissen ins Kreuz. »Mom lag mir schon damit in den Ohren, dass ich dich heiraten sollte, als ich fünfundzwanzig wurde und immer noch ohne feste Beziehung war. Deine Scheidung und mein Bruch mit Oscar haben dann alles erneut aufleben lassen.«

»Ich verstehe jetzt langsam, warum du deiner Mutter nicht erzählen möchtest, dass ich der Vater deines Kindes bin. Aber irgendwann wird sie es erfahren müssen. Was hast du ihr geantwortet, als sie dich danach fragte?«

»Ich habe gesagt, es gäbe keinen Grund, warum ein junges Leben zerstört werden soll, nur weil ich unvorsichtig war. Das und einige andere Dinge in dieser Art.«

»Dann denkt sie jetzt wahrscheinlich, dass es Wayne war.«

»O Gott! Auf die Idee wäre ich nie gekommen! Armer Wayne! Ich war so darauf bedacht, sie von dir abzulenken, dass ich Wayne vollkommen vergessen habe. Ich hoffe nur, sie findet nicht seine Adresse heraus und macht ihm die Hölle heiß!« Julia runzelte die Stirn, als sie seine ungläubige Miene sah. »Du weißt ja nicht, wie tyrannisch meine Mutter sein kann.«

Fergus seufzte. »Ich verstehe, dass sie dir mit ihrem Verhalten die Vorstellung, mich zu heiraten, gründlich verleidet hat. Wenn ich das alles gewusst hätte, hätte ich dir vielleicht widerstanden, als du da schlafend im Gras lagst und so ungemein sinnlich und verlassen aussahst, zur Abwechslung ganz ohne aufgestellte Stacheln.« Er setzte sich aufrecht hin. »Aber wie auch immer, ich wusste es nicht, und ich habe nicht widerstanden, und jetzt werde ich Vater und darf es niemandem erzählen.«

Die schreckliche Sentimentalität, für die sie in letzter Zeit so anfällig war, traf sie wie ein Nadelstich mitten ins Herz. Fergus hatte sich immer Kinder gewünscht, und jetzt durfte er niemandem erzählen, dass er eins bekommen würde. Vielleicht sollte sie seinen Antrag doch annehmen? Was ihre Gefühle für ihn betraf, hatte sie im Grunde keine Zweifel: Es war entweder Liebe oder Lust oder eine Verliebtheit von gigantischen Ausmaßen, sonst hätte sie niemals mit ihm geschlafen. Aber wie stand es mit seinen Gefühlen für sie?

Er hatte sie offensichtlich begehrt, jedenfalls dieses eine Mal, aber das war nicht genug, um eine Ehe darauf zu gründen. Was würde passieren, wenn das Kind den Reiz des Neuen langsam verlor? Wenn sie zu müde war, um mit ihm zu schlafen, zu fett, um selbst in die weiteste ihrer Hosen zu passen, und zu beschäftigt, um sich die Haare zu waschen? Würde er dann mit einer der schlanken jungen Studentinnen auf und davon gehen, von denen er umringt war? Und selbst wenn er ihr um des Babys willen treu blieb, würde sie dann eines Tages auf ihr eigenes Kind eifersüchtig sein, weil er es liebte, sie aber nicht?

»Ich nehme an, du könntest es einigen engen Freunden erzählen. Schließlich wird man dich vielleicht irgendwann auf dem Spielplatz sehen, und wenn du das Baby nicht als einen Neffen oder eine Nichte ausgeben kannst, könnte es peinlich für dich werden.«

Fergus stand auf und setzte seinen Kakaobecher mit einem vernehmlichen Krachen auf den Tisch. »Ich denke, ich gehe jetzt besser. Die Vorstellung, mein Baby als einen Neffen oder eine Nichte ›auszugeben‹, macht mich wütend.« Er holte tief Luft. »Vor allem, da der Hauptgrund für deine Entscheidung in einem Haufen Unsinn zu liegen scheint, den unsere Mütter sich zusammengeredet haben, als wir noch Kinder waren!«

Julia sagte nichts, während sie seinen Mantel aus der Garderobe holte. Ohne ihre Gefühle für ihn einzugestehen (die sie sich kaum selbst eingestanden hatte), konnte sie ihm nicht erklären, dass die Kuppelei ihrer Mutter nur ein winziger Teil der Gründe war, warum sie seinen Heiratsantrag ablehnte.

»Ich melde mich dann in den nächsten Tagen wegen der Fahrstunden«, meinte er.

»Ich werde mir von dir auf keinen Fall das Autofahren beibringen lassen«, erklärte sie, als es bereits vor der Tür stand.

»Wir werden jetzt nicht darüber diskutieren«, sagte er und stapfte in die Nacht davon.

Julia ging langsam zu Bett, ohne sich auch nur einen Blick auf die Tür zum Gästezimmer zu gestatten oder über die elenden Papiere nachzudenken. Dieses Problem würde sie morgen angehen.

Am nächsten Nachmittag hatte sie noch immer keine Entscheidung getroffen, als das Telefon klingelte. Ihr Herz machte einen Sprung; halb hoffte, halb fürchtete sie, dass es Fergus war. Es war Suzy.

»Darf ich kurz rüberkommen? Ich habe dir etwas zu sagen.«

»Das klingt beängstigend«, erwiderte Julia gelassen. »Wird es mir gefallen oder eher nicht?«

»Ich denke, es gefällt dir, und zwar sehr. Es bedeutet Geld.«

»Wenn das so ist, komm doch bitte gleich rüber.«

Suzy hatte sich auf dem Sofa zusammengerollt und hielt ein Glas von dem Wein in der Hand, den sie mitgebracht hatte. Sie sprühte vor Begeisterung.

»Ich war zufällig in Oxford, zu einem kleinen Einkaufsbummel«, begann sie.

»Ich dachte, du wolltest die Boote zu Waynes College runterfahren?«

»Nun, ich musste doch wenigstens kurz zu Hause reinspringen, um ein paar Sachen zu holen. Ich habe übrigens eine spitzenmäßige Tiefkühltruhe für nächstes Jahr entdeckt, läuft mit Gas. Wie auch immer, nachdem ich mit meinen Einkäufen fertig war, bin ich runter zum Kanal, um zu sehen, ob irgendwas los ist.« Julia hatte das unbestimmte Gefühl, dass irgendetwas los gewesen sein musste. »Und da habe ich dieses Restaurantboot gesehen, weißt du noch? Wir sind mal dran vorbeigefahren?«

Julia erinnerte sich nicht mehr, aber sie hatte wahrscheinlich gerade gekocht, als die Boote einander begegnet waren. »Sprich weiter.«

»Also, das Boot war auf dem Weg ins Trockendock. Das ist jedes Jahr einmal fällig, aber jetzt wird ein neuer Steuerstand eingebaut, und es wird eine Ewigkeit dauern. Und die Betreiber haben Angst, dass sie zu lange weg vom Fenster sein werden und die Leute sie vergessen.«

»Das wäre schade.« Julia unterdrückte ein Gähnen.

»Also habe ich sie gefragt, ob wir nicht die *Pyramus* hinbringen und sie vertreten sollen, während ihr eigenes Boot überholt wird.«

»Aber die *Pyramus* wird doch – tut mir Leid, wenn mein Gedächtnis mich trügt – da sein, wo Wayne ist.«

»Nicht unbedingt. Wayne könnte genauso gut auf dem hinteren Boot wohnen. Die *Pyramus* würde quasi das Restaurantboot vertreten.«

»Dafür ist das Boot doch nicht gebaut, oder? Für so viele Leute, die alle zusammensitzen wollen?«

»Derek, der Betreiber der *La Barge Baguette*, meint, die Leute würden das Boot überwiegend für Partys mieten, und findet die *Pyramus* ganz in Ordnung. Er hat sie natürlich noch nicht gesehen, aber ich habe sie ihm beschrieben, und er kommt dieses Wochenende rauf. Anscheinend schließen sie im November, weil das Geschäft dann nachlässt, aber wir müssten bis zum ersten Dezember alles fertig haben. Das ist die Zeit, zu der viele kleine Firmen zu Betriebsausflügen kommen, und sie haben bereits einige Buchungen aus der Zeit, als ihnen noch nicht klar war, wie dringend das Boot überholt werden muss. Sie wollen nicht absagen, weil das unprofessionell aussieht und die Leute wahrscheinlich Probleme hätten, so kurz vor Weihnachten noch etwas anderes zu finden.«

Julia hatte den Oktober bisher nie als einen Monat kurz vor Weihnachten angesehen. »Und wo komme ich bei deinen Plänen ins Spiel?«

»In der Kombüse! Als Köchin.«

Julia schluckte und holte tief Atem. »Suzy, Schätzchen, sieh mich doch bitte mal an. So dick wie ich bin, kann ich mich kaum auf dem Schiff bewegen, und ich werde garantiert noch dicker.«

»So dick bist du gar nicht. Von hinten sieht man dir kaum etwas an. Aber egal, die Sache ist die: Derek wird uns eine geringe Festvergütung dafür zahlen, dass wir ihn vertreten, und alles, was wir verdienen, dürfen wir behalten. Das heißt, *du* kannst es behalten, da Daddy ...« Sie blickte auf ihre Finger hinab, als hätte sie plötzlich einen Riss in einem ihrer Nägel entdeckt. »Also, Daddy wollte mir unbedingt ein kleines Taschengeld geben. Als Entschädigung für all das Durcheinander, das er bei uns verursacht hat.«

»Suzy!«

»Aber überleg doch nur, was für eine wunderbare Reklame das für uns sein wird! Wir können jedem Restaurantgast einen Prospekt geben. Die Arbeit wird nicht annähernd so hart sein wie auf den Hotelbooten, denn es geht ja nur um ein einziges Essen. Du könntest einen großen Teil hier kochen, ganz in Ruhe, und die fertigen

Sachen einfach mit zum Boot bringen und dort nur die frischen Gerichte zubereiten.« Suzy atmete tief durch. »Warum freust du dich nicht darüber?«

»Weil ich kein Transportmittel habe. Es würde bedeuten, dass du mich jeden Abend abholen und wieder zurückbringen müsstest, und das wäre furchtbar lästig für dich.«

Suzy runzelte die Stirn. »Ja, das stimmt, denn ich werde für eine Weile in Farnham sein, bei Wayne.«

Julia setzte sich ruckartig auf, und das Baby begann heftig zu strampeln. »Was? Und du wolltest, dass ich gleichzeitig das Boot fahre und koche?«

»Nein, nein! Das wird die Mannschaft von *La Barge Baguette* übernehmen. Und sie haben eine Kellnerin für die Tage, an denen ich nicht da bin. Du brauchst nur zu kochen. Deshalb behältst du auch das Geld. Das Restaurant scheint eine echte Goldgrube zu sein. Du kannst den Leuten die romantische Umgebung mit auf die Rechnung setzen.«

»Woher weißt du das? Und was verstehst du unter einer Goldgrube?«

»Ich habe mich erkundigt, weil du nicht die einzige knallharte Geschäftsfrau hier bist.« Suzy nannte die Summe, die Julia wahrscheinlich verdienen würde. Es war genug, um davon sechs Monate lang die Hypotheken abzuzahlen.

»Das Transportproblem ist damit noch nicht gelöst, im Gegenteil, es wird nur umso schlimmer«, meinte Julia. »Ich könnte wahrscheinlich mit dem Taxi zurückfahren, aber das würde ein Riesenloch in den Gewinn schlagen.«

»Wirklich ein Jammer, dass du nicht selbst fahren kannst. Derek hat einen Lieferwagen, den er dir leihen könnte. Auf der einen Seite ist ein Name aufgemalt, mit allen Schikanen. Es ist natürlich nicht unser Name ... Ich frage mich, ob wir den Wagen neu lackieren sollten?«

Julia griff ein, bevor Suzy sich mit ihren Ideen in lächerliche Höhen verirrte. »Es klingt wirklich sehr verführerisch, aber ich kann trotzdem nicht Auto fahren. Es sei denn ...« Julia dachte gründlich nach, dann stieß sie einen leisen Fluch aus. »Fergus hat sich erboten, es mir beizubringen«, gestand sie Suzy schließlich.

»Na also. Du hast das Steuern am Ende doch auch gelernt. Warum solltest du nicht Auto fahren können? Problem gelöst.« Julia erstickte fast an ihrem Ingwertee. »Oh, bevor ich es vergesse«, fuhr Suzy fort. »Was macht deine Cateringfirma?«

»Gar nichts. Ich habe an allen geeigneten Stellen Zettel aufgehängt, aber bisher hat sich niemand gemeldet.«

Suzy durchstöberte ihre riesige Handtasche. »Meine Mutter lässt dir diese Liste von Leuten geben, die dich gern als Köchin engagieren würden. Du könntest den Lieferwagen benutzen, um das an den Tagen zu erledigen, an denen keine Vorbestellungen für das Restaurant vorliegen. Die Leute wollen vor allem Sachen, die sie einfrieren und ihren Gästen als selbst gemacht vorsetzen können.«

»Ich hätte gedacht, die Freundinnen deiner Mutter lassen sich das Essen von einem schwarz gekleideten Dienstmädchen servieren.«

Suzy schüttelte den Kopf. »Das gilt eher für die Geschäftsfreunde meines Vaters. Ich spreche von Mummys Busenfreundinnen aus dem Bridgeclub und dem Blumensteckkurs. Die sind eher handfest.«

»O verdammt. Das klingt wirklich so, als sollte ich das Autofahren lernen, nicht wahr?«

»Unbedingt. Nimm Fergus beim Wort. Das ist das Mindeste, was er tun kann. Er hätte dir eigentlich einen Heiratsantrag machen müssen!«

»Oh, das hat er. Ich will nur nicht.«

»Warum zum Teufel willst du nicht? Er ist wie geschaffen für dich! Deine Mutter wäre ganz aus dem Häuschen vor Begeisterung!«

»Ich weiß, aber sie hat keine Ahnung, dass er der Vater ist, und wenn es nach mir geht, wird sie es auch nie erfahren. Also ...« Julia wechselte entschlossen das Thema. »Wenn die *Pyramus* in Oxford liegt und als Restaurantboot fungiert, wie bekommst du die *Thisbe* dann dahin, wo Wayne sie braucht?«

»Oh, alle möglichen Leute wollen da runterfahren. Ralph hat mich mit einem ganz reizenden Typen bekannt gemacht, der sich nichts sehnlicher wünscht, als mir zu helfen.«

Den Rest des Abends verbrachten sie damit, sich Kataloge mit Umstandskleidung anzusehen und, ein wenig furchtsamer, ein Buch mit Fotografien von richtig schwangeren Frauen darin.

»Wirst du wirklich so dick? Bäh! Oh, entschuldige«, murmelte Suzy. »Und dieses riesige Baby soll aus diesem kleinen Loch da rauskommen?«

»Lass uns nicht mehr davon reden, sonst ändere ich noch meine Meinung.«

Um nicht darüber nachzudenken, ob die Fahrstunden bei Fergus nicht entweder ihre Entschlossenheit untergraben oder sie direkt in den Wahnsinn treiben würden, zwang Julia sich, sich mit ihrem zweiten, äußerst dringlichen Problem auseinander zu setzen: Wie sollte sie die Papiere Peter Strange zurückbringen, ohne zuzugeben, dass sie sie je in ihrem Besitz gehabt hatte? Und irgendwann zwischen drei und fünf Uhr morgens legte sie sich einen Plan zurecht.

Sie würde bei Strange's vorbeischauen, um sich zu erkundigen, wie es lief, und während sie dort war, wollte sie sich in Darrens Büro schleichen und die Papiere in seinen Schreibtisch schmuggeln. Auf diese Weise würde keines der Mädchen in Schwierigkeiten geraten, weil sie die Papiere nicht schon vorher gefunden hatten.

Wenn ihr Bruder dann das nächste Mal deswegen anrief (sie konnte ihn nicht anrufen, weil er dann Verdacht schöpfen würde), würde sie völlig beiläufig sagen: »Ach, du liebe Güte! Frag sie doch mal, ob sie in der und der Akte nachgesehen haben. Sie müsste in Darrens Schreibtisch liegen!« Ende der Geschichte.

Dieser Plan hatte ein paar geringfügige Nachteile. Abgesehen davon, dass sie würde erklären müssen, warum sie als knallharte Geschäftsfrau von Strange's weggegangen war und schwanger und unverheiratet wieder aufkreuzte, bestand die geringe Möglichkeit, dass sie sie wirklich der Industriespionage verdächtigten und sie nicht über ihre Schwelle treten lassen würden. In diesem Fall brauchte sie einen Plan B. Dieser sah einen nächtlichen Einbruch in das Büro vor und war das allerletzte Mittel. Sie konnte die Schlagzeilen direkt vor sich sehen: *Schwangere Frau bricht in Büro ein, um gestohlene Papiere zurückzugeben.* Sie schauderte.

Dann war da noch die Frage, wie sie in Darrens Büro kommen sollte. Sie wollte ihm auf keinen Fall über den Weg laufen und musste ihren Besuch so legen, dass Darren gerade nicht da war. Also, welchen Vorwand konnte sie für ihr Erscheinen bei Strange's vorschützen? Nachdem sie einige Zeit an dieser Frage gekaut hatte, beschloss sie zu improvisieren. Irgendetwas würde ihr schon einfallen. Sie hatte sich in letzter Zeit in eine erschreckend gute Schwindlerin verwandelt.

Julia rief morgens um fünf nach neun bei Strange's an, wohl wissend, dass Peter Strange niemals vor zehn Uhr im Büro auftauchte. Sie wollte niemanden in Schwierigkeiten bringen, weil Strange ihn dabei beobachtete, dass er sie freudestrahlend begrüßte.

»Hallo, spreche ich mit Karen? Hier ist Julia.«

Julia wartete darauf, dass am anderen Ende der Leitung jemand scharf die Luft einsog, sich räusperte oder sogar den Hörer auf die Gabel knallte, aber nichts dergleichen passierte. »Julia! Wie nett, von dir zu hören! Wusstest du schon, dass du jetzt die böse Hexe bist, die unsere Geheimnisse an einen Konkurrenten verscherbelt hat?« Karen war offensichtlich äußerst erfreut, von ihr zu hören.

»Und ob ich das weiß! Strange hat mich verklagt! Ich konnte es nicht fassen, als ich den Brief bekam. Mein Bruder hat den Fall für mich übernommen. Aber ich rufe eigentlich an, weil ich gern mal bei euch vorbeispringen und euch alle wiedersehen würde. Ich habe eine Neuigkeit für euch, die euch bestimmt erheitern wird.« Julias Beteuerungen, dass sie noch lange Zeit hatte, bevor sie sich um die Qualen einer Geburt und den Stress der Kindererziehung Gedanken machen musste, war weithin bekannt.

»Wunderbar! Wann kannst du kommen?«

»Nun, natürlich wenn Peter und Darren nicht da sind. Ich möchte keinem von beiden über den Weg laufen. Womöglich lassen sie mich noch verhaften.«

»Kann durchaus sein. Sie haben sich schrecklich in die Sache hineingesteigert. Ich habe versucht, ihnen klar zu machen, dass Darren die verdammten Papiere wahrscheinlich einfach verloren hat, aber sie wollten nichts davon wissen.«

»Hm, na ja, das kann man ihnen wohl kaum verdenken.« Eine Sekunde lang erwog Julia die Möglichkeit, reinen Tisch zu machen und zuzugeben, dass sie sie versehentlich mitgenommen hatte. Sie konnte Karen einfach bitten, die Papiere für sie in Darrens Büro zu deponieren. Aber es wäre nicht fair gewesen, Karen in die Sache zu verwickeln. Karen, die einen Halbzeitjob hatte, brauchte eine Stelle, die sich mit der Schule vertrug, und solche Stellen waren selten.

Sie verabredeten sich für eine Zeit, zu der beide Männer außerhalb des Büros zu tun hatten, und Julia legte auf. Dann ging sie nach oben und holte die Papiere aus ihrer Aktentasche. Es war ihr schleierhaft, warum sie so wichtig sein sollten. Unter anderem war eine Kundenliste dabei, aber Julia brauchte ein paar Sekunden, um herauszufinden, worum es sich handelte. Dann begriff sie. Es war die Liste von Kunden, die zu der Golfparty der Firma eingeladen werden sollten, und da viele ihrer wichtigsten Kunden nichts für Golf übrig hatten, handelte es sich kaum um ein Geheimdokument. Armer Darren, dachte Julia, er würde ausknobeln müssen, welche ihrer Kunden Golf spielten und welche nicht, und das ganz allein.

Julia erschien zum verabredeten Zeitpunkt bei Strange's und wurde mit großem Hallo begrüßt und gnadenlos mit ihrer Schwangerschaft aufgezogen.

»Es war ein Unfall«, erklärte sie, als sie endlich auch einmal zu Wort kam.

»Dir passieren keine Unfälle!«, behauptete Karen.

»Nein«, sagte Michaela, »du bist viel zu effizient und zu gut organisiert.«

»Nein, diesmal nicht. Und seid ihr wirklich sicher, dass Peter und Darren nicht plötzlich hier aufkreuzen werden?«

»Hundertprozentig. Sie sind gerade abgezogen, um einen neuen Kunden zu besuchen. Das heißt, eigentlich handelt es sich eher um einen von deinen alten Kunden. Sie versuchen, sie zurückzulocken. Es ist übrigens unmöglich, für die beiden zu arbeiten. Peter hat Darren erklärt, dass er sein Büro jedes Mal abschließen müsse, wenn er das Haus verlässt, damit nicht irgendetwas verschwindet«, erzählte Karen.

»O nein!« Das war eine ganz schlechte Neuigkeit.

»Genau! Aber er ist so vergesslich wie eh und je, und entweder vergisst er, die Tür abzuschließen, oder er vergisst, seine Schlüssel von zu Hause mitzubringen und kann deshalb nicht rein.«

»Na wunderbar!« Diesmal gelang es Julia, ihr Entsetzen ein wenig zu verbergen.

»Ich bin das Ganze so leid, dass ich mir einen Ersatzschlüssel habe machen lassen. Wir halten beide nach neuen Jobs Ausschau, stimmt's nicht, Mich?«

Michaela nickte. »Aber es ist schwer, etwas mit vernünftigen Arbeitszeiten zu finden.« Sie trat einen Schritt auf Julia zu. »Du siehst ein bisschen spitz aus, Ju. Geht es dir auch wirklich gut?«

»Hm, na ja, ein bisschen komisch ist mir tatsächlich. Ich glaube, ich gehe schnell mal zur Toilette, und spritze mir etwas Wasser ins Gesicht.«

»Ich komme mit, für den Fall, dass dir schlecht wird.«

»Das ist nicht nötig!« Julia hob die Hand. »Ich komme schon klar. Ich weiß ja, wo die Toilette ist.«

»Bitte, Darren, hab dein Büro diesmal nicht abgeschlossen«, flüsterte sie flehentlich, als sie auf seine Bürotür zuging. »Gott weiß, wie ich an den Ersatzschlüssel in Karens Schreibtisch herankommen soll, wenn du wirklich abgeschlossen hast.« Sie hatte Glück. Die Tür ließ sich ohne weiteres öffnen, und Julia schlüpfte in Darrens Büro.

Aber seine Schreibtischschublade war abgeschlossen, und wie sehr sie auch zog und zerrte, das verflixte Ding ließ sich nicht öffnen. Sie ging gerade auf den Aktenschrank zu und sandte ein Stoßgebet gen Himmel, dass sie den wenigstens aufbekommen würde, als sie draußen im Flur Darrens Stimme hörte.

Ohne nachzudenken, duckte sie sich unter den Schreibtisch und begriff, noch während sie sich darunter zwängte, dass Darren sie mit Sicherheit entdecken würde und dass es wahrscheinlich am besten wäre, die Sache offen und ehrlich auszutragen. Aber es war zu spät. Sie schloss die Augen, und in der nächsten Sekunde hörte sie auch schon, wie er die Bürotür öffnete und eintrat.

»Die Unterlagen sind im Aktenschrank, Peter«, rief Darren. »Ich bin gleich wieder da.«

Julia hörte, wie ein Schlüsselbund aus einer Tasche gezogen wurde, dann das Kratzen von Metall auf Metall, als Darren den Schlüssel ins Schloss schob. Bitte, bitte, komm nicht hinter den Schreibtisch, flehte Julia ihn lautlos an. Ich weiß, das mit den Papieren war nicht deine Schuld, und es tut mir Leid, dass ich dir so viele Ungelegenheiten bereitet habe. Bleib nur von diesem Schreibtisch weg.

Darren schien jedes Fitzelchen Papier in seinem Aktenschrank unter die Lupe zu nehmen. Das Baby trat heftig gegen Julias Oberschenkel. Sie suchte sich einen neuen Gesprächspartner für ihre lautlose Ansprache und wandte sich in Gedanken an ihr Kind. Armes kleines Ding. Man stelle sich nur vor, du hast eine ledige Mutter mit einem Vorstrafenregister. Du wirst nicht einmal die Chance haben, lesen zu lernen.

Endlich hörte Julia Darren murmeln: »Um Himmels willen, was hat das denn da drin zu suchen?« Dann knallte er die Schublade zu. Bitte, schließ sie nicht wieder ab! Peter wartet! Und er hasst es, wenn man ihn warten lässt! Geh einfach, Darren, sofort. Nimm, was du willst, und geh! Und *bitte*, dachte sie so laut, dass sie glaubte, er müsse sie gehört haben, *bitte* schließ die Bürotür nicht hinter dir ab! In meinem Zustand kann ich unmöglich aus dem Fenster klettern!

Ihre geistigen Botschaften mussten einige Kraft besessen haben, denn Darren schloss weder den Schrank noch die Tür hinter sich ab, und im nächsten Augenblick war die Luft rein, und Julia konnte sich an der Schreibtischkante hochziehen. Ihr brach der Schweiß aus, als ihr klar wurde, wie nahe sie dem Verderben gewesen war.

Sie war noch immer ein wenig wacklig auf den Beinen, als sie zum Aktenschrank ging, ihn aufzog und ihre Papiere in irgendeine Akte stopfte. So viel zu ihrem Vorsatz, sie an einem strategisch gut gewählten Ort unterzubringen und Rupert anschließend zu erzählen, in welchem Ordner die verschwundenen Unterlagen zu finden seien! Als Julia in Richtung Bad entfloh, war ihr wirklich übel.

»Das war aber knapp!«, sagte Karen, als sie wieder zurückkam.

»Ich weiß! Ich dachte, Darren würde rüberkommen und mich sehen!« Julia lachte; ihr war vor Erleichterung fast schwindlig. »Ich habe mir praktisch in die Hosen gemacht!«

»Dann hattest du ja Glück, dass du gerade in der Damentoilette warst«, erwiderte Michaela und sah sie seltsam an.

Ihr Übermut löste sich in Luft auf. »Ähm, ja. Ich bin plötzlich in Panik geraten, dass sie einfach reinkommen könnten. Wo sie neuerdings doch so auf Sicherheit versessen sind.«

Karen und Michaela tauschten einen Blick. Die Schwangerschaft schien der armen alten Julia wirklich aufs Gehirn geschlagen zu sein.

Zu Julias großem Glück schien ihr Gehirn jedoch über eine letzte intakte Zelle zu verfügen. Ihr wurde klar, dass sie das belastendste Beweisstück, das das Strafrecht kannte, am Tatort zurückgelassen hatte: ihre Handtasche.

»Dürfte ich wohl um eine Tasse Tee bitten?«, fragte sie ein wenig heiser. »Ich habe einen Beutel mit Kräutertee dabei – huch! Mir ist gerade aufgefallen, dass ich meine Handtasche auf dem Klo liegen gelassen habe. Es muss doch was dran sein, dass die Schwangerschaft das Gehirn kleiner werden lässt!«

KAPITEL 21

Julia überredete Angela, ihren Bruder anzurufen und ihm zu erzählen, dass Julia sich wegen des Falles Sorgen mache, woraufhin Rupert pflichtschuldigst Julia anrief, um sie mit leicht gereizter Stimme zu beruhigen.

»Ich habe es dir doch erklärt«, meinte er ungeduldig. »Solche Dinge ziehen sich immer eine Ewigkeit hin.«

»Ich möchte, dass du bei Strange's nachfragst, ob sie in Darrens Aktenschrank gesucht haben.«

»Um Himmels willen, Julia! Natürlich haben sie das getan! Das muss der erste Ort sein, an dem sie nachgesehen haben, wenn es sich um seine Papiere handelt!«

»Ich weiß, es scheint offensichtlich zu sein, aber frag sie doch einfach. Darren ist sehr heikel, wenn es darum geht, wen er an seine Akten lässt und wen nicht, und er ist auch sehr nachlässig. Wie oft habe ich Dinge an Stellen gefunden, an denen er angeblich gründlich gesucht hatte ...«

»Oh, na schön. Als dein Anwalt kann ich dir das kaum abschlagen. Aber warum hast du das nicht schon früher erwähnt?«

Weil sie mit dieser Frage gerechnet hatte, hatte Julia sich die Antwort vorher gründlich zurechtgelegt. »Du weißt doch, wie so etwas ist. Ich war auf den Booten und habe über ganz andere Dinge nachgedacht. Erst als ich nach Hause kam, fiel mir wieder ein, wie vertrottelt Darren sein konnte.«

»Ich glaube, Darren ist nicht der Einzige, den man als ›vertrottelt‹ bezeichnen kann!«

»Ähm, nein, Rupert«, erwiderte Julia demütig. »Wahrscheinlich nicht.«

Nach diesem Fiasko fiel es ihr leicht, Fergus anzurufen, und selbst die Fahrstunde schien ihren Schrecken verloren zu haben – schließlich hatte sie noch kein einziges Mal gegen die Straßenverkehrsordnung verstoßen. So kam es, dass sich Julia erst am Samstagmorgen nach Suzys Besuch wirklich darüber klar wurde, dass sie Fergus zu ihrer ersten Fahrstunde erwartete.

»Also, was hat diesen Meinungsumschwung ausgelöst?«, fragte er, als er auf ihrer Türschwelle erschien. »Ich dachte, ich müsste dich mit Gewalt hinters Steuer zerren.«

»Ich muss für einen Job, den man mir angeboten hat, Auto fahren können«, antwortete Julia, bevor sie sich fragen konnte, ob sie Fergus erzählen sollte, dass die *Pyramus* für einige Wochen als Restaurantboot dienen würde. »Und ich muss es so schnell wie möglich lernen.«

»Na schön, also dann. Wir werden unser Bestes tun. Was für ein Job ist es denn?«

»Ich soll kochen. Auf einem Restaurantboot.« Fergus runzelte die Stirn. »In Oxford, genau genommen. Auf dem Kanal.«

»Ein Restaurantboot? Du meinst doch nicht etwa die *Barge Baguette*?«

»Nein, die wird überholt. Die *Pyramus* soll als Vertretung einspringen. Ich übernehme das Kochen. Den größten Teil der Vorbereitungen kann ich zu Hause erledigen, aber es wird schwierig, wenn ich nicht selbst fahren kann.«

»Was ist mit einem Auto?«

»Der Betreiber der *Barge Baguette* leiht mir einen Lieferwagen. Aber ich muss unbedingt so schnell wie möglich fahren lernen. Wenn ich mit dem Taxi hinfahren muss, frisst das einen Teil meines Gewinns auf.«

»Nun, dann ist es ja gut, dass du deinen Übergangsführerschein bereits beantragt hast. Ich finde es vernünftig, mit dir zu einer unbenutzten Landebahn zu fahren, damit du jede Menge Platz hast, wenn du das erste Mal hinterm Steuer sitzt.«

»Ähm – ja. Platz. Ja. Eine gute Idee.« Julia wurde nachdenklich. Sie hatte halb damit gerechnet, dass Fergus sich ihr als Chauffeur anbieten würde, damit sie zum Boot und wieder nach Hause kam. Überraschenderweise nahm sie es ihm übel, dass er ihr nichts dergleichen vorschlug. Wirklich, es war erschreckend, wie leicht man von einem Mann abhängig werden konnte.

»Du brauchst das nicht zu tun, wenn es dich auch nur im Entferntesten nervös macht«, versicherte sie. »Das ist ein hübsches Auto. Du möchtest doch bestimmt nicht, dass es dir jemand zu Schrott fährt.«

»Wenn ich glaubte, du würdest es zu Schrott fahren, würde ich dich nicht ans Steuer lassen«, antwortete Fergus entschieden, und Julia fielen keine weiteren Einwände mehr ein.

Nachdem sie ein paar Minuten lang aus dem Fenster geschaut hatte, begann sie wieder zu sprechen. »Ich habe gestern Abend mit meiner Mutter telefoniert«, berichtete sie. »Sie reißt sich förmlich ein Bein aus, um herauszufinden, wer der Vater ist.«

»Und? Hast du es ihr erzählst?«

»Nein. Ich habe sie von der richtigen Spur abgebracht, indem ich noch einmal darauf rumgeritten bin, wie jung der Vater sei und dass ich ihm deshalb nichts von der Schwangerschaft erzählen wolle.«

»Weshalb machst du dir eigentlich die Mühe zu lügen? Warum sagst du ihr nicht einfach die Wahrheit?«

Wie kam es nur, dass Intellektuelle oft so dumm waren? »Weil sie es deiner Mutter erzählen würde, und dann wäre die Hölle los! Sie würden uns zwingen, in Gretna Green zu heiraten!«

»Dann sag es ihr eben. Schließlich ist das genau das, was ich will.«

Julia war erleichtert zu hören, dass er diese Bemerkung relativ leichthin machte. »Ich habe dir doch erzählt, dass unsere Mütter sich seit Jahren wünschen, aus uns würde einmal ein Paar, erinnerst du dich?«

»Ja, aber *nicht* zu heiraten, nur weil unsere Mütter es gern gesehen hätten, ist fast genauso dumm wie eine Heirat aus demselben Grund«, wandte Fergus ein.

»Hm, stimmt«, musste Julia zugeben. »Aber wir wollen doch nicht heiraten – na schön, *ich* will es nicht, und du willst es auch nur wegen des Babys, also werden die beiden sich ein anderes armes Opfer für ihre Kuppelei suchen müssen.«

»Ich glaube nicht, dass ich gesagt habe, ich wolle dich wegen des Babys heiraten. Das Baby würde das Ganze nur beschleunigen.«

Julia war erstaunt. »Willst du damit andeuten, dass du mich ... dass du mich hättest heiraten wollen, wenn ich nicht dein Kind erwarten würde?«

»Das weiß ich nicht. Ich sage nur, dass ich mich wahrscheinlich nach Ende der Saison bei dir gemeldet hätte.«

»Ich glaube dir nicht.«

»Julia! Du bist schwanger! Mit meinem Kind! Weil wir uns geliebt haben! Wir sind keine Tiere. Man möchte doch hoffen, dass irgendetwas zwischen uns war, abgesehen von dem Verlangen, uns fortzupflanzen.«

Julia sah aus dem Fenster. »Ich wünschte, du würdest nicht so geschwollen daherreden.«

Er verlangsamte den Wagen und warf ihr einen Blick zu, der Julia dahinschmelzen ließ. Nur gut, dachte sie, als sie sich wieder erholt hatte, dass er im Begriff stand, ihr

Fahrunterricht zu geben. Das bedeutete, dass er sie anschreien würde. Und das wiederum musste einfach alle lustvollen Wünsche ersticken, die für eine schwangere Frau gänzlich ungehörig waren.

Aber er schrie sie nicht an. Er war sehr geduldig. Und wenn er ihr etwas erklärte, verstand Julia zu ihrem Erstaunen, was er meinte, obwohl sie bisher immer von sich selbst behauptet hatte, sie stände mit jeder Technik auf dem Kriegsfuß. Schon bald kurvte sie frohgemut über den Flugplatz und wechselte fast ohne Probleme zwischen dem ersten und dem zweiten Gang hin und her.

»Das machst du sehr gut«, lobte Fergus, und seine Stimme verriet nichts von der Überraschung, die Julia selbst empfand. »Aber ich weiß nicht, ob ich Zeit haben werde, dir genug Fahrstunden zu geben. Wann verwandelt sich denn die *Pyramus* in ein Restaurantboot?«

»Im Dezember. Die Barge Baquette hat im November ohnehin immer den Betrieb eingestellt, aber jetzt muss ein neuer Steuerstand eingebaut werden – das ist der Teil, auf dem man steht –, und die Betreiber wollen unbedingt weg. Die *Pyramus* wird für den Dezember und den Januar das Geschäft übernehmen. Das scheint die Zeit zu sein, in der am meisten Geld damit zu verdienen ist. Wir könnten ein kleines Vermögen machen.«

»Ähm, du musst vielleicht gleich den Gang wechseln. Huch, zu spät.« Fergus stemmte sich gegen das Armaturenbrett, während der Wagen mehrere Sprünge machte. »Da ist das Känguru im Tank.« Er grinste.

Julia sah ihn mit düsterer Miene an und schaltete. Was sie störte, war nicht die Tatsache, dass er ihren Fehler mit einem Grinsen quittierte. Viel schlimmer war der Umstand, dass sein Blick sie bei weitem mehr aus der Fassung brachte als ein falscher Gang.

»Du machst das wirklich sehr gut«, sagte er, als sie schließlich die Plätze tauschten und er nach Hause fuhr.

»Aber ich glaube doch, dass ein paar Stunden bei einem Profi die Sache beschleunigen würden. Bitte, lass mich die Fahrstunden bezahlen.« Er fing ihren Blick auf. »Oder ich könnte dir das Geld leihen, und du zahlst es mir zurück, wenn du dich auf der *Pyramus* dumm und dämlich verdienst.«

»Schon gut. Meine Mutter hat gefragt, ob ich irgendetwas brauche. Ich werde sie bitten, mir ein paar Fahrstunden zu bezahlen. Viel nützlicher als eine neue Wiege oder etwas in der Art.«

»Stimmt. Außerdem finde ich wirklich, du solltest deiner Mutter erzählen, dass ich der Vater bin, Julia, damit sie aufhören kann, darüber nachzugrübeln.«

»Eines Tages werde ich das sicher tun, aber im Augenblick habe ich andere Dinge im Kopf.« Sie wartete immer noch darauf, dass Rupert sie anrief, um ihr mitzuteilen, dass die Papiere gefunden worden waren.

»Das sind doch alles Ausflüchte, Julia.«

Sie öffnete den Mund, um zu protestieren, und begriff im gleichen Augenblick, dass sie zu viel würde erklären müssen, um ihm ihre Situation begreiflich zu machen. Also klappte sie den Mund einfach wieder zu.

Als sie auf Julias Cottage zufuhren, meinte Fergus: »Ich habe morgen Nachmittag nichts vor. Soll ich dich um drei hier abholen?«

Suzy hatte versprochen, sie anzurufen und sich nach dem Verlauf der Fahrstunde zu erkundigen. »Wie sieht's aus? Sprecht ihr noch miteinander? Wird er dich je wieder in die Nähe seines Autos lassen?«

»Es ist sehr gut gelaufen. Er holt mich morgen wieder ab.«

»Wow!«

»Aber er meint, ich würde ein paar Stunden bei einem

professionellen Fahrlehrer brauchen, da er nicht genug Zeit hat.«

»Da hat er sicher Recht. Übung ist beim Autofahren unerlässlich. Und ich finde es wunderbar, dass ihr beide, du und Fergus, so viel Zeit miteinander verbringen werdet. Meiner Meinung nach passt ihr prima zusammen.«

»Weißt du, du wirst, wenn du erst erwachsen bist, eine genauso schlimme Kupplerin sein wie meine Mutter, Suzy.«

»Tja, ein paar Hobbys braucht der Mensch!«

Ihre erste Fahrstunde hatte Julia in einen rauschhaften Zustand versetzt, aber sie wusste, dass an die Stelle der Euphorie bald Erschöpfung treten würde. Wenn sie also ein Päckchen mit den Sachen, die ihre Mieterin im Haus vergessen hatte, vor Montag aufgeben wollte, sollte sie das besser erledigen, bevor ihr die Energie ausging.

Sie machte sich recht wohlgemut auf den Weg, aber als sie die Schlange vor dem Schalter im Postamt sah, spürte sie, wie die Kraft sie langsam verließ. Andererseits wollte sie nicht nur das Päckchen aufgeben, sondern brauchte auch einige Formulare, daher kämpfte sie die Versuchung nieder, sich irgendwo hinzusetzen und eine Tasse Tee zu trinken. Stattdessen stellte sie sich ganz hinten in die lange Schlange der Wartenden. Als nur noch zwei Leute vor ihr waren – zu spät, um den Kopf einzuziehen und wegzulaufen –, bemerkte sie Oscar, der sich nun seinerseits hinten anstellte. Sie blickte in die andere Richtung und hoffte, dass er sie nicht erkennen würde. Aber sie hatte kein Glück. Als jemand ihr auf die Schulter klopfte, zuckte sie zusammen wie ein Ladendieb, den man in flagranti erwischt hatte.

»Julia! Du bist es wirklich! Ich dachte ich mir doch, dass ich mich unmöglich irren kann. Mein Gott! Du bist ja schwanger!«

Es schien, als hätten sich alle Anwesenden im Postamt jetzt zu ihnen umgedreht, um festzustellen, ob Oscar mit seiner Beobachtung, der er lautstark Ausdruck verliehen hatte, Recht hatte. Julia widerstand der kindischen Versuchung, voller Staunen auf ihren Bauch zu blicken und zu rufen: »Ach herrje! Jetzt sehe ich es auch. Das hatte ich noch gar nicht bemerkt!«

Stattdessen sagte sie: »Hallo, Oscar, wie geht es dir? Was machst du hier?« Obwohl ihre Stimme vollkommen ruhig klang, spürte sie, dass sie rot wurde.

»Julia! Wann ist das passiert? Es ist dieser Archäologe, nicht wahr? Werdet ihr heiraten?«

Julia wäre bei diesen Worten fast das Herz in die Hose gerutscht. Wenn Oscar, der nicht die leiseste Fantasie besaß, erraten konnte, dass Fergus der Vater ihres Babys war, wie lange konnte sie diesen Umstand dann noch vor anderen geheim halten? Sie beschloss, seine Bemerkungen einfach zu ignorieren. »Wie läuft es denn so bei der Arbeit? Habt ihr viel zu tun?«

»Ich bin überrascht und sehr enttäuscht von dir, Julia. So ein Benehmen hätte ich von dir niemals erwartet.«

Dies war nicht der richtige Augenblick, um Oscar darauf hinzuweisen, dass er immer schon ein ganz anderes Bild von Julia gehabt hatte als sie selbst. Außerdem hätte sie ein solches »Benehmen« auch nicht von sich erwartet – eine Schwangerschaft, ohne verheiratet zu sein.

»Wenn ich dir helfen soll, ihn zu überreden zu tun, was Sitte und Anstand erfordern«, fuhr Oscar fort, »gib mir Bescheid.« Julia wartete auf das Wort »Lump«, wurde aber enttäuscht.

»Geht es Sooty gut? Und deiner Mutter?«

»Danke, bestens. Aber versuch nicht, das Thema zu wechseln. Ich möchte mit dir reden.« Er schaffte es gerade noch, sie nicht »junge Dame« zu nennen, was ein Glück war, da ihre Ehre als Feministin sie sonst zu einer sehr unschönen Szene angestachelt hätte, und sie zogen ohnehin schon genug Aufmerksamkeit auf sich.

»Wenn du nichts dagegen hast – ich bin jetzt dran«, meinte sie erleichtert. »Warum stellst du dich nicht hinten an, oder willst du den ganzen Tag hier verbringen?«

Julia lächelte ihn an, ging aber wortlos an ihm vorbei, als sie das Postamt verließ. Dann trat sie in die Apotheke und versteckte sich hinter den Milchpumpen und den Brustwarzenschützern. Dort würde er niemals nach ihr suchen. Zu ihrem Pech lief sie jedoch einer Frau über den Weg, die sie einmal flüchtig bei Strange's kennen gelernt hatte. Ihr Name fiel Julia nicht ein, aber sie hatte die Schwangerschaftsvertretung für Karen gemacht. Sie war älter als Julia und neigte dazu, Dinge übel zu nehmen.

»Oh, hallo, Julia.« Sie blickte demonstrativ auf Julias dicken Bauch hinab. »Ich wusste ja gar nicht, dass Sie in Hoffnung sind. Genau genommen wusste ich nicht einmal, dass Sie geheiratet haben.« Sie zog die Nase kraus, um anzudeuten, dass sie zu der Hochzeit hätte eingeladen werden müssen. »Hatten Sie eine Annonce in der Lokalzeitung?«

»Nein, denn es gab gar keine Hochzeit.«

»Oh. Dann leben Sie wohl ›einfach so‹ zusammen.«

»Nein, aber ich freue mich sehr auf das Baby«, erklärte Julia entschieden und mit einem gezwungenen Lächeln.

»Oh.« Die Frau wusste nicht, ob sie ihr Gegenüber bedauern oder sich darüber freuen sollte, dass die sonst so tüchtige Julia einen so spektakulären Fehltritt begangen hatte. »Nun, ich will offen zu Ihnen sein: Ich kann so etwas nicht gutheißen. Meiner Meinung nach sollten die Menschen mehr Rücksicht auf das Kind nehmen. Aber sie erwarten, dass ihnen alles auf einem silbernen Tablett serviert wird. Kostenlose Unterkunft, kostenlose Zahnbehandlungen, Vergünstigungen hier, Vergünstigungen da. Werden Sie das Baby zur Adoption freigeben?«

»Nein, ich werde es behalten.«

»Sie müssen aber bedenken, was für das Kind das Beste wäre. Zwei liebende Elternteile sind mit Sicherheit besser als nur einer. Sie wollen doch nicht, dass Ihr Kind benachteiligt sein wird?«

»Aber mein Kind wird ungeheuer privilegiert sein.« Julias angespanntes, künstliches Lächeln vermochte kaum mehr ihren Zorn zu verbergen. »Er oder sie wird mich als Mutter haben!«

»Es freut mich zu hören, dass Sie so positiv dazu stehen«, sagte eine andere, extrem auffällig gekleidete Frau, die Julia bei näherem Hinsehen schließlich erkannte. Es war ihre Hebamme, der sie in der Praxis ihrer Ärztin einmal kurz begegnet war. »Sie sind Julia, nicht wahr? Der Geburtsvorbereitungskurs fängt am Dienstag an. Sieben Uhr. Ich freue mich schon darauf, Sie dort zu sehen.«

»Oh, vielen Dank«, erwiderte Julia.

»Und was Sie betrifft«, wandte sich die Hebamme, eine erwachsene Version Suzys, deren gesamtes Outfit bis auf den letzten Ohrring von einem Designer stammen musste, an Julias Bekannte. »Sie werden feststellen, dass viele alleinerziehende Frauen bessere Mütter sind als manch eine verheiratete Frau. Das hat etwas mit absoluter Hingabe und bedingungsloser Liebe zu tun.« Und mit dieser rätselhaften Bemerkung ging sie weiter, sodass Julia ihr nur stumm hinterherstarren konnte, während die ehemalige Strange's-Aushilfe ungehalten mit der Zunge schnalzte.

»Wer war denn das?«

»Meine Hebamme«, erklärte Julia und hätte am liebsten hinzugefügt: »Als ginge Sie das auch nur das Geringste an.«

»Nun, ich kann mir nicht vorstellen, dass sie eine professionelle Kraft ist. Sie trägt keine Uniform. Und selbst wenn sie wirklich Hebamme ist, heißt das noch lange nicht, dass sie alles weiß.«

Julia fühlte sich auf grässliche Weise an Oscars Mutter erinnert, dann fiel ihr wieder ein, dass die Frau vor ihr furchtbare Probleme mit ihren Kindern gehabt hatte. Ihre verheiratete Tochter sprach nicht mehr mit ihr. Was nun bedeutete, dass die Hebamme in diesem Fall höchstwahrscheinlich den Nagel auf den Kopf getroffen hatte.

Sie schenkte der Frau ein noch breiteres Lächeln, um sich zumindest einen Anschein von Freundlichkeit zu geben, und verließ die Apotheke. Natürlich freute es sie zu wissen, dass sie und ihr Kind sich in so guten, wohl manikürten Händen befanden, aber sie begriff auch, dass ihre ehemalige Kollegin mit ihrer Meinung nicht allein stand und sie ähnliche Gespräche wieder und wieder würde führen müssen. Niedergeschlagen machte sie sich auf den Heimweg und sann darüber nach, dass die Menschen häufig törichte und wahrscheinlich auch unmoralische Dinge taten, aber meistens blieben solche Dinge geheim. Nur ungeschützter Sex hatte derart sichtbare Konsequenzen. Es war ein bedrückender Gedanke.

Oscars Stimme, die aus seinem Wagen erklang, konnte Julia nicht noch mehr deprimieren. Als er ihr anbot, sie nach Hause zu fahren, munterte sie seine Freundlichkeit sogar ein wenig auf. Ihre Begegnungen in der Stadt hatten ihr den letzten Funken Kraft geraubt.

»Natürlich«, sagte Oscar, als er sich davon überzeugt hatte, dass Julia korrekt angeschnallt war, »natürlich kann ich es nicht gutheißen, wenn jemand ein uneheliches Kind bekommt. Du findest mich jetzt wahrscheinlich altmodisch.« Sie fand das tatsächlich, aber nicht aus diesem

Grund. »Allerdings bin ich doch hoffentlich nicht so altmodisch, dass ich dich nicht länger kennen will. Ich möchte, dass du mich als Freund betrachtest, als jemanden, auf den du dich verlassen kannst, wenn du ein Regal aufstellen musst oder etwas in der Art.«

»Das ist sehr nett von dir, Oscar«, erwiderte Julia demütig. Sie konnte ihre Regale selbst aufbauen, aber das war nicht der richtige Augenblick, um ihm das mitzuteilen.

Er fuhr vor ihrem Cottage vor. »Schließlich wird das Kind ein positives männliches Vorbild in seinem Leben brauchen.«

Als Julia aus dem Wagen stieg, wusste sie nicht, ob sie Oscar umarmen oder schütteln wollte.

An diesem Abend rief wieder einmal ihre Mutter an, um sich nach ihrem Befinden zu erkundigen. Als sie sie fragte, ob sie irgendetwas für sie tun könne, beschloss Julia, Suzys Theorie zu testen, ob es Eltern wirklich nicht gern sahen, wenn man all ihre Hilfsangebote ausschlug. »Ich werde dir sagen, was mir im Augenblick ganz schrecklich weiterhelfen würde, falls es dir möglich wäre ...«, hob sie an.

»Was denn?«

»Fahrstunden. Nur ein paar. Ein Freund ...« Sie schaffte es gerade noch rechtzeitig, seinen Namen zu verschlucken. »Ein Freund hat mir angeboten, mir das Autofahren beizubringen, aber ich brauche trotzdem ein paar Stunden bei einem richtigen Fahrlehrer, um die Prüfung zu bestehen.«

»Liebling, meinst du nicht, du bist ein bisschen alt, um das Autofahren zu lernen?«

»Mutter! Nein, natürlich nicht! Außerdem, hat nicht eine deiner Freundinnen noch mit weit über fünfzig den Führerschein gemacht?«

»Hm, ja, aber sie fährt nie sehr schnell.«

»Das ist doch eine gute Sache, oder?«, fuhr Julia fort und versuchte, dabei nicht zu vergessen, dass sie ihre Mutter um einen Gefallen bat.

»Nicht wenn man hinter ihr auf der Straße festsitzt, dann nicht. Aber wenn Fahrstunden dein einziger Wunsch sind, dann sollst du sie haben. Aber raus mit der Sprache, wer bringt dir denn das Fahren bei?«

»Fergus«, antwortete Julia rasch. Sie hatte das Gefühl, dass es genügte, ein bedeutendes Geheimnis vor ihrer Mutter zu haben, ohne sich noch mit kleineren, weniger wichtigen Geheimnissen zu belasten. »Das ist sehr nett von ihm, findest du nicht auch?«

»Weiß er, dass du schwanger bist?«

»Natürlich. Es ist ziemlich offensichtlich. Außerdem hast du es ja seiner Mutter erzählt, also hat sie es ihm natürlich weitererzählt.«

»Oh. Mir war nicht klar, dass Lally so indiskret sein würde.«

»Wie bitte? *Du* hast es ihr doch schließlich auch erzählt, während einige Mütter es sicher nicht herausposaunt hätten, dass ihre Tochter schwanger ist.«

Margot brummte etwas Unverständliches vor sich hin, hatte aber offensichtlich ein schlechtes Gewissen. »War Fergus sehr schockiert?«

»Er war ein wenig überrascht, aber nachdem er sich erst an den Gedanken gewöhnt hatte, war er sehr nett und hilfsbereit. Weshalb er mir auch angeboten hat, mir das Autofahren beizubringen.«

»Doch nicht etwa, weil er der ...«

»Mutter! Fergus und ich sind nie miteinander ausgekommen! Als wir noch Kinder waren nicht – und als Erwachsene auch nicht viel besser!«

»Aber wenn ihr nicht gut miteinander auskommt, warum gibt er dir dann Fahrunterricht?«

Durch ihre Lügen in der eigenen Falle gefangen, holte

Julia schaudernd Atem. Es kostete sie einige Anstrengung, ihre Mutter nicht anzuschreien. »Er ist eben ein sehr netter Mensch, und er dachte, er könnte sich auf diese Weise nützlich machen.«

»Nun, das nenne ich wirklich ritterlich. Aber nicht, dass du dich ihm aufdrängst, hörst du?«

Julia rollte vor Wut die Zehen ein.

Ihre nächste Fahrstunde bei Fergus verlief sehr viel besser als die erste. Sie durfte vom zweiten in den dritten Gang schalten und gewann im Umgang mit dem Wagen zunehmend an Selbstbewusstsein.

»Also, hast du es deiner Mutter gesagt?«, wollte er wissen.

»Nein. Ich habe dir versprochen, es ihr zu erzählen, aber erst, wenn ich so weit bin. Du solltest dankbar dafür sein. Wenn sie es erfährt, wird sie dir das Leben zur Hölle machen.«

»Während es jetzt natürlich das reinste Zuckerschlecken ist.«

Julia sah ihn überrascht an. Was konnte er schon für Sorgen haben? Er war nicht schwanger; er musste keinen Führerschein machen.

»Oh, vergiss es«, meinte er. »Jetzt bieg mal nach rechts ab. Es wird Zeit, dass du auf die Straße kommst. Endlose Runden auf einem Flugplatz werden dir nicht helfen, die Prüfung zu bestehen.«

Zuerst wollte Julia jedes Mal, wenn etwas hinter ihr auftauchte, auf die Böschung ausweichen, aber schließlich lernte sie, Ruhe zu bewahren und lediglich ein wenig näher an den Straßenrand zu fahren, wenn die Fahrspur zu schmal war, als dass ihr Hintermann sie ohne Schwierigkeiten hätte überholen können.

»Du machst das ausgesprochen gut«, lobte Fergus sie,

nachdem sie erfolgreich eine kleine Stadt umfahren hatten. »Du hast schnelle Reaktionen.«

»Tu nicht so überrascht. Es macht mir Spaß, Auto zu fahren.«

»Und hat deine Mutter sich bereit erklärt, dir ein paar Stunden zu spendieren?«

»Ja. Das ist sehr nett von ihr, sie hat nämlich nicht viel Geld. Ich werde es ihr zurückgeben, sobald ich dazu in der Lage bin.« Sie erstickte ein Seufzen, weil sie plötzlich von Müdigkeit übermannt wurde.

Erstickt oder nicht, Fergus bemerkte es und erklärte: »Ich glaube, das genügt für heute. Du kannst nichts lernen, wenn du müde bist. Das kann niemand«, fügte er hinzu, als er ihr jähes Stirnrunzeln sah. »Fahr links ran, dann bringe ich dich nach Hause.«

Julia spürte, wie ihre Lider immer schwerer wurden. Erst als sie wieder aufwachte, begriff sie, dass sie eingeschlafen war. Sie waren fast da.

»Ach, du liebe Güte, ich weiß nicht, weshalb ich einfach so eingedöst bin.« Sie kam sich schrecklich unerzogen vor. »Möchtest du noch auf einen Tee mit reinkommen, oder hast du es eilig? Ich habe einen köstlichen Kuchen da.«

»Das klingt verlockend. Du machst den Tee, und ich zünde das Feuer an.«

Sie hörte, wie er Stöcke zerbrach und Zeitungspapier zusammenknüllte, während sie den Kessel aufsetzte. All die beunruhigenden Gefühle, die bei seinem ersten Besuch in ihr aufgeflackert waren, kehrten mit Macht zurück, eine scharfe Sehnsucht nach der behaglichen Häuslichkeit des Ehelebens. Als sie mit dem Tablett ins Wohnzimmer kam, hatte sie ihre Gefühle noch immer nicht ganz unter Kontrolle.

»Irgendetwas treibt dich um«, bemerkte Fergus, nachdem er sie ein paar beunruhigende Augenblicke lang über seinen Becher hinweg gemustert hatte. »Was ist los?«

»Nichts.« Sie konnte ihm nicht erzählen, wie verführerisch sie diese alltägliche Szene fand, sie beide am Kamin, den Tee und das in ihr wachsende Kind. Als sie sah, dass ihre Antwort ihn nicht zufrieden stellte, fügte sie hinzu: »Ich bin in der Apotheke einer ehemaligen Kollegin über den Weg gelaufen. Sie hat mich gefragt, ob ich das Baby zur Adoption freigeben würde.«

»Ach herrje.«

»Glücklicherweise war die Hebamme da – eine absolute Modepuppe, ehrlich –, und sie hat mich erkannt.«

»Was hat sie denn gesagt?«

»Oh, sie hat mir mitgeteilt, wann der Geburtsvorbereitungskurs anfängt, und dann hat sie der Frau erklärt, dass alleinerziehende Frauen oft bessere Mütter seien als verheiratete Frauen.«

»Stimmt das?«

»Keine Ahnung. Aber diese Feststellung hat meine ehemalige Kollegin jedenfalls in ihre Schranken verwiesen. Die Sache ist die, mir ist klar geworden, dass ich dieser Einstellung in Zukunft immer wieder begegnen werde.« Und während sie sprach, ging ihr auf, dass sie Fergus eine exzellente Gelegenheit geliefert hatte, seinen Heiratsantrag zu wiederholen. »Natürlich weiß ich, wie ich mit so etwas umzugehen habe.«

»Natürlich«, murmelte Fergus, ohne ihren Ausrutscher auszunutzen. »Ich kann mir auch nicht vorstellen, dass du allzu glücklich darüber bist, meine Identität vor deiner Mutter geheim zu halten.«

Sie sah ihn forschend an. Zwar hatte sie gerade jetzt nicht an dieses Problem gedacht, aber er hatte Recht, es breitete ihr Kummer. Sie hatte es immer vorgezogen, lieber mit ihrer Mutter aneinander zu geraten, als sie zu belügen. »Hm, nein. Es gefällt mir gar nicht, es vor ihr geheim zu halten.«

»Warum erzählst du es ihr dann nicht einfach?«

»Du hast es immer noch nicht kapiert, was? Sie wird eine Kathedrale für unsere Hochzeit mieten und über deine Mutter herfallen und behaupten, es sei alles ihre Schuld. Deine Mutter wird dann über dich herfallen und dir wahrscheinlich genauso zusetzen, wie Margot mir zugesetzt hat! Und ich kann dir nicht garantieren, dass meine Mutter nicht auch über dich herfallen wird.«

»Ich habe einen breiten Rücken, ich kann allerhand vertragen. Außerdem sind wir erwachsene Menschen, Julia. Wenn man erst einmal ein gewisses Alter überschritten hat, sind der elterlichen Autorität Schranken gesetzt.«

»Das weiß ich doch! Aber ich glaube nicht, dass unsere Mütter uns jemals als Erwachsene betrachten werden. Sie werden bis in alle Ewigkeit denken, sie könnten uns vorschreiben, was wir zu tun und zu lassen haben. Und obwohl es töricht ist – ich kenne wirklich starke Frauen, die immer noch Angst davor haben, ihren Müttern Dinge zu erzählen, die ihnen missfallen könnten.« Er sollte nicht denken, dass sie der einzige Schwächling auf der Welt war. »Aber du nimmst das alles sehr nett auf. Die meisten Männer würden lieber sterben, als sich der Art von Beschuss auszusetzen, mit der du rechnen musst.«

»Es ist auch mein Kind. Ich sehe keinen Grund, warum ich nicht meinen Anteil des ›Beschusses‹, wie du es nennst, auf mich nehmen sollte.«

»Trotzdem.«

Fergus stand auf. »Ich muss gehen. Sonst schlafe ich am Ende auch noch ein, und dann wird es zu spät für mich.«

»Gehst du heute Abend aus?« Julia gab sich alle Mühe, den sehnsüchtigen Unterton, der in ihren Worten mitschwang, zu kaschieren, und um ein Haar wäre es ihr auch gelungen.

Fergus nickte. »Ein Essen mit Freunden«, antwortete er. »Und sprich mit deiner Mutter. Es geht dir dann bestimmt besser.«

Sie schloss die Tür hinter ihm und fühlte sich, gänzlich ungerechtfertigt, wie das Bauernmädchen, das vom Gutsherrn geliebt und wieder verlassen wurde. Sie beschloss, seinen Rat zu beherzigen und ihre Mutter anzurufen, nicht um es ihr unbedingt zu erzählen, sondern um sich ein Stück Unabhängigkeit zurückzuerobern.

»Hallo, Liebling. Wie schön, von dir zu hören.« Ihre Mutter schien in Wirklichkeit über Julias Anruf eher überrascht zu sein. »Also, wie geht es dir, mein Kind?«

»Gut, vielen Dank.«

»Trinkst du auch reichlich von diesem Himbeerblatttee, den ich dir geschickt habe?«

»Also ...«

»Liebling! Dieser Tee ist gerade jetzt so wichtig für dich. Er wird dir bei den Wehen helfen. Und hast du mal darüber nachgedacht? Möchtest du, dass ich dabei bin?«

»Nein!« Julia konnte nur mit Mühe einen Aufschrei unterdrücken. Der Gedanke, ihre Mutter könne die Befehlsgewalt über die Entbindungsstation in der gleichen Art übernehmen, wie sie sie über die Kombüse auf dem Boot übernommen hatte – und über jeden anderen Aspekt ihres Lebens, dessen sie sich hatte bemächtigen können –, war entsetzlich. Dann ging Julia auf, wie unfreundlich sie geklungen haben musste, und sie fügte hinzu: »Eigentlich rufe ich aus einem ganz bestimmten Grund hat, Mummy. Ich dachte, ich sollte dir erzählen, wer der Vater ist.«

»Oh, Liebling. Ich weiß, du hast erwähnt, er sei noch sehr jung, aber ich hoffe doch sehr, es ist nicht dieser junge Mann auf den Booten. Er ist ein Adonis, das stimmt, aber als Vater total ungeeignet, jedenfalls noch für einige Jahre. Was ist mit diesem jungen Mann, der zur Mannschaft gehörte, als ihr angefangen habt?«

Sie meinte Jason. »Es ist Fergus«, gestand Julia mit zusammengebissenen Zähnen.

KAPITEL 22

Es gab einen lauten Knall, da ihre Mutter am anderen Ende der Leitung offenbar den Hörer hatte fallen lassen. »Mummy? Alles in Ordnung mit dir?«

»Habe ich mich verhört, oder hast du eben wirklich gesagt ...?«

»Ja.«

Das Schweigen, das nun folgte, währte gerade lange genug, um in Julia den Verdacht zu wecken, ihre Mutter könne in Ohnmacht gefallen sein. »Warum hast du mich dann glauben lassen, es sei ein *junger* Mann gewesen? Und dass du und Fergus nicht gut miteinander auskämt?«

»Weil wir wirklich nicht gut miteinander auskommen.« Es klang unglaublich lahm, aber in letzter Zeit klang die Wahrheit häufig so.

»Nun, das ist ja eine wunderbare Neuigkeit, Liebes.« Margot beschloss, über Julias Täuschungsmanöver hinwegzusehen und eine positive Einstellung einzunehmen.

»Ach ja?« Sie wusste, dass ihre Mutter Fergus mochte, aber sie hätte durchaus ein wenig enttäuscht darüber sein können, dass er so verantwortungslos gewesen war, ihre Tochter zu schwängern.

»Natürlich. Lally wird ihn schon dazu bringen, dich zu heiraten.«

»Das ist eine schreckliche Idee!«

»Nein, ist es nicht. Im Gegenteil, es wird ein Riesenspaß werden. Ich werde einen Hut tragen können. Und wenn wir beim Hochzeitskleid gut Acht geben, braucht niemand zu wissen, dass du schwanger bist.«

Julia blickte auf ihren Bauch hinab, der die von ihrer Schwester geborgten Schwangerschaftsleggings bis an ihre Grenzen strapazierte. »Wir werden nicht heiraten.«

»Rede nicht so dumm daher, Liebling, natürlich heiratet ihr. Wie gesagt, Lally wird ihn schon dazu bringen.«

»Aber ich will nicht heiraten!«

»Papperlapapp. Natürlich willst du das. Jede Frau will heiraten.«

Einen Augenblick lang dämmerte es Julia, dass das wahrscheinlich der Wahrheit entsprach, aber dann machte sie sich wieder daran, eifrig das Gegenteil zu behaupten. »Nein, das stimmt nicht! Heutzutage entscheiden sich viele Frauen dafür, ihre Kinder allein großzuziehen.«

»Nicht, wenn sie eine Alternative haben.«

»Aber ich habe keine Alternative!«

»Und ob du die hast! Das versuche ich dir doch gerade zu erklären! Lally wird Fergus dazu bringen, sich anständig zu benehmen!«

Julia hätte am liebsten laut geschrien. »Aber genau das will ich nicht! Er hat es mir bereits angeboten, und ich habe abgelehnt.«

»Das war dumm, aber nicht unwiderruflich. Ich werde mich sofort mit Lally in Verbindung setzen.«

»Mutter!« Julias Stimme hätte den Lake District wahrscheinlich auch ohne elektronische Hilfe erreicht. »Willst du wirklich, dass ich mit jemandem verheiratet bin, den seine *Mutter* dazu bringen musste, mich zu heiraten?«

Wieder herrschte am anderen Ende der Leitung erst einmal Schweigen. »Nein, wahrscheinlich nicht. Aber ich finde es trotzdem schade. Er würde so einen wunderbaren Ehemann abgeben.«

»Ich verstehe nicht, wie du das behaupten kannst. Es

gibt zumindest eine Frau, für die er kein allzu wunderbarer Ehemann gewesen ist.«

»Darüber wissen wir nicht das Geringste. Soweit ich von Lally gehört habe, war seine Frau eine entsetzliche Feministin. Kein Wunder, dass die Ehe in die Brüche gegangen ist.«

Julia schauderte. Nie war ihre Entschlossenheit, Fergus nicht zu heiraten, so groß gewesen. »Ich muss auflegen, Mom. Bei mir klingelt es an der Tür.«

Fergus holte sie am Montagabend zur nächsten Fahrstunde ab. Sobald sie die Stadt hinter sich gebracht hatten und auf dem Weg zum Flugplatz waren, damit Julia sich darin üben konnte, mithilfe einiger Leitkegel rückwärts einzuparken, begann Fergus zu sprechen.

»Also«, fragte er beiläufig und zeigte, wie Julia fand, viel zu wenig Interesse für das, was sie mit seinem Wagen anstellte, »wie hat deine Mutter die Neuigkeiten aufgenommen?«

»Auf ihre ganz eigene, charakteristische und nervtötende Art und Weise. Sie meinte, deine Mutter würde dich dazu bringen, mich zu heiraten.« Sie hätte gern seine Reaktion beobachtet, wagte es aber nicht, den Blick von der Straße abzuwenden. »Ich habe ihr erklärt, dass du mir bereits einen Antrag gemacht hättest. Sie hält mich für verrückt. Wahrscheinlich hat deine Mutter dich bereits in die Zange genommen.«

»Sie hat mich angerufen und mir erklärt, sie wisse Bescheid.«

»Wie hat sie reagiert?«

»Ziemlich genauso wie Margot. Mein Ruf hat übrigens enorm darunter gelitten, dass du mich nicht heiraten willst«, fuhr er gelassen fort. »Alle halten mich für einen Bastard.«

»Was dir nicht allzu viel auszumachen scheint. Aber ich schlage bei jeder Gelegenheit eine Bresche für dich. Um dir möglichst viel Ärger zu ersparen, habe ich Mom erzählt, wie besorgt du um mich seist, was sie leider nur in ihrer Meinung bestärkt hat, ich müsse verrückt sein, dich nicht zu heiraten.«

»Hm, du hast sicher schon einmal das Sprichwort gehört, dass selbst Hypochonder manchmal krank werden?«

»Ja ...«

»Nun, man könnte auch sagen: Selbst Mütter geben manchmal gute Ratschläge.«

»Das mag sein, wie es will, aber *meine* Mutter hat mir in meinem Leben schon zu viele Ratschläge gegeben. Und ich habe nicht die Absicht, jemanden zu heiraten, den seine Mutter erst dazu bringen musste, es zu tun!«

Zu Julias beträchtlicher Überraschung antwortete Fergus ihr nicht sofort. Das Schweigen zwischen ihnen wuchs wie ein eisiger Ballon, zerbrechlich zwar, aber mit Händen zu greifen. Julia riskierte einen Seitenblick, doch mehr als sein unbeugsames Profil bekam sie nicht zu sehen.

»Falls und wenn ich dich heirate, Julia«, erklärte Fergus nach einer ganzen Weile, »dann wird das nicht das Geringste mit meiner oder mit deiner Mutter zu tun haben.«

Julia fiel nichts ein, was sie darauf hätte erwidern können. Bisher hatte sie sich bei Fergus immer absolut sicher gefühlt. Jetzt war es, als säße ein völlig unberechenbarer Mann neben ihr im Wagen. »Hier muss ich nach links abbiegen, nicht wahr?«, fragte sie schließlich, um das Gespräch auf ein neutrales Thema zurückzulenken.

»Nein, nach rechts.« Noch immer beherrscht von irgendeinem unspezifischen Gefühl, ließ er nun seinen Ärger an der Autoschlange aus, die sich hinter ihnen gebildet hatte. »Ich habe meine Meinung geändert, was den

Flugplatz betrifft. Du kannst das Parken in echten Parklücken üben.«

In ihrer Verwirrung musste Julia entdecken, dass sie vergessen hatte, wie man nach rechts abbog. Sie fuhr an der Abfahrt vorbei, die er hatte nehmen wollen, und wurde mit einem ärgerlichen Zischen belohnt. Das sah Fergus überhaupt nicht ähnlich.

»Tut mir Leid, ich habe vergessen, was ich tun muss.« Bisher war es ihr nicht weiter schwer gefallen, Fergus Fragen zu stellen, aber er war plötzlich vollkommen unnahbar geworden. »Könntest du es mir noch einmal erklären?«

Er ging die einzelnen Schritte erneut geduldig mit ihr durch, aber sie hatte dennoch das Gefühl, dass der freundliche Fergus, der ihr bisher das Autofahren beigebracht hatte, verschwunden war. Stattdessen hatte er sie mit diesem wie versteinert aussehenden Individuum allein gelassen, das ihr jeden Augenblick den Kopf abreißen konnte. Je eher sie sich ein paar richtige Fahrstunden verschaffte, desto besser. Der Scheck ihrer Mutter war bereits angekommen, und einzig die beängstigende Frage, für welche Fahrschule sie sich entscheiden sollte, hielt sie noch von weiteren Schritten ab.

»Möchtest du auf einen Tee mit hineinkommen?«, fragte sie Fergus, als die Fahrstunde endlich zu Ende war und sie aufhören durfte, durch einen Kreisverkehr nach dem anderen zu fahren, sich in dichten Verkehr einzufädeln und im Rückwärtsgang um Ecken zu biegen, wo es obendrein bergan ging.

»Nein, danke, ich habe noch etwas zu erledigen. Ist es dir recht, wenn wir die nächste Fahrstunde am Dienstag machen?«

»Nein. Da habe ich zum ersten Mal meine Geburtsvorbereitung. Mittwoch?«

»In Ordnung. Sechs Uhr?«

»Passt mir gut.«

Julia schauderte, denn sie sah Fergus plötzlich in der Rolle des strengen Vaters. Wie würde sie zurechtkommen, fragte sie sich, wenn ihr Kind in Schwierigkeiten geriet? Würde sie es hinnehmen können, wenn ein anderer als sie selbst es zur Ordnung rief?

Ledige Mütter wurden heutzutage nicht mehr stigmatisiert, wie es früher der Fall war. Viele Frauen entschieden sich inzwischen dafür, Kinder zu bekommen, ohne einen Ehemann zu haben. Die Gesellschaft hatte sich an diese Vorstellung gewöhnt und ächtete die betroffenen Frauen nicht mehr. Zumindest versuchte Julia sich das einzureden, als sie den Raum betrat, der voller entspannt plaudernder Paare war. Sie konnte sich alle Frauen hier in Hochzeitskleidern vorstellen und all die Männer in eigens für diesen Anlass gekauften Anzügen oder in geliehenen Cuts. Ein Pärchen war jedoch dabei, das vielleicht nicht in weißem Tüll und schwarzem Kammgarn den Gang hinuntergeschritten war: Die beiden waren Hippies, wie sie im Buche standen. Wahrscheinlich waren sie über ein Lagerfeuer gesprungen, und eine Hexe hatte der Zeremonie vorgestanden, während Panflöten und obskure Gesänge erklungen waren. Sie mochten in ihren selbst gewebten Kleidern und ihren bunten Sandalen irgendwie im falschen Jahrzehnt gelandet sein, aber sie hatten offensichtlich keine Bindungsängste. Keine andere Frau war ohne Partner da.

Julia lächelte die Leute unverbindlich an und versuchte, sich den Anschein zu geben, als wäre ihr Mann geschäftlich unterwegs und zu beschäftigt, um sie zu begleiten. Suzy, dachte sie beschämt, hätte ihren Single-Status voller Stolz und wie ein Banner vor sich hergetragen. Schließlich war es nur ein Zufall, dass sie die einzige alleinstehende Mutter hier war. Gewiss war sie nicht die einzige alleinstehende Mutter auf der Welt.

So saßen bereits alle im Kreis – die flotte Hebamme in der Mitte –, als die Tür geöffnet wurde und ein Nachzügler eintrat. Es war Fergus.

»Ich entschuldige mich für meine Verspätung«, sagte er in den Raum hinein. »Tut mir Leid, Liebling«, wandte er sich an Julia, nachdem er sich einen Stuhl gesucht und ihn neben ihren gerückt hatte.

Julia war sprachlos. Was konnte sie erwidern? Sie konnte nicht lautstark erklären: »Dieser Mann ist nicht mein Partner«, weil niemand ihr glauben würde. Warum sollte jemand so etwas vortäuschen? Ebenso wenig konnte sie ihm wie eine altgediente Ehefrau den Arm tätscheln und flüstern: »Hast du noch Zeit gefunden, einen Happen zu essen?« Oder, was weitaus befriedigender gewesen wäre, ihn wegen seiner Verspätung beschimpfen: »Könntest du nicht *ein einziges Mal* mich und unser Kind an die erste Stelle setzen und deine Arbeit zurückstellen?« Für eine solche Bemerkung war sie nicht richtig gekleidet.

Sie dachte über die verschiedenen Gelegenheiten nach (und es hatte etliche gegeben), bei denen Fergus unerwartet aufgetaucht war. Ihr fiel nicht eine einzige ein, bei der ihre Gefühle nicht irgendwie gespalten gewesen wären. Jetzt war sie einfach wütend auf ihn, weil er ungebeten hier erschienen war, aber gleichzeitig erleichterte es sie, inmitten all dieser Pärchen nicht allein sein zu müssen.

Dann fiel ihr ein, dass es doch eine Gelegenheit gegeben hatte, bei der ihre Gefühle für ihn vollkommen klar gewesen waren: bei seinem ersten Erscheinen auf den Booten. Und hatte sie ihn nicht instinktiv wegschicken wollen, bevor er auch nur durch die Tür getreten war?

»Also«, ergriff nun die Hebamme das Wort, »ich heiße Lucasta, und ich bin nur eine Hebamme aus einem ganzen Team, das sich bemühen wird, Ihnen allen zu glücklichen, risikolosen Entbindungen zu verhelfen. Einige von Ihnen haben mich bereits kennen gelernt. Bis Sie Ihre Babys haben, werden wir einander vertraut und hoffentlich auch Freunde sein.«

Alle lachten nervös.

»Zunächst einmal: Haben Sie das blaue Buch gelesen, das ich Ihnen bei Ihrem ersten Besuch mitgegeben habe?«

Alle Anwesenden nickten – bis auf Julia, die besagtes blaues Buch verlegt hatte.

»Gut«, fuhr Lucasta fort. »Ich werde jetzt durch den Raum gehen, und ich möchte, dass Sie sich vorstellen und mir sagen, wann Sie Ihr Baby erwarten und welche Art von Entbindung Sie gern hätten. Natürlich werden Sie im Laufe des Kurses mehr darüber erfahren, welche Schmerzmittel verfügbar sind, aber wenn ich mir schon einmal ein Bild über Ihre Erwartungen machen kann, wird mir das helfen, das richtige Niveau für diesen Kursus zu finden. Also schön, Sie sind Sharon und Dan, nicht wahr? Sie fangen an. Wann erwarten Sie Ihr Baby?«

»Im Februar.«

»Und wie würden Sie es gern bekommen?«, hakte Lucasta nach.

»Wir dachten an eine Epiduralanästhesie, nicht wahr, Dan?«, meinte Sharon.

Julia zappelte auf ihrem Stuhl hin und her, nachdem sie rasch gezählt hatte, wie viele Paare sich vor ihr vorstellen würden. Alle anderen schienen bereits so viel über Geburten zu wissen, wahrscheinlich, weil sie ihre Hausaufgaben gemacht hatten. Etwas, das Julia versäumt hatte, teils weil sie zu beschäftigt gewesen war – mit Fahrstunden, Plänen für die finanzielle Absicherung der Zukunft –, aber vor allem weil sie den Gedanken, ein Kind zur Welt zu bringen, so beängstigend fand. Doch wenn sie gewusst hätte, dass es hier eine Art Test geben würde, hätte sie sich zu der Lektüre des blauen Büchleins gezwungen, damit sie zumindest den Jargon kannte. Wie die Dinge lagen, würde sie improvisieren müssen. Was wahrscheinlich kein Problem darstellen würde – trotz all ihrer flehentlichen Bitten, es zu unterlassen, hatte ihre Schwester ihr sämtliche drei Geburten Wehe für Wehe haarklein erzählt. Einige Bruchstücke trieben jetzt wieder an die Oberfläche ihres Bewusstseins: Petidyne machte einen nur schläfrig. Gas und Luft brachten nicht viel, aber immerhin etwas, und dann gab es da noch irgendwelche Apparate. Bevor sie jedoch einen vernünftig klingenden Satz vorformulieren konnte, war sie bereits an der Reihe.

»Ich heiße Julia ...«

»Und ich bin Fergus.«

»Das Baby soll Anfang Februar kommen«, erklärte Julia. Sie versuchte, Fergus zu ignorieren, stellte aber fest, dass es ihr unmöglich war. Lucasta schien sie beide besonders eindringlich zu mustern. Wahrscheinlich versuchte sie herauszufinden, ob es eine Art Versöhnung zwischen ihnen gegeben hatte und sie Julia nicht länger als alleinerziehende Mutter einzustufen brauchte.

»Und was für eine Art Geburt hätten Sie gern?«

Julia erstarrte. Am liebsten hätte sie geantwortet: »Ich würde es bevorzugen, wenn jemand anderes das für mich erledigte«, aber die Atmosphäre im Raum war zu ernst für Witze. Sie konnte sich auf keine einzige vernünftige Antwort besinnen und stand außerdem noch immer unter dem Schock von Fergus' plötzlichem Erscheinen. Es war unmöglich von ihm, hierher zu kommen, ohne ihr Bescheid zu geben, unmöglich, dass er überhaupt hergekommen war. Aber Rachepläne würden Lucasta nicht dazu bringen, sich dem nächsten Paar zuzuwenden. Julia öffnete den Mund: »Also ...«

»Wir wissen noch nicht viel über diese Dinge«, mischte

sich Fergus ein. »Aber obwohl wir das Baby auf möglichst natürliche Art und Weise bekommen möchten, wollen wir uns doch nicht von vornherein gegen effektive Schmerzmittel stellen, falls diese sich als notwendig erweisen sollten.«

»Gute Antwort«, erwiderte Lucasta. »Wir alle würden unsere Babys am liebsten in einem Wigwam bei Kerzenlicht bekommen, nur mit Hilfe von Kräutern, die ins Feuer geworfen werden ...« Sie warf einen Blick auf die beiden Hippies. »Aber die meisten von uns brauchen ein wenig Hilfe.«

Das Hippiepärchen errötete. Jetzt waren sie an der Reihe. »Mein Name ist Ayrian«, sagte der Mann.

»Und ich heiße Thrush«, erklärte sie.

»Und wir wollen keine Medikamente, die die Plazenta durchdringen können«, fügte Ayrian hinzu.

»Ich hätte gern eine Geburtswanne, Akupunktur und meine beste Freundin im Kreißsaal dabei, und natürlich Ayrian.« Thrush drückte die Hand ihres Partners.

»Klingt vernünftig«, erwiderte Lucasta. »Sie sollten sehr genau darüber nachdenken, ob Sie Ihre Partner bei der Geburt dabeihaben möchten oder nicht. Dieses Erlebnis kann zwei Menschen einander sehr nahe bringen, aber wenn die Vorstellung einem von Ihnen widerstrebt, kann niemand Sie dazu zwingen.«

»Wenn du glaubst, dass du dabei sein wirst«, zischte Julia mit zusammengebissenen Zähnen, »dann hast du dich geschnitten.«

Fergus tat so, als hätte er nichts gehört.

Endlich war die Runde komplett. Der Wunsch nach Schmerzmitteln war bei den werdenden Müttern unterschiedlich stark entwickelt. Es gab eine Frau, die jedes Medikament auf Erden haben wollte – einschließlich einer Vollnarkose, falls man ihr eine solche zusätzlich zur Epiduralanästhesie erlaubte –, aber auch einige andere, die nur ein bisschen Gas wollten. Dann waren da noch Ayrian und Thrush. Sie hatten mehr darüber gelesen, wie Kinder in den entferntesten Winkeln der Erde zur Welt kamen, als die meisten Anthropologen, und dies war ihre große Chance, ihr Wissen mit anderen zu teilen.

Einer tapferen Seele wurde es schließlich zu viel, einem Mann mit kurzem Haar und sehr breitem Ehering, der, sich windend, Berichte von Frauen über sich hatte ergehen lassen, die sich die Nabelschnur durchbissen und ihre Plazenta verzehrten (»wegen all der Mineralien und Vitamine, die normalerweise einfach weggeworfen werden«). »Warum«, fragte er, »sind Sie zu einem stinknormalen Geburtsvorbereitungskurs des staatlichen Gesundheitsdienstes gekommen, wenn Sie auf diesen ganzen Naturquatsch stehen? Warum haben Sie sich nicht etwas ...« Er suchte nach einem passenden Wort, verwarf den Ausdruck »ekelhaft« und sprach schließlich weiter: »... etwas Exotischeres gesucht?«

»Thrush leitet montags einen Traumworkshop«, erklärte Ayrian. »Und ich habe mittwochs meinen Schweißkursus. Donnerstags haben wir tantrisches Yoga, und freitags gehen wir zu einem ›Harmonie-und-Happyness‹-Zirkel. Das war der einzige Kurs, den wir beide besuchen konnten.«

»Dann haben Sie ja keine Chance, bei *Coronation Street* auf dem Laufenden zu bleiben«, bemerkte ein sehr junges, hübsches Mädchen, dessen Frisur nur von sehr viel Haarwachs und Klammern zusammengehalten wurde.

»Wir haben keinen Fernseher. Wir ziehen es vor, unsere Zeit mit kreativen Dingen zu verbringen.« Ayrian sah sich in der Runde um, als müsste er sich verteidigen. »Uns wäre zwar ein Kursus mit einer weniger allopathischen Ausrichtung lieber gewesen, aber wir werden uns keinesfalls mit einem unnötigen Eingreifen von außen abfinden, und wir wollen keine Medikamente, die wir nicht brauchen.«

»Nun, ich hoffe, Sie werden keine Medikamente benötigen, Ayrian«, erwiderte Lucasta energisch. »Und ich denke, Sie werden entdecken, dass der viel geschmähte staatliche Gesundheitsdienst durchaus imstande ist, Babys zu einem guten Start in die Welt zu verhelfen. Heutzutage besteht eine Geburt nicht mehr nur aus Entbindungsstuhl, Nähen und Episiotomien.

»Was ist eine Episiotomie?«, fragte irgendjemand.

Julia, die die Antwort darauf gar nicht wissen wollte, lenkte sich ab, indem sie sich Fergus zuwandte. Einen Augenblick lang vergaß sie, dass sie nie wieder mit ihm hatte sprechen wollen, und flüsterte: »Was meinst du, würde meine Mutter diese beiden da nicht sofort in ihr Herz schließen?«

»Wahrscheinlich kennt sie sie schon.«

Lucastas' strahlend blaue Augen sandten ihnen einen stummen Tadel zu, weil sie miteinander tuschelten.

»Also schön, nachdem wir einander nun ein bisschen besser kennen gelernt haben, möchte ich ein paar Spiele zur weiteren Entspannung vorschlagen.« Sie verteilte einige Blätter. »Anagramme«, erklärte sie. »Alles Worte, die Ihnen im Laufe der nächsten Monate sehr vertraut werden. Wenn Sie sich jetzt bitte mit Ihren Nachbarn zu kleinen Gruppen zusammenfinden würden.«

Irgendwie ergab es sich, dass Julia und Fergus an Ayrian und Thrush gerieten. Mittlerweile war Julia sehr dankbar für Fergus' Anwesenheit. Sie war nicht besonders gut bei Wortspielen, und sie hatte keinen Stift mitgebracht. Ebenso wenig wie Ayrian und Thrush. Mithilfe von Fergus' Kugelschreiber, von dem sie alle ausgiebig Gebrauch machten, brachten sie die Prozedur irgendwie hinter sich, ohne sich zu blamieren.

»Und nun«, fuhr Lucasta mit ungebremster Begeisterung fort. »Nun trinken wir zusammen Tee oder Kaffee, dann wollen wir etwas Praktischeres tun.«

Tee und Kaffee waren schon schlimm genug, da Julia sich Kaffee abgewöhnt und bei Tee enorm wählerisch geworden war. Aber das »Praktische« danach war noch schlimmer. Bei den Übungen spielte ein Plastikbecken eine besondere Rolle, also der mittlere Teil des menschlichen Skeletts, sowie eine Puppe, die aussah, als wäre sie unter einen Müllwagen geraten. Das Ding hatte einen Plastikkopf, Gliedmaßen aus Stoff und war unübersehbar schmuddelig.

»Jetzt werde ich Ihnen die verschiedenen Haltungen demonstrieren, die ein Baby einnehmen kann, sowie die drei Phasen der Wehen, damit Sie alle wissen, was passiert.«

»Genau deshalb wollte ich eine Vollnarkose«, sagte der *Coronation-Street*-Fan, »weil ich das alles *nicht* wissen will. Werde ich mich auch von mir aus für einen Kaiserschnitt entscheiden können?«

»Wahrscheinlich nicht auf Kosten des staatlichen Gesundheitsdienstes«, antwortete Julia. »Sie werden wohl beten müssen, dass Ihr Baby eine Steißgeburt ist.«

Lucasta bewegte die Gliedmaßen des Babys wie eine Marionettenspielerin und brachte sie in verschiedene Positionen, aber als die Hebamme den Kopf zur Seite bog, um die Puppe in den Geburtskanal eintreten zu lassen, wollten die meisten Anwesenden nicht glauben, dass sie jemals hindurchpassen würde.

»Dieser riesengroße Kopf geht nie und nimmer durch so eine kleine Öffnung. Und wenn doch, dann will ich definitiv einen Kaiserschnitt«, murmelte Julias Verbündete.

»Es scheint in der Tat unvorstellbar zu sein, aber ich versichere Ihnen, es geht.« Lucasta bog den Kopf des Babys noch weiter zur Seite, und im nächsten Augenblick kam er heraus. »Sehen Sie? Ein Kinderspiel. Später werden Sie Videos von sieben verschiedenen Arten von Geburten sehen. Wenn Sie sich erst einmal an den Gedanken gewöhnt haben, wird das alles Ihnen nicht mehr so beängstigend erscheinen.«

»Ich könnte mir eine Million Videos ansehen«, fuhr die junge Frau fort, die Julia von Minute zu Minute besser gefiel, »ich werde meine Meinung trotzdem nicht ändern. Was ich will, ist eine schmerzfreie Entbindung.«

»Aber«, wandte Ayrian ein, der das alles schließlich nicht über sich ergehen lassen musste, »Sie wollen doch sicher die ganze Erfahrung einer Geburt erleben? Wie wollen Sie sich jemals wie eine richtige Mutter fühlen, wenn Sie keine Schmerzen gehabt haben?«

»Genauso, wie Sie sich als Vater fühlen werden, obwohl Sie ja auch keine Schmerzen haben«, antwortete die junge Frau.

Julia applaudierte; ein oder zwei andere Frauen folgten ihrem Beispiel.

»Aber wenn das Baby nicht durch den Geburtskanal zur Welt kommt«, meldete sich Thrush zu Wort, »dann muss es als Erwachsener wiedergeboren werden.«

»Schei ... Quatsch«, sagte die junge Frau mit einem vernichtenden Blick in Thrushs Richtung.

Lucasta griff ein. »Ich werde Ihnen gewiss nicht erzählen, dass eine Entbindung schmerzlos vonstatten geht«, meinte sie. »Aber es sind Schmerzen, die einen Sinn haben, und die allermeisten Mütter haben hinterher das Gefühl, dass sich jede Sekunde gelohnt hat. Wenn Sie ein gesundes Baby im Arm halten, wird alles, was Sie hinter sich haben, bedeutungslos. Es sind Schmerzen, die Sie anschließend gleich vergessen. Das sagen jedenfalls die Frauen«, fügte sie hastig hinzu.

»Hm, das ist ja alles schön und gut. Aber niemand gibt einem eine Medaille dafür, dass man sein Baby unter besonderen Qualen bekommen hat«, beharrte Julias Seelengefährtin. »Vielleicht sollte ich in eine Privatklinik gehen!«

Alle lachten, und Julia dachte, dass der Geburtsvorbereitungskurs durchaus erträglich sein würde, solange diese Frau ihn weiter besuchte. »Das war ziemlich gruselig, Fergus«, bemerkte sie, als sie zwei Stunden später endlich nach Hause gehen durften. Ohne nachzudenken, stieg sie in Fergus' Wagen. »Muss ich da wirklich noch mal hin? Kann ich das Ganze nicht einfach auf mich zukommen lassen? Unwissenheit ist schließlich oft ein Segen.«

»Ich glaube nicht, dass eine Entbindung ein Zuckerschlecken ist, ob man sie nun unwissend angeht oder nicht, und ich halte es für eine gute Idee, sich vorher zu informieren.«

»Also, diese Videos sehe ich mir jedenfalls nicht an. Ich sehe mir nicht an, wie ein Baby zur Welt kommt. Meine Schwester hat mir erzählt, dass das völlig überflüssig ist. Sie hat drei Kinder bekommen und sich nie irgendetwas angesehen.«

»Ich werde mir die Videos anschauen und dir alles Wissenswerte berichten.«

Mit einem Schlag wurde Julia bewusst, dass sie sich nach Hause fahren ließ, statt wie auf dem Hinweg zu Fuß zu gehen. Irgendwie waren sie seit Fergus' Auftauchen bei dem Kursus ein Paar geworden, verbunden durch medizinische Anagramme und ein Plastikbecken. Sie musste dem sofort einen Riegel vorschieben, denn dies war genau der schlüpfrige Boden, auf dem man so leicht ausrutschen konnte. Wenn sie sich von dieser scheinbaren Idylle verführen ließ – wie würde sie sich dann fühlen, wenn alles auseinander brach?

»Fergus«, begann sie, kurz bevor sie bei ihrem Cottage ankamen. »Ich glaube, du hast das nicht verstanden. Ich bekomme dieses Baby, nicht du. Du bist nicht mein ›Partner‹.« Sie zog eine Grimasse, als sie das Wort aussprach, denn sie hatte es den ganzen Abend lang bis zum Erbrechen zu hören bekommen.

»Ich bin der Vater deines Kindes. Ich habe das Recht, alles zu tun, das die Ankunft dieses Babys auf der Welt so leicht und gefahrlos wie nur möglich macht.«

Julia war plötzlich müde und schlecht gelaunt. Sie hatte einen langen Abend hinter sich. »Manchmal habe ich den Eindruck, dass dieses Baby mehr deins ist als meins.«

»Ach ja? Dann weißt du ja, wie ich mich fühle!«

»Falls es dir entgangen ist: Das Baby *ist* mehr meins als deins. Es ist in meinem Bauch. Ich bin diejenige, die die Wehen durchstehen muss.«

»Darüber bin ich mir absolut im Klaren.«

»Dann wäre ich dir sehr verbunden, wenn du mich einfach in Ruhe lassen und dich nicht länger einmischen würdest.«

»Schön. Wenn du es so haben willst ... Das wird mir eine Menge Zeit sparen.«

»Gut.«

Fergus bremste vor Julias Cottage. »Also, möchtest du immer noch Fahrunterricht bei mir nehmen? Oder gilt auch das als ›Einmischung‹?«

Julia ließ ihren Sicherheitsgurt aufspringen und tastete nach dem Türöffner. »Ich werde richtigen Fahrunterricht nehmen.«

»In Ordnung.« Er blickte stur geradeaus und wartete darauf, dass sie ausstieg.

Zu spät erinnerte sie sich daran, wie viel er bisher für sie getan hatte. »Nicht dass ich dir nicht äußerst dankbar für all die Stunden wäre, die du mir bereits gegeben hast, aber ich kann deine Gutmütigkeit unmöglich länger ausnutzen.«

»Ganz wie du willst. Und wenn du jetzt bitte aussteigen würdest? Ich möchte nach Hause. Ich habe nämlich noch ein eigenes Leben, neben deinem.«

Sie stieg unbeholfen aus dem Wagen. »Es tut mir wirklich Leid, dass ich schon so viel von deiner Zeit in Anspruch genommen habe, Fergus«, meinte sie, als sie endlich auf dem Gehsteig stand. »Bitte, sei versichert, dass es nicht wieder vorkommen wird!« Sie schlug die Tür zu und stolzierte davon.

Dieser verdammte Fergus! Schließlich hatte er ihr seine Hilfe freiwillig angeboten. Sie hatte ihn nicht darum gebeten. Und jetzt rieb er ihr all das unter die Nase! Nun, sie würde auch ohne seine Hilfe Auto fahren lernen. Genauso wie sie das Baby ohne ihn bekommen würde. Julia ging nach oben ins Badezimmer, ließ sich ein Bad ein, gab eine großzügige Portion Badeöl in die Wanne und versuchte nicht daran zu denken, dass sie in weniger als einem Monat Auto fahren können musste. Das ohne Fergus zu bewerkstelligen, würde in der Tat schwierig werden. Schwierig, aber nicht unmöglich, sagte sie sich, während sie sich die Kleider vom Leib riss. »Brauchen wir ihn, Baby? Nein, tun wir nicht!«

Das Baby bekundete mit einem heftigen Strampeln seine Zustimmung. »So ist es brav«, lobte Julia. »Du bist auf Mummys Seite.«

Dann entzündete sie eine trostspendende Vielzahl von Duftkerzen und dachte über einen Namen für ihr Kind nach.

KAPITEL 23

Zehn Minuten vor ihrer ersten Fahrstunde bekam Julia einen Anruf von ihrem Bruder Rupert. Sie war Dutzende von Anzeigen in den *Gelben Seiten* durchgegangen und hatte schließlich einen Lehrer gefunden, der bereit war, ihr Unterricht zu geben. Aber wenn ihr noch einmal jemand sagte: »Sie brauchen eine Fahrstunde für jedes ihrer Lebensjahre«, würde sie einen Schreikrampf bekommen. So viele Stunden konnte sie sich nicht leisten.

»Oh, Rupert, ich habe keine Zeit, um mit dir zu schwatzen, ich muss zur Fahrstunde.«

»Ach ja? Oh. Nun, ich schwatze nie. Wir müssen etwas wegen dieser Sache mit Strange's bereden.«

»Ah ... Haben Sie an der Stelle gesucht, die ich erwähnt habe?«

»Ja, und sie haben die Papiere gefunden. Was sie nun gern wüssten, ist, woher du wusstest, dass die Papiere dort sein würden. Und ich muss zugeben, ich finde, das ist eine faire Frage.«

Natürlich war sie fair. Nur schade, dass Julia sie unmöglich beantworten konnte. »Oh, hm, freut mich, dass sie alles gefunden haben. Aber ich *wusste* nicht, dass die Papiere dort waren. Ich hielt es nur für möglich. Darren hat schon einmal etwas verloren, das sich später in seinem Aktenschrank wiedergefunden hat.«

»Nun, anscheinend haben die Mädchen im Büro dort schon früher nachgesehen. Ihnen – und mir – kommt die Sache höchst verdächtig vor.«

»Rupert?« Julia ließ eisige Ungläubigkeit in ihrer Stimme mitschwingen. »Willst du etwa damit andeuten, dass ich die Papiere irgendwie in Darrens Aktenschrank geschmuggelt habe? Dass ich sie die ganze Zeit in meinem Besitz hatte und es irgendwie geschafft habe, sie zurückzulegen? Wenn ja, würde ich schrecklich gern hören, wie ich das angestellt haben sollte. Wahrscheinlich bin ich mitten in der Nacht dort eingebrochen. Habe die Alarmanlage ausgeschaltet, mir Kopien von sämtlichen Schlüsseln besorgt und die Papiere einfach ›zurückgelegt‹. Ich frage dich das nur sehr ungern, Rupert, alter Knabe, aber worauf willst du hinaus?«

»Ich hab doch nur gefragt, Ju.«

Julia legte den Hörer triumphierend auf die Gabel. Bisweilen war es doch sehr nützlich, eine äußerst sarkastische Schuldirektorin gehabt zu haben. Sie freute sich so darüber, dass sie mit ihrem heimtückischen Verbrechen durchgekommen war und den vollkommen zutreffenden Verdacht ihres Bruders zerstreut hatte, dass sie ganz vergaß, Angst vor ihrer Fahrstunde zu haben.

»Sie fahren recht ordentlich, wissen Sie das?«

Julia schaltete die Zündung aus und wartete auf den Zusatz: »Für eine Frau, noch dazu eine schwangere«, aber der Mann neben ihr sagte nichts derartiges.

»Wer auch immer Ihnen bisher Fahrstunden gegeben hat, hat seine Sache nicht schlecht gemacht.« Mike lächelte sie an.

Er war, wie Julia schließlich herausgefunden hatte, im Grunde richtig nett. Er ließ sie in jeder Unterrichtsstunde nach Oxford fahren und am Kanal entlang, bis sie die Strecke auswendig kannte. Jetzt fühlte sie sich der Fahrt gewachsen, die sie in Zukunft täglich unternehmen würde und die der eigentliche Grund war, warum sie fahren lernen musste. Langsam verlor auch der Gedanke an die Führerscheinprüfung seinen Schrecken.

Sie hatte noch vier Doppelstunden Unterricht, bevor sie das nächste Mal zum Geburtsvorbereitungskurs musste. Im gleichen Maße wie ihre Fähigkeiten als Autofahrerin gewachsen waren, hatte sie auch an Selbstbewusstsein gewonnen. Mike hatte sie bereits für die Prüfung angemeldet. Julia beschloss, Fergus endgültig an seinen Platz zu verweisen. Am Dienstagnachmittag rief sie ihn an. Sein Anrufbeantworter sprang an.

»Ich bin es. Julia. Ich rufe nur an, um dir zu sagen, dass ich es für besser hielte, wenn du heute Abend nicht zum Kurs kommen würdest, es ist zu verwirrend für alle, und ich möchte dich wirklich nicht dabeihaben. Du brauchst nicht zurückzurufen. Bis dann.«

»Das sollte ihm eigentlich einen Dämpfer versetzen«, murmelte sie vor sich hin, als sie den Hörer auflegte.

So war es tatsächlich, aber es enttäuschte sie dennoch festzustellen, wie oft sie im Laufe des Abend zur Tür schielte, um zu sehen, ob er nicht doch noch auftauchen würde.

Es war keine Überraschung für sie, als Lucasta sie nach dem Unterricht bat, kurz auf sie zu warten. Die Kursus-Teilnehmer hatten den Abend damit zugebracht, sich Videos über verschiedene Entbindungstechniken anzusehen. Julia hatte die Augen fest geschlossen gehalten.

»Also, wie liegen die Dinge mit Fergus?«, fragte Lucasta auf eine ganz und gar unhebammenmäßige Weise. »Ich gehe doch recht in der Annahme, dass er der Vater ist?«

»Ja, und er hat angeboten, mich zu heiraten doch ich habe seinen Antrag abgelehnt. Er möchte viel mehr mit dem Baby zu tun haben, als mir mir lieb ist.«

»Warum?«

»Weil er sich Kinder wünscht und seine erste Frau ihre Karriere nicht für ein Kind aufgeben wollte.«

»Nein, ich meinte, warum möchten Sie nicht, dass er sich für das Kind engagiert? Es ist doch immer schön, einen Freund bei sich zu haben.«

»Das sicher, es wäre schön, einen Mann zu haben, der mit mir ins Krankenhaus geht und so weiter.« Einen Augenblick lang dachte sie an die anderen Paare aus dem Kurs, die echte Paare waren, nicht nur zwei Leute, die sich flüchtig kannten. »Aber wenn wir wirklich heiraten würden, könnte die Ehe unmöglich halten, und ich finde es besser, etwas, das mit Tränen enden wird, gar nicht erst anzufangen.«

Julia erwartete erheblich mehr Einwände, aber Lucasta

erwiderte nur: »Schade, er schien mir ein netter Kerl zu sein.«

»Er ist ein netter Kerl. Ich gebe Ihnen seine Telefonnummer, wenn Sie wollen«, sagte Julia.

Lucasta lachte. »Nein, tut mir Leid. Ich bin schon vergeben. Sehen Sie sich das hier an.« Mit diesen Worten zog sie ein Goldkettchen aus dem Ausschnitt ihrer Bluse. An der Kette baumelte ein Ring mit einem Diamanten von spektakulärer Größe und wunderbarem Glanz. »Ich möchte ihn bei der Arbeit nicht tragen, damit ich niemanden schneide, aber ist der Ring nicht einfach himmlisch? Wir wollen im Frühling heiraten.«

»Wow«, murmelte Julia. »Atemberaubend.«

»Manchmal«, bemerkte Lucasta rätselhaft, »ist eine Bindung durchaus lohnend.«

Am Tag bevor Julia den schriftlichen Teil der Fahrprüfung ablegen sollte, gab Mike ihr ein Buch mit den Fragen, die man ihr wahrscheinlich stellen würde. In dieser Nacht arbeitete sie das Buch durch und zwang das Wissen mühsam in ihr müdes Gehirn.

»Es ist ein Kinderspiel«, versicherte Mike, nachdem Julia – sehr akkurat – vor dem Prüfungszentrum eingeparkt hatte. »Sie können gehen, sobald Sie fertig sind. Kommen Sie einfach raus, und wir machen die nächste Fahrstunde. Habe ich Ihnen eigentlich schon erzählt, dass Ihr Prüfungsdatum gekommen ist? Jemand ist abgesprungen. Sie kommen schon nächste Woche dran.«

Diese Information erschütterte Julia ein wenig, aber die Fragen, die man ihr stellte, waren in der Tat einfach. Das Multiple-Choice-System hatte ihr noch nie Probleme bereitet, vielleicht deshalb, weil sie als Teenager viele solcher Tests gemacht hatte, um mehr über sich selbst zu erfahren. *Teste dich selbst: Wie sinnlich bist du? Bist du ein Schmusekätzchen, oder bist du es nicht?*, und *Bist du eine gute Freundin oder eine Schönwetterfreundin? Wür-*

dest du deine beste Freundin im Stich lassen, wenn ein Junge im Spiel wäre? Man konnte bei diesem Tests immer erkennen, welche Antworten einem die besten Ergebnisse einbringen würden.

»Alles gut gelaufen?«, fragte Mike, als Julia herauskam. Sie nickte. »Gut, ich dachte, wir fahren heute mal nach Swindon.«

»Swindon? Ist das besonders schwierig?«

»Nein. Ich muss da bloß etwas besorgen.«

»Das heißt, ich fahre Sie also nur zum Einkaufen?«

»Genau. Trödeln Sie nicht.«

Julia war vor ihrer Prüfung nicht einmal übermäßig nervös. Natürlich würde sie schrecklich enttäuscht sein, wenn sie durchfiel, aber im Grunde rechnete sie damit. Und das Wissen, dass sie einen Wagen mit doppelter Bedienung fahren würde, sodass sie wahrscheinlich niemanden töten und auch selbst nicht getötet werden würde, half ihr. Sie kannte die Prüfungsstrecke genauso gut, wie sie die Strecke von ihrem Haus zur *Pyramus* in Oxford kannte. Ihre Gedanken wanderten noch einmal zu dem Boot, das bei ihrem letzten Besuch schon dort gelegen hatte.

»Also, wann wird das Baby erwartet?«, fragte ihr Prüfer mit einem unsicheren Blick auf ihren gewölbten Bauch. Er war ein freundlicher Mann in mittleren Jahren. »Ich habe selbst vier Kindes zu Hause.«

»Nicht vor Anfang Februar, also machen Sie sich keine Sorgen. Es wird nicht schon heute kommen.«

»Trotzdem, ich finde, wir sollten auf die Notbremsung bei hoher Geschwindigkeit verzichten. Wenn Sie dann so weit sind, fahren Sie einfach los ...«

Julia beendete ihre Serie von Telefonaten, und das Ohr tat ihr weh von all den Glückwünschen zu ihrer bestandenen Prüfung, die alle möglichen Leute durch den Hörer geschickt hatten. Aber der eine Mensch, dem sie es wirklich erzählen wollte und der es mehr als irgendjemand sonst verdiente, die gute Nachricht zu hören, war Fergus. Der gute Start, den sie ihm verdankte, hatte es ihr überhaupt erst ermöglicht, die Prüfung so schnell abzulegen. Also, warum konnte sie sich nicht wie ein erwachsener Mensch benehmen und sich bei ihm bedanken?

Nun, das konnte sie durchaus. Sie konnte ihn nur nicht anrufen und es ihm erzählen. Julia wollte nicht mit ihm reden, und sie wollte auch keine Nachricht auf seinem Anrufbeantworter hinterlassen. Sie entschied sich für eine Postkarte. Es war ein Glücksfall, dass sie vor einigen Jahren einen Stapel Weihnachtskarten gekauft hatte, die noch nicht aufgebraucht waren. Die Karten trugen geschmackvolle Bilder von Tierbabys in entzückenden Posen, und sie hatte wirklich viele davon, was sich als sehr günstig erwies. Denn jedes Mal, wenn sie zu schreiben begann, machte sie irgendeinen Fehler und musste das Wort durchstreichen und von neuem anfangen. Als nur noch zwei Karten übrig waren, kam Julia endlich dahinter, dass sie das, was sie zu sagen hatte, auf ein Stück Papier vorschreiben sollte. Dann würde sie es in ihrer schönsten Handschrift auf die Postkarte schreiben, die ein Kätzchen mit Schleife um den Hals zeigte, das aus einem Korb blauer Rosen hervorlugte. Schließlich brachte sie folgenden Text zustande:

Lieber Fergus, ich schreibe dir nur, um dir mitzuteilen, dass ich meine Fahrprüfung bestanden habe und dir für all deine Hilfe in dieser Angelegenheit danken möchte.

Der Text war nicht ideal, und beim Anblick des Kätzchens würde Fergus wahrscheinlich übel werden, aber die Karte genügte. Hätte sie es sich selbst eingestehen können, hätte sie geschrieben, dass sie ihn vermisste und ihm gern ein schönes Essen gekocht hätte, als Dankeschön für all die Zeit und Mühe, die er für sie aufgewandt hatte. Es war das Mindeste, das sie ihm schuldete. Schließlich beschloss sie, ihn zu einem Essen auf dem Boot einzuladen, wenn sie sich dort etwas eingelebt hatte.

»So, bitte schön, junge Frau. Ein Lieferwagen, ordnungsgemäß abgeliefert.«

Es war ein pechschwarzer Abend, und es regnete, und der Mann, der ihr nun die Schlüssel vor die Nase hielt, trug eine Motorradausrüstung aus schwarzem Leder. Sein Freund war ihm auf einer Harley Davidson gefolgt, deren Lichter die nähere Umgebung erhellten.

»Vielen Dank.« Julia nahm die Schlüssel entgegen, als erwartete sie, dass sie jeden Augenblick explodierten. Es schien ihr eine zu große Verantwortung zu sein, Autoschlüssel in ihrem Besitz zu haben.

»Auf dem Beifahrersitz liegt eine Akte mit ein paar Speisekarten und solchen Dingen. Also, ich könnte einmal mit Ihnen um den Block fahren und Ihnen die kleinen Eigenheiten des Wagens erklären ...« Julia öffnete schon den Mund, um ihn beim Wort zu nehmen. »Aber das ist im Grunde vollkommen unnötig. Er fährt wirklich gut. Das einzige Problem ist die Tankuhr. Sobald der Tank nicht mehr voll ist, zeigt sie einen halb leeren Tank an, das heißt, Sie müssen sich notieren, wie viele Meilen Sie gefahren sind. Also, sonst ist alles klar, ja?«

Da es ihr offensichtlich nichts bringen würde zu erklären, dass sie gerade erst die Führerschein-Ptüfung bestanden hatte, und da es dunkel war und regnete und sie schwanger war, antwortete sie: »Nein. Ich komme schon zurecht, vielen Dank. Sie können beruhigt nach Hause fahren. Sind Sie der Bootsmann?«

Er nickte. »Ja. Ich werde dabei sein, wenn Sie anfangen. Dienstagabend, nicht wahr?«

»Stimmt.«

»Also dann, bis dahin.« Er hob die Hand zu einem flüchtigen, aber gutgelaunten Gruß und schwang sich auf den Sattel der Harley. Sein Freund schleuderte ein paar Hundert Dezibel und eine beträchtliche Menge fossiler Brennstoffe in die Luft, dann donnerten sie davon.

Julia beäugte ihre neue Verantwortung. Die gelbe Straßenlaterne machte es ihr unmöglich festzustellen, welche Farbe der Lieferwagen hatte, aber er war in der traditionellen Weise der Kanalboote bemalt, mit einer Aufschrift in schwungvoll geschlängelten Buchstaben und einigen Girlanden aus Rosen und Margeriten, die sich um den Namen rankten. Nur schade, dass *La Barge Baguette* darauf stand statt *Pyramus*, aber daran ließ sich nun einmal nichts ändern.

Sie ließ die Schlüssel in ihrer Hand baumeln. Wie oft hatte sie nicht die Frage gehört: »Wo sind meine Autoschlüssel?« Jetzt würde sie selbst sie stellen. Sie nahm sich vor, den Schlüsseln einen speziellen Haken zuzuweisen, damit sie sie nicht verlegte.

Eine kribbelnde Erregung verdrängte ihre Angst. Sie hatte gelernt, Auto zu fahren, und würde jetzt als Köchin auf einem Restaurantboot Unmengen Geld verdienen.

Julia dachte über die verschiedenen Möglichkeiten nach, die sie nun hatte. Sie konnte sich die Speisekarten und die anderen Unterlagen aus dem Wagen holen und sie sich im Haus ansehen. Oder sie konnte tun, was sie halb fürchtete, halb ersehnte: nämlich auf den Fahrersitz steigen und losfahren. Das Baby strampelte ermutigend. Sei kein Feigling, schien es ihr zu sagen. Julia überzeugte sich davon, dass sie ihren Hausschlüssel bei sich hatte und die Tür geschlossen war, dann stieg sie in den Lieferwagen und schob zaghaft den Schlüssel ins Zündschloss.

Sie ließ den Sitz ein Stück nach vorn gleiten, zog den Sicherheitsgurt über ihren dicken Bauch, stellte sich die Spiegel ein und ließ schließlich den Motor an.

Zuerst konnte sie es einfach nicht fassen, dass sie allein ein Auto fahren durfte. Und der Lieferwagen unterschied sich sehr von den beiden Autos, die sie bisher gefahren hatte, aber nach einigen Minuten gewöhnte sie sich daran. Das Gefühl, etwas geleistet zu haben, linderte die Schmerzen in ihrem Rücken und vertrieb ihre Sorgen, dass sie nach zwei Monaten Pause vielleicht kein anständiges Essen mehr würde zubreiten können. Sie konnte Auto fahren, sie war eine richtige, erwachsene Frau. Sie besaß die lebenswichtigen Fertigkeiten.

Julia hatte sich mit Suzy auf dem Boot verabredet, und es tat gut, sie wiederzusehen. Die Freundin hatte eine neue Frisur, sehr kurz und schick, und sah hübscher aus denn je. Sie umarmte Julia.

»Ganz wie in alten Zeiten! Nur dass ich es einfach nicht fassen kann, wie dick du geworden bist! Wie aufregend das alles ist! Du erlaubst mir doch, Patentante zu werden, ja? Es juckt mir in allen Fingern, dem Kind unpassende Geschenke zu machen und mit ihm in Kinofilme zu gehen, für die es noch zu jung ist.«

Julia erwiderte ihre Umarmung. »Natürlich. Ich möchte für mein Kind keine andere Patentante haben als dich. Und es ist so schön, wieder auf der *Pyramus* zu sein und mit dir zusammenzuarbeiten.« Julia zwängte sich in die Kombüse und sah sich um.

»Es ist alles ein bisschen durcheinander«, meinte Suzy.

»Ich habe versucht, etwas Ordnung zu schaffen, aber du weißt ja, ich bin eine Niete, wenn es ums Putzen geht.«

»Ja«, stimmte Julia zu. »Ich weiß. Aber erzähl mir von Wayne. Wie kommt er auf dem College zurecht?«

»Der Kurs hat ihm erst überhaupt nicht gefallen, und er wollte am liebsten alles hinschmeißen, aber ich habe ihm gesagt, dass es bestimmt bald besser werden würde, und ich hatte Recht.«

Julia lächelte. »Dann bist du also eine Art Mutter für ihn?«

»Ganz und gar nicht. Eher so etwas wie eine Ehefrau oder eine Partnerin ... Wo wir gerade beim Thema sind, wie geht es eigentlich Fergus?«

Da ihr klar war, dass sie dieses Thema nicht dauerhaft würde umschiffen können, stieß Julia einen tiefen Seufzer aus. »Na schön. Ich erzähle dir sämtliche schaurigen Einzelheiten, während wir putzen. Wir haben morgen unsere erste Reservierung, falls du das noch nicht weißt.«

»Natürlich weiß ich es! Ich habe das arrangiert!«

Sie waren immer noch ein gutes Team. Als die Gäste am nächsten Abend kamen, war das Boot in einem Zustand, dass es sowohl der Inspektor von der Gesundheitsbehörde als auch Oscars Mutter hätten gutheißen müssen. Und die Düfte aus der Kombüse hätten jeden Diätfanatiker ins Wanken gebracht.

Julia hatte sich alle Speisekarten angesehen, sie leicht überarbeitet, damit sie persönlicher wirkten, und bereits sehr viel zu Hause vorgekocht, wo sie mehr Platz und besseres Handwerkszeug hatte (Suzy hatte ihr eine Küchenmaschine geschenkt, als Ausgleich dafür, dass sie nicht für das Baby strickte). Sie hatte Pfefferkuchen gebacken, Lammfleisch mariniert und hatte Stunden darauf verwandt, einzelne Zwiebelkuchen zu backen, Räucherlachs in Quadrate zu schneiden und alle möglichen anderen, witzigen, kniffligen Dinge zu tun, für die sie im Sommer nie die Zeit gefunden hatte. Es überraschte sie, wie sehr ihr diese Arbeit gefiel. Es machte Spaß, ein Abendessen vorzubereiten, wenn man nicht vorher schon für Frühstück, Mittagessen und Tee hatte sorgen, acht Kabinen putzen und drei Klos hatte auspumpen müssen.

Weitaus schwieriger war es für sie, sich in der Kombüse zu bewegen. Anders als Julia, hatte sich die Kombüse seit ihrer letzten Begegnung nicht ausgedehnt, und sie kam ihr jetzt viel enger vor als früher. Immer wieder wurde ihr Bauch nass, etwas, was ihr noch nie zuvor passiert war. Wahrscheinlich lag es daran, dass sie sich vorbeugen musste, um abzuwaschen, und es schien ihr selbst nicht recht bewusst zu sein, wie weit sich ihre Leibesfülle erstreckte. Auch ihr Gleichgewichtssinn war nicht mehr das, was er einmal gewesen war, und sie landete ein paarmal rücklings auf dem Fußboden, wenn sie etwas aus den unteren Schränken räumte.

Aber sie war mehr als bereit, als sie die ersten Gäste erwarteten, eine Gesellschaft von College-Leuten, die im Voraus gebucht hatte.

»Mist! Fergus ist dabei!«, sagte sie zu Suzy, als sie die ersten Autos vorfahren sah.

»Macht dir das denn etwas aus? Ich dachte, ihr beide stündet auf freundschaftlichem Fuß miteinander.«

»Nun ja, irgendwie schon, und nein, natürlich macht es mir nichts aus, es ist bloß so: Immer wenn ich mich darauf vorbereite, dass er kommt, dann taucht er nicht auf.« Sie spähte aus dem Fenster, die Hände um ihr Gesicht gelegt, um besser sehen zu können. »O mein Gott, das ist sein Auto, jedenfalls sieht es ihm sehr ähnlich.«

Die Gäste kamen alle pünktlich an, und Julia hatte Recht mit ihrem Verdacht: Fergus war einer von ihnen. Das Boot legte zu einer kurzen Kanalfahrt ab. Was irgendjemand bei der Dunkelheit draußen zu sehen hoffte, wusste Julia nicht, aber sie musste zugeben, dass die Fahrt durch die Finsternis, vorbei an den Lichtern Oxfords, dem Abend einen gewissen Reiz verlieh.

Es war natürlich sinnlos zu versuchen, Fergus aus dem Weg zu gehen, aber Julia tat es trotzdem. Sie hielt den Kopf gesenkt, während sie die Schüsseln herumreichte, und sie blickte nicht ein einziges Mal über die Schwingtür, obwohl sie schrecklich gern gewusst hätte, ob die Leute sich amüsierten. Sie überlegte sogar, ob sie nicht an einer Brücke von Bord gehen sollte, nachdem sie den Pudding serviert hatte, entschied sich dann aber dagegen. Sie war nicht mehr so beweglich wie früher, und es würde ein langer, schlammiger Fußmarsch über den Treidelpfad werden, bevor sie den Lieferwagen erreichte.

Und obwohl sie in gewisser Weise mit Fergus rechnete, als er vom Tisch aufstand und in die Kombüse kam, war sie doch nicht auf den Ansturm der Gefühle vorbereitet, die sein Anblick in ihr auslöste. Sie strich sich das Haar aus dem Gesicht, um ihr jähes Verlangen zu überspielen, sich ihm in die Arme zu werfen.

»Du bist also hier«, begann er.

»Wie du siehst. So war es ja auch geplant. Ich hatte allerdings nicht damit gerechnet, dich hier zu sehen. Obwohl du es gewusst haben musst, als ich dir das erste Mal davon erzählt habe.«

»Du wirst es mir sicher nicht glauben, aber zu dem Zeitpunkt wusste ich noch nicht, wohin wir gehen würden. Ich wusste nur, dass ich mit einigen Kollegen zum Abendessen verabredet war. Als ich dann erfuhr, dass wir auf diesem Boot gebucht hatten, da hast du bereits nicht mehr mit mir gesprochen.«

»Dann bist du also nicht hergekommen, um mir nachzuspionieren?«

»Natürlich nicht.« Er wirkte so gekränkt, als hätte er

niemals irgendwelche Vorschläge gemacht, was ihre Vorbereitungen für die Mutterschaft betraf, als hätte er niemals ein Wort über ihre mangelnde Lebenstüchtigkeit verloren. »Du bist dicker geworden«, fügte er hinzu.

»Wahrscheinlich.« Julia ertappte sich dabei, wie sie in seinem Gesicht nach Zeichen des Abscheus forschte. Sie konnte nichts dergleichen entdecken, aber andererseits konnte man sich bei Fergus nie sicher sein. »Das ist normal.«

»Ich weiß. Aber ich hätte nicht gedacht, dass mir die Veränderung auffallen würde. So lange ist es doch gar nicht her, dass wir uns das letzte Mal gesehen haben, oder?«

»Keine Ahnung.« Genau genommen war es ein halbes Leben her, aber das würde sie nicht zugeben, nicht einmal sich selbst gegenüber.

Fergus versuchte noch einmal, Konversation zu machen. »Vielen Dank übrigens, dass du mir von deiner bestandenen Führerscheinprüfung geschrieben hast.«

Das war ihre Chance, sich wirklich bei ihm zu bedanken, aber es war ihr noch nie leicht gefallen, Fergus zu danken. »Tut mir Leid, dass es so eine grässliche Karte war, aber etwas Besseres hatte ich nicht zur Hand ... Ich hätte es ohne dich nicht geschafft«, fügte sie schroff hinzu, den Blick auf seinen Bauch geheftet. Ihr fiel auf, dass seine Taille weder ein Zeichen einer bevorstehenden Vaterschaft noch den Absatz eines Bierbauchs zeigte.

»Ich bin sicher, du hättest es auch ohne mich geschafft.«

»Es hätte viel länger gedauert.« Julia hob den Blick; sie musste ziemlich idiotisch aussehen, wie sie da auf seinen Bauch starrte. »Aber wie du siehst, kann ich jetzt Auto fahren, und es macht mir großen Spaß, wieder zu kochen. Wenn die *Barge Baguette* erneut die Arbeit aufnimmt, habe ich jede Menge Kontakte geknüpft, und man wird mich bitten, für Dinnerpartys und ähnliche Anlässe zu kochen.«

»Du willst mir mit anderen Worten sagen, dass für dich und das Baby gesorgt sein wird und du meine Hilfe nicht brauchst?«

Julia wandte den Blick von seinen Augen ab. Selbst wenn sie diese Augen näher erforscht hätte, hätte sie niemals herausfinden können, was er wirklich dachte, daher gab sie ihm nicht die Chance festzustellen, wie verworren ihre eigenen Gefühle waren. »Ja, so ungefähr. Ich kann genug Geld für uns beide verdienen.«

»Ich verstehe. Nun, ich will deine Zeit nicht länger in Anspruch nehmen. Ich sehe, du bist beschäftigt.«

»Furchtbar beschäftigt. Ich muss den ganzen Abwasch erledigen.«

»Ich werde dir nicht anbieten, dir dabei zu helfen.«

»Nein, bitte tu das nicht. Ich könnte unmöglich einem zahlenden Gast erlauben, den Abwasch zu machen.«

»Natürlich. Also dann, gute Nacht, Julia.«

»Gute Nacht.« Sie wandte sich ab, damit er ihre Tränen nicht sehen konnte.

Das Restaurantboot war über den ersten und zweiten Weihnachtstag geschlossen. Julia wollte diese Zeit bei ihrer Schwester verbringen, die auch ihre Mutter zu Besuch hatte. Ihr Bruder und seine Familie wurden zum Weihnachtsessen erwartet. Am zweiten Weihnachtstag wollten sie dann alle zusammen zum Tee zu ihm gehen. Julia sah dem Ganzen mit Grausen entgegen. Sie hatte während ihrer Schwangerschaft nur telefonischen Kontakt zu ihrem Bruder gehabt, und es war ihr nie gelungen, seine Frau lieb zu gewinnen, eine dünne, nervöse Person, die ständig an ihren Kindern herumnörgelte.

Andererseits war es schön, ihre Mutter und ihre

Schwester wiederzusehen, und zusammen schälten sie Kartoffeln, putzten Rosenkohl und entwarfen eine neue Füllung, beeinflusst von einem Dutzend verschiedener Kochbücher, und spickten zu guter Letzt noch den Pudding mit Pfundmünzen. Das war für Julia immer der schönste Teil des Weihnachtsfestes, alles andere schien schlicht und einfach harte Arbeit zu sein.

Die Kinder ihres Bruders beäugten voller Ehrfurcht Julias Bauch, da man ihnen offensichtlich eingeschärft hatte, ihn auf keinen Fall zu erwähnen. Woraufhin Julia sie prompt fragte, ob sie sich auf ihren neuen Cousin oder ihre neue Cousine freuten und ob sie vielleicht mal fühlen wollten, wie das Baby sich bewegte? Nachdem die Weihnachtsfeier für beendet erklärt worden war und sie sich alle wieder in Ruperts Firmenwagen gezwängt hatten, war Julia klar, dass sie in den Augen ihres Bruders und ihrer Schwägerin nicht auf Platz eins rangierte, dass sie aber bei ihren Kindern einige Punkte wettgemacht hatte.

»Du brauchst heute Abend nicht nach Hause zu fahren«, meinte ihre Schwester, die missbilligend zusah, wie Julia am Tag nach dem zweiten Weihnachtstag ihr Gepäck in den Lieferwagen packte. »Warum bleibst du nicht noch eine Nacht? Schließlich ist Weihnachten.«

»Nein, du brauchst auch etwas Zeit allein mit deiner Familie.«

»Solange Mom da ist, kannst du ebenso gut bei uns bleiben.«

»Nein. Ich möchte mich daran gewöhnen, offizielle Feiertage allein zu verbringen.« Es sollte eigentlich ein Witz sein, aber als sie den Worten nachlauschte, begriff sie, dass es die Wahrheit wahr.

Ihre Schwester wäre um ein Haar in Tränen ausgebrochen. »Niemals, solange ich lebe und atme, wirst du Weihnachten allein verbringen müssen.«

»Schon gut, schon gut, du brauchst nicht so einen Wirbel zu machen. Jetzt muss ich noch mal rein und Mom Auf Wiedersehen sagen.«

Dieser Abschied dauerte ziemlich lange, obwohl sie einander wiedersehen würden, sobald das Baby auf der Welt war. Margot wollte sich um Julia kümmern, wenn sie aus dem Krankenhaus kam.

»Also, bist du dir auch ganz sicher, dass du mich nicht bei der Geburt dabeihaben willst?«, fragte Margot zum x-ten Mal.

»Absolut sicher. Angela wird mich ins Krankenhaus fahren und sich um mich kümmern. Du kannst in den Wagen springen, sobald sie dich anruft, um dir mitzuteilen, dass das Baby da ist.«

»Bist du dir sicher?«, wiederholte Margot gleich noch mehrere Male, aber schließlich und endlich kannte Julia doch fahren.

»Liebes kleines Auto«, sagte sie und tätschelte das Armaturenbrett des Lieferwagens. »Ich liebe dich inniglich. Wenn ich dich zurückgeben muss, muss ich mir sofort selbst ein Auto kaufen.«

Sie nahm ein Bad, schlüpfte in den gewaltigen Morgenmantel aus rotem Fleece, den ihre Mutter ihr zu Weihnachten geschenkt hatte (obwohl eigentlich die Fahrstunden ihr Geschenk hatten sein sollen), zündete ein Feuer an und machte sich auf einen gemütlichen Abend zu Hause gefasst. Sie wollte den Wälzer in Angriff nehmen, den ihre Schwägerin ihr geschenkt hatte, und sich gleichzeitig die Weihnachtssondersendungen im Fernsehen ansehen, und ahnte daher nichts Böses, als es an der Tür klopfte.

Julia überlegte, ob sie überhaupt öffnen sollte. Wer konnte sie so spät am Abend noch besuchen, noch dazu an den Weihnachtsfeiertagen? Sie legte die Kette vor und öffnete die Tür mit äußerster Vorsicht. Es war Fergus.

»O Julia, Gott sei Dank, dass du zu Hause bist! Ich dachte, du bist vielleicht ein Housesitter oder eine Sicherheitsvorkehrung, die die Lichter an und aus knipst.«

Julia machte sich an der Türkette zu schaffen und bekam die Tür schließlich auf. Fergus taumelte herein. Er war tropfnass. »Was um alles in der Welt ist denn dir passiert?«

»Ein Mist nach dem anderen! Zuerst platzen dem Nachbar in der Wohnung über mir die Rohre, während wir beide nicht zu Hause sind. Seine Wohnung ist völlig überflutet und meine auch. Der Mann von oben ist noch nicht wieder zurück, aber ich brauchte bloß einen Fuß in meine Wohnung zu setzen, um festzustellen, dass alles durchnässt ist. Ich habe ein Riesenvermögen für einen Notdienstinstallateur ausgegeben, der darauf bestand, in bar bezahlt zu werden, aber das Haus ist immer noch unbewohnbar.« Er hielt inne.

»Und?«

»Eigentlich wollte ich mich ein paar Freunden aufdrängen, aber von denen ist keiner zu Hause. Die wenigen, die über Weihnachten nicht verreist sind, wohnen meilenweit weg. Und dann ist mir auch noch das Benzin ausgegangen.«

»Das sieht dir gar nicht ähnlich, oder?«

»Du brauchst es mir nicht auch noch unter die Nase zu reiben. Also bin ich zu Fuß weitergegangen, um zu sehen, ob ich irgendwo eine Werkstatt finden konnte, die geöffnet ist, und dann habe ich bei dir Licht brennen sehen ...«

»Und?«

»Ich dachte, du würdest mir vielleicht etwas zu trinken geben.«

»Hm, ja, würde ich. Natürlich. Aber wirst du denn heute Abend nicht noch fahren?«

»Setz einfach den Kessel auf.«

Julia, die sich ihre Freude nicht anmerken ließ, griff nach seinem Mantel.

KAPITEL 24

Julia wuselte um ihn herum, setzte den Kessel auf, legte Holz nach und nahm einen Stapel Schwangerschaftszeitschriften vom Schaukelstuhl, damit Fergus seine Füße darauflegen konnte. Es war ein wunderbares Gefühl, ausnahmsweise einmal ihm zu Hilfe kommen zu können, statt umgekehrt.

Aber sie wünschte doch, sie hätte nach oben gehen und etwas Makeup auflegen können. Es war eine Sache, ihn zu bemuttern, aber eine ganz andere, auch so auszusehen, als könnte sie seine Mutter sein.

»Ich würde dir ja ein Bad anbieten«, sagte sie, weil sie fand, sie müsse ihre hochroten, glänzenden Wangen irgendwie erklären, »aber ich habe gerade selbst gebadet und den größten Teil des warmen Wassers verbraucht.«

»Oh, ein Bad wäre himmlisch gewesen! Ich war über Weihnachten bei Freunden, die außer mir noch viele andere Leute eingeladen hatten. Eine Dusche gab es nicht, und Bäder waren eine Sondervergünstigung.«

»Nun, also eigentlich ...« War das der Augenblick, zu gestehen, dass sie das Badewasser noch nicht hatte ablaufen lassen? Einer der vielen Vorteile des Alleinseins war, wie Julia fand, der Umstand, dass man die Badewanne nicht schrubben musste, sobald man ausgestiegen war, oder dass man seine schmutzigen Kleider erst einmal liegen lassen konnte. Das Saubermachen konnte genauso gut bis zum nächsten Morgen warten.

»Was?«

»Ich habe das Wasser noch gar nicht ablaufen gelassen. Aber du würdest wahrscheinlich sowieso nicht in schmutzigem Wasser baden wollen.«

»O doch, das würde ich. Außerdem glaube ich nicht, dass es wirklich schmutzig ist.«

»Aber was willst du denn anziehen, wenn du rauskommst? Es hat keinen Sinn zu baden, wenn du anschließend wieder deine nassen Kleider anziehen musst.«

»Oh, ich habe meinen Koffer im Wagen. Noch unausgepackt.«

»Aber dein Wagen steht doch ziemlich weit weg, oder?«

»Nicht zu weit, um noch mal rasch rüberzulaufen.«

Julia stieg ihrerseits ziemlich langsam nach oben ins Badezimmer, um ihre benutzte Unterwäsche, die durchweichte Zeitschrift und die Kerzen wegzuräumen, die sie um die Badewanne herum aufgestellt hatte (um die ansonsten grelle Beleuchtung auszugleichen). Während sie das Badezimmer wieder in einen halbwegs annehmbaren Zustand versetzte, wurde sie das Gefühl nicht los, dass irgendetwas an Fergus' Geschichte merkwürdig klang. Sie war sich nicht ganz sicher, was es war. Bei vielen Leuten platzten wirklich die Rohre, vor allem wenn sie nicht zu Hause waren und die Heizung abgestellt hatten. Und es gab immer wieder Leute, denen das Benzin ausging. Also, warum hatte sie dann das Gefühl, dass er log? So etwas würde sich doch wohl niemand ausdenken.

Andererseits war es himmlisch, Fergus endlich auch einmal einen Gefallen tun zu können. Nachdem sie die weniger appetitlichen Spuren weiblicher Benutzung aus dem Badezimmer entfernt hatte, ging sie nach unten, um einen Kessel aufzusetzen, falls das Wasser nicht mehr heiß genug war. Wenn doch, konnte sie später einen heißen Grog davon machen. Wenn Fergus Alkohol trank und später noch fuhr, war das nicht ihr Problem. Obwohl sie persönlich fand, dass sie nicht einmal eine Likörbohne essen und anschließend noch Auto fahren sollte, würde wohl ein Spritzer Whisky in einem großen Becher heißen Wassers mit Zitronensaft nicht allzu viel ausmachen.

Fergus blieb lange genug weg, um Julias Zweifel an seiner Geschichte zu zerstreuen. Niemand würde bei einem solchen Sauwetter zwanzig Minuten hin- und zwanzig Minuten zurücklaufen, wenn er nicht einen sehr guten Grund dafür hatte. Als er schließlich wieder auftauchte, war er nasser denn je. »Es hat angefangen zu schneien. Ich glaube nicht, dass viel davon liegen bleiben wird, aber es ist deutlich kälter geworden.«

»Möchtest du zuerst einen Drink oder ein Bad?«

»Ein Bad, bitte.« Er zitterte.

»Ich gieße nur schnell einen Kessel heißes Wasser nach, damit die Temperatur stimmt. Ich habe dir auch schon ein Handtuch hingelegt.«

Während er im Bad war, beschloss Julia, das Gästezimmer zu inspizieren. Sie hatte ihn zwar nicht direkt eingeladen, über Nacht zu bleiben, nahm aber an, dass eine solche Einladung unvermeidlich sein würde. Es war ein scheußlicher Abend, und ihre Keuschheit (oder das, was davon noch übrig war) würde wohl kaum in Gefahr geraten. Nur der hingebungsvollste und verliebteste Ehemann würde mit einer Frau schlafen wollen, die nicht nur die gleichen Maße wie der Weihnachtsmann hatte, sondern auch die gleichen Kleider trug. Und Fergus war weder ihr Ehemann noch verliebt.

Sie hatte ganz vergessen, welche Unordnung im Gästezimmer herrschte. Seit ihrer schrecklichen Entdeckung der Papiere war sie nicht mehr dazu gekommen, hier Hand anzulegen, und es war nicht nur das Bett, das noch immer von Pappkartons und Plastiktüten bedeckt war. Schlimmer noch, der Fußboden war kaum mehr zu erkennen vor lauter Klebeband und Papierschnipseln, die muntere Rotkehlchen und übergewichtige Schneemänner zeigten.

»Muss ich mir das wirklich jetzt antun?«, murmelte sie leise. »Wäre es zu grausam, ihn in den Schnee hinauszuschicken ...«, ihr Herz machte einen kleinen Hüpfer bei dem Gedanken, dass es schneite, »und ihn meilenweit laufen zu lassen, bis er eine Werkstatt gefunden hat, die vierundzwanzig Stunden am Tag geöffnet ist, und das an dreihundertfünfundsechzig Tagen im Jahr?«

Sie kam zu dem Schluss, dass sie ihm nicht erlauben konnte, warm und trocken zu werden, nur um ihn dann wieder nass und kalt werden zu lassen.

Aber obwohl sie guten Willens war, hatte ihre Energie sie verlassen. Sie fühlte sich sehr müde und sehr schwanger. Julia zwang sich, zum Wäscheschrank zu gehen und nach sauberen Laken und einem Federbett zu suchen, aber die nicht identifizierbaren Haufen von Bettwäsche, die ihr entgegenlugten, kosteten sie noch weitere Kraft. Sie ging wieder nach unten und beschloss, ihm nach Möglichkeit doch kein Bett für die Nacht anzubieten. Sie konnte ihn fragen, ob er vielleicht etwas Benzin aus dem Lieferwagen absaugen wollte. Das Problem war, dass sie wegen der Kapriolen des Benzinanzeigers nicht genau sagen konnte, wie viel überhaupt noch im Tank war.

Julia legte die Füße hoch, um wieder zu Kräften zu kommen. Das Baby wurde erst in etlichen Wochen erwartet, aber Julia verspürte häufig ein seltsames Ziehen im Bauch. Es waren sicher nur Vorwehen, kein Grund zur Besorgnis; ihr Körper bereitete sich lediglich auf das vor ihm liegende Martyrium vor. Aber als Fergus wieder ins Wohnzimmer kam, blieb Julia einfach sitzen.

»Ist mit dir alles in Ordnung?«, fragte er sofort.

»Alles bestens, ich bin nur ein bisschen müde.« Wenn

sie Fergus gegenüber das Wort »Wehen« auch nur erwähnte, würde er sie in den Lieferwagen verfrachten und ins nächste Krankenhaus fahren. Dort würde eine längere Aufnahmeprozedur mit hundert Formularen, Blutdruckmessungen und intimen Untersuchungen auf sie warten, und am Ende würde man sie noch einmal für vier Wochen nach Hause schicken. »Wie geht es dir?«

»Das Bad war wunderbar. Ich hoffe, es fällt niemandem auf, wenn ich nach Jasminöl rieche.«

»Das Öl war ein Geschenk meiner Schwester. Es gefällt mir gut.«

»Oh, mir auch, aber nicht unbedingt an mir.« Er lächelte. »Kann ich dir irgendetwas bringen?«

»Nein. Du bist der Gast. Ich sollte dir etwas bringen.« Julia versuchte, sich zu bewegen, aber die Botschaften, die ihr Gehirn aussandte, kamen nicht bis zu ihren Gliedmaßen durch. Sie hatte das Gefühl, am Sofa festzukleben. »Ich stehe gleich auf. Musst du über Nacht hier bleiben? Oder könnte ich dir nicht etwas Geld geben oder sogar etwas Benzin, damit du zu deinen Freunden fahren kannst?«

»Geld ist kein Problem, ich habe meine Kreditkarte dabei, aber ich möchte wirklich nicht noch mal da raus. Ich würde meilenweit laufen müssen, um eine Werkstatt zu finden, die geöffnet hat. Und fährt dein Lieferwagen mit Diesel?«

»Oh. Ja. Stimmt. Ich habe zwar noch nie falsch getankt, aber ich betrachte das Zeug im Tank immer als Benzin.« Dann gab es also keine andere Möglichkeit. Sie würde ihn hier übernachten lassen müssen. Genau in diesem Augenblick ließ ein besonders heftiger Windstoß die Fensterscheiben klirren.

»Fühlst du dich unwohl, wenn ich bleibe?«

Sie schüttelte den Kopf. »Nicht unwohl, ich bin bloß faul. Das Gästezimmer ist die reinste Müllkippe, und der Gedanke, es aufzuräumen, ist mir einfach unerträglich.«

Der ängstliche Zug, den sie um seine Mundwinkel hatte erkennen können, verschwand. »Nun, wenn das alles ist, das kann ich ohne weiteres selbst erledigen. Ich brauche nur ein Bett, keine leere Schublade und auch keinen Kleiderschrank.«

Julia lächelte erleichtert. »Meine Mutter sagt, eine Dame packt immer sofort ihre Sachen aus und wird sehr ungehalten, wenn sie nichts hat, wo sie sie hineinpacken kann. Ich lasse meine Sachen immer alle im Koffer, damit ich bei der Abreise nichts vergesse.«

»Nun, mach dir meinetwegen keine Gedanken. Es ist sehr nett von dir, mich aufzunehmen. Wenn du mir erklärst, wo ich alles finde, kann ich durchaus in einen Schlafsack klettern.«

Julia schüttelte den Kopf. »Es ist kein Schlafsack vorhanden, fürchte ich, aber ich habe reichlich Bettzeug, es ist bloß so, dass im Wäscheschrank augenblicklich ein ziemliches Chaos herrscht.« Das tat es immer, aber sie fand, dass sie ihm das nicht unbedingt auf die Nase binden musste. »Dadurch, dass jemand anderes hier gewohnt hat, ist einiges durcheinander geraten.« Das zumindest entsprach der Wahrheit.

»Ich komme schon zurecht. Bleib du einfach hier liegen, während ich oben alles regele, und dann mache ich dir einen schönen Drink.«

Julias Instinkte als Gastgeberin fanden diesen Vorschlag entsetzlich, ihr Körper fand ihn jedoch wunderbar. »Und ich mache dir dafür ein Sandwich«, konterte sie, weil sie sich nicht von ihm übertreffen lassen wollte.

Tatsächlich döste sie dann jedoch ein und war, als sie wieder aufwachte, einen Augenblick lang überrascht, ihn zu sehen. »Oh, du bist es! Hast du alles gefunden, was du brauchst?«

»Und ob. Aber jetzt möchte ich mich erst einmal neben dich setzen. Rutsch rüber.«

»Ich wollte dir ein Sandwich machen.«

»Ich habe keinen Hunger. Es sei denn, du möchtest etwas essen?«

Julia schüttelte den Kopf und rückte auf dem Sofa zur Seite. Irgendwie lag sie am Ende dann doch wieder auf dem Sofa, mit einem Kissen unter den Füßen und dem Kopf an Fergus' Brust. Es war herrlich bequem.

»Also, wo ist die Fernbedienung?«, fragte er. »Im Augenblick läuft nämlich ein ziemlich guter Film.«

Er drückte auf verschiedene Knöpfe der Fernbedienung, bis er den Film fand. Es war ein Film, auf den sie sich ebenfalls gefreut hatte, tatsächlich sogar einer der Gründe, warum sie nicht noch eine Nacht bei ihrer Schwester geblieben war, sondern nach Hause hatte fahren wollen. Sie hatte sich den Film in Ruhe ansehen wollen, ohne den Spott ihres Schwagers ertragen zu müssen. Der Vorspann lief bereits. Julia schlief ein.

»Komm, ins Bett mit dir.« Julia spürte, wie sie aufrecht hingesetzt wurde. »Ich habe dir eine Wärmflasche gemacht. Du brauchst dir nur noch die Zähne zu putzen und ins Bett zu gehen.«

»Ich habe mir die Zähne schon geputzt, als ich gebadet habe, und ich habe seither nichts gegessen. Genau genommen«, gestand sie stirnrunzelnd, »bin ich halb verhungert!«

»Was hättest du denn gern?«

»Ein Käsesandwich und ein Glas Milch. Bitte.«

»Wird alles im Bett serviert. Na komm.«

Während sie geschlafen hatte, hatte eine sanfte Revolution stattgefunden: Julia war aus ihrer Rolle der Versorgerin verdrängt worden und fand sich nun in einer völlig neuen Rolle wieder: Jemand versorgte *sie*. Sie mühte sich die Treppen hinauf und legte sich ins Bett. Während sie ihre Kissen in die richtige Position brachte, eine Aufgabe, die ziemlich viel Zeit erforderte, fragte sie sich, wie sie das Ganze fand. Wunderbar, lautete ihr Urteil, als Fergus ihr einen Teller mit Sandwiches und ein Glas Milch ans Bett brachte.

»Jetzt brauchst du mir bloß noch eine Geschichte vorzulesen«, meinte sie und lächelte ihn über den Milchbecher hinweg an.

»Kein Problem. Was liest du gerade? Das hier?« Er griff nach dem Wälzer, den sie einige Stunden zuvor weggeräumt hatte. »Wie passend, da es draußen gerade schneit. Also dann, mach es dir bequem.«

»Fergus, ich habe einen Witz gemacht!«

»Aber ich nicht. Jetzt halte den Mund und hör zu. Ich werde auch nicht beleidigt sein, wenn du einschläfst.«

Was sich als ein überaus glücklicher Umstand erwies.

Julia wurde von einem Geräusch in der Küche geweckt. Fergus war vor ihr auf, verflixt! Dass sie beim Klang seiner Stimme – er las wirklich sehr gut – eingeschlafen war, zeigte das ganze Ausmaß ihrer Schwäche und war nur mit ihrem Zustand zu entschuldigen. Aber noch im Bett zu liegen, während ihr Gast schon auf war, das war unverzeihlich. Sie stieg aus dem Bett und beäugte ihren Morgenmantel, der verführerisch auf dem Stuhl lag. Sie ignorierte seinen Sirenengesang. Fergus sollte sie nicht für immer als eine Weihnachtsmanngestalt in Erinnerung behalten. Sie zog die Samt-Leggings an und das weite Hemd, derzeit ihre besten Umstandskleider, bürstete sich das Haar und schminkte sich mit großer Sorgfalt. Gestern Abend war sie ein schwerfälliger Klotz gewesen, den man von hinten bis vorn bedienen musste. Heute Morgen würde sie eine dynamische junge Frau sein, die ihr Schicksal absolut in der Hand hatte – ihr Bauch verkrampfte sich ein paar Sekunden lang – und die zufällig schwanger war. Sie ging die Treppe hinunter und fragte sich, was um alles in der Welt sie Fergus zum Frühstück anbieten sollte.

Er hatte das Feuer angemacht. »Oh! Guten Morgen!«, sagte sie, überrascht, den Kamin von knisternden Flammen erfüllt zu sehen.

»Ich hoffe, du hast nichts dagegen, aber draußen liegt Schnee, und es ist Weihnachten.« Einen Augenblick lang sah er ein wenig töricht aus in seinem riesigen, etwas unförmigen Pullover mit den eingestrickten Rentieren; es fehlte eigentlich nur noch die Aufschrift »Weihnachtsgeschenk« in großen Lettern quer über der Brust. Dann bemerkte Fergus ihre Aufmachung. »Wieso hast du dich angezogen? Ich wollte dir das Frühstück ans Bett bringen!«

»Ich wollte gerade dasselbe sagen«, erwiderte Julia unter leichter Verbiegung der Wahrheit. »Schließlich bist du der Gast.«

»Aber ich bin nicht Oscars Mutter. Ich brauche kein Frühstück am Bett.«

»Genauso wenig wie ich.«

Sie lachten beide.

»Oh, sieh doch!«, rief Fergus plötzlich und blickte hinab. »Ich habe gesehen, wie es sich bewegt, das Baby!«

Julia blickte auf den mittlerweile vertrauten, aber immer wieder wunderbaren Beweis für die Gesundheit und Kraft ihres Babys hinab. Sekundenlang beobachteten sie beide die Umrisse einer winzigen Hand oder eines Fußes, die sich in Julias Bauch bewegten. »Darf ich?«, fragte Fergus. Dann legte er eine Hand auf ihren Leib.

Es war eine peinliche Situation. Immerhin war es sein Baby, und er hatte wahrscheinlich das Recht, es zu spüren, aber es war in ihrem Bauch, und um es zu spüren, musste er auch sie spüren. Julia errötete. Irgendwie war ihr das doch zu intim. Selbst über ihren Kleidern hatte seine Hand auf ihrem Körper eine beunruhigende Wirkung.

»Soll ich das Frühstück machen?«, bot sie an, als sie es nicht länger aushalten konnte.

»Was ist los? Hast du Schmerzen?«

»Nein, mir geht es gut. Ich habe lediglich Hunger, das ist alles.« Sie versuchte ein Lächeln; was dabei herauskam, war eine Art schiefes Grinsen.

»Das ist es nicht, oder?«

In seinen Augen stand ein Ausdruck der Sorge, die sich aber jeden Augenblick in Frustration verwandeln würde. Julia konnte es ihm nachfühlen, es war in der Tat lästig, wenn jemand offensichtlich erregt war und nicht sagen wollte, warum. Aber wie hätte sie ihm das erklären können? »Ich bin nur ein wenig verlegen, weil du mich anfasst.«

Er trat, sichtlich verletzt, einen Schritt zurück. »Entschuldige. Ich wollte dir nicht zu nahe treten. Ich fand es nur so aufregend, das Baby spüren zu können, das ist alles.«

»Oh, ich weiß. Ich habe auch nichts anderes hineininterpretiert, versprochen.« Julia war den Tränen nahe. Es war alles so ein Durcheinander.

»Nun, vielleicht hättest du das aber tun sollen. Du bist mir als Frau alles andere als gleichgültig. Die Schwangerschaft macht dich nämlich nicht zu einem asexuellen Wesen, falls dir das noch niemand gesagt hat.«

Das war es nicht, was sie hören wollte, obwohl das in gewisser Weise nicht stimmte: Schließlich hatte sie sich beträchtliche Mühe mit ihrem Aussehen gegeben. Und die Schwangerschaft hatte auch ihren sexuellen Wünschen kein Ende gemacht.

»Ich will dich immer noch«, fuhr er fort. »Aber da du meine Gefühle offensichtlich nicht erwiderst ...« Er brach ab. Julia hatte angefangen zu weinen. Die Tränen rannen ihr bereits über ihre Wangen, sodass ihr Gesicht sich feucht und kalt anfühlte. »Oh, Julia!«, sagte er ungehalten, und plötzlich fand sie sich von dem selbst gestrickten Pullover umschlungen, und im nächsten Augenblick lagen Fergus Lippen auf ihren.

All ihre verwickelten Gefühle sammelten sich in diesem Kuss. Wilde Pläne durchzuckten sie: Sie könnte ihn bitten, sie zu heiraten, könnte sich an die Chance klammern, dass er nicht nur das Baby lieben würde, sondern auch sie. Wie die Sternchen und die schwarzen Punkte, die man vor sich sah, wenn man ohnmächtig wurde, wirbelten diese Gedanken um sie herum. Ein paar Sekunden lang vergaß sie das Baby, vergaß alles und überließ sich einfach diesem Gefühl. Aber das Baby bewegte sich abermals, Fergus merkte es, und er löste sich von ihr. »Ich entschuldige mich«, murmelte er. »Das hätte ich nicht tun dürfen. Es war unfair, die Situation auszunutzen.«

»Schon gut«, erwiderte Julia, der bewusst wurde, dass der Kuss sie viel mehr aufgewühlt haben musste als ihn. »Schür du das Feuer, dann mache ich uns Toast.«

Fergus tat wie geheißen, kam dann aber zu ihr in die Küche. »Ich wünschte, du würdest mir erzählen, was los ist. Ich bin kein Hellseher, aber ich spüre doch, dass dich irgendetwas aufregt.«

»Mir geht es gut, wirklich. Wenn man schwanger ist, spielen die Hormone oft verrückt. Man bricht in Tränen aus, wenn man nicht im Mindesten traurig ist.«

»Wolltest du deshalb nicht, dass ich dich berühre? Wegen deiner Hormone?«

»Ich weiß es nicht, wirklich nicht. Warum hast du mich geküsst?«

Er runzelte die Stirn. »Weil ich ein Mensch bin und weil du geweint hast. Das und die Tatsache, dass du eine attraktive Frau bist. Die Schwangerschaft steht dir gut. Aber ich wollte dir wirklich nicht zu nahe treten.«

»Schon gut. Ich bin nicht gekränkt.« Todunglücklich, verzweifelt und unaussprechlich niedergeschlagen, ja, aber nicht gekränkt. Sie lächelte schwach. »Möchtest du Tee oder Kaffee?«

»Ich nehme an, dass du immer noch keinen Kaffee trinkst?« Voller Rührung, dass er sich daran erinnerte, nickte sie. »Dann hätte ich gern Tee.«

Sie frühstückten vor dem Kamin, und während sie miteinander plauderten, ebbte Julias Anspannung langsam ab. Aber ihre Gründe, warum sie ihn nicht heiraten wollte, waren immer noch dieselben. Er wollte das Baby mehr als sie, und der zweite Platz war in dem Fall so gut wie nichts. Ein gleichberechtigter erster Platz war das Mindeste, was sie verlangte.

»Noch eine Scheibe Toast?«, fragte sie.

»Ja, bitte. Es überrascht mich, dass du immer noch Zeit findest, dein eigenes Brot zu backen.«

»Das mache ich, während ich den Rest der Kocherei erledige. Wenn man sowieso in der Küche steht, nimmt das Backen nicht viel Zeit in Anspruch.«

»Ich nehme nicht an, dass du dazu noch kommen wirst, wenn das Baby erst einmal da ist.«

»Nein, das glaube ich auch nicht.«

»Julia, bist du dir absolut sicher, dass du mich nicht heiraten möchtest?«

»Ja.«

»Warum?«

»Du weißt, warum. Ich möchte das nicht alles noch einmal durchkauen.«

»Und du hast deine Meinung nicht geändert?«

»Nein. Warum sollte ich?«

»Ich dachte nur, diese gemeinsamen Stunden würden dir vielleicht klarmachen, dass unsere Ehe eine genauso gute Chance hätte wie alle anderen auch.«

»Was soll das heißen: ›diese gemeinsamen Stunden‹?

Sind bei dir keine Rohre geplatzt, und ist dir das Benzin nicht ausgegangen?«

»Doch, natürlich«, versicherte er schnell und unterzog seine Fingernägel einer gründlichen Untersuchung. »Aber ich dachte nur, nachdem wir ein paar Stunden zusammen waren und, wie ich glaube, uns miteinander wohlgefühlt haben, da würdest du vielleicht noch mal über alles nachdenken?«

Natürlich hatte Julia sich in seiner Gesellschaft wohlgefühlt; selbst wenn er sie auf die Palme brachte, war sie lieber mit ihm zusammen als mit irgendjemandem sonst. Natürlich wusste sie, dass die besten Ehen aus jener Art behaglicher Kameradschaft bestanden, die sie gestern Abend miteinander geteilt hatten. Aber ob es nun unvernünftig war oder nicht, sie wollte mehr. Sie wollte auch Leidenschaft. Zumindest am Anfang, selbst wenn die Leidenschaft nicht für immer halten konnte.

Fergus bestand darauf, den Abwasch zu erledigen. Er bestand auch darauf, all die Tüten und Schachteln für sie auf den Speicher zu bringen und alle möglichen anderen Kleinigkeiten im Haus in Ordnung zu bringen. Was Julia, wie sie immer wieder beteuerte, alles sehr gut auch allein geschafft hätte.

»Ich weiß, dass du das alles selbst machen könntest«, wandte er ein. »Aber ich möchte dir beweisen, dass ich es auch kann.«

Sie kicherte leise. »Aber zu arbeiten, nur um etwas zu beweisen, ist doch blöd!«

»Ja, stimmt, doch es ist erstaunlich, was für blöde Dinge die Menschen tun, nur um etwas zu beweisen.«

»Ach ja? Also, ich finde, wir sollten dir etwas Benzin besorgen, bevor es zu spät wird.«

Fergus sah sie ein paar ausgesprochen zermürbende Sekunden lang fest an. »Ich glaube, das ist ein Rauswurf.«

Julia war entsetzt. »Natürlich nicht! Ich bin vielleicht

nicht wie meine Mutter, aber ich bin immerhin meiner Mutter Tochter! Ich würde niemals einen Gast hinauswerfen!«

»Nicht einmal einen, der sich unter ziemlich zweifelhaften Umständen selbst eingeladen hat?«

»Nicht einmal so einen. Jetzt zieh dir deinen Mantel an, und ich zeige dir, wie gut ich neuerdings Auto fahre.«

Dank Fergus' unkomplizierter Art verbrachten sie den Rest des Vormittags miteinander, ohne in Verlegenheit gestürzt zu werden. Aber da Julia von Fergus' Geschichte mit dem leer gefahrenen Tank nicht ganz überzeugt war, vermied sie es zuzusehen, wie er den Kanister, den sie zusammen gekauft hatten, in den Tank schütteten, für den Fall, dass dieser überfloss.

Er kam noch einmal zurück ins Haus, um sich die Hände zu waschen. »Ich werde dafür sorgen, dass du reichlich Feuerholz hast, bevor ich gehe. Genau dasselbe würde ich auch tun, wenn ich bei deiner Mutter zu Gast gewesen wäre.«

Aus irgendeinem ihr selbst unerklärlichen Grund konnte sie ihm nicht sagen, dass sie in letzter Zeit hauptsächlich mit Kohlen heizte und die Holzscheite nur wegen der hübschen Flammen auflegte, sodass sie hinreichend mit Holz versorgt war. Als Lohn für ihre Falschheit durfte sie anschließend mit ansehen, wie Fergus sich über den Zaun hinweg mit ihren Nachbarn unterhielt. Mit einer Mischung aus Zärtlichkeit und Unwillen beobachtete sie weiter, wie er in den Garten der beiden Alten ging und anfing, auch für sie Holz zu hacken.

»Nun, du hast für deine Unterkunft reichlich bezahlt«, meinte sie, als er hereinkam. Er sah nach so viel körperlicher Betätigung unglaublich gesund aus, um nicht zu sagen: attraktiv. »Das nächste Mal wenn deine Wohnung unter Wasser steht, kannst du bei Daisy und Dan schlafen. Die beiden werden dich mit offenen Armen empfangen.«

»So nett ich sie finde, möchte ich doch lieber nicht bei Daisy und Dan wohnen, wenn du im Nachbarhaus bist.«

»Oh?«

»Nein. Und jetzt: auf Wiedersehen, Julia. Du wirst doch nicht vergessen, mir Bescheid zu geben, wenn die Wehen einzusetzen, versprichst du das?«

»Ich möchte dich nicht bei der Geburt dabeihaben, Fergus.«

»Ich möchte es trotzdem wenigstens wissen, damit ich im Flur auf und ab laufen kann.«

»Ich werde es dir sagen, wenn wir – wenn ich das Baby habe, das verspreche ich.«

»Ich weiß, aber ich möchte es wissen, wenn du es zur Welt bringst.«

»Wenn ich noch Zeit dazu finde, das verspreche ich, rufe ich dich an.«

»Damit muss ich mich wohl zufrieden geben.«

Sie nickte.

Er schien jedoch alles andere als zufrieden zu sein, als er sie heftig auf den Mund küsste, in seinen Wagen stieg, der inzwischen vor dem Cottage stand, und davonfuhr.

Julia hatte das Gefühl, ihre letzte Chance auf Glück vertan zu haben, aber sie wusste auch, dass sie keine andere Wahl gehabt hatte.

KAPITEL 25

Julia musste sich sehr zusammenreißen, um nicht in den Tagen, nachdem Fergus sie verlassen hatte, in Niedergeschlagenheit zu versinken, obwohl sie davon überzeugt war, richtig zu handeln, wenn sie ihn nicht heiratete. Ihre Schwester war über Weihnachten absolut ihrer Meinung gewesen, obwohl ihre Mutter sie instruiert hatte, Julia in die andere Richtung zu beeinflussen.

»Da gibt es kein Vertun. Ein Baby übt einen unglaublichen Druck auf eine Ehe aus, selbst auf eine glückliche. Es ist nicht so, als wären Andrew und ich nicht hundertprozent in die Kinder vernarrt, aber wenn keiner von euch beiden eine einzige Nacht durchschlafen kann, und zwar monatelang, wird man doch etwas reizbar. Und zum Thema Sex ...« Sie ließ ihren Worten ein hohles Lachen folgen. »Jede Stunde, die man im Bett verbringt, ohne zu schlafen, kommt einem wie verschwendet vor. Heirate bloß nicht um des Babys willen.«

Das Restaurant sollte am nächsten Abend wieder eröffnen, und Julia musste an ihren Lebensunterhalt denken. Zumindest wollte sie Fergus nicht heiraten, um nicht arbeiten zu müssen.

Nachdem sie die Fata Morgana häuslicher Wonne kategorisch aus ihren Gedanken verbannt hatte, konzentrierte Julia sich auf das Essen – für die trüben Tage nach Neujahr bevorzugte sie persönlich alles, was kein Geflügel und keine getrockneten Früchte enthielt. Die Einkäufe und die Benutzung ihrer neuen Küchenmaschine sowie die Erkundung all ihrer technischen Spielereien heiterten Julia ein wenig auf. Hinzu kam ein Anruf von Suzy, die ihr erzählte, dass Wayne noch immer bei seinen Eltern in Tewkesbury sei und sie deswegen am nächsten Abend auf dem Boot sein würde.

»Wir können eine nachweihnachtliche Therapiesitzung einlegen: ›Wie war es bei dir?‹«, fügte sie hinzu. »Obwohl es bei mir durchaus hätte schlechter sein können. Ich habe Wayne furchtbar vermisst, aber er hat uns am siebenundzwanzigsten Dezember besucht.«

»Wie ist er denn mit deinem Vater zurechtgekommen?«

»Katastrophal. Wayne war sehr nett, und Mummy war

ganz hingerissen von ihm, aber Dad, hm, Dad war eben Dad, der reinste Platzhirsch. Wayne ist nur eine Nacht geblieben. Aber ich denke, Daddy wird sich am Ende schon an ihn gewöhnen.«

Was Julia dahingehend interpretierte, dass Suzy die Absicht hatte, ihren Vater erneut um den kleinen Finger zu wickeln.

Es war schön, wieder arbeiten zu können; beim Kochen wusste sie genau, was sie empfand und was sie tat. Die Kombüse schien seit ihrem letzten Besuch furchtbar zugestaubt zu sein, aber mit einer Energie, die sie lange nicht mehr in sich gespürt hatte, wischte Julia alle Arbeitsflächen ab. Sie deckte den Tisch, dass niemand etwas daran hätte aussetzen können, und dekorierte alles neu, damit das Boot, anders als der Rest der Welt so kurz nach Weihnachten, nicht trübselig aussah.

Anschließend fühlte sie sich dann doch ein wenig erschöpft und überlegte, ob sie nicht Suzy bitten sollte, die große, mit Folie abgedeckte Porzellanschüssel für sie in den Ofen zu schieben. Aber Suzy spülte gerade draußen das Boot ab.

Als sie sich aufrichtete, beschloss Julia, Suzy *auf jeden Fall* um Hilfe zu bitten, wenn die Schale aus dem Ofen geholt werden musste. Die Vorwehen, die inzwischen so sehr ein Teil ihrer Existenz geworden waren, schienen Pausen zu erzwingen, während sie früher unermüdlich hatte arbeiten können. Ein leises Prickeln der Erregung stieg in ihr auf, und sie biss sich auf die Unterlippe. Konnte dies der Augenblick sein, auf den sie so lange gewartet hatte? Aber dann trug die Vernunft den Sieg davon. Es waren noch Wochen bis zum Geburtstermin, und da jeder ihr erzählt hatte, dass das erste Kind immer mit Verspätung käme, durfte sie ihrer Fantasie nicht einfach die Zügel schießen lassen.

Alles, was sich an Fantasiebildern noch in ihrem Kopf

herumtreiben mochte, löste sich beim Anblick von Mrs. Anstruther, Oscars Mutter, in Luft auf. Es war tatsächlich Mrs. Anstruther, die da mit gezierten Schritten an Bord kam, am Arm eines silberhaarigen Charmeurs, der für Julia wie ein Betrüger aussah.

»Ich war schon einmal auf diesem Boot, Arnold. Der liebe Oscar – er meint es ja immer so gut – war damals mit einer schrecklichen Frau zusammen. Es waren die grässlichsten ...« Julia entfernte sich, bevor jemand sie sehen konnte. Mit diesem Dilemma würde Suzy allein fertig werden müssen.

Suzy sah das anders. »Das ist ja Mrs. Anstruther! Was macht die denn hier? Ich kann nicht mit ihr reden. Das wirst du tun müssen.«

»Ich koche, Suze. Und ich bin schwanger. Außerdem ist es deine Schuld, dass sie hier ist. Du hast die Reservierungen in Empfang genommen.«

»Sie nennen sich ›Antiquitätenclub‹! Ich dachte, es sei ein Club für Leute, die Antiquitäten *sammeln*.«

»Nun, sie ist mit einem Mann da, der mit Sicherheit hinter ihrem Geld her ist. Vielleicht könntest du Oscar anrufen und ihn warnen, dass sein Erbe auf dem Spiel steht. Wenn wir Glück haben, kommt er dann sofort her und holt seine Mutter ab.«

»Glaub ich nicht. Aber mach dir deswegen keine Sorgen, Julia. Ich regle das ganz allein, und du kannst dich hier in der Küche verstecken ...«

»Und kochen, ein Baby bekommen ...«

»Was?«

»Ich meine – demnächst.«

»Oh, das ist kein Problem. Ich dachte, du wolltest damit sagen, die Wehen hätten eingesetzt!«

Julia brachte ein fröhliches Lachen zustande.

Trotz aller Bemühungen, sich in der Küche zu verstecken, geriet Julia dennoch Oscars Mutter unter die Augen. Der entsetzte Ausdruck auf Mrs. Anstruthers Gesicht entschädigte Julia beinahe für alle Sorgen und alles Unbehagen, das sie während ihrer Schwangerschaft empfunden hatte.

»Und hast du gehört, was sie gesagt hat?«, wollte Suzy wissen, die gerade die Vorspeise serviert hatte. »›Wie kann sie sich in diesem Zustand sehen lassen?‹ Dann verstummte sie mit einem Mal. Sie muss sich plötzlich gefragt haben, ob das Kind nicht am Ende von Oscar ist!«

Das Essen war zu Ende, und die meisten Gäste hatten es sehr genossen, der Abwasch war im Gang, und Julia stellte gerade die Kaffeetassen auf ein Tablett, als es ihr plötzlich feucht zwischen den Beinen hinunterlief. Einen Moment hielt sie irritiert inne, aber dann wurde ihr klar, dass ihre Fruchtblase geplatzt war. Plötzlich schien es ihr keine so gute Idee mehr zu sein, ausgerechnet jetzt ein Baby zu bekommen. Sie hätte lieber bis Februar gewartet – da hatte sie sonst nicht viel vor. Sie ging zur Toilette, um sich frisch zu machen und ein wenig nachzudenken.

Sie waren fünfzehn Minuten von der Anlegestelle entfernt, und das bedeutete einen langen Marsch über einen schlammigen Treidelpfad, bis sie die Zivilisation erreicht hätte, aber Julia wusste, dass sie ihre Hebamme anrufen oder sofort ins Krankenhaus fahren musste, für den Fall einer Infektion. Andererseits konnte sie sich nicht vorstellen, dass ein oder zwei Stunden einen so gewaltigen Unterschied machen würden. Es blieb ihr doch sicher noch Zeit, nach Hause zu fahren und ihre Sachen zu holen? Nachdem sie den Entschluss gefasst hatte, Suzy nichts davon zu erzählen, sondern lediglich schnell nach Hause zu fahren, verließ sie die Toilette und hatte prompt eine Wehe, die sie aufstöhnen ließ. Suzy bemerkte es.

»Ist alles in Ordnung mit dir?«, fragte sie alamiert.

Julia schüttelte den Kopf. »Nicht direkt«, antwortete sie, nachdem sie ein paar Sekunden lang schwer geatmet hatte. »Meine Fruchtblase ist geplatzt, und ich glaube, die Wehen haben eingesetzt.«

Suzy stieß einen leisen Angstschrei aus, dann verschaffte sich ihr Organisationstalent wieder Geltung. »Also gut, hm, du solltest sofort ins Krankenhaus fahren. Sehr praktisch, dass du bereits in Oxford bist, daher wirst du keine Zeit verschwenden müssen. Ich rufe einen Krankenwagen, sobald wir anlegen.«

Julia schüttelte den Kopf. »Einen Moment mal, Suzy. Das Baby wird noch Stunden brauchen, und wenn ich jetzt ins Krankenhaus gehe, langweile ich mich zu Tode. Sie werden mich in ein Nachthemd stecken, das man hinten nicht schließen kann, und ich werde mich nicht von der Stelle rühren können.«

»Warum sollten die im Krankenhaus so etwas machen?«

»Weil, mein Süßes« – Julia unterdrückte einen schärferen Ausdruck – »ich zufällig für die Arbeit angezogen bin und ich nicht vorhabe, in meiner besten Seidenbluse ein Kind zur Welt zu bringen! Aber zu Hause habe ich zwei Taschen stehen, fertig gepackt, eine für mich und eine für das Baby, und in meiner Tasche befindet sich ein geheimes Päckchen mit Leckereien, die meine Schwester mir zu Weihnachten geschenkt hat. Die sollen mich während der Wehen aufmuntern. Angela wollte partout nicht, dass ich das Päckchen vorher aufmache. Und ohne das Paket will ich wirklich nicht ins Krankenhaus.«

»Deine Schwester soll bei der Geburt dabei sein, nicht wahr?«, fragte Suzy.

Julia nickte. »Dann ruf sie an und bitte sie, dir deine Sachen mitzubringen. Deine Nachbarn haben doch einen Schlüssel, oder?«

»Hm, ja, aber wirklich, ich will nicht allein ins Krankenhaus fahren und stundenlang da rumsitzen, während nichts passiert.«

»Aber es *passiert* doch etwas.«

»Ja, nur dass Wehen nicht besonders unterhaltsam sind. Ich wünsche mir eine gut gelaunte Gesellschaft.«

»Ich könnte dich begleiten.«

Das war ein nett gemeintes Angebot, aber Julia wusste, dass Suzy insgeheim auf eine Ablehnung hoffte. »Nein, das ist nicht nötig. Du hast hier genug zu tun, und ich komme schon zurecht. Ich habe noch reichlich Zeit, um nach Hause zu fahren, meine Sachen zu holen, meine Schwester anzurufen und darauf zu warten, dass sie mich hinbringt. Ehrlich. Alle, mit denen ich darüber gesprochen habe, sagen einhellig, dass das erste Kind immer zu spät kommt und dass die Geburt sich stundenlang hinzieht.«

»Aber *dein* erstes Baby kommt nicht zu spät, es kommt zu früh«, bemerkte Suzy. »Vielleicht braucht es auch nicht stundenlang, um auf die Welt zu kommen. Ruf deine Schwester vom Handy aus an.«

»Ehrlich, ich habe so viele Geschichten über Wehen gehört, die vierundzwanzig Stunden dauern ...«

Suzy warf Julia das Telefon fast an den Kopf. »Ruf sie an!«

»Oh, Ju!« Ihre Schwester klang fix und fertig. »Du bist es. Ich fürchte, ich hab im Augenblick keine Zeit, mit dir zu plaudern. Andrew ist nicht da, und Petal ist krank, ich warte gerade auf den Arzt.« Sie hielt kurz inne. »Ich hoffe doch, du rufst nicht an, weil es losgeht. Das ist es doch nicht, oder? Es ist noch eine Ewigkeit bis zu deinem Geburtstermin!«

»Hm ...«

»Oh, nein. Ist das denn noch zu fassen?«

»Ist Petal wirklich krank?«

»Wahrscheinlich bekomme ich von dem Arzt nur einen feuchten Händedruck und einen klugen Ratschlag à la ›Waschen Sie sie mit einem kalten Lappen ab, geben Sie ihr ein Fieberzäpfchen und rufen Sie mich morgen an, wenn es ihr nicht besser geht.‹ Aber in letzter Zeit hat es viele Meningitisfälle gegeben, und ich kann sie in diesem Zustand nicht bei meiner Nachbarin abgeben.«

»Nein, natürlich nicht. Ich wollte sowieso nur ein bisschen plaudern«, flunkerte Julia, die sich alle Mühe gab, lässig zu klingen. »Aber ich will dich nicht aufhalten.«

»Du hast Wehen, ja? Komm schon, gib's zu!«

»Möglicherweise.«

»Was soll das heißen: möglicherweise? Welche Symptome hast du denn gehabt?«

»Meine Fruchtblase ist geplatzt, und ich glaube ...« Es folgte eine ziemlich lange Pause, während der Julia sehr bedachtsam ein- und ausatmete. »Die Wehen haben eingesetzt.«

»Verdammt! Warum muss der elende Andrew auch ausgerechnet jetzt weg sein? Er wird nicht lange bleiben, aber so, wie du dich anhörst, solltest du nicht auf mich warten, um ins Krankenhaus zu kommen. Ruf einen Krankenwagen.«

»Ich bin auf dem Boot.«

»Ruf trotzdem einen Krankenwagen. Ich hole deine Sachen bei dir zu Hause ab und bringe sie dir, sobald der Arzt da war und Andrew wieder zurück ist. Wahrscheinlich hast du ohnehin noch ziemlich viel Zeit.« Ihre Stimme wurde weicher. »Du brauchst es nicht allein zu bekommen, das verspreche ich dir.«

»Das ist es nicht, was mir Sorgen macht. Mir graut davor, stundenlang in einem Krankenhausnachthemd herumzuhocken, ohne etwas zu lesen zu haben. Ich möchte meine eigenen Sachen, Ange.«

»Ich weiß, wie es dir geht. Es ist idiotisch, aber ich

habe genauso empfunden. Keine Bange, ich sorge dafür, dass du deine Sachen bekommst.«

»Also, fährt deine Schwester los?«, fragte Suzy, als Julia das Gespräch beendet hatte.

»Nicht sofort. Ihre Tochter ist krank, und ihr Mann ist nicht zu Hause.«

»Also, es wird dir zwar nicht gefallen, aber ich habe einige Vorkehrungen getroffen.«

»Was?«

»Ich habe Mrs. Anstruther gegenüber – natürlich sehr taktvoll – durchblicken lassen, dass bei dir die Wehen eingesetzt haben.«

Diese Nachricht führte zu einer besonders heftigen Wehe.

»Und nachdem sie fast in Ohnmacht gefallen wäre, meinte ihr Begleiter, dass Oscar ohnehin komme, um sie abzuholen. Er wird dich ins Krankenhaus fahren. Eine der anderen Frauen sagte, dass Krankenwagen immer eine Ewigkeit brauchen und dass sie uns vielleicht nicht einmal finden würden.«

»Hast du *allen* Gästen erzählt, dass ich hier sitze und ein Baby bekomme?«

»Das musste ich doch, Liebes, was hätte ich sonst tun können? Sie sind alle deswegen ganz aus dem Häuschen.«

»Nun, dann kannst *du* auch Oscar sagen, dass er seine ehemalige Verlobte ins Krankenhaus fahren soll, damit sie das Baby eines anderen Mannes zur Welt bringt.«

»Er wird schon kein Theater deswegen machen, Ju! Kein Mann hat etwas dagegen, der Held der Stunde zu sein!«

Jetzt, da ihr Geheimnis gelüftet war, bestanden die Mitglieder des »Antiquitätenclubs« – mit Ausnahme Mrs. Anstruthers – darauf, dass Julia sich zu ihnen in den Essbereich setzte. Zwischen zwei Wehen mit wildfremden Menschen höfliche Konversation zu treiben, war nicht direkt das, was sie sich ausgesucht hätte, aber immerhin verging auf diese Weise die Zeit etwas schneller.

Es dauerte nicht lange, bis sie anlegten. Die meisten Passagiere gingen von Bord, und nach einer Weile tauchte Oscar auf. Julia verschwand hinter der Schwingtür und verbarg dahinter den Teil ihres Körpers, der schwanger war.

»Einen schönen Abend allerseits«, grüßte Oscar leutselig. »Tut mir leid, dass ich mich verspätet habe.«

»Oscar!« Mrs. Anstruther stand am Rand eines hysterischen Anfalls. »Gott sei Dank, dass du da bist! Diese *Frau* ...« Sie zeigte mit einem zitternden Finger auf Julia. »... bekommt ein Baby. Hier! Jetzt! Und sie wollen, dass *du* sie ins Krankenhaus bringst! Es ist unerhört!«

»Oh! Julia! Ist das wahr?«

»Hm, nein«, begann Julia. »Ich meine, ich bekomme ein Baby, aber ein Krankenwagen würde mir völlig reichen ...«

»Und es ist nicht einmal dein Kind! Wie kann sie dir zumuten, dass du für sie die Kohlen aus dem Feuer holst?«

»Das tue ich doch gar nicht«, protestierte Julia. »Ich kann genauso gut einen Krankenwagen rufen.«

»Unsinn«, schaltete Suzy sich ein. »Du weißt, was diese Frau gesagt hat. Womöglich bekommst du das Baby, bevor der Krankenwagen uns findet.«

»Ich denke, ich kann selbst entscheiden, was ich tun will«, erklärte Oscar, der sich, wie Suzy vorhergesehen hatte, eine solche Gelegenheit, sich als Held zu erweisen, auf keinen Fall entgehen lassen wollte. »Selbstverständlich werde ich Julia ins Krankenhaus bringen. Mutter, du kannst dir ein Taxi rufen!«

»Oscar! Deine erste Pflicht gilt mir! Nicht diesem ... Flitt ...«

»Mutter! Wie kannst du es wagen, so von Julia zu sprechen? Ruf dir ein Taxi und lass dich von – von ...«

»Arnold«, half ihm Mrs. Anstruthers Begleiter auf die Sprünge.

»... von Arnold nach Hause bringen. Meine Pflicht gilt Julia!«

»Wie kannst du das sagen, nachdem sie dich so behandelt hat? Sie hat dir das Herz gebrochen! Und offensichtlich keine Zeit verloren, sich einen anderen Mann zu suchen, der deine Stelle einnimmt! War es nicht ihre Schuld, dass du deinen besten Golfpartner verloren hast? Weil sie irgendwelche Papiere gestohlen hat oder etwas in der Art?«

»Also wirklich, nun hört mir doch endlich zu. Bitte, streitet euch nicht. Ruft einfach einen Krankenwagen«, flehte Julia. Die Aussicht, ihr Kind in einem Krankenwagen zur Welt zu bringen, erschien ihr plötzlich gar nicht mehr so furchtbar.

»Unfug!« Oscar wandte sich an Julia: »Wenn dieser andere, dieser Bastard, dich im Stich gelassen hat, würde ich es als Privileg betrachten, dich ins Krankenhaus fahren zu dürfen.«

Eine neuerliche Wehe hinderte Julia daran, Fergus gegen diese Verleumdung zu verteidigen. Mrs. Anstruther stand unter Schock, weil ihr Sohn in ihrer Anwesenheit so redete, und Arnold, Mrs. Anstruthers Begleiter, verlor langsam die Fassung.

»Falls hier möglicherweise Blut fließt«, murmelte er, »möchte ich lieber nicht dabei sein. Ich bringe Ihre Mutter wirklich gern nach Hause«, versicherte er Oscar, obwohl er nicht sehr überzeugt wirkte, »aber dann muss es bald geschehen.«

»Ich habe ein Taxi kommen lassen«, verkündete Suzy. »Das Taxi wird wahrscheinlich vor dem Krankenwagen eintreffen, den ich außerdem bestellt habe.«

»Das hätten Sie sich sparen können!«, rief Oscar. »Ich habe gesagt, dass ich sie hinfahre!«

»Aber wenn das Taxi zuerst kommt«, meinte Julia, »könnte ich damit ins Krankenhaus fahren. Mrs. Anstruther und – ähm ...«

»Arnold«, warf Arnold ein.

»... könnten dann den Krankenwagen nehmen.«

»Das ist nicht der richtige Zeitpunkt für schnippische Bemerkungen!«, erklärte Oscar. »Sagen Sie dem Krankenwagen sofort ab!«

»Ich war nicht schnippisch«, beteuerte Julia Suzy. »Ich hab es wirklich ernst gemeint!«

»Okay!«, meinte Suzy. »Julia, Oscar, ihr beide steigt jetzt ins Auto. Mrs. Anstruther, Arnold, Sie setzen sich hierhin und warten auf das Taxi! Und vertreiben Sie sich die Zeit mit einem Brandy«, fügte sie, weniger grimmig, hinzu.

Oscar griff nach Julias Ellbogen, und während er sie nach Kräften beim Aussteigen behinderte, konnten sie noch immer seine Mutter hören, wie sie Suzy ein gewöhnliches Frauenzimmer nannte.

»Ich hoffe, Suzy rechnet nicht damit, deine Mutter noch einmal auf einem ihrer Boote wiederzusehen«, bemerkte Julia, als sie endlich wieder festen Boden unter den Füßen hatte. »Denn irgendwie habe ich das Gefühl, dass daraus nichts wird.«

»Ich fürchte, meine Mutter hat ein wenig überreagiert. Sie ist etwas zimperlich, wenn es um medizinische Dinge geht.«

»Sie hat mein vollstes Verständnis«, versicherte ihm Julia, nachdem sie sich durch eine heftige Wehe gehechelt hatte. »Ich stehe im Augenblick auch nicht besonders auf Entbindungen.«

»Wenn du mich einfach hier absetzen könntest, werden sich die Krankenschwestern schon um mich kümmern«, sagte sie, als der Wagen sich dem Krankenhausportal näherte. »Außerdem darfst du hier sowieso nicht parken.«

»Mach dir deswegen keine Sorgen, meine Liebe. Ich bin hier, um mich um dich zu kümmern. Ich werde dich in der Stunde deiner Not nicht im Stich lassen.«

»Oh, dramatisiere das Ganze bitte nicht unnötig, Oscar! Dies ist nicht ›die Stunde meiner Not‹. Du brauchst mich nicht zu begleiten.« Sie hatte eine ganze Weile schon keine Wehe mehr gehabt, und jetzt kam ihr diese überstürzte Fahrt ins Krankenhaus furchtbar melodramatisch vor.

Oscar wollte gerade neuerliche Einwände erheben, als er ein Schild sah, mit der Aufschrift *Falschparker müssen mit Radkrallen rechnen*. »Ich bin bei dir, sobald ich einen Parkplatz gefunden habe. Falls es so etwas hier gibt.«

Er brauchte offensichtlich eine ganze Weile, um seinen Wagen abzustellen, denn Julia war mit ihren Erklärungen am Schalter schon fast fertig, als sie hinter sich einen Tumult wahrnahm. Sie drehte sich um und sah Oscar und Fergus, die beide in der Drehtür steckten. Es folgten einige ausgesprochen komische Augenblicke, während beide Männer versuchten, als Erster ins Gebäude zu gelangen. Fergus gewann.

»Julia! Geht es dir gut?«, rief er und vergaß in seiner Angst vollkommen, dass sie sich in einem Krankenhaus befanden.

»Was hat das mit Ihnen zu tun?«, schimpfte Oscar. »Wo waren Sie, als sie Sie brauchte?«

»Ich bin zufällig der Vater des Kindes!«, erklärte Fergus der Frau, die Julias Personalien aufnahm – ihr und allen anderen, die zufällig in der Halle zugegen waren.

»Wenn Sie sie geheiratet hätten, hätten Sie vielleicht das Recht, das zu sagen!«, fuhr Oscar fort, der inzwischen neben ihnen am Schalter stand. »Wie die Dinge liegen, sind Sie nicht besser als ein streunender Kater! Ich kümmere mich jetzt um Julia!«

Man hörte nur noch Fergus' ersticktes Brüllen, und Julia drehte sich gerade rechtzeitig um, um mitzubekommen, wie Fergus den Arm ausfuhr, um einen Boxhieb auf Oscars vorspringendem Kinn zu landen.

Wie in Zeitlupe sah sie Oscar das Gleichgewicht verlieren, er ruderte mit den Armen und sank auf den Boden.

»Meine Herren!«, empörte sich die Empfangsdame. »Wenn Sie sich prügeln wollen, tun Sie es draußen, oder ich rufe die Polizei!«

»Entschuldigung!« Beschämt blickte Fergus auf Oscar hinab, der alle viere von sich streckte. »Hier, ich helfe Ihnen beim Aufstehen.«

Oscar griff nach Fergus' Arm, aber statt sich beim Aufstehen helfen zu lassen, zerrte er heftig an der ihm dargebotenen Hand und versuchte, Fergus zu sich auf den Boden zu reißen. Julia schloss die Augen und suchte Zuflucht in einer Wehe. Sie hechelte laut und ausgiebig, teils um den Schmerz zu lindern, vor allem aber um den Eindruck zu erwecken, dass sie das Baby genau jetzt zur Welt bringen würde, damit Fergus und Oscar endlich zu Verstand kamen. Als sie die Augen wieder öffnete, blickten beide Männer entschiedenermaßen beschämt drein.

»Noch nie im Leben hat mich jemand so in Verlegenheit gebracht!«, sagte sie. »Und jetzt fahrt nach Hause, alle beide, bevor man euch rauswirft!«

»Ich werde dich nicht mit diesem Mann allein lassen«, widersprach Oscar, der sich das Kinn rieb und sorgsam Abstand von besagtem Mann hielt.

»Und ich bin der Vater. Ich habe jedes Recht, hier zu sein«, knurrte Fergus.

Julia wandte sich mit einem flehentlichen Blick an die Empfangsdame. »Gibt es nicht wirklich eine Möglichkeit, die zwei rauszuwerfen? Sie sind beide verrückt. Ich will keinen von ihnen in meiner Nähe haben.«

»Nun, ich könnte das veranlassen, aber es wird vielleicht eine Weile dauern; in der Entbindungsstation brauchen wir nur selten jemanden von der Sicherheit.«

»Schon gut, schon gut!« Oscar kam zu dem Schluss, dass seiner Ehre Genüge getan sei. »Das ist nicht nötig! Aber falls du mich brauchst, Julia, werde ich bleiben.«

Julia schüttelte den Kopf. »Es würde dir bestimmt nicht gefallen. Fahr lieber nach Hause und streich dir etwas Arnikasalbe aufs Kinn.«

Oscar hatte sich schon fast dafür entschieden, tatsächlich zu gehen, als er sah, dass Fergus keinen Millimeter von der Stelle wich. Er änderte seine Meinung. »Was ist mit ihm? Geht er auch?«

»Natürlich geht er! Ich habe gesagt, dass ich keinen von euch beiden dabeihaben will. Oh ...«

»Ich habe dir ein paar Sachen mitgebracht«, meinte Fergus ruhig, als Julia fertig gehechelt hatte. »Suzy sagte, du hättest ohne deine Tasche ins Krankenhaus fahren müssen.«

»Das ist wirklich nett von dir, Fergus, und ich bin dir äußerst dankbar. Aber ich möchte nicht, dass du bleibst.«

Fergus sah sie finster an. »Ich helfe ihr noch bei der Aufnahmeprozedur«, wandte er sich an Oscar. »Schließlich habe ich an dem Kursus teilgenommen, ich kenne die Antworten auf viele Fragen.«

»Genau genommen warst du nur ein einziges Mal da«, murmelte Julia unhörbar.

Aber Oscar war endlich bereit, seine Niederlage einzugestehen, und kämpfte sich durch die Drehtür zurück ins Freie.

»Wirklich, Fergus«, versicherte Julia. »Ich komme hier

auch gut ohne dich zurecht. Es gibt nicht den leisesten Grund für dich zu bleiben.«

»Das habe ich nur gesagt, um Oscar loszuwerden«, erwiderte Fergus. »Ich habe nicht die Absicht wegzugehen.«

»Möchten Sie einen Rollstuhl, oder können Sie gehen?«, fragte die Krankenschwester, die vorsorglich einen Rollstuhl mitgebracht hatte.

Julia geriet ernsthaft in Versuchung. Sie wäre furchtbar faul, aber es würde auch bedeuten, dass sie nicht stehen bleiben musste, wenn sie Wehen hatte. Julia sah sich nach einem kräftigen Handlanger um, der den Rollstuhl schieben würde, begriff dann aber, dass diese Aufgabe im Zweifelsfall der schmächtigen, kleinen Krankenschwester zufallen würde. Sie zögerte.

»Setz dich in den Rollstuhl, ich werde ihn schieben«, erklärte Fergus, der die lästige Angewohnheit hatte, ihre Gedanken lesen zu können. Er ließ ihr zwei Plastiktüten auf den Schoß fallen und setzte sich in Bewegung.

Julia hatte das Gefühl, dass sie Fergus unmöglich in Anwesenheit der neben ihnen hertrabenden Krankenschwester für immer aus ihrem Leben verbannen konnte, das wäre zu undankbar gewesen.

»Wo hast du so spät am Abend noch einen Laden gefunden?«, wollte sie wissen, während sie die Plastiktüten an sich drückte.

»Es ist Schlussverkauf. Die großen Kaufhäuser haben abends länger geöffnet.«

»Oh.« Es war schon seltsam mit Fergus, grübelte sie, wenn er da war, versuchte sie, ihn wegzuschicken, und wenn er nicht da war, wünschte sie sich sehnlichst, er möge kommen.

Sie fuhren mit dem Aufzug nach oben, und als die Türen sich öffneten, wurden sie von Lucasta begrüßt.

»Julia! Sie sind ein bisschen früh dran, oder? Wie schön! Alle meine Mütter erzählen mir, die letzten Wochen seien die schlimmsten. Und Sie haben Fergus mitgebracht. Wunderbar.«

»Lucasta! Wie schön, Sie zu sehen!« Die schillernde Gestalt ihrer Hebamme munterte Julia beträchtlich auf. Sie wandte sich an Fergus. »Jetzt, da Lucasta hier ist, brauche ich dich nicht länger.«

»Ich bin nur zufällig hier. Ich wollte nach einem Baby sehen, dem ich gestern auf die Welt geholfen habe.«

»Aber Sie werden doch bleiben?« Julia wusste, dass die Chancen, Lucasta bei der Geburt dabeizuhaben, eins zu fünf standen, aber es wäre zu grausam, wenn Lucasta ihr jetzt wieder entrissen würde.

»Natürlich. Sie beide gehen jetzt rüber ins Wehenzimmer, und die Schwester wird es Ihnen dort bequem machen, während ich ein paar Anrufe tätige. Ich bin gleich wieder bei Ihnen.«

Fergus wartete draußen, während die Krankenschwester Julia half, die beiden Taschen zu inspizieren. In der ersten befand sich ein Baumwollnachthemd – viel zu schade, um darin ein Kind zur Welt zu bringen, fand Julia –, eine Anzahl von Taschenbüchern und eine riesige Flasche Chanel Nr. 19.

»Hm. Hat man Ihnen keine Liste der Dinge gegeben, die Sie mitbringen sollen? Was ist in der anderen Tasche?« Die Krankenschwester klang ziemlich kritisch.

In der zweiten Tüte fanden sich drei Babystrampler, Größe null bis drei Monate, eine Flasche mit Babyöl und ein Päckchen mit Frotteewindeln.

»Hat Ihr Mann denn überhaupt keinen Schimmer, was Sie und Ihr Baby brauchen werden?«

»Er ist nicht mein Mann, und ich finde, er hat das sehr gut gemacht! Er muss wie ein Wahnsinniger durch die Geschäfte gelaufen sein, um all diese Sachen zu besorgen! Die Wehen haben erst vor anderthalb Stunden eingesetzt!«

»Sie hätten Ihre Sachen schon vorher packen müssen«, beharrte die Krankenschwester. »Hat man Ihnen nicht gesagt, dass Sie eine Tasche für sich und eine für Ihr Baby packen sollen?«

Die nächste Wehe enthob Julia einer Antwort, und endlich kam auch Lucasta zurück. »Hm«, meinte sie wissend. »Gehen Sie schnell rüber ins Badezimmer und nehmen Sie eine Dusche. Wir werden Ihnen ein Krankenhausnachthemd heraussuchen, das da ist viel zu elegant für den Augenblick. Und wenn Sie fertig sind, sehe ich Sie mir an.«

Sauber und ohne die Krankenschwester war Julia weitaus entspannter, als Lucasta sie untersuchte.

»Hm«, murmelte sie noch einmal. »Der Muttermund ist sechs Zentimeter geöffnet. Sie haben ein bisschen lange gewartet, hm?«

Julia schüttelte hechelnd den Kopf. Der Schmerz erreichte ein Stadium, in dem sie sich zu fragen begann, ob sie sich nicht doch ein Medikament hätte geben lassen sollen. Aber ihre Schwester hatte ihr geraten, so lange wie möglich auf Schmerzmittel zu verzichten, damit sie in den Genuss der Wirkung kam, wenn sie es am nötigsten hatte.

»Es wird Ihnen gleich besser gehen, wenn Sie sich ein bisschen bewegen, nachdem ich Sie jetzt untersucht habe«, riet ihr Lucasta. »Ich hole Fergus, und er kann Sie stützen, falls Sie ein wenig auf und ab gehen wollen.«

»Ich will ihn wirklich nicht dabeihaben«, beteuerte Julia. »Er ist einfach mit ein paar Sachen in der Hand aufgetaucht. Und er hat Oscar geschlagen. Es war wirklich furchtbar peinlich. Außerdem habe ich das Gefühl, dass ich mich am besten von Anfang an daran gewöhne, eine alleinerziehende Mutter zu sein. Ich möchte mich nicht von ihm abhängig machen!«

»Lassen Sie ihn bei Ihnen bleiben, wo er schon einmal

gekommen ist. Er kann sich nützlich machen, und wenn es richtig ernst wird und Sie wirklich um sich schlagen wollen, dann schlagen Sie ihn und nicht mich.«

»Ich will ihn nicht dabeihaben, wenn es zur Sache geht. So gut kennen wir uns wirklich nicht.«

Lucasta kicherte. »Ich hole ihn jetzt. Er bekommt es da draußen auf dem Korridor wahrscheinlich langsam mit der Angst zu tun.«

»Geht es dir gut? Solltest du nicht im Bett liegen?«, fragte Fergus, als er Julia in der Ecke des Raumes stehen und aus dem Fenster blicken sah.

»Ich dachte, du wüsstest über Wehen und Entbindung Bescheid.«

»Das weiß ich auch«, erwiderte er in verletztem Ton. »Ich weiß alles darüber. Aber in den Filmen, die ich mir angesehen habe, ging es meistens um den Teil der Angelegenheit, bei dem die Mütter auf dem Rücken liegen und sich die Seele aus dem Leib schreien.«

Julia lächelte. »Bevor man so weit kommt, muss man erst einmal lange auf und ab laufen und nach Luft ringen. Bis dahin wirst du längst weg sein.«

»Nein, werde ich nicht. Ich bleibe hier, bis ich weiß, dass es dir und dem Kind gut geht.« Julia wollte Einwände erheben, wurde aber von einer sehr langen Wehe daran gehindert. »Und du kannst nichts tun, um mich davon abzuhalten.« Sie funkelte ihn wütend an. »Soll ich dir den Rücken massieren?«, bot er versöhnlich an. »Ich habe Babyöl mitgebracht.«

»Nein!«, antwortete sie, als sie wieder sprechen konnte. »Ich möchte, dass du nach Hause fährst. Ich will dich nicht dabeihaben!«

»Warum nicht? Du wirst jemanden brauchen, der deine Hand hält und dir sagt, wann du pressen sollst.«

»Meine Schwester kommt her. Sie wird meine Hand halten.«

»Na schön. Ich bleibe, bis deine Schwester erscheint. Ist das okay?«

»Okay. Aber gibt es nicht irgendetwas, das du lieber tun würdest? Irgendeinen Film, den du dir unbedingt ansehen möchtest?« Er schüttelte den Kopf. »Ich verrate dir was«, gestand sie ihm. »Ich würde im Augenblick lieber den Schrank unter der Treppe ausräumen.«

»Hast du deine Schwester angerufen?«

»Vom Boot aus. Sie wird sich ein wenig verspäten. Eins ihrer Kinder ist krank. Die arme kleine Petal! Ich hoffe sehr, dass es nichts Ernstes ist.«

»Wenn du es bis zum nächsten Telefon schaffst, könntest du sie anrufen und fragen. Ich habe am anderen Ende des Flurs einen Apparat gesehen.«

»Gute Idee!« Sie ließ sich von dem Bett gleiten, auf dem sie zwischen den Wehen gehockt hatte. »Ich sehe nur schnell nach, ob ich etwas Kleingeld finde.« Sie durchstöberte erfolglos ihre Handtasche, bis Fergus ihr eine Hand voll Münzen hinhielt. »Ich trabe nur schnell rüber und rufe sie an.«

Sie hatte auf dem Weg zum Telefon eine Wehe und konnte dann zwei Minuten ungestört mit Angela sprechen. Ihre Schwester war froh, zu hören, dass Julia es bis ins Krankenhaus geschafft hatte. »Ich komme, so bald ich kann, aber obwohl Andrew jetzt zu Hause ist und Petal Antibiotika bekommen hat, weint sie immer noch.«

»Ich kann sie hören. Armes kleines Ding. Ist sie sehr krank?«

»Der Arzt meint, es sei nichts Ernstes, nur eine Mittelohrentzündung. Sie müsste jetzt eigentlich bald ruhiger werden, und dann bin ich im Handumdrehen bei dir.«

Petal hörte sich ganz und gar nicht so an, als würde sie sich bald beruhigen. »Hör mal, Angela. Bleib ruhig zu Hause. Ich komme schon ohne dich zurecht, und ich würde mich sehr unwohl fühlen, wenn du Petal meinetwegen zu einer solchen Zeit allein ließest.«

»Aber Ju!«, begehrte Angela auf. »Wie kannst du so etwas sagen? Ich kann dich unmöglich im Stich lassen! Du brauchst jemanden an deiner Seite, ganz egal, wie gut die Hebammen und das Personal dort sind.«

Julia holte tief Atem. »Ich bin nicht allein. Ich habe Lucasta, die einfach reizend ist, gar nicht wie eine Hebamme. Und Fergus ist hier.«

Angela wurde abermals laut. »Fergus? Wie kommt das denn? Hast du ihm Bescheid gesagt?«

»Nein, das hat Suzy erledigt. Er hat mir ein Nachthemd und ein paar andere Sachen gebracht, also lasse ich ihn einfach bleiben, bis es richtig losgeht. Dann werde ich mit Lucasta bestens zurecht kommen, sie ist wirklich großartig. Also, mach dir keine Sorgen um mich. Sieh nur zu, dass du zu Hause bist, wenn ich dich anrufe, um dir zu erzählen, ob es ein Mädchen oder ein Junge ist.«

»Hm, wenn du dir wirklich sicher bist, Julia ... Julia? Ist alles in Ordnung mit dir?«

Laut hechelnd hatte Julia den Hörer auf die Gabel gelegt.

KAPITEL 26

»Ich glaube, jetzt brauche ich Gas und Sauerstoff«, keuchte Julia.

Sie hatte das Gefühl, als wären Stunden vergangen. Irgendwie war sie einfach nicht dazu gekommen, Fergus wegzuschicken. Glücklicherweise, denn er war – typisch Mann – voll dem Reiz der Technik erlegen. Er bediente jetzt nach Lucastas Erklärungen mit großer Sorgfalt den Sauerstoffapparat.

»Wenn das nicht reicht, musst du dich melden. Das ist

hier kein Wettbewerb, bei dem man beweisen muss, wie viel Schmerz man aushalten kann.« Er klang, als zitierte er aus einer Elternzeitschrift.

»Schon gut. Im Augenblick habe ich das Gefühl, ich konzentriere mich am besten auf den Schmerz als etwas, das ich tue, statt auf etwas, das mir zustößt.« Es folgte eine lange, schmerzerfüllte Pause. »Aber das hängt davon ab, wie lange es noch so weitergeht.«

Wieder schienen etliche Stunden zu verstreichen, obwohl Fergus, der ihr abwechselnd aus einem Roman vorlas und ihr den Rücken massierte, das bestritt.

»Der Muttermund ist jetzt ganz geöffnet«, verkündete Lucasta nach der nächsten Untersuchung. »Bald sind Sie so weit, dass Sie pressen können.«

Julia hatte das Gefühl, sich in einem Traum zu befinden, einer warmen, schmerzerfüllten Welt, in der es nur sie, Fergus und das Baby gab, das sie erwartete. Die Zeit verging sehr langsam, aber Julia langweilte sich nicht. Inzwischen hatte sich ein Gefühl der Dringlichkeit über den Raum gelegt. Eine zweite Hebamme hatte einige Gegenstände mitgebracht, die Julia sich weder ansehen konnte noch wollte. Das Wissen, dass ihr Baby jetzt fast da war, berauschte sie; der Gedanke, dass der Schmerz, der langsam außer Kontrolle geriet, fast überstanden war, erleichterte sie von Herzen.

»Ich glaube, ich werde jetzt bald etwas Stärkeres gegen die Schmerzen brauchen«, flüsterte sie, als sie dazu in der Lage war.

»Ich fürchte, Sie haben ein bisschen zu lange gewartet. Nichts, was Sie jetzt noch bekommen können, hätte noch Zeit zu wirken«, antwortete Lucasta.

»Aber das ist doch lächerlich!«, empörte sich Fergus. »Sie hat Schmerzen, verdammt noch mal! Sie hat das alles nur mit Gas und Sauerstoff durchgestanden, und nun sagen Sie, es sei zu spät!«

»Es hätte wirklich keinen Sinn mehr, ihr jetzt noch etwas zu geben. Das Baby wird da sein, bevor ein Medikament greifen könnte«, erklärte Lucasta geduldig. »Außerdem würde alles, was sie jetzt nimmt, durch die Plazenta gehen. Das wollen Sie doch nicht, oder?«

»Ich will das, was am besten für Julia ist!«

»Wirklich, Fergus, ich brauche dich nicht als Fürsprecher! Wenn Lucasta meint, ich schaffe es, dann schaffe ich es!«, fuhr Julia ihn an. »Was machst du eigentlich immer noch hier? Ich habe gesagt, ich will dich bei der Geburt nicht dabeihaben!«

»Außerdem hat sie das entscheidende Stadium erreicht«, bemerkte Lucasta zu Fergus. »Das ist höllisch, also wagen Sie es nicht, Sie jetzt im Stich zu lassen. Es wird Zeit zu pressen.«

Ein Teil von Julia kam zu dem Schluss, dass es sich um eine Art Tauziehen handeln müsse – eine Mannschaftsanstrengung, mit viel Gebrüll aus dem Publikum. Ihr Verstand sagte ihr aber, dass sie die Einzige war, die wirklich das Baby aus sich hinausspresste, aber Fergus und Lucasta arbeiteten genauso hart.

»Komm schon, Liebling, du machst das so gut! Ich bin so stolz auf dich!«, rief Fergus.

Julia hatte einen Fuß gegen seine Brust gestemmt und den anderen gegen Lucastas. Die beiden beugten sich über sie, und Julia versuchte, sie zurückzuschieben. Für einen Moment ging es ihr vage durch den Kopf, dass sie Lucasta nicht so viel zumuten wollte, die selbst in ihrer Uniform so adrett wie eh und je aussah. Fergus hingegen wirkte stark genug, um einer Eiche standzuhalten.

»Ich will keinen Dammschnitt«, murmelte Julia. »Ich möchte nicht aufgeschnitten werden.«

»Das ist auch gar nicht nötig«, beruhigte Lucasta sie. »Selbst wenn Sie ein klein wenig reißen sollten, wird das ganz von allein wieder heilen. Jetzt machen Sie sich deswegen mal keine Sorgen, konzentrieren Sie sich einfach auf Ihren Job.«

»Ich kann den Kopf sehen!«, rief Fergus. »Es hat Haare!«

»Hören Sie während der nächsten Wehe auf, zu pressen und zu hecheln. Wenn der Kopf draußen ist, können Sie sich hinsetzen und das Baby in Empfang nehmen, Julia.«

»Will ich gar nicht.« Sie saß bereits, hatte aber das Gefühl, viel zu weit entfernt zu sein, um sich vorbeugen und ihr Baby berühren zu können.

»Dann vielleicht Fergus? Aber entscheiden Sie sich. Es dauert nicht mehr lange.«

»Julia?«

»Wenn du willst.«

»Da ist der Kopf. Und die Nabelschnur ist in Ordnung.«

»Komm schon, Liebling, wir haben's fast geschafft. Es kommt, ich kann es sehen ... es ist ein Junge!«, flüsterte Fergus. »Oh, mein Gott.«

»Gut gemacht, Fergus! Und das ist die Nabelschnur«, erklärte Lucasta, »und ja, es ist ein kleiner Junge. Wollen Sie ihn gleich haben, oder soll ich ihn erst sauber machen?«

»Sofort, bitte«, antwortete Julia. Einen Augenblick später lag ihr Baby in ihren Armen und suchte nach ihrer Brust. Sie stellte fest, dass sie gleichzeitig lachen und weinen musste. Eine Woge von Gefühlen überschwemmte sie. Sie spürte, dass sie sowohl dem Leben als auch dem Tod näher war als je zuvor, und in ihren Armen regte sich ein neues Leben. Sie war so voller Liebe für diesen kleinen, aber vollkommenen Menschen, der jetzt mit weit geöffneten Augen zu ihr aufsah, dass sie noch genug Liebe für den ganzen Rest der Welt übrig zu haben schien.

Julia blickte zu Fergus auf. »Wir haben es geschafft, nicht wahr?«, fragte sie mit einem leisen Lachen. »Und er sieht genauso aus wie du.«

»*Du* hast es geschafft, Julia. Ich habe nur als Fürsprecher agiert. Aber ich bin so furchtbar stolz auf dich.«

»Du hast ihn auf die Welt gebracht. Du bist praktisch eine Hebamme.« Julia war wieder den Tränen nah und konzentrierte sich darauf, schnippische Antworten zu geben und das winzige Etwas in ihren Armen zu betrachten, das bis hinab zu den Fingernägeln vollkommen war.

»Wie soll er denn heißen?«, erkundigte sich Lucasta.

»Keine Ahnung«, antwortete Julia. »Mir wird schon etwas einfallen.«

»Nun, wenn Sie ihn mir jetzt noch einmal überlassen würden, werde ich ihn wiegen, untersuchen und ihm etwas anziehen, dann können Sie drei einander etwas besser kennen lernen.«

»Vielleicht sollte ich in der Zwischenzeit ein paar Telefonanrufe erledigen«, meinte Fergus. »Du hast doch sicher eine Liste von Leuten, denen du Bescheid geben willst. Deine Schwester ...«

»Völlig zwecklos, die Leute anzurufen, wenn sie noch nicht wissen, wie viel er wiegt«, mischte sich Lucasta ein. »Das ist das Erste, was die Leute nach dem Geschlecht wissen wollen. Soll ich Ihnen sein Gewicht angeben?«

»In Pfund und Gramm«, erwiderte Julia.

»Dann sind es genau siebeneinhalb Pfund. Gut gemacht. Das ist recht ordentlich für eine Frühgeburt. Obwohl Jungen im Allgemeinen immer etwas schwerer sind als Mädchen. Jetzt will ich mich nur noch davon überzeugen, dass alles mit ihm in Ordnung ist, obwohl mir kaum je ein gesünderes kleines Ding untergekommen ist.«

Es schien eine Ewigkeit zu dauern, bis man ihnen das Baby wieder zurückgab. »Jetzt genießen Sie einfach ein Weilchen das Beisammensein.« Das Kind, das immer noch keinen Namen hatte, wurde in Julias Arme gelegt. »Für Telefonanrufe bleibt später noch reichlich Zeit.«

»Ich nehme an, Julia würde diese Zeit lieber allein mit dem Baby verbringen«, sagte Fergus.

Julia hörte die Trostlosigkeit in seiner Stimme und wusste, dass sie ihn jetzt nicht wegschicken konnte.

»Geh nicht, Fergus. Bleib bei mir und mach dich mit deinem Sohn bekannt.«

Fergus nahm neben ihr auf dem Bett eine halb liegende Position ein und schloss das Baby in die Arme, als Julia es ihm hinhielt. »Ich hätte nie gedacht, dass ich diese Worte jemals hören würde.«

»Freust du dich, dass es ein Junge ist?«

Fergus schüttelte den Kopf. »Ich freue mich einfach, dass es ein Baby ist.«

»Ja, wenn wir eine kleine Katze oder einen Hund bekommen hätten, wären wir doch sehr aufgefallen.«

Er sah sie mit finsterem Blick an, und Julia bemerkte, dass er geweint hatte. Sie wünschte sich aus tiefster Seele, sie hätte ihn bitten können, für immer bei ihr zu bleiben. Aber sie wusste, dass Entscheidungen, die man auf einem solchen Höhepunkt der Glückseligkeit traf, sicher diejenigen waren, die man später bereute.

Schließlich kam Lucasta zurück. »Ich hatte gerade eine sehr ängstliche Angela Wilton am Telefon, die mitgeteilt hat, dass sie nicht so schnell kommen könne. Sie fragte, ob das Baby bitte auf sie warten könne. Ich habe ihr erklärt, dass sie zu spät anrufe und bereits einen neuen Neffen habe. Ich hoffe, das geht in Ordnung. Eigentlich darf ich keine vertraulichen Einzelheiten weitergeben.«

»Nein, es ist gut so. Sie wird es meiner Mutter und allen anderen erzählen.«

»Wenn Sie so weit sind, kann ich Ihnen ein Telefon bringen, falls Sie Ihre Mutter selbst anrufen wollen.«

Julia, Fergus und ihr Baby traten die Prozession durch den Korridor in Richtung Wöchnerinnenstation an. »Sie werde ich jetzt nach Hause schicken, Fergus, damit wir Julia ein wenig frisch machen und in dieses himmlische Nachthemd stecken können.«

»Ich muss sowieso langsam gehen«, erwiderte Fergus, sichtlich erfreut, dass jemand sein Geschenk als himmlisch bezeichnete. »Ich besuche dich dann morgen früh.«

»Am Nachmittag, bitte«, widersprach Lucasta. »Wir sehen es gern, wenn unsere Mamas sich morgens noch etwas ausruhen. Eine Geburt ist eine sehr ermüdende Angelegenheit.«

Er grinste und sah dabei wie ein Schuljunge aus. »Also schön, am Nachmittag.«

Am nächsten Morgen kam eine Frau zu Julia, deren Kleidung und Gesichtsausdruck deutlich machten, dass man ihr niemals widersprach. »Guten Morgen, meine Liebe. Ein reizendes Baby. Ein kleiner Junge? Wunderbar. Also, auf Ihrem Formular steht, Sie seien ledig.« Sie versuchte, ihre Missbilligung zu kaschieren (es war nicht ihr Job, moralische Urteile zu fällen), aber irgendwie war ihre Meinung doch offensichtlich.

»Das stimmt«, antwortete Julia betont munter.

»Aber die Hebamme sagt, Ihr Partner sei bei der Geburt zugegen gewesen?«

»Stimmt ebenfalls.«

»Doch Sie leben nicht zusammen?«

»Nein. Ich bin tatsächlich ledig und alleinerziehende Mutter.«

»Oh. Und es besteht keine Chance auf Versöhnung?«

»Nein. Es gibt nichts zu versöhnen. Wir sind nicht verfeindet oder etwas in der Art. Wir sind nur einfach kein Paar.«

Die Frau schürzte die Lippen, um nicht etwas zu murmeln, das wie »um des Kindes willen« klang. Dann machte sie sich eine Notiz auf ihrem Klemmblock und verließ den Raum.

Kurze Zeit später kam die Krankenschwester herein. »Sie haben alle besonderes Glück. Wir gehören zu den wenigen Krankenhäusern, die über einen Anmeldungsservice verfügen. Der Notar ist heute hier, falls jemand von Ihnen sein Baby registrieren lassen möchte.«

»O ja, ich«, erklärte Julia.

»Mom ist natürlich ganz aus dem Häuschen vor Begeisterung«, berichtete Angela und sah ihren neuen Neffen mit einem Blick an, der ihren Mann nervös gemacht hätte, wäre er zugegen gewesen. »Sie kommt gleich morgen runter, und wenn sie hier ist, wird man dich wahrscheinlich nach Hause gehen lassen. Sie wäre gern schon heute Abend gekommen, doch sie musste noch einiges erledigen, und ich habe ihr klar gemacht, dass du ein klein wenig Zeit brauchst, um dich an den Gedanken zu gewöhnen, Mutter zu sein – ohne gleich vierundzwanzig Stunden am Tag die Verantwortung zu tragen.«

Julia überlegte. »Ich würde tatsächlich gern lernen, ihn zu baden, ohne ihn fallen zu lassen, aber ansonsten kann ich es kaum erwarten, endlich heimzukommen. Nicht dass das Essen nicht ausgezeichnet wäre oder so etwas in der Art – im Gegenteil, es ist schön, sich keine Gedanken über das Kochen und dergleichen machen zu müssen.«

»Hast du Fergus schon erzählt, dass es ein Junge ist?«

Julia nahm das Baby auf und strahlte es ein paar Sekunden lang an. »Genau genommen hat er es *mir* gesagt.«

»Was?«, rief Angela. »Ich dachte, er sollte gehen, bevor es richtig zur Sache ging?«

Julia schüttelte den Kopf. »Ich wollte ihn wegschicken,

aber er hat sich nicht wegschicken lassen. Er hat David auf die Welt geholfen.«

»Und das, obwohl ihr nicht mal verheiratet seid? Du brauchtest nicht zu drohen, dass du nie wieder mit ihm schlafen würdest, wenn er nicht bleibt?«

»Ganz bestimmt nicht!«

Angela seufzte. »Ein Volltreffer, dieser Mann! Viele Ehemänner wollen nicht einmal mit ansehen, wie ihre Frauen solche Schmerzen durchmachen. Aber da es genauso ihre Schuld ist wie unsere, dass wir diese Schmerzen haben, finde ich es ganz richtig, dass sie bei der Geburt dabei sind. Man sollte den Männern nicht erlauben, im Flur auf und ab zu gehen, nur um ihnen den Anblick ihrer leidenden Ehefrauen zu ersparen.«

»Nun ja, wie auch immer, er war dabei.«

»Was für ein Held.«

»Es schien ihm nichts auszumachen.« Es widerstrebte Julia zutiefst, dass Fergus die sprichwörtlichen neunundneunzig Gummipunkte bekam, nur weil er seinen Willen durchgesetzt hatte.

»Trotzdem. Hat er dir diesen Frühlingswald hier geschickt? Du hast mehr Blumen hier als irgendjemand sonst.«

»Die Lilien sind von Suzy, aber die anderen Blumen hat Fergus geschickt.«

»Was für ein Schatz! Andrew hat das jedes Mal völlig vergessen. Ich war die einzige Mutter auf der Station ohne Blumen. Ich kam mir vor wie eine ledige Mutter. Oh. Tut mir leid.«

»Mach dir nichts draus.« Julia lachte. »Ich bin eine ledige Mutter, aber ich habe jede Menge Blumen, daher ist alles in Ordnung.«

»Ich wollte nicht taktlos sein. Meine Güte, wem gehört denn dieses Prachtexemplar von Mann, der da gerade den Flur runterkommt?«

»Das ist Fergus, Angela. Erinnerst du dich nicht?«

»Nicht daran, dass er so ausgesehen hat. Er hat sich ganz gut gemacht, nicht wahr?«

»Halt den Mund. Er wird dich hören.«

Fergus trat an ihr Bett und legte eine große Schachtel Pralinen auf den Nachttisch. »Hallo, Julia. Wie geht es dir?«

»Gut! Und vielen Dank für die Blumen. Es ist der größte Strauß auf der Station. Ich glaube, meine Schwester hast du seit ein paar Jahren nicht mehr gesehen ...«

»Seit ein paar Jahren und mehreren Inkarnationen«, bemerkte Angela. »Hallo, Fergus!«

Er küsste sie auf die Wange. »Schließlich sind wir ja alte Freunde.«

»Praktisch Verwandte«, stimmte Angela ihm zu.

Julia runzelte die Stirn. »Willst du nicht David begrüßen?«

»David? Hast du ihn so genannt? Das ist ein guter Name, klangvoll und ehrlich. Darf ich ihn mal nehmen?«

»Er ist auch dein Kind.«

Angela erhob sich. »Also, ich fahre dann mal besser nach Hause und erzähle den Kindern von ihrem neuen Vetter. Mom wird wahrscheinlich morgen Abend hier sein. Dann darfst du nach Hause.«

Es erschien ihr ganz natürlich, dass Fergus sich wieder halb neben sie legte, mit David in den Armen, genauso, wie sie dagelegen hatten, nachdem er geboren worden war. »Deine Mutter kommt also her, um sich um dich zu kümmern?«

»Ja. Man wird hier nicht entlassen, wenn man niemanden zu Hause hat. Bei den ledigen Müttern sind sie in diesem Punkt besonders zickig.«

»Hm, gut. Es gibt viel zu tun. Darf ich die Pralinen für dich auspacken?«

»Ja, bitte. Obwohl Babys von Schokolade angeblich Verstopfung bekommen.«

»Dann sollen sie sie eben nicht essen«, konterte Fergus.

»Ich meinte nicht ...«

»Ich weiß, was du meintest. Wie läuft es mit dem Stillen?«

»Die Milch schießt erst drei Tage nach der Geburt ein, aber das hindert David nicht daran, aus Leibeskräften zu saugen. Allerdings tut es weh.«

»Willst du ihn dann doch lieber mit der Flasche füttern, wenn er die Vormilch gehabt hat?«

Julia runzelte die Stirn. »Mal ehrlich, Fergus, gibt es irgendeinen Aspekt der Geburt, über den du dich nicht kundig gemacht hast?«

»Entschuldige«, bat er demütig. »Also, willst du auf Flaschennahrung umstellen?«

»Nein. Angela meinte, wenn man sich zwei Wochen lang durchbeißt, kann man genauso gut weiterstillen. Sie sagt, man hätte sowieso nichts davon, wenn man mit der Flasche füttert. Zwar können dann theoretisch auch andere dem Kind ein Fläschchen geben, aber man würde doch niemandem richtig vertrauen. Statt also herumzuliegen und zu lesen oder fernzusehen, während man das Baby füttert, läuft man von einem Zimmer ins andere, füllt Messbecher ab und macht Milch warm. Wenn man stillt, kann man das Baby auch ohne weiteres überall mit hinnehmen.«

Fergus schwieg einen Augenblick. »Aber genau das kann ich eben nicht.«

»Doch! Du musst mich einfach auch mitnehmen. Du kannst mit uns Kahn fahren.« Sie fügte Letzteres hinzu, um Fergus aufzumuntern, aber es funktionierte nicht. Er wirkte immer noch niederschlagen.

Genau in diesem Moment kam eine Frau in einem weißen Kittel herbeigeeilt. »Guten Morgen, Mr. und Mrs. ...«

»Miss Fairfax. Ich bin ledig«, erklärte Julia fest.

»Oh. Also, ich bin ihr Pädiater. Das heißt, ich kümmere

mich um die Kinder«, fügte sie mit einem freundlichen Lächeln hinzu.

»Ach ja?«, murmelte Fergus und hob eine Augenbraue. »Ich wollte Sie gerade bitten, mir die Zehennägel zu schneiden.«

Die Frau wirkte verwirrt und dann leicht beschämt, als sie begriff. »Nun, nicht alle Eltern wissen, was ein Pädiater ist. Aber wie auch immer, ich möchte mich nur davon überzeugen, dass Ihr Baby gesund ist.«

»Auch das weiß ich«, erwiderte Fergus, der offensichtlich eine Abneigung gegen die Frau gefasst hatte und Julia Ärger ersparen wollte. »Ich habe die Unterlagen gelesen.«

»Soweit es mich betrifft, können Sie mit dem Baby nach Hause gehen, sobald Sie wollen.«

»Oh, gut«, freute sich Julia.

»Wenn Sie jemanden haben, der sich zu Hause um Sie kümmert.« Sie warf Fergus einen kumpelhaften Blick zu, bei dem sie beide zusammenzuckten. »Sie muss ein bisschen umsorgt werden, also bleiben Sie nicht zu lange mit Ihren Freunden im Pub.«

»Wir sind kein Paar«, stellte Julia klar. »Wenn Fergus mit seinen Freunden im Pub leben möchte, kann er das von mir aus gern tun.«

»Oh. Sie leben also nicht zusammen?«

»Nein«, antwortet Julia. »Das tun wir nicht.«

»Wer wird sich dann um Sie kümmern?«

»Meine Mutter. Sie kommt morgen vom Lake District her.«

»Oh, gut.«

»Und wenn Sie mich jetzt bitte entschuldigen möchten, mein Baby weint. Ich muss es stillen.«

»Das ist kein richtiges Weinen, meine Liebe. Wenn Sie es jedes Mal aufnehmen, wenn es jammert, dann werden Sie bald sein Sklave sein.«

»Ach wirklich?«, entgegnete sie ungläubig, und die Frau zog eilig wieder ab.

»Sie hat doch nicht Recht, oder?«, fragte Fergus, dem der Gedanke grässlich war, sie könnte vielleicht doch Recht haben.

»Nicht, wenn man Angela glauben darf, die eine überbesorgte Mutter ist, das muss ich zugeben. Sie kann es nicht ertragen, ihre Babys weinen zu hören, deshalb trägt sie sie ziemlich viel rum. Wirklich, auf diese Weise bekommt man Muskeln in den Armen. Angela ist jetzt erstaunlich stark.«

»Das scheint mir gar keine so schlechte Sache zu sein.«

»Ist es auch nicht.«

»Hm, dann gehe ich jetzt besser mal. Ich muss noch arbeiten.«

»Hast du irgendjemandem erzählt, dass du ein frisch gebackener Vater bist?«

»Es ist nicht leicht, die Situation zu erklären. Das Ganze rückt mich in ein sehr schlechtes Licht.« Es folgte eine verlegene Pause. »Aber wie auch immer, ich muss jetzt los. Ich komme so bald wie möglich zurück, wenn du einverstanden bist.«

»Natürlich.«

Ihr nächster Besucher war Suzy: gekleidet in schwarzes Leder, mit einer Flasche Champagner in der einen Hand und einer Schachtel Trüffel von Fortnum and Mason in der anderen.

»Warum machst du den Schampus nicht auf?«, schlug Julia vor. »Ich darf nicht viel trinken, aber ein paar Schlückchen werden David wohl nicht schaden.«

»Oh, nein! Bewahr dir den Champagner für später auf. Du wirst ihn vielleicht noch brauchen. Nimm stattdessen lieber eine Praline. Ist David nicht zum Anbeißen süß?«, fragte sie, als sie in das Babybett spähte, das wie ein Aquarium aussah.

»Möchtest du ihn mal halten?« Julia beugte sich vor und ergriff das schlafende Baby.

»Nicht unbedingt. Ich möchte zwar selbst eines Tages Kinder haben, aber doch nicht jetzt sofort.«

»Nur weil du deinen Patensohn einmal in den Arm nimmst, wirst du nicht gleich schwanger.«

Suzy lachte und nahm das kleine Bündel in Empfang. »Er ist nicht sehr schwer, oder?«

»Er hat bei der Geburt siebeneinhalb Pfund gewogen, das ist ziemlich viel für eine Frühgeburt.«

»Ach ja? Aber ich muss zugeben, er ist ein Prachtkerl. Ich kann es gar nicht erwarten, dass er endlich groß genug ist, um mit ihm zu spielen. Wayne freut sich auch schon sehr darauf, ihn besuchen zu können. Im Augenblick wohnt er bei uns. Daddy benimmt sich wie ein in die Enge getriebener Hirsch. Jedes Mal, wenn er Wayne sieht, fängt er quasi an zu röhren.«

Suzy blieb, bis sie sah, dass Julia die Augen zufielen, dann küsste sie sie herzlich auf die Wange und versprach, mit weiteren Leckereien zurückzukommen, wenn Julia zu Hause war.

Als Fergus wiederkam, sah er erschreckend entschlossen aus. Julia war nur froh, dass ihr Baby ihr die Chance gegeben hatte, ausgiebig zu schlafen.

»Weißt du, ob gerade jemand im Tageszimmer ist?«, wollte Fergus wissen. »Ich muss unbedingt allein mit dir reden.«

»Ach ja? Nun, ich fürchte, ich habe nicht die geringste Ahnung, was das betrifft.«

»Dann gehe ich schnell rüber und sehe nach.«

Er war einen Augenblick später schon zurück und führte Julia und David, einschließlich des Aquariums, durch den Korridor.

»Also, was hast du zu sagen, das du nicht in einer Station voller stillender Mütter und ihrer Besucher hättest vorbringen können?«, erkundigte sich Julia, die nicht gerade begeistert darüber war, aus der behaglichen Wärme der Station in die weitaus kühlere Atmosphäre des Tageszimmers gebracht zu werden.

»Deine Mutter hat mich angerufen.«

»Warum dich und nicht mich?«, wollte Julia wissen; plötzlich war sie wütend.

»Sie kann nicht vor nächster Woche kommen. Sie ist eingeschneit.«

»Oh.« An die Stelle des Ärgers trat ein Gefühl der Enttäuschung, das sich wie eine Decke über sie breitete. Sie hatte nichts an dem Krankenhaus auszusetzen, aber sie zählte dennoch die Stunden, bis sie nach Hause gehen durfte.

»Man wird dich nicht heimgehen lassen ohne jemanden, der sich dort um dich kümmert«, erklärte Fergus ihr.

»Ich weiß. Deshalb sollte meine Mutter ja kommen.« Julia hatte plötzlich wieder Tränen in den Augen. Sie fühlte sich im Stich gelassen wie ein viktorianisches Dienstmädchen, das von ihrem Dienstherrn geschwängert und anschließend hinaus in den Schnee geschickt worden war. »Es langweilt mich einfach, immer im Krankenhaus zu sein. Alle sind sehr nett zu mir, es ist alles wunderbar, aber ich möchte einfach nach Hause.«

»Deine Mutter kommt her, sobald die Straßen wieder befahrbar sind. Angela kann nicht kommen, weil es ihrer Jüngsten immer noch sehr schlecht geht – wahrscheinlich ist es etwas Ansteckendes«, fuhr er hastig fort, bevor Julia vorschlagen konnte, dass Angela Petal doch mitbringen könne. »Also musst du eben hier bleiben. Es sei denn ...«

»Es sei denn, was?«

»Dass ich mich um dich kümmere.«

»Oh, Fergus, würdest du das tun? Das wäre furchtbar

nett von dir. Aber wie willst du es erreichen, dass man dir Urlaub gibt? Da ich nicht deine Frau bin, kannst du kaum um Vaterschaftsurlaub bitten.«

»Nein, natürlich nicht. Aber andererseits könnte ich Urlaub bekommen, wenn du meine Verlobte wärst.«

»Wirklich? Nun, dann ist das Problem wenigstens gelöst. Du könntest einfach so tun als ob.« Er schien sich für diese Idee nicht besonders begeistern zu können. »Das würdest du doch für mich tun, nicht wahr?«

Fergus, der bisher so hilfsbereit gewesen war, insbesondere während Davids Geburt, sah plötzlich sehr unnachgiebig aus. »Nein. Warum sollte ich?«

»Damit David und ich nach Hause gehen können, deshalb.«

»Und was würde mir das bringen?«

»Fergus! Was ist los mit dir? Seit du von meiner Schwangerschaft wusstest, wolltest du immer nur das Beste für David und mich. Warum stellst du dich jetzt so an?«

»Ich stelle mich nicht an. Ich bin nur nicht bereit, einen Meineid zu leisten, bloß um dich aus dem Krankenhaus zu holen.«

»Warum hast du dann überhaupt vorgeschlagen, dich um mich zu kümmern?«

»Weil ich mehr als bereit bin, das zu tun. Aber zu meinen Bedingungen.«

»Was sind denn deine Bedingungen? Zinslos für die ersten sechs Monate, aber am Ende zahlt man bis in alle Ewigkeit?«

»Etwas in der Art. Du musst mir versprechen, mich zu heiraten.«

Julia fühlte sich ausgesprochen schwach. »Das ist ja Erpressung.«

»Genau das. Aber ich weiß nicht, was ich sonst tun soll, um dich zur Vernunft zu bringen.«

Julia kauerte sich in den Sessel und schloss die Augen,

zu müde, um all ihre Argumente noch einmal vorzubringen.

»Ich liebe dich, Julia, und ich möchte den Rest meines Lebens damit verbringen, mich um dich zu kümmern. Ich habe versucht, dir zu beweisen, dass wir durchaus glücklich miteinander leben können, dass ich für dich sorge und nicht nur für unser Baby, aber du scheinst das einfach nicht glauben zu können.«

Ein Auge öffnete sich. »Wovon redest du eigentlich?«

»Von dem Abend, als ich vor deinem Haus eine Panne hatte.«

»Du hattest keine Panne!« Sie war jetzt wieder voll bei der Sache. »Dir ist das Benzin ausgegangen!«

»Das habe ich gesagt? Ich kann mich an meine eigenen Lügen nicht mehr erinnern. Aber in Wahrheit hatte ich jede Menge Benzin.«

»Und stand deine Wohnung nicht unter Wasser?«

»Nun ja, der Kühlschrank war ein bisschen undicht gewesen, aber das war nichts, was man nicht mit ein paar Küchentüchern hätte bereinigen können.«

»Fergus!« Sie war entsetzt. Dass Fergus, dieser allzeit gesetzestreue Tugendbold, etwas derart Hinterlistiges tun konnte! »Warum?«

»Ich wollte dir meine Liebe auf praktische Art beweisen, indem ich mich wirklich um dich kümmere.« Er griff nach ihren Händen. »Ich weiß, dass du mich wochenlang nicht in deiner Nähe wirst haben wollen, aber wenn wir zusammen wären, mit David, würdest du vielleicht lernen, mich so zu lieben, wie ich dich liebe. Es mag vielleicht nicht der ganze Himmel voller Rosen hängen, aber es wäre eine Liebe aus dem echten Leben, die Art Liebe, die überlebt, auch wenn man nicht jeden Abend Drei-Sterne-Sex und ein Drei-Sterne-Essen hat. Für mich bist du wunderschön, wenn du deinen Morgenmantel trägst und gerade aus der Badewanne kommst. Ich möchte, dass du es lernst, ähnlich für mich zu empfinden. Ich möchte, dass wir für immer zusammen sind, um *unseretwillen*, nicht wegen David, obwohl er ein Teil von uns ist. Erpressung schien mir die letzte Möglichkeit zu sein.«

Julia fiel nichts ein, was sie hätte erwidern können. Ihr Herz schlug in ihrer Brust Purzelbäume.

»Und bevor du sagst, das Ganze käme nicht infrage, und du würdest lieber für alle Ewigkeit im Krankenhaus schmoren, als mit mir nach Hause zu gehen: Ich habe den Namen gesehen, den du ihm gegeben hast.«

»Ich habe ihn David genannt!« Was hatte das denn mit allem zu tun?

»David Fergus. Du musst etwas für mich empfinden, wenn du dein Kind nach mir benennst.«

Dieses Etwas, das sie empfand, brachte sie mehr und mehr in Gefahr, sentimental zu werden. »Er ist nicht nur mein Kind, er ist auch deins.«

Fergus lächelte plötzlich. »Heißt das, du bist einverstanden? Du wirst mich heiraten? Du wirst mir erlauben, dich zu lieben und zu hegen, bis dass der Tod uns scheidet?«

Sie nickte, fest entschlossen, mit sich selbst ins Reine zu kommen. »Ich habe keine andere Wahl, oder? Wenn ich je aus diesem Krankenhaus entlassen werden will.«

Er umarmte sie, bis sie vor Schmerz zusammenzuckte, da ihre angeschwollenen Brüste unter seiner Leidenschaft gequetscht wurden. »Ich habe dich geliebt, seit ich dich das erste Mal auf dem Boot sah. Du hast so bärbeißig dreingeschaut, dass mein Herz einfach einen Salto geschlagen hat.«

»Du bist so widersprüchlich«, murmelte sie, während sie sich an die Aufschläge seines Jacketts klammerte. »Wie kannst du nur jemanden lieben, der so übellaunig ist?«

»Weil du in Wirklichkeit gar nicht übellaunig bist – und weil ich dich, auch wenn es dir unmöglich erscheint, sehr sexy finde.«

»›Unmöglich‹ dürfte für eine Weile die Sache genau treffen, fürchte ich.«

»Vielleicht warten wir besser, bis wir verheiratet sind«, schlug er vor. »So richtig wunderbar altmodisch, meinst du nicht auch?«

Julia konnte nicht denken. Ihr Gehirn fuhr Achterbahn. Fergus wollte sie wirklich um *ihretwillen*, und er wollte sie nicht nur heiraten, weil sie ein Kind zusammen hatten. Sie brauchte eine Weile, um diese Neuigkeit zu verdauen.

»Dann sind wir also verlobt? Wirst du mich heiraten?« Julia nickte. »Dann sollte ich dir jetzt wohl dies hier geben – um es offiziell zu machen.«

Er förderte aus seiner Tasche ein Schmuckkästchen zutage. Darin lag ein Ring mit drei großen, in Gold gefassten Diamanten.

»Der muss ein Vermögen gekostet haben!«, flüsterte sie, während Fergus den Ring aus dem Futteral löste und ihn ihr über den Finger streifte.

»Keine Bange. Er stammt aus zweiter Hand – ach, wahrscheinlich aus zwanzigster Hand. Er ist antik.«

Julia ächzte. »Denk doch nur an all die Dinge, die wir mit dem Geld für das Baby hätten kaufen können.«

»Ich wollte dir beweisen, dass ich dich liebe und nicht nur das Baby, obwohl ich natürlich auch in unseren Sohn ganz vernarrt bin. Wenn ich einen teuren Kinderwagen oder so etwas gekauft hätte, hättest du mir niemals geglaubt, dass ich dich um deinetwillen heiraten möchte und nicht nur, weil du die Mutter meines Sohnes bist.« Julia drehte ihren Finger bald in diese, bald in jene Richtung, um zu sehen, wie die Diamanten blitzten. Er ist doch nicht zu übertrieben, oder? Gefällt dir der Ring?«

»Ob er mir ›gefällt‹ ist nicht der richtige Ausdruck. Er ist wunderbar.«

»Ich habe Suzy mitgenommen. Sie sollte mir beim Aussuchen helfen. Suzy hat einen sehr teuren Geschmack und versicherte mir, dass das Geld gut angelegt sei.«

»Hm. Angeblich gibt es nur eins, was härter ist als ein Diamant, nämlich dafür bezahlen zu müssen. Und dieser Ring hat drei Diamanten! Du musst dich bis über beide Ohren in Schulden gestürzt haben. Bloß gut, dass ich mein Baby ohne Hilfe seines Vaters durchbringen kann«, meinte Julia.

»Wenn du noch Zeit dafür findest, nachdem du unsere Hochzeit geplant hast.«

»Und eine Taufe. Wir können die ganze Geschichte genauso gut in einem Rutsch hinter uns bringen.«

Als Lucasta ein Weilchen später zu ihnen kam, fand sie sie in einer innigen Umarmung mit ihrem Baby. Sie sah den Ring und fluchte leise. »Daneben sieht meiner aus wie eine Glasimitation. Der Ring muss ein Vermögen gekostet haben.«

»Julia ist ein Vermögen wert. David und ich sind da beide einer Meinung.«

Später sah sich Julia zusammen mit einer anderen frisch gebackenen Mutter eine Sendung im Fernsehen an. Gerade lief der Wetterbericht. Sehr zu Julias Überraschung erwähnte der Nachrichtensprecher mit keinem Wort irgendwelche Schneefälle im Norden. Im Gegenteil, dort schien derzeit das Wetter milder zu sein als bei ihnen im Südwesten.

»Würden Sie einen Mann heiraten, der Sie mindestens zweimal angelogen hat?«, fragte Julia ihre Bettnachbarin.

»Wenn er mir so einen Ring geschenkt hätte, klar würde ich ihn heiraten.«

»Hm«, sagte Julia. »Dann werde ich eben genau das tun.«

›Die neue Lady of Crime –
doppelbödig in bester britischer Tradition.‹
freundin

Was tun, wenn man den Verdacht hat, dass ein ehemaliger Geliebter seine Ehefrau ermordet hat? Diese Frage stellt Ursula Gretton, Archäologin an einer Ausgrabungsstätte in Bramford, ihrer Freundin Meredith Mitchell. Als Meredith Chief Inspector Alan Markby zu Rate zieht, ist dieser zuerst eher skeptisch. Doch dann findet man in der Nähe der Ausgrabungsstätte eine Leiche. Verdächtige und mögliche Zeugen – darunter auch Meredith – gibt es viele. Als dann auch noch eine zweite Leiche auftaucht, wird die Sache immer komplizierter ...

ISBN-3–404–14566–6

BASTEI
LÜBBE

May, Sally und Harriet sind drei ganz unterschiedliche Frauen, denen jedoch eines gemein ist: Sie brauchen dringend Geld. May, um ihr marodes Hausboot zu renovieren, Sally, um sich eine neue Bleibe zu suchen, nachdem ihr schnöseliger Banker-Freund sie aus seiner Wohnung hinausgeworfen hat, und Harriet, um sich ihrer Passion für die Malerei zu widmen.
Nach einem Vorstellungsgespräch bei einem windigen Unternehmer lernen die drei sich näher kennen – und fassen einen folgenreichen Beschluß: Statt sich für ein lausiges Gehalt abzuschuften, wollen sie ein eigenes Unternehmen gründen. Das birgt natürlich einige Tücken, hält aber auch so manche verheißungsvolle Überraschung bereit ...

ISBN 3-404-14359-0

BASTEI LÜBBE

Als Kate den charmanten Peter kennen lernt, scheinen ihre Träume vom romantischen Eheglück in Erfüllung zu gehen. Nach zwei Jahrzehnten des Zusammenlebens muss sie sich jedoch eingestehen, dass sie sich etwas vorgemacht hat, denn Peter hat sie in dieser Zeit mehr als einmal betrogen. Doch ihr fehlt der Mut zu einer Konfrontation – bis eines Tages eine unerwartete Nachricht ihrem Leben neuen Schwung gibt ...

›Erstklassig ... ein bewegender Roman mit überzeugenden Figuren‹ *PUBLISHING NEWS*

ISBN 3–404–14 558–5